文学诠释学

李建盛 著

图书在版编目(CIP)数据

文学诠释学 / 李建盛著. —北京：北京大学出版社，2022.12
ISBN 978-7-301-33578-9

Ⅰ.①文… Ⅱ.①李… Ⅲ.①文学理论-阐释学 Ⅳ.①I0

中国版本图书馆 CIP 数据核字(2022)第 211269 号

书　　　名	文学诠释学 WENXUE QUANSHIXUE
著作责任者	李建盛　著
责 任 编 辑	闵艳芸　田艳
标 准 书 号	ISBN 978-7-301-33578-9
出 版 发 行	北京大学出版社
地　　　址	北京市海淀区成府路 205 号　100871
网　　　址	http://www.pup.cn　新浪微博：@北京大学出版社
电 子 信 箱	minyanyun@163.com
电　　　话	邮购部 010-62752015　发行部 010-62750672　编辑部 010-62752824
印 刷 者	涿州市星河印刷有限公司
经 销 者	新华书店 720 毫米 × 1020 毫米　16 开本　34.25 印张　445 千字 2022 年 12 月第 1 版　2022 年 12 月第 1 次印刷
定　　　价	119.00 元

未经许可，不得以任何方式复制或抄袭本书之部分或全部内容。
版权所有，侵权必究
举报电话：010-62752024　电子信箱：fd@pup.pku.edu.cn
图书如有印装质量问题，请与出版部联系，电话：010-62756370

目　录

导论：诠释学与作为人文科学的文学诠释学 ………………………… 1

第一章　诠释学与文学理解问题 ……………………………………… 16
　第一节　方法论诠释学与重构论理解 ………………………………… 17
　第二节　事实性诠释学与本体论理解 ………………………………… 29
　第三节　哲学诠释学与理解事件的辩证法 …………………………… 39
　第四节　当代诠释学争论中的理解问题 ……………………………… 66
　第五节　哲学诠释学与文学诠释学 …………………………………… 104

第二章　诠释学与文学作品本体论 …………………………………… 120
　第一节　20世纪的自律性文学作品本体论 …………………………… 122
　第二节　诠释学与文学的自律性与真理性 …………………………… 162
　第三节　文学作品本体论存在方式的诠释学阐释 …………………… 193

第三章　诠释学与文学阅读事件·················209
  第一节　文学阅读作为一种本体论活动···············211
  第二节　文学作品文本的规定性与开放性··············227
  第三节　阅读理论的读者概念及其诠释学理解···········257
  第四节　作为本体论事件的阅读辩证法···············278

第四章　诠释学与文学意义生产·················295
  第一节　文学作品意义的几种理解方式···············297
  第二节　理解事件与文本意义··················340
  第三节　意义理解的开放性与有效性···············378

第五章　诠释学与文学史书写··················407
  第一节　文学的历史与文学史意识················409
  第二节　文学史理论的几种重要范式···············419
  第三节　效果历史意识与文学史意识···············466

附录："《诗》无达诂"与"诗无达诂"的诠释学探讨··········502
主要参考文献···························530
后　记······························541

导论：诠释学与作为人文科学的文学诠释学

　　诠释学（Hermeneutics）有其漫长而复杂的历史，特别是从施莱尔马赫（Friedrich Schleiermacher）和狄尔泰（Wilhelm Dilthey）以来的现代诠释学发生了曲折而多向的变化，这种变化更集中地围绕人文科学中的理解和解释问题展开多维度的探讨和争论。今天，诠释学作为理解和解释的学科包含极为广泛的对象和领域，可以说，凡是需要我们做出理解和解释努力的地方都涉及诠释的问题，尽管并非所有涉及理解和解释的学问都叫做"诠释学"，但它确实延伸到了人类理解的各个方面。不仅人文科学和社会科学涉及理解和解释的问题，自然科学也同样存在这一问题，但它们与人文科学有着更为密切的关系，至少从施莱尔马赫和狄尔泰以来，现代诠释学作为一门关于理解和解释的艺术与人文科学有着特别密切的联系。毫无疑问，本书所探讨的文学诠释学问题当然属于人文科学理解的范畴，事实上，文学、艺术和审美经验真理的理解问题在诠释学中有着非常显著的地位。诚如有学者指出的："诠释学这一术语，意指对某种审美文本的解释,如今在文学理论中被大量使用。"①特别是伽达默尔(Hans-Georg Gadamer)创立的哲学诠释学,便是从艺术中的真理经验的问题开始,然后扩展到历史和语言乃至人文科学的整个领域。因此,诠释学、人文科学与文艺理论之间有着非常内在的关系,诠释学这个概念被广泛运用于文学理论以及文学理解和解释,便是非常自然的事情。

"诠释学"来源于希腊动词"诠释"(hermeneuein),这个词的意思是"解释"或"翻译",因为希腊人的解释是对难以捉摸的诸神信息和符号的阐明和说明,而诠释学便是指"宣告、口译、阐明和解释的技术"②。现代诠释学所指的是关于人类理解和解释的科学、理论和实践。我们知道,这个概念与希腊神赫尔墨斯(Hermes)有着很有趣的历史联系。赫尔墨斯是古希腊诗歌《伊利亚特》和《奥德赛》中的一个人物,他扮演多个有意思的角色,而其中一个角色是把诸神的信息传递给凡人。他在诸神与凡人之间起一种中介的作用,诸神要把信息传递给凡人,凡人要懂得诸神的信息,必须有一个中间人把诸神的意思解释给凡人,而赫尔墨斯就是这样一个中间人。在信息传递过程中,宙斯之子赫尔墨斯不仅仅把诸神的信息翻译给凡人,不只是简单地重复诸神的话,也要向凡人解释和阐明,诸神传递的信息究竟是什么意思,因此,在传递诸神信息的同时实际上也在培养凡人的理解力,即培养人们具有理解诸神信息的能力。"赫尔墨斯必须代表他的听众解释这些信息的含义,这样做必然远远超出了只是重复预期的真理。为了理解事物,他必须再创造或再生产与他的听众的历史、文化和概念相关的意义。同样地,诠释学试图描述我们所有人所经历的理解的日常中介,其意义不仅仅是符号的交换,二进制代码的直接和明白易懂的传输,或者只是简单地说'是'还是'否'。相反,意义是通过把陌生的东西与熟悉的东西联系起来的'中介'来实现的,它把文化、

---

① Chris Lawn, *Gadamer: A Guide for the Perplexed*, London: Continuum International Publishing Group, 2006, p.45.

② 伽达默尔:《真理与方法》,洪汉鼎译,上海译文出版社,1990年,第714页。

语言、传统和观点联系起来，这些东西可能是相似的，也可能相隔千年之久。"①这种看似简单的词源学分析，实际上包含着理解和解释的全部复杂性：什么是理解？理解是如何发生的？我们如何能够获得更好的理解？在理解中如何处理作者、文本和读者之间的关系，它们之间的动力关系是什么？对同一事物或文本是否有不同的理解？有没有唯一正确的理解和解释？什么样的理解才是有效的理解？现代诠释学还探讨一些更深层次的问题：理解的发生是方法论的还是本体论的？等等。对这些问题的不同理解产生了不同的理论倾向和诠释学形态。"赫尔墨斯作为信使神的古老形象显示他航行于天地之间。一个更现代的、作为诠释学传递形象的赫尔墨斯人物，将会要求他能够协商各种定位和不同领域范围的自然科学和人文科学。话语的世界不是一个连续的平面或均匀的领域。每一门科学都有它自身的话语模式，至少在某种程度上与其他学科不连续。如果在领域范围或术语上存在一些交叉重叠，那么，应用的范围将会有很大的不同。归根结底，一种解释（Auslegung）理论的表达将会涉及到对声称要认识现实的各种学科的说明（aus-legen）或阐释。"②

根据现代诠释学是关于人类理解和解释学科的一般性界定，尤其是根据诠释学与人文科学之间密切的关系，对文学的诠释学研究就是对文学作品存在方式的理解和解释，把文学看做诠释学的人文科学的理解对象，那么，作为诠释学的文学理论，对文学的理解也该是人文科学的诠释学意义上的理解。从根本意义上说，现代诠释学的产生与诠释学对人文科学对象及其经验和真理的重新认识密切相关。现代诠释学的奠基者狄尔泰力图建立一门与自然科学不同的人文科学，他努力提倡和实践一门人文科学的理解学科，因而被人们称之为人文科学之父。他认为，认识历史世界、文学

---

① Stanley E. Porter & Jason C. Robinson, *Hermeneutics: An Introduction to Interpretive Theory*, Michigan: Wm. B. Eerdmans Publishing Co., 2001, p.4.

② Rudolf A. Makkreel, *Orientation and Judgment in Hermeneutics*, Chicago: The University of Chicago Press, 2015, p. 63.

艺术世界的最重要的前提就是体验，我们把文学艺术理解为生命的表现，人的生命构成了精神科学的基础，人文科学以体验为基础和核心，这决定了人文科学的理解不同于自然科学的知识，也不同于任何先验哲学。海德格尔的事实性诠释学从历史性和有限性的此在存在方式出发，使诠释学转向了事实性的本体论诠释学，而伽达默尔在事实性诠释学基础上把诠释学转变为哲学诠释学，特别突出人文科学的独特表现方式及其意义和真理的理解方式。"19世纪的人文主义传统以自然科学的模式来塑造自身。这样做的结果限制了人文知识的界限。当狄尔泰阐明一种明确的人文科学方法论时——理解的方法论——他被束缚在这种同样狭窄的人文知识领域中，亦即通过方法论的研究以保证客观性。伽达默尔在《真理与方法》中有意从艺术的经验开始，就是因为对他来说这就是遭遇到了这种具有自身局限的寻求客观性的理论定位。在艺术中（基本上也在历史和哲学中），这种原初性的经验是不能简单地按照科学客观性和方法论研究的方式来掌握的。"①客观性地重构理解对象及其意义是不可能的。

由此，真正诠释学意义上的文学理解和解释，从根本上说，是在诠释学的人文科学视域中来理解的。正如有学者指出："诠释学被宽泛地理解为解释的理论，它可以被理解为包括从亚里士多德的诗学到20世纪50年代的新批评的所有解释模式（文本的或其他的解释模式），包括任何类型的文学批评，以及法国的结构主义传统，甚至可能包括德里达的后结构思想。然而，只有极少数后期现代和后现代思想家，从施莱尔马赫开始，贯穿于狄尔泰、海德格尔（Martin Heidegger）（也许是最重要的）、伽达默尔、哈贝马斯（Jürgen Habermas）和利科（Paul Ricoeur）等人的思想中，要么将诠释学主题化，要么把他们自己的思想定性为诠释学的，至少在某些方面是诠释学意义上的，很少有人对诠释学的主题及其与文学的关

---

① James Risser, *Hermeneutics and the Voice of the Other: Re-reading Gadamer's Philosophical Hermeneutics*, New York: State University of New York Press, 1997, pp.4-5.

系进行过广泛的反思。"①但是，即使这些所谓的少数与文学有关的思想家对文学的理解和解释也有很大的差异，也在诠释学的发展和对话中体现了不同的"文学理论"和文学理解方式，构成了各种理论倾向和理论形态不同的文学诠释学形态，"各种文学理论所提出的有效问题往往有很大的不同。尽管在实践中，不同的理论可能会在解释一个文本时使用几个关注的领域，但每个理论都支持不同的批评取向，主要关注解释过程中的一个要素。……无论关注的焦点主要是心理、语言、神话、历史还是其他任何批评取向，每一种文学理论都建立了自己的理论基础，然后提出了自己的方法论，读者可以把这一理论应用到实际的文本中。"②很显然，并非所有的文学理论形态都是诠释学意义上的，或者应用了某种诠释学的理论和方法。

确实，在诠释学的名称之下有不同的诠释学形态，不同的理论家也有不同的划分和归类。阿佩尔认为现代以来的哲学是从三个主要方向发展的，即马克思主义、分析哲学和现象学—存在论—诠释学思想。格龙丹（Grondin, Jean）在《哲学诠释学导论》中认为，随着当代哲学的发展，分析哲学以及当代实用主义哲学所关注的问题都与真理的可能性相联系，因而两者都体现了某种哲学分析的融合方式，或者至少与诠释学相汇合。约瑟夫·布莱切尔（Josef Bleicher）在《当代诠释学》中把当代诠释学分为三种明显不同的诠释学派别，即诠释学理论、诠释学哲学和批判诠释学。③近年来在关于诠释学的研究中，又有研究者在布莱切尔的概括基础上提出了另一种诠释学，即以雅克·德里达（Jacques Derrida）

---

① Rod Coltman, "Hermeneutics Literature and Being", *The Blackwell Companion to Hermeneutics*, Edited by Niall Keane and Chris Lawn, New Jersey: John Wiley & Sons, Inc., 2016, p.548.

② Charles E. Bressler, *Literary Criticism: An Introduction to Theory and Practice*, New Jersey: Prentice-Hall Inc.,1994, p.6.

③ See Josef Bleicher, *Contemporary Hermeneutics: Hermeneutics as Method, Philosophy and Critique*, Boston: Routledge & Kegan Paul, 1980.

的解构理论为典型代表的"激进诠释学",以区别于方法论诠释学、哲学诠释学和批判诠释学。①当然,还有法国哲学家保罗·利科的现象学诠释学。同时,以狄尔泰为代表并受其影响的方法论诠释学仍然是当代诠释学整体语境中的重要存在。可以说,方法论诠释学(Methodological Hermeneutics)、哲学诠释学(Philosophical Hermeneutics)、批判诠释学(Critical Hermeneutics)、激进诠释学(Radical Hermeneutics)和现象学诠释学(Phenomenological Hermeneutics),甚至其他的诠释学形态都与文学的理解和解释有这样那样的关系,因而也与作为人文科学的诠释学的文学理论有关。

在当代诠释学场景中,伽达默尔的哲学诠释学有着非常重要而特殊的地位。在上面提到的这些与文学理解和解释有较密切关系的诠释学中,伽达默尔建立的哲学诠释学与文学诠释学有着更紧密的关系。在他之前的诠释学是其哲学诠释学发展和转变的基础,而在他之后的诠释学几乎都是从与他争论和对话中发展而来的。我们知道,哲学诠释学的奠基之作《真理与方法》就是从艺术和审美问题开始探讨的,而这一问题与人文科学的真理理解问题有着更为内在的直接关联,因为其出发点就是要"在现代科学自身范围内抵制对现代科学方法的普遍要求",它所关注的问题是"在经验所及的地方和要求自身合法性的地方,探寻超越于科学方法统治的对真理的经验。因此,人文科学就与那些存在于科学之外的经验方式相联系:即与哲学、艺术和历史本身的经验相联系。在所有这些经验方式中传达的真理,都不能用像适用于科学的方法论手段来加以验证"②。哲学诠释学根据人文科学的审美经验特殊表现方式和真理问题提出的要求,确实为文学经验的意义和真理问题的理解展示了某种新的方向,它认为文学作为人

---

① See John D. Caputo, *Radical Hermeneutics: Repetition, Deconstruction, and the Hermeneutics Project*, Indianapolis: Indiana University Press, 1987.

② Hans-Georg Gadamer, *Truth and Method*, London: Continuum Publishing Group, 2004, p.xxi.

类经验的一种特殊语言形式,同样不能依照自然科学的方法论来理解,哲学诠释学提醒人们应该深刻注意和认识到文学经验的特殊表现形式及其真理要求,并根据其特殊的表现形式和真理要求来理解文学作品和文学经验中的审美真理和意义。

与自然科学和实证科学的研究对象和表现方式不同,文学总是以直接而隐晦、感性而深刻、自明而模糊的语言,开启着复杂而多维的意义世界,它富有一种神奇而无穷的魅力,以至于成为人类历史中不可或缺的重要精神形式。这个由语言开启的意义世界是如此的高深莫测,以至于自从有了文学以来就不断地被人们阅读、接受、理解和阐释,而且是以各种不同的方式被阅读、接受、理解和阐释。在某种意义上可以说,这些不同的阅读、接受、理解和阐释方式及其成果,实际上就是今天被人们称为文学理论的东西,正是各种理论家对文学所做的不同理解和阐释,构成了今天各种不同的文学理论立场和观点。如果用诠释学的概念来表达,它们都是从不同角度和不同理论需要对文学作品所做的理解和解释,因此,从宽泛意义上讲,文学的诠释活动自从人类有了文学这种东西就已经开始了。当然,并非所有的诠释学都必然与文学的理解和解释有关,也并非所有的文学理解和解释都属于诠释学意义上的理解和解释,但凡是涉及文学理解和解释的诠释学讨论都基本上涉及文学的人文科学性质。在自然科学、社会科学和人文科学的三分法结构中,似乎无须进行详细论证,人们便能从直观上确定文学所具有的人文科学性质。无论是现代诠释学奠基人狄尔泰及其影响下的方法论诠释学、海德格尔的事实性诠释学和伽达默尔的哲学诠释学,还是哈贝马斯的批判诠释学、德里达的解构诠释学和利科的现象学诠释学,都可以视为与文学和艺术经验有着密切关系的诠释学,这些诠释学都不会、也不可能把文学艺术作品的经验及其真理问题归入社会科学和自然科学的范畴,这一点,主要基于对作为人文科学对象的文学的特殊认识,看到了它们具有明显不同于社会科学和自然科学的特性,并且更突出地把作为人文科学对象的文学艺术解释与自然科学的探究区分开来。

如果从自然科学对象与文学艺术作品的表现方式进行比较，我们便可以更清楚地看出文学艺术的独特性和自律性。应当说，文学艺术和科学分享着许多共同的概念，诸如美、审美经验、创造性、感性、理性、真理、智慧等，它们不仅为文学艺术所具有，也为自然科学所具有。然而，它们有着某些方面的相似性，但无疑存在着根本的差异性。正是它们之间的差异性使文学艺术和科学成为两种不同的人类文化，分别属于人文科学和自然科学。

与文学艺术相比，自然科学的表述方式是理性化和数学化的，它把千变万化的自然现象和科学家对自然的认识经验加以秩序化和规律化，把各种变化不定的东西纳入井然有序的科学理论之中，转化为数学化的公理、定理和定律。自然科学的理论是一种由少数几个被认为具有普遍性的基本原理构成的理智建构。科学理论的有效性是由经验的事实和观察来确证的。正如波普尔所说，有用的、真正可以称之为科学的理论，必须是可以通过事实予以证伪的。科学理论的表述方式排除了现象世界的感性丰富性、科学家的情感想象性，要用能够理解这些理论的人的通用科学语言来表达，而感性丰富性、情感想象性、差异丰富性等正是文学艺术内在固有的东西。爱因斯坦强调了科学语言和科学概念的两个基本性质[①]：第一个性质是数学性；第二个性质是普遍性。就科学概念的相互关系及其与感性材料的对应关系来说，科学理论追求的是概念的最大明确性和明晰性，科学概念的这种性质在很大程度上是由数学语言规定的。科学概念和科学理论的表述与感觉材料之间的联系，不是通过别的方式，而恰恰是通过非常完善的数学和量度工作建构和表达出来的。科学概念和科学语言是所有科学时代具有"最好的头脑"的科学家们建立起来的，并且能够使用共同的语言，科学理论的概念体系是对杂乱无章的事物现象的秩序化，科学理论

---

① 《爱因斯坦文集》（第一卷），许良英等编译，商务印书馆，1976年，第396页。

使我们懂得从特殊的观察中去掌握普遍性的真理。与科学理论的表述方式相比，文学艺术的表现方式非常不同。文学艺术的表现方式是非常个性化的、情感化的，即使不同的文学艺术家表现的是同一个对象，也必然也是以不同的方式来表现，并在创造性的表现中体现着不同文学艺术家的个性特征、不同的情感和不同的内涵。

应该承认，科学研究确实需要感知现象的丰富性，也需要直觉、想象、情感，甚至创造性的直觉，然而，所有这些东西都不会出现在最终的科学理论中。科学家同样可以用诗人的想象瞭望星空，但是，科学家的天文学理论却不可能是感情充溢的诗作，他可以像画家一样去看星空，他同样可以审美地、艺术地瞭望星空，然而，可以肯定地说，他的科学理论不可能像凡·高那样去表现星夜。因此，科学的表述方式和艺术的表现方式，无论它们之间具有怎样的所谓一致性，两者仍截然不同，艺术作品都不可能具有科学那样的普遍有效性，更不可能是数学化的表现方式。人们常常用"美""优雅"和"简单性"来形容数学证明和科学理论，然而，它们所指的是科学的抽象形式的特殊性质，而不具有文学艺术作品那样的具体特殊性，更不可能渗透科学家的情感、想象、幻想。库佩尔（Leon cooper）说："确实，科学的风格存在着巨大的差异。然而，科学的一个特征就是，科学描述事物的方式几乎总是没有科学所说的东西重要。而艺术表达一个概念的方式几乎总是比它所表现的东西重要。"[①]科学理论的表述必须避免和消除情感性、个体性、想象性和生动性，而这些恰恰是艺术作品的表现方式不可或缺的根本特征，消除了这些东西，它们便不再是文学艺术，便不可能是想象性的创造和意义丰富的艺术表达。

伽达默尔的本体论哲学诠释学发现，自从17世纪以来，自然科学的认识论就一直支配着哲学和人文社会科学研究，认识论成为一种普遍的放之四海而皆准的方法论基础。例如，康德认为凡是真理就必须经得起自然

---

① Stephen R. Graubard (ed.) *Art and Science*, Washington: University Press of America Inc, 1986, p.178.

科学方法论的检验,如果不能经过自然科学方法论论证的认识,就不是真理,因此,他认为艺术是一种无功利目的的形式,审美只是一种趣味,而不是一种真理。狄尔泰虽然认识到了人文科学的特殊性,强调体验和重新体验的方法,但他受自然科学方法论的影响,也根据自然科学的认识论模式来建构普遍有效的人文科学方法论。随着现代自然科学的迅猛发展,自然科学的认识论和方法论似乎成了唯一合法的哲学基础。

海德格尔和伽达默尔的本体论诠释学拒绝和否定了这种方法论和认识论基础在人文科学理解中的独断地位,海德格尔不把理解视为一种方法论,而是一种此在存在的基本方式,他对真理的理解也不再是一种主客体符合论的理解,而是一种此在存在的解释。伽达默尔说,他的哲学诠释学的目的就是要通过"真理"和"方法"的选择,以确定他的人文科学的真理立场和真理理解方式。他坚持认为,像哲学、历史、语言和文学艺术这样的人文科学领域的真理认识,并不是通过什么方法,尤其不是通过自然科学的方法获得的,文学艺术的真理和审美经验的真理表现方式和理解方式不同于自然科学。因此,我们对文学艺术和审美经验中的真理的认识和理解方式,也必然有不同于自然科学和实证科学的认识和理解方式。文学和艺术作为一种审美经验,显然不同于自然科学中的经验,它有着自身特殊的意义和真理表现方式。伽达默尔进一步指出,不但文学艺术这样的精神科学不能运用归纳法来进行研究,即使在自然科学中归纳法也并不是永远适用的,而社会—历史研究就更不能运用规律性的认识标准来把握,这样做不可能理解和把握人文科学的本质。艺术和审美中的人类经验及其理解,不具有与自然科学相同的客观普遍性要求,我们对文学艺术的理解,不是为证实某种普遍的原理和真实不变的规律。因此,艺术经验和审美经验中的真理问题,从根本上说不是一个方法论的问题,自然科学方法和实证主义方法不仅不能理解和解释文学艺术和审美中的真理,恰恰相反,自然科学方法论在人文科学中的运用必然掩盖、遮蔽艺术和审美领域的真理性要求。因此,放弃方法而选择真理,便体现了伽达默尔的哲学诠释学非常鲜明的人文科学理论立场，他反对美学和艺术理论对文学艺术和审美问题进行自然科学方法论的理解，力图把文学艺术、审美经验和审美真理等问题，放在真正的人文科学理论视域中来理解和解释，彰显出一种鲜明的人文科学真理立场。

就本书探讨和论述的诠释学与文学诠释学问题而言，文学的理解和解释问题无疑属于人文科学的范畴，而诠释学的人文科学理论取向与文学的理解和阐释有着更密切的内在关系，因此，文学诠释学的理解和解释问题，首先应该在人文科学及其诠释学理解的意义上进行思考和探讨，正是在这一点上，伽达默尔的哲学诠释学与其他诠释学有着很大的区别，因而哲学诠释学的文学理解也与其他的文学理解和阐释有重要的差异。乔尔·维因斯海默（Joel Weinsheimer）说："用康德式的说法来表达，当施莱尔马赫把诠释学的任务从确立理解的实践方针转向发现使理解成为可能的一般条件时，诠释学便获得了一个关于自身的新概念。伽达默尔通过使他的诠释学成为专门意义上的哲学诠释学完成了这种转变，在严格意义上把它与诠释学理论区分开来，并因此使它与文学理论区别开来，就诠释学理论是文学理论的一部分这一点而言。正如最近提出来的，假如文学理论在于力图通过诉诸一种文学及其解释的普遍性概念来控制解释，那么伽达默尔的诠释学就不是理论的，它实际上在某个方面是反理论的，因为它探索的是理解如何发生——而不是如何控制理解以便发挥更严格和更有效的作用。事实上，伽达默尔的基本洞见之一在于说明为什么解释的理论在范围上是有限的。最终，他表明，理解并不是由方法来统治的：理解并不是完全可以接受控制的，因为有某种东西在解释者方面发生。"[1]正是在诠释学的本体论发展和对文学理论的非传统理解这个意义上，维因斯海默才说，伽达默尔实现了文学理论的一种重要转变。

当代诠释学有多种发展趋向和多种形态，它们与文学的理解和解释

---

[1] Joel Weinsheimer, "Preface" in *Philosophical Hermeneutics and Literary Theory*, New Haven:Yale University Press, 1991, p.x.

都有某种程度的关系,并且,事实上也都为作为人文科学的文学诠释学理解理论提供了某些方面的重要洞见,例如,方法论诠释学探讨作者意图在重构性文学理解和解释中的作用,批判诠释学阐述文学理解中的意识形态维度,激进诠释学倡导更加开放的文本解读和意义阐释方式,现象学诠释学为解决解释的冲突以及寻求理解与说明的辩证法做出了值得重视的努力。应当说,这些诠释学形态既有差异性甚至对立的理论旨趣,也有互补甚至某种程度上一致的维度。但是,不管怎么说,它们都突出了理解问题在人文社会科学中的重要性。有学者指出:"随着现代哲学中的许多不同运动都认识到语言和交流问题是理解人类生活的中心,诠释学受到了新的关注。在当代文学理论中,如何判断对立的批评方法之间的冲突,以及如何理解语言和意义的争论,也使诠释学成为一个突出的问题。"[①]实际上,这些不同的诠释学形态及其理论倾向所探讨的问题和提出的思想洞见都应该是诠释学整体的不同维度,它们在开放与对话的诠释学视域中丰富着诠释学。

本书的文学诠释学探讨更多地运用和借助本体论的哲学诠释学的思想洞见,从一种较为严格意义上的诠释学来探讨文学的诠释学问题,而不是把所有的理解和解释都冠以"阐释"的名义,而把它们归之于诠释学的名称之下。本书的文学诠释学试图在哲学诠释学与文学诠释学之间寻找某种内在逻辑中介,并在这个逻辑中介中应用性地阐述文学活动的诠释学重要问题。一般认为,哲学诠释学对当代文学理论的影响,主要体现在它导致了文学阅读接受和文学意义理解方式的转变,在文学理论和批评领域中运用哲学诠释学的意义理解理论时,更多地关注在接受和理解活动过程中文学作品的意义是如何生成和可能的问题。

在已有的文学诠释学研究中,有三个方面的问题被人们严重地忽视了,一是哲学诠释学高度重视的文学艺术及其人文科学的真理理解问题,

---

① Paul B. Armstromg,"Hermeneutic", The Encyclopedia of Literary and Cultural Theory, General Editor: Michael Ryan, Oxford: Blackwell Publishing Ltd., 2011, p.236.

伽达默尔突出强调文学艺术的真理经验所具有的不同于其他真理的特殊表现方式和理解方式，这一艺术真理经验的立场使它与其他的诠释学理解区分开来，这种诠释学的理解是一种本体论的理解，而非方法论的理解。"哲学诠释学延续了海德格尔把理解看做一种人文科学方法或一种主要的对生命的反思态度，从而转向了理解和解释的哲学普遍性。这种诠释学的普遍性全面包含了本体论研究中的所有经验，例如艺术经验、哲学经验和历史经验。"①二是哲学诠释学从其本体论出发所理解的文学作品本体论存在方式，以及伽达默尔对文学作品本体论存在方式的不同理解，从根本上改变了对文学作品意义和真理经验的理解，哲学诠释学把文学作品的自律性存在与审美真理结合起来的理解方式阐明了文学作品本体论存在方式的基本结构。三是哲学诠释学的效果历史不仅对文学接受和影响的研究产生了重要的影响，而且为文学史意识提供了富有成效的理论视域，尤其是为克服文学史书写中的实证主义倾向具有十分重要的意义。正如大卫·霍伊所说："诠释学对于最近的文学批评的重要性在于，它提供了一种文学史的理论表述，克服了解释的历史性质与诗歌文本的审美性质之间的矛盾张力。"②诚然，哲学诠释学对于文学理论最富有洞见的地方，是关于文学作品的意义和真理的理解问题，而不是对文学作品的对象性的结构分析和认识。但是，完整的文学诠释学不能回避文学作品本身的存在问题，它同样规定和影响人们如何理解文学作品的存在。哲学诠释学固然认为理解是一种此在的根本运动，所有的文学理解都是从理解者当前的诠释学处境和前理解出发所进行的理解，但是，哲学诠释学同样认为所有的理解都是一种效果历史事件，正如理解的历史性延续和扩大了审美经验的历史一样，文学史也是一种不断理解和阐释的效果历史事件。

---

① Stanley E. Porter & Jason C. Robinson, *Hermeneutics: An Introduction to Interpretive Theory*, Michigan:Wm. B. Eerdmans Publishing Co., 2011, p.80.

② David C. Hoy, *The Critical Circle: Literature, History, and Philosophical Hermeneutics*, California: University of California Press, 1982, p.9.

但是，这并不意味着诠释学的文学理论除了哲学诠释学的维度之外，不需要吸取和借鉴其他诠释学理论和方法。正如伽达默尔的哲学诠释学所指出的，任何理解和解释都有其自身的诠释学处境，任何理解和解释都具有历史性和有限性，任何理解和解释因而也都具有未完成性和开放性，因此，解决对立的批判方法和不同理解的争论的最好办法就是诠释学倡导的对话精神，吸取不同诠释学形态的有益洞见。

20世纪确实是一个批评的世纪，各种文学理论和批评思潮都在这个世纪登台亮相、各领风骚，具有重要的影响和理论力量。俄国形式主义、英美新批评、结构主义、接受美学和读者反应批评、社会历史批评以及各种形式的后现代主义等，可以说都成了这个世纪中响亮的名字和醒目的旗帜。所有这些文学理论和批评思潮都为文学的理解和文学理论与批评提供了有益洞见，都是当代文学理论和批评的重要话语资源。本书的论述表明，哲学诠释学在哲学理论层面上对文学文本的基本概念、文学理解的规定性，文学意义的发生和建构方式等基本观点，都有其真知灼见，其核心是探讨理解何以可能的问题，即理解是如何发生和实现的问题。在诠释学的理解事件中，文学作品文本是理解和解释的文本，意义是理解和解释的意义，所有这些在本书对文学活动的探讨中都做出了具体的论述，从而充分显示了它们在文学诠释中所具有的变革意义，把哲学诠释学应用性地阐释和阐释性地应用（这里的"阐释"和"应用"当然是哲学诠释学意义上的）于文学诠释学中，是本书最重要的表述方式。尽管哲学诠释学在坚持文学意义与真理的同时，没有像解构理论那样彻底放弃文本概念，但是文学作品本身的问题却没有得到足够的重视，而且它宣称对文本的客观性问题不感兴趣。对于文学的诠释活动来说，这是一个不可忽视的重要问题。因此，本书作者始终把文本、理解与意义作为核心概念贯穿于全书的论述中，文学诠释学的文本概念，文学理解（接受和阐释）的规定性，文学意义的发生和实现方式，在诠释学理解事件中阐释文本与意义之间的内在关系，构成了本书的中心问题。

本书最突出的特点是在一种诠释学的视域中，以诠释学倡导的"对话"精神来探讨文学诠释学的问题。尽管本书主要借鉴和应用哲学诠释学关于人文科学的真理理解理论，来探讨文学诠释学活动的重要问题，但是，本书同样认为，哲学诠释学由于其特定的理论指向和理解视域，对于完整的文学诠释学来说，仍然有其难以克服的缺陷和盲点，完整的文学诠释学必须有一种综合的理论视域，必须有一种多维的对话精神。因此，本书对诸如形式结构论、作者意图论、接受反应论，甚至认识论的文学反映论、审美意识形态理论等至今仍有深刻影响的文学理论，都根据具体问题进行了必要分析和论述，这些理论的基本观点也成为本书阐述文学诠释学问题的重要理论参照，同时，在很大程度上这些理解理论也是对哲学诠释学的文学理解和解释的非常有益的补充。

第一章　诠释学与文学理解问题

诠释学是一门具有普遍性的关于理解的学科，对于什么是理解，人们如何理解，以及理解如何可能等问题，不同的诠释学有不同的探讨和解释。诠释学涉及广泛而多样的人文社会科学，甚至涉及自然科学的理解问题，而文学的理解问题是作为人文科学理解的诠释学的重要内容之一。有学者指出："从广义上讲，从诠释学的角度来看，就是问我们所说的人类普遍理解是什么意思，也就是说，无论我们的特定文化、语言或传统如何，我们都会自然而然地做一些事情。然而，大多数诠释学描述也密切关注我们的文化、语言和传统如何对我们的理解方式产生影响。简言之，诠释学提出了三个重要问题：什么是理解？我们如何才能最好地描述理解？我们怎样才能更好地理解？"[①]现代诠释学与人文科学有着特别密切的关系，显然也与文学的理解问题有着更紧密的联系。文学属于人文科学研究的重要领域，当然与作为人文科学的诠释学有特别密切的关系。"诠

[①] Stanley E. Porter & Jason C. Robinson, *Hermeneutics: An Introduction to Interpretive Theory*, Michigan: Wm. B. Eerdmans Publishing Co., 2011, p.2.

释学这一术语，意指对某种审美文本的解释，如今在文学理论中被大量使用。"①伽达默尔在海德格尔事实性诠释学基础上提出和建立起来的哲学诠释学提出的许多理论洞见，都与文学艺术及其审美经验的理解和阐释有关，并且在文学艺术的理解和阐释中得到了非常广泛的应用。

  本章讨论的主要问题是：哲学诠释学与传统的诠释学和当代各种诠释学理论有什么重要的区别？它们与文学的理解和解释有什么关系？哲学诠释学究竟为文学理论的转变提供了怎样的哲学和美学基础？它究竟为文学诠释活动提供了哪些富有建设性的思想洞见和理论视域？这些思想洞见和理论视域与文学的理解和解释的内在逻辑关系究竟是什么？对这些问题的理解和探讨，既有助于我们更好地理解和把握哲学诠释学以及其他的诠释学，也有助于我们更深入地了解哲学诠释学与其他诠释学之间存在的重要差异，有助于理解不同的诠释学与文学理解之间的关系及其所涉及的文学理解的不同维度，当然，更有助于本书对文学诠释学诸问题的探讨。因此，本章首先阐述现代各种诠释学的理解问题，阐明它们与文学理解之间的关系，然后，在比较性的诠释学语境中探讨哲学诠释学与文学理解和解释之间的关系，论述哲学诠释学为文学诠释学探讨所提供的重要理论洞见，为本书后面章节的探究和论述提供必要的诠释学理论基础。

第一节 方法论诠释学与重构论理解

  现代西方诠释学是一种历史地发展起来的理解理论，有支撑其理论体系的一系列概念、范畴和逻辑，有其相对完整的研究对象和范围，有其逻辑严密的思考问题和探讨问题的方法，有其相互关联而又相互竞争的思想流派。一般认为，重要的诠释学倾向有传统和当代的方法论诠释学、事实性本体论诠释学、哲学诠释学、现象学诠释学、批判诠释学和解构诠释学

---

① Chris Lawn, *Gadamer: A Guide for the Perplexed,* London and New York: International Publishing Group, 2006，p.145.

等,这些诠释学都涉及广泛的对象和范围,但它们或多或少都与文学的理解和解释有关。本章首先论述方法论诠释学与文学的诠释学理解关系,然后讨论不同诠释学与文学理解的关系。

诠释学作为一门理解和解释的学科无疑有着悠久的历史,但是,不同时期发展和形成的诠释学所提出的问题以及解决问题的方式相当不同。"诠释学"作为一门"学科"出现在17世纪,它作为一种理解和解释的"技艺"是指理解的科学或艺术。直到19世纪末,诠释学才在德国哲学家施莱尔马赫和狄尔泰那里取得了一种具有普遍性的理论形式。当代诠释学通常把他们的诠释学理论称为浪漫主义诠释学或者传统的方法论诠释学,传统的方法论诠释学不仅在诠释学历史发展中具有重要的地位,而且非常深刻地影响了人们对诠释学的发展以及对文学的理解和阐释,至今仍然还有很大的理论市场,当代诠释学理论中的重要理论家赫施(E.D. Hirsch)和贝蒂(Emiho Betti)等,在理解方法和目标上仍与施莱尔马赫和狄尔泰有内在的理论联系。我们在这里首先论述施莱尔马赫和狄尔泰传统的方法论诠释学,继而将当代方法论诠释学放在当代诠释学争论的场景中进行考察。

施莱尔马赫把诠释学看做"避免误解的技艺",他的诠释学是一种正确理解文本的方法。他认为,为了实现对文本的正确理解,应当为文本的理解提供一种哲学基础,把诠释学变成一门特殊的方法论。大体上说,施莱尔马赫的诠释学包括语法的解释技艺和心理学的解释技艺。所谓语法的解释技艺,是指理解者通过对作者的语言个性而不是作者所使用的具有普遍特性的语言对文本进行分析,通过具有个性的语言和共同的语言的比较,以确定文本词语的意义。施莱尔马赫认为,通过这种语言解释的技艺,我们不仅可以准确地把握文本语言所表达的意义,也能通过部分的理解把握整体和通过整体把握部分,从而实现对文本的客观正确的理解。"语法解释是'客观的',而心理学的(技术的)解释是'主观的'。前者确认构造的方式是单纯的意义规定;而后者则把构造的方式视为意义的暗示。它们都不能完全和谐地用作这样的前提,即作者绝对正确地使用了语言，以及解释者完全理解了语言。诠释学的艺术就是知道在何处一个应当给另一个让路。"①他认为语法解释和心理解释是相互依赖，不可分割的。"施莱尔马赫并不认为这两种方法是分开的、独立的活动，而是相互之间不断相互作用的行为。解释的任务是一个不断地放弃自我的运动，是一个投射到他者并回到作为一个参照点的自我的不断运动。"②但是，施莱尔马赫对诠释学发展的最重要贡献不在他提出的语法解释的技艺，而在于他发展的心理解释，心理解释对于文学艺术的理解有更深刻的影响。

这种诠释学当然与文学的理解有关系，因为文学的理解不但涉及语法的解释，而且涉及心理的解释，在文学作品的理解中，人们往往要思考文学作品的意义问题，甚至创作的思想、情感和心理。浪漫主义方法论诠释学的一个重要目的，就是力图把握和理解作者的"心灵"，因此，心理解释在施莱尔马赫那里显得特别重要，他认为所谓理解就是理解作者在文本中表现和隐含的精神和心灵，"在艺术的应用之前，我们必须在客观方面和主观方面把我们自身置于作者的位置上"③。把我们置于作者的位置，置身于作者生活的时代语境，便能够通过文本的理解，设身处地把握和猜测作者的精神心理，从而内在地理解历史上的作品。对于文学作品的理解来说，施莱尔马赫的根本观点是，我们不仅能够理解作者，而且能够比作者理解他自己更好地理解作者，"哪里有误解，哪里就有诠释学"，理解和解释的目的，就是避免误解，以便对文本和作者的意图做出正确的理解。如果我们想真正地理解文本的思想和意义，我们就必须返回到作品思想产生的根源，在对文本的理解过程中重建一部作品的作者原来的创作动机和思想，因为历史上的文学和艺术作品已经脱离了原来的世界，要理解

---

① 施莱尔马赫：《诠释学箴言》，洪汉鼎主编：《理解与解释：诠释学经典文选》，东方出版社，2001年，第23页。

② Tomasz Kalaga, *Literary Hermeneutics: From Methodology to Ontology*, Newcastle: Cambridge Scholars Publishing, 2015, p.16.

③ Friedrich Schleiermacher, *Hermeneutics and Criticism*, Translated by Andrew Bowie, Cambridge: Cambridge University Press, 1998, p.24.

那些属于过去的文学和艺术作品，我们就必须在理解中进行一种恢复和重建工作。

我们怎样才能比作者本人更好地理解作者呢？施莱尔马赫认为，要理解一个文本，就是要正确地理解文本表现的世界，而理解文本表现的世界就是返回到作者的内心表达活动中。对文学作品的理解也同样如此。我们对文学作品的每一种理解活动都是返回到某种言说的活动，通过这种返回，我们可以对文学作品的构造进行再构造或重新构造。他认为，这种再构造或重新构造是完全可能的。通过把作者的主观心理解释的重构与文本的客观语言重构结合起来，我们便能够避免对文本的误解。"主观的历史重构意味着知道话语是如何作为一个事实在精神中被给出的，主观的预测的重构意味着猜测精神中包含的思想将如何继续在表达者中有影响并对他产生影响。没有这两者，误解是不可能避免的。"①在这里，施莱尔马赫采用了一种"共情"的心理移情方法，提出这种诠释学观点的理由是，无论是创作文学作品的作者，还是对文学作品进行理解的理解者，都是一种精神心灵的存在，而心灵与心灵之间是可以沟通和交流的，通过文本与理解者的这种心灵沟通和交流，我们便能正确地理解、把握和解释文本的意义。"如果只有陌生和古老的作品需要艺术，那么原来的读者就不会需要艺术，因此，这种艺术将取决于原始读者和我们之间的差异。但是，这种差异必须首先通过语言和历史知识来消除；只有在成功地将（过去和我们自己）等同起来之后，阐释才能开始。"②因此，通过语言和历史知识消除作为现代的我们与原来读者之间的差异，是理解历史上的文学作品非常重要的步骤，因为施莱尔马赫认为与作者同时代的读者能够把握和理解作者的意图，因而也可以更好地解释作品，而与作者时代不同的读者要理解他的作品，便需要克服作者与读者之间的时间距离，并置身于作

---

① Friedrich Schleiermacher, *Hermeneutics and Criticism*, Translated by Andrew Bowie, Cambridge: Cambridge University Press, 1998, p.20.

② Ibid., p.23.

者的位置上，才能重构作者的心灵，从而理解作品的意义。"通过客观的重构，我们通过像作者使用语言那样获得语言的知识。这必须比原来的读者所拥有的知识更准确，原来的读者必须把自己放在作者的位置上，通过对作者的内心生活和外在生活的认识进行主观重建。"①很显然，施莱尔马赫的心理学诠释学是建立在类似于"人同此心，心同此理"的心理推测上的。"这种解释归根结底是一种推测过程，一种把自己置身于作者的整个框架中的活动，一种对一部作品创作的'内在根据'的理解，对创造行为的一种再创造。因此，理解就是对原来生产的一种再生产，对已经认识的东西的一种再认识，一种从概念的生命要素、作为创造组织中心的'原始决定'出发的一种重构。"②因此，这种方法论诠释学理解和解释的目的在于重构作者的心灵和精神，并认为这种重构实际上就是对作者意义的理解。

施莱尔马赫为了避免误解以及能够比作者更好地理解作者而发展起来的诠释学，为具体诠释学向普遍诠释学发展做出了重要贡献，但是，试图为人文科学的理解确立一种具有普遍有效性的方法论的工作，则是另一位德国哲学家狄尔泰追求的理论目标。如果说施莱尔马赫为文本的理解和解释提供了一种语法解释和心理解释相结合的方法，那么，狄尔泰则在施莱尔马赫所谓正确理解的理论要求基础上，发展和阐述了一种真正属于人文科学的方法论诠释学，他的体验和重新体验生命的诠释学方法是其诠释学的重要特点，也对文学的理解和阐释问题产生了重要影响。

狄尔泰诠释学最重要的任务是为人文科学的理解提供一种具有普遍有效性的方法，他希望这种方法就像自然科学方法论一样能够为人文科学的真理理解提供客观有效的基础。狄尔泰深刻认识到了人文科学与自然科

---

① Friedrich Schleiermacher, *Hermeneutics and Criticism*, Translated by Andrew Bowie, Cambridge: Cambridge University Press, 1998, p.24.

② Hans-Georg Gadamer, *Truth and Method*, London：Continuum Publishing Group, 2004, p.186.

学之间的不同,两者的差异性既是由它们的对象,例如自然与精神、普遍与个体、物理与心理等的区分来实现的,又通过研究对象的方法来区分。特别是人文科学,具有把事件的物理方面与理解手段结合起来的突出倾向,而不仅仅"说明"事件的物理性质,人文科学所探讨和理解的是外在表现形式中所隐藏的内在的、精神性的东西。狄尔泰把人文科学对象的理解看做获得内心自我意识的运动过程,这种自我意识似乎已经凝聚在所要理解的对象上,而我们所理解的对象便是这种内在的自我意识的客观化表现。在狄尔泰看来,对人文科学对象的理解,就在于从外在的东西重新返回到内在的东西上,例如,在文学作品的理解中,我们从其外在语言表现回到它所表现的作者的精神和心灵中,从理解对象的物理性(符号性)层面返回到对象(作品)的精神性方面,更明确地说,这种自我意识在理解对象的表达中认识自身,出现在我们的自我理解过程中的每一种表达,都是对理解对象的一种重新体验的理解。由此可见,狄尔泰把人文科学对象理解的基础置于内在的体验或者说"意识的事实"上,而不是理解对象的外在事实上,通过对象的自我理解,我们能够理解他人,同时通过对他人的理解,也能够理解我们自身。狄尔泰认为理解对人文科学具有方法论的重要性。

狄尔泰试图像康德为自然科学认识是如何可能的奠定一种哲学基础一样,也试图为精神科学或人文科学建立某种具有普遍适用性的方法论原则。"这是一个非常重要的问题。任何地方的行动都是以对他人的理解为前提的;作为人类,我们的许多幸福都来自于能够感受到他人的精神状态;整个语文科学和历史科学都建立在这样一个前提之上:这种对个别事物的重新理解可以提升到客观性的高度。在此基础上发展起来的历史意识,有可能使现代人在当下在他自己的内心中把握人类的全部过去:他超越自己的时代限制窥见过去的文化,占有它们的力量,享受它们的魅力,从而增加自己的幸福感。当系统的人文科学继续从这种对单个事物的客观理解中得出更普遍的规律关系和更加包容的联系时,对人文科学来说,理解和解释的过程就仍然是具有根本性的。"①因此，狄尔泰确实深刻地意识到了人文科学的理解不同于自然科学的认识。在他看来，历史世界的基础属于经验本身的内在历史性，而经验本身的内在历史性显然非常不同于自然科学的对象，历史世界体现的是一种生命的历史过程。历史科学可能性的第一个条件就在于，理解者自身就是一种历史的存在，探究历史的人同样也是创造历史的人，而探究历史的人与书写历史及其作品的人具有人性的相通性，因此，探究历史就是寻找探究者主体与历史客体的同质性，正是这种同质性使历史认识和理解成为可能。正如乔尔·维因斯海默所说："狄尔泰把提供一种方法论、一种有效理解的普遍理论，作为先于解释方法或规则的具体描述的任务。使狄尔泰的方法论任务变得复杂化以及导致这种复杂化的东西，似乎是这样两个因素：首先是对历史学派成就的一种敏锐感觉，不仅包括兰克（Leopold von Ranke）和德罗伊森（Johann Gustav Droysen）的，甚至包括对黑格尔历史观的敏锐感；其次是狄尔泰对自然科学的成就和康德使自然科学合法化的成功具有令人惊奇的敏锐感。"②换言之，一方面，狄尔泰突出强调人文科学对象具有不同于自然科学对象的特殊性，因此，人文科学的研究方法是"理解"和"体验"；另一方面，他又力图通过个体性的生命体验和理解来把握某种共同的普遍性的东西，从人文科学的理解获得普遍有效性。正是基于这种复杂而又矛盾的敏感，狄尔泰得出了这样的结论，只有建立在人文科学的心理学基础上的体验和理解，才能为人文科学知识的客观性奠定坚实基础。

狄尔泰认为，认识历史世界的最终前提和最重要的方法就是体验。理解者不能把意义的理想性归结为某种先验的主体，因为这种意义的理想性是从生命的历史实在性中产生出来的，而不是先验的东西。正是生命自

---

① Wilhelm Dilthey, *Hermeneutics and the Study of History*, Edited., Ridolf A. Makreel and Frithjof Rodi, New Jersey: Princeton University Press, 1996, p.235.

② Joel Weinsheimer, *Philosophical Hermeneutics and Literary Theory*, New Haven: Yale University Press, 1991, p.5.

身在可理解的统一性中展现自身并造就自身,正是通过个人的体验和重新体验进入作品的世界,意义的统一性才能体现出来并得到理解。意义不是一个逻辑的概念,而是精神生命的表达,因此应当把意义理解为生命的表现。而生命本身就是流逝着的时间性,它以形成永恒的意义统一体为目标,我们对生命本身的理解不是根据某种外在的和先验的东西,而是根据内在于生命体验本身的东西来理解。因此,生命本身解释着自身,生命本身就具有诠释学的结构。在狄尔泰的诠释学中,生命构成了人文科学的基础,这便决定了精神科学或人文科学的理解不同于自然知识的认识,也不同于先验哲学的概念规定,我们要理解生命本身必须体验为基础和核心,对历史上的文本的理解必须通过我们的内心体验进入文本的世界,并重新体验文本中表达的生命体验,这样才能重构作品表达的精神生命。那么怎样通过体验重构作者的精神生命呢?狄尔泰从其体验的生命概念出发引入了"同情"的概念,这与施莱尔马赫的心理解释有着本质的相似之处。同情显然是一个心理学的概念,在狄尔泰那里,"同情"意味着以理解的生命去体验作者或作品中所表现的生命体验,通过同情,理解者与被理解的对象建立起一种对应的、同质的关系,只有同情才使真正的生命理解的客观性成为可能。

　　文学和艺术作品之所以是生命表现和理解的某种特殊表现形式,在狄尔泰看来,就是因为在它的"知识和行为的边界"中,生命以某种观察、反思和理论无法达到的深度揭示生命自身,这些精神性的东西不是通过自然科学的说明方法和先验哲学的概念论证能够把握的。"的确,文学对于我们理解精神生命和历史具有不可估量的意义,因为只有在语言中,人类的内心生活才能找到完整的、无所不包的和客观的表达。这就是为什么理解的艺术集中在对那些以书写形式保存的人类现实的阐释或解释上。"[1]文学和艺术就是一种特殊生命体验和精神心灵的语言表达形式,因此,只

---

① Wilhelm Dilthey, *Hermeneutics and the Study of Histo (ed.)*, Ridolf A. Makreel and Frithjof Rodi, New Jersey: Princeton University Press, 1996, p.237.

有从生命体验的概念出发，才能更好地理解和解释文学艺术作品的意义。但是，值得注意的是，在狄尔泰那里，生命体验的概念并不仅仅局限于艺术领域，他认为，不论在抽象思考还是在实际思考方面，都表现着同一种生命倾向，因而，从生命和体验的概念出发，便可以发现在人文科学与自然科学之间存在着某种共同性，尽管人文科学的对象在某种重要意义上都是基于体验和再体验的理解，但是，人类的精神生命在书写的文学作品中得到了完整而客观的表达，因此，通过我们的体验和再体验能够理解和把握存在于作品中的完整而客观的东西。不过，在本体论诠释学和哲学诠释学看来，狄尔泰对人文科学与自然科学方法论的这种同一性理解，显然忽视了理解者和经验本身的历史性、时间性和有限性，因为他假定我们的理解对象就是要被理解和解释其意义的文本，是精神性的客观化表现形式，通过体验和重新体验克服与理解文本的历史和时间的距离，我们在理解中能够重新进入作者创作的作品的原始世界和原初心灵，直达并重构创作者的内心和体验。而本体论诠释学认为，这是一种浪漫主义的幻想。因为，在狄尔泰的浪漫主义方法论诠释学看来，理解者与某个文本的每一次接触，都是理解者的精神生命与作者精神生命的心灵接触，解释者与作者能够超越距离达到某种绝对的同时性。对于文学作品的理解也同样如此，这种诠释学认为我们可以超越我们自己的历史和时间的限制，通过体验和移情，完整和客观地重构原作者的体验，并把握和理解文本中表现的精神和意义。

不可否认，在诠释学的发展历程上，狄尔泰的诠释学做出了具有转折意义的贡献。首先，他极大地拓展了诠释学的边界和范围，狄尔泰坚持并拓展了施莱尔马赫的诠释学思想，他的理解范围包括所有的人文历史现象。在他那里，每一种被客观化了的思想产品、每一种文化产品，包括个人言语的记载，都可以而且必须当作文本来理解。其次，他敏锐地意识到了人文科学中的一些重要而特殊的性质，诸如生命、体验、同情和意义等等，确实是历史特别是文学艺术所具有的东西，它们具有与自然科学截然不同的特征,尽管狄尔泰认为我们可以在体验或重新体验中客观地把握和重构他人的体验,完整地理解作品的意义,但他也深刻意识到了对人类的历史存在以及对文学艺术作品的理解有自己的方式,确实不同于自然科学的研究。"这些学科与历史本身一样,其方法论的确定性取决于对单个事物的理解能否可以上升到普遍有效性的层面。由此,在人文科学上,我们一开始就遇到了一个人文科学特有的问题,即它与所有关于自然的概念性知识截然不同。"①最后,狄尔泰力图通过对人文科学和自然科学的方法论区分,在"历史理性的批判"工作和自然科学的认识论基础上,力图为人文科学建立一种属于自己的具有普遍有效性的认识论方法。

事实上,正是因为狄尔泰认识到了人文科学对象以及其理解的非客观性,才力图寻求一种不同于自然科学的理解方法。"理解主要建立在表达与表达的关系上,这种关系包含在每一个被看做理解的体验中。[……] 转移、模仿、重新体验这些事实都指向这一过程中起作用的精神生活之整体。在理解过程中,理解与体验本身发生关系,而体验恰恰又只是对某种情况中的整个精神事实的觉察。因此,在一切理解中都有一种非理性的东西,如同生命本身就是这样一种非理性的东西一样。理解不能通过任何逻辑活动的公式表达出来。在这种重新体验中,有一种最终的、虽然完全是主观的确定性,这种确定性是任何对可以表达理解过程的推理的认识价值的检验所不能取代的。"②但是,这种"完全是主观的确定性",类似于康德审美判断的主观的普遍有效性。问题是,既然这种体验性理解是主观性的,又怎样能够保证理解结果的确定性呢?例如,在文学作品的理解中,必然包含我们对文学作品的体验,但这种体验的理解或理解的体验无疑是主观性的,但能否保证它的确定性呢,便是一个难以解决的诠释学问

---

① Wilhelm Dilthey, *Hermeneutics and the Study of History* (ed.)., Ridolf A. Makreel and Frithjof Rodi, New Jersey: Princeton University Press, 1996, p.235.

② 狄尔泰:《对他人及其生命表现的理解》,洪汉鼎主编:《理解与解释:诠释学经典文选》,东方出版社,2001年,第107—108页。

题。以体验为前提条件的理解方法是否能够真正解决人文科学的客观有效性问题呢?通过对文本的体验是否能够真正达到施莱尔马赫所说的诠释学理想,即能够"比作者本人更好地理解作者"?在文本作者与解释者之间是否能够真正达到绝对的同一性,即重构作者的原初体验呢?这种方法是否具有真正的普遍有效性呢?这些可能是浪漫主义的方法论诠释学难以解决的问题。

　　文学艺术作品确实包含了作者对生命的体验,当然,也包含作者的创作动机和创作意图,理解者和解释者在对文学作品的理解过程中确实也离不开读者的感受和体验,任何理解都是两者之间相互作用的过程。但是,无论是文本的作者还是文本的理解者,都是特定历史时代、文化语境中的存在,都是一种具有历史时间性和有限性的存在。由此,两者之间便很难通过体验和重新体验达到某种绝对的同一性。对于这个问题,正如格龙丹(Jean Grondin)所写的:"狄尔泰认为自己是德罗伊森这样的历史学派的方法论者,他很少提到德罗伊森,狄尔泰的目标是将人文科学概念化为自主性的科学,并保护其免受自然科学及其方法论的侵蚀;为此,他试图将其置于普遍有效性的基础上,即灵知学的基础上,从而使它们得到哲学上的合法化。……显然,狄尔泰想把人文科学从它们从属于自然科学的地位中解放出来,正如穆勒(John Stuart Mill)和贝克尔(Carl Becker)一样。他关于寻求不可动摇的基础的讨论仍然证明了他对科学主义范式的迷恋。即似乎关于人类的科学,毕竟是处理可变的、世俗的事物,也需要某种类似于阿基米德定点的东西,以保持它们对科学的尊重。"①显然,对自然科学方法论的这种迷恋,无法解决人文科学的客观性理解问题,因为人文科学的对象及其理解包含着非客观的主观性因素,这是狄尔泰本人充分认识到的。狄尔泰已经认识到人文科学对象的理解方式是生命体验,是理解者向理解对象的一种移情,这便决定了为人文学科学建立像自然科学一样

---

① Jean Grondin, *Introduction to Philosophical Hermeneutics*, New Haven: Yale university Press, 1994, pp.84-85.

具有普遍有效性方法论的不可能性。同样，力图通过体验和再体验重构具有普遍有效的文学作品意义也是不可能实现的。狄尔泰说："一个伟大的诗人或发现者，一个宗教天才或一个真正的哲学家的作品永远只能是他的精神生活的真实表达；在一个充满谎言的人类社会里，这样一种作品才是永远真实的，与其他任何以符号形式记录的客观化不同，它能够被完整而客观地解释；的确，只有通过这些作品，我们才开始理解一个时代的其他艺术性典范和同时代人的历史行为。"① 应当说，狄尔泰对人类精神产品和文学艺术的理解有深刻的见地，充分肯定了人文科学对象所具有的精神价值，但是，他却由于追求精神价值的客观性而否定了理解的历史性，这在很大程度上否定了理解的开放性。这种客观性理解的理想愿望有着非常良好的历史理性动机，但是，这种客观性的科学要求对于历史和文学艺术等人文科学对象来说，却是一种天真的浪漫主义幻觉，它忽视了人的存在的有限性和历史理解的有限性。

正如伽达默尔指出的，尽管狄尔泰在为人文科学奠定认识论基础方面迈出了重要的一步，看到了个体生命体验在人文科学理解中的作用，但是，他的方法论基础是认识论意义上的，而不是本体论意义上的，从而使他的体验论诠释学成为一种心理重构论的诠释学。"对狄尔泰来说，有限性的意识并不意味着意识是有限的或以任何方式受到限制；相反，这种意识见证了生命在能量和活动上超越一切限制的能力。因此，它准确地体现了心灵潜在的无限性——尽管它不是在思辨中，而是在历史的原因中实现这种无限性。历史理解扩展到包含所有的历史材料，并且具有真正的普遍性，因为它在内在的整体性和心灵的无限性上有坚实的基础。在这里，狄尔泰遵循的是一个古老的理论，即由于人性的同质性，理解是可能的。他把个人的自身经验世界视为一个扩展的出发点，在一种富有生气的换位中，通过重新体验历史世界获得无限性的东西来填补其自身经验的狭隘性

---

① Wilhelm Dilthey, *Hermeneutics and the Study of History (ed.).*, Ridolf A. Makreel and Frithjof Rodi, New Jersey: Princeton University Press, 1996, p.238.

和偶然性。"①尽管狄尔泰深刻认识到了人文科学对象的特殊性及其不同的理解方式,但是,这并不意味着他真正解决了人文科学的客观性理解问题,尤其是人文科学理解中的"完全主观的确定性"问题。因为,支配狄尔泰人文科学认识论基础的东西,在很大程度上仍然是笛卡儿主义的方法论,以及他那个时代对自然科学方法的普遍性要求,因而使他严重地忽视了理解的历史经验和时间经验所具有的有限性问题,所谓通过体验和重新体验以客观性地重构作者和作品的思想成了一种不可能的浪漫主义诠释学幻想。

第二节 事实性诠释学与本体论理解

从方法论诠释学转向本体论诠释学正是海德格尔的哲学事业。海德格尔尽管对诠释学问题的专门论述并不多,但在现代诠释学的发展中却具有非常重要的意义。人们普遍认为,海德格尔把诠释学从方法论转向本体论解决了以往人文科学认识论中的关键问题。劳伦斯·施密特认为:"海德格尔用两种方式颠倒了诠释学的任务。"②首先,他把我们如何理解的认识论问题转移到存在意义的本体论问题,特别是转移到了关于此在存在的意义本体论问题;其次,诠释学并不涉及与自己交流时对他人的理解,而是涉及与理解者的处境有关的问题。海德格尔认为,从其原初意义上说,理解总是与理解者的处境、与对理解者在世界存在本身中的地位的基本理解有关。在理解此在存在的基本结构时,由于海德格尔从认识论转向了事实性的本体论,因而对理解进行去心理化,也就说,不再从心理学角度来探讨理解的可能性问题。心理化的理解是浪漫主义方法论诠释

---

① Hans-Georg Gadamer, *Truth and Method*, London: Continuum Publishing Group, 2004, pp.225-226.

② Lawrence K. Schmidt, *Understanding Hermeneutics*, Durham:Acumen Publishing Limited, 2010, p.152.

学的重要基础，经过海德格尔的本体论诠释学的转向，理解便不再意味着对他人思想的移情式的再创造，不再是一种体验或重新体验的主观确定性的重构，因为这种理解立足于此在存在本身的事实性，即立足于理解者自身的事实性存在。海德格尔写道："领会是这样一种能在的存在：这种能在从不作为尚未现成的东西有所期待；作为本质从不现成的东西，这种能在随此在之存在生存意义上的'存在'。此在的存在方式是：它对这样去存在或那样去存在总有已所领会或无所领会，此在'知道'它于何处随它本身一道存在，也就是所随它的能在一道存在。"①这里的"领会"在《存在与时间》英译本中的即是"理解"。因此，理解并不只是理解一个文本或另一个文本所表达的内容，更不是理解作者的创作意图或重构作者的体验，而是理解者从他自己的此在存在的处境出发的一种筹划，而筹划总是向前筹划某种东西，一种"能在的存在"，一种可能性，这意味着诠释学的一种新的理解方式："海德格尔的诠释学之所以成为可能，是因为我们的本性是存在论设定的动物。他认为我们总是已经存在在这个世界上，并且我们已经通过我们的环境和我们的实际参与来理解这个世界。对于海德格尔来说，理解就是在与一个人自己的有限处境的关系中来理解。"②也就是说，此在是一种具有未来可能性的方式，而不是一种现成的存在方式。我们的理解不是在确证某种已然存在的东西，而是开放性地理解和阐释某种可能的东西。对于我们的人类理解来说，理解以及所有的解释行为都是与我们的处境分不开的，并且始终是从我们的处境出发对理解对象进行的理解和解释。这样，方法论诠释学所认为的我们可以超越理解者的此在存在的历史性、有限性和时间性进入理解对象，从而实现所谓客观的、正确的理解，实际上是不可能的。不管表面看来我们的理解有多

---

① 海德格尔：《存在与时间》，陈嘉映、王节庆译，生活·读书·新知三联书店，1987年，第176页。

② Stanley E. Porter & Jason C. Robinson, *Hermeneutics: An Introduction to Interpretive Theory*, Michigan: Wm. B. Eerdmans Publishing Co., 2011, p.10.

么客观,多么的正确,多么的具有普遍有效性,理解的结果都不可避免地受到理解者和解释者的事实性存在和前理解的影响。

在海德格尔的事实性诠释学(Hermeneutics of Facticity)中,理解和解释的概念总是与此在的存在意义筹划交织在一起。在他那里,所谓诠释学就是此在存在的本体论的诠释学,即事实性、历史性的诠释学,理解和解释就是对事实性存在的揭示,因此,这种诠释学不同于施莱尔马赫、狄尔泰的方法论理解和解释方式,而是一种全新的本体论理解形式。海德格尔从其此在存在的事实性诠释学出发,把理解问题放在此在的时间性结构中,认为理解从本质上说是具有时间性的此在对存在的理解,理解只能是作为有限性存在的"此在"对理解对象的理解,我们不可能超越此在存在来理解任何事物。"此在",即在世界中存在的原始完成形式,而事实性就是指此在的特殊存在方式。"此在"由"da"(意为"在那儿")和"sein"(意为"存在")构成,因此"此在"字面上的意思就是"在那儿-存在"的意思,也有些人把此在翻译为存在-在那儿。海德格尔更倾向于用"此在"而不是"人类存在",以避免与"人类存在"有关的不恰当的形而上学内涵,人类的存在方式是在那儿存在,即在世界中存在(being-in-the-world)。我们对意义的发现和理解就存在于我们的此在的时间性和历史性中,时间性和历史性就是我们的存在方式,我们不可能超越我们存在的时间性和历史性,因此,此在存在的事实性是所有人类理解得以可能的条件。"此在的存在在时间性中发现其意义。然而时间性也就是历史性之所以可能的条件,而历史性则是此在本身的时间性的存在方式。"①因此,意义的理解在海德格尔那里总是时间性和历史性的理解,并从时间性和历史性的此在存在筹划理解的可能性,而不是返回到过去或过去文本的一种重构。"理解的首要重要性在于它能够揭示此在世界上的此在生存的可能性。理解的'筹划'性质首先将此在定位在世界之中,其

---

① 海德格尔:《存在与时间》,陈嘉映、王节庆译,生活·读书·新知三联书店,1987年,第25页。

次,它同时为它自己在那个世界中存在的可能性开启它的领会。"① 在理解按照各种不同的实践兴趣或理论兴趣被区分之前,理解就存在着,就已经是此在存在的基本方式,这种存在方式先于各种理论兴趣或实践兴趣的区分,也就是我们总是已经在此在存在中理解。因此,我们的理解既是从我们的此在存在的处境出发所进行的理解,也是一种可能存在或"可能性"的筹划的理解。

正是人的此在存在的时间性和历史性决定了我们的一切理解都是有条件的,因此,并不存在任何超越时间性和历史性的理解,对任何事物的理解都是时间性和历史性的理解,没有任何人超越自己的时间性和历史性去重构性地理解曹雪芹的《红楼梦》或莎士比亚的剧作,也没有人脱离自身的经验去阅读托尔斯泰或陀思妥耶夫斯基的作品。理解者总是带着某种意义期待,某种已有的观念、已有的认识去理解他所要理解的对象,理解者总是带着"先行具有""先行看见""先行把握"的东西进入理解过程中。"先行具有、先行看见及先行把握构成了筹划的何所向。意义就是这个筹划的何所向,从筹划的何所向方面出发,某某东西作为某某东西得到领会。只要领会和解释造就是此在之在的生存论状态,意义就必须被理解为属于领会的展开状态的生存论形式构架,意义是此在的一种生存论性质,而不是一种什么属性,依附于存在者,躲在存在者'后面',或者作为中间领域飘游在什么地方。只要在世的展开状态可以被那种于在世展开之际可得到揭示的存在者所'充满',那么,唯此在才有'意义'。"②在这里,"作为"某某东西的领会或理解便不再是实证论的理解,而是理解者把某种东西"作为"某种东西的理解,而"作为"总是理解的"作为"。我们看到,这种意义理解非常不同于施莱尔马赫和狄尔泰,施莱尔

---

① Tomasz Kalaga, *Literary Hermeneutics: From Methodology to Ontology*, Newcastle: Cambridge Scholars Publishing, 2015, p.69.

② 海德格尔:《存在与时间》,陈嘉映、王节庆译,生活·读书·新知三联书店,1987年,第185页。

马赫虽然把特殊诠释学提升到了一种普遍的诠释学，但是他的普遍诠释学仍然是一种方法论诠释学。狄尔泰追随施莱尔马赫，把诠释学界定为理解书写作品的理解规则，他的诠释学理解目标是要为人文科学的理解确立能够保证普遍有效性的方法论，一种与自然科学方法论平行的人文科学方法论。就文学理解而言，文学作品不同于自然科学的理解对象，它远不是再现已然存在的东西，不是描摹客观地存在在那儿的东西，文学艺术作品中表现的东西已经是作家筹划和解释的东西。在海德格尔看来，文学作品特别是诗，便是人类此在存在之真理的一种语言性表达。"诗乃是对存在和万物之本质的创建性命名——绝不是任意的道说，而是那种首先让万物进入敞开域的道说，我们进而就在日常语言中谈论和处理所有这些事物。所以，诗从来不是把语言当作一种现成的材料来接受。相反，是诗本身才使语言成为可能。诗乃是一个历史性民族的语言（Ursprache）"①语言不是一种现成可用的材料，也不是一种现成的工具，诗人创造了表达此在存在之真理的语言。我们对诗的谈论和理解既与诗的语言表达的真理有关，也与我们自身对语言和诗意真理的理解有关。因此，文学和艺术作品的意义和真理的生成和产生，并不仅仅是作为语言符号而存在的客体性的东西，理解并不是对文学作品本身的客观性把握，而总是理解者从其自身的时间性和历史性所进行的理解和筹划，文学作品的意义和真理始终是从理解者的诠释学处境出发进行的理解和阐释，而不是像浪漫主义诠释学所认为的那样，是一种消除了时间距离和历史距离的方法论认识或体验性重构。

例如，我们阅读和理解一部文学作品，总是意味着作为此在存在的"我们"进入到艺术作品的世界，既然作为理解者的我们总是一种时间性和历史性的存在，那么，我们的理解就必然带着我们已有的"前理解"进入阅读和理解的过程中，理解的结果不可避免地包含我们自己的理解，始终是"我们"把文学作品"作为"文学作品来理解，而不是对文学作

---

① 海德格尔：《荷尔德林诗的阐释》，孙周兴译，商务印书馆，2000年，第47页。

品的客观性把握或对作者原始意图的正确性重构。无论文学作品的内容还是其形式,一旦进入读者的阅读和理解过程中,就会被具有前理解的读者和理解者所理解和解释,总是"我们"在阅读和理解。也就是说,没有任何读者和理解者会带着犹如一张白纸一样的心灵,面对或进入一部文学或艺术作品,我们阅读的心灵不是一块"白板"。"对海德格尔而言,理解根本就不是一个理论问题,而是实践性地卷入围绕我们周围的世界。海德格尔的'事实性诠释学'意味着理解那些对我们而言的东西,此时此刻它们发挥什么样的作用;对这样一些事物的理解是如何置入世界之中的。"①在海德格尔看来,理解不是一种客观化,尽管它也是某种存在于我们自身之外的东西,但是,理解同样是人类包括我们自身在内的可能方式。所有存在于读者和理解者思想和情感意识中的东西,都有可能被作为一种可能性的因素,带入对文学作品的阅读和理解的过程中,并在这种阅读和理解过程中生成为文学作品意义的有机组成部分。而解释就是这种把前理解(Fore-understanding)结构和理解可能性与文学作品结合起来的活动,并在这种解释中建构而不是重构文学作品的意义世界。"把某某东西作为某某东西加以理解,这在本质上是通过先行具有、先行见到与先行掌握起作用的。解释从来不是对先行给定的东西所做的无前提的把握。准确的经典注疏可以拿来当作一种特殊的具体化,它固然喜欢援引'有典可稽'的东西,然而,最先的'有典可稽'的东西,原不过是解释者的不言自明、无可争议的先入之见。任何解释工作之初都必然有这种先入之见,它作为随着解释就已经'设定了的'东西是先行给定了的,这就是说,是在先行具有、先行见到和先行把握中先行给定了的。"②海德格尔从其此在的本体论诠释学出发认为,理解并不是像狄尔泰认为的是在精神老年时

---

① Gerald L. Bruns, Hermeneutics, *Encyclopedia of Aesthetics*, vol.2, M.Kelly, Editor in chief, Oxford University Press,1998, p.397.

② 海德格尔:《存在与时间》,陈嘉映、王节庆译,生活·读书·新知三联书店,1987年,第184页。

代所获得的人类生活的顺从理想,也不像胡塞尔超验现象学所认为的那样是相对于非反思生活的朴素的最终方法论理想。"任何解释我们的事实性或我们的可能性的限制条件的尝试都将成为对解释进行解释(interpret interpretation)的尝试。我们的事实性是我们已经在存在中,因此,海德格尔的事实性诠释学成为一种看似矛盾的自我反思性深思。通过诠释学,我们正在使理解变得明确,并向我们自己揭示存在的本质。此在的生存论分析本身就是对存在的一种解释,对存在的一种自我理解。"①把某物作为某物的理解本身就不是纯粹中立的理解,而总是带有"先行具有、先行见到与先行掌握"的"前理解"对某物的理解。因此,对任何理解对象的解释都不是无条件的解释,任何解释都是对一种解释的再解释,对文学作品的解释也同样如此,无论是阅读一部文学作品,还是观看一幅绘画作品,都有读者和观看者的前理解在发挥作用。对于文学作品的理解和解释,并不是一种没有任何关于文学的先在概念,不是没有任何文学经验和人生经验的理解,理解和解释总是以我们已有的对文学的某种理解为前提,我们关于文字、词语、句子乃至整个本文的解释都以我们已经掌握了的东西为前提。我们并不是把所有已有的东西丢弃或遗忘后,才去理解摆在我们面前的本文,恰恰相反,我们总是带着这些东西进入文学作品的阅读、接受、理解和解释之中,我们无法声称客观地理解了文学作品或文学作品表现的东西。因此,海德格尔的事实性本体论诠释学不仅不承认这样的理解客观性,而且从根本上反对这样的客观性要求。

既然人的存在是一种有限的时间性和历史性存在,那么,创作文学作品的作者也是一种有限的时间性和历史性的存在,而文学作品本身便是通过对此在有限的时间性和历史性存在的言说去探索存在的真理和本质,因此,对文学作品的理解同样是作为有限的时间性和历史性存在的理解者对文学作品做出的理解。既然一切理解都包含着前理解,一切解释都是从

---

① Stanley E. Porter & Jason C. Robinson, *Hermeneutics: An Introduction to Interpretive Theory*, Michigan: Wm. B. Eerdmans Publishing Co., 2011, p. 65.

理解者的处境出发所做的理解，一切理解都是此在存在的一种筹划，而我们无法保证理解的正确性和客观性，那么我们能够保证我们理解的有效性吗？海德格尔认为我们的理解是具有有效性的，他借助于诠释学循环（hermeneutic circles）来解决这个问题。"问题不在于拿领会和解释去比照一种认识理想；认识理想本身只是领会的一种变体，这种变体误认为它的正当任务就是在现成东西的不可理解性中把握现成东西。不要认错了进行解释所需要的本质条件，这样才能满足解释所必需的基本条件。决定性的事情不是从循环中脱身，而是依照正确的方式进入这个循环。领会的循环不是一个由任意的认识方法活动于其间的圆圈，这个词表达的乃是此在本身的生存论上的'先结构'。［……］解释领会到它的首要的、不断的和最终的任务总是不让向来就有的先行具有、先行看见与先行把握以偶发奇想和流俗之见的方式出现，它的任务始终是从事情本身出发清理先有、先见和先行把握，从而保障课题的科学性。"①施莱尔马赫和狄尔泰认为我们可以摆脱诠释学循环，海德格尔认为我们不能摆脱这个循环。他认为，理解从根本上说是一种循环性的理解，这是此在存在的本体的、事实性的持续状态，关键在于怎样进入循环，并根据"事情本身"来判断我们的前理解的合法性。海德格尔的诠释学循环概念不是一种主客体关系的概念，也不是某种结构形式的循环理解，不是抛开了人的此在存在的前理解和时间性所进行的部分与整体的循环理解。海德格尔的诠释学循环是根据前理解和时间性来描述的，并试图解决理解有效性的问题。

在我们对文学作品的理解中，我们不是理解文学作品的创作主体与作为客体的对应关系，不是寻求理解者与作品意义的同一，也不是客观地描述作品的形式结构，所有这些理解都不是从此在存在的前理解和时间性出发进行的理解。事实性诠释学认为，在理解过程中，我们总是不断地把理解的前结构，即我们所拥有的"前拥有""偏见""前概念"投射到被

---

① 海德格尔：《存在与时间》，陈嘉映、王节庆译，生活·读书·新知三联书店，1987年，第187页。

理解的对象上，参与到理解的对象之中。作为历史性的存在，作为终有一死的存在，我们也总是带有对未来的期待和向往，进入理解的持续过程，把这种期待融入我们的理解事件中，既然我们的此在存在总是解释性的，那么我们对任何对象的理解也总是解释性的，理解始终是解释性的理解。当然，我们对文学和艺术作品的理解并不是随心所欲的理解，不是胡思乱想的发挥，而是来自对艺术作品本身的理解，即总是受到作为"事物本身"的文学作品的约束，但这种约束并非与我们无关。换言之，我们对文学和艺术作品的理解，确实不是客观、中立的理解，不是对所理解对象的重构，而是包含着我们对文学作品的自我理解，即这种理解是由我们做出的理解和解释，文学作品的意义和真理始终是我们理解和解释的意义和真理，但是，这种意义和真理同时来自于"事物本身"，即文学和艺术作品，并且理解的有效性必须通过作为"事物本身"的文学作品来检验。用伽达默尔的话说，文学作品总是站立在那儿，向我们表达某种东西，而我们的理解总是对站立在那儿向我们表达的东西的理解。但是，我们对文学和艺术作品的理解和解释并不是一套技术和方法的应用，而是描述我们的理解是如何发生的，被理解的作品的意义和真理是如何产生的，并且不断地反思我们的前理解和前判断以及理解所产生的意义，这样便能保证理解的可能性和有效性。因此，关键的问题不是逃避诠释学的循环，而是要以"正确的方式进入整个循环"。至于如何真正解决诠释学的循环问题，如何正确地进入这种诠释学的循环，如何阐述理解的时间性和历史性问题，这是海德格尔在《存在与时间》中没有解决的问题。有论者指出："海德格尔本人在试图以'正确的方式进入这个循环'的过程中也遇到了一些困难，他筹划'存在与时间'的原因，其最初计划的方式，仍然是未完成的，可能是因为他没有成功地提出一种关于存在的时间性本身的概念，这种概念与此在的时间性完全分离。如果认为对此在存在的分析是为进一步探究存在本身提供可能的条件，那么，挑战似乎就是要避免存在的主观主义。如果对存在的理解必然依赖于对具体此在的真实性和历史性的理解，那么，这种威胁似乎就是一种主观主义的唯心主义，在这里，存在的意义被还原为具体的、历史的此在产生的意义。"①

海德格尔把方法论诠释学转变为本体论诠释学，无疑是对诠释学的重大贡献，并为伽达默尔建立哲学诠释学奠定了极为重要的哲学基础，尽管后期海德格尔转向"语言"问题，从而放弃了诠释学的探讨。伽达默尔指出："我们从海德格尔的成问题的先验意义开始，诠释学的问题在理解范围内变成了普遍性问题，甚至获得了一个新的维度。……此在的结构就是被抛的筹划，此在就其认识到自己的存在来说就是理解，这对人文科学的理解行为来说，也必然是真实的。理解的普遍结构是在历史理解中得到具体化的，因为习俗和传统以及一个人与自身未来相应的可能性的具体联系，是在理解本身中获得效果的。向自身能存在而筹划自身的此在总是已然'存在过'。这就是被抛状态的存在论的意义。事实性诠释学的主要观点及其与胡塞尔现象学的先验构成研究相对立是，任何对其自身存在的自由选择都不能回到这种存在的事实性。所有成为可能的和限制此在筹划的东西都必然先于此在而存在。这种此在的存在论结构也必须在对历史传统的理解中得到表现，因此，我们首先将跟随海德格尔。"②正是海德格尔的事实性诠释学，使人文科学的理解问题进入了诠释学哲学的中心，并为伽达默尔的哲学诠释学的理解本体论问题的探讨奠定一些重要的概念、范畴和基本理论倾向。

在某种意义上可以说，伽达默尔哲学诠释学的基本概念和思想洞见都是在海德格尔的事实性诠释学影响下发展而来的，并得到了富有创造性的理解和阐述，他的理解的普遍性、理解的历史性、理解的偏见等概

---

① Inga Römer, Method, *The Blackwell Companion to Hermeneutics*, edited., Niall Keane and Chris Lawn, New Jersey: John Wiley & Sons, Inc 2016, pp.89-90.

② Hans-Georg Gadamer, *Truth and Method*，London：Continuum Publishing Group，2004，p.254.参见伽达默尔：《真理与方法》，洪汉鼎译，上海译文出版社，1999年，第339—340页。

念，显然都受惠于海德格尔。这样说，并不意味着伽达默尔只是跟随海德格尔，而不具有他自己的独创性，诠释学之转向哲学诠释学无疑是由伽达默尔完成的。"由于伽达默尔在《真理与方法》中建立起来的诠释学转向是与早期海德格尔的诠释学探究相联系的，因而，正像古老的惯例所体现的那样，伽达默尔用海德格尔的思想反对海德格尔，即反对海德格尔对诠释学思想的明显放弃。但是，伽达默尔却始终如一地用海德格尔提出的历史的事实性诠释学来反对海德格尔。伽达默尔的成就在于，它表明了存在的历史性如何内在于我们的历史情境意识和人文科学自我表现意识的理解。"[1]海德格尔的意义的先验问题，语言与思的问题，理解的时间性问题，理解的普遍性和真理性问题，确实都被伽达默尔纳入了存在的时间性理解和理解的历史性结构中，并力图在存在的历史性理解中对人文科学真理的理解问题做出他自己的回答，而且，我们将看到，伽达默尔的哲学诠释学与我们正在探讨的文学诠释学问题有更密切的关系。

第三节　哲学诠释学与理解事件的辩证法

有如海德格尔，伽达默尔也是从所有的理解都是诠释学的理解这个观念出发，开始他的诠释学探究，诠释学的根本功能是我们在世存在的一种基本方式，哲学诠释学的理解与某个文本的固定意义无关，而与我们与文本的处境性对话理解有关。与所有关于理解的诠释学一样，伽达默尔的哲学诠释学所关注的同样是理解的难题，但是，他提出的理解问题却不同于其他诠释学理论，特别是不同于方法论的诠释学，他的诠释学被称为哲学诠释学。伽达默尔提出的问题是，理解是否需要依靠一套像自然科学方法论那样的东西，才能保证人文科学理解的有效性？人文科学中是否有一种不同于自然科学的认识和真理？理解是如何发生的？理解又是如何可能

---

[1] Jean Grondin, *Introduction to Philosophical Hermeneutics,* New Haven:Yale university, 1994, p.8.

的？我们是否能够比作者自己更好地理解作者？人文科学的对象，例如文学艺术作品是否存在认识和真理，它们是如何在理解中发生和实现的？等等。伽达默尔的哲学诠释学力图回答这些问题。"伽达默尔的问题十分简单：理解在最基本的层面上是如何实际地发生的？他所要表明的是，理解是最重要的重复行为，这种行为始终是一种有限的事件，在这种行为中解释被不断地置于理解的过程之中。更特别的是，他表明，理解是一个开放的历史过程，在这个过程中，解释者始终站立在一种已然存在的构成性解释之中。伽达默尔坚持认为，从根本上说，这个过程中的解释中介是对话性的。解释者的另一方吸引解释者进入新的解释发生的交流中。理解的对话性质明显地出现在《真理与方法》的第三部分，伽达默尔告诉，我们的理解的过程是语言性的：'能够被理解的存在是语言。'但是，对伽达默尔来说，语言总是对话的语言，他者在对话中与解释者相遇。理解过程的这种明显标志与现代哲学背道而驰。相对于它对世界的规定性把握和控制，这是一个对主体性有着根本限制的过程。从方法论诠释学的转变也是从主体性范围的转变。"①伽达默尔的哲学诠释学是如何切入理解的问题？是如何阐述理解的时间性和历史过程的？它为人文科学的真理问题提供了一些怎样的思想洞见？由于本书特别关注哲学诠释学理解的重要性，及其与文学理解和阐释的关系，因此，在具体阐述文学诠释学问题之前，我们需要对伽达默尔的哲学诠释学有更全面的理解。

前面已经提到，海德格尔的事实性本体论诠释学关于理解和解释的论述，不同于他之前的方法论诠释学，伽达默尔在海德格本体论诠释学基础建立起来的哲学诠释学也同样如此，他对理解的方法论和客观性问题同样持批判的态度。在《真理与方法》中，伽达默尔写道："施莱尔马赫认为，其目的是比作者理解自己更好地理解作者，这是此后一再被重复的公式；而且，我们可以从对它的不同解释中读到现代诠释学的整个历史。确

---

① James Risser, *Hermeneutics and the Voice of the Other: Re-reading Gadamer's Philosophical Hermeneutics*, New York: State University of New York Press, 1997, p.4.

实,这句话包含了诠释学的全部命题。"①同样,哲学诠释学把人类理解的问题作为一个具有普遍性的本体论问题,理解不仅存在于我们对于历史事件、文学艺术作品的经验和理解中,而且存在于我们人类的整个经验领域中。"哲学解释学把以下事情列为自己的任务:充分揭示解释学的所有领域,指出它关于我们世界的整个理解的根本意义以及它对这种理解展示其自身的各种形式的意义。这些形式包括:从人与人的交际到对社会的控制;从社会个体的个人经验到他同社会打交道的方法;从教条、法律、艺术和哲学等构成的传统到通过解放的反思使传统动摇的革命意识。"②可以说,诠释学是一种包罗万象的理解学科,它深入探讨我们的理解以及能够理解的条件,即我们人类的理解究竟是如何可能的,在理解过程中产生了怎样的效果。这种诠释学对理解的意识进行的哲学探讨,当然对于我们思考文学理解何以发生和可能的问题提供了深刻而重要的理论洞见。

有如海德格尔强调理解的此在时间性和历史性,伽达默尔同样把这种此在存在的时间性和历史性作为理解的基础性条件。我们对于文学艺术作品的理解,毫无疑问也是作为有限性和历史性的此在存在的人所进行的理解,关于文学艺术的所有理解,都不可能摆脱理解者自身的时间性和历史性的限制。正如这一思想使诠释学理论转变成了本体论的哲学诠释学一样,可以说,它也使文学的理解和解释问题转向了以理解事件为核心的本体论理解和解释。哲学诠释学突出强调,所有的理解,特别是对人文科学对象的理解,总是从理解者的诠释学处境出发的理解,人们对包括文学艺术在内的所有人文科学对象的理解,都总是在一种时间性和历史性的视域中所进行的理解,这种诠释学意识充分意识到人文科学的理解事件所具有的此在性、有限性、历史性、开放性、语言性和思辨性特征。文学当然属

---

① Hans-Georg Gadamer, *Truth and Method*, London: Continuum Publishing Group, 2004, p.191.

② 伽达默尔:《哲学解释学》,夏镇平、宋建平译,上海译文出版社,1994年,第18页。

于人文科学或德国人所说的精神科学,我们对文学的理解也当然属于人文科学或精神科学理解的范畴。在这里,无论"人文"还是"精神",都总是属于人类的,而非属于自然的。就文学诠释活动而言,哲学诠释学从作为人文科学对象的文学艺术和真理经验的特殊性出发,把文学诠释活动理解为一种此在性、时间性、有限性、历史性、真理性的事件,这种诠释学意识体现了诠释活动的此在性与有限性、历史性与开放性、语言性与思辨性的辩证法。

一、哲学诠释学意识与理解的此在性和有限性

我们首先论述哲学诠释学对理解的此在性和有限性的探讨。文学艺术的审美经验是如何发生的?我们是否可以在理解过程中毫无偏差地重建作者的意图或客观地理解作品?我们是否可以超越我们存在的时间性和历史性,从文学艺术作品中获得某种恒定的客观意义?对于这些问题,哲学诠释学的回答显然是否定性的。

伽达默尔对包括文学艺术在内的审美经验的理解,是建立在海德格尔的存在本体论基础上的,在发展他的哲学诠释学时,海德格尔的事实性本体论诠释学为伽达默尔的哲学诠释学提供了有益的启发。"海德格尔对近代主观主义的批判的建设性成果,就在于他对存在的时间性的解释为上述立足点开辟了特有的可能性。从时间的视域对存在的解释并不像人们一再误解的那样,指此在是这样被彻底地被时间化,以致它不再是任何能作为恒在(immerseiendes)或永恒的东西而存在的东西,而是指此在只能从其自身的时间和未来的关系上去理解。"① 前面已经提到,海德格尔把施莱尔马赫和狄尔泰的方法论诠释学改造为一种事实性的诠释学,把作为工具论的诠释学变成了一种本体论的诠释学。伽达默尔则通过进一步阐发海德格尔的事实性诠释学的哲学洞见,表明了它对诠释学所隐含的重要

---

① 伽达默尔:《真理与方法》,洪汉鼎译,上海译文出版社,1999年,第127—128页。

意义。"我们所探究的是人的世界经验和生活实践的问题。借用康德的话来说，我们是在探究理解是何以可能？这是一个先于主体性的一切理解行为的问题，也是一个先于理解科学及其规范和规则的问题。我认为海德格尔对人类此在（Dasein）的时间性分析已经令人信服地表明：理解不属于主体的行为方式，而是此在本身的存在方式。本书中的'诠释学'的概念正是在这个意义上使用的。它标志着此在的根本运动性，这种运动性构成此在的有限性和历史性，因而也包括此在的全部世界经验。既不是随心所欲，也不是片面夸大，而是事情的本性使得理解运动成为无所不包和无所不在。"①也就是说，理解不是外在于我们存在的一种行为，理解本身就是我们的一种此在存在方式，只要人类存在着，只要我们存在着，我们就在理解，我们也不能不理解，因此，理解是一种此在的根本性运动，理解就是我们的事实性存在。文学同样是一种理解，作家不能没有理解地创作他的作品，任何文学作品都包含了创作者的理解，包含着对他生存于其中的世界的理解、对他所表现的对象的理解；读者和理解者同样也是从他的此在存在出发，理解他所要理解的对象。因此，在哲学诠释学看来，我们不能把对文学作品的审美经验理解视为一种对文学作品所再现的事物的认识，也不是一种超越了理解者自身的此在存在的时间性的理解，文学的理解就是一种作为此在存在的我们的一种理解方式。我们为什么需要理解文学，便是因为在某种意义上是理解我们自身此在的一种方式，如果理解文学与我们无关，那我们就没有必要理解它，因此，我们理解文学作品与我们需要理解文学有关，我们能够通过文学作品的理解，从某个维度来理解我们自身的存在。当人们吟诵"路漫漫其修远兮，吾将上下而求索"时，远不只是在理解屈原，不仅仅是从字面上理解这个句子及其意义，在某种程度上总是联系或隐含着读者对他自己的理解。

---

① 伽达默尔：《真理与方法》第2版序言，洪汉鼎译，上海译文出版社，1999年，第6页。

既然作为理解者的"我们"始终是一种具有时间性和历史性的存在，那么，我们对任何事物的理解都必然具有时间性和历史性，而任何具有时间性和历史性的理解都必然是一种有限性的理解，而不可能是一种终极的、确定的、正确的理解。哪怕是对一首小诗的理解，例如陈子昂的《登幽州台歌》，它的意义也总是在理解中发生的，没有人能够说他彻底地理解其中的意义，没有人认为只有一种确定性的理解，而其他的理解都是不对的。这种理解的有限性的诠释学观点，可以说是伽达默尔始终坚持的思想，他把时间性和有限性的观念运用到人类经验的分析中，并且认为理解作为本质上有限制条件的经验，始终是一种有限的经验。即使伽达默尔在《真理与方法》的第三部分把语言与诠释学经验联系起来时，也是用有限性的概念来描述我们对语言的经验。在发表于1983年的《文本与解释》中，他写道："我的努力就是为了不要忘记，每一种意义的诠释学经验都是有限制的。当我写下'能够被理解的存在是语言'这个句子时，便意味着被理解的东西是不可能完全被理解的。这意味着以语言的名义出现的任何事物总是意指超出用命题所能够获得的东西。要被理解的东西总是要用语言来表达的东西，但是，它当然总是被当作某物，当作真实的东西来理解。这是存在在自身中'表现自身'的诠释学维度。在这个意义上，我保留了'事实性诠释学'这个表述，而且这种表述意味着诠释学意义的转变。"[①]总是"作为"某物来表达的东西，也总是"作为"某物来理解。由于我们作为此在存在的根本有限性，我们进行的任何理解都是有限性的理解，并且是作为有限性存在的我们把某物当作某物来理解，当我们把它作为某物来理解的"某物"在时间中发生变化时，我们便会有不同的理解，不同的人有不同的"某物"，意味着对某物进行某种意义上的不同的理解，因此，不可能有施莱尔马赫所说的完全正确的理解。

---

① Hans-Georg Gadamer, "Text and Interpretation", *Hermeneutics and Modern Philosophy*, Brice R. Wachterhauser eds., New York: State University of New York 1986, p.382.

格龙丹在《哲学诠释学导论》中深刻指出:"如果诠释学有什么是普遍的东西的话,也许就是它认识到它自己的有限性,也许就是这样一种意识,它意识到实际的表达是不可能穷尽的内心对话,因而推动我们去理解。"①这样说,并不是意味着我们是一种始终被规定和被限制的被动的生命存在,这样说,意味着我们应当充分意识到我们自身存在的有限性,承认我们的所有理解都是有条件的。事实上,无论是我们对我们的社会、对我们的历史的理解,还是对于文学和艺术的理解,都是在一种特定历史境遇规定性中用某种我们已然具有的思想、情感、意见去阅读、观看、理解和解释我们所面对的东西。这是我们理解事物以及理解文学和艺术作品之所以可能的重要前提条件。

因此,理解的此在性和有限性的诠释学意识决定了我们理解的此在性和有限性,以及任何理解的不完全性。在文学的理解和阐释问题上也同样如此。任何对文学作品进行理解的人都是一种有限性和历史性的存在,作为有限性和历史性存在的人对于文学作品的理解都具有时间性和历史性,因而都是一种具有有限性的理解。因此,认为我们可以获得唯一的、最终的、客观正确的解释是不可能的。作为时间性和有限性的存在,我们不可能完全重建作者的意图,也不可完全洞悉作品的意义,用哲学诠释学的话说,我们的理解始终是此在存在的一种时间性的运动方式,对任何文本的理解都只能是一种有限的理解,永远不可能穷尽艺术作品的意义。因此,从根本上说,人们对历史上的每部文学作品所做出的理解,都是在一种历史环节中所做出的有限理解,所做出的理解和解释也是此历史环节中的环节之一,而不是一种被终结了的理解和理解了的终结,这种意义理解的不可穷尽性同时证明了真正的文学作品所具有的永恒魅力。

---

① Jean Grondin, *Introduction to Philosophical Hermeneutics,* New Haven: Yale university Press, 1994, p.124.

二、哲学诠释学意识与理解的历史性和开放性

我们现在讨论哲学诠释学关于理解的历史性和开放性的分析。传统的方法论诠释学和当代客观论理解理论都认为，我们可以在理解中客观地重构文学文本的意义和作者意图，在哲学诠释学看来，这些理论严重地忽视了理解的历史性和开放性问题。这是哲学诠释学与它们具有本质性区别的地方。因为理解的时间性和有限性决定了理解的历史性，即一切理解都是历史性的理解，因而都是有局限性的理解。正如大卫·霍伊（David C. Hoy）所说："伽达默尔的诠释学最具有独特性和重要性，也是最困难的地方，便存在于对理解以及对理解发展和变化条件的描述中。"① 对理解及其条件的描述，既是伽达默尔哲学诠释学对传统方法论诠释学的挑战，也是对发生在人类经验中的理解如何可能的问题所进行的重要探讨。这不仅对人类经验的理解，而且对文学诠释学诸问题的理解都具有重要性。结合文学的理解问题，至少可以从这样三个方面对理解的历史性问题做出理论阐述：第一，根据我们的历史性的存在，什么东西被带进了文学的理解事件中？第二，作为具有自身有限性和历史性的理解者，我们如何能够理解同样具有历史性的文学文本？第三，在作为理解者的我们与历史上的文学作品之间，在理解过程中所产生的东西究竟是什么？或者说，在我们的理解过程中，产生了怎样的效果？

对于第一个问题，伽达默尔批判了启蒙运动的理性意识，重新恢复了偏见（prejudice）在人类理解活动中的合法性地位。启蒙运动的理性认识认为，我们可以不带偏见、可以消除我们的前理解，进入理解中，从而能够客观中立地把握所理解的对象。这种观点体现在对文学作品的认识和理解上，便是认为文学作品能够客观地反映或模仿现实；体现在对艺术作品的认识和理解上，便是认为理解者能够完全理解艺术作品，准确地

---

① David C. Hoy, *The Critical Circle: Literature, History, and Philosophical Hermeneutics*, California: University of California Press, 1982, p.42.

把握作者的意图，或者重构作者的体验。因此，这种启蒙运动的理性意识体现在文学理解的经验中，便是认为我们可以不带任何"偏见"地理解某一部文学作品，也就是说我们对文学作品的理解，就是清除了理解者的任何主观性，从而对文学作品做出客观的、中立的理解和解释。伽达默尔认为，这种认为我们能够排除偏见的理论本身就是一种偏见。因为作为时间性和历史性存在的人，永远都不可能消除理解者自己的历史性和有限性，也就不可能消除这种历史性和有限性带来的偏见。"如果我们想要公正地对待人类的有限的、历史的存在方式，就必须从根本上恢复偏见的概念，并认识到存在着合法的偏见。因此，我们可以这样来描述一种真正历史诠释学的基本的认识论问题：偏见的合法性的基础是什么？把合法的偏见与批判理性不可拒绝的任务必须克服的其他无数偏见区别开来的东西是什么？"[1]。伽达默尔所说的"偏见"不是贬义词，而是一个中性词，"偏见"实际上就是我们的"前判断"（prejudgement）。作为一种前判断，在我们做出最终判断之前，它既不是肯定的，也不是否定的。因此，在理解中，关键的问题不是消除偏见，而在于如何对待偏见，考察哪些是合法的偏见，哪些是有助于我们理解的偏见。例如，我们对文学作品的理解必须是对作为"事物本身"的文学作品的理解，必须充分理解文学作品的本体论存在方式，而不是离开文学作品的文本进行任意的理解，不是把与文学理解无关的东西强行置入文学理解中，不是根据外在于文学作品本身的立场强行置入作品的理解中。从这个意义上讲，对人类的理解事件来说，权威和传统的所谓"偏见"并不像启蒙运动的理性主义所认为的那样是必须抛弃和消除的东西，恰恰相反，是具有此在历史性的理解者和理解必须认真对待的东西。

哲学诠释学认为，同样，我们对于文学作品文本的理解始终是由具有前理解、前判断参与的运动所决定的，不是我们的判断，而是我们的偏见

---

[1] Hans-Georg Gadamer, *Truth and Method*, London: Continuum Publishing Group, 2004, p.278.

构成了我们的历史性真实存在,这意味着我们总是已经以某种方式理解和认识世界,而这某种方式在不同的人那里,在不同时代的人那里是非常不一样的。"海德格尔和伽达默尔的诠释学哲学赋予人类历史性的本体论以优先地位,决定了历史知识本质问题的解决途径。一代人不仅会以不同于上一代人的方式理解自己,还会以不同于上一代人的方式理解上一代人。因为任何一代人的自我理解的一个核心要素都是其在历史上的地位的图景。随后的历史现实化都将从根本上改变这一形象。对于老一代的希望、恐惧和不确定的预言,新一代可以用知识和事后洞见来代替。"①传统总是在不同时代的人的不同理解中延续和传承,总是在新的理解中不断以不同的方式回到所要理解的事物中,这种理解的循环性并不是一种简单的重复,而是一种开放性的更新。"这种循环在本质上不是形式上的,它既不是主观的,也不是客观的,而是把理解活动描述为传统的运动和解释者的运动的一种相互作用。支配我们对一个文本进行理解的意义期待,并不是一种主观性的行为,而是由那种把我们与传统联系在一起的共同性所规定的。但是,这种共同性是在我们与传统的关系中不断地形成的。传统不只是永恒不变的前提条件;更确切地说,是我们自己产生出来的,因为我们理解,并参与到传统的发生过程之中,因而进一步地规定着传统的发展。所以,理解的循环不是一种'方法论的'循环,而是描述了一种理解的本体论的结构要素。"②因此,哲学诠释学的理解循环既不是一种文本整体与部分之间的循环关系,也不是一种对文本或文化解释的方法论原则,而是从本体论上,把它看做是富有生气的传统与其解释者之间的一种开放性的动态关系,一种生动的对话过程。

同样,我们对文学作品的理解也总是从我们所拥有的前理解、偏见

---

① David C. Hoy, *The Critical Circle: Literature, History, and Philosophical Hermeneutics*, California: University of California Press, 1982, p.41.

② Hans-Georg Gadamer, *Truth and Method*, London: Continuum Publishing Group, 2004, pp.293-294.

和前把握出发的一种意义筹划,对前筹划的每一次修正都是进行一种新的筹划,这种新的筹划便意味着我们将会做出新的理解和解释。文学的理解和解释运动就是从我们的这种前理解开始的,我们在每一次理解和解释中所理解和把握的意义,都会在不断更新的理解过程中被新的理解和新的解释所代替。"正是这种不断进行的新筹划过程构成了理解和解释的意义运动。谁试图去理解,谁就面临了那种并不是由事情本身而来的前见解的干扰。理解的经常任务就是做出正确的符合于事物的筹划,这种筹划作为筹划就是预期,而预期应当是'由事情本身'才得到证明。[……]下面这种说法是完全正确的,即解释者无须丢弃他内心已有的前见解而直接地接触文本,而是只要明确地考察他内心所有的前见解的正当性,也就是说,考察其根源和有效性。"①因此,理解总是一种带着前见解进入历史事件,并且不断面向未来筹划的持续过程,我们总是在这种不断更新的筹划中联系着文学作品文本,也联系着我们自身,并在这种筹划性的理解事件中,根据文学作品修正不合法的偏见,考察其有效性,从而实现文学理解的可能性、意义的可能性及其理解效果的有效性。

对于第二个问题,伽达默尔批判了19世纪历史主义诠释学的超历史的理解观点。这种观点认为,虽然作为理解者的我们与所要理解的历史上的文本之间存在着时间距离,但是,我们可以通过克服这种时间距离,设身处地置身于作者时代或者原始读者的处境,抛弃我们的偏见,从而实现对文学作品的完全正确的理解。文学史家的任务就是置身于所要理解的时代精神中,重新体验作品所表现的东西,并获得历史理解的客观性。例如,理解者和文学史家要理解《诗经》这部中国最早的诗歌作品集,通过把理解者自己置身于《诗经》产生的社会时代和文化语境中,只要把握了产生这部作品的时代精神,我们就能对它做出客观的准确的描述、理解和解释,通过孟子所说的"以意逆志"的过程,可以把握作者的创作动机和

---

① 伽达默尔:《真理与方法》,洪汉鼎译,上海译文出版社,1999年,第343—344页。

创作意图,从而理解作品的客观意义。哲学诠释学认为,这种历史主义方法论诠释学所追求的客观性理解只能是一种幻觉。与这种历史主义观点相反,哲学诠释学认为应该从海德格尔关于存在的时间性的本体论来理解文学诠释活动中的理解的历史性问题。

面对这种时间性和历史性的理解,诠释学要回答的问题是:理解历史上的文学作品,是否像历史主义诠释学所认为的那样,需要克服理解者与理解对象之间的时间距离呢?这种距离能够被消除吗?理解者和被理解的文本之间的时间距离是不是妨碍正确性理解的消极因素,如果不是,时间距离对于意义的理解又具有一种怎样的积极作用?不消除我们与历史上的文本之间的时间距离,能够达到有效的意义理解吗?这是所有诠释学面对并希望解决的重要难题,对这一问题的不同看法决定了不同的诠释学立场。

哲学诠释学认为,正如前理解在理解运动中具有积极而重要的作用一样,时间距离也在人类的理解活动中同样具有极为重要的意义。"诠释学必须从这个立场出发,即寻求理解某种东西的人是与传统文本用语言得以表达的主题事件联系在一起的,而且与文本讲述的传统具有或获得一种联系。另一方面,诠释学意识认识到,它与这种主题事件的联系并不在于某种自明的、毫无疑问的一致性,它就像与不间断的传统之流一样的联系。诠释学的任务是以熟悉性与陌生性这两极为基础,但是,不能像施莱尔马赫那样在心理上把这种两极性视为掩盖了个性秘密的领域,而是诠释学地看待这种两极性——例如,就某种被言说的东西而言:文本向我们述说的语言,文本向我们讲述的故事。这里同样存在着一种张力。对于我们来说,这种张力存在于传统文本的陌生性与熟悉性之间,具有历史性、距离化了的对象与传统的隶属性之间的中间地带。诠释学的真正位置就介乎两者之间。"[①]诠释学的这种熟悉性与陌生性的中间地带决定了诠释学的任

---

① Hans-Georg Gadamer, *Truth and Method*, London: Continuum Publishing Group, 2004, p. 295.

务根本不是要发展一种理解的程序,而是要澄清理解能够发生的条件。一个文学作品对理解者来说,始终存在熟悉性与陌生性之间的张力,正是这种张力决定着理解的可能性和未完成性,这就是伟大的文学作品总是常读常新的缘故。正因为在理解者和被理解的文学作品之间存在这样一种中间地带,才真正具有了可交流性、可对话性、可理解性以及未来可能性。我们之所以需要对某个文学作品进行理解,就在于一方面存在着可以理解的熟悉性的方面,另一方面也存在着需要进一步理解的陌生性的方面。前者是构成我们的理解得以实现的前提,后者则是构成某种事物应该被不断理解的必要性,正是这两者之间的张力结构向人们提出了持续理解的任务。

很显然,一部能够完全为我们所理解的文学作品,就不具有理解的必要性,一部完全不能理解的文学作品,我们也无法做出理解。正是因为在理解者与作为理解对象的文学作品之间,存在着一种熟悉与陌生的中间地带或者说必要张力,它才不仅为理解提供可能性空间,也提供创造性的意义阐释空间。当然,对于真正的文学作品来说,它总是有我们没有理解到的地方,总是具有有待发掘的意义。"言有尽而意无穷"的文学艺术作品,总是蕴含着可以在不断玩味和理解中领悟到同样"言有尽而意无穷"的意义,因而总是存在熟悉与陌生之间的中间地带,存在着持续理解的可能性,没有人能够穷尽一部真正的文学艺术作品的意义。人们已经对《红楼梦》说过千言万语,人们还会用万语千言来说《红楼梦》。

因此,对于文学作品的理解来说,每一时代的理解者都总是按照自己的方式来理解历史流传下来的文本,文本属于这个理解传统的一部分,每一时代都对这整个传统有一种实际的兴趣,并试图在理解作品的时候理解作为理解者的"我们"自身。任何时代的读者和理解者都不可能完全占有文本的意义,意义既是由作为文学作品的文本规定的,也总是由解释者的历史处境和他拥有的前理解所理解和产生的。每一个阅读者、每一个时代的理解者对于一部作品的意义的领会和把握,都是这样一种文本与理解之间的张力结构的表现。可以说,这是自古以来就存在着的一种诠释学现象,人们只要想一想,中国古代的孔子对文艺的态度以及他的诗歌见解,就可以明白这一点,孔子对《诗经》的删节工作并不简单地是一种整理和编辑工作,而更多地体现了他从自身的诠释学情境出发对诗歌的理解。同样,汉儒们对《诗经》的解释也是从其自身的历史性出发所做的理解和解释,而把《诗经》作为诗歌作品的理解则又不同于从儒家伦理政治出发所做的理解。同样,《红楼梦》接受史和研究史上出现的各种各样的见解也是理解者从不同的前理解出发所做出的理解,文学史对于其对象的理解从来都不可能是超越了时间距离和历史距离的理解,如果有一种正确的、客观的理解,那么它就只有一种理解,而不可能有不同的差异性的理解,所谓重写文学史也便成为没有必要的工作。

　　由此,作为历史性和有限性存在的人对文学作品文本的理解总是一种历史性的理解,人们不但不能客观全面地理解文本的意义,也无法重构作者的意图,因而不可能通过体验和移情的方法,重构文本的意义和所谓的作者原初体验或创作动机,文学作品的意义总是通过具有历史性的理解而生成和建构的意义。因此,伽达默尔认为,理解从根本上说不是一种复制的行为,而是一种开放的生产性或创造性行为。时间距离不仅不是为了获得正确的、客观的理解所必须克服的障碍,恰恰相反,时间距离是文学作品理解和意义生产的积极因素。当然,这种诠释学思想受到了当代方法论诠释学的批判,认为放弃意义理解的客观性是一种相对主义和主观主义,甚至是一种历史虚无主义。伽达默尔认为,只要我们能够把合法的偏见与虚假的偏见区分开来,就能实现理解的有效性。问题是,我们怎样才能把理解的真实偏见与误解的假偏见区分开来,从而使我们的理解具有有效性呢?哲学诠释学认为,在视域融合中产生的"效果历史意识"(consciousness of effective history)可以解决这个问题,理解的有效性和开放性就是通过效果历史事件(historically effected event)实现的,它既能使我们的理解成为具有开放性的理解,同时又能使我们的理解具有有效性。

　　所谓效果历史意识,首先意味着对理解者自己的诠释学处境的意识。

我们必须认识到我们的存在总是一种历史性的存在，我们必须首先意识到作为理解者的"我们"自身的历史性。这种效果历史决定了效果历史本身的有限性和开放性的真正意义。理解者总是处在与所要理解的文本或历史传统相互关联的处境中，我们在这种处境中所做的对效果历史的反思，不可能在一次性的理解中完成。但这种不可能一次性完成却并不意味着缺乏反思性，由于作为理解者的我们本身就是一种历史存在，一切自我理解都是从历史的已经给定了的东西开始，我们需要在理解过程中结合文本本身和我们的理解进行持续不断的反思，考察和判断我们的理解的合理性，并对我们已有的理解做出新的判断。因此，效果历史意识便包含了两个方面的内涵，它既是受历史影响的效果意识，也是对效果历史的意识。

  这就进一步地决定了文学理解活动中的效果历史意识是一种持续性的、不间断的历史事件。在对文学作品文本的理解过程中，理解者是从具有根本意义的历史距离去理解历史上的文本，这种历史距离正是历史的文本能够被理解的诠释学处境，它所形成的诠释学语境对于理解者来说就是一种理解视域，效果历史意识只有通过不断提问和回答的恰当视域才能真正实现。"过去从两个方面对理解产生影响。首先，通过文化适应和学习一门语言，我们继承了最初引导理解的一套偏见。其次，传统保留了我们所继承的对有意义文本的一系列解释。在理解和评价传统中的元素时，我们把它们传递给未来。"[①]正是由于我们在对传统文本的理解中获得了一种恰当的问题视域，我们便有可能并且应该对自己的前理解、偏见和前把握进行不断的修正，并在新的提问与回答中达到某种新的视域融合。这意味着人类生命的历史运动就在于"从不受限于绝对的立足点，因此从不会有一种真正封闭的视域"，假如视域不是封闭的，而是开放的，那么，"当我们的历史意识把自身转换成历史性的视域时，这并不意味着进入了一个与我们自身没有任何联系的异己世界；相反，这些视域共同构成了从

---

  ① Lawrence K. Schmidt, *Understanding Hermeneutics*, Durham: Acumen Publishing Limited, 2010, pp. 104-105.

内部运动的一个巨大的视域,它超越了当下的界限,包含了我们的自我意识的历史深度。"①因此,视域融合并不是两种视域的一致,即过去和现在视域的完全吻合,传统的文学作品文本和当下的理解视域之间始终是一种张力关系,传统是我们熟悉而又陌生的文化遗产和意义源泉,历史理解的有效性总是理解的有限性与开放性相结合的过程性事件,所有的理解结果都是一种效果历史意识的结果,一种不断更新的理解中的视域融合,这种融合在历史的理解事件中开启新的理解可能性。

我们对任何一部文学作品的理解都是对某种我们所要理解的作品的理解,文学理解的真实性便存在于这样一种文本与我们理解的历史视域之间的张力关系过程中,我们的理解始终是从我们自身所具有的历史视域出发理解摆在我们面前的文学作品。一方面,文学作品需要我们对它进行阅读、理解和解释,另一方面,我们的阅读、理解和解释也总是力图接近我们所要理解的文本,而我们对文学作品的经验和意义理解就发生在这个往复运动的过程之中。这既是理解之所以可能发生和进行的必要条件,也是一种理解真正发生的过程,同时,作品的意义世界也只有在这种张力关系过程中才能得到展开和建构。因此,文学文本与解释者之间存在的张力并不是一种同化,传统的连续性并不只是话语的统一体,而是在理解过程中延续和不断更新的过程。在文学的理解事件中,理解始终是历史性、时间性的过程,因而是有限性的过程,正因为如此,理解也始终是一种开放性和可能性的运动。因此,在哲学诠释学看来,理解并不像浪漫主义方法论诠释学所认为的那样是一种主体性行为,一种意义重构的行为,而是一种置身于传统连续过程中的持续理解行为,是一种历史事件,这种理解的事件性质正是把过去和现在动态联系起来的中介。在这个过程中,理解者与文学文本之间不断地获得新的视域,并在新的理解中达到新的视域融合,文学理解的有限性、历史性和开放性辩证地统一在这种动态理解的效果历

---

① Hans-Georg Gadamer, *Truth and Method*, London: Continuum Publishing Group, 2004, p.303.

史事件之中。

三、哲学诠释学意识与理解的语言性和思辨性

理解的语言性和思辨性是哲学诠释学的重要内容，我们现在阐述哲学诠释学关于理解的语言性和思辨性的理论洞见。利科在他主编的《哲学的主要趋向》中写道："如果我们企图涉及表明过去五六十年间哲学家对于语言发生兴趣的研究，就不得不涉及我们时代的几乎全部哲学成果。因为这种对语言的兴趣，是今日哲学最主要的特征之一。当然，语言在哲学中始终占据着荣耀的地位，因为人对自己以及世界的理解是在语言中形成和表达的。"①在20世纪中期的哲学中，这种语言论转向早已成为一种不争的事实，这种语言论转向也同样是20世纪文学理论转变的一个极为重要的特征，而在哲学诠释学中，语言性的诠释学思考具有特别重要的作用，因为理解的语言性同样是理解事件具有可能性的必要前提，理解始终是语言性的理解，也是思辨性的理解。

应当说，伽达默尔的哲学诠释学在当代哲学中具有突出的地位，不仅仅在于他把方法论诠释学转变成一种本体论的哲学诠释学，也在于把语言问题放在诠释学的中心位置，把语言作为一种此在的有限性和历史性存在，从本体论上阐明了人类理解的语言性和思辨性问题。正如约瑟夫·布莱切尔在《当代诠释学》中所认为的，诠释学的问题在伽达默尔的研究中导致了一种语言哲学的转向，语言的问题体现了哲学诠释学的中心问题："对语言的关注甚至成了他超越存在论诠释学关注的明显标志；它也为走出黑格尔的'世界历史哲学的思辨束缚'提供了一条道路。伽达默尔的诠释学取代黑格尔世界历史的总体中介，它根据视域融合所要求的中介意识，发展了语言的普遍性理论。语言性作为过去与现在的中介还有一种特别的优势，就是它针对人文科学所阐述的客观性理念提供了强有力的

---

① 保罗·利科主编：《哲学的主要趋向》，李幼蒸、徐奕春译，商务印书馆，1988年，第337页。

论辩。"①哲学诠释学反对工具论的语言观，它认为语言从根本上说不是一种工具，语言就是我们的存在，也是我们理解自身存在的本体论中介。人类的精神产品，特别是文学艺术，是通过语言书写和表达的，而我们的理解也必须通过我们所拥有的语言才能得到真正的实现。因此，语言本身始终是理解性的语言，而理解也总是语言性的理解。可以说，哲学诠释学深刻地揭示了这一本体论的问题，即理解必须通过语言并在语言事件中才有可能发生。一切理解都是语言性的理解，例如在文学的阅读和理解过程中，不管我们是大声地朗诵，还是在心里默念，其实都是在进行语言性的阅读和理解。因此，伽达默尔说："能够被理解的存在是语言。在这里，诠释学现象将其自身的普遍性筹划到所理解的事物的本体论构成上，在一种普遍意义上把它确定为语言，并以解释的方式确定它自身与存在物的关系。因此，我们不仅谈论一种艺术语言，而且也谈论一种自然语言——简言之，讨论任何事物所拥有的语言。"②这种对理解的语言性的本体论探讨无疑为文学活动的理解问题提供了新的理论维度。这是因为文学意义的世界比起任何经验世界都更具有语言性的特征，其理解活动本质上是在语言性的艺术经验中获得其可能性的，文学作品的意义也只有通过理解的语言性和语言性的理解，才能真正现实化和具体化。

与语言工具论的传统认识不同，伽达默尔从洪堡提出的"语言就是世界观"的语言哲学观点出发，并以海德格尔的事实性本体论诠释学关于此在的生存论哲学观点为基础，探讨语言与世界的内在关联，把人类语言看做一种世界经验。在伽达默尔看来，语言并不只是一种生活在世界上的人类为实现某种外在目的而使用的装备和工具。世界就是对人而存在的世界，而不是对于其他生命而存在的世界，而人总是语言性的在世存在，人

---

① Josef Bleicher, *Contemporary Hermeneutics: Hermeneutics as Method, Philosophy and Critique*, Boston: Routledge & Kegan Paul, 1980, p.3.

② Hans-Georg Gadamer, *Truth and Method*, London: Continuum Publishing Group, 2004, p.470.

对世界的认识和表达总是通过语言的中介，没有语言就没有精神产品，没有语言也就没有文学艺术，因此，语言也是我们认识世界、表达世界和理解世界的一种世界观。"语言是我们在世存在的基本模式，也是包罗万象的构造形式。"①人类拥有世界的同时拥有语言，拥有语言也意味着拥有世界。语言表达了特有的事实性，我们总是通过语言来表达我们对世界的经验和对世界的理解。语言并不是某种派生的、第二性的东西，"我们总是早已处于语言之中，正如我们早已处于世界之中一样"②。正是因为我们是语言性的存在，语言才使我们拥有一种"在家的感觉"，能够聆听一种熟悉的声音，能够进行相互理解的交流，能够从作为语言存在的文学艺术作品中找到精神情感的寄托和慰藉。这种语言性的理解不是纯粹的工具性活动，不是纯粹的功利活动，不是为了达到某种单纯的功利目的而使用的装备，而是一种真实的生活过程，一种心灵和精神对话的过程，而人类便是在这种语言性的对话和理解中生活着的生命共同体。因此，语言不仅是单个人的存在，更不是某种单纯的工具，而是具有对话性和相互理解性的性质，只有拥有语言，人类才能进行互相理解和交流。既然在一般的人类经验领域中都不能把语言视为某种工具性的东西，那么，对于作为语言艺术的文学作品及其理解来说，文学作品的语言就更不是某种简单地再现和反映外在世界的符号和工具，文学作品的语言总是在表达、在言说、在传达富有意义的东西，文学语言以其富有诗意的经验表达方式为人们创造具有丰富性和深邃性的意义世界。

在《论诗歌对真理探索的贡献》一文中，伽达默尔写道："很显然，对我们不断地变得熟悉的不仅仅是语言中的词语和短语，而且也是在那些语词中被说出的东西。当我们在语言中成长起来的时候，世界就在接近我们，并且最终获得了一种特定的稳定性。语言总是为引导我们对世界的理

---

① 伽达默尔：《哲学解释学》，夏镇平、宋建平译，上海译文出版社，1994年，第3页。

② 同上书，第63页。

解提供基本的表述。语言具有与世界一致性的本质，我们无论什么时候与另一个对象交流，我们都共享这个世界。"①也正由于文学语言的这种特性，人类才能通过语言的文学作品表达自己对世界的经验，创作出而不是复制可以为我们所经验和理解的多种多样、丰富多彩和意义无穷的文学世界，并让人类在这种由语言构造的经验世界中认识经验的世界和我们自身的存在。

　　人类的语言世界也总是一种开放的世界，语言并不只是标识某种恒定之物的东西，语言也表达着事物和世界的变化，表达着人类经验和理解的变迁，叙说着人类经验世界的多样性和可能性，因此，每一代便有了每一代的文学，有了每一代对每一代文学的经验及其对文学的理解，人们总是能够从语言的变化中看到人类的经验世界的变化和发展，也总是能够从文学语言中看到不同时代的审美经验以及对存在和意义的追问、思考。"诗歌通常成为对某种真实的东西的证明，因为，诗歌在似乎已经耗尽和废弃的语词中唤起了一种隐秘的生命，并向我们讲述关于我们自身的东西，很显然，所有这一切都是语言所能做到的，因为语言并不仅仅是反思性思维的创造，而且是它自身塑造了我们生活于其中的世界所确定的方向。"②因此，哲学诠释学对文学作品语言的理解，与形式主义和结构主义文学理论的理解有很大的不同，它不是某种永恒固定的语言和结构，文学作品的语言总是反映着人类经验和经验世界的变化，表达着人类对世界的自我经验，同时，人们也通过文学作品的语言性表现，在理解文学作品的同时理解我们自身。

　　伽达默尔通过对人的存在的语言性、语言表达的事实性、语言的建构性、语言的开放性等论述，得出了语言的经验世界的绝对性的观点："在

---

　　① Hans-Georg Gadamer, *The Relevance of Beautiful and Other Essays (ed.)*, Robert Bernasconi, London: Cambridge University Press ,1986, pp.114-115.

　　② Hans-Georg Gadamer, *Truth and Method*, London: Continuum Publishing Group, 2004, p. 446.

语言中，世界本身表现自身。对世界的语词的经验是'绝对的'。它超越了被设定的所有存在状态的相对性，因为它囊括了所有的自在的存在，无论关系（相对性）在哪里出现，我们对世界的语词经验先于作为存在被认识和被表达的所有东西。所以，语言和世界以一种基本方式相联系，并不意味着世界成为了语言的对象。毋宁说，认识和陈述的对象总是且已经被语言的世界视域所包围。说人类世界经验是语言性的，并不意味世界的对象化。"①伽达默尔认为，谁拥有语言，谁就"拥有"世界，语言的世界就是人类经验的世界。说文学作品是以语言的方式建构起来的意义世界，意味着文学活动的所有方面，无论是文学创作还是文学阅读，无论是文学的理解还是文学的应用，都不可离开语言这一本体论的中介。没有语言，就不会有文学创作，没有语言，也不可能有包括文学阅读、接受和理解的所有文学活动，这种语言经验的"绝对性"至少在文学活动中应该是没有任何疑问的。

经验世界的语言绝对性的诠释学观点决定了在理解事件中所发生的一切都必然是语言性的。这是伽达默尔关于经验理解的语言性的第二个方面。这意味着，人类的所有理解从根本上说都是一种语言性的事件，正是在理解的语言事件中，作为语言艺术的文学作品也才能够在语言中被理解，同时对文学的理解也必然通过语言才能被表达出来。"语言性意味着理解的发生以语言为中介。我们的意识，总是受到过去的影响，具体地（即实际上）是我们通过语言，通过视域的融合所理解的东西。对于伽达默尔和海德格尔来说，语言就是对世界的揭示。"②

从我们所理解的文学作品来说，所有文学作品从本质上说都以语言性为显著特征，这种语言性的东西不只是仅仅为了保留某种东西而书写下

---

① Hans-Georg Gadamer, *Truth and Method*, London: Continuum Publishing Group, 2004, p. 447.

② Lawrence K. Schmidt, *Understanding Hermeneutics*, Durham: Acumen Publishing Limited, 2010, p.117.

文学诠释学

来的,也不是一种仅供我们研究和分析的客观性对象。文学作品被创作出来,不仅是作者表达他想表达的东西,而且希望能够向所有阅读它的人表达某种东西。文学作品总是以其自身的语言表现性向理解它的人述说某种东西,并且在非常重要的意义上,文学作品就是为读者而书写的东西。对于理解者来说,文学作品并不是无时间性地存在于时间真空中的东西,在伽达默尔看来,一切传统的文本对于一切时代都具有同时代性,它总是以其自身的方式存在着,并向阅读和理解作品的人讲述某些不得不讲述的东西,它以自身存在的方式处在与阅读和理解它的人的关系中,以一种独特的自律性存在形式与阅读的当下发生相互作用的关系中。在理解过程中,被阅读和理解的文学作品超越了文本的过去世界和它的作者,进入到当下的理解视域和意义领域中。因此,对于我们所理解的文本来说,它并不只是某种已经消逝的过去的某种文字证据,更是一种人类经验和记忆的持续,在阅读和理解中,它能够成为我们经验世界的一部分,并使其表达的内容向理解者和解释者再一次表达出来,这种表达不是一种简单重构,也不可能是一种简单的复制,而是一种新的经验和理解。因此,历史上的文学作品并不仅仅是对过去已经存在的事物的一种证明,不仅仅是一种静静地躺在那儿等待确证的存在物,而是一种通过文学语言表达的关于人类经验的可以延续的记忆,通过对它们的理解,它们能够成为我们精神世界的一部分,在理解和解释中延续着这种记忆,并成为人类的精神传统。

从文学作品的理解者方面来说,我们也总是从作为语言性的存在来理解历史传递下来的文本,通过阅读和理解进入文学文本为我们呈现的意义世界中。在阅读和理解活动中,被理解的文学语言始终伴随着我们自己的语言,而且我们的语言始终在阅读和理解过程中与文本的语言交织在一起,只有在与文本的对话中,文本才能转变为富有生气的活的语言,在我们的语言与文学的语言之间进行生动的交流和对话。只有在阅读和理解的语言活动中,书写下来的文字符号才生成为文本的意义。我们把文字符号理解为意义,就是在理解中产生一种被意指的、被谈论的事物的关系。作

60

为理解者的我们的阅读意识同样是一种有限性的和时间性的历史意识，是与文学作品文本进行自由交流和对话的意识。由于我们是一种有限性和历史性的此在，任何阅读和理解都并不是无时间性或超时间限制的阅读和理解，它始终是一种从此在存在的历史性和时间性所进行的阅读和理解，在阅读和理解过程中，我们不可能在一次性阅读和理解中，确定和把握文学作品的终极意义，文学作品的意义始终在不断的理解过程中开放性地呈现和产生。

因此，在文学作品的阅读和理解活动中，无论从被理解的对象还是从理解者的理解活动看，理解都是一种语言性的事件。理解必然是一种语言的表达，人们必须用人们能够理解的语言来表达，不能为人们所理解的语言不可能称为一种语言性的理解行为。理解不仅对于被解释的对象，而且对于作为解释者的我们来说，都只有在解释的语言表达性中才能得到实现。由于一切解释都是语言性的理解，因此，在一切解释中也包括同他者的可能关系；这种关系不仅仅因为被理解的对象是语言性的，而且因为理解活动本身同样是语言性的。"解释者的语言同时又是一种语言性的全面展现，它把语言用法和语言形态的所有形式都包含在自身之中。"①因此，理解就是一种语言的解释，正是这种语言性的理解和解释构成了文本的意义能够发挥作用的诠释学视域。文学作品的语言在理解中转换成我们的语言时，文学作品的意义就在我们的理解和解释中形成和产生了。

正是这种语言性的世界经验的绝对性以及理解的语言性普遍特征，使伽达默尔的哲学诠释学得出了"能够被理解的存在是语言"的著名论断。这是伽达默尔关于理解的语言性的最重要的结论或命题。"能够被理解的存在是语言。这意味着它具有这样一种本质，其自身向理解显示着自身。这里也证明了语言的思辨结构，进入语言并不意味着获得第二种存在。更准确地说，表现自身的东西属于其自身的存在。因此，所有由语言显示的

---

① 伽达默尔：《真理与方法》，洪汉鼎译，上海译文出版社，1999年，第605页。

东西都具有一种思辨统一性：它具有一种区别，一种其存在与其自身表现之间的区别，但这种区别又根本不是一种真正的区别。"①可以发现，伽达默尔的《真理与方法》在转向以语言为中心的本体论诠释学时，充分地论述了语言的本体论诠释学特征，语言并不是某种第二性的东西，不是为了达到某种目的而被使用的工具或装备，而是与我们的在世存在共存的，与我们的事实性生活共在的，而且，这种语言的本体论特征把理解的语言性与人的此在存在的有限性和历史性结合起来揭示语言的思辨性结构。

"能够被理解的存在是语言"意味着语言具有思辨性结构，这种思辨结构首先体现在人类经验的有限性与语言的有限性之间的关系上。从人类此在存在的方式来看，人类对世界的经验，始终是一种具有历史性的有限经验，而人类的经验又总是通过语言来表达的。"在语言中，存在的结构并不只是一种反映，我们经验的秩序和结构本身在语言中就是创造性地构成和不断变化的。"②伽达默尔认为关于世界的经验和诠释学经验就是以语言为中心的，所有的无限意志和无限精神这样的东西，都不能超出我们的有限性的存在经验，它们实际上都是通过我们的存在经验来把握的。正是在这种经验有限性和语言有限性的辩证结构中，并以语言为中介，人类对世界的整个经验尤其是诠释学的经验才能得以展开，经验的有限性和语言的有限性展示了经验与语言之间的一种辩证结构。

为什么在文学阅读和理解中，一首简短的诗或一部小说作品能够展示一个丰富多维的意义世界，为什么我们从成功的文学作品的经验和理解中，总能体会和领悟到一种韵味无穷的魅力？为什么历代的读者能够在感性具体的文学语言展开的想象性世界中体味出某种似乎永远不可穷尽的哲理情思？也许，正因为文学作品深刻地体现了哲学诠释学所揭示的人类语言经验的辩证结构，它在言说中言说，且言说难以言说的东西，甚至言说

---

① Hans-Georg Gadamer, *Truth and Method*, London: Continuum Publishing Group, 2004, p. 470.

② Ibid.

不可言说的东西，这种难以言说的东西、不可言说的东西在某种重要的意义上，便是我们生命经验中的内在具有的东西。

必须承认，文学语言确实是一种有限性的记录，每一部小说终有结尾，每一首诗终有结束的诗行，但它们却总是一种"言有尽而意无穷"的表达。这不仅仅因为语言是多样丰富的，文学语言是富有个性的，而且因为真正的文学语言总是富有诗意的、含蓄的，总是模糊性的，不仅仅文学的语言总是不断构成和继续地构成的，而且总是有意味的创造性构成，总是超越有限经验和日常世界，表达着远比实在的世界经验更多的东西。伽达默尔写道："每一个词语都似乎是从一个中心迸发出来并且与整体相联系，只有通过这种联系它才是一个语词。每一个词语都使与其所从属的语言整体发生共鸣，并且使以之为基础的整个世界观整体地呈现出来。从而，每一个语词作为一种当下事件，都具有未被说出的东西，在这里，这种联系是通过答复和召唤而实现的。人类说话能力的偶然性并不是因为其表述力量的偶然的不完善，而毋宁说，它是使意义总体产生作用的说话能力之生动本质的逻辑表达，却又不能完整地把这种意义总体表达出来。所有人类的言谈都是有限的，在言谈的情形中，都存在着有待被解释和揭示的无限意义。这就是为什么诠释学现象也只能根据人类存在的基本有限性才能得到说明的原因，因为这种根本的有限性在整体上是与语言自身相一致的。"[①]由此，曹雪芹所说的"满纸荒唐言，一把辛酸泪。都云作者痴，谁解其中味"所表达的文学经验，恐怕就不仅仅是作者的人生经验和世界经验，也不仅仅是《红楼梦》的文学经验世界，实际上也是一种具有普遍性的人类经验，其中蕴含的意义具有经验理解的多维性。它既是个人的，也是具有普遍性的，它既是文学的、审美的，可能更是思辨性的，乃至某种人生的、历史的、哲学的经验。这种文学作品的语言表达体现了语词本身的思辨结构，而诗歌语词的辩证结构使每一个词语都相应地具有多

---

① Hans-Georg Gadamer, *Truth and Method*, London: Continuum Publishing Group, 2004, p. 453.

样性的维度，能够在不同的语言性理解中，开启多维度的意义空间和解释可能性。

哲学诠释学认为，人类经验世界中的语言不同于科学中的语言，科学的语言总是事先设定自己的对象领域，对这些领域的认识意味着对它们的支配和控制。人类的世界关系所指的是一种完全不同的情况，它是被语言性地表现并被语言地把握和理解的世界，而不像科学的世界那样在同一意义上是自主的和相对的，因为它根本不具有对象性的特性。在普通的语言中，词语消失在它们的功能中，消失在有争议的事物面前，而在文学语言中，特别是在诗歌语言中，每一个词语都有它自己的生命。"所有的解释都是意义的产生，而不是简单的复制（正如我之前在规则方面所说的那样，不只是再现）。诠释学循环的不断转动破坏了意义的稳定性，并表明它处在运动之中，而不是单一的或排斥性的。这种创造性的、自我转化的品质在诗歌的话语中得到了提升和强化，并与语言的'思辨'维度相联系。"[1]与日常的世界经验相比，文学作品展开的语言世界更是一种特殊的经验语言世界，它在有限性的语言表达中，展现了一个无限的人类精神世界，而文学语言的这种有限性与无限性的统一赋予了文学作品的语言以一种特殊的思辨结构，一种具有动态张力的思辨结构。"生年不满百，常怀千岁忧"的诗句，总是把我们带到时间性的存在与无时间性的情怀、有限性的生命存在与无限性的哲理思考的思辨性张力结构之中。

那么，我们如何揭示语词中所具有的这种思辨结构呢？文学作品的意义怎样才能向我们呈现出来呢？我们如何理解语言对我们所言说的东西？伽达默尔认为，诠释学的理解就是一种问答辩证法。在文学作品的理解中，我们首先应该倾听语言向我们所诉说的东西，文本向我们发出召唤，向我们提出问题，并要求我们对文本提出的问题做出答复。同时，我们也

---

[1] Chris Lawn, *Gadamer: A Guide for the perplexed*, London and New York: International Publishing Group, 2006, p.100.

向文本提出问题，文本也在理解中对我们提出的问题做出回答。"对伽达默尔来说，传统确实不是某种集体主题。诠释学不是先前意义的一种复制，诠释学对话的对话性质不是自我与自我的独白关系。恰恰相反，理解事件是一种意义的创造，它表明意义存在于与他者的相遇中。理解事件作为对话的相遇与他者的共享，并通过与他者的对话共享。"①在理解事件中，理解传统的语言性文本的倾听者通过对文本的理解和阐释，把文本的真理纳入到自身的语言经验的世界关系中，当下理解与文本之间的语言性对话是在我们理解活动中不断展开的动态事件。

可以看出，伽达默尔的诠释学语言经验的思辨结构，把黑格尔的超验历史观改造成了具有此在有限性和历史性的历史观，同时又把海德格尔的此在的事实性本体论诠释学纳入了历史和时间的轨道，从而在理解的有限性和历史性中描述理解和解释的历史性和有限性的辩证结构。伽达默尔写道："只要每一个解释都必须从某个地方开始，而且试图超越那种由陈规老套形成的片面性，解释就具有所有有限的、历史存在的辩证结构。对解释者来说，似乎有某种特别的东西必须被说出和得到解释。所有的解释都是由这种方式激发出来的，并且从这种激发中获得其意义，解释通过这种片面性就强调了事物的另一方面，从而为了取得某种平衡使某种东西的其他方面也被表达出来。正如哲学辩证法通过超越所有的片面主张，使矛盾突显出来并克服这些矛盾，从而使真理整体呈现出来一样，诠释学的任务也同样是在其所有的关系中揭示意义的整体。被意指的意义个体性是与所有有限性的整体性相一致的。"②在伽达默尔看来，理解和解释参与人类精神的讨论，但是，这种讨论并不是像黑格尔的思辨唯心主义所认为的那样，是在超越人的存在的历史性和有限性的超验结构中进行的，而是在前

---

① James Risser, *Hermeneutics and the Voice of the Other: Re-reading Gadamer's Philosophical Hermeneutics*, New York: State University of New York Press, 1997, p.20.

② Hans-Georg Gadamer, *Truth and Method*, London: Continuum Publishing Group, 2004, pp. 466-467.

后相继的持续理解运动中思考事物的统一性，因此，所有的理解和解释都具有有限的、历史存在的辩证结构，文学艺术作品的理解和解释也同样如此，意义的个体性与有限性和意义的整体性与开放性总是在此在的理解事件中时间性和历史性地辩证结合在一起。

因此，我们对文学作品或艺术作品的理解，并不是一种单纯的对象性客观理解，也不是一种超越了理解者当下经验的超验性理解，理解总是作为此在存在的时间性存在的人对他所理解对象的理解，这些理解总是从理解者自己的特定诠释学处境出发进行的理解，它们总是在时间性过程中生产或产生的一种效果历史，总是属于此在存在的一种时间性的诠释学经验。"正如我们所看到的，传统在语言中被理解与不断被重新表述是一种绝不亚于生动谈话的真实事件。它们的不同之处仅仅在于，语词世界定向的创造性在已由语词为中介的内涵中发现了新的应用。诠释学关系是一种思辨的关系。但它根本不同于黑格尔的哲学科学所描述的精神的辩证自我展开。"①从这种理论观点出发，文学诠释学的思辨关系也就不是在理念的自我运动中展开的，而是在具有此在历史性和有限性的诠释学语言经验的对话结构中展开的思辨关系。

第四节　当代诠释学争论中的理解问题

哲学诠释学以其独特人文科学的立场置身于当代西方哲学场景，产生了重要的世界性学术影响，并引发了不可避免的重要理论争议，丰富着当代诠释学探讨的维度，瓦蒂莫说："众所周知，诠释学本体论引领当代哲学思想的著作是伽达默尔的《真理与方法》。"②也正如施密特指出："随着《真理与方法》的出版，伽达默尔的哲学诠释学也加入了与大陆哲学的对话。当然，海德格尔在《存在与时间》中运用的诠释学仍然得到了

---

① Hans-Georg Gadamer, *Truth and Method*, London: Continuum Publishing Group, 2004, p. 466.
② 瓦蒂莫：《现代性的终结》，李建盛译，商务印书馆，2013年，第161页。

继续讨论，但诠释学并不是海德格尔研究的中心。因此，当诠释学被争论时，这种讨论通常涉及到伽达默尔的哲学诠释学。"[1]伽达默尔的诠释学是关于理解的普遍性和历史性的哲学诠释学，其哲学性质不仅使它区别于历史上的诠释学理论，也不同于当代诠释学场景中的其他发展趋向，这是由哲学诠释学关于人文科学真理理解的提问方式和解决问题的特殊方式所决定的。因此，尽管本书的主要任务是从哲学诠释学的立场探讨文学诠释学的问题，但是，在这里考察一下哲学诠释学与其他诠释学立场的关系及其争论是非常必要的，这对我们思考哲学诠释学的基本问题与文学诠释学的内在逻辑关系，以及阐发和探讨文学诠释学的问题很有帮助，而且，其他的当代诠释学思考也能够为我们思考文学诠释学问题提供可资借鉴的思想维度。然而，由于所关注的问题重点不同，这里对当代诠释学理论的考察和论述当然是比较简略的，并且忽略了一些从当代诠释学的整体来说应该提到的诠释学思想家。

对于如何区分当代不同的诠释学理论或哲学问题，诠释学界存在着不同的看法。阿佩尔认为，现代以来的哲学是从三个主要方向发展的：马克思主义、分析哲学和现象学、存在论—诠释学思想，在这三种发展方向中，卢卡契的理论和社会批判理论都发生了巨大的变化，它们实际上已经不再属于历史的马克思主义。格龙丹在《哲学诠释学导论》中认为，随着当代哲学的发展，分析哲学以及当代实用主义哲学所关注的问题都与真理的可能性相联系，因而这两种哲学都体现了某种哲学分析的融合方式，或者至少与诠释学相汇合。但是，这样一种汇合并不是简单地与任何具体的哲学问题相一致，因此，我们必须在当今的条件下使普遍性的哲学主张合法化，即在历史意识的旗帜下使这种主张合法化。这样，"我们才能谈论

---

[1] Lawrence K. Schmidt, *Understanding Hermeneutics*, Durham: Acumen Publishing Limited, 2010, p.133.

当代哲学的诠释学贡献"①。他的《哲学诠释学导论》就是在这种理论视野中对哲学诠释学历史和问题所做的探讨,而主要不是对当代诠释学的理论区分。

在《当代诠释学:作为方法、批判和哲学的诠释学》中,约瑟夫·布莱切尔对当代诠释学的不同理论或哲学的区分做了比较详细的论述和评价。他认为,当代诠释学可以松散地界定为对意义解释的理论或哲学,它已经成为当代社会科学、艺术哲学、语言哲学和文学批评中的中心话题,尽管其现代起源可以追溯到19世纪。这些学科都关注人类表达中的意义以及如何理解其意义的问题,因此,也就必然会产生"各种诠释学的问题"。当代诠释学的不同性质就是由关于这个问题的不同的或冲突的观点所决定的。他把当代诠释学分为三种明显不同的诠释学派别,即诠释学理论(Hermeneutic Theory)、诠释学哲学(Hermeneutic Philosophy)和批判诠释学(Critical Hermeneutics)。②近年来关于诠释学的研究中,约翰·卡普托(John D. Caputo)在布莱切尔概括的三个发展趋势的基础上发掘和论述了另一种诠释学,即以差异、解构和筹划为主线的所谓"激进诠释学"(Radical Hermeneutics),他考察的诠释学发展主要不是从施莱尔马赫到伽达默尔的诠释学,而是从克尔凯郭尔(Søron Aabye Kierkegaard)、胡塞尔(Edmund Gustav Albrecht Husserl)、海德格尔到德里达的激进诠释学筹划,这一发展路线不同于诠释学理论、诠释学哲学和批判诠释学。③斯坦利 E. 波特(Stanley E. Porter)和杰森·C. 罗宾逊(Jason C. Robinson)在《诠释学:理解理论导论》一书中认为,至少有六种不同的

---

① Jean Grondin, *Introduction to Philosophical Hermeneutics*, New Haven: Yale university Press, 1994, p.10.

② Josef Bleicher, *Contemporary Hermeneutics:hermeneutics as method,philosophy and critique*, Boston: Routledge & Kegan Paul, 1980.

③ 参见John D. Caputo, *Radical Hermeneutics: Repetition, Deconstruction, and the Hermeneutics Project*, Indianapolis:Indiana University Press, 1987。

诠释学趋势：浪漫主义诠释学（Romantic Hermeneutics）、现象学和存在主义诠释学（Phenomenological and Existential Hermeneutics）、哲学诠释学（Philosophical Hermeneutics）、批判诠释学（Critical Hermeneutics）、结构主义以及后结构（解构）主义（Structuralism and Poststructuralism）诠释学。除重点论述这六种诠释学外，该书还考察了诠释学现象学（Hermeneutic Phenomenology）、辩证神学和释义学（Dialectical Theology and Exegesis）、神学诠释学（Theological Hermeneutics）和文学诠释学（Literary Hermeneutics）。[1]这些诠释学或多或少都与文学的理解和阐释有关，而与文学理解关系密切或者说涉及文学理解的诠释学主要有浪漫主义诠释学、现象学和存在主义诠释学、哲学诠释学、批判诠释学、诠释学现象学以及后结构（解构）主义诠释学。我们前面已经讨论了施莱尔马赫和狄尔泰的浪漫主义方法论诠释学、海德格尔的事实性本体论诠释学以及伽达默尔的哲学诠释学。这里重点讨论当代方法论诠释学、批判诠释学、利科的现象学诠释学和德里达的解构诠释学，这些诠释学与本书探讨的文学诠释学有更为密切的关系。

一、当代方法论诠释学与理解的客观性

在诠释学的历史发展语境中，哲学诠释学是在批判性地继承狄尔泰和施莱尔马赫等人的浪漫主义诠释学基础上发展起来的，而当代方法论诠释学一方面继承了方法论诠释学的基本思想，另一方面针对伽达默尔哲学诠释学的一些思想提出了挑战。我们前面已经论述了施莱尔马赫和狄尔泰的浪漫主义方法论诠释学，这里主要概述意大利当代理论家贝蒂和美国理论家赫施的诠释学观点。从根本意义上，他们的理解理论是一种方法论诠释学，在某种重要的意义上，他们的诠释学尽管少了些施莱尔马赫的心灵猜

---

[1] 参见Stanley E. Porter & Jason C. Robinson, *Hermeneutics:An Introduction to Interpretive Theory*, Michigan:Wm. B. Eerdmans Publishing Co., 2011。

测和狄尔泰生命体验的心理学色彩，但基本上是沿着施莱尔马赫和狄尔泰的正确理解的路线来探讨理解的方法论问题，在理解和解释的目标上同样追求意义理解的客观性和有效性，似乎在确定客观意义的追求上更甚于施莱尔马赫和狄尔泰的浪漫主义诠释学。

贝蒂对德国浪漫主义诠释学传统情有独钟，而对当代诠释学的发展状况深表忧虑，最重要的原因是当代的诠释学发展忽视甚至漠视了理解的认识论问题。"诠释学，作为解释的一般问题，在我们现在称之为浪漫主义时期的欧洲精神展现的辉煌时代中那么丰富地发展起来，它形成了那些致力于所有人文科学的人们的共同关注，像洪堡这样的语言学家，像阿斯特、施莱格尔、伯克等神学家，像萨维尼等法学家，尼布尔等政治史学家，以及之后的兰克、德罗伊森——这个由来已久的诠释学（作为解释的理论）今天在德国已经不再是精神科学领域一个富有生气的传统，它似乎已经过时了。除了一些明显的例外，丰富的诠释学遗产在今天的德国已经被遗忘了，而且与伟大的浪漫主义传统的连续性几乎被中断了（很难估计这种情况已经发生的程度）。"①

基于这种判断，贝蒂从解决人文科学理解中的认识论问题出发，对伽达默尔的哲学诠释学的理解的历史性、理解的视域融合等观点提出了质疑和批评。首先，贝蒂认为，伽达默尔把偏见看做理解的必要条件的理论后果导致了理解客观性的丧失，伽达默尔的"完全性前概念"并没有为理解的正确性提供一种可靠的标准。其次，按照伽达默尔的观点，诠释学的循环"描述了理解的本体论运动"，所有的理解都是由理解者的偏见所引导的，因此，伽达默尔的所谓"完全性前概念"不过是一种主观的期待，因而不可能使理解具有客观性和确定性。再次，伽达默尔提出的诠释学方法存在的明显困难就是，它没有为如何在文本与读者之间达到根本的一致性

---

① Emiho Betti, "Hermeneutics as the General Methodology of the *Geisteswissenschaften*", Josef Bleicher (ed.), *Contemporary Hermeneutics:Hermeneutics as Method, Philosophy and Critique*, Boston: Routledge & Kegan Paul, 1980, p.52.

提供理解正确性的保证。贝蒂认为,理解要全面地获得作为思想客观化的文本所表现的意义,就需要这样一种理解的正确性提供保证,这是客观性理解的基础。贝蒂写道:"在我看来,伽达默尔提出的诠释学方法的明显困难似乎在于,它使文本和读者之间形成了一种实质性的一致,即文本的表面上易于理解的意义和读者的主观概念之间的一致,然而,却不能保证理解的正确性,为此,使所达成的理解完全符合作为心灵客观化的文本所隐含的意义是必要的,唯有这样,理解结果的客观性才能在可靠的解释过程的基础上得到保证,很容易证明,伽达默尔提议的方法不能声称理解所获得的客观性。"①贝蒂认为,理解和解释的目的在于解决理解的"认识论问题",认识论的问题有其客观有效性的要求,而伽达默尔诠释学所理解的意义是文本表面意义与读者主观概念的一致性,这种意义便不再具有认识的正确性,因而也缺乏客观的有效性。"在我看来,解释过程必定是为了解决理解中的认识论问题。依靠行为与结果、程序以及其结果之间的熟练区分,我们可以试探性地把解释描绘为提出目标和得出结果的程序。就解释的任务而言,就是把某种解释带到理解之中。为了把握解释过程的整体,我们必须指向理解的基本现象,因为它是通过语言的中介才得到具体化的。"②在贝蒂看来,我们作为解释者在文本理解过程中所接受的深度、高度、广度和丰富性,很显然不同于人们的内心过程所具有的深度、高度、广度和丰富性,只有作品中那些被客观化了的意义内容以及充满精神的材料,才能使我们遭遇到文本的纯粹性和深刻性,这不是由理解者的主观性决定的,而是理解对象本身的客观性规定的。

我们怎样保证理解的正确性乃至客观性呢?贝蒂认为,客观有效的解释是通过三个过程来实现的:一是充分认识到理解对象的自律性;二是

---

① Emiho Betti, "Hermeneutics as the General Methodology of the *Geisteswissenschaften*", Josef Bleicher (ed.), *Contemporary Hermeneutics:Hermeneutics as Method, Philosophy and Critique*, Boston: Routledge & Kegan Paul, 1980, p.79.

② Ibid., p.56.

把文本的部分意义与整体意义统一起来理解；三是认真考虑意义话题的具体化实现。因此，在贝蒂那里，解释是通向客观的、正确理解的手段，客观解释的目的在于帮助人们克服理解的障碍，使人们能够重新占有另一个主体的思想客体。贝蒂实际上并没有追求一种完全客观的有效性理解，他指的是"相对客观性"，因为对任何事物的理解都需有理解者的参与，当然，这种"客观性"意味着理解者在理解过程中理解的"客观性"，理解者必须与理解对象构成一种主客体的相互关系。显然，对任何事物或文本的理解，都需要理解者和解释者在理解方面的能力，没有相应的理解能力，难以正确地理解作品的内容和解释作品的意义，也难以保证认识的正确性。"很明显，只有那种从其自身的经验中熟悉艺术表现问题的解释者，那种具有教养的艺术敏感性和某种专业知识的解释者，才能把艺术作品中没有自觉解决的问题展现出来，并理解其意义内容。"[①]解释者的这种能力无疑是理解文学艺术作品的主观性条件，无论自我经验的积累，还是专业知识的储备，抑或审美和艺术感知的敏感性，都有助于更深刻地领会、理解艺术作品，把握和解释艺术作品的意义。当然，关于理解的客观性和正确性，我们可以说，一个解释者对同一作品的理解可能比另一个解释者理解得更深入一些，解释得更丰富一些，更有道理一些，但我们很难说，两个解释者对同一个作品的理解，一个比另一个更正确、更客观，更难说某个理解者穷尽了某个作品的内容和意义。显然，在某种重要的意义上，贝蒂在理解和解释问题上遇到狄尔泰的方法论诠释学同样的难题，尽管他提出了"相对客观性"的问题，但既然人们对作品的解释是"相对客观"的解释，而不是完全客观的解释，那么，这种解释便始终存在着作为历史性存在的理解的有效性和解释的不确定性问题。

可以看出，贝蒂不同于海德格尔和伽达默尔，他从方法论而非本体论

---

① Emiho Betti, "Hermeneutics as the General Methodology of the *Geisteswissenschaften*", Josef Bleicher, *Contemporary Hermeneutics: Hermeneutics as Method, Philosophy and Critique*, Boston: Routledge & Kegan Paul, 1980, p.90.

的角度来探讨诠释学的理解问题。在贝蒂看来，诠释学应该把它限制在认识论的问题上，而不是考虑本体论诠释学所认为的深刻的人类存在状况，因为他认为言语和文本都是人的意图的一种客观化的表达。很显然，这种观点与施莱尔马赫和狄尔泰有着特别密切的逻辑联系，他们都认为，人们理解和解释文本的意义就是给这些符号化表现的意图注入生命。这当然不是没有道理的，因为我们阅读和理解文本，总是要把书写的文本恢复为富有生气的表达，但是，贝蒂认为，尽管解释者的个体性和文本表现的个体性在结构上不同，但是，解释者要正确把握文本的客观意义就必须克服他自己的观点，尽可能重新创造作者的原初创作过程，从而获得文本的真实和唯一含义。这种客观性理解的要求和主张，与赫施认为作品的意义是作者的意义似乎有所不同。前者侧重于作品理解的客观性，而后侧重于作者意欲表达的意义的客观性理解；前者似乎更多地要求从作品自律性角度来正确地理解文本的客观意义，后者则更多地从作者意图的角度来理解文本的唯一性意义。两者的共同性在于，它们都强调理解的客观性而反对哲学诠释学的效果历史理解的历史性。伽达默尔承认贝蒂的理解的客观性理论很卓越，但他的理解理论不同于贝蒂，目的不是为理解提供解释的一般理论和解释方法，不是对给定"对象"的主观行为，而是属于效果历史，即"理解属于被理解的东西的存在"。①

赫施的理解理论同样是一种方法论的诠释学，他捍卫作者的地位以及文本意义的客观性，这既是对浪漫主义方法论诠释学的一种继承，也是对伽达默尔的哲学诠释学的一种批判和审视。此外，他还吸收了现代语言学的成果，在现代语言学和语言哲学发展的语境中重新考察理解的正确性、客观性和有效性问题。最重要的是，他重申了诠释学理解中的认识论问题。他对作者意图论的辩护，在很大程度上虽然不再强调狄尔泰诠释学的体验论，而突出了认识论，但仍然属于狄尔泰方法论诠释学的重构论传

---

① Hans-Georg Gadamer, "Foreword" to the Second Edition to *Truth and Method*, London: Continuum Publishing Group, 2004, p. xxviii.

统。正如他在《解释的有效性》一书中写道的:"就像狄尔泰所认为的那样,既然所有人文研究都建立在文本的解释基础上,因此,对这些研究中的所有相关推论的有效性来说,有效解释都是关键性的。真正的学科的理论目的,无论自然科学还是人文科学都是为了获得真理,而且其实践目的是与可能获得的真理达到一致。因此,每一个真正学科的实践目的就是一种默契——即一组结论比其他的结论赢得了基础更牢固的默契——显然,这就是有效解释的目标。人们不应该简单地把这看做是一种没有希望的目标,因为解释的主题事件常常是模糊的,而且得出的结论也是不确定的。确定性并不就是有效性,可作多种解释的认识也并不必然是不确定的知识。"[①]赫施把伽达默尔的效果历史理论视为一种"极端历史主义"。在《伽达默尔有关解释的理论》这篇论文中,赫施对伽达默尔的传统、准复制、视界融合、历史性、前判断和前理解等概念都进行了分析和批判。在他看来,一部作品的"意味"(significance)确实可以随时间和解释语境的变化而变化,但是作品所具有的意义(meaning)却可以是固定的、始终不变的。文本的意义只能是作者所欲意表达的意义,而这种意义始终是自我同一的、确定性的,从而是可以在理解中重构和复制的,只有在这个基础上,我们才能谈得上解释的有效性。一方面,"可复制性是一种使解释成为可能的语言意义的性质:如果意义是不可复制的,它就不能被其他人认识到,因此就不能被理解或解释。另一方面,确定性是为了有使某种东西可以复制而需要的一种意义品质。确定性是任何可以共享的意义的必要属性,因为不确定性是不可能被共享的:如果一个意义是不确定的,它就没有边界,没有自我同一性,因此,就不可能与其他人所接受的意义具有同一性。"[②]赫施认为,尽管我们不可能确切地知道作者想要表达的

[①] E.D.Hirsch, "Preface" to *Validity in Interpretation*, New Haven: Yale University Press, 1976, pp.8-9.

[②] E.D.Hirsch, "In Defense of the Author", Gary Iseminger ed., *Intention and Interpretation*, Philadelphia: Temple University Press, 1992, p.14.

意义的确定性，但是，我们必须根据语言符号以及其他的证据来重构作者在文本中想要表达的东西，在理解中，文学作品的意义应该是不变的，这是由作者的意图决定的，而在理解中发生变化的东西是被理解的作品的含义，这是理解和解释的结果，而不是作品内在固有的东西，因此解释的目标就是发现作者的意图。"尽管有其实际的具体性和可变性，但是，解释的根本问题却总是相同的——就是猜测作者意指的是什么；尽管我们永远不能确定我们的解释性猜测是否正确，但是，我们知道它们能够是正确的，并且作为一种训练的解释目标就是不断地增加其正确的可能性。"①关于赫施的理解理论，尤其是关于他的文学理解的理论，我们将在后面的有关章节中进行更为详细的论述，这里只指出他的方法论诠释学和理解客观性要求的基本理论倾向。

二、批判诠释学与理解的意识形态维度

批判诠释学的代表人物是法兰克福学派的著名理论家尤根·哈贝马斯。"哈贝马斯是当代哲学诠释学发展的重要贡献者之一。尽管他的作品一般都是在法兰克福学派的批判理论传统中进行的，但是，他对批判理论的具体研究方法却要归功于语言的诠释学概念。"②在哈贝马斯的诠释学研究中，他也挑战和批评了作为客观方法论的人文科学诠释学理论和伽达默尔的哲学诠释学。"哈贝马斯同意海德格尔和伽达默尔对客观性的自我理解的批判，认同他们对社会科学实证主义的批判，以及他们认为的所有的理解都是从理解的前结构开始的，这意味着理解的历史性。然而，哈贝马斯认为，哲学诠释学必须包括自我反思的、基于理解对象的方法论偏差的批判性理解。特别是哈贝马斯指责伽达默尔不承认有一种批判人们所继

---

① E.D.Hirsch, Preface to *Validity in Interpretation*, New Haven: Yale University Press, 1976, p.207.

② Cristina Lafont, Jürgen Habermas, *The Blackwell Companion to Hermeneutics (ed.)*, Niall Keane and Chris Lawn, New Jersey: John Wiley & Sons, Inc., 2016, p.404.

承的偏见的反思性力量。最后，哈贝马斯批评伽达默尔提出的诠释学普遍性要求。"①

在对诠释学理论中的实证主义和科学主义的认识和判断上，哈贝马斯与伽达默尔具有某种一致性。哈贝马斯看到并肯定伽达默尔哲学诠释学所发展的亚里士多德"实践智慧"（phronesis）概念所具有的"应用"维度。首先，诠释学意识摧毁了传统人文科学的客观主义自我理解的要求，承认理解只能通过在理解主体与其客体相联系的效果历史语境的反思中才能获得。其次，诠释学意识使社会科学重新唤起了在其对象的象征性前结构中所产生的问题，对社会科学对象的理解，不仅仅以可控制的观察为中介，也经由日常语言的交流，从而理论的概念不再是在前科学已发展的物理性检验框架中起作用，不断出现的检验与理论建构也具有同样的重要性。再次，诠释学意识也影响了自然科学的自我理解，这当然不是指客观方法论的理解，这种洞见说明了科学活动中的日常语言所具有的认识论维度，因此，哲学诠释学证明了理性为什么可能在理性的动机而不是在专断的认同中获得。最后，诠释学意识要求解释的领域比其他任何领域具有更多的东西，并呼唤一种极大的社会兴趣，即把重要的科学信息转译成社会生活世界的语言。

从这里，我们可以看出，哈贝马斯的解读基于其社会批判理论的诠释学基础。在《诠释学的普遍性要求》一文中，哈贝马斯写道："也许在当前情况下，一个更迫切的需要是关注批判对普遍性的错误要求的局限性，而不是诠释学要求的局限性，然而，就澄清关于有效性的争论而言，后者也需要一种批判性的评估。"②他不同意伽达默尔的没有反思性批判力的

---

① Lawrence K. Schmidt, *Understanding Hermeneutics*, Durham: Acumen Publishing Limited, 2010, p.142.

② Jürgen Habermas, The hermeneutic claim to universality, Kurt Mueller-Vollmer (eds.), *The Hermeneutics Reader: Texts of the German Tradition from the Enlightenment to the Present*, New York: The Continuum International Publishing Group Inc, p.317.

理解的视域融合,在我们的理解活动中,语言、传统、权威等都不是一种没有批判性的视域融合,而必须有一种批判性的维度。因此,哈贝马斯对伽达默尔提出的质疑,主要针对诠释学的普遍性要求、传统的合法性、权威的有效性以及语言的普遍性问题。

首先,哈贝马斯认为,伽达默尔的"能够被理解的存在是语言"的哲学诠释学观点,忽视了超语言领域的因素,如工作和社会统治等,而这些领域中的因素同样可以构成思想和行动的语境。人类的语言并不是中立的,它总是受到各种外在的包括权力和压迫在内的社会历史因素的影响,对这些问题并不仅仅单纯通过语言存在的理解就能够把握,而是需要一种深度的诠释。"在哈贝马斯看来,诠释学的要旨在于,证明'独白式'技术控制的能力不受认识发展的制约,而受达成理解的不可还原的'对话性'实践能力的制约。但是,只有在注意到自我发展的深层结构受到干扰的症状的非偶然性时,解放兴趣的不可还原性才会出现。只有从范式意义上通过意识形态批判和精神分析所进行的反思,才能引起我们的注意,并在这个过程中,帮助我们从这些干扰中解放出来,这是批判理论的任务。因此,伽达默尔和哈贝马斯之间的著名争论——显然围绕着一系列关于'诠释学反思'的范围和功能的方法论要求——同时也是关于偶然性、道德同一性的可理解性和哲学批判的基础之间关系的争论。"[①]而这些问题都超出了诠释学的语言性理解,因此,在哈贝马斯看来,伽达默尔的"能够被理解的存在是语言"的命题并不全面,它缺乏一种深度诠释学的批判性理解。"与简单诠释学理解不同,深度诠释学澄清被系统地扭曲的交往的具体不可理解性,严格地说,它不能再从译解模式的角度来把握。因为它把受控制的前语言象征主义'译解'为语言,消除了并不是来自语言本身而是来自语言本身的模糊性;因此,构成每一种译解基础的日常语言交往结构本身就被包含在其中。因此,深度诠释学理解需要一个系统的

---

① Nicholas H.Smith, *Strong Hermeneutics Contingency and Moral Identity*, London: Routledge, 1997, pp. 25-26.

前概念，它与作为一个整体的语言有关，而诠释学理解在每一种情况下都从传统所界定的前概念开始，而这种前概念是在语言交往中形成和改变的。"① 因此，诠释学要真正实现其社会交往功能，就不能仅仅局限于语言表现的领域，而应该扩展到社会生活世界的整个领域，并且把批判理性纳入诠释学的视域之中，使理解具有一种意识形态批判性的深度。所以，哈贝马斯认为，这种深度诠释学是伽达默尔诠释学的语言普遍性要求所无法涵盖的，诠释学理解应该有更广泛的范围，应该扩展到包括社会、工作和权力等方面的批判性诠释学理解。

其次，哈贝马斯对伽达默尔所认为的理解是在此在存在的时间性中与传统进行对话的观点进行了质疑。他认为，把体现于语言中的传统看做一种不需要质疑而只是视域融合的认同的观点，并且把传统看做理解的可能性条件的主张，就是把传统当作一种决定理解活动的先在条件，所谓的"视域融合"就是理解者依附于传统的融合，显然，这种"视域融合"的理解缺乏一种理性批判的力量，因为它假定传统是一种无须批判的前提。在《评伽达默尔的〈真理与方法〉》一文中，哈贝马斯写道："伽达默尔通过传统来证明的偏见的权利否定了反思的力量。然而，后者能够在拒绝传统的要求中证明自身。反思消解了实质性，因为它不仅证实而且粉碎了独断的力量。权威和知识并不结合在一起。确实，知识植根于真实的传统中，它仍然与视情况而定的传统相联系。但是，反思并不是不留任何踪迹地被束缚于传递下来的规范的事实性中，它必须跟随事实，但是，在回到事实性中发展了一种具有追溯性的力量。……在这个过程中，那种单纯统治的权威要素被剥离了，并消解为较少强制性和约束性的洞见和理性决

---

① Jürgen Habermas, "The Hermeneutic Claim to Universality", Kurt Mueller-Vollmer eds., *The Hermeneutics Reader: Texts of the German Tradition from the Enlightenment to the Present*, New York: The Continuum International Publishing Group Inc, 2006, pp.310-311.

定。"①因此，在哈贝马斯看来，传统和权威并不是不可置疑和不可批判的，我们对于传统和权威的理解，不仅仅是倾听、认同和服从，也必须从我们的诠释学理解出发，对我们面对的传统和权威进行理性的审视，在传统和权威与理解者之间的对话过程中，理解、解释并对传统做出批判性的反思，而不是一味地盲从或遵从传统和权威。比方说，历史上有许多关于文学作品的理解和解释，甚至是有许多被称为权威的解释，我们在理解过程中可以尊重这种传统和权威，但是，对它们的尊重必须建立在理性和批判性反思的基础上，不仅必须有我们自己的理解，而且必须有我们自己的判断。

再次，哈贝马斯从批判社会学的诠释学理解出发，对伽达默尔关于理解的语言性问题提出了质疑。他认为，哲学诠释学把语言从社会生活世界分离开来是一种绝对化的做法，仿佛语言是一种纯粹性、自律性的存在。事实上，语言是存在于社会历史情境中的语言，语言从来就不是中立的、客观的，也不是完全自律性的。"构成符号意义的'传统发生'的客观性不只是客观的。可以说，诠释学不知所措地从内部碰到了传统框架之墙。一旦经验和认识到了这些边界，文化传统就不能再作为一种绝对的东西提出来。把语言视为一种所有社会体制都依赖的超体制是很有意义的；因为只有在日常语言交流中，社会行为才能构成。但是，这种作为传统的语言的超体制反过来又依赖于社会进程，很显然，这种社会进程却不能被还原为规范性关系。语言也是统治和社会权力的媒介，用以使组织力量的关系合法化。只要这种合法化没有说明那些使体制成为可能的权力关系，只要这些关系只在合法化中表现它们自身，语言也就是意识形态的语言。在这里，不是语言中欺骗的问题，而是用语言来欺骗的问题。正是由于认识到了真实条件中符号框架之独立性的诠释学经验，才转向意识形态批

---

① Jürgen Habermas, "A Review of Gadamer's *Truth and Method, Hermeneutics and Modern Philosophy*", Brice R. Wachterhauser (eds)., New York: State University of New York, 1986, pp. 269-270.

判。"①从意识形态的角度看，语言不只是一种单纯的、自在的东西，不只是一种诗性的存在，语言往往渗透着权力，权力也用语言来表达。根据哈贝马斯的看法来理解文学语言的问题，同样可以说，文学的语言以及由文学语言创作和构成的文学作品，也不仅仅是一种纯粹的诗意想象和审美存在物，而总是或多或少地表现或隐含某种意识形态内容和思想倾向。因此，文学的语言同样具有一定的意识形态性，有时甚至具有很强的意识形态性，在文学作品中表现某种东西的同时，也掩盖某种东西，揭示某种权力的同时，也隐藏某种权力。由此可见，关于语言的意识形态立场充分显示了哈贝马斯的批判诠释学维度。

　　最后，哈贝马斯认为，伽达默尔在使方法论诠释学向本体论诠释学的转变中做出了许多重要贡献，在克服实证主义和唯科学主义以及历史主义诠释学等方面提出了富有洞见的思想，但是，伽达默尔关于理解和意义交往的本体论诠释学却在批判康德以来的自然科学方法论统治同时，忽视了人文科学研究中必要的认识论问题的探讨。"一种解释性（verstehende）社会学，将语言实体化为生命形式和传统的主题，把语言表达的意识与决定生命的物质实践这一唯心主义预设联系起来，但是，社会行为的客观框架并没有被想要表达的意义和象征性传递的意义的主体间性维度所耗尽。一个社会的语言基础是一个综合体的一部分，而这个象征性中介的综合体也是由现实的约束所构成的——由进入技术掌控程序的外在本质的约束和反映在社会权力关系的压制性特征中的内在本质的约束构成的。这两个范畴的约束不仅在解释的对象上，而且在语言的背后，它们还影响着我们解释世界所依据的语法规则。"②因此，哈贝马斯肯定伽达默尔对传统方法论的批判所具有的重要意义，但并不意味着我们要抛弃理解的认识论要

---

① Jürgen Habermas, "A Review of Gadamer's *Truth and Method*", edited., Brice R. Wachterhauser, *Hermeneutics and Modern Philosophy*, New York: State University of New York, 1986, pp. 271-272.

② Ibid., p. 273.

求，相反，意味着诠释学必须有一种认识论的维度，诠释学的语言理解必须同时结合内在的现实和外在的现实。因此，在哈贝马斯看来，认识论、方法论与诠释学是可以而且应该结合起来的，把认识与兴趣结合起来，把理解与反思结合起来，能够对理解对象及其理解行为做出更深刻的批判性解释。

很显然，哈贝马斯对哲学诠释学的质疑基于他的社会批判和交往理论的诠释学处境，指出伽达默尔的诠释学缺乏一种深度批判的维度。正如德米特里斯·泰加斯（Dematrius Teigas）指出的，尽管哈贝马斯的观点并不缺少哲学批判的维度，但是，它更多的是根据"一种实践意向的批判社会理论"的需要来设计的。①"在哈贝马斯看来，伽达默尔忽视了对话中遇到的问题，更糟糕的是，这助长了对话中遇到的问题。伽达默尔在描述诠释学对话经验的同时，没有深入到表层下面去审视深层结构，因此，他没有充分地处理危险的意识形态、腐败的权力等问题。对于哈贝马斯来说，伽达默尔放弃了理性批判公共领域所必需的任何可能的程序反思性。哈贝马斯的解放立场和理论要求与他所认为的伽达默尔放弃了他或她自己的个人传统直接对立。哈贝马斯认为，通过传统传承下来的一切，以及我们在我们生活的意义网络中所知道的一切，都是值得质疑和挑战的。"②这里所说的传统传承下来的一切，当然也可以包括历史传递下来的文学和艺术作品，以及历史上关于文学和艺术的批评话语和理论资源。尽管批判诠释学与哲学诠释学之间的争论几乎没有涉及文学和艺术的问题，但是，在人们的文学理解活动中，也必然会这样那样地涉及意识形态理解和批判性反思的问题。对文学作品的理解，对作为一种精神传统的文学史的理解，是否在对话和认同的基础上，也理应具有一种反思力和批判力的理解维度，

---

① Dematrius Teigas, *Knowledge and Hermeneutics Understanding: A Study of the Habermas-Gadamer Debate*, Lewisburg, PA: Bucknell University Press, 1995, p.129.

② Stanley E. Porter & Jason C. Robinson, *Hermeneutics: An Introduction to Interpretive Theory*, Michigan: Wm. B. Eerdmans Publishing Co., 2011, p.149.

而不只是倾听中的视界融合？很显然，马克思主义文学批评和理论传统无疑包含这一意识形态批判的重要维度。

实际上，文学与意识形态一直有着难解难分的关系，哈贝马斯提出的诠释学的意识形态问题，应当也是文学理解和阐释活动的一个重要内容。在某种程度上，文学常常被视为一种特殊的意识形态，用马克思主义的文学理论术语来说，文学是一种审美的意识形态，甚至有时被直接地理解为一种意识形态问题。或许，正如伊格尔顿所指出："'我们就是对话'是伽达默尔曾经描述历史的方式。诠释学把历史看做是过去、现在和未来之间的一种生动的对话，并耐心地寻求消除这种无休止的相互交流的障碍。但是，诠释学不能容忍交流失败的观念，这种失败不仅是暂时的，不能仅仅通过更敏感的文本解释来纠正，而且在某种程度上是系统性的：可以说，这种失败是建立在整个社会的交流结构中的。换言之，诠释学无法接受意识形态的问题——人类历史上无止境的'对话'往往是强者对弱者的一种独白，或者说，如果它确实是一种'对话'，那么伙伴——例如，男人和女人——就很难占有平等的地位。它拒绝承认，话语总是被一种可能绝非仁慈的权力所俘虏；而它最明显地未能承认这一事实的话语就是它自己的话语。"[①]文学作为一种语言表达的人类意识形式，即使是那些被称为"纯粹"审美的和艺术的文学作品，在某种意义上讲，也同样是一种意识形态形式，而不是一种只需在交谈中认可的意义空间。实际上，把文学作为一种审美意识抽象物的做法也是伽达默尔所反对的，他不同意把艺术视为纯粹的"审美意识"，他认为所谓的"审美意识"只不过是伴随现代主体性美学而来的一种认识的"抽象"，相反，他认为艺术总是理解着非艺术，审美总是关联着非审美，文学和艺术不仅表达创作者的"审美体验"，同样表达和见证某种真理性的东西，但是，伽达默尔所说的非艺术和非审美，显然不是意识形态意义上的，不是哈贝马斯批判诠释学意义上

---

① Terry Eagleton, *Literary Theory: An Introduction*, Second edition, Oxford: Blackwell Publishing, 1996, pp.63-64.

的。因此，在伽达默尔的文学和艺术真理观中，确实缺少哈贝马斯所说的理性反思和批判的维度。这里之所以有必要提到哈贝马斯的批判诠释学，其意义在于，它可以让人们在思考文学诠释学问题时，对作为语言创造物的文学作品和作为传统的文学史的理解，具有某种批判诠释学的反思能力。事实上，在20世纪的文学理解和解释中，尤其是在马克思主义文艺理论传统中，社会反映论、社会历史批判以及意识形态批评都具有极为重要的地位，并产生了非常深刻的影响。

三、解释的冲突与诠释学的"调和"理解

法国哲学家保罗·利科的诠释学是一种"综合性"或者具有"调和"性质的诠释学，在方法论上，综合或调和了方法论诠释学、现象学诠释学、本体论诠释学乃至批判诠释学等，我们最好称之为"调和诠释学"，这并不意味着利科的诠释学没有其创新之处，它之所以调和各种不同的诠释学，目的在于解决不同诠释学关于理解和解释的"冲突"。利科的诠释学既不同于传统的方法论诠释学，因为它认为理解需要本体论诠释学的"解释"，也不同于本体论诠释学，因为它认为理解需要方法论诠释学的"说明"，他希望他的现象学诠释学能够解决说明性的理解与解释性的理解之间的矛盾，或者他所说的"冲突"。"利科寻求发展诠释学的一个批判性立场，这相当于在一个更富有狄尔泰式的意义上恢复方法。他想把可能丢失了的狄尔泰方法问题，以及所有方法论上起作用的人文科学，整合到本体论诠释学中，而又不至于陷入海德格尔和伽达默尔所正确批判的'笛卡儿式幻觉'中。"[①]

在利科看来，诠释学之所以陷入一种客观性和主观性理解相互冲突的僵局，就在于它缺乏一个关键性的程序，即诠释学必须解决有关正确解释的认识论问题，这个问题的解决可以通过把说明重新引入诠释

---

① Inga Römer, *Method*, *The Blackwell Companion to Hermeneutics*, Edited., Niall Keane and Chris Lawn, New Jersey: John Wiley & Sons, Inc 2016, p.91.

的理解中来实现。他的重要结论是，正确理解一个文本需要一种说明（explanation）和理解（understanding）的辩证法。在《诠释学的任务》一文中，利科回顾了从施莱尔马赫方法论诠释学、海德格尔和伽达默尔的本体论诠释学到哈贝马斯的批判诠释学的现代诠释学发展历史，他的论述表明，诠释学内部存在一种悖论或者僵局，因此，需要对当前的诠释学进行重新定位。他的诠释学目的是力图描述诠释学问题发展的当前状态，他对各种诠释学的接受和理解，与他所面对的诠释学进行的辩论，并通过一个诠释学固有的难题的讨论把诠释学反思导向一种"重要的重新定位，这将使诠释学能够严肃地进入与从符号学到释义学的文本科学的讨论之中。我将采用如下诠释学的操作性定义：诠释学是与文本的解释有关的理解的操作理论"①。我们从这里能够注意到，不仅"文本"的概念以及"文本的解释"在他的诠释学思考中都得到了强调，而且突出地体现了他把诠释学重新定位为"理解的操作理论"的构想。利科非常明确的诠释学观点是，我们对文本的解释不仅需要本体论上的主观性解释，也需要方法论上的客观的说明性理解。我们前面的论述已经表明，对于文本的说明性理解在伽达默尔的诠释学中并没有特别重要的地位，伽达默尔的诠释学甚至很不重视文本的结构形式方面的理解和阐释。

在《诠释学与他者的声音》中，詹姆斯·里瑟尔这样评述德里达对伽达默尔批评："按照伽达默尔的看法，我们不仅仅面对在所指物的无限延迟与寻求文本意义的深度探索之间做出选择，而是一种比19世纪的诠释学、当然还有赫施的诠释学理论更恰当的诠释学描述。伽达默尔不只在一个场合说过，德里达对诠释学的批评实际上是对利科的诠释学的批评。把诠释学看做一种致力于意义重构的活动，是描述利科的说明理解的方法论

---

① Paul Ricoeur, *Hermeneutics and the Human Sciences: Essays on Language, Action and Interpretation*, edited, translated and introduced by John Thompson, Cambridge: Cambridge University Press, 1987, p.3.

程序的方式，而不能恰当地描述伽达默尔的哲学诠释学。"①里瑟尔的这一评述至少包含两方面的含义：一是德里达的激进诠释学对诠释学所做的批评更适合于利科，而不是伽达默尔；二是表明伽达默尔的哲学诠释学与利科的诠释学之间存在着明显的分歧。利科试图站在一种"中间"的立场或者说"调和"的立场，以综合诠释学中的客观主义和相对主义，来解决理解过程中说明的客观性与理解中的解释的主观性之间存在的矛盾或冲突。"利科对诠释学最重要的贡献集中体现在他关于解释冲突的理论上；也就是说，利科试图在这两种诠释学理论之间进行调和，即在客观意义的重构主张与在不同层次上对传统意义的生存论占有之间进行调和。"②因此，利科的诠释学的根本目的在于，通过一种辩证综合或者说调和当代诠释学中关于客观性理解与主观性解释之间的所谓"冲突"或"僵局"来解决这个问题。

在调和客观主义诠释学与主观主义诠释学的问题上，利科认为，诠释学必须有一种认识论的基础，这是海德格尔和伽达默尔的本体论诠释学所缺乏的。由于结构性的原因，本体论诠释学没有能力回到再理解的认识论问题上，海德格尔虽然触及到了这个问题，但是，每当他触及这个问题时又很快放弃了，"在海德格尔的哲学中，我们总是致力于回到基础，但我们却无法再回到那种开始从基本的本体论转向人文科学地位的正确认识论问题的运动。现在，一种中断了与科学对话的哲学，除了涉及到它本身外，就再也没有针对其他任何东西了"。③利科承认，伽达默尔的哲学诠释学确实体现了从局部诠释学到一般诠释学、从人文科学的认识论

---

① James Risser, *Hermeneutics and the Voice of the Other: Re-reading Gadamer's Philosophical Hermeneutics*, New York: State University of New York Press, 1997, pp.162-163.

② Josef Bleicher, *Contemporary Hermeneutics:Hermeneutics as Method,Philosophy and Critique*, Boston: Routledge & Kegan Paul, 1980, p.217.

③ Paul Ricoeur, *Hermeneutics and the Human Sciences: Essays on Language, Action and Interpretation*, edited, translated and introduced by John Thompson,Cambridge: Cambridge University Press, 1987, p.19.

到本体论诠释学的综合，伽达默尔的"诠释学经验"的概念很好地表达这种综合。利科认为，伽达默尔的诠释学相对于海德格尔来说，他的研究体现了"从本体论返回到认识论问题的运动的开始"，而"效果历史意识"的理论集中体现了伽达默尔对人文科学思考的最高成就，这是伽达默尔的重要贡献。但是，利科认为："这个范畴已经不再属于方法论，不再属于历史探究，而是属于这种方法论的反思意识。这正是一种暴露给历史及其行动的意识，这样，发生在我们身上的这种行动便不能被客观化了，因为它成为了历史现象本身的一部分。"[①] 由此，他认为伽达默尔的诠释学经验和效果历史的概念和思想都缺少一种客观性理解的维度，正是基于对本体论诠释学的这种认识和审视，利科提出了他的关于理解与解释的诠释学问题。

利科认为，在我们的理解和解释中，"文本"并不像伽达默尔认为的那样不重要，而是我们理解的重要基础，但是，伽达默尔强调的理解的可能性，更多地侧重阅读和解释在理解中的创造性作用，因此，利科认为，把文本归结为一个解释的概念和问题是不恰当的。基于对伽达默尔的文本观念的看法，在《距离的诠释学功能》中，利科从如下五个层面阐述他的文本理论：第一，文本是话语的语言实现。话语是作为一种事件而被给予的，它是形成文本理论的起点。事件与意义相关联是全部诠释学问题的核心，而意义是语言在话语事件中的实现，正是在这种话语事件中，语言学上的语言的非时间性、非主体性、符号性和先验性才得到超越，并获得话语的意义。因此，利科所理解的"意义"是一个内涵非常宽泛的概念，"它涵盖了意向性外化的所有方面和层面，而意向性外化反过来又使书写

---

① Paul Ricoeur, *Hermeneutics and the Human Sciences: Essays on Language, Action and Interpretation*, edited, translated and introduced by John Thompson, Cambridge: Cambridge University Press, 1987, p.21.

和作品中的话语的外在化成为可能"①。因此，意义体现在被外化或者客观化的文本中。第二，文本是富有个性的作者的艺术创作。作品概念是以事件的非理性和意义的理性之间的实践性沉思的形式而出现的。把作品理解成一个事件，就是要在一种重构过程中理解情境与筹划之间的关系。文学作品有它自己的风格，而风格是对作品中的特殊立场的一种升华，因此，作品的结构和风格分析都是必要的。"风格既然是个体化的劳动，即它产生了个人的风格，那么它就回溯性地指向作者。……作者的范畴同样是一个解释的范畴，因为它与作品的整体意义是同时存在的。作品的独特形态和作者的独特形态严格说来是相互关联的。人们在创作个人作品时使自己个人化了。签名就是这种关系的标志。"②因此，作为一种个性创造和表达的作品，同样需要一种客观性的理解，不仅对风格的概念，而且对作者的概念都需要某种程度上的客观性理解。这当然是哲学诠释学很不重视的方面。在这里，我们看到了方法论诠释学在利科的文本解释理论中的影响。第三，文本是超越了说话情境和打破了作者语境的话语形式。文学作品和一般意义上的艺术作品的本质特征是，它已经超越了创作它的心理学、社会学条件，从创作作品时的语境进入了一种新的语境中，也就是说，它需要通过阅读来"重建文本语境"，而理解的"要素"与情境中的存在是辩证的、相互对应的，同样存在理解的客观性维度。第四，文本通过创作建构新的作品空间，小说和诗歌作品的唯一指称向诠释学提出了最根本的问题。文学作品文本展示了一个与日常生活世界不同的新的可能性，它极大地改变了日常的生活世界形态，例如，小说是对实在世界进行重新描述的优越方式，诗歌则以一种杰出的语言创造性地展示了实在最深刻的本质，因此，"解释就是在阐释文本面前展开的在世存在的类

---

① Paul Ricoeur, *Hermeneutics and the Human Sciences Essays on Language, Action and Interpretation*, edited, translated and introduced by John Thompson, Cambridge: Cambridge University Press, 1987, p.98.

② Ibid., p.100.

型"①。第五，文本是我们能够理解我们自己的一种中介。作品为自己创造它的读者，这一特点使作品具有它自己的主观性，而理解就是在文本中理解自我。但是，必须注意的是，这不是一个把我们的有限的理解能力强加给文本的问题，而是一个把我们自己暴露在所要理解的文本之中，并从中实现一个被扩展了的自我。利科认为，在对文本的理解中，"我们必须把客观化和理解的辩证法置于自我理解的核心，这是我们首先在文本、文本结构、文本意义和文本指涉的层次上所感知到的东西"②。可以看出，在强调理解活动中存在自我理解这一点上，他与海德格尔和伽达默尔有相似之处，但在强调理解的客观化这样的层面上，他与方法论诠释学有更多的相似之处，特别是突出强调了哲学诠释学不重视的"文本理论"，忽视了客观性理解的必要性这个问题上，他与方法论诠释学有更多的相似之处。

从这种文本理论出发，利科在《何为文本？说明与理解》中提出了文本理解中的意义行为问题。他认为，诠释学的理解必须在说明（explanation）与解释（interpretation）之间进行调和（reconciliation）。当然，他并不否认解释的主观性，并不否认应该有本体论的理解和解释维度。但是，他认为，解释不能单纯停留在主观性解释的层面上。要解释，就要在此时此刻占有"文本的意图"，不过，他不太同意狄尔泰的理解概念，也不太赞成作者意图论。在某种程度上，他的理解理论受到了20世纪文本自律性理论的影响。"文本的意图本质上不是作者的假定意图、作者的生活体验，而是文本对任何听从它命令的人的意义。……说明就是阐释结构，即构成文本静态的内在依赖关系；解释就是沿着文本开启的思想路径，把自己放在文本定向的路线上。这句话要求我们纠正我们最初的解释

---

① Paul Ricoeur, *Hermeneutics and the Human Sciences: Essays on Language, Action and Interpretation*, edited, translated and introduced by John Thompson, Cambridge: Cambridge University Press, 1987, p.104.

② Ibid., p.106.

概念，并且寻找——超越作为一个对文本行为的主观性解释过程——作为文本行为的客观性解释过程。"①在这里，我们以他关于隐喻的分析为例来说明。他认为，如果把说明看做是对作品内在模式的意义的理解，那么，解释就是对关于作品所具有的映射语境的理解，以及这些新语境出现时自我理解的深化。这样，我们就在文本与隐喻之间建立了某种相互依赖和相互作用的"诠释学弧"（Hermeneutical arch），这是从隐喻走向文本与从文本走向隐喻的双向辩证过程。这个"诠释学弧"相当于诠释学理论中的"诠释学循环"。从隐喻走向文本意味着文本的意义是需要读者和理解者来建构的，因为文本是书写下来的存在，它不再由文本的作者意图赋予意义的自主空间，文本的自主性把书写转交给读者，并由读者对文本做出解释，没有读者和理解者，文本的意义是不可能实现的。文本是一种整体的结构，它需要读者对这种整体结构进行把握和判断。因此，利科认为，理解需要赫施的诠释学理论中所说的那种正确的猜测和真正的类型概念。从文本走向隐喻意味着，语境是通过文本展现出来的指称的总体，是一种可能的存在方式和"在世"的符号之维，因此，理解便是对文本的非表面指称所展现的意图语境的理解。在传统的方法论诠释学中，强调的是听者或读者把自己转换为说话者或作者的精神生活的能力，而现在的诠释学则把强调的重点转向了作品文本向读者和理解者展现和揭示的"在世"的可能性维度，即相当于伽达默尔所说的理解的"视域融合"。从隐喻走向文本的过程是客观性的说明，理解的是文本的"意义"和"含义"；从文本走向隐喻的过程则是解释，解释的是作品指涉的语境和理解者的自我理解。

我们从这里可以看出，利科的"诠释学弧"是文本与隐喻、意义与含义、说明与解释的一种相互辩证过程。在利科的文本解释理论中，一方

---

① Paul Ricoeur, *Hermeneutics and the Human Sciences : Essays on Language, Action and Interpretation* , edited, translated and introduced by John Thompson, Cambridge: Cambridge University Press, 1987, p.123.

面,文本、意义和说明等概念是对作品内在模式所具有的意义的认识,这种意义属于作品本身,我们不能忽视这个说明性的认识论维度,这是理解的客观性的重要保证,在利科看来,这是基础性的理解步骤,很明显,这种观点更多地继承了施莱尔马赫、狄尔泰和吸收了赫施方法论诠释学的认识论观点,同时也吸收了现象学、分析哲学、结构主义等的理论洞见;隐喻、含义和解释等概念则更具有理解的主观性维度,是对作品在新的理解语境中以及新语境中自我理解的一种意义阐释,在这一点上显然更多地吸纳了海德格尔和伽达默尔的本体论诠释学。

确实,利科的调和诠释学具有很大的综合能力,不仅力图调和传统的与当代的方法论诠释学、本体论诠释学的理解理论,也力图吸纳批判诠释学的理解维度,从而"调和"哲学诠释学与批判诠释学关于理解问题的理论洞见。利科的诠释学"在许多方面与伽达默尔相似,但利科仍然对伽达默尔的诠释学持怀疑态度,他认为,伽达默尔的诠释学不具有足够的批判性。虽然我们可能是解释性的存在,但对利科来说,这并没有排除伽达默尔的哲学诠释学似乎忽略了一种更为强烈的自我批判态度的可能性。对于利科来说,我们可以有一种对传统的诠释学批判,尽管我们是在传统中从事这种批判的。……哈贝马斯同意一种比伽达默尔更具批判性的诠释学是可能的,尽管他用非常不同于伽达默尔和利科的术语来继续描述诠释学。在诠释学中,对传统的批判在程度上和方式上仍然是可能的。"①在利科看来,诠释学同样需要哈贝马斯批判诠释学的意识形态维度。哲学诠释学所关心的是文化遗产,是历史传递下来的传统,最明确的焦点是文本理解和解释的问题,而意识形态批判关注的焦点是对具体化和异化的分析和批判。诠释学的特征较为谦卑,它承认历史条件,所有的人类理解都是有条件限制的理解,人类的理解从属于他的历史性。而意识形态的批判特征则更带有自豪感,它蔑视对人类交往的曲解。哲学诠释学更多地突出与传统

---

① Stanley E. Porter & Jason C. Robinson, *Hermeneutics: An Introduction to Interpretive Theory*, Michigan:Wm. B. Eerdmans Publishing Co., 2011, p.128.

的视域融合，批判诠释学更重于自由交往的解放概念，在利科看来，这两者都有其独特的思想洞见。在《诠释学与意识形态的批判》中，利科结论性地写道："在勾勒对传统的追忆与对自由的期待这种辩证关系时，我并不想以任何方式消除诠释学与意识形态批判之间的差异。各自都有一种荣耀的地位，如果我可以这样说的话，还有不同的区域性偏好：一方面是对文化遗产的关注，也许，这最明确地集中在文本理论上；另一方面是关于制度和统治现象的理论，这集中在对物化和异化的分析上。只要两方面都必须始终进行区域化，以便能够赋予它们的普遍性要求一种具体化的特征，那么，它们的差异性就必须保留，反对任何冲突论倾向。但是，哲学反思的任务是消除误导性的相互矛盾，这种矛盾会把我们重新解释从过去获得的文化遗产的兴趣和对人类解放的未来筹划的兴趣对立起来。"[①]对于这两种"冲突"的观点，利科的理论立场是，既要尊重本体论诠释学的时间性和历史性的理解视域，也理应保持批判诠释学对人类未来的解放兴趣。换言之，我们的理解既需要视域融合，也需要理性批判。

利科的调和诠释学，确实使他的诠释学具有某种辩证的意味，在肯定作品文本的说明必要性的前提下，重视对作品文本在新语境中的意义的理解和解释。他试图在传统诠释学的认识论、当代诠释学思想与伽达默尔诠释学的自我理解的历史性概念之间寻找某种中介，他反对伽达默尔在真理或方法之间进行选择的做法。他认为，不能像伽达默尔所主张的那样，把方法的问题看做第二位和派生的问题，因为在利科看来，只有在客观分析和批判诊断的某种距离化理解中，并只有通过这种距离化，我们才属于传统。针对伽达默尔真理或方法的矛盾，利科试图通过这种调和的批评方式实现既重视认识论的方法论，也重视哲学诠释学的真理态度。对于文学作品文本来说，这种做法既可以使理解具有可证实性和可说明性的文本性特

---

① Paul Ricoeur, *Hermeneutics and the Human Sciences Essays on Language, Action and Interpretation*, Edited, translated and introduced by John Thompson, Cambridge: Cambridge University Press, 1987, p.60.

征，也能够具有可诠释的生产性效果。对于前者，我们需要采取一种客观性的方法论态度，对于后者，则需要一种本体论的真理理解。同样，利科在某种程度上肯定哈贝马斯的意识形态批判具有可取之处，诠释学不应只是对文本进行客观的理解和解释，也不仅仅是解决历史传承下来的传统的创造性自我理解、解释和应用问题，也应该包含着某种理性反思的意识形态批判维度。

利科力图在传统诠释学与当代各种诠释学之间的"冲突"进行综合，或者更准确地说做出"调和"的努力是很明显的。正如在他主编的《哲学的主要趋向》中所说："'作为方法论的'解释学，可以同语言科学、概念分析、结构主义和马克思主义进行对话，而同时又保持着与'本体论的'解释学的接触。"① 至于利科是否辩证地"综合"或"调和"了各种诠释学的冲突，打破了诠释学陷入的"僵局"，是很难做出肯定性回答的问题，因为诠释学仍然处在对话、争论和发展中。但是，完全否认利科的工作肯定是不可取的，如维因斯海默所认为："通观利科的研究，我们可以发现，他的直接主题就是两个明显的因素：怀疑和信任。利科的思想力量主要来自他反对把两个因素看做是对立的做法，并以一种温和的折中主义方式把这两者结合起来，或者最糟糕地让一个因素掩盖另一个因素。"② 我们应该像利科本人辩证地看待和理解诠释学一样来评估他的诠释学努力。例如，他对文本理论的详细论述确实是伽达默尔的诠释学所严重缺乏的。正如大卫·霍伊所说，伽达默尔未能对文本的内涵和解释的参照之间的关系做出具体的阐述，利科则对文本的自律性和解释的参照问题做了重要的讨论，利科力图把结构主义对文本自律性的解释与诠释学关于解释的问题结合起来。"利科力图综合结构主义对文本自律性的关注与诠

---

① 保罗·利科主编：《哲学的主要趋向》，李幼蒸、徐奕春译，商务印书馆，1988年，第386页。

② Joel Weinsheimer, *Philosophical Hermeneutics and Literary Theory*, New Haven: Yale University Press, 1991, p.19.

释学对解释的语境性特征的关注。通过这样做，他产生了一种值得与伽达默尔相比较的关于占有和参考的描述。利科的许多见解都以有价值的方式补充了伽达默尔的工作，但是，这两种诠释学理论也有一些重要的分歧。"①无论是伽达默尔、哈贝马斯还是利科本人都主张诠释学的对话精神，因此，诠释学对话中所发展起来的观点，无疑都有某种其可资借鉴的思想洞见。

综上所述，利科的现象学诠释学确实具有一种"调和"或"折中"的理论特征，具有某种重要的辩证意味，可以说是一种吸取了各家之长的综合性调和。"利科的诠释学理论之所以具有创新性，很大程度上是因为他的哲学在文本解释的传统观和进步观之间占据了一席之地。利科的著作一方面继续沿着海德格尔和伽达默尔描绘的方向进行探究，另一方面又回到某些著名的诠释学概念，从一个充分了解现代文学理论发展的视角对这些概念进行重新定义。"②显然，对人类的理解和解释活动来说，它总是对某种对象性的文本的理解，既然要对文本做出说明和理解，首先要对作为对象性的文本进行理解，甚至是某种客观性的理解，只有在此基础上，才有可能保证不脱离文本而做任意性的理解和解释。同时，任何理解和解释都不可能是完全客观的、中立的理解，文本的理解远不只是某种说明性的客观理解，必然包含解释者从自身诠释学处境出发的自我理解和解释，正如海德格尔"事实诠释学"的"前理解"概念和伽达默尔哲学诠释学的"效果历史意识"所表明的那样。当然，理解也如哈贝马斯所关注的那样，诠释学的理解应该具有一种理性的和反思的批判意识，甚至某种意识形态维度的批判，在文学理解和解释中，应当说，这同样是诠释学理解的一个实践应用性的重要维度。

---

① David C.Hoy, *The Critical Circle: Literature, History, and Philosophical Hermeneutics*, California: University of California Press, 1982, p.85.

② Tomasz Kalaga, *Literary Hermeneutics: From Methodology to Ontology*, Newcastle: Cambridge Scholars Publishing, 2015, p.101.

四、激进诠释学与理解的非确定性

与前面论述的当代诠释学理论对哲学诠释学进行的质疑不同,解构理论把伽达默尔的诠释学看做一种历史主义和普遍主义,认为它属于形而上学传统,并站在激进的解构立场对伽达默尔的诠释学予以了尖锐的批判。约翰·卡普托把这称之为"激进诠释学",而其中的当代代表人物就是解构思想家德里达。

在《激进诠释学》一书中,约翰·卡普托对诠释学的历史做了另一种发展线索的考察和论述。他认为,激进诠释学发端于克尔凯郭尔,中经胡塞尔的现象学,真正开始于海德格尔,在德里达那里发生了关键性的转折,而从传统诠释学到伽达默尔和保罗·利科的诠释学并不属于激进诠释学的发展序列。因此,在他的激进诠释学研究中,传统的诠释学发展只有"次要的作用并发出微小的声音",特别是针对伽达默尔的哲学诠释学,他说:"从激进诠释学的观点看,伽达默尔的哲学诠释学是一种反动的姿态,力图阻止诠释学的激进化,并且要回到形而上学的怀抱。伽达默尔追求一种更加舒适的视域融合(the fusion of horizons,)、时代的嫁接(the wedding of the epochs)、传统生命的不朽(the perpetuation of the life of the tradition)的学说。……对伽达默尔来说,要思考的问题就是形而上学传统的基本内容——柏拉图的对话、亚里士多德的实践、黑格尔的辩证观念——所有这些都以一种形而上学的努力保持和培育更接近黑格尔、而不是海德格尔的传统之真理。即便《真理与方法》包含了对'方法'的有益批判,但是,《真理与方法》中的'真理'问题仍然属于真理的形而上学。"[①]卡普托不喜欢哲学诠释学倡导的与传统的"视域融合",也不喜欢利科对诠释学冲突的"调和",他钟情并赞扬激进诠释学理解的解构、重复和筹划。

---

① John D. Caputo, *Radical Hermeneutics: Repetition, Deconstruction, and the Hermeneutics Project*, Indianapolis: Indiana University Press, 1987, pp.5-6.

从这种理论立场出发，约翰·卡普托对诠释学发展的思考所遵循的不是一般诠释学研究的路线，他关注的是他称之为"激进思想家"的诠释学思想。诠释学的先驱人物不是施莱尔马赫和狄尔泰等人，而是克尔凯郭尔、胡塞尔、尼采等人，以及后来放弃了"诠释学"这个语词和批判了诠释现象学的后期海德格尔，特别是对传统西方思想和诠释学做出了直言不讳批评的解构理论家德里达。在所有的这些激进思想家中，"德里达比任何人都更清楚地向我们表明了文本的不确定性，揭示了激进诠释学筹划中根本的和解构的方面"。因此，"对于激进诠释学来说，德里达是一个转折点，在这个转折点上，诠释学被推到了边缘"①。确实，对于哲学诠释学来说，至今还没有人像德里达那样做出如此尖锐的批判。这种批判和挑战不仅展示了当代诠释学发展的另一个维度，即卡普托称之为"激进诠释学"的理论倾向，而且伽达默尔本人也认为德里达的"解构"是对哲学诠释学的一个冲击。由此，伽达默尔在《文本与解释》中不得不承认："应对法国哲学场景对我来说体现了一个真正的挑战。尤其是德里达反对后期海德格尔，认为海德格尔本人并没有真正超越形而上学的逻各斯中心主义。"②

德里达对伽达默尔的挑战显然基于他的解构理论立场。解构理论认为，西方的形而上学创造了一系列的具有中心作用的概念，如上帝、理性、存在、本质、真理、人文、始基、终极和自我等，每一个都是自我完满、自我生产并且作为一种超验能指的概念。德里达把这种渴望中心的西方思想倾向叫作逻各斯中心主义。这种逻各斯中心主义相信，存在着一种可以作为人类的思想和行为之基础的终极真实或真理中心。德里达把逻辑中心主义、语音中心主义、二元对立思维和那些关注语言和形而上学的西

---

① John D. Caputo, *Radical Hermeneutics: Repetition, Deconstruction, and the Hermeneutics Project*, Indianapolis: Indiana University Press, 1987, p.5.

② Hans-Georg Gadamer, Text and Interpretation, *The Gadamer Reader: A Bouquet of the Later Writings*, Illinois: Northwestern University Press, 2007, p.161.

方思想统统叫做"在场的形而上学"。因此，这种解构诠释学与传统的诠释学和伽达默尔诠释学必然会有根本性的差异，但就解构同样作为一种文本的解读策略来说，总是涉及理解和解释的问题，因此，它又与诠释学有关。"德里达的解构哲学既是又不是一种诠释学理论。解构是诠释学的一个版本，因为它包括理解理论并且涉及解释文本。由于德里达发展了尼采哲学的几个方面，他的诠释学可能是一种怀疑的诠释学。如果'怀疑'意味着人们对确定性文本意义、正确的解释或真理本身的主张持怀疑态度的话，那么它是怀疑的诠释学，然而，如果'怀疑'意味着有一种隐藏的或更深的并非正确的意义的话，那么它就不是怀疑的诠释学。解构的核心原则之一就是没有单一的真理，没有单一的正确解释，也没有能够解开文本奥秘的钥匙。所以解构不是诠释学，因为没有什么可以揭示的，没有单一的意义可以解读。"[1]也就是，德里达的解构是否属于诠释学，可以从不同的角度来理解，"德里达——与其他几个巴黎哲学家一道——极其善于把各种难题扔进形而上学的路途，善于封堵形而上学超越流动建造的高速公路，善于搅扰哲学的慰藉……德里达并没有抛弃诠释学，而是把它推到了最极端、最激进的表达，把它推到了诠释学的极限。"[2]因此，卡普托明确认为德里达的解构是一种诠释学，是一种不同于传统诠释学发展路线的激进诠释学。

解构理论的目的就是为了动摇和颠覆西方传统的在场的形而上学，所谓的中心和基础等并不存在，唯一的文本真理和意义也是不存在的，这是一种理论假设，一种播散的功能，一种差异性解释的结果。在《结构、符号与人文科学话语中的游戏》一文中，德里达写道："我们必须从这里开始思考：没有中心，中心不能于在场——存在形式中被思考，中

---

[1] Lawrence K. Schmidt, *Understanding Hermeneutics*, Durham:Acumen Publishing Limited, 2010, p.161.

[2] 约翰·卡普托：《激进诠释学——重复、解构与诠释学筹划》，李建盛译，北京大学出版社，2021年，第6页。

心没有其本然的位置，它不是一个固定的点，而是一种功能，一种无数的符号替代游戏得以发生的不定点。"①通过解构在场的形而上学的基础假设，德里达认为，解构可以为那些依然受西方思想限制的人们提供具有多种新的解释的阅读策略。与所有试图探讨和抓住终极真理和意义的"在场的形而上学"不同，解构理论不指望建立一种新的哲学、一种新的文学批评理论或新的文学理论学派，而是向人们提供一种新的阅读策略，一种理解的技巧，一种开放性的阐释空间。解构理论反对作者意图论和意义重构论，在解释中出现的意义并不受作者控制，无论作者对其作品表达了怎样的意图，也不管结构主义确定了多么牢靠的文本解构，都不能限制阅读的开放性、创造性和差异性。正像语言本身一样，文本不需要任何外在的参照，文本之外别无他物，文本的意义不是确定不变的，一劳永逸的，它具有不确定性和不可确定的特征。"你必须清楚你正在谈论的究竟是什么，涉及'美'的东西的内在价值是什么，在你所指的美的内在意义之外留下的东西是什么。这种永恒的必要性——把正在被谈论的对象的内在的或正确的意义与外在的环境区别开来——构造了关于艺术的所有哲学话语（philosophical discourse），诸如艺术的意义以及意义之意义等，从柏拉图到黑格尔、胡塞尔和海德格尔莫不如此。这些理论在艺术对象的内与外的界限之间假定了一种话语，这是一种关于框架的话语（discourse on the frame）。此时，在哪儿能够找到这样一种话语框架呢？"②我们对任何事物的理解都是从我们所谓的"框架"出发进行的理解，但我们总是找不到确定的框架，既然没有确定性的框架，哪有理解的边界呢？

可以看出，德里达的解构理论在反对作者意图论和文本决定论、强调阅读和理解的开放性和创造性方面，与海德格尔和伽达默尔的本体论诠

---

① Phillip Rice, and Patricia Waugh, ed., *Modern Literary Theory*, London:Blackwell Publishing Ltd, 1989, p.178.

② Jacques Derrida, *The Truth in Painting*, Chicago: The University of Chicago Press, 1987, p.45.

释学有着相似之处。海德格尔认为，理解是一种此在存在的基本方式，任何理解都是在前理解基础上的一种趋向未来的筹划；伽达默尔认为，正如人的存在本身存在着模糊性和不确定性一样，我们对文本的理解和解释也具有模糊性和不确定性。在《创作与解释》一文中，伽达默尔写道："作为人类存在，我们在本质上迷恋于解释这种模糊性意义的冲突中。"就作为文学作品的诗歌而言，也同样如此，他写道："诗歌词语也分享了这种模糊性。诗歌语言确实是神话式的，在这个意义上，它不要求用任何来自它自身之外的东西来证实。诗歌语言的模糊性回应着作为整体的人类生活的模糊性，其真正价值就在这里。所有对诗歌语言的解释都只是对诗歌已经解释了的东西的解释。诗歌向我们解释和指向的东西当然不是诗人意图表达的东西。诗人意图表达的东西并不优越于任何人意图表达的东西。诗歌并不在于意指某种别的东西，它仅仅在于这样一个事实，即被意指的东西和所说的东西就存在于诗歌之中。提供的解释正像诗歌本身的模糊所暗示那样，更多地与诗的存在相关联。所有解释都参与诗歌的存在，正如诗歌以某种方向引导我们而暗示其意义一样，解释诗歌的人也指明了一种给定的方向。显然，解释的语言不应该设定诗歌本身指向的位置。试图这样做的解释会让我们想起一条狗所做的那样，当我们试图对它指出某种东西时，它总是毫无变化地转向指引的手，而不注意我们试图给它的是什么东西。"① 所谓对诗歌语言的解释是对诗歌已经解释了的东西的解释，意味着凡是理解在某种意义上都是一种解释的再解释。与传统方法论诠释学相比，伽达默尔的哲学诠释学确实为阅读、理解、解释和意义等拓展了极大的开放性和差异性空间。但是，在德里达的解构理论看来，仅仅这样一种开放性和不确定性是远远不够的，伽达默尔的开放性仍然依赖文本、价值、意义、存在，尤其是真理这样的形而上学概念，所有这些概念仍然显示出伽达默尔诠释学的传统的在场形而上学立场。事实上，德里达对诠

---

① Hans-Georg Gadamer, *The Relevance of Beautiful and Other Essays*, edited., Robert Bernasconi, London: Cambridge University Press ,1986, pp.71-72.

学的可能性持一种非常悲观的态度，不仅仅对哲学诠释学，而且对现象学、存在主义、批判诠释学以及其他别的诠释学等都持有怀疑的态度，他不相信我们的理解能够牢靠地把握和抓住某种不变的、确定的事物或概念。"对他来说，海德格尔、伽达默尔、哈贝马斯等都未能认识到他们对逻各斯中心主义的专注（对真理和意义的起源、基础或最终生成来源的错误信仰）。以哲学诠释学为例，德里达认为，它以类似于浪漫主义诠释学的方式，试图揭示和揭露文本中隐藏的意义和真理，因此，它体现了德里达所认为的伽达默尔对完全性理解以及或多或少稳定理解的信仰。"①因此，尽管伽达默尔等人认为他们已经超越浪漫主义的方法论诠释学，走向了本体论的诠释学，但是，在德里达的解构诠释学看来，仍然没有摆脱浪漫主义的，特别是形而上学的真理追求，仍然迷恋于西方的逻各斯中心主义。

在解构理论看来，哲学诠释学并没有为意义的释放做出根本性的解放努力，首先，因为它在关于文本的意义和解释的边界问题上是幼稚的。在德里达看来，文本不是单纯的存在，不是读者依靠正确的方法就能得到的语词的连续体。文本既不是单纯的自在之物，也不是封闭于自身之内的某种结构，同样也不是与文本的标题、开端、结尾和作者的标识相联系的；它既不是语词，也不是概念，而是在符号中弥漫着延异的语言功能，它总是使文本向意义的多样性和差异性开放。文本没有固定的框架和限制，文本是一个自我指涉系统而不是超验能指系统，它并不指向任何超验的东西。尽管伽达默尔认为文本是一种被理解和解释的概念，是一个有待解释的半成品，只有在读者与文本的对话和视界融合中，文本的意义才能得到实现。"对于伽达默尔来说，文本的言说是回应读者向它提出的问题。伽达默尔没有放弃文本是对话的伙伴这个观念。诠释学本身就是这种'实现

---

① Stanley E. Porter & Jason C. Robinson, *Hermeneutics: An Introduction to Interpretive Theory*, Michigan: Wm. B. Eerdmans Publishing Co., 2011, p.15.

与文本的对话'。"①但在德里达看来,这样一种文本概念仍然没有真正地把意义从文本中解放出来,他认为,伽达默尔仍然沉迷于形而上学的语言和理论之中,因为他在诠释学的真理理解事件中期待和寻求对文本的完全性理解和把握。

其次,意义并不是理解与文学作品在视界融合中的某种认可,而是作为一种矛盾运动结构的无限延异,它既是一种差异,也是一种延迟,而不是某种一致性和连续性。说意义的过程是一种差异性的游戏,意味着无论是说话的秩序还是书写的话语,符号的功能与另外的符号功能总是彼此指涉的,没有纯粹的符号,也没有纯粹的功能。在符号的相互交织中,语言的每一个要素总是与系统中其他要素的踪迹共同存在。可以说,在文本语境中,语言的要素从来就不是简单的在场或缺席,存在的只是差异。与这种语言与文本的观点相对应,文本的"解释"实质上就是批判。解构的策略要求是一种不断替代中心的分析,这种分析通过追踪控制文本自身生产的特定词语得到实现。这种替代不能被简单地解释为否定的批判,它具有双重的特征:对等级秩序自身的永无终点的解构,同时在解构系统中发挥着批判的作用。正如伊格尔顿在评述解构主义时所说,意义对解构主义来说,"并非直接呈现于符号之内,既然一个符号的意义取决于一个符号不是什么,那么,从某种意义说,符号的意义就不在符号之内。如果你愿意,你可以说,意义分布在整条能指的族链上:它无法被轻易地确定,它从未完全存在于任何一个单独的符号之中,它总是不断地忽隐忽现。阅读一个文本就好像是追踪这个不断隐现的过程,而不是数项链上的珠子。从另一种意义上说,我们也绝不可能抓住意义,因为语言是一个时间过程。当我们阅读一句话的时候,它的意义由于某种原因始终漂浮着,是某种延迟的或即将到来的东西;一个能指将我转给另一个能指,另一个能指

---

① Donatella Di Cesare, "Hermeneutics and Deconstruction", *The Blackwell Companion to Hermeneutics*, Edited., Niall Keane and Chris Lawn, New Jersey: John Wiley & Sons, Inc 2016, p.474.

再将我转给另一个能指，后来的意义总是改变着前面的意义，尽管语句可能有边界，但语言本身的过程却是无止境的。这一过程总会产生更多的意义"①。因此，在解构理论家德里达眼里，文本永远不可能获得某种确定的意义，存在的只是差异的无限性和无限的差异性，文本中的每一个词语都包含过去词语的踪迹，并对在后面的词语开放，文本的词语是如此，文本中的句子是如此，整个文本也同样如此。"德里达想表明，在符号中追踪的东西不是镶嵌在石头里的东西，而是已经进入了能指的系列相关事物之中，带着联系的线索伸向每一个方向，而且这些联系不能被切断和排除——既不被作者的意图、先验的语法规则，也不被形而上学图谋阻止运动的任何其他工具所切断和排除。"②所以，在德里达的解构策略中，人们永远不可能完全理解和把握文本的意义。

最后，伽达默尔的哲学诠释学并不认为文本具有固定的、唯一和不变的意义和真理，文本意义的产生有赖于阅读和理解，文学的意义和真理总是理解的效果历史的产物，并认为只要人们对理解的对象有所理解就够了。但是，伽达默尔认为，文本意义的理解和把握是可能的，他没有否定一个人对文本的阅读可能会出现误读，但通过诠释学的反思性经验可以消除偏见和误解，而消除误读和误解的办法是在与文本的持续对话中不断地实现一种新的视域融合。只要读者和理解者对真理保持开放，在理解事件中根据"事物本身"不断纠正他的偏见，真正的理解是可能的，在视域融合中能够实现文本意义的有效理解。但解构理论认为，文学的理解不存在误读和误解，对德里达的解构理论来说这种误读是不可能存在的，并不存在需要克服的误读，对文本做出的所有不同的解释都是有效的和合法的。"德里达对'在场的形而上学'（metaphysics of presence）和'逻各斯中

---

① Terry Eagleton, *Literary Theory: An Introduction*, Oxford: Blackwell Publishing, 1996, p.111.

② John D. Caputo, *Radical Hermeneutics: Repetition, Deconstruction, and the Hermeneutics Project*, Indianapolis: Indiana University Press, 1987, p.142.

心主义'(logocentrism)的著名攻击，导致了这样的观点，即不存在可以被直接把握的超本文或超语言的事实，因此，也不存在能够限制产生于'符号系统'的意义的事实：所有的言说，所有的文本和所有的绘画。根据这种观点，没有任何东西能够超越我们所谈论和直接知晓的符号。我们所拥有的都是符号的系统，每一种符号都是语境化地通过与其他符号的关系而获得它的意义。既然根本不存在能够告诉我们符号是如何被正确运用以及与其他的符号是如何关联的超文本的现实，既然文本之外别无他物，那么，我们所拥有的就只能是'符号的游戏'，一种符号的关系和语词之间的永恒替换和重新配置，与之相伴的是意义和理解的替换。"[①]与这种意义理解不同，哲学诠释学的目的是通过对真正的文本阅读和与文本的对话去揭示一种理解的真理经验。然而，真理概念恰恰是德里达非常厌恶的形而上学概念，他认为，阅读不可能把握确定的意义和抓住牢靠的真理。对于我们是否可以谈论"真理"的理解问题，我们是否可以在理解中获得真理的问题，德里达认为这本身是一个形而上学的问题，是一个需要解构的问题。理解和解释就是从符号到符号的漂移，指望在在场的形而上学形式中或者理解的文本中获得确定的意义或真理是不可能的，如果说存在意义或者真理这样的东西，那也只不过是语词或能指的暂时的产物，是一种变幻莫测和没有定在的东西，这样一种东西怎么可能是具有确定性的意义或真理呢？

可以说，伽达默尔和德里达都是非常重视游戏的当代思想家，但是，他们通过游戏所达到的目的却很不相同。伽达默尔把游戏看做艺术作品的本体论存在方式，并在游戏的运动结构中揭示艺术真理，而德里达则把游戏作为颠覆文本、意义和真理的策略，对于所谓的意义或真理，他不再存有任何伽达默尔那样的"善良意志"。伽达默尔是要在与传统的对话和理解中保存真理性的东西，相反，德里达则要在解构中颠覆传统形而上学中

---

① David Novitz, "Postmodernism: Barthes and Derrida", *The Routledge Companion to Aesthetics*, Berys Gaut and Dominic McIver Lopes (ed.), London: Routledge, 2001, p. 160.

所有那些被称为真理的东西。也许，对于西方的文化传统来说，伽达默尔与德里达都具有极为重要的意义。大卫·霍伊在对两者做出比较分析之后说："德里达和伽达默尔都拒斥筹划经验总体的可能性和效用性。伽达默尔希望避免黑格尔式的经验完成（绝对的自我确证）和最后历史的观念，德里达认为总体化是不可能的，这不仅因为经验所具有的不可能性，而且也由于游戏所具有的有限性特征。……伽达默尔也是从有限性得出他的开放性观念。这两位思想家都把坚持开放性作为形而上学的解毒剂，尤其是把开放性作为神学或末世论思想的解毒剂，是那种认为在历史和思想发展中有必要设置秩序的做法的解毒剂。"①

确实，德里达的解构理论可以成为一种阅读和理解策略，一种发现隐藏在文本背后和边缘语境中不为人们所注意的东西的方法。加里·麦迪逊在《超越严肃与轻浮：对解构的伽达默尔式回应》中认为，伽达默尔提出了一种一般哲学理论，而德里达主要是为我们提供了一种阅读的技术，伽达默尔的诠释学主要不是阅读和解释文本的技巧或方法。"德里达告诉我们，通过文本的自由游戏，永无止境的能指，缺乏可判定的意义，使阅读本身的目的不是对真理的解释，而是自由的、戏仿的游戏。"②而伽达默尔在探讨艺术的本体论及其诠释学意义时说："游戏与严肃的事物有着特殊的关系。这不仅是因为后者赋予它以'目的'：正如亚里士多德所说，我们游戏'是为了娱乐'。更重要的是，游戏本身包含着它自己的严肃性，甚至是神圣的严肃性。"③由此可见，伽达默尔和德里达都赋予游戏在阅读和理解活动中的重要作用，但他们的看法却截然不同。然而，就德里达的观点而言，需要提出的问题是，在文本的解释性游戏中放逐了文

---

① David C. Hoy, *The Critical Circle: Literature, History, and Philosophical Hermeneutics*. California: University of California Press, 1982, p.85.

② Gary B. Madison, "Beyond Seriousness and Frivolity", *Gadamer and Hermeneutics*, Hugh J. Siverman edited., London: Routledge, 1991, p.123.

③ Hans-Georg Gadamer, *Truth and Method*, London: Continuum Publishing Group, 2004, p. 102.

本、意义和真理之后，对文本的理解又究竟意味着什么呢？文学、文学史和文学批评这样的精神生产活动，难道仅仅是一种符号的能指漂移和游戏吗？德里达在其解构之路上似乎走得太远，得出的结论也无疑过于激进。相比之下，伽达默尔的哲学诠释学却显得更富有建设性的启示和意义。毕竟，人确实是一种历史时间的存在，一种置身于延续性的历史传统中的存在，是一种在有限的历史性存在中寻找某种"意义"或"真理"的存在，即使这种意义或真理充满了歧异和不确定性，但是，对于作为一种精神性的存在的人类来说，探寻意义和真理似乎是必要的行为和思想，虽然有的时候显得有些奢侈。文学和艺术作品总有所表达，而表达总是某种意义的表达，而不仅仅是符号的游戏。

第五节　哲学诠释学与文学诠释学

我们前面对不同的重要的诠释学思想取向所做的简要论述表明，不同的诠释学尽管都试图解决理解是什么和理解如何可能的难题，但是，很显然，不同的诠释学有其不同的理论旨趣，不同的理论诉求，也有不同的解决问题的方式，它们都与文学的理解和解释有着这样或那样的关系。因此，尽管本书关于文学诠释学诸问题的探讨和论述，主要运用哲学诠释学关于人文科学真理理解的思想洞见，特别是有关文学艺术的独到见地，但其他的诠释学理论同样是本书文学理解问题考察和论述的重要参照。实际上，文学活动可以从不同的角度和维度进行理解和阐释，对于完整的文学诠释学来说，所有这些方面都可以而且应该纳入思考的范围内，都有其值得借鉴的洞见。

我们前面已经简要概述过伽达默尔哲学诠释学意识及其理解的辩证法，现在的重点是讨论伽达默尔有关审美真理的人文科学立场以及哲学诠释学与文学理解之间的内在关系。瓦蒂莫在谈到伽达默尔的诠释学时说："众所周知，诠释学本体论引领当代哲学思想的著作，是伽达默尔的《真理与方法》（1960年首次出版）"，并且指出："通过审美意识的批判，伽达默尔以某种独创的方式发展了海德格尔的思考所获得的结论，也就是海德格尔把艺术视为'真理自行设置入作品'的结论，伽达默尔批判审美意识的目的，那就是要证明审美经验的历史性质。"①因此，不仅伽达默尔的哲学诠释学深深地受惠于海德格尔，而且他对于审美意识的批判和艺术真理的理解同样受惠于海德格尔。伽达默尔哲学诠释学的审美真理立场与文学艺术的理解问题有更为密切的关系，也对文学艺术的理解有更丰富的可借鉴意义，下面就哲学诠释学与文学诠释学的内在关系问题进行讨论。

一、哲学诠释学与人文科学的审美真理立场

伽达默尔的哲学诠释学不同于其他诠释学最为重要的也最能显示其人文科学真理立场的地方，就在它以不同于以往的理解问题的方式来理解人文科学的真理问题，以不同于其他当代诠释学理论的立场来探讨人文科学的真理如何可能的问题。特别是对于文学和艺术理解中的意义和真理问题，哲学诠释学进行了更为深刻丰富的探究，表达了许多独特的思想洞见。这样说，并不意味着完全赞同哲学诠释学的观点，而是说与其他诠释学理论相比，它对我们如何从诠释学上思考文学和艺术的诠释问题，为我们提供了更多可资借鉴的启示。在本书各章的论述中，我们同样会涉及哲学诠释学在文学理解上所存在的值得商榷和值得进一步深入探讨的问题。

首先，文学经验作为一种审美经验，显然是一种不同于自然科学的经验，也有其自身特殊的意义和真理表现方式，但是，伽达默尔认为，由于长期以来受自然科学方法论的影响，人们常常用自然科学式的方法来理解文学作品的意义和真理。哲学诠释学认为，自然科学的方法并不是万能的，更不是唯一有效的方法。自然科学的认识论从17世纪以来就一直支配

---

① 詹尼·瓦蒂莫：《现代性的终结》，李建盛译，商务印书馆，2013年，第161页。

着哲学以及其他人文社会科学的研究，认识论似乎成了一种放之四海而皆准的方法论基础。康德哲学试图为人类的知识和理性奠定认识论的坚实基础，他所引领的西方哲学史上的认识论转向确实开创了西方哲学发展的新纪元，但是，也使自然科学的认识论和方法论成为统治和支配所有人类经验理解和研究的哲学基础。换言之，凡是不能通过自然科学方法证实的经验似乎都不能视为知识和真理。例如，康德把人们对文学和艺术的审美经验看做一种无利害而又让人普遍同意的共通感，但审美是一个趣味问题，与认识和真理无关，不是一个认识和真理的问题，而是一个主观趣味问题。狄尔泰尽管认识到了人文科学对象及其表现方式的特殊性，但是，他仍然力图通过类似自然科学认识论的模式，为人文科学或精神科学确立一种具有普遍有效性的方法。随着自然科学在此后的迅猛发展，自然科学的认识论和方法论仿佛成了唯一合法的哲学基础。人文科学的研究似乎也只有接受自然科学认识论模式的指导才具有科学的合法性，才能确保人文科学认识和真理的有效性，在这种认识论占主导地位的状况下，人文科学依附于自然科学和实证科学，因而失去了其独立的人文性质和精神品格。

　　正是有了对人文科学的理解问题不同于自然科学的深刻意识，哲学诠释学才试图通过真理与方法的"选择"，重新探讨人文科学中的认识问题和真理问题。伽达默尔对19世纪以来的用自然科学的种种方法对待人文科学的研究进行了挑战和批判。他认为，不仅文学和艺术这样的人文科学不能用归纳法来进行研究，而且在自然科学中这种归纳法也并不是永远适用的，而对社会历史研究就更不能运用规律性的认识标准来把握，这样做不可能把握人文科学的本质。此外，哲学诠释学探讨的对象并不是自然科学和实证科学领域中的认识论问题，而是人文科学，例如哲学、历史、语言和文学艺术这类存在于自然科学之外的经验问题，这些经验中出现的知识和真理，不同于自然科学和实证科学所研究和证实的东西，哲学、历史、语言和艺术有其独特的存在方式和独特的真理表现方式。

　　在《真理与方法》第二版序言中，伽达默尔写道："这根本不妨碍现代自然科学方法在社会领域的运用。不断增长的社会合理化与操纵这种合理化的科学技术,比起现代科学所产生的巨大进步来,可能更能显示我们时代的特征。科学的方法论精神渗透于一切领域。因此,我一点也不想否认社会科学(人文科学)内方法论研究的必要性。我也不想重新恢复自然科学与人文科学之间关于方法的古老争论。这几乎不是一个不同方法的问题。"①伽达默尔在真理或方法之间进行选择,并不意味他完全反对方法,他也并不排斥现代自然科学方法在社会历史经验领域中的运用,但他反对自然科学方法在所有领域被滥用,例如,运用自然科学的方法来理解文学和艺术的审美经验问题,就不可能真实地理解文学作品和审美经验的意义和真理,特别是在一个自然科学方法无所不在的社会和时代语境中,人文科学的经验和真理问题被严重地遮蔽了,其认识作用和真理价值甚至不被人们认可,因而人文科学在整个人类认识和真理体系中没有什么真正的地位。

哲学诠释学对自然科学方法万能论的批判,无疑也适用于文学分析、理解和解释中的科学方法至上论,很显然,在文学作品的理解和审美经验中,无论我们对一首诗、一部小说所表达的内涵、意义和真理的理解,都远远超过了用自然科学方法所分析和证实的东西,显然,自然科学的方法论不能穷尽哲学和历史等人文科学的真理内涵,更不可能依赖于自然科学的方法来理解和解释作为一种想象性语言和审美经验世界中的意义和真理。从根本意义上说,文学作品和审美经验中的意义和真理,就不是用某种科学方法所能够分析和证明的,所谓的文学研究方法论不过是一种误导。

其次,哲学诠释学对自然科学方法论之外的人类经验方式和真理表现的高度重视,为人们重新思考文学和艺术领域的意义和真理问题提供了重要的思想洞见,它深刻地提醒人们应该意识到,文学和艺术经验中的意

---

① Hans-Georg Gadamer, Foreword to the Second Edition to *Truth and Method*, London: Continuum Publishing Group, 2004, p. xxvi..

义和真理具有其特殊的规定性和理解要求。因为人文科学领域中的自然科学方法运用，不仅未能深刻地意识到这些特殊的真理表现形式，反而严重地遮蔽了其真理经验。伽达默尔写道："历史世界的经验是不能通过自然科学的归纳程度而被提升为科学的。无论'科学'在这里意味着什么，而且，即使所有的历史知识都包含了普遍经验对特殊对象的应用，历史研究也并不力求把具体的现象作为一种普遍规律的事例来把握。个别事件并不只是用于证明某种可以做出实际预测的规律。历史研究的理想毋宁是在其独一无二性和历史具体性中去理解现象本身。经验的普遍性无论起怎样的作用，其目的都并不是为了证明和扩展这些普遍化的经验以获得一种规律的知识——如人、民族和国家是如何发展的——而是去理解这个人、这个民族或这个国家已经成为了什么，或者更概括地说，它们是如何变成为现在之所是的。"①这些人类经验的理解并不具有与自然科学相同的普遍性要求，对它们的理解并不是为证实某种普遍的原理和真实不变的规律，它们有着自身的特殊规定性和理解方式，我们总是在历史的独特性和具体性中进行理解，我们对人文科学对象的理解和解释属于人类的经验世界。

我们是否能够像用自然科学方法揭示自然事物的发展那样，通过某部文学作品，例如《红楼梦》或某一时代作品如明清小说揭示所谓的时代发展方向和社会发展的客观规律呢？哲学诠释学做出的回答是否定的。在《真理与方法》导论中，伽达默尔明确提出，人文科学领域的诠释学问题本来就不是一个方法论的问题，它根本就不是为了像自然科学方法论那样建构一套能够保证知识确切性的方法论体系和认识论体系。《真理与方法》的出发点是，"在现代科学自身范围内抵制对现代科学方法的普遍要求"。它所关注的问题是："在经验所及的地方和要求自身合法性的地方，探究超越于科学方法统治的对真理的经验。因此，人文科学与那些存在于科学之外的经验方式相联系，即与哲学、艺术和历史本身的经验相联

---

① Hans-Georg Gadamer, *Truth and Method*, London: Continuum Publishing Group, 2004, p. xxi.

系。所有这些经验方式所传达的真理都不能用像适用于科学的方法论手段得到证实。"①也许,人文学者并不是不知道自然科学方法论在人文科学领域中运用的有限性,可是,在实际的人文科学研究中却又总是不能正视这一点,曾几何时,把科学方法论作为文学研究和美学研究的金钥匙来对待,以为只要确定了研究方法的问题,便能够揭开文学经验的奥秘,如中国当代文学理论中的实证主义和结构主义在文学研究方法论的探讨和运用中所显示的那样。曾经何时,西方浪漫主义作家和艺术家们面对牛顿自然科学的胜利所表现出来的态度,便体现了一种不同于科学真理的艺术真理的要求,表现出对以牛顿为代表的自然科学的真理统治的一种激烈反应。莫里斯·克莱因(Morris Kline)对此做了很生动的描述:"当时对创作精神的压抑是如此之大,以至于19世纪早期的诗人觉得所有的美都消失了。济慈因为笛卡儿、牛顿割断了诗歌的咽喉而憎恨他们,布莱克则诅咒他们。在1817年的一次宴会上,华兹华斯、兰姆和济慈当着众人的面,说出了这样的祝酒词:'为牛顿的健康和数学的混乱干杯。'虽然布莱克、柯勒律治、拜伦、济慈和雪莱这些人了解数学和科学所取得的成就,并对这些成就深感敬佩。但他们却不能容忍对诗歌精髓的破坏。"②这种对立于科学的情感,不仅孕育了艺术上的浪漫主义潮流,而且体现出一种不同于科学真理的艺术真理和审美想象力的要求。

最后,哲学诠释学主张,诠释学经验不是追求有如自然科学的理解方式和真理要求,恰恰相反,是为了凸显人文科学经验中的认识和真理维度,并且认为,这种认识和真理与自然科学和实证科学所证明的认识和真理有着根本的差异。就文学和艺术的意义和真理经验而言,其表现方式和理解方法都显然不同于自然科学和实证科学。前面已经提到,狄尔泰深刻地认识到了这一点,但他受康德和当时的自然科学的影响,认为他可以为

---

① Hans-Georg Gadamer, *Truth and Method*, London: Continuum Publishing Group, 2004, p.4.
② 莫里斯·克莱因:《西方文化中的数学》,张祖贵译,复旦大学出版社,2005年,第281页。

人文科学确立与自然科学具有同样普遍有效性的方法论。与此不同，伽达默尔在《真理与方法》中开辟一条不同的诠释学路径，"阐发的诠释学不是一种人文科学的方法论学说，而是试图理解那些超出了方法论自我意识的真正的人文科学，试图理解那些使人文科学与我们的整个世界经验相联系的东西。假如我们把理解作为我们反思的对象，那么，其目的并不是像传统文学和神学诠释学那样致力于一种理解的艺术或技艺。这样一种艺术或技艺不可能认识到传统以真理的方式向我们述说的东西，那种拘于形式的技艺学只会自称其虚假的优势"[1]。或许，人文科学对象的理解可以有某种叫做方法的东西，但人文科学的真理经验并不是而且主要不是依靠某种可靠的方法所能理解和把握的，文学艺术的审美经验并不是审美意识的抽象物，而是一种此在的时间性和历史性经验，一种效果历史事件，也是一种包含人类的自我理解的真理经验。

应当说，与其他任何人文科学对象的经验相比，文学和艺术中的审美经验和真理经验更能充分地显示其非方法论和非实证论特性。伽达默尔的哲学诠释学对人文科学的探讨，就是从对审美体验和审美意识抽象的批判开始的，并由此出发为人们通过艺术作品所获得的真理经验进行辩护，反对被自然科学的真理概念狭窄化的美学理论，并从艺术经验出发探讨与整个诠释学经验相适应的认识和真理概念。伽达默尔认为，文学艺术并不是纯粹审美体验的表达，也不是审美意识的抽象化。因此，人们不难理解他的《真理与方法》为什么把康德的第三批判作为其人文科学真理探讨的出发点。很显然，伽达默尔这样做的目的，与他对人文科学的真理问题的探讨是紧密相关的，而文学和艺术的审美经验便最典型地体现了文学艺术审美理解的非科学方法论的真理经验特征。

本体论诠释学意味着现代诠释学发展的一个重大转变，它重新思考和探讨了诠释学理解问题的方式。"理解的概念不再服务于人文科学的认识

---

[1] Hans-Georg Gadamer, *Truth and Method*, London: Continuum Publishing Group, 2004, p.xxii.

论基础。正如人文主义的主导概念不仅表明认识的方式,也表明存在的方式一样,20世纪的诠释学本体论转向也围绕着理解概念的类似转变或激进化。从这个观点看,理解不再是一种适合于人文研究的认识方式,它与作为自然科学特有的认识方式的说明是相矛盾的,毋宁说,理解被认为是人的一种存在方式。"① 在这里,作为人的一种存在方式的理解的诠释学,向哲学诠释学提出的问题是,文学和艺术的真理经验及其理解,没有认识论和方法论作为它的基础,是否有可能揭示其中的认识和真理呢?伽达默尔对此的答复是肯定的。他从康德的审美理论出发探讨了这一重要问题。他认为,康德把美学建立在趣味判断上顺应了审美现象的两个方面,即它的经验的非普遍性以及它对普遍性要求的先验要求。一方面,康德充分地意识到并肯定审美的趣味判断是一种个体性的判断,另一方面,他也意识到并肯定这种个体性趣味判断中蕴含着某种普遍性的要求,换言之,康德已经把审美判断看做一种把个体性和普遍性融为一体的精神性质,但是,康德美学的不足在于他否认审美经验具有任何认识和真理的意义。

哲学诠释学不同意康德认为审美经验不存在认识和真理的看法,这种看法似乎赋予了文学艺术和审美经验独立的地位,但是,由于它否定了审美经验的认识和真理要求,实际上贬低了文学艺术和审美经验的重要性。伽达默尔认为,如果我们像康德那样根据科学的认识概念和自然科学的实在概念来认识艺术,那么,艺术和审美经验中的真理就不可能得到承认。对此,伽达默尔提出了这样的问题:"艺术中难道不存在认识吗?在艺术的经验中不存在一种确实不同于科学的、不从属于科学真理的真理要求吗?而且,美学的任务难道不是要确定艺术经验是一种独特的认识方式,一种确实不同于为建构自然知识而为科学提供最终数据的感性认识,确实不同于所有道德理性认识以及不同于所有概念认识,但又仍然是认识,

---

① Rod Coltman, "Hermeneutics Literature and Being", *The Blackwell Companion to Hermeneutics*, Edited., Niall Keane and Chris Lawn, New Jersey: John Wiley & Sons, Inc 2016, P.589.

即传达真理的认识方式吗？"①当然，康德关于美的理想的理论给伽达默尔提供了有益的启示，即文学和艺术总是表现人的形象和人的理想，文学和艺术作品只有在对人的表现中，作品的整个内容才同时作为其对象的表达向我们显现出来。"它（艺术）的使命不再表现自然的理想，而在于使人在自然界和人类历史世界中发现自身。康德关于审美愉快是无概念的证明，并没有阻止这样一个结论，即只有那些充满意味地向我们诉说着美的东西，才引起我们的全部兴趣。正是这种对趣味的无概念性的认识超越了某种单纯趣味的美学。"②伽达默尔认为，尽管文学艺术的审美经验是一种非概念性的认识，但它仍然包含着认识，尽管审美经验的真理不是自然科学式的符合论真理，但它仍然是一种真理形式，是不同于自然科学的真理，文学艺术的真理是一种人文科学的经验真理。

在美学历史的考察过程中，伽达默尔一方面批判了康德美学中的自然科学信条，保留了主体性美学中的合理因素，并把主体性从先验哲学中放到了此在的时间性和历史性中，另一方面他批判了黑格尔的抽象世界历史观念，保留了黑格尔美学中的艺术真理概念，并把黑格尔的"历史观"改造为此在时间性的历史观，改造为一种"效果历史意识"。在哲学诠释学看来，文学和艺术中的审美趣味并不简单地是一种关于单纯趣味的美学，它同样也是一种人类认识世界和认识自我的方式。文学和艺术显然不只是简单的趣味问题，同样是我们经验世界和自我理解及其认识自身存在的一种方式，通过对文学艺术作品的经验和理解，我们不仅仅认识和理解作为对象性的艺术作品，我们同时通过文学艺术作品所展开的意义世界理解人类和我们自身的存在。想一想阅读杜甫《春望》诗句"国破山河在，城春草木深。感时花溅泪，恨别鸟惊心。烽火连三月，家书抵万金。白头搔更短，浑欲不胜簪"的文学经验，体会一下《古诗十九首》中《生年不

---

① Hans-Georg Gadamer, *Truth and Method*, London: Continuum Publishing Group, 2004, p.84.
② Ibid., p.43.

满百》"生年不满百，常怀千岁忧。昼短苦夜长，何不秉烛游！为乐当及时，何能待来兹？愚者爱惜费，但为后世嗤。仙人王子乔，难可与等期"的人生喟叹吧，我们能够体味到不只是文学作品本身的经验，也是我们自身和我们对世界的一种经验，其中蕴含着一种属于文学的真理经验，这种经验虽然不能为科学的方法所分析和证实，却能在不同人的审美经验中唤起某种似乎具有普遍有效性的共同诗意和情感。

因此，哲学诠释学根据人文科学的特殊表现方式和真理问题提出的主张，无疑为文学经验的意义和真理问题的理解展示了某种新的思考方向。它表明，文学作为一种人类特殊经验的表现形式，同样不能依照自然科学的方法论来理解，它提醒人们应该深刻意识到文学经验的特殊表现形式以及特殊的真理要求，并根据其特殊的表现形式和真理要求来理解人类的文学艺术经验中的真理和意义，即文学作品有文学的表现形式，文学有其独特的文学经验方式，文学有其属于自身的文学的真理，因而文学有属于文学自身的理解和解释方式。唯有这样，才不仅能够正视文学审美经验自身，也才能充分理解和阐释文学对于人类经验的重要意义。在这里，尤为重要的是，哲学诠释学从艺术真理经验的特殊性出发，把文学与艺术经验变成了一种既是此在的、时间性的有限性和历史性的经验，也是真理性的审美存在，对于文学和艺术经验中的认识和真理问题，同样需要把它放在此在的时间性和历史性中才能得到更好的理解。

二、哲学诠释学与文学诠释学之内在联系

在伽达默尔的著作中，几乎没有使用"文学诠释学"这样的称谓，他没有声称要建立或可以建立文学诠释学的东西，他在1985年撰写的《现象学与辩证法之间——一种自我批判的尝试》中探讨阅读的时候，使用了"文学诠释学"，他说："凡同文学诠释学有关的地方，它都涉及到阅读

的本质。"①他的哲学诠释学确实对文学的理解和诠释产生了重要影响。正如托马什·卡拉加（Tomasz Kalaga）所说："伽达默尔对当代哲学和文学理论的影响是难以估量的。"②我们前面对伽达默尔哲学诠释学的论述，基本上是按照伽达默尔在《真理与方法》中的思想线索展开的，虽然也涉及文学理解的相关问题，但并没有论述哲学诠释学与文学理解之间的内在逻辑关联。因此，在这里有必要根据前面的论述概括性地论述它们之间的内在逻辑联系。更重要的是，我们可以在这些内在逻辑关联的论述中更清楚地看到哲学诠释学为整个文学活动的理解问题带来的几个具有实质性的转变。

首先，哲学诠释学对方法论诠释学的批判以及它所坚持的艺术经验和真理的人文科学立场，为文学活动的诠释学问题提供了非常重要的启示。在文学活动的理解上向人们提出了许多值得思考和探讨的问题，例如，能否用自然科学的观察方法和实验方法来认识、证实和理解文学和艺术作品中表现的内容？在文学作品和艺术作品与现实性存在之间是否有某种一一对应的东西呢？如果文学和艺术中表现的东西能够用自然科学方法来研究和证实，那么，文学和艺术的存在，对于人类存在和人类经验来说，其意义和真理性究竟是什么？我们对文学和艺术作品的经验是否就在于理解和认识其中所表现的并且能够证实的东西？我们对文学和艺术作品的认识经验是否止于这种确证和认识？我们能够像浪漫主义方法论所认为的那样理解和把握作者的意图吗？能够重构作家和艺术家的体验吗？文学作品的理解真的像形式主义和结构主义文学理论和批评所认为的那样，在于理解作品的语言、形式和结构及它们之间的张力吗？对于哲学诠释学来说，认为作者意图论以及文本本身的分析并不重要是否具有合理性？等等，所有这些都是文学诠释学需要探讨的重要问题。文学作为一种人文科学的理解和

---

① 伽达默尔：《真理与方法》，洪汉鼎译，上海译文出版社，1999年，第646页。
② Tomasz Kalaga, *Literary Hermeneutics: From Methodology to Ontology*, Newcastle: Cambridge Scholars Publishing, 2015, p.4.

解释对象，确实不同于自然科学的研究对象，文学作品中的生命经验、意义和真理问题，确实不是通过某种确定性的方法可以证实的，那么，我们在文学作品中经验和认识到的东西究竟是什么呢？例如，我们对陈子昂的《登幽州台歌》的阅读和理解，能确定"幽州"究竟在哪里吗？诗中所指的古人究竟是谁？蓟北楼究竟是什么样的，有多高、有多宽？能看多远？如果能够考证出来，也许并非没有意义，应当说，这也是很有意思的问题，但对于作为文学作品的诗歌本身的理解就可能没有太大的意义了。我们可以探讨这个作品是不是确实因为武则天拒谏而使陈子昂生发报国不能的忧愤之感而作吗？倘若是，人们确实能够从中感受和经验到更深刻的审美真理经验等，根据作者生平、作品生产的时代和社会环境等书写文学史也未尝不可，但忽视了文学作品本身以及文学发展的艺术逻辑同样也是显而易见的，因此，这种考证式的书写方法并非没有价值和意义，但很显然，文学作品所表现的远远不止这些内容，仅仅用这种考证式的方法，远不能穷尽文学作品向我们揭示的意义和真理。正像所谓方法论的运用已经渗透到了整个人文科学领域一样，在某种程度上也渗透到了文学研究的领域。曾几何时，中国当代文学理论研究热衷于所谓方法论的探讨，甚至文学的研究问题在某种程度上成了方法论的问题。正如哲学诠释学所说的，我们并不反对自然科学方法论在人文科学研究中的运用，但是，不能因为方法论的运用而掩盖人文科学的特殊表现和真理经验。由此，可以认为，哲学诠释学对人文科学方法论和认识论的质疑，为我们思考文学的意义和真理经验问题提供了一种新的理论视界，它表明作为一种人文科学研究对象的文学确实有其自身特有的存在方式和理解方式，在很大程度上，这种人文科学的理解方式突破了长期以来的科学方法论和认识论局限。"伽达默尔在《真理与方法》中有意地从艺术的经验开始，就是因为对他来说遭遇到了这种具有自身局限的寻求客观性的理论定向。在艺术中（基本上也在历史和哲学中），这种原初性的经验是不能简单地按照科学客观性和方法论研究的方式来掌握的。"①同时，哲学诠释学对艺术审美经验的真理理解问题的强调，以及对审美意识抽象的批判，也为文学作品存在方式的本体论理解提供了新的认识，从而拓展了文学审美经验的意义阐释空间。

其次，哲学诠释学提出并探讨了人类理解和审美经验如何可能的问题，即人类的文学审美经验和真理经验能否客观、准确地理解和把握文学的意义问题。伽达默尔从此在存在的时间性和有限性出发，探讨了理解和解释的历史性问题：我们从哪里出发开始我们的理解？我们能否超越我们作为理解者的自身存在来经验和理解文学作品？我们能否可以抛开我们置身于其中的时间和历史规定性理解我们面对的对象？这些问题显然被方法论诠释学忽视了。例如，方法论诠释学主张，我们总以为在理解中所理解、所把握和所揭示的意义就是作品本身的意义或者作者的意图，能够不带任何偏见地重构作品的意义或重构作者的创作动机，认为对文学艺术作品的理解与我们此在的历史性存在和前理解、前判断没有关联。哲学诠释学认为，任何对文学作品进行理解和经验的人，不仅不可能排除我们生存于其中的历史传统和文学语境的限制，我们的历史处境正是我们的理解能够发生的前提条件。在伽达默尔看来，文学作品的意义和审美真理经验总是在效果历史事件中实现的，理解始终是一种诠释学的经验理解，理解总是理解过程中实现的某种"视域融合"，总是是一种时间性的效果历史事件。应当说，这种效果历史意识深刻认识到了它所参与的意义事件的有限性和历史性，充分肯定文学意义和真理理解的绝对开放性和未来可能性。对每一部真正的文学作品的每一次阅读和理解，在某种意义上都可以说是历史性的领会和理解。必须强调的是，这并不意味着理解是对理解对象的歪曲把握，而是意味着所有的理解都是对事物本身某一方面的经验和理解，有意义的理解总是处在被理解的过程化中，总是具有未完成性。审美经验对文学作品文本意义世界的把握和领会，便是在对文学作品文本的不

---

① James Risser, *Hermeneutics and the Voice of the Other: Re-reading Gadamer's Philosophical Hermeneutics*, New York: State University of New York Press, 1997, p.4.

断阅读和理解中领会作品所具有的意义，通过这种理解，我们才使文学作品的意义变得更加丰富，更加生动，同时也更加深刻，也使我们的审美经验世界变得丰富和多样。"伽达默尔所想的是，解释者或寻求理解者的立场并不是固定的（正如科学认为其独立的观察者是固定的一样）；相反，作为传统的一部分，解释者总是先于解释的效果。"① 例如，不论把《红楼梦》看做反映中国封建社会的衰亡史也好，还是把它看做对清朝的影射也好，抑或把它看做是表现宝黛爱情主题的情爱论也罢，在某种程度上都是理解者从自身的理解视域对这部作品所做的理解，都是理解者从不同的历史处境对《红楼梦》做出的不同理解。所有这些理解作为历史性的、有限的理解，都没有穷尽这部作品的意义，《红楼梦》作为一部伟大文学作品的意义世界总是在历史理解中被不断展现出来，并在不断理解中实现某种视域融合，它的理解的历史和意义生成始终是一种效果历史。因此，哲学诠释学导致的第一个转变是，坚持认为作品的理解历史性，文学史的理解过程就是历史性和开放性的效果历史事件的结果。本体论诠释学把理解视为一种此在存在的基本方式，强调理解的有限性和历史性、理解的事件性和效果历史特征，并由此促使文学理解发生了第二个重要转变，它非常重要地突破了传统文学理论的作品本体论和作者意图论的局限，把文学的理解和意义生产纳入了一种历史性的事件过程中，从而突出了阅读和理解在文学活动中的本体论地位。这种本体论的转变在当代文学研究中，尤其在接受美学和读者反应批评那里得到了重要的体现。

最后，哲学诠释学提出的人类经验的语言绝对性的思想，把理解的语言性问题提升到诠释学的本体论问题，不仅突出了人类存在的语言性和人类理解的语言性在整个人类经验中的重要地位，而且批判了把语言视为一种工具或装备的实用主义和工具论的语言观。体现在文学的理解和解释问题上，哲学诠释学不仅把文学作品视为一种具有自身自律性存在

---

① Chris Lawn, *Gadamer: A Guide for the Perplexed*, London and New York, International Publishing Group, 2006, p.68.

的语言表现，而且突出强调了语言与人类经验的内在联系。语言就是人类经验的表现，语言就是一种此在存在的方式，语言表现世界并理解我们的经验世界，我认为，这对文学理解和解释来说具有特别重要的意义。"我们的出发点，在对人类世界经验的语言把握中，不是现成在手的东西被考虑和衡量，而是存在物被表述，它作为存在着的和有意义地向人显示的东西。……语言性完全表现了我们人类世界经验的特征。"① 如果说，"能够被理解的存在是语言"这一哲学诠释学的本体论命题，存在着哈贝马斯所说的排除了非语言领域的理解经验的话，那么，这个命题就无疑是最适合我们对文学作品的经验以及对文学作品的理解，非常适合文学审美经验的特征。很显然，无论从文学艺术作品的创作角度，还是从文学作品的阅读、理解和批评角度说，文学无疑是通过语言并在语言中实现的，文学活动始终是在语言中进行的一种意义活动。从文学作品本身看，文学就是语言的艺术，文学作品就是真正的语言表达，文学作品的语言不是为了简单地再现或反映某种已经存在的东西，而是通过文学语言自身创造一个比实在世界更丰富的意义世界。文学语言远不止是一种工具，不是某种外在于自身的物理符号，毋宁说，文学作品的语言世界是人类表达、理解和解释人类生活和经验世界的一种方式，它是表现人类经验和讲述真理经验的意义世界。就读者和理解者对文学作品的理解和解释来说，任何一种阅读和理解都是通过语言并在语言中实现的；就读者对文学作品的阅读来说，读者对于作品的阅读虽然并不像批评家和理论家那样把自己对文学的理解用语言表达出来，但是他的阅读过程同样是一种语言性理解的意义交流和实现过程。批评家和理论家既通过无声的阅读也通过文字的表达来实现这种意义交往。正是通过这种语言性的对话理解事件，才有可能让我们走进作为语言性的文学作品和作为精神传统的文学世界，并经验和领悟其中的意义，从而使对象性的文本在我们现在性的阅读过程中变得富有生气，并转

---

① 伽达默尔：《真理与方法》，洪汉鼎译，上海译文出版社，1999年，第583页。

变为我们经验中的活生生的意义世界。确实，文学作品的语言并不一种工具性的东西，并不像数学语言那样建构一种可供支配的对象，也不像结构主义语言学认为的那样是某种稳定而牢固的秩序结构，同样不是黑格尔绝对理念的无限性展开。"我们试图把艺术和历史的存在方式以及与它们相符的经验从本体论的偏见中解放出来，并将与艺术和历史的经验而导向一种同人类普遍经验世界关系相适合的诠释学。如果我们从语言概念出发表述了这种普遍的诠释学，那么不仅曾强烈地影响过精神科学中的客观性观念的错误的方法论主义应该被拒斥——同时也该避免黑格尔式的关于无限的形而上学的唯心论唯灵主义。"① 人类所使用的词语本身，就具有像人类经验那样的有限性和开放性的思辨结构，而不是一种方法论的抽象，也不是一种理念的构想。文学作品的语言超越了对某种已经存在的东西的单纯描述，通过其语言的表现性开辟的是一种审美的人类经验世界，从根本上说，只有当文学作品的语言不只是对某种已然存在或客观存在之物的表达时，它才对我们的精神情感世界更具意义。

因此，哲学诠释学的本体论语言观对文学理解和解释导致的另一个重要的转变是，它揭示了文学作品作为一种语言性的存在，而不是一种简单的认识论的反映关系，文学语言所创造的是一个不同于实在世界的经验和意义世界，而我们对文学活动的理解和解释，也主要不是在文学作品所表现的世界与实在世界之间寻找某种对应的关系，相反，文学作品的语言性同时体现了最大理解的可能性和最开放的诠释学空间。通过文学语言建构的意义世界理解，通过文学作品的审美经验和真理经验，人们进入一个既熟悉又陌生的意义和真理经验世界，这个世界既属于文学作品本身，更属于经验文学世界和理解文学意义的我们。

---

① 伽达默尔：《真理与方法》，洪汉鼎译，上海译文出版社，1999年，第607–608页。

第二章 诠释学与文学作品本体论

　　文学作品本体论是指对文学作品本身的存在方式的一种理解和探讨,即文学作品究竟以一种什么样的方式存在,最终决定文学作品之为文学作品的东西是什么?例如,文学作品是一种自律性的存在,还是必须依赖于其他的东西而存在。对于这个问题,不同的文学理论有不同的文学作品本身存在方式的理解。就作为一种艺术形态的文学作品而言,对文学作品本体论最基本的理解是充分肯定文学作品自身存在的自律性,正是这种自律性而不是文学之外的东西决定了文学作品自身独特的存在方式,既然如此,我们对文学作品的理解就必须从文学或文学作品本身出发,思考和探讨文学或文学作品如何存在以及如何被理解的。必须记住的是,自律性的观念并不独属于文学,也不是自古就有的文学观念,而是一种具有普遍性的现代美学思想。这种自律性的思想起源于18世纪的西方理论探讨,或者说理论建构。康德美学对审美自律性和艺术自律性观念的理论形成具有特别重要的影响,它深刻影响了此后关于艺术和审美问题的探讨,特别是表现在20世纪的一些重要美学和艺术理论探讨中。"从总体上说,自律性是传统美学思想的核心概念之一,也是18世纪以来西方人文主义思想的核心概念之一。与此同时,在最近几十年关于美学(或艺术哲学)认为自身具有明显不同的主题和方法论的争论中,这个概念迅速进入到哲学家和艺术史家、批评家和艺术家争论的中心。在美学中,'自律性'最基本的内涵是这样的思想,认为审美经验或艺术,或这两者具有特属于它们自己而不同于其他社会事务的生命,后者包括道德、社会、政治、心理和传记研究的对象和过程。这种观点反映了'自律性'的'自我法则'或'自我合法性'的一般含义,它意指对对象的分析是在自足独立的范围内进行的,或者说,它的分析方法不依靠其他不同的相关语境。"[1]当然,这样一种艺术自律性和审美自律性观念同样体现在文学的理解和解释中,侧重对作为"事物本身"的文学作品的分析和探讨。人们可以发现,对文学作品的自身存在方式,即文学本身的自律性问题的突出强调,是20世纪文学理论和文学批评的一个极为重要的倾向和特征。

　　大致说来,文学理论中的这种理论倾向一是体现在从俄国形式主义、英美新批评到结构主义对文学作品自身的形式与结构的探讨中,二是体现在哲学诠释学从人文科学的特殊表现方式和理解方式出发,提出的文学作品是一种自律性地表现真理和意义的文学本体论理解。在关于文学作品的特殊存在方式问题上,这两种理论倾向有一个共同点,即都坚持文学作品本身的自律性存在,但是,由于它们对文学作品存在方式的理解不同,便导致了对文学作品本体论存在方式的不同理解和解释。在有关文学理解和解释的讨论中,这一点常常为人们所忽视,尤其是对哲学诠释学的文学理论提出的作品本体论存在方式问题未能得到充分重视,也缺乏深入的论述和探讨,往往着重于探讨和论述它强调的理解和解释维度,很少关注它对文学作品自律性存在方式的思考,以及这种存在方式与诠释学真理经验的联系。这当然与哲学诠释学的理论重心在于对理解和解释的探讨有关,但

---

[1] Casey Haskins, Autonomy: "Historical Overview", *Encyclopedia of Aesthetics* (Vol.1), Michael Kelly (ed.), Oxford University Press, 1998, p.170.

仔细分析，会发现它对文学作品本体论存在方式确实有其独特的理解。本书认为，尽管伽达默尔的哲学诠释学并没有像形式结构论那样充分探讨和论述文学作品自身的自律性存在，甚至对这种理解方式很不以为然，但完整的文学诠释学不能回避文学作品本身的存在问题，它同样决定着人们如何理解和解释文学和文学作品。在很大程度上，可以说，对文学作品文本自身的理解同样决定着人们如何理解和解释文学。本章首先简略地论述20世纪文学理论中的文学作品自律论的本体论观点，然后探讨和论述哲学诠释学对文学作品本体论存在方式的独特贡献。

第一节　20世纪的自律性文学作品本体论

如果不仔细思考，恐怕没有人否定"文学是语言的艺术"这个广为人们认同的文学论断，也没有人会怀疑这个简短有力的论断所具有的真理性，因为文学确实是而且必然是语言性的，没有语言便没有文学作品，也不会有文学。然而，正是这一似乎不证自明的概念，隐含着关于文学本体论存在的最深刻的秘密和最复杂的内涵。在模仿论、反映论和表现论的传统文学理论中，语言是作家借以模仿、反映外在存在和表现作家的思想感情的媒介，是文学作品表达思想情感的工具，文学作品的语言性就在于形象化和情感化地生动再现、反映外在的社会生活，或者表现和传达作家对社会生活的体验和感受，文学语言的根本作用就在于它把作家观察到的外在现实生活和所体验到的情感，转换为一种可以为人们阅读和感知的物质性符号。文学作品的本体论存在是社会生活的反映和作家思想情感的表现，不仅是一种长盛不衰的文学理论观念，而且曾经是中国文学理论中一种普遍性的观点，例如，中国古代文学理论中的"诗言志说"和"诗缘情说"以及20世纪中国文学理论中占有主导地位的反映论和认识论文学理论。

这些传统的文学观念在西方20世纪的文学理论和文学批评中遇到了非

常严重的挑战，集中表现在20世纪文学理论认为传统文学观念严重忽视了文学作品的自律性及文学阅读和理解的接受维度。当然，如果说文学理论中的模仿论和反映论等已不再具有任何理论的合法性，显然也不符合文学本身和文学理论的实际，因为文学作品总是有所反映的，总是表现着人们对世界和我们自身的认识。实际上，同样主张文学自律性的哲学诠释学，并没有否定文学艺术的认识价值和真理维度，而是力图在肯定文学作品存在自律性的同时，恢复文学艺术所具有的认识作用和真理经验，当然，哲学诠释学的理解与社会反映论的文学理论理解有很大的区别。对于这个问题，我们将在后面的章节中论述。

本章探讨和论述的是标志着20世纪文学理论开端的俄国形式主义、后来发展得蔚为壮观且具有重要影响的英美新批评和结构主义，以及哲学诠释学所隐含的对文学作品本体论存在的理解。这些理论对文学作品存在方式的不同理解，决定了它们对作品本体论存在方式的不同看法。俄国形式主义、英美新批评和结构主义文学理论及批评都把形式和结构等作为文学作品的本体论问题，力图通过文学作品的语言、形式和结构等分析和揭示文学和文学作品的基本特征，我们可以把这种文学理论简称为"形式结构论"的本体论。以哲学诠释学为理论基础的文学理解和解释，尽管把文学作品文本视为一个解释的概念，但与形式结构论的本体论一样，反对从外在于文学作品自身存在的东西来理解文学作品，它同样把文学视为一种自律性存在。在文学本体论问题上，形式结构论和本体论诠释学的理解之间虽然有非常重要的区别，但是，在强调文学作品的自律性本体论存在问题上，却分享着某种共同的东西，因此，在论述诠释学的文学本体论问题之前，我们先探讨和论述形式结构论对文学作品存在方式的本体论理解。

一、俄国形式主义诗学与文学的文学性

文学究竟是以一种怎样的特殊方式存在的？文学理论或诗学应该如何探讨这种特殊的存在方式？文学作为一种语言的艺术与其他的语言形式

相比，有哪些特殊性和差异性，这些特殊性和差异性又如何能够成为文学作为文学本身的普遍性特征？等等，这些都是文学理论需要做出深刻探讨的本体论问题。在探讨 20 世纪的文学理论时，人们也无法回避以俄国形式主义诗学为开端的文学本体论探讨，因为它确实是文学理论从外部研究转向内在研究的变革性开端。伊格尔顿对俄国主义及其理论特征做了简洁而深刻的描述："形式主义者在1917年布尔什维克革命前的几年出现在俄国，并在整个1920年代蓬勃发展……作为一个富有战斗精神的、争论不休的批评家群体，他们拒绝此前曾影响文学批评的准神秘的象征主义学说，并以实践的、科学的精神把注意力转移到文学文本本身的物质性实在上。批评应该把艺术从神秘中分离出来，关注文学文本实际上是如何运作的：文学不是准宗教，不是心理学或社会学，而是一种特殊的语言组织。它有自己特定的规律、结构和手法，需要研究这些规律、结构和手法本身，而不是把它们还原为其他的东西。文学作品既不是观念的载体，不是社会现实的反映，也不是某种超验真理的化身；它是一种物质事实，我们可以像检验一台机器一样分析它的功能作用。它是由文字组成的，而不是由物体或感情组成的，把文学看做是作者心灵的表达是错误的。"[1]俄国形式主义者批判了先前的几乎所有文学理论，反对一切外在于文学本身的所谓文学理解和解释。其中的主要理论家有维克托·什克洛夫斯基（Viktor Shklovsky）、罗曼·雅各布森（Roman Jakobson）、奥西普·布里克（Osip Brik）、尤里·梯尼亚诺夫（Yury Tynyano）、鲍里斯·埃亨鲍姆（Boris Eikhenbaum）和鲍里斯·托马舍夫斯基（Boris Tomashevsky）等。在质疑和挑战传统文学理论、提出新的文学本体论观点和倡导新的研究方法上，俄国形式主义诗学不仅开启了20世纪文学自律性理论的先河，也显示了它在20 世纪文学理论史中的重要理论成就和贡献，俄国形式主义诗学从而也成为20世纪文学理论的重要遗产和当代文学理论不可忽视的重要

---

[1] Terry Eagleton, *Literary Theory: An Introduction*, Second edition, Oxford: Blackwell Publishing, 1996, pp.3-4.

话语资源。由此，如何理解、阐释和评价俄国形式主义诗学不仅具有理论价值和实践意义，而且对于我们理解和阐释文学作品也有许多值得借鉴的地方。

首先，俄国形式主义诗学对传统的文学理论提出了重要挑战，力图使文学的理解回到"文学自身"。

俄国形式主义诗学是一种富有突破性和创造性的文学理论，首先在于它对已有的文学理论模式具有一种批判性视野，正是有了这种批判性的视野，才使它能够深刻意识到并且审视已有文学理论存在的局限性，并提出新的理论立场和思想观点。应当说，俄国形式主义诗学之所以在20世纪文学理论中有如此深刻的影响，在于俄国形式主义文学理论家有这么一种重新审视已有理论的深刻的批判性理论维度。埃亨鲍姆针对传统的学院式文学理论尖锐地指出："在形式主义者出现时，学院式的科学对理论问题一无所知，仍然在有气无力地运用美学、心理学和历史学的古老原则，对研究对象感觉迟钝，甚至这种对象是否存在也成了虚幻。"① 在审视传统的文学理论时，俄国形式主义者发现，从表面看来，以往的文学理论是对文学的理解和解释，而在具体的文学理解和解释中却是以非文学的东西取代文学作品的理解和解释。因此，俄国形式主义者认为要建立一种真正科学的文学理论或诗学，就必须首先对传统的文学理论模式进行彻底的质疑和批判。

为了使文学研究回到文学事实本身上，俄国形式主义者对传统的文学理论采取了一种否定性方法和还原方法。所谓否定性方法，就是对传统文学理论进行否定性的质疑和批判；所谓还原方法，就是要在批判和否定传统文学理论的基础上使文学回到文学自身。这是俄国形式主义清理传统文学理论和建立科学的诗学的两个重要步骤。

在对传统文学理论或诗学理论的否定性批判中，俄国形式主义者否定

---

① 茨维坦·托多罗夫编选：《俄苏形式主义文论选》，蔡鸿滨译，中国社会科学出版社，1989年，第22页。

性批判的第一个目标,便是所有那些通过外在于文学自身的东西来研究文学的方法,而这一目标又集中在文学与社会生活的关系和文学与思想观念的关系问题上。在文学与社会现实的关系上,他们否定性地批判了在西方具有悠久历史的模仿说,以及在俄苏具有深刻影响的文学艺术是现实生活的再现理论,在某种程度上可以说,这种再现理论是模仿说在俄国的一种理论延续。俄国形式主义者认为,这种理论实际上是用现实生活来理解和解释文学艺术,把它等同于现实生活,从根本上说,这不是对文学本身的分析和理解,它实际上并没有对文学艺术本身做出合理的理解和解释。在文学与思想观念的关系上,俄国形式主义者否定性地批判了把文学艺术作品视为宗教现象、道德现象、认识现象和哲学现象等做法。我们知道,这些文学理解同样是具有悠久历史的文学观点,可以说,从亚里士多德的诗比历史更能表现哲学一般的观念,到黑格尔的美是理念的感性显现的美学理论,都试图以哲学的观念来理解和解释文学;在俄国文学理论中,别林斯基提出的诗是用形象思维来显示真理的观点,不仅把科学与艺术,也把艺术与哲学等同起来,它们之间的区别似乎只在于表现手段和方式不同,在主题思想上却没有实质性的区别。俄国形式主义者认为,这种文学观念实际上是以哲学的解释替代文学的解释。不仅如此,俄国形式主义还否定性地批判了所有从外在于文学自身的事实来研究文学的方法。维克多·日尔蒙斯基(Viktor Zhirmunsky)明确提出,诗学是把诗作为艺术来研究的科学,而作为科学的诗学最感兴趣的东西不是哲学的世界观,不是社会意识和作家的个人心理,因此,作为科学的诗学是"对诗的艺术的研究,是历史的和理论的诗学"①。雅各布逊把那些从外部因素来研究文学史对象的人称为"警察",他说:"直到现在我们还是可以把文学史家比作一名警察,他要逮捕某个人,可能把凡是在房间里遇到的人,甚至从旁边街上经过的人都抓了起来。文学史就是这样无所不用,诸如个人生活、心理

---

① 什克洛夫斯基等:《俄国形式主义文论选》,方珊等译,生活·读书·新知三联书店,1989年,第209页。

学、政治、哲学，无一例外。"①我们看到，通过这些否定性的批判，俄国形式主义者的理论意图就是要回到文学事实本身，即以文学本身的事实为重心建立一种科学的诗学。

当然，对于俄国形式主义者来说，要建立以文学事实本身为重心的诗学，仅仅止于这种批判是远远不够的，因为如何理解文学作品自身的结构和文学创作本身，同样是建立一种全新的诗学的重要问题，只有这种分析和研究才能显示文学本身的内在特性。因此，俄国形式主义者也把他们的否定性批判目标指向了传统文学理论的文学作品结构论和创作思维论。在文学创作的思维问题上，俄国形式主义者批判了在俄国具有重要理论地位的形象思维观点。什克洛夫斯基结合复杂多样的艺术现象，对形象思维的理论观点做了批判性分析后指出："形象思维至少不是一切门类的艺术，或者甚至也不是一切种类的语言艺术的共同点。形象的变化也不是诗的运动的实在所在。"②在他看来，"形象思维"这个说法，无论如何都不能概括所有的艺术种类，甚至不能概括所有语言艺术的种类。也就是说，无论就艺术种类，还是就艺术创作的实际来说，形象思维论都不具有普遍的理论有效性和合理性。而且，形象思维并不特属于文学创作和文学思维，其他的创作活动和思维活动，如科学活动等，也同样需要形象思维，因此，在他们看来，形象思维论实际上抹杀了文学、科学和哲学之间的本质性差异，更为重要的是，文学即形象思维的理论，根本就不能科学地解释文学是如何发展的。形象是某种不变的东西，我们在文学史中看到的不是形象的变化，而是文学形式的变化。因此，文学形式的变化本身才是文学的本质特征，才是诗学的真正研究对象。

回到文学事实本身，实际上就是要回到文学作品自身的问题上，准确地说，就是要回到文学作品的特殊存在方式上。传统文学理论认为，文

---

① 茨维坦·托多罗夫编选：《俄苏形式主义文论选》，蔡鸿滨译，中国社会科学出版社，1989年，第24页。

② 什克洛夫斯基：《散文理论》，刘宗次译，百花洲文艺出版社，1994年，第6页。

学作品是内容与形式的辩证统一,在这一辩证关系中,内容起着决定性的作用,而形式则是一种装载内容的容器,这就是我们曾经熟悉的所谓"内容决定形式"的命题,俄国形式主义者认为,这个命题体现的是一种二元对立的机械论观点。日尔蒙斯基对这种观点做了非常尖锐的批判,他认为,作品表达什么(内容)和怎样表达(形式)只是一种约定俗成的抽象,把它们区分开来并不符合艺术的实际。这种划分不但无法说明纯形式在艺术作品之艺术结构中的特性,也使人感到,在艺术作品中艺术性的存在与艺术之外的存在没有什么区别。"其实,艺术中这种'什么'与'怎么'的划分,只是一个约定的抽象。爱情、郁闷、痛苦的心灵搏斗、哲学思想等等,在诗中不是自然而有,而是存在于它们在作品中借以表达的具体形式之中。〔……〕在艺术中任何一种新内容都不可避免地表现为形式,因为,在艺术中不存在没有得到形式体现即没有给自己找到表达方式的内容。同理,任何形式上的变化都已是新内容的发掘,因为,既然根据定义来理解,形式是一定内容的表达程序,那么空洞的形式就是不可思议的。所以,这种划分的约定性使之变得苍白无力,而无法弄清纯形式因素在艺术作品的艺术结构中的特性。"①在这里,重要的是分析和探讨作品的"形式因素"及其艺术作品的"形式结构"具有的独特性质。由此,在俄国形式主义者看来,在文学艺术作品中,不是内容决定形式,也不是内容与形式的二元统一,而是一种被"形式化"了的内容,准确地说,是被形式化了的形式结构及其特殊性质使文学作品成为文学的艺术作品。什克洛夫斯基认为,文学作品就是一种纯形式,埃亨鲍姆认为,在文学作品的结构中,内容被形式"消灭"了。在《悲剧与悲剧性》中谈到悲剧性的时候,埃亨鲍姆提出了一系列的问题:"把观众召集到剧场里,通宵达旦地给他们扮演各种角色,为的就是使他们感到恐惧和怜悯,这难道不是很可笑,很野蛮吗?生活中这样的情感不是已经够多了吗?到剧场流泪难道

---

① 什克洛夫斯基等:《俄国形式主义文论选》,方珊等译,生活·读书·新知三联书店,1989年,第211—212页。

不是一种最低廉的泪水吗？艺术为什么需要这种眼泪呢？难道仅仅是为了那些在生活中不会怜悯人的观众吗？艺术的作用难道仅仅是对生来的缺陷靠人工的途径作生理弥补吗？"①这里提出的问题，实际上针对的是在西方有着悠久历史的亚里士多德悲剧净化论的一种质问。在埃亨鲍姆看来，观众期待于艺术家的东西，不是悲剧作品中的情感本身，而是"艺术"本身，"而是用以唤起这种情感的一些特殊程序。这些程序越精巧、越独特，艺术感染力就越强烈；程序越隐蔽，骗局也就越成功，这就是艺术的成功"②。因此，艺术并不是不表现情感，但表现情感并不是文学的艺术本质，艺术的魅力在于使这种情感形式化的"程序"，这种程序是否独特，是否精湛，是否具有文学性，这才是决定艺术之为艺术的内在的根本的东西。从这个意义上讲，在俄国形式主义诗学中，文学作品的本体论结构和存在方式就在于其形式化的程序和程序化的形式本身。由此，俄国形式主义者试图通过层层质疑和否定的方法来寻找作为科学的诗学的逻辑起点，它不仅质疑了传统的及在历史上具有影响的文学理论模式，而且第一次明确地使诗学或文学理论的研究回到了文学作为文学的事实本身，提出了诗学或文学理论的研究对象和逻辑起点就是文学事实本身的鲜明立场，并力图对文学事实本身做出某种全新的理论阐释和实践分析。

其次，俄国形式主义以作为文学事实本身的"文学性"为核心，探讨文学的本体论存在及其表现方式。真正具有创造性的理论应当兼具批判性和创造性，可以肯定地说，在20世纪的文学理论中，俄国形式主义诗学同时具有这两个重要的品格。俄国形式主义以其鲜明的理论立场宣称，文学作品的本体论存在就在于其文学自身的文学性中，文学性决定着什么样的语言作品是文学作品，什么样的语言作品不是文学作品，而不是其他任何别的东西决定了文学的本质，这一理论观点导致了文学本体论观念的某种

---

① 什克洛夫斯基等著：《俄国形式主义文论选》，方珊等译，生活·读书·新知三联书店，1989年，第34页。

② 同上书，第36页。

革命性变革，并对后来的文学本体论的探讨产生了重要而深远的影响。

悬置外在于文学自身的所有因素，并使文学研究的对象回到了文学事实本身之后，俄国形式主义者对文学的本体论存在方式的问题做出了深入系统的探讨。首先，在他们看来，使某个文学作品成为"文学"作品的最内在、最根本的东西不是文学，而是文学性。在这里，真正属于文学本质的东西不仅在于"文学"，而且关键在于文学之"性"。雅各布森明确提出："文学科学的对象不是文学，而是'文学性'，也就是说使一部作品成为文学作品的东西。"①通俗地讲，所谓文学性是指排除了文学作品中的所有社会历史、道德理论和意识形态等内容而特属于文学自身的东西，这种文学性是由文学事实本身的内在性质决定的，诗所以是诗，散文之为散文，小说成为小说，而不是哲学、历史学、传记和心理学等，就在于它们具有把文学作品与这些东西区别开来的文学性，正是文学性使某一作品成为文学作品具有了可能性。因此，只有以文学性为逻辑起点和研究对象，一种科学的诗学才有可能建立起来。从文学理论发展史的角度看，俄国形式主义诗学的这种文学理解，不仅指出了传统文学理论对文学自身特殊性问题的严重忽视，而且提出了一种崭新的文学本体论观点，即文学作品的自身存在方式，不是由外在于文学事实本身的任何东西决定的，而是由文学本身中的特殊而又具有普遍性的"文学性"规定的，只有深刻地意识到并且理解了使文学作品成为可能的"文学性"，我们才能真正理解和解释什么是文学，也才能真正分析和理解文学作品。理由似乎是，你都不了解使文学成为文学的东西，遑论理解文学呢？

"文学性"是俄国形式主义诗学的逻辑起点和研究对象这一观点，已众所周知，不需要做更多的论述。但是，以往的论者不太注意的是，俄国形式主义者究竟通过一种怎样的方法使文学性成为其诗学研究的逻辑起点，实际上理解这一点更为重要。仔细分析可以发现，俄国形式主

---

① 茨维坦·托多罗夫编选：《俄苏形式主义文论选》，蔡鸿滨译，中国社会科学出版社，1989年，第24页。

者在确定诗学的研究对象和逻辑起点上，同时使用了两种方法，即"否定性分离"和"差异性抽象"的方法。首先，通过否定性的分离，他们把文学性从所有外在于文学的因素和关系中抽取出来，把文学性视为特属于文学的东西，从而凸显了文学话语与其他话语形式的差异性。正如弗里德里克·詹姆逊（Fredric Jameson）指出："俄国形式主义者的独特主张，便是顽强地坚持内在文学性，以及固执地拒绝脱离'文学事实'而转向其他的理论形式，因此，不论他们的系统思维的最终价值如何，文学批评只能从他们的起点开始。"①这决定了他们的做法必须从否定性批判开始，正如前面所论，他们的目的就在于把"文学性"抽象出来进行一种内在的分析。其次，通过差异性抽象，俄国形式主义者把文学话语体系不同于其他话语体系的差异性作为某种本质性的东西抽象出来，并把这种差异性看做所有文学话语体系具有普遍有效性的东西，正是这种普遍性的东西构成了他们的诗学的逻辑起点。因此，否定性分离和差异性抽象的方法，使俄国形式主义诗学的本体论具有某种理论的可能性：在文学与其他话语体系的关系上，它凸显文学的特殊差异性；在各种不同文学类型的差异性关系上，它又找到了似乎对所有文学类型都具有普遍有效性的东西，而这种既具有差异性又具有普遍性的特殊存在就是决定文学之为文学的"文学性"。

既然"文学性"是俄国形式主义者的文学研究中最核心的问题，那么，规定和决定"文学性"的东西又是什么呢？俄国形式主义者采用了悬置和还原的否定性方法，最重要的做法是把文学性落实在文学作品的形式层面上，而这一层面的关注焦点又在于这种形式维度如何成了文学作品的形式，换言之，这种形式究竟在怎样的情况下成了文学而非别的东西的形式，简单地说，这种形式怎么就是文学的形式？什克洛夫斯基明确指出："文学作品是纯形式，它不是物，不是材料，而是材料之比。正如任何比

---

① 弗里德里克·詹姆逊：《语言的牢笼》，钱佼汝译，百花洲文艺出版社，1997年，第34页。

一样，它也是零维比。因此作品的规模、作品的分子与分母的算术意义无关紧要，重要的是它们的比。"① 因此，俄国形式主义者把研究重心确定在文学作品的形式和结构方面，是有其理论必然性的。确实，在他们的诗学中，诸如诗句的声音结构、诗句的声调结构原则、诗歌和散文的格律、规律标准和节奏、文学作品本身的结构等，都成为俄国形式主义者的诗学研究对象，这种"零维比"的研究方法类似于一种数学方程式，具有"科学性"，能够"科学"地剖析和确定真正属于文学的东西，因而也使他们的诗学成为所谓的"科学的诗学"。

形式是至关重要的，它是决定某种语言作品是不是文学作品的关键，但是，更重要的问题是，这种形式究竟是如何成为"文学"的"形式"的。俄国形式主义者认为，文学是一种"形式程序"的艺术，揭示这一点便可以揭示文学的形式规律和基本特征，揭示文学的"内在性"，俄国形式主义者用"陌生化"这个概念来阐述其文学性的程序理论。"在俄国形式主义那里，如果文本以新的视角揭示已知的世界，从而使熟悉的世界变得陌生，那么，文本便具有了审美的地位。"②什克洛夫斯基认为，艺术作品具有艺术性和感受性就在于艺术家运用了艺术的方法，这种方法不是以往文学理论所认为的"形象思维"，而是"陌生化"，这是判断一件作品是否为文学作品和是否具有感受性的重要标准。"那种被称之为艺术的东西的存在，就是为了恢复生动感，为了感觉事物，为了使石头更像石头。艺术的目的就是提供一种对事物的感受即幻象，而不是认识；事物的'陌生化'程度，以及增加感知的难度和时间造成困难形式的程序，就是艺术的程序，因为艺术中的接受过程是具有自己的目的的，而且应当是缓慢的；艺术是一种体验创造物的方式，而在艺术中的创造物并不重

---

① 什克洛夫斯基：《关于散文理论》，转引自方珊：《形式主义文论》，山东教育出版社，1999年，第33页。

② Andrew Bowie, *From Romanticism to Critical Theory:The philosophy of German literary theory*, London: Routledge, 1997, p.5.

要。"①也就是说艺术作品表现什么并不重要，重要的是如何表现。

在俄国形式主义的文学理论和批评实践中，我们可以看到，无论是什克洛夫斯基对散文艺术的探讨，还是日尔蒙斯基对诗歌艺术的分析，抑或是埃亨鲍姆对悲剧性的论述，都充分地体现了对文学的艺术程序分析的理论和批评成就。例如，日尔蒙斯基对普希金的诗《无论是沿着喧嚣的街衢徜徉……》的分析，就是通过对这首诗的音律、词语的排列、各种修饰语的运用、各种手法，如转喻、暗喻等的细致分析来说明诗歌词语所具有的特殊性和产生的新颖的感受性，而这种文学感受性不是偶然的诗人情感，而是诗歌中某种恒久性的东西。"普希金在诗中描写情人的别与死的具体情景，也许与他对利兹尼奇夫人的爱及讳莫如深的个人痛苦不无联系。然而这种隐匿的、独具特色的个人痛苦并未在诗中得到具体表现，诗人昭示的只是一般性的、典型的痛苦感受，这里没有悲情瞬间的个性流露，只有某种以一赅百、恒久不衰的东西。"②与传统的悲剧理论不同，埃亨鲍姆把悲剧性看做一种程序的艺术，一种感受性的强化。他反对传统理论对悲剧性的心理学解释，他认为，唤起观众怜悯感的不是作品和观众的心理上的内容，而是一种依照特殊的陌生化程序创作出来的特殊形式。"艺术的成功在于，观众宁静地坐在沙发上，并用望远镜观看着，享受着怜悯的情感。这是因为形式消灭了内容。怜悯在此被用作一种感受的形式。它取自心灵，又显现给观众，观众则透过它去观察艺术组合的迷宫。"③所以，一部作品之所以成为文学作品以及具有特殊的感受性，是由文学作品的文学性，即程序化的艺术和特殊的结构形式决定的，而不是别的因素所决定的。因此，在陌生化的过程中，熟悉的东西变成了陌生化的形式，变成了

---

① 胡经之主编：《西方二十世纪文论选》（第二卷），中国社会科学出版社，1989年，第7页。

② 什克洛夫斯基等：《俄国形式主义文论选》，方珊等译，生活·读书·新知三联书店，1989年，第246页。

③ 同上书，第40页。

具有新颖感受性的陌生化形式,偶然的东西在陌生化中变成了恒久性的东西,内容的东西变成了形式和审美的东西。

接下来的问题是,对于文学来说,形式化和陌生化又是通过什么来实现的,这个问题使俄国形式主义者走向了文学性的语言维度的探讨。文学是语言的艺术,文学的"文学性"在于语言所具有的文学性,只有具有文学的语言才能产生文学作品,非文学性的语言不可能产生文学作品,科学理论著作不是文学作品,政治宣言也不是文学作品,因为它们的语言不具有文学性。正如某一作品之为文学作品是由特殊的文学性规定的一样,文学作为语言的艺术当然也是由文学语言的特殊性规定的。因此,俄国形式主义者对文学性的关注必然会走向对语言的关注。在他们看来,研究文学艺术的特征和本质就是研究文学的语言和文学语言的结构,在语言和词汇构成、在措辞和由词组成的表意结构的特征中发现内在的、根本的艺术特征。用什克洛夫斯基的话来说,文学的语言,特别是诗的语言"就是受阻的、扭曲的言语"[1]。正是这种受阻的、扭曲的、陌生化的语言构成了文学语言的特征,也决定了文学的文学性,构成了文学作品之为文学作品的本体论存在。托马舍夫斯基认为,诗学研究的语言不是实际运用中的日常语言,日常语言是一种交际语言,日常交际语言的特征和形式是由谈话时的特定情境决定的,它的功能是一种外向的功能,而文学作品的语言则不同,它并不取决于说出它们时的情境,这种语言一旦产生,其意义就成为一种可重复使用的模式,并在反复重复中保存其意义。尤里·梯尼亚诺夫认为,文学作品中的词语的意义和功能是由文学这种特殊活动所决定的,语言功能的特殊性与专门性决定着文学词汇的选择。"作为方言的诗歌语言是这样一种语言,它将注意力引向自身,这种注意力导致对语言本身的物质性的重新感知。因此,形式主义者们用以建立他们的理论的这个新模式基于习惯与感知的对立之上,基于一种机械迟钝的行为与一种对世界和

---

[1] 什克洛夫斯基等:《俄国形式主义文论选》,方珊等译,生活·读书·新知三联书店,1989年,第9页。

语言的组织及外表的顿悟之间的对立之上。这种对立超出了传统的行为与思维、实践与认识的对立，明显地将举证责任从作为具体存在形式的文学转到了科学的抽象上。"①在文学创作中，词语不仅要经过作家的选择，而且要经过构造，经过选择和构造的词语，就在诗的词语的基本特征与变动特征之间产生了一种张力，并显示出音律系列的独特力量和词语的意义。"研究结构旨在弄清决定一部艺术作品的外部结构以及决定作品里艺术材料的分布或安排的艺术原则。诗歌的材料是语言；因此，基本任务是弄清语言中那些主要起结构作用的事实。一首诗的结构的最原始的要素，我们认为是韵律和句法。"②在语言艺术作品中，结构成为语言材料分布的规律，词语安排的艺术原则，即按照美学的原则进行艺术地切分和组织整体，从而探索文学作为语言的艺术不同于其他话语体系的特殊性，并在某种程度上揭示文学作为语言艺术的普遍性，通过这种科学性和艺术性的抽象，俄国形式主义便揭示了作为语言艺术的文学的普遍性。

俄国形式主义者的这种关于文学性的探讨，确实变革和刷新了传统文学理论所理解和解释的文学本体论存在方式，他们把文学自身的存在问题凸显在20世纪的文学理论面前，更重要的是，他们从文学的创作程序、文学作品的形式结构和语言结构特征等以往不受重视的重要方面，探讨了文学自身的特殊性问题，从而提出了一种以文学自律性为研究对象、以文学性为逻辑起点，以形式为研究重心、以语言学分析为方法论的文学作品本体论存在方式。

最后，我们对俄国形式主义诗学进行简要的理论评估。俄国形式主义诗学是20世纪文学理论中具有鲜明的理论立场、研究目的、独特方法和独到观点的文学理论和文学批评思潮，它无疑是特定历史和文化条件下关于

---

① 弗里德里克·詹姆逊：《语言的牢笼》，钱佼汝译，百花洲文艺出版社，1997年，第41页。
② 什克洛夫斯基等：《俄国形式主义文论选》，方珊等译，生活·读书·新知三联书店，1989年，第265页。

文学根本问题的一种理论探索。因此，可以说，俄国形式主义诗学在革新传统理论的理解和解释文学的方式的同时，也因其历史条件的限制和理论关注的特殊问题性，而必然有其有待商榷和探讨的地方。一方面，俄国形式主义者使20世纪的文学理论开始深刻意识到了文学自身的特殊性存在问题，另一方面也把与文学有关的其他重要因素全部悬置起来了。这确实使文学研究高度重视以往文学理论所忽视的特征和规律，但是它又相当武断地排除和否定了传统诗学或文学理论所探讨的重要维度。实际上，文学与社会生活、文学与意识形态、文学与阅读接受和主体阐释等关系，仍然是诗学或文学理论研究中的重要组成部分。在20世纪的文学理论中，有许多理论对包括俄国形式主义、英美新批判和结构主义在内的自律性本体论做出了批评，如米哈伊尔·巴赫金（Mikhail Bakhtin）对形式主义的马克思主义批评、特里·伊格尔顿（Terry Eagleton）和詹姆逊等西方马克思主义对文学审美意识形态的诠释，罗伯特·耀斯（Hans Robert Jauss）的接受美学和美国的读者反应批评对文学阅读接受的重视，伽达默尔的哲学诠释学对主体理解和解释的有限性和历史性的强调，等等，这些理论无疑都在一种扩展的语境中拓展了文学理论的视野和维度，所有这些理论阐释的内容都可以成为文学研究或诗学理论中的重要维度。

相对来说，像俄国形式主义者当时否定性地批判传统文学理论那样，对俄国形式主义诗学做出否定性的批判也是容易的，但是，在探讨和重新审视俄国形式主义诗学时，我们如何历史地理解、阐释和评价这一重要理论思潮却困难得多。尤其重要的是，在已经变得多元而复杂的当代文学理论场景中，我们还应该在反思性的审视中认识俄国形式主义诗学给今天的文学理论建设所提供的重要话语资源。

对俄国形式主义诗学的理解、阐释和评价应该有一种历史的观点。这一理论思潮的产生有其理论的可能性和现实的合理性，它不仅仅是简单地质疑和批判传统文学理论所存在的局限性，而且深刻地回应着当时的哲学、语言学成就和文学艺术的发展实际。从哲学上讲，胡塞尔的"回到事物本身"的现象学是当时西方最具有影响的哲学思潮，在方法论上，它力图以一种严格的方法论建立严格的科学体系，在研究对象上，它要求以还原的方法"悬置"与对象本身无关的东西而"回到事物本身"。而俄国形式主义诗学正体现了现象学这一哲学方法论的要求，回到作为"事物本身"的文学作品，悬置所有外在于文学事实本身的东西，并把诗学的研究对象还原为特属于文学自身的特殊表现形式。从语言学上讲，以索绪尔为代表的结构语言学对语言和言语的区分，突出强调了对语言内部规律的研究，认为语言学必须从历时性的研究转向共时性的研究，从而揭示人类语言中普遍有效的特征和规律。

由此，俄国形式主义者发现，以往的文学理论恰恰极端地漠视了作为语言艺术的文学的自身特殊性和内在普遍性和规律性，文学理论作为探讨文学的理论不重视文学语言的研究是不可思议的。从文学艺术的创作实际看，俄国形式主义诗学在某种程度上回应了当时的文学艺术潮流，不仅文学上的未来主义是显赫的文学潮流，而且，绘画和建筑领域的艺术潮流，如印象主义、后印象主义、立体主义和构成主义等，都突出地显示了形式在艺术作品中的重要作用，形式创新和风格创新成为那个时代的主导性潮流。在美学和艺术理论上，则有罗杰·弗莱（Roger Fry）和克莱夫·贝尔（Clive Bell）著名的形式主义理论。因此，无论就俄国形式主义的理论背景，还是当时的文学艺术创作实际来说，俄国形式主义诗学在20世纪的出现不仅有历史的必然性，而且有理论的合理性。

从历史的角度看，形式主义并不是肇始于俄国形式主义者，而是开始于康德的形式主义趣味美学，但是，文学研究中以形式和结构为核心的文学自律性的本体论探讨，则无疑是由俄国形式主义者开创的。正如勒内·韦勒克（René Wellek）和奥斯丁·沃伦（Austin Warren）所认为的，俄国形式主义的研究方法为文学作品的研究带来了新的活力，从而使文学研究开始有了正确的认识和足够的分析。[1]在某种程度上可以说，正是俄国形式主义对文学之"文学性"和文学作品的形式因素的凸显及其富有创造性的研究，才开始了20世纪声势浩大的自律性文学本体论的探讨。俄国形式主义、英美新批评和结构主义等都把文学的自身存在问题作为核心问题来探讨和研究，并试图以文学自身的特殊存在方式为基础揭示文学之为文学的根本特征，从而建构一种特属于文学的自律性文学理论或诗学。就其以历史演变过程来思考文学形式而言，俄国形式主义诗学在方法论上的优越性远多于英美新批评的单个文本分析，就其对文学性的形式差异性的重视来说，它在某种程度上又优于结构主义对文学作品的先验性结构分析。正如有研究者指出："俄国形式主义者的工作为后来批评实践的转变提供了丰饶的基础。在把'文学性'确定为研究对象的同时，他们对文学研究提供了系统性的反思，即超越了单个文本的内在研究。"[2]这一评价无疑是相当中肯的。因此，俄国形式主义诗学为传统文学理论的变革和后来的理论发展起了至关重要的作用。可以说，在20世纪的文学理论发展中，首先是俄国形式主义把文学的自身存在问题置入了文学研究和文学批评的中心。假如不是从绝对真理的角度来解释文学理论对文学的理解和解释，而是把它视为众多文学阐释的一种独特方式，而且在某种维度上确实富有独创性地解释了文学现象的某些重要方面，那么，这种理论解释便对文学理论的历史发展做出了它应有的贡献。

可以肯定地说，诠释学重在理解和解释，而并不怎么关心作品的客观性存在问题，从施莱尔马赫和狄尔泰的方法论诠释学，到海德格尔的事实性诠释学和伽达默尔的哲学诠释学，实际上对文本的客观性问题都没有多大兴趣，这些诠释学的重点在于文本的理解和解释问题。因此，俄国形

---

[1] 韦勒克、沃伦：《文学理论》，刘象愚等译，生活·读书·新知三联书店，1984年，第146页。

[2] Phillip Rice and Patricia Waugh ed., *Modern Literary Theory: A Reader*, London: Blackwell Publishing Ltd., p.17.

式主义者的研究方法有其独特的优点和贡献。在反对作者意图理解这一点上，俄国形式主义与哲学诠释学有相同之处，它通过集中关注文本语言的可验证特征，把文本解释的焦点从那些力图重构作者意图表达的意义的观点转移到一种新的理解视角，即文本意义从根本上说不是在作者意图的层面上形成的。真正理解的是这些书面上的词语，而不需要知道书写那些词语的作者想让他们理解的东西，人们是通过被社会化了的语言规则和语境进行理解，而不是通过接触他人的内心活动来理解文学作品。詹姆逊评价说，形式主义批评提出了"深远的见解"，"这些见解结构独特，与传统'方法'提出的见解全然不同"[①]。诚然，当代文学理论和批评实践重视阅读、理解和解释的开放性和差异性，无疑在某些重要方面超越了形式主义理论的局限性。但是，如果认为文学理论应该放弃文学作品的语言性、文学作品自身的结构和形式分析，否定文学作品的探讨在文学理论和文学批评中的重要性无疑是偏颇的。当代文学理论向阅读、接受、反应和主体解释的重心转变，并不意味着要抛弃如何理解文学作品本身的问题，也不仅仅意味着只探讨文学是如何被阅读、接受和解释的问题，而事实上，文学的阅读、接受和解释始终是与作为"事物本身"的文学作品的理解和解释密切相关的。因此，俄国形式主义者以文学性为核心对文学作品的存在方式进行本体论研究，仍然是当代文学理论应该给予肯定，并在新的阐释中可以借鉴的重要内容。从这个意义上讲，俄国形式主义诗学的理论视野和思想观点仍然具有持续的价值和意义。实际上，在强调文学文本的自律性，特别是反对作者意图论这一点上，俄国形式主义诗学与哲学诠释学有重要的相似之处。

由此可见，俄国形式主义把文学性作为文学研究的核心问题，把语言学的成果运用于文学作品的研究，分析和探讨文学作品自身的形式与结构，把文学作品的自身存在的本体论问题提到文学理解和解释的日程上

---

① 弗里德里克·詹姆逊：《语言的牢笼》，钱佼汝译，百花洲文艺出版社，1997年，第72页。

来，不仅挑战了传统的文学理论，而且深刻地影响了20世纪的文学理论和批评。新批评对文学自律性的研究、结构主义对文学作品结构的分析都明显地体现了这种本体论探讨的理论倾向。

二、英美新批评与文学的内在性

表面看来，新批评对文学作品本身的研究，犹如形式主义诗学对文学性的理解，似乎与诠释学没有太大的关系。但是，如果我们拓展文学诠释学对文学的理解问题，并且联系哲学诠释学对文学艺术作品自律性的尊重，新批评的文学分析和理解就并非与诠释学没有关系。正如有论者指出："诠释学被宽泛地理解为解释理论，它可以理解为包括从亚里士多德的诗学到20世纪50年代的新批评的所有（文本的或其他的）解释模式，包括任何类型的文学批评，以及法国的结构主义传统，甚至可能是德里达的后结构思想。"[①]对文学作品自律性问题的深入分析正是对诠释学文学理解的一种重要补充。众所周知，在漫长的历史过程中，文学主要依据某种外在于其文学本身的标准或因素来理解和解释的，俄国形式主义者对"文学性"的研究开启了一种新的文学解释方法，显示了从所谓的内部来理解和研究文学的自身存在问题的独特性和新颖性。

在主张文学的自律性方面，英美新批评与俄国形式主义并非没有区别，但它们有某种共同的理论倾向。简单说来，俄国形式主义诗学突出的是文学的"文学性"，而英美新批评强调的是文学的"内在性"。诚如有论者指出："在英语国家，20世纪初的这一重要运动更多地与新批评或结构主义联系在一起。这些联系并非毫无根据。形式主义者对文学作品构成的关注，对诗歌的韵律和形式的细致分析，似乎使他们与同样关注文本分

---

① Rod Coltman, Hermeneutics Literature and Being, *The Blackwell Companion to Hermeneutics*, Edited., Niall Keane and Chris Lawn, New Jersey: John Wiley & Sons, Inc 2016, p.548.

析的新批评家结成了同盟。"①俄国形式主义和英美新批评都旨在探索文本中具体的内在的文学性,都摒弃了晚期浪漫主义诗学的精神性,进而采用细致入微的、经验主义的阅读方法,俄国形式主义者对创作"方法"更感兴趣,更关心确立文学理论的"科学"基础,而英美新批评家们则把对文本的特殊的语言顺序的关注与对文学意义的非概念性的强调结合起来。

韦勒克和沃伦在其著名的《文学理论》中认为,过去的文学史过分关注文学的背景,把大量的精力用在对环境和背景的分析上,不重视对文学作品本身的分析,而19世纪的文学研究极力赶超自然科学的方法,从因果关系来解释文学成了一种时髦的口号,此外,随着研究的注意力转向读者的个人趣味,旧的文学批评也就彻底瓦解了。新批评家们注意到了一种在他们看来相对健康的倾向,那就是认识到文学的研究应集中分析和研究作品本身。俄国形式主义等研究方法给文学作品的研究带来了一种新的活力,从而使人们开始有了对文学的正确认识和足够的分析。"文学研究的合情合理的出发点是解释和分析作品本身,无论怎么说,毕竟只有作品能够判断我们对作家的生平、社会环境及其文学创作的全过程所产生的兴趣是否正确。"②与俄国形式主义诗学相比,英美新批评不仅更突出地强调了文学的自律性问题,而且更具体、更细致地探讨了文学作品的本体论存在问题,韦勒克和沃伦的《文学理论》第十二章的标题就是"文学作品的存在方式"③,而这个问题的探讨属于他们所说的"文学内部研究",亦即对作为"事物本身"的文学作品的分析和研究。

可以说,在20世纪的文学理论中,英美新批评有着比俄国形式主义更持久的历史、更强大的阵营和更深刻的影响,新批评在20世纪20年代起始

---

① Robert C. Holub, *Reception Theory: A Critical Introduction*, New York: Methuen, Inc.,1984, p.15.

② 韦勒克、沃伦:《文学理论》,刘象愚等译,生活·读书·新知三联书店,1984年,第145页。

③ 同上书,第148页。

于英国，30年代形成于美国，尔后成为美国文学理论和批评界占有主导地位的文学理论思潮。英美新批评拥有一群有影响的理论家，例如威廉·燕卜荪（William Empson）、艾略特（T. S. Eliot）、艾·阿·瑞恰慈（I. A. Richards）、艾伦·退特（Allen Tate)、维姆萨特（W. K. Wimsatt）、比尔兹利（Monroc C. Beardsley）、兰色姆（John Crowe Ransom）、布鲁克斯（Cleanth Brooks）、韦勒克、坎尼斯·伯克（KennethBurke）、列维斯（F.R.Leavis）和温特斯（Yvor Winters）等人。这些理论家和批评家的观点当然有所不同，但他们之所以都属于"新批评"，就在于他们有着大致相同的理论倾向，即所有这些批评家都从以前的传记、道德和社会学批评的各种研究形式转向了对文学艺术作品形式结构方面的关注，而且产生了非常重要的影响，以至于新批评从20世纪40年代到60年代在美国学院中占据统治地位，程序化和制度化的文学解读和批评标准成了一股强劲的潮流，因而也成了美国几代中学学生和教师文学解读的常规或理所当然的实践。"特定文本的稳定性或安全性——通常是形式主义者的一首诗——存在于文本本身。根据形式主义的思想和实践，文本边界之外的混乱世界不需要侵入文本，文本边界之内的一切都可以得到拯救。"①托德·戴维斯（Todd F. Davis）和肯尼斯·沃麦克（Kenneth Womack）在这里用"形式主义"一词来称谓新批评的理论倾向，也表明了它与俄国形式主义具有重要的相似之处。英美新批评的大多数理论家的文学实践都把文本视为一个神圣的概念，他们只关注文本，而不关注文本之外的世界和观念。在《文学理论》中，韦勒克和沃伦花了很大篇幅检讨各种各样的所谓文学的外部研究方法，目的就是要回到文学的内部研究，即研究属于文学本身的内在性，探讨文学作品自身的存在方式，或者说，研究文学作品的"本体论存在方式"问题。他们认为，在分析文学作品各层次之前，必须提出和解决的一个极为困难的认识论问题，那就是"文学作品的存在方式"或者"本

---

① Todd F. Davis and Kenneth Womack, *Formalist Criticism and Reader-Response Theory*, New York: Palgrave, 2002, p.16.

体论地位"。"艺术作品似乎是一种独特的可以认识的对象，它有一种特殊的本体论地位，它既不是真实（如一座雕塑那样），也不是精神的（如愉快或痛苦那样的经验），也不是理想的（如一个三角形）。它是主体间的理想观念的标准的体系。这套标准被认为存在于集体的意识形态之中，它随着意识形态而变化，它们只能通过基于句子声音结构的个人心理体验才能够理解。"①兰色姆说："不论哪种伦理观，用来领会、批评诗人的意图，都是同样不能达到目的的。伦理学批评家想把诗里的'意识形态'或主题或可以概括的意义，孤立起来，加以讨论，而不是要讨论诗的本身。"②所谓讨论"诗本身"就是一种内在的、自律性的研究。关于英美新批评对文学内在性的"本体论"理解，这里不做详细的面面俱到的阐述。可以认为，英美新批评的文学自律性的理论，在韦勒克和沃伦的《文学理论》中得到了最为系统的总结性表述，因此，这里主要根据该书的主要观点，并结合其他理论家的一些重要看法，简要概述英美新批评家们对文学"内在性"的理解和探讨。

首先，与俄国形式主义理论家一样，英美新批评理论家也坚决反对对文学作品进行所谓的"外部研究"。他们认为，文学的传记式研究并非没有价值，它具有评注上的价值，可以用来解释作者作品中的典故和词义，可以帮助人们研究文学史上所有真正与发展有关的问题中最突出的东西，即艺术家的成长和成熟问题，也可以为解决文学史上其他问题的研究积累资料。但是，任何传记上的材料都不会改变和影响文学批评对作品本身的评价，他们的理论立场非常明确。"那种认为艺术纯粹是自我表现，是个人感情和经验的再现的观点，显然是错误的。尽管艺术作品和作家的生平之间有密切的关系，但绝不意味着艺术作品仅仅是作家生平的摹本。传记

---

① Rene Wellek, Austin Warren, *Theory of Literature*, London: Lowe and Brydone LTD, 1954, p.157.

② 兰色姆：《纯属思考推理的文学批评》，赵毅衡编选：《新批评文集》，中国社会科学出版社，1988年，第90页。

式的研究方法忘记了,一部文学作品不只是经验的表现,而且总是一系列这类作品中的最新的一部;无论一出戏剧,一部小说,或者是一首诗,其决定因素不是别的,而是文学的传统和惯例。"①在这里,"传统"和"惯例"是从文学本身的发展及其规律而言的。韦勒克和沃伦以所谓的文学情感的"真挚"论为例来说明这一点,例如,拜伦的《与你再见》一诗,是因为它戏剧化地表现了诗人与其妻子的实际关系,而不是像人们所想象的那样,由于在原稿上找不到泪痕便认为是一件遗憾的事情。韦勒克、沃伦认为,手稿上是否有泪痕是无关紧要的,重要的是这首诗歌作品本身的存在,不管手稿上有没有泪痕,都不影响我们对这首诗的理解,人们无法从是否手稿上有泪痕探寻作者的隐秘情感,对于理解一首诗或一部文学作品也没有什么意义。拜伦个人的情感毕竟已经成为过去,我们现在既不可追溯,也没有必要追溯,甚至也无法追溯。因此,在他们看来,传记式的研究没有特殊的文学批评价值,甚至这种研究可能对文学作品本身的理解来说是危险的。

其次,运用心理学的方法研究作家的创作意图和创作过程,在他们看来也同样是一种外部研究。这是一种非常传统的研究方法,就诠释学来说,施莱尔马赫和狄尔泰的理解理论都认为我们通过猜测或体验作者的心理能够重构作品的意义。但新批评理论家认为,作家的个性和创作过程确实是心理学家感兴趣的东西,心理学家可以按照生理的和心理的类型对作家进行分类,但他们认为,心理学方法同样不能真正解决真正的艺术问题。艾略特认为,所谓的作家和艺术家的个性与作品本身无关。"我的意思是说,诗人有的并不是有待表现的'个性',而是一种特殊的媒介,这个媒介只是一个媒介而已。它并不是一个个性。通过这个媒介,许多印象和经验,用奇特的和料想不到的方式结合起来。对于诗人本身来说,这些是一些重要的印象和经验,但它们在他的诗歌中可能没有占有任何地位,

---

① 韦勒克、沃伦:《文学理论》,刘象愚等译,生活·读书·新知三联书店,1984年,第72页。

而那些在他的诗歌中变得重要的印象和经验却可能在诗人本人身上，在他的个性上，只起了一个完全无足轻重的作用。"①因此，印象、经验和作家的个性研究，都不属于文学作品本身的研究，而对文学的各种心理学研究更是与文学作品本身的存在方式无关。韦勒克和沃伦对包括弗洛伊德在内的许多心理学观点进行了批判性考察。他们认为，许多伟大的艺术仍然在不断地违背心理学上的准则，不论这些准则是同时代的，还是后来的准则，真正的艺术所处理的东西都是现实中未必会有的情景和幻想性母题。正如要求文学作品具有一种社会纪实的作用一样，对文学作品进行心理学意义上的所谓"真理"探求，实际上是一种没有普遍有效性的自然主义准则，作者在心理学上的见识似乎能够提高作品的艺术价值，但是，就艺术作品本身的价值来说，只有当心理学上的内容和真理对作品的连贯性和复杂性发挥了强化作用时，才有一种艺术和美学上的价值。但是，我们没有必要通过艺术作品来获得这种见识，这种见识也不是艺术作品的必要因素，因此，"就心理活动及其机制的有意识和系统化的理论而言，心理学对艺术是不必要的，心理学本身也没有艺术上的价值"②。换言之，对文学作品做心理学上的研究并不会增添它的艺术价值，只有心理学上的内容本身成为艺术的内容或者强化作品的艺术性的情况下，它才具有属于文学作品的艺术价值。

再次，文学社会学研究基于非文学性的社会政治和道德标准，从事评价性的判断式研究，同样是一种不属于文学自身存在的外部研究。这种文学批评和研究理解和探讨的是文学与社会的种种关系，其目的在于，不仅通过对文学作品的理解告诉人们，文学作品所体现的社会关系和含义在过去如何，现在怎样，而且希望能够通过文学作品的解释告诉人们，未来

---

① 艾略特：《艾略特文学论文集》，李赋宁译注，百花洲文艺出版社，1984年，第9页。

② 韦勒克、沃伦：《文学理论》，刘象愚等译，生活·读书·新知三联书店，1984年，第90页。

的社会应该怎样或必须怎样,甚至认为通过文学发展的历史能够揭示某种社会发展的规律,因此,文学研究者不仅是文学和社会的研究者,而且成了未来的预言者、告诫者和宣传者。在韦勒克和沃伦看来,这类批评是基于非文学的政治和道德标准来理解和评判文学,这是一种评价性的"判决式"批评。黑格尔从理念和时代精神论述文学艺术的发展,泰纳从种族、环境和时代研究文学艺术及其发展,所有这些都属于文学的外部研究。"我们似乎不可能接受这样一个观点,即把任何特殊的人类活动说成是其他所有人类活动的起点,不论是泰纳以环境、生物性和社会性因素的结合来解释人类创作活动的理论,还是黑格尔和黑格尔派学者认为'精神'是推动历史唯一动力的理论,或者是马克思主义者认为一切都是从生产方式引申出来的理论。"①例如,针对泰纳著名的种族、环境和时代三要素说,韦勒克和沃伦认为,文学作品最直接的背景不是这些要素,而是文学作品在语言上和文学上的传统,而文学与经济、政治和社会状况之间只有非常间接的联系。这些因素并非对文学没有影响,也不是不可以对它们进行研究,但是,它们毕竟不属文学内在的东西。"倘若研究者只是想当然地把文学单纯当作生活的一面镜子,生活的一种翻版,或把文学当作一种社会文献,这类研究似乎就没有什么价值。只有当我们了解所有研究的小说家的艺术手法,并且能够具体地而不是空泛地说明作品中的生活画面与其所反映的社会现实是什么关系,这样的研究才有意义。"②文学不能代替社会学或政治学,文学研究也不是政治学和社会学的研究,文学有其自身的存在理由和目的,它有其独特的"艺术手法",正是这种艺术手法使艺术成为艺术,这才是文学理论和文学批评所应当真正关注和研究的内容。在这里,新批评关注"艺术手法"的研究与俄国形式主义诗学的观点有高度相似之处。

---

① 韦勒克、沃伦:《文学理论》,刘象愚等译,生活·读书·新知三联书店,1984年,第106页。
② 同上书,第104页。

最后，新批评理论家认为，把文学看做一种哲学形式，一种包裹在形式中的"思想"或"观念"，并认为文学研究就是获取作品中的"中心思想"的做法，同样是一种文学的外部研究。克林斯·布鲁克斯说："我们永远不能用科学的或哲学的尺码衡量一首诗，因为当你把诗放到这种尺码上衡量时，那首诗永远不会是一首'完全的诗'，只不过是从那首诗中抽出来的抽象概念而已。"[1]对于这种文学研究，韦勒克、沃伦提出了尖锐的质疑："难道这些哲学标准就是文学批评的准则吗？难道因为蒲伯的《论人》在逐段检查时可以看出有根有据、前后一致的折中主义，而从整体上看却蒙上了一层谜样的不连贯的色彩就该遭到非议吗？雪莱在其一生中曾从戈德温的原始物质主义进步到柏拉图式的某种理想主义，难道这样一个事实就可以使他成为一个较好的诗人或一个较差的诗人吗？有一种印象是，雪莱的诗就是含混的、单调的、乏味的，这似乎表现了新一代读者的经验，难道只要说明他的哲学在当时是有意义，或者说明他的作品这一段或那一段并非没有意义，却暗示出当时科学或伪科学的概念，就可以证明这种印象是错误的吗？"[2]在韦勒克和沃伦看来，所有这一切判断标准，毫无疑问都是由误解造成的，都是由于混淆了哲学与艺术的功能，误解了思想进入文学的真正方式而造成的，因为这种观点忽视了文学自身的特殊性，而把某种哲学或科学观念强加给文学作品。在他们看来，文学研究显然不能用哲学思想或科学概念来做外在的分析和理解，而应该关注作品本身的真实存在，回到作为"事物本身"的文学作品。

新批评理论不仅否定了上面提到的这些理解方法，也质疑从作者意图和读者接受来理解文学作品的解释方式。传统的文学理论似乎很难拒绝这样的观点，即文学作品是由作者创作的，它不可能与作者没有关系，作家

---

[1] 克林斯·布鲁克斯：《释义谬误》，赵毅衡编选：《新批评文集》，中国社会科学出版社，1988年，第197页。

[2] 韦勒克、沃伦：《文学理论》，刘象愚等译，生活·读书·新知三联书店，1984年，第119页。

创作的作品是供读者阅读的，它不可能与读者没有关系，文学作品中总是具有这样或那样的内涵，都需要人们做出理解和解释，因此，在文学理解和解释活动中，作者和读者都是重要的。但是，在新批评理论家看来，所有这些观点都是错误的。维姆萨特和比尔兹利把第一种观点叫作"意图谬误"（intentional fallacy），这种谬误把作者的感情或隐含的意图当作文本的意义；把第二种观点叫作"感受谬误"（affective fallacy），认为读者对文本的反应既不重要，也不是对文本的真正解释，从读者对文本的反应来理解作品就是一种感受谬误。布鲁克斯把第三种观点叫作"释义误说"（heresy of paraphrase），新批评家认为形式和内容是不可分割的，诗歌的形式或技巧与诗歌的内容是不可分割的，诗的美（形式）和真（内容）是分不开的，因此，认为一首诗可以等同于解释就是释义谬误。他们坚持认为，文学作品的意义与作者的意图、读者的阅读经验和阐释都没有关系，意义就在作品自身中。基于以上对所谓外在的文学研究的方法的层层否定，新批评理论家们的意图就是要回到诗本身，回到文学本身，探讨文学作品作为文学作品的本体论存在。兰色姆说："诗歌的特点是一种本体的格的问题。它所处理的是存在的条理，是客观事物的层次。"①退特说："我们公认的许多好诗——还有我们忽视的一些好诗——具有某种共同的特点，我们可以为这种单一性质造一个名字，以更加透彻地理解这些诗。这种性质，我称之为'张力'。用抽象的话来说，一首诗突出的性质就是诗的整体效果，而这整体就是意义构造的产物，考察和评价这个整体构造正是批评家的任务。"②在这里，"张力""整体效果"和"整体构造"都是文学作品本身的内在属性，是构成文学作品本体的东西，因此，必须从文学作品本身来理解。

---

① 兰色姆：《征求本体论批评家》，赵毅衡编选：《新批评文集》，中国社会科学出版社，1988年，第74页。
② 退特：《论诗的张力》，同上书，第109页。

犹如俄国形式主义诗学的"文学性"研究，新批评对文学"内在性"的研究，实际上采取的是一种回到"事物本身"的还原法，通过否定所有的外在研究，包括作者意图论、读者感受论和意义理解论等传统文学理解方式，其根本目的就是回到作为"事物本身"的诗本身或文学作品本身。"我们得回到诗本身，绝不能离开诗。诗的'兴趣'价值是一种认识价值。在诗里面我们得到的是关于一个完整的客体的知识。"①必须注意，这里所说的"认识价值"并非科学和哲学意义上的"认识价值"，而是指作为诗歌文本的"张力""整体结构"和"整体效果"等属于文学本身的价值，因此，这里所谓的"完整的客体的知识"，也是对诗歌本身的知识。新批评在坚持文学自律论的美学观点的基础上，提出了文学作品的本体论结构或存在方式问题。韦勒克和沃伦在《文学理论》一书中最为系统地阐述了新批评的理论观点，而且提出了文学作品的本体论结构问题。通过对文学外部因素的层层否定，文学作品≠印刷符号≠声音系统≠读者经验≠作者经验≠作者有意识经验和无意识经验的总和≠社会的经验和集体的经验，通过这种否定性"悬置"，他们终于获得了文学的内在性或文学的自律性观点："真正的诗必然是由一些标准组成的一种结构，它只能在许多读者的实际经验中部分地获得实现。每一个单独的经验（阅读、背诵等等）仅仅是一种尝试——一种或多或少是成功和完整的尝试——为了抓住这套标准的尝试。"②所谓"真正的诗必然是由一些标准组成的一种结构"，集中体现了新批评理论的文学作品存在方式的本体论观点。

那么，这种由一些标准组成的结构究竟是一种什么样的结构呢？韦勒克、沃伦从他们的文学作品存在方式的理解出发，对罗曼·英加登的文学作品层次说进行了改造，并提出了他们自己的文学作品结构层次说。

---

① 退特：《作为知识的文学》，赵毅衡编选：《新批评文集》，中国社会科学出版社，1988年，第156页。

② 韦勒克、沃伦：《文学理论》，刘象愚等译，生活·读书·新知三联书店，1984年，第158页。

他们认为，文学作品包括以下几个层次：（1）声音层面，谐音、节奏和格律，"声音和格律必须与意义一起作为艺术品整体中的因素来进行研究"；（2）意义单元，它决定文学作品形式上的语言结构、风格和文体的规则；（3）意象和隐喻，它指所有文体风格中可以表现的诗的最核心的部分；（4）存在于象征和象征系统中的诗的特殊"世界"；（5）有关形式和技巧的特殊问题。所有这些要素有机地构成了文学作品内在的本体论结构，文学艺术作品是一个"为某种特别的审美目的服务的完整的符号体系或者符号结构"①。这样，新批评理论就把文学变成了一种真正内在的、纯粹的、自律性的存在，一种"符号体系"，一种"符号结构"。我们可以发现，这样一种文学作品本体论观点，确实上承俄国形式主义诗学，下接结构主义诗学，构成自律性文学作品本体论理解的重要理论和逻辑环节。

有论者认为，英美新批评理论家对文学作品内在性的研究，也并没有像他们所认为的那么中立和单纯，实际上隐含着某种深远的政治和意识形态力量，新批评家回到文学本身有其深刻的社会历史文化语境上的原因，"也许，形式主义思想是20世纪所有批评形式中最具支配性和影响力的，但可能仍然是最被曲解的。尽管英美形式主义新批评的深远政治和意识形态力量不容否认，但它常常被讽刺为一种单一的阅读策略，一种不知何故缺乏任何理论敏锐性的策略"②。但是，也许正是这种躲避外在原因回到文学本身的研究，造就了一种关注文学本身存在方式的批评理论，如果谈论外在于文学的东西或借助讨论外在于文学的东西来理解文字有麻烦，回到文学本身也就成了一种理论立场。新批评理论认为，文学理解必须回到诗本身、文学本身，它否定从社会历史、政治伦理、心理情感、哲

---

① 韦勒克、沃伦：《文学理论》，刘象愚等译，生活·读书·新知三联书店1984年版，第147页。

② Todd F. Davis and Kenneth Womack, *Formalist Criticism and Reader-Response Theory*, New York: Palgrave.2002, p.13.

学观念等维度对文学作品的分析和理解,坚持文学的真正理解应当把文学作品当作自足独立的客体,把文学视为一种具有自身审美目的的符号体系或符号结构,似乎不管有没有人去阅读它和理解它,都始终保持着恒定的内在意义和价值。因此,文学研究的根本目的和任务就是通过文学作品本身的"本体论批评""文本批评"以及对文学作品的比喻、反讽、象征和复义的修辞学分析,揭示文学作品的符号体系或符号结构,即文学的"内在性"。"新批评的理论首先界定了它所关注的对象,比如是一首诗。新批评家认为诗有它的本体论地位,即诗有它自己的存在,像任何其他对象一样存在。实际上,一首诗变成了一件人工制品,一个客观的、独立的、有其自身结构的自律性实体。"①在这里,值得提到的是,对新批评理论的讨论对诠释学的文学理解问题并非没有意义,在强调文学作品的自律性存在上,新批评对文学作品存在方式的理解,同样与哲学诠释学有相似之处,正如有论者指出:"在谴责意义的起源方法时,维姆萨特和比尔兹利的新批评形式主义与伽达默尔的立场彼此接近。"②

<h3 style="text-align:center">三、结构主义与文本的深层结构</h3>

俄国形式主义诗学探讨文学的文学性,新批评理论分析文本的内在性,它们的共同之处都在于突出强调文学作品自身的本体论存在,都集中关注文学作品的"形式"特征,而不是作品再现或表现的内容,更不是外在于文学作品本身的东西,它们都把文学作品视为一种"不及物"的形式性存在,都主张文学作品的存在就在于其自身的自律性的本体论观点,与形式主义的文学性研究和新批评的文学内在性解读相比更深入一步,结构主义力图探测和把握文学和文学作品的内在深层结构,可以说,形式和结

---

① Charles E. Bressler, *Literary Criticism: An Introduction to Theory and Practice*, New Jersey: Prentice Hall Englewood Cliffs, p.35.

② Burhaneitin Tata, *Interpretation and the Problem of the Intention of the Author: H.-G. Gadamervs E.D. Hirsch*, Washington: Library or Congress Cataloging-in-Publication, 1991, p.126.

构这些标志着文学自律性存在的东西,在结构主义文学理论家那里得到了进一步的探讨和深化。

前面的论述已经表明,在形式主义者和新批评家那里,文学之所以是一种自律性的存在,从根本上说就是一种语言性和艺术性的形式存在,而不是传统文学理论所说的"内容与形式的统一",更不是所谓的内容决定形式,以往称之为文学作品内容和思想的东西,在艺术创作过程中通过特殊的手法被形式化了,在形式化中被结构化了。因此,文学作品的意义并不是作品所再现或表现的内容,也不是作者的创作体验或创作动机,而在于作品的形式和结构本身。它们所理解的文学作品的意义也不是与作品的内容联系在一起的,而是与作品的形式联系在一起,或者说就在于文学作品的形式和结构自身存在。而结构主义理论的文学理解和解释则更深入一步,它认为不是作品的内容,而是作品的结构使作品成为艺术的作品成为可能,使意义得以显现出来的是结构,而且是一种内在的结构。在强调文学作品形式性和结构性方面,结构主义的文学理解显然与形式主义和新批评有着深刻的相似之处。詹姆逊在《语言的牢笼》一书中谈到俄国形式主义与法国结构主义之间的联系与区别时写道:"法国结构主义和俄国形式主义的关系与其说是什克洛夫斯基所谓的叔侄关系,还不如说是同族通婚的亲属系统中的表兄弟关系。[……]形式主义者最终关心的是如何以整个文学系统(语言)为背景来区别看待每一部艺术作品(言语),而结构主义者则将作为语言的部分表现形式的个别单位重新融入语言,以描述整个符号系统的结构为己任。"①而此两者从根本上说都源于索绪尔提出的语言和言语这一根本区分。俄国形式主义对文学性的探讨所关注的是陌生化语言的感受性,即陌生化的、个性化的语言性,结构主义关注的是文学语言隐含的不及物性的深层结构。

结构主义起源于瑞士语言学家费尔迪南·德·索绪尔(Ferdinand de

---

① 詹姆逊:《语言的牢笼》,钱佼汝译,百花洲文艺出版社,1997年,第83页。

Saussure），与19世纪的语言学主要关注语言的历史不同，他在20世纪早期采用了一种完全不同的研究角度，选择了一种非历史的、更抽象的方法，而不是通常的历史的、历时性的方法，他关注的是一个更为基本的问题，即语言是如何发挥作用的，从而彻底改变了语言研究的方向。索绪尔的现代语言学把语言现象区分为言语行为和语言系统，它把语言系统作为语言学的研究对象，目的是分析和探讨语言所具有的稳定的结构系统。索绪尔的语言学认为，语言是一个系统、一种体制，一套人际关系上的准则和规范，言语系统是这个语言系统在口语和书写语言中的实际体现。词语与它们所命名的事物之间存在任意的关系，只是因为我们认可声音组合的意义，我们彼此之间才能相互理解，也只有当我们辨认某一事物与其他事物之间存在的差异和不同时，我们才能理解词语的意义，比如car不是cat，就在于我们能够把r和t区分开来，这表明意义存在于人们感知到差异的地方。因此，索绪尔认为，一种语言的言说者可以有无数不同的表达（言语），但所有这些表达都遵循语言系统的规则，即在无限可能的陈述背后存在一个更为有限的发挥作用的规则系统。如果把语言看做一个符号系统，那么语言产生的意义就是所指，所指首先是指语言与现实世界的关系中的任意性，然后是差异的产物，在这个意义上，差异具有关键性的功能，因此，没有差异就没有语言，没有差异就没有意义。反过来，差异所具有的作用意味着，如果没有整个差异系统，意义也是不可能的，而这整个系统就是差异发挥作用的结构。因此，结构是更基本、更深层的存在，尽管意义首先是通过差异产生的，或者至少是通过差异而实现的，但是，意义在更基本的层面上是通过结构产生的，或者说至少是通过结构实现的，意义是由构成语言的符号之间的关系产生的，或者说，至少是由构成一种语言的符号之间的关系所产生的，更宽泛地说，是由共同构成一种特定结构的元素之间的关系产生的。因此，没有结构就没有差异，没有差异就不可能产生意义。

结构主义语言学认为，所有的符号都由一个能指和一个所指构成，能指和所指大致相当于形式与意义，符号就是这二者的统一体。两者与其说是一种实体，还不如说是一种形式。对于所指来说，人们总是要为它找到相应的能指和一套阐释模式，但这并不意味着寻找简单的能指与所指之间的一一对应的关系。语言是一个由能指和所指的关系和对立构成的系统，其成分必须根据形式上而不是意义上的区别加以界定。所以，在结构主义的文学分析中，最重要的关系是二项对立，在研究的各种素材中寻求功能的对立形式。依照二项对立的逻辑，相同类型的事物本身是从对立的一组关系中引出的一种可能的推断，但是，其价值却不能脱离与它相关的、性质对立的对应物。理由是，只有那些使各个成分发挥符号功能的结构才是有意义的结构。结构主义就是力图透过这样一种深层的相互关系，即通过"结构"来考察能指与所指之间的符号关系，即文本或行为之间的内在关系，它不涉及外在的因素，也没有主体的作用。正如斯特龙伯格所指出的，在结构主义那里，"历史是一个没有主体的过程，它的种种形态是由一种'隐蔽的机制'强加给人们的，就像语言迫使我们以某种方式去思考一样。在文学批评领域，结构主义宣布，研究作品不必涉及作者；作者在将词语连缀成文的过程中起了什么作用，并不重要。从历史的角度研究文学的方法，包括研究社会背景和文化语境，让位于某种形式分析"①。外在研究让位于"形式分析"的方法，与俄国形式主义诗学和新批评有某种深刻的相似之处。1960年，列维·施特劳斯（Claude Lévi-Strauss）提出要寻找所有叙事的基本结构的理论构想，包括小说、故事、报告文学、传记以及自传、旅游文学和其他叙事作品；托多罗夫以薄伽丘的中世纪晚期作品《十日谈》来理解一般的叙事结构，他把他的研究叫作《十日谈语法》；罗兰·巴特（Roland Barthes）告诉我们"叙事就是一个长句"，等

---

① 罗兰·斯特龙伯格：《西方现代思想史》，刘北成、赵国新译，中央编译出版社，2005年，第562页。

等，这些理论家都试图为文学表达寻找一种普遍的叙事"语法"，通过这种"语法"揭示人类经验和语言叙事的深层结构，力图揭示所有叙事在深层逻辑上的可能性。

把结构主义理论运用于文学研究，有如形式主义者把他们的研究称为"科学"的诗学，结构主义理论也力图使作为人文科学研究对象的文学"科学化"，也如新批评那样，把富有个性的文学当作一种可以进行分析的"文化产品"①。雅各布森的结构主义诗学认为，对诗歌文本进行任何不带偏见的、专注的、透彻的和全面的描述，分析者便可以看到那些未曾预料的、醒目的匀称和反匀称，那些平衡的结构，那些别具效果的同义形式和鲜明的反差积累，看到诗歌作品中那种隐而不显的秘密。换言之，通过结构主义语言学，可以为透彻地、不带偏见地描述一个文本提供一套规则系统，一种有如数学演算一般严密可靠的规则系统，并且，这套规则系统可以成为我们发现诗学深层结构的一种有效程序。如果我们能够正确运用这套规则系统的话，我们就能够揭示和描述客观存在于文本中的各种结构。在论述雅各布森的结构主义诗学时，乔纳森·卡勒（Jonathan D.Culler）写道："如果我们耐心地遵循语言学分析的程序——一板一眼，不存偏见，那么，我们就能把一个文本的结构和盘托出。这一主张似乎包括两层意思：首先，语言学为透彻的、不带偏见的描述一个文本提供了一套数学演算似的规则系统；其次，这套语言描述的规则系统形成了发现诗学结构的程序，如正确运用，就能把客观存在于文本中的各种结构叙述出来。这些结构将使分析者本人也为之惊讶。"②在《写作的零度》中，罗兰·巴特写道："所有写作都表现出一种与口语不同的封闭的特

---

① Lorihope Lefkovitz, *Creating the World: Structuralism and Semiotics, Contemporary Literary Theory*, G. Douglas Atkins and Laura Morrow ed., Macmillant:The University of Massachusetts Press, 1989, p.63.

② 乔纳森·卡勒：《结构主义诗学》，盛宁译，中国社会科学出版社，1991年，第96页。

性。写作根本不是一种交流的手段,也不是一条仅仅为语言(language)意向的通行而敞开的大路。……写作是一种依赖自身而生存的硬语言,它根本没有这样的负担:把一连串流动的相似物托付给自身的时间的延续,而恰恰相反,它可以通过符号的协调和影响,使人对言语产生深刻的印象,那是先于设计而构成的。写作与言语的对立,是由于前者总'突显'象征性、内倾性以及公开从语言隐秘面而来的特性,而后者只是空洞符号的时间延续,唯有这一延续的运动才具有意义。"① 从这里可以看出,结构主义也如形式主义和新批评一样,主张文学的本质所在就是作品所展示的语言结构本身,它并不指向作品以外的任何东西,我们对文学的理解和解释就是对这种"不及物"的结构本身的理解和解释。

既然文学是一种有其自身特性的"不及物"的存在,那么,结构主义对文学的理解就只能像形式主义和新批评那样,不会关注文学作品再现的内容和表现的意义,只关心作品的结构如何及其怎样发挥作用。因此,与俄国形式主义把文学作为一种程序的艺术,新批评把文学看做一种张力结构一样,结构主义诗学也把文学看做一种程序的发现,并且致力于发现比形式更深层次的结构。罗兰·巴特认为,结构主义是一种活动,是思维活动所构成的井然有序的系列,结构主义不愿意从自己的语言能力中提取一套需要解决的语言事实,而是探讨一种规范的程序以发现语言事实,并在一定过程中揭示出这种语言系统。这是一种"科学的"探讨语言问题的方法。在罗兰·巴特看来,结构主义活动包含着两个典型动作:分割和明确表达。词形的变化、对象的特征都在于它是与同类其他对象面对面地存在于某种类似和不同的关系之中,同一词形的变化中的两个部分彼此之间必须有一些相似的东西,这样才能使它们之间的不同和差异性变得更加明显,因此彼此之间必须有共同的特点和相异的特点。就像画家蒙德里安的《红蓝黄》构图一样,必须在形体上与一般的方块有某些相似,但

---

① 罗兰·巴特:《写作的零度》,伍蠡甫、胡经之主编:《西方文艺理论名著选编》(下卷),北京大学出版社,1987年,第443页。

在比例和色彩上又有某些差异。在对分割的各个部分进行定位之后，结构主义活动接下来必须做的重要工作，就是在其中发现或为它们确立某些联合的原则，而这就是结构主义所说的明确表达的活动，文学或艺术作品的形式和意义便是由这种明确的表达所赋予和造就的，这样，艺术就摆脱了偶然性，获得了稳定的形式性和结构性，由此便形成了某种特殊的风格。因此，人们可以从抽象派艺术作品中看到某种形式性和结构性的东西，有意味的形式和结构，它们与现实有某种相似之处，但作为艺术更有差异之处。显然，这样建构起来的模拟物并不是对外在现存事物的模仿，正是这一特性显示了结构主义的重要性，它显示了客体的新范畴，它既不是理性的，也不是真实的，而是一种功能范畴。结构主义作为一种新的思想方式或者一种"诗学"，并不企求把它所发现的完整意义赋予客体，而是要理解意义是如何可能的，简单地说，就是要发现文学作品和叙事作品自身内在的、隐含的深层结构。

结构主义最重要的工作就是力图通过文学作品的深层结构的剖析，发现隐藏在文本深处的数学般的深层结构。诺斯罗普·弗莱（Northrop Frye）认为，文学是一种模式系统，模式决定文学的一切。在其著名的著作《批评的剖析》的"探索性结论"中，他认为，文学就像数学一样，是一种语言，一种其自身并不代表真理的语言，尽管它能提供表达任何数量的真理手段。"文学与数学之间有一种类似之处［……］我们同样把文学设想成首先是对外部'生活'或'现实'的评注。然而正如在数学中我们必须从三个苹果抽象出'三'，从一块方地抽象出正方形，同样在阅读一部小说时我们也必须从文学反映生活中抽象出文学自足的语言。文学同样也是靠许多假设的可能性才得以运行的，虽然文学同数学一样，是不断地有用的（useful）——这个词意味着同经验的一般领域有一种持续不断的关系——纯粹的文学，一如纯粹的数学，包容着它自身的意义。"[①]文学

---

① 诺斯洛普·弗莱：《批评的剖析》，陈慧、袁宪军、吴伟仁译，百花文艺出版社，1998年，第461—462页。

作品的意义就在于它自身的自律性存在，在于它的"不及物性"，在于它有如数学般的抽象结构，在于它作为文学的纯粹性，这种纯粹性可以说有甚于俄国形式主义的"文学性"，有甚于新批评的文学"内在性"，它类似于数学的精密，类似于方程式的结构。热拉尔·热奈特（Gérard Genette）通过对普鲁斯特《追忆似水年华》的叙事话语分析认为，我们不能把这部作品当作一般的叙事或者小说叙事，或者自传体叙事，或者别的什么等级或类别、种类的例子来看待，《追忆似水年华》的叙事话语的独特性就在于"它本身"，在于它由普遍性的或者至少超越个别的要素构成。"它把这些要素集合成特定的统一体，独特的整体。分析它，不是从一般到个别，而是从个别到一般：从《追忆》这个无与伦比的存在物到我称之为时间倒错、反复、聚焦、赘叙等等的十分普遍的要素、公众使用和日常流通的修辞格和手段。"①所谓"从个别到一般"的分析就是一种抽象，一种普遍性的升华，而所谓文学作品的独特性和自律性就在它本身，这意味着我们对文学作品的理解和解释，不能从外在于文学本身的东西来阐释，而是意味着从个别的和具体的东西抽象出普遍性的东西，这种普遍性的存在相当于俄国形式主义和新批评所推崇的"形式"。热奈特说："形式主义诗学家所谓的诗之言语特有（有时也提到风格效应）的不及物性特征，那是因为诗之言语的意义不能脱离它的表达形式，不可能用其他语言来表达，并因此注定永无休止地在'其形式内获得再生产'。"②在叙事学的分析中，结构主义同样是为了揭示文学叙事下面的深层逻辑。结构主义以语言学为线索，探讨使意义成为可能的条件，力图描绘作为意义的实际载体的结构，以及这些结构中各元素之间的互相关系，而不是理解和解释意义本身，"文学研究中的结构主义可能会研究侦探小说等特定类

---

① 热拉尔·热奈特：《叙事话语 新叙事话语》，王文融译，中国社会科学出版社，1990年，第4页。

② 热拉尔·热奈特：《热奈特论文集》，史忠义译，百花文艺出版社，2001年，第105页。

型的潜在结构；它可能会试图将我们在故事和小说中遇到的乍一看来千差万别的人物减少到总是以固定关系出现的有限数量的角色；或者它可以研究文本（以及电影、历史写作、商业广告和其他利用叙事的文化产品）的叙事方面，以便把作家（或导演）可用的叙事逻辑可能性——叙事策略系统化。"①

由此可见，与形式主义和新批评对文学的理解一样，结构主义诗学同样主张，文学作品中的所谓历史内容、伦理判断和审美价值等是人们强加给文学的，而非文学本身所固有的东西，文学以内在的语言力量为目标，而不是以真善美等外在的任何东西为目标。在强调文学自律性存在以及揭示文学和文学作品的内在机制方面，结构主义走得更远，进行得更深入更彻底。"结构主义的文学批评甚至更深奥更微妙，因为按照结构主义的说法，如果创作是言语构造它自身而没有任何意识介入的话，那么，文学批评就是言语按照已经构成它自身的言语来创造自身的，也就是说，作为一种自我结构的产物的语言又被假定依据于作为一种自我结构的产物的语言，或者说，依据于某种莎士比亚都会称之为空虚的'无'的东西，任何诗人都无法给它们提供一个存在的地方和名字，因为诗人已经被取消了。这样，文学活动就被归结为一个本体论的实体（语言）的自我组织和自我构造，语言变成了存在着的存在物。"②在这里，文学作品的本体论存在便成了一种自我产生和自我构造的语言结构，与外在于作品结构本身的东西无关，与创作作品的作者无关，"诗人已经被取消了"，或者如罗兰·巴特所说"作者之死"。在结构主义者看来，不论是马克思主义、托马斯主义、自由人文主义、新古典主义的批评理论，还是如弗洛伊德和荣格的心理批评，抑或存在主义的批评都是一种决定论的批评观点，这些决定论用关于文学的态度取代真正的文学批评，它们不是从文学内部为批评

---

① Hans Bertens, *Literary Theory: The Basics*, 2nd Edition, New York: Routledge, 2008, p.45.
② 约瑟夫·祁雅理：《二十世纪法国思潮》，吴永泉等译，商务印书馆，1987年，第180页。

寻找概念框架,而是将批评附加到文学本身外的混杂框架中。结构主义者认为,批评的公理和基本原理不是从外部强加给它的,应该从它所论及的文学作品自身中产生,而不是从外在于文学本身的东西中获得的。结构主义诗学也把自己称为一种文学解释方式。"很明显,只要我们关注文学作品的某些方面和文学的某些特性,结构主义,甚至结构主义诗学也提供了一种文学理论和一种解释模式。为了理解我们怎样弄清楚一个文本如何,导致人们认为文学不是一种再现或交流,而是把它作为符合和抵制意义生产的一系列形式。"①结构主义理论或结构主义诗学的这种解释模式,不是把文学视为一种"再现"或"交流",这种观点与诠释学意义理解理论有着根本性的不同。很明显,我们要关注文学作品的某些方面和文学的某些特性,结构主义,甚至结构主义诗学也提供了一种文学理论和一种文学理解模式。正如斯特罗克评论:"巴特给我们提供的教训之一,是我们无权把语言当成我们自己的语言,因为语言本身是一个系统,我们一旦进入到这个系统,就必须放弃自己的绝大部分个性。任何人在说和写的过程中,都会变成一只塞满文字的'硕大的空信封'。对巴特来说,他在这封信上也只不过是写下了自己的名字而已。"②

综上所述,在俄国形式主义那里,文学作品的本体论存在是"文学性",在新批评那里,文学作品的本体论存在就是"内在性",或者韦勒克等人所说的"理想观念的标准的体系",在结构主义这里,文学作品的本体论存在是"语言的自我组织和自我构造"的"结构",我们可以粗略地把这三种文学理解称为"形式结构论"的本体论理解。这些理解的重心在于关注文学作品的语言,并集中分析文学作品自身的形式和结构,突出文学作品的自律性的本体论存在,拒绝一切外在于文学本身的理解。应当

---

① Jonathan Culler, *Structuralist Poetics: Structuralism, Linguistics, and the Study of Literature*, Ithaca: Cornell University press, 1975, pp.301-302.

② 约翰·斯特罗克编:《结构主义以来:从列维·斯特劳斯到德里达》,渠东等译,辽宁教育出版社,1998年,第80页。

说，作为20世纪曾经占有主流地位的文学研究流派，虽然后来遭受到来自各方面的批判，但无疑有其产生和形成的历史和理论合理性。

从本书的主题来说，在某种程度上，这些自律性的文学本体论观点与文学诠释学所尊重的作品自律性，尤其是在反对作者意图论上具有相通之处。正如大卫·霍伊在谈到文学诠释学与结构主义的异同时所指出："应该指出，诠释学理论与结构主义理论有许多一致的地方，尤其表现在针对文学理论的方法论假设这个层面。两者都对解释的客观性提出了彻底的批判，它们都强调批评家赋予文本的语境意义，意义不是单纯地来自于文本。两者还摒弃了那种心理学模式，即认为文本的意义严格说来不是由主体的意图——作者决定的观点。最后，两者都拒绝限制性的哲学方法论，这种方法把文学史的任务仅仅限制在重现文本的原始视界，以及按照原本被阅读的方式去阅读文本的做法。"[①]在此基础上，还应该指出它们之间一个重要的相似之处，哲学诠释学同样强调文学作品是一种自律存在，但是，哲学诠释学没有把文学作品视为一种"不及物"的自我封闭系统，把文学作品视为一种纯粹的审美形式抽象，而是把文学艺术作品理解为一种在理解事件中表现意义和真理的形式，一种有待于在理解事件中产生和建构文学作品意义世界的本体论形式。

在这里，还值得强调的一点是，本章花费不小的篇幅讨论俄国主义诗学、新批评理论和结构主义对文学作品本体论的理解，理由在于，虽然哲学诠释学强调文学作品的自律性存在，但这只是诠释学讨论文学作品真理经验的出发点，而对于文学作品本身的自律性存在的具体问题却缺乏深入细致的探讨，与形式结构论强调文学作品的"形式"和"结构"不同，诠释学突出的是作品的"内容"向人们表达的东西，反对抽象的、纯粹的"审美意识"，伽达默尔说："审美意识甚至不能把握文学艺术的本质真理。因为文学艺术与所有其他文本一样都有这样一个事实，即它在内容的

---

① David C. Hoy, *The Critical Circle: Literature, History, and Philosophical Hermeneutics*, California: University of California Press, 1982, p.144.

重要性方面向我们言说。我们的理解并不特别关注它作为艺术作品的形式成就,而是关注它对我们说了些什么。"①因此,在某种非常重要的意义上,由于诠释学,特别是本体论诠释学不重视甚至有意忽视作品的结构和形式的分析,形式结构论的文学本体论理解在某些方面便成了文学诠释学的一种重要补充。

第二节 诠释学与文学的自律性与真理性

人们往往强调哲学诠释学的创造性接受和理解问题,而不怎么重视诠释学关于文学作品本身的存在方式以及文学语言的表现性问题,实际上,这两个方面构成了哲学诠释学对文学理解的重要维度。哲学诠释学关于文学作品的理解,既重视其自律性的存在,同时强调文学语言的表现性。以往的许多文学理论对文学作品的自律性结构问题进行了多层次的分析和探讨,大致说来,这些对文学作品结构的理解,可以概括为文学语言—形式结构和文学作品—意义表现结构两个层面的探讨,第一节讨论的形式结构论本体论探讨的是文学作品的语言—形式结构,而忽视了或者有意忽视了对文学作品的语言—意义表现结构的探讨,对文学作品意义的探讨是传统文学理论和批评的重要内容,不过,很少从文学作品语言的自律性角度来理解其表现性。哲学诠释学关于文学作品结构的理解无疑具有这样两个基本的层面,但与这些理论有所不同,哲学诠释学对文学语言的理解没有把这两个方面截然分离开来,而是始终把文学语言自律性与自身表现性、文学作品的自律性与文学的真理性视为不可分离的维度,理解文学作品的结构和文学作品的本体论存在方式问题。可以说,在文学作品形式结构的细致分析上,哲学诠释学确实远不如本章论述的文学作品的形式结构理论,但是,它以不同的理解方式提出了一种文学作品的自律性和表现性的诠释

---

① Hans-Georg Gadamer, *Truth and Method*, London: Continuum Publishing Group, 2004, p.155.

学结构，从而使它区别于以往的文学作品结构论和本体论。正是在这个意义上，哲学诠释学对文学作品自律性结构的理解真正属于诠释学意义上的探讨。

一、诠释学与文学作品语言的自律性与表现性

伽达默尔的名言"能够被理解的存在是语言"使语言进入哲学诠释学所有理解问题的核心。由于文学作品是最杰出的语言的艺术，文学语言的理解便成为文学诠释学的首要问题。哲学诠释学承认，文学艺术作品具有自身独特的存在方式，它肯定文学艺术作品具有自身的自律性特征，但是，显然不是像传统的作者意图论以及形式主义、新批评和结构主义那样通过作者的创作意图和文本的形式结构来理解文学作品的本体论存在方式。对于作者意图论，哲学诠释学持明显的拒绝态度；对于后者，哲学诠释学则认为它们除了表现了一种科学的实证主义的可贵精神之外，对文学艺术作品没有说出更多的东西。由于哲学诠释学把语言问题作为人类经验的中心问题，而文学作品从根本上说又是语言性的存在，同时哲学诠释学也认为文学语言总是具有表现性的语言，不仅仅是形式结构层面的语言性存在，而且同时也具有自律性和表现性，是这两者的有机统一。正如有论者指出："语言既是诠释学经验的中介，也是诠释学经验的对象。"[1]这充分说明，语言的问题在哲学诠释学中具有的核心地位，它不仅关系到我们对诠释学经验的理解，而且关系到我们对作为经验对象的文学作品的理解。

我们首先从文学作品的语言来阐发哲学诠释学关于作品自律性的理解。第一章的论述已经表明了哲学诠释学的语言观，语言并不是某种可以任意使用的工具，而是我们在世存在的基本活动，我们就生活在语言之中。"语言并不是意识借以同世界打交道的一种工具，它并不是与符号

---

[1] Lawrence K. Schmidt, *Understanding Hermeneutics*, Durham:Acumen Publishing Limited, 2010, p.119.

和工具——这两者无疑也是人所特有的——并列的第三种器械。语言根本不是一种器械或一种工具。因为工具的本性就在于我们能掌握对它的使用,这就是说,当我们要用它时可以把它拿出来,一旦完成它的使命又可以把它放在一边。但这和我们使用语言的词汇大不一样,虽说我们也是把已到了嘴边的词讲出来,一旦用过之后又把它们放回到由我们支配的储备之中。这种类比是错误的,因为我们永远不可能发现自己是与世界相对的意识,并在一种仿佛是没有语言的状况中拿起理解的工具。毋宁说,在所有关于自我的知识和关于外界的知识中,我们总是早已被我们自己的语言包围。我们用学习讲话的方式长大成人,认识人类并最终认识我们自己。学着说话并不是指学着使用一种早已存在的工具去标明一个我们早已在某种程度上有所熟悉的世界;而只是指获得对世界本身的熟悉和了解,了解世界是如何同我们交往的。"[1]语言不是外在于我们的生活的工具,它本身就是我们的一种生存方式,语言始终伴随着我们,我们也总是伴随着语言,语言就是我们经验世界的一种基本方式,没有语言我们无法与世界打交道,没有语言我们无法与人交流,没有语言我们不能书写、阅读和理解,没有语言我们不能够真正成长为人,甚至没有语言我们就不能理解我们自身。因此,哲学诠释学认为,绝不能把语言理解为某种工具性的东西,语言既表达世界也表现我们自身,我们就是语言性的存在。

既然语言在我们整个人类经验中具有如此重要的地位,那么,文学作品的语言更不是一种工具或装备,也不是某种工具性的东西,文学的语言以及用语言创作的想象性文学作品当然具有其独特性,它以独特的语言方式叙说和表达人类的经验世界的特殊品格,表现人类的独特审美经验。文学作品的语言并不是要描述或证实已经存在的某种事实性的东西,或者试图通过某种更进一步的经验证实已然存在的某种外在的事物。在这一点上,哲学诠释学对文学语言的理解与形式结构论的理解有重要相似之处。

---

[1] 伽达默尔:《哲学解释学》,夏镇平、宋建平译,上海译文出版社,1994年,第62页。

伽达默尔认为，真正的文学的语言是以一种独一无二的方式来表现的。在《论诗歌对真理探索的贡献》中，伽达默尔描述了诗歌词语与其他两种自律性文本——宗教文本和法律文本的关系。宗教文本是"适合被书写下来的"文本，是预设了双方有限性的一种具有束缚性的语词文本，是某种像誓言一样的东西；法律文本则受它所记录下来的东西的约束，法律文本只有依靠它的宣告才有效，并且法律必须被颁布出来。与这两种文本相比，诗歌文本是一种"陈述"，它能够在语言中完满地实现自身，我们在作为语言的现实性中接受诗歌文本的时候，并不需要在它言说的东西之外添加任何东西，我们所理解的就是诗歌语言自身表达的内容。因此，诗歌语言是一种自律性的语言，诗歌语言的陈述并不指向语言自身之外的事物，它也不证实什么已有的东西，而就是诗歌语言的陈述自身所言说的东西。在《文本与解释》中，伽达默尔以同样的方式表达了文学语言的这种自律性特征，他认为，文学文本是一种最高程度的文本。"'文学'一词获得了非常积极的价值，以至于属于文学范畴的东西具有特殊的出众之处，这绝不是偶然的。这种文本不仅仅是将话语变成固定的形式；不，文学文本本身就有其真实性。当我们审视普通话语的基本性质时，我们发现，构成它的是听者既需要从头到尾地遵循它，同时也需要专注于话语正在传达给他或她的东西。但在文学中，我们发现语言本身就是以一种非常特殊的方式出现的。"[1]文学语言本身的这种特殊表现方式就是文学语言的"自律性"，"正是在文学文本中词语获得其充分的自我在场"[2]。也就是说，真正的文学作品语言并不是指称外在于其自身的东西的，毋宁说，文学作品的语言是一种具有自身表现性的存在，文学作品的语言是一种自律性的语言，因此，我们不能从外在于语言自身的东西来理解和解释它，而必须从文学作品语言的自身存在、自我在场本身来理解。

---

① Hans-Georg Gadamer, *The Gadamer Reader: A Bouquet of the Later Writings*, Illinois: Northwestern University Press, 2007, p.181.

② Ibid., p.182.

因此，哲学诠释学认为，真正的文学语言是一种自己见证自身、自我表现自身的语言，也就是说，文学语言是不依靠外在事物的反映和再现来思想的，而是在语言的自身陈述中自我实现的，我们不要指望在文学语言自身之外寻找它的所指物。在《论诗歌对真理探索的贡献》中，伽达默尔写道："诗的陈述是这样一种陈述，即它如此完满地说出了它所是的东西，诗人的词语在它实现自身这个意义上是自律性的。因此，诗歌的词语就是一种陈述，因为它见证自身，并且不承认可能证实它的任何东西。在其他情况下，例如，在法律的法庭里，我们可能希望检验一种陈述以确定证人、被告或其他任何人是否在说真话。很显然这与诗歌的语词并不相符。"①按照这种诗歌语言自律性的看法，例如，我们阅读和理解王维《山居秋暝》这首诗："空山新雨后，天气晚来秋。明月松间照，清泉石上流。竹喧归浣女，莲动下渔舟。随意春芳歇，王孙自可留。"我们既不能从作者的意图来理解这首诗，分析和探究这个作品是作者在一种什么心境下创作的，我们也不能根据一些外在的历史事实和客观事物考察它表现的是不是实际存在的东西，诗歌词语表达了什么并不重要，重要的是诗歌语言在表达，在言说，这首诗的存在首先就在其语词自身。依照这种观点，王维的《山居秋暝》所表现的意义就在于诗歌词语本身的表现，诗歌中的所有词语都只能根据词语本身的自我在场来理解，因为这些词语本身见证着诗歌自身，我们理解这首诗就是理解它是如何见证自身的，诗歌语言自身所传达的审美经验，我们从这首诗中所经验的东西必须由这首诗所表达的东西来确证，而不是根据任何外在于这首诗的内容来印证我们的经验。

哲学诠释学把诗歌文本作为文学语言自律性的范本，因此，它对文学语言自律性的探究主要是集中于诗歌语言的自律性，伽达默尔有时也对诗歌文本与文学文本不做明显的区分，因此，我们可以把他对诗歌语言自

---

① Hans-Georg Gadamer, *The Relevance of Beautiful and Other Essays*, edited., Robert Bernasconi, London: Cambridge University Press, 1986, p.110.

律性的探讨视为文学作品语言自律性探讨的，而不仅仅局限于诗歌语言的问题。

对文学语言有各种不同的理解，最典型的理解就是伽达默尔批评的把语言视为一种工具或装备的理解，本章探讨和论述的文学语言是一种自律性存在，这是20世纪文学语言理解的重要理论。大凡有些文学常识和文学经验的人，或者真正从文学角度理解文学语言的人大概都不会否认，真正的文学作品的语言经由艺术创作已经是一种不同于日常生活语言的语言，它在作家的创造性中，在作品的表现中已经被转化为一种想象性和个性化的文学语言，用本章探讨的文学语言论来表达，就是文学作品的语言获得了某种自律性特征。这一点为本章前面论述的文学本体论理解所证明。即使是像小说这样大量地描写或"反映"社会现实生活的作品，其语言也在文学作品中获得了特殊的自身规定性，而远不是日常生活中的普通语言在文学作品中的移植。例如，当代著名作家王蒙的"季节"（《恋爱的季节》《失态的季节》《踌躇的季节》《狂欢的季节》）[①]系列中，可以说，所有的叙事语言都充满着某种政治意识形态性，甚至意识形态的政治话语在小说的叙事语言中占有非常显著的地位，仿佛是社会生活和特定时代中的流行日常语言的直接移植。即使是描写风景、谈论爱情，甚至是描写人的感性物质的身体时，这个小说系列也浸染着、渗透着、弥漫着政治意识形态的话语。但是，这种来自于经验世界的语言在创作中经过作者的重新组合和拼贴，已经打破了原有的经验世界语言的秩序，本来属于日常经验世界的语言具有了一种新的张力结构，从而使经验世界的语言模式和小说叙事语言之间发生了某种"断裂"或者说新变，用俄国形式主义诗学的概念来表达就是已经"陌生化"了。正是这两种语言之间的"断裂"及其构成的张力结构，在某种程度上消解了原有日常语言模式的含义，同

---

① 这里所指的王蒙"季节系列"《恋爱的季节》（1995）、《失态的季节》（1996）、《踌躇的季节》（1997）、《狂欢的季节》（2000），均由人民文学出版社出版。

时又赋予了这种语言以一种新的内涵。这种新内涵是经验世界中的语言所不具有的，是经过了作者的经验自我和想象性理性"过滤"，而且在想象世界中"升华"了的语言形式，用新批评的理论术语来说，它具有了"文学性"。可以说，王蒙的长篇"季节"系列，正是通过文学想象和自我经验意识，把本属于日常经验世界的模式化甚至概念化的"语言"转换成为一种富有个性的小说"言语"，赋予了经验世界的语言以小说语言的特性，从而在小说的叙事中融合了作为历史存在的经验世界和作为文学存在的想象世界。因此，王蒙的小说世界无论怎样的充满着某种政治意识形态的话语类型，其中又渗透着多少意识形态情结，它们仍然是想象性的小说世界，其语言仍然是文学语言，具有某种文学语言上的"自律性"。

由此，对于把文学作品的语言视为一种自律性存在的诠释学来说，显然对文学诠释学具有极为重要的意义，它提醒文学理论家和文学批评家在文学的理解中应该关注文学语言的自身属性。正如伽达默尔在《论诗歌对真理探索的贡献》中写道："就语言不必通过任何其自身以外的任何东西来完成自身这个意义上讲，这种语言是诗意的。也就是说，它不必寻求事实的确证或更进一步的经验来证实。它自己实现自身。这种自我实现意味着我们并不指向更进一步的任何东西。因此，诗歌语言是作为揭示所有语言成就的最高实现而突显出来的。正因为这个原因，在我看来，那种把诗的语词简单地解释为附加到日常语言中的情感因素和意指因素的结合的美学理论完全是一种误导。"[①]在哲学诠释学看来，只有充分意识到文学语言的自律性特征，我们才能更恰当地理解文学作品本身的特殊性存在，才不会在文学语言与日常语言之间、在文学叙事与日常事件之间寻找某种对应物，从而能够避免各种庸俗社会学和实证主义的迷雾。从这里可以看出，在坚持文学作品语言的自律性上，哲学诠释学与俄国形式主义、新批评和结构主义对文学语言的自律性的理解有着某种共同的理论立场。

---

① Hans-Georg Gadamer, *The Relevance of Beautiful and Other Essays*, edited., Robert Bernasconi, London: Cambridge University Press, 1986, pp.111-112.

如果哲学诠释学对文学语言的理解到此为止，便与形式主义、新批评和结构主义对文学语言自律性的理解没有太多的区别，它也必然会导致只注意语言本身的形式和结构等问题。哲学诠释学对文学语言自律性的理解与形式结构论对文学语言的理解之间有着非常重要的区别，即哲学诠释学在坚持文学语言的"自我在场"的自律性的同时，坚持文学作品语言自身具有自我表现性，文学作品语言在陈述，在言说，用伽达默尔的话说文学语言"实现自身""自我在场"。

哲学诠释学所指的文学作品语言的自律性与语言的表现性的统一究竟是什么意思？我们可以从如下几个方面来理解。首先，哲学诠释学认为，文学语言是一种自律性的语言，但文学语言的自律性与其表现性是融合在一起的，正因为这一点，它不像形式结构论那样否定文学的真理性，而是承认文学语言能够揭示某种属于文学真理的东西。哲学诠释学强调，艺术语言的自律性就是为了揭示艺术语言所具有的自身表现性，强调这一点，不仅使它与形式主义和结构主义的美学观点不同，也与传统文学理论所主张的从作者意图和文学反映去追寻作品的意义不同。哲学诠释学认为，真正的文学作品的语言本身就具有真理的表现性。伽达默尔写道："对我来说似乎无可争议的是，诗歌语言享有一种与真理的特殊的独一无二的关系。……语言的艺术不仅仅决定诗歌的成败与否，而且决定它对真理的要求。"①在这里，伽达默尔把诗歌语言的自律性与诗歌语言的表现性和真理性结合起来进行理解，很显然不同于形式结构论所认为的文学语言的"不及物性"，也不是作者意图论或重构论所认为的通过文学作品的语言重构作者的意图或心理体验，而是从人类经验的语言性的绝对性及其表现性来理解文学语言的特征。

我们看到，形式结构论毫无疑问地坚持了文学语言的自律性，但是，它否定语言的真理表现性，作者意图论和文学反映论坚持了语言的真理

---

① Hans-Georg Gadamer, *The Relevance of Beautiful and Other Essays*, edited., Robert Bernasconi, London: Cambridge University Press, 1986, p.105.

表现性，但是，它没有看到文学语言自身表现的自律性，没有看到这种真理是通过语言自律性自我表现出来的。哲学诠释学力图把文学语言的自律性与真理表现性结合起来，从文学作品语言的自身存在中揭示文学语言的表现性和真理性，这样，便在以往被人们称为的作为文学作品表层结构的语言与文学语言所具有的审美意蕴的文学语言之间建立了某种内在的逻辑中介。当然，结构主义诗学也解释了文学语言的深层结构，但是它并不认为文学语言表现真理。哲学诠释学从文学语言与真理表现性的逻辑中介来理解文学作品自身的问题，便能够做到，一方面坚持文学语言的自身特性，同时又坚持文学作品意义世界的丰富性。在《创作与解释》中，伽达默尔写道："那种认为任何事物都指向某种可辨认的意义或概念的期待感是令人绝望的。文本富有诗意地唤起寓言的纯粹外观，并且开启一个模糊性的领域。"[1]显然，这种文学语言的表现性质，不仅仅存在于诗歌作品中，也存在于小说这样的文学文本中。实际上，伽达默尔在《词语的真理》一文中对卡夫卡小说作品的理解便表明了这一点。他认为，卡夫卡作品中那种无可比拟的孤立、冷静、清新的方式成功地构成了日常用语。"我们可以正确地说，不仅卡夫卡的情况是如此，叙事的虚拟现实主义特别激励了它，而且作为整体的诗意词语也是如此，它具有'绝对'隐喻（Allemann）的特征，也就是说，它与日常语言形成对比。"[2]构成其作品诗意世界的不仅仅是我们明显熟悉的日常生活世界，而且还有与这种熟悉性相伴随的某种陌生的神秘感，而这种神秘感、这种模糊性又使文学语言并不停留于语言本身，而是在这种自律性语言中蕴含某种更深、更远的东西，即文学语言超出了自身的能指从而指向了某些别的东西。大概这就是中国诗论所说的"言尽而旨远"吧。因此，说文学语言是一种自律性语

---

[1] Hans-Georg Gadamer, *The Relevance of Beautiful and Other Essays*, edited., Robert Bernasconi, London: Cambridge University Press, 1986, p.71.

[2] Hans-Georg Gadamer, *The Gadamer Reader: A Bouquet of the Later Writings*, Illinois: Northwestern University Press, 2007, p.151.

言,并不意味着像形式结构论所认为的那样文学语言是"不及物的",恰恰相反,文学语言总是以其语言自身的表现性开启一个复杂多维的意义世界。

其次,与形式结构论认为文学语言与人类经验之间没有特别的关系不同,哲学诠释学的文学语言理解认为,既然文学语言是一种富有表现性和真理性的语言,那么,这种文学语言的自律性也就不可能与人类的经验世界和世界经验没有关系,也就是说,我们强调文学语言的自律性,并不意味着要否定文学语言所具有的人类经验维度,相反,是要通过文学语言更深刻地理解它与人类经验之间的内在联系。

我们不能从工具论角度来理解文学语言,文学语言不是一种工具,也不是一种纯粹的"诗艺",一种技巧,熟练掌握语法规则的人未必能够创作出优秀的文学作品,把句子排成行并不就是真正的诗,不是为了表达作者的体验和意图,同样也不是为了简单地再现或模仿外在世界的事实。这些事情并不一定需要文学作品来做。文学语言就是要以一种特殊的独一无二的方式表达其他语言无法表达的人类经验世界,在文学语言中,人类经验被转化成了一种想象性的、诗意化的审美经验,因此,文学的语言以自身存在的特殊方式向读者、理解者讲述某种更深刻的人类自身的经验。在《美学与诠释学》中,伽达默尔写道:"不管怎样,艺术品并非仅仅作为过去的残余物向历史研究者讲话,也不仅仅像使某些东西得以永恒保存的历史文件那样讲话。我们这儿所谓的艺术语言(艺术作品由于这些语言被保存并流传下来),就是艺术作品自己说话的语言,而不管这种艺术品本质上是语言的还是非语言的。艺术品也对历史学家述说某些东西。艺术品对每个人讲话时都好像是特别为他而讲,好像是当下的、同时代的东西。因此,我们的任务就是去理解它所说的意义,并使这种意义对我们和他人都清楚明白。因此,甚至非语言的艺术品也处在解释学任务的领域之中。

它必须被组合进每一个人的自我理解之中。"①通过文学作品语言自身的讲述,文学作品的语言便以其特殊存在方式把它与人类经验联系起来,文学语言的自律性便与人类经验的真理性内在地联系在了一起,从而超越了文学语言的单纯自律性理解。

可以说,哲学诠释学在自律性和真理性的审美中介中理解文学作品的语言问题,体现了一种不同于其他理论所理解的文学作品自律性和真理性观点。文学语言的自律性决定了文学作品本身的自律性,文学的艺术作品并不是现实社会生活中的某种事物的单纯摹写和反映,也不是作者意图和体验的表现,通过文学语言追踪或重构作者的意图或心理体验来理解艺术作品忽视了语言自身言说的表现性,试图用某种实证主义方法来印证文学语言所指向的事实性存在,也必然会远离真正的文学解释。伽达默尔在《论诗歌对真理探索的贡献》中说:"当我们阅读一首诗时,它从不让我们想到去询问是谁要向我们说些什么,或为什么要说,我们在这里完全被引向词语,就好像它自身站立在那儿。我们并不是某种交流形式的接受者,这种形式可以通过这个或那个人通达我们。诗歌并不是像一件物一样站立在我们面前,某人用这个物告知我们某些事情。诗歌就站立在那儿,既独立于读者,也独立于诗人。词语与所有的意图相分离,它就是自我实现。"②因此,诗歌的词语、文学作品的语言,并不要证实某种东西,无论作品之外的事实性存在,还是作者创作时的内在动机或意图。例如,读者并不需要确证陀思妥耶夫斯基的《卡拉马佐夫兄弟》中斯默德雅可夫跌倒的楼梯是不是某个真实的楼梯,这个楼梯在哪里;人们也不需要根据曹雪芹的创作意图来理解《红楼梦》,确证《红楼梦》的大观园究竟在哪里,其中的人物是不是指清代历史中某些确实存在过的人。在哲学诠释学

---

① 伽达默尔:《哲学解释学》,夏镇平、宋建平译,上海译文出版社,1994年,第101页。

② Hans-Georg Gadamer, *The Relevance of Beautiful and Other Essays*, edited., Robert Bernasconi, London: Cambridge University Press, 1986, p.107.

看来，无论是阅读《卡拉马佐夫兄弟》，还是理解《红楼梦》，我们所面对的都是以其语言的自身表现性所创造的经验世界和意义空间，而不是作品语言及其所指事物或表达意图的符合性真实。"符合论"的真理理解不适合文学的理解，不管是从作者创作意图还是从作品指向的外在存在物来证明文学传达的意义和表现的真理，都没有真正从自律性存在理解文学的语言性和真理性。

由此可见，哲学诠释学所理解的文学作品语言是一种自律性的语言，文学作品的语言是在自身表达中自我实现的，它以其自身的完满性表现一个充满意义的世界，诠释学理解的文学语言远不止是形式主义、英美新批评和结构主义所认为的那样是一种不及物的、客观的甚至"科学"的语言形式结构，也不是传统文学理论所认为的语言是反映或再现外在客观世界的手段，或者表现作者意图和内心体验的媒介，而是以自身的语言自律性蕴含和揭示具有丰富意味的意义世界以及讲述着与人类经验有关的审美经验。

二、诠释学与文学作品的自律性与真理性

哲学诠释学所理解的真理，并不是传统意义上的"符合论"真理，即不是主观认识与客观对象相一致的真理，而是一种人文科学的"理解的真理"，而就文学艺术作品的理解来说，它所理解的真理是一种文学审美经验的真理。哲学诠释学坚持文学作品的自律性，同时也坚持认为文学艺术作品能够表达真理，我们在文学作品中获得的经验既是审美的，也是真理性的。我们已经论述过，在坚持文学作品自身的自律性存在问题上，哲学诠释学与前面所论述的形式结构论有相似的理论立场，其根本区别在于，哲学诠释学所理解的文学作品并不单纯是一种形式结构的本体论自律性，而是一种以自身的自律性存在表现真理的特殊表现形式。如果依照传统的文学理论把形式结构论所理解的文学语言的自律性与表现性视为一种"表层结构"的分析，那么，我们便可以把哲学诠释学对文学作品之真理维度

的理解视为一种对文学作品"深层结构"的探讨。

众所周知,在《真理与方法》中,伽达默尔对历史和语言问题的思考以及关于人文科学真理问题的探讨,是从艺术经验的认识问题和真理问题出发的,他认为,包括文学艺术在内的人文科学的真理都是一种"理解的真理"或"经验的真理",而不是传统意义上的主观与客观相一致的"符合论真理"。詹姆斯·里瑟尔(James Risser)说:"《真理与方法》的第一部分关注的是艺术中的真理问题,伽达默尔首先从一种历史的角度阐述了艺术的概念,并以此表明,艺术的概念是如何通过审美意识所导致的审美区分而逐渐得到理解的。"[1]在《真理与方法》出版后的一系列论文中,这一问题得到了进一步的发展和完善。正如罗伯特·柏纳斯柯尼在《美的相关性及其他论文》一书的"编者导言"中所说:"在某种程度上,伽达默尔在《真理与方法》中对艺术的论述很明显是单方面的,因为他运用艺术的例子是为了获得一种更普遍的意义。《美的相关性》一书所收集的论文只有一篇不是在《真理与方法》之后写成的,在这本文集中,我们看到他扩展和重新界定了《真理与方法》一书的概念。例如,在《艺术的游戏》一文中,他试图对我们实际的艺术作品的经验进行描述,认为这种描述可以证明,艺术作品经验比审美判断的逻辑分析更具有启发意义。他更关注我们实际的审美经验,而不是去思考这种经验是什么。正如《真理与方法》更关注人文科学中所发生的事情而不是人文科学研究者实际所做的事情一样。艺术真理的问题是一个尤其显著的问题。但是,也出现了一个新的问题,在《真理与方法》中并没有得到充分的展开,尽管这一问题在《真理与方法》中具有根本意义。"[2]我们看到,特别是在关于文学作品的真理问题上,尽管《真理与方法》有所涉及,但并未对文学审

---

[1] 詹姆斯·里瑟尔:《诠释学与他者的声音:重读伽达默尔的哲学诠释学》,李建盛译,北京大学出版社,2021年,第195页。

[2] Robert Bernasconi, Introduction to *The Relevance of Beautiful and Other Essays*, edited., Robert Bernasconi, London: Cambridge University Press ,1986, p.xii.

美经验的真理问题做深入的阐发。在这里，我们结合《真理与方法》之外的其他有关论述，阐述哲学诠释学所主张的文学作品的自律性与真理性问题。我们这里要探讨的问题是，倘若文学作品以一种自身存在的自律性方式表现意义和真理，这种真理究竟是如何表现的？换言之，哲学诠释学如何既坚持文学作品的自律性存在，又坚持文学作品的真理表达？

　　首先，哲学诠释学认为，文学在作品的自律性中体现了一种秩序的创造。这种观点认为，艺术表现真理的看法有其久远的历史，我们可以从艺术表现真理的历史概念中得到有益的诠释学启示。我们必须把传统文本的理解置于历史的诠释学情境中，并且与历史传统进行对话，同样，对文学艺术真理的思考，也必须从历史的美学和文学理论的重新理解出发。伽达默尔从诠释学角度对传统美学和艺术理论的一些重要概念进行了新的理解和阐发，在艺术如何表现真理这个问题上，他选择了西方文艺理论史中的源头性范畴"模仿"（imitation）。通过对艺术模仿论的重新阐释，他试图表明文学艺术并不是一种单纯的镜子式的模仿和移植，文学艺术中的所谓"模仿"和"再现"必然是一种创造性的转换，是一种秩序的创造。他认为，这个理论在诠释学的理解中并没有过时，通过新的理解可以发现它包含着非常重要的诠释学含义。哲学诠释学提出的问题是，假如我们把文学艺术看做一种模仿和再现，它究竟是一种怎样的模仿和再现？作为模仿和再现的文学艺术如何表现意义和真理？这种理解与传统的意义和真理理解有何根本的不同？

　　当然，对于这一问题的不同理解，必然会导致对文学经验和理解中的认识和真理问题的不同看法。伽达默尔认为，亚里士多德的"写诗这种活动比写历史更富于哲学意味"的思想，揭示了文学艺术真理的一个非常重要的方面，诗能够告诉人们在人类活动和经验中看到某种普遍性的东西，因为诗的独特表现方式使它具有的普遍性比历史更富有真理性，传统理论认为，探讨这种普遍性的东西是哲学的任务，但亚里士多德告诉我们这其实也是文学和艺术的任务。如果正确地来理解，模仿就不是对已然存在的外在社会生活和外在事物的一种机械的、简单的再现和仿造，模仿就总是文学家和艺术家对事物的模仿，在这种模仿中，包含了作者和艺术家的此在经验性和艺术的创造性，因此，伽达默尔认为，模仿实际上是一种"转化"，文学艺术中的模仿已经对所模仿的事物进行了一种创造性改造，一种变形，因此，艺术作品中模仿的东西已经不再是原来的东西。在《戏剧的节日特征》中，伽达默尔写道："我们应该清楚'模仿'这个词在这里所隐含的陷阱。因为古代意义上的模仿和模仿表现的现代形式，与我们通常所理解的模仿是十分不同的。所有真正的模仿都是一种转换（transformation），而不只是对已经存在的某种东西的再现。它是一种已经被转换了的现实，在这里，这种转换反过来又指向被转换的东西，因此，模仿是一种已经被转换了的现实，而不是被模仿的现实，因为它把我们以前从未见到过的现实集中化并呈现在我们的面前。每一种模仿都是一种探索，一种极端的集中化（intensification）。"[①]任何模仿都是模仿者的模仿，既然一切模仿都经过了模仿者的改造，那就不可能是与被模仿的东西完全一样。我们也可以从海德格尔和伽达默尔谈到理解时所说的，理解是把"某物作为某物"的理解来类比这种模仿，即模仿总是把某物作为某物来模仿。从这个意义上讲，文学作品是作家的创造性产物，是一种表现的探索和集中化，因此，出现在作品中的所有东西都经过了某种创造性的转化，表现在文学作品中的被转化了的东西便不可能是现实世界原本存在的东西，而是已经在转化中成了属于文学作品的东西，它获得了自身的存在，获得了自律性的存在。

文学作品之所以是一种真理的特殊表现形式，并不在于它真实地模仿或客观地反映了已然存在的事物或现实生活，而是通过创造性的转换，展示了人类世界经验的一种新维度，一种人的此在性和历史性的经验和认识，为人类的精神生活提供了一个新的意义维度，一种使人类生活成其为

---

① Hans-Georg Gadamer, *The Relevance of Beautiful and Other Essays*, edited., Robert Bernasconi, London: Cambridge University Press, 1986, p.64.

生活的真理经验。在这个意义上来理解模仿和再现这个传统美学和艺术概念，就不会把文学艺术的审美经验简单地视为一种机械的模仿或客观的反映，庸俗社会学和实证主义的文学理论之所以把文学理解视为社会生活的机械模仿或科学式的证实，就是因为忽视了文学作品是一种创造性的转化和审美经验真理的创造性表达。

哲学诠释学从艺术审美真理的角度对"模仿"等传统概念所做的新理解，实际上超越了简单的审美认识论，拓展了审美真理的维度。"假如我们必须提出一个可以包括我们开头所提到的那些范畴——表现、模仿和象征——的普遍的美学范畴的话，我会采用在原初意义上作为秩序的表现的'模仿'概念。模仿作为对秩序的证明，它现在似乎与过去一样有效，只要每一个艺术作品，即使在我们这个被批量生产的不断标准化的世界中，依然证实那种使我们的生活成其为生活的精神的秩序化力量。艺术作品为人类存在的普遍性质提供了一种完美的典范——建造一个世界的永无终结的过程。在这个世界之中，所有熟悉的事物都在消解，而艺术作品作为一种秩序的承诺却耸立着。也许，我们保存和坚持的能力，支撑人类文化的能力，反过来依赖这样一个事实，即我们必须总是重新秩序化那些威胁着要在我们面前消解的东西。"① 因此，对于我们的文学理解来说，真正重要的事情是，文学作品究竟能够给我们一种怎样的精神和秩序化力量，通过文学作品的语言能够见证人的存在的什么东西，通过文学作品能够向我们揭示什么，它让我们在文学作品的世界中遭遇到一种怎样的精神性和秩序化的力量。当文学被成功地提升为一种它所是的东西，或者表现为一种新的构形，一个属于它自身的新世界，一种在张力中统一的新秩序时，文学艺术就是被转化了的再现，而且是一种具有真理性的表现，因为文学作品创造性地转化了我们遭遇到的一切，以文学语言的方式集中化了我们人类的经验，并在文学作品中以其自律性的存在拓展了我们对自身和世界的

---

① Hans-Georg Gadamer, *The Relevance of Beautiful and Other Essays*, edited., Robert Bernasconi, London: Cambridge University Press,1986, pp.103-104.

经验。

由此,哲学诠释学对西方古老的模仿的重新理解表明,即便我们把文学艺术作品视为一种"模仿",也绝不只是对某种特殊历史环境中的生活方式的表现和反映,同样,我们对文学作品的理解也不能通过把它还原到它所产生的特定历史环境中来理解和把握其中的意义,不能只是把作品的意义单纯地归结为作者的创作意图和内心体验,不是重建作品所表现的社会环境和作者意图。哲学诠释学认为,我们在理解文学作品的时候,实际上也通过文学作品的阅读理解我们自身,拓展对我们自身的认识和丰富我们的经验。例如,无论对曹雪芹《红楼梦》的解读,还是对毕加索《柯尔尼卡》的理解,都远不只是上面提到的这些内容或方面。从根本上说,我们从文学和艺术作品中所认识到的东西远不只是文学作品中所表现的东西,我们并不指证文学艺术作品的东西。恰恰相反,我们总能从文学作品中认识到更多的内涵和意义,通过对文学作品的经验和理解,我们不仅认识到了我们经验中所熟悉的东西,也更进一步地认识到了我们所不熟悉的东西,我们的世界中没有的东西,我们尚未经验到的东西。真正的文学作品总是向我们开启经验的新维度和新空间,例如,我们对《红楼梦》的阅读和理解,从服装史的角度去证实中国18世纪的服装状况,通过小说作品中为林黛玉开的药方印证当时的医学水平,从作品所描述的大观园景观去考察当时的建筑设计,从家族的衰落去揭示所谓的社会发展规律,等等,从认识论的反映论和实证主义的科学精神做这方面的探讨并非不可,但是,从根本上说,这些不是对文学作品的真正理解和认识,这些做法没有把文学视为一种想象性和创造性的自律性作品,没有把文学作品视为一种具有自身丰富性的意义世界,而只是想印证甚至指证文学作品中再现或表现了什么,没有认识到文学作品所体现的更深刻的内涵,没有看到文学作品的经验与我们经验的内在关系。

我们看到,在理解文学与现实生活世界的认识关系上,哲学诠释学通过对"模仿"这一传统的美学和文学理论概念的重新解释,不仅重新阐释了古老的美学和文艺理论概念,同时也抛弃了审美纯粹主义的观念,而把模仿看做人类秩序的一种表现,视为一种秩序化力量的创造,当作对人类经验表现的探索,从而在一个新的诠释学意义上解释了文学艺术具有的真理性维度。正如维因斯海默写道的:"对审美纯粹主义的抛弃意味着艺术是与非艺术不可分割地联系在一起的。这种关系的古典术语是'模仿',伽达默尔用它来解释艺术的理解问题。艺术'理解着'非艺术,所有的理解都包含着把某种东西作为某种东西的理解。在这里,'作为'意味着理解总是这样的发生:既'是'又'不是'。模仿既不是使艺术和非艺术变成同一性的东西,也不是使艺术和非艺术分离为毫无关联的东西;它处在隐喻的相似性与差异性特征的必要张力的连接中。通过表现'作为',艺术理解着非艺术。"[1]正因为模仿是对已经被改变的事物的一种转换,而不是单纯的移植,不是机械的反映,但它也并不是与模仿和再现的东西没有任何关系。因此,无论把文学看做一种模仿,还是视为一种反映或再现,都是一种从艺术和审美角度进行的新的认识和表现,这种认识和表现远不只是在艺术中已经存在的事物,而是对所模仿、所再现、所反映的东西的审美认识和艺术表现。我们从文学审美经验中所获得的更深刻的意义和真理,正是通过文学作品所表现的我们所熟悉的东西,引导我们走向一种不熟悉的东西,一个更悠远、更深邃的意义世界,一个超越了已有的现实局限性并被文学化了的秩序世界,极大地拓展了对我们生存于其中的世界的认识和理解,同时通过艺术作品加深了我们对自身存在的认识,增强了我们的人生经验和审美经验。例如,当我们诵读《古诗十九首》中的诗句"生年不满百,常怀千岁忧"时,我们体味的东西恐怕并不仅仅是作者的情思,作者的"忧虑",我们实际上也在领悟自己,甚至领悟作为人类存在的人生经验,并且,我们在人生的不同阶段阅读和理解这些诗句,都会有不同的审美经验和人生理解,领悟到的"千岁忧"都会相当不同。

---

[1] Joel Weimsheimer, *Philosophical Hermeneutics and Literary Theory*, New Haven: Yale University Press, 1991, p. 77.

因此，至少在哲学诠释学看来，文学作品确实是一种自律性存在，但是，文学作品的世界又不是与我们人类的经验没有任何关系的世界，从根本意义上说，文学作品被创作出来，就不只是要见证某种已然存在的东西，而是对我们人类的经验世界的一种拓展，一种想象性世界的建构，一种作为意义理解和解释的秩序创造。美的概念并不是一种单纯的形式和结构概念，而是一种在现实性与理想性的联系中起中介作用的意义世界，是真理性地表达人类共同生活的一种艺术形式。尽管美的东西和艺术的形式都具有自律的性质，并不直接归附于我们定向的价值整体，但是，美的东西和艺术的东西仍然属于人类经验。伽达默尔说："美的本质并不仅仅存在于与现实相对立的领域，恰恰相反，我们是在与美的不期而遇中认识到了它为我们提供的保证，真理并不存在于遥远得我们不可企及的地方，而是可以在现实的所有不完满的无秩序、厄运、差错、极端以及致命的迷误中相遇的东西。美的本体论功能正是要在理想与现实的鸿沟之间架设桥梁。"①因此，既承认美和艺术的自律性存在，也承认它与人类此在存在的关系，承认它与所有理解者的审美经验的关系，也就肯定了艺术与人类存在和人类经验之间的深刻联系，正是这一点，把哲学诠释学与客观形式结构论的文学理论区别开来了，从而也体现了它与解构主义消解文学审美真理的观点之间的根本区别。

在哲学诠释学看来，文学文本是诠释学理解的一种典范文本，文学作品文本的解释是历史学、法学和语文学当中最具典范性的诠释学文本，如果想要恰当地描述理解与文学之间的关系，就必须超越那种把真理作为事实判断的狭窄的定义，为文学作品的理解和解释拓展更广阔的诠释学空间。这种诠释学意义上的典范文本，在哲学诠释学看来，作为艺术的文学优于视觉艺术，因为伽达默尔对语言在诠释学理解中的作用和地位给予了极为重要的位置，语言属于文学理解的某种基础性的东西，因为所有的理

---

① Hans-Georg Gadamer, *The Relevance of Beautiful and Other Essays*, edited., Robert Bernasconi, London: Cambridge University Press, 1986, p.15.

解最终都是通过语言并在语言之中实现的。"在语言中,而且只有在语言中,我们才能遇到我们在世界中从未'遇到'的东西,因为我们自己就是这些东西(而不仅仅是我们所意指的或我们对自己所知的东西)。然而镜子这个比喻对于语言现象来说并不完全恰当,因为最终说来语言根本不是镜子。我们在语言中所感受到的并不仅仅是对我们自身和一切存在的'反映';它是生活,由于生活而与我们相关——不仅仅在劳动和政治的具体的相互关系中,而且在构成我们世界的所有其他关系和依赖性中。"①从这个意义上说,文学作为一种名副其实的语言的艺术,正是通过语言建构并在敞开的想象性世界中,叙述和呈现一个人类经验的丰富世界,让我们走进另一个艺术经验的话语时空。因此,语言既是人们的生存世界中的语言,更是文学作品审美经验最重要的媒介,正是通过文学作品的艺术语言,才把艺术的经验与人类的经验联系在一起,为所有阅读文学作品的人提供了一种既熟悉又陌生的审美经验世界,在这个世界中,我们不仅经验着文学的意义,也理解我们自身存在的真理。

其次,文学作品在它自身的自律性存在中表达对人类存在之经验的扩展。海德格尔讲人诗意地栖居,讲艺术是一种历史的创建。显然,哲学诠释学吸取了海德格尔的事实诠释学和艺术创建真理的思想,从人类此在所具有的有限性和历史性的诠释学经验来理解美和文学艺术的真理性。一方面,哲学诠释学充分肯定美、文学和艺术是一种自我显现、自我在场的东西,它们是具有自律性特征的表现;另一方面,它也力图在艺术与人类的此在有限性和历史性之间建立一种经验性的内在逻辑关系,文学的审美经验不是其他什么经验,它就是我们自身存在的经验见证,是对我们人类存在经验的一种扩展,而不仅仅是一种纯粹的审美意识抽象物。"诗人的语言并不只是简单继续了'Einhausung'或'使我们在家'的过程。它更像一面镜子那样反映着这一过程。但是,出现在镜子中的东西并不就是世

---

① 伽达默尔:《哲学解释学》,夏镇平、宋建平译,上海译文出版社,1994年,第32页。

界,不是世界中的此物或彼物,更准确地说,是我们暂时站立于其中的某种亲近性和熟悉性。在文学语言中,这种站立和亲近性更完满地说是在诗歌中发现的永恒。这并不是一种浪漫主义的理论,而是对如下事实的直接描述,即语言让我们所有的人接近了世界,正是在这个世界中,出现了人类经验的某些特殊形式:宗教的消息宣讲着拯救,法律的判决告知我们社会中何为正确和何为错误,诗的语词通过其自身存在成为了我们自己的存在的见证。"①正是因为文学艺术作品所表现的审美经验世界与我们的此在历史性和有限性的世界经验有着这样一种内在的深刻联系,它才在自身的自律性显现中展示和丰富深邃的人类审美经验的真理,把我们带到一种新的意义领悟世界之中。

我们所说的美以及艺术的美是一种闪耀着真理光辉的东西,而不仅仅是一种无利害的静观物。"伽达默尔的观点是,在与可理解的东西的理解关系中,美是直接显现的(einleuchtend)。实际上,是一种'闪光',它的意义是在'领悟的经验'的表达中被传输的,这种领悟是指某种东西在变得清晰的意义上获得了光辉。"②哲学诠释学就是这样来认识和理解美的。我们看到,伽达默尔对作为一门学科的美学的发展历史所做的考察,进一步发展了他在《真理与方法》中的真理概念,批判了传统美学把艺术经验作为一种审美意识抽象物的理论观点。我们知道,鲍姆嘉登把美视为一种感性认识的完善,目的是要调和美是理性的认识和感性的认识之间的矛盾。美作为个别的东西既不能用数学的自然法则确定其真实性,但又确实要求一种特殊的真实性的存在,审美经验中这种真实性要求是否可以通过认识论的方式来认识呢?无疑,康德的主体化美学超越了鲍姆嘉登的感性认识的局限性,探讨了艺术和美的经验如何可能的问题。康德认为,在

---

① Hans-Georg Gadamer, *The Relevance of Beautiful and Other Essays*, edited., Robert Bernasconi, London: Cambridge University Press, 1986, p.115.

② 詹姆斯·里瑟尔:《诠释学与他者的声音:重读伽达默尔的哲学诠释学》,李建盛译,北京大学出版社,2021年,第205页。

美的东西中，显然不存在那种我们可以用概念和知识的普遍性加以辨认的真理性和普遍性。但是，他认为，我们在审美经验里遇到的那种令人愉快的东西，却有着某种普遍性的要求，康德说："美是那不凭概念而普遍令人愉快的。"①在哲学诠释学看来，康德把艺术视为一种审美意识的抽象是不恰当的，因为康德从认识论的角度对审美经验所做的规定，使艺术中的真理问题狭窄化了，因此，伽达默尔反对席勒和康德所做的审美区分，并对审美意识的抽象进行了批判。伽达默尔认为，在文学艺术的范围内，艺术作品真正不言而喻的东西，绝不是作为某种被编排到其他各种关系中的东西来感受的，艺术的"真实性"并不在于它身上表现出来的普遍规律性。

在伽达默尔看来，把文学艺术作品视为一种纯粹审美意识的美学理论，严重忽视了艺术经验中的认识问题和艺术经验的真理丰富性。"从本质上说，一件艺术品不正是一种宗教的或社会环境中的富有意义的生活活动的承担者吗？艺术品不是唯有在这种环境中才获得其意义的完全规定性吗？在我看来，这个问题可以倒过来提问：来自过去的、陌生的生活世界而流传到我们这个受过历史教育的世界中的艺术品果真只能成为一种美学的——历史的欣赏对象，而且只能表达它在产生时必须表达的内容吗？'讲一些东西''有一些东西要讲'——这些真的仅仅是根据一种未定的美学构成价值而作的比喻吗？或者说事实恰好相反？美学的构成性只是以下事实的条件，即艺术品在自身中具有它的意义并有一些东西要向我们述说吗？这个问题使我们进入'美学和解释学'这个题目真正引起疑问的方面。"②对美学和艺术的这种提问和回答，确实体现了一种关于美和艺术

---

① Kant, "The Critique of Judgement", *Continental Aesthetics: Romanticism to Postmodernism: An Anthology*, Richard Kearney and David Rasmussen ed., Oxford: Blackwell Publishers, 2001, p.13.

② 伽达默尔：《哲学解释学》，夏镇平、宋建平译，上海译文出版社，1994年，第97—98页。

真理性的新的思考方式，它涉及我们应该怎样理解文学和艺术作品的自律性与其意义和真理的内在关系问题。

艺术作品不是一种所谓的纯粹审美形式，正如伽达默尔所说："我们可以正确地断定，艺术品决不会像一朵花或某件装饰品那样满足于一种'纯美学'的方式。"①艺术作品总是以其自身的存在方式表现意义和真理。文学艺术作为人类经验的一种特殊表现形式，远不只是作者的审美意识的表现，文学艺术作品包含比纯粹的、抽象的审美意识更多的东西。在伽达默尔看来，那种把文学艺术作品与创造者和欣赏者的审美意识与它们各自所属的世界分离开来，把文学艺术作品与其对象世界分离开来，使文学艺术作品既与其对象，也与作为理解者的我们分离开来的审美区分论，实际上是一种审美意识抽象化的产物，是一种天真的审美幻觉。"用'审美无区分'反对那种审美意识的真正构成要素的审美区分，已经很清楚，模仿中被模仿的东西，诗人所构造的东西，表演者所表演的东西，观赏者所认识的东西就是这样一种被意指的东西——其中所表现的意义就存在于被意指的东西中——诗人的创造性或表演者的力量这样的东西根本不能与被意指的东西相区分。当人们做出这种区分时，就是在素材与诗人所创造的东西之间，诗歌与'概念'之间做出区分。但是，这些区分是次要性质的区分。表演者所表演的东西和观赏者所认识的东西，就是创造和行为本身，就像诗人所创造的东西一样。因此，我们在这里具有一种双重的模仿：作者的表现和表演者的表现。但是，甚至这种双重模仿也是同一种东西：在两种情况中获得其存在的是同一的东西。"②审美意识抽象为了确保审美经验的所谓纯正性，排除了艺术经验对象中的各种非艺术的因素，只把一部艺术作品视为一种与经验主体相关的"审美"体验的存在。"在

---

① 伽达默尔：《哲学解释学》，夏镇平、宋建平译，上海译文出版社，1994年，第98页。

② Hans-Georg Gadamer, *Truth and Method*, London: Continuum Publishing Group, 2004, p.116.

伽达默尔看来，审美区分的危险就在于它使一个特殊的领域与现实的其他部分脱离开来。"①因此，对文学艺术作品的理解不能建立在审美区分上，恰恰相反，应该建立在"审美无区分"上，因为文学作品的意义世界并不是一种与人类的经验没有关系、独立于我们的经验的纯粹审美世界，毋宁说，这个世界与我们人类群体、人类个体的经验有关，是在"我们的"审美经验中建立起来的世界，不然，艺术世界与"我们"又有什么关系呢？不然，我们为什么需要艺术呢？

由此，哲学诠释学关于文学艺术作品的美学理解，既包含着艺术作品的世界，也包含着我们人类的经验世界，文学艺术的经验以艺术世界与我们的经验世界的相互关系为中介，是这两个世界的相互作用的过程和事件。"每一部艺术作品仍然是一种类似于它曾经所是的东西，只要其存在照亮和证实了作为整体的秩序。也许，这种秩序并不与我们自己的关于秩序的概念相协调，而是那种曾经把一个熟悉世界中的熟悉的事物联系起来的秩序。然而，在每一部艺术作品中，都存在一种对产生秩序的精神动力的弥久常新而强有力的证明。"②其实，中国古代文论也并没有纯粹的审美论，审美的问题总是关联着对人的存在自身乃至社会秩序的理解。例如中国古代《乐记》中"感"，从诠释学的角度看就是一种艺术的"真理经验"。"'感'是古人认识到的世界万物存在与运行的基本方式，同时也是人与世界打交道的基本方式。《乐记》论'感'，始于论'乐'，归于'治道'。"③在这里，"感"不仅是一种纯粹的审美意识和审美经验，也是对"治道"的一种"秩序"探索。

我们知道，由于现代性美学和艺术哲学把文学艺术视为纯粹审美意识

---

① Rudolf A. Makkreel, *Orientation and Judgment in Hermeneutics*, Chicago: The University of Chicago Press, 2015, p.39.

② Hans-Georg Gadamer, *The Relevance of Beautiful and Other Essays,* edited., Robert Bernasconi, London: Cambridge University Press ,1986, p.103.

③ 杨合林：《论〈乐记〉之"感"》，《中国文学研究》，2019年第3期，第4页。

的表现,"美"和"艺术"都具有独立性,是一种自律性的存在,并且在审美现代性历程中成为美学和艺术哲学的最高范畴。但是,在哲学诠释学看来,这种纯粹性实际上限制了艺术的意义和真理的维度。受德国古典美学的影响,特别是康德主体性美学的影响,艺术是审美意识的集中表现这个说法,也曾经是当代中国美学和文艺理论中的经典表述,即把艺术看做一种纯粹的审美意识的物态化产品。这种做法虽然肯定了文学艺术的自律性存在,但也无疑排斥了艺术作品所具有的多维内涵,艺术是审美意识的集中表现的观点原本是想维持艺术和文学的崇高地位,可是这一观点又在另一个重要维度上损害了文学和艺术审美经验的真实性和完整性,实际上贬低了文学艺术应该具有的真理性地位和认识意义。

事实上,对于人类此在的历史性和有限性来说,文学艺术作品并不像自律性美学和形式主义理论所认为的那样,是艺术作品之形式的统一性结构,也不像体验美学所认为的那样,是某种纯粹瞬间的自我体验存在。哲学诠释学认为,经验(erfahrung)不同于体验(erlebnis),体验包含了一种"审美区分"的模式,体验把审美封闭在自身的内在意识之中,而经验则是一种"审美无区分",经验联系着人类存在的经验。因此,体验美学把审美体验(erlebnis)看做瞬间性的东西,从而否定了审美经验(erfahrung)的连续性,实际上取消了人类此在的自我理解的连续性和历史性。借助于海德格尔的此在本体论诠释学,哲学诠释学认为,我们应该从此在的"诠释学现象学"来理解艺术作品的真理,当艺术与我们此在存在的经验联系起来时,审美存在和审美经验的这种非连续性便可以构成我们存在的诠释学的连续性。这种事实性诠释学的连续性便是艺术的真理性所在,这就是伽达默尔提出"美学并入诠释学"的要义所在,因为自律性的美学认为审美经验是纯粹的,而诠释学则从人的此在存在经验理解美和艺术,美和艺术是一种特殊的真理形式,一种不同于自然科学和实证科学的真理,但它仍然是一种真理,一种特殊的审美真理表现形式,一种属于此在存在的经验的真理。因此,文学艺术作品的理解致力于追求的就是在艺术作品的审美经验中获得我们对自身历史性存在和真理经验的连续性。

从这个意义上看，文学作品的审美经验不只是某种审美意识的纯粹表现，在文学作品的语言表现中蕴含着远比单纯的审美意识更为丰富、更加多维的内涵。例如，张若虚《春江花月夜》中的诗句"江畔何人初见月？江月何年初照人？人生代代无穷已，江月年年只相似。不知江月待何人，但见长江送流水"就远不只是作者的审美意识的语言表达，这些诗句中提出的每一个问题都远远超出了纯粹的审美意识、纯粹的审美体验，我们不能否认它蕴含着一种审美意识，体现了丰富的审美体验，但是，它同时讲述了我们不能用自然科学的方法论和认识论来理解的真理性人类经验，也不能仅仅把它归结为形式、结构、张力和韵律，而是有更深邃的内涵，这无疑是一种美，一种迷人的美，它向所有阅读和理解这个作品的人传达着某种人类审美经验的真理，既在时间和空间之中，也在时间和空间之外，既在诗人的词语之中，也在诗人的词语之外，追问我们的世界性、时间性和生命性存在。

因此，从哲学诠释学的角度看，我们不能把《春江花月夜》抽象为一种单纯的审美意识，也不能把《红楼梦》缩减为作家的审美意识在文学作品中的体现。在我们对这些作品的阅读、经验和理解中，除了所谓的审美意识和审美体验外，我们从中还能获得更多的关于人类经验和我们作为个体所经验到的东西。即使是一首短诗所表现的内容，也不仅仅是某种审美意识的抽象，不仅仅是所谓的审美感觉的呈现。例如，杜甫《春望》中的诗句："国破山河在，城春草木深。感时花溅泪，恨别鸟惊心。烽火连三月，家书抵万金。白头搔更短，浑欲不胜簪。"从这首诗中，与其说我们经验到的是某种美感、审美意识或人们所认识的审美移情，不如说，我们从中经验到的是一种对人类历史中的经验世界和人类历史性存在的诗意洞察，在某种深刻性上，这首诗融含着此在历史性和有限性的生命经验，以及文学作品对历史性存在的真理性的独特探索，在诗意审美的世界中蕴含既是时间性又是无时间的"家国情怀",表达着对有限性生命存在的哲学思考。这种经验既是杜甫的,是杜甫诗中所表达的,也是每一代读者的,是所有阅读和理解这首诗的读者的经验。这大概可以理解为伽达默尔所说的诗歌对真理探索的哲学贡献,这大概也就是亚里士多德所说的"写诗这种活动比写历史更富有哲学意味"①的真谛所在。

最后,哲学诠释学认为,文学作品的自律性蕴含着一种意义的象征。文学作品的语言不是见证某种已然存在的客观物,而是自身站立在那儿,是一种自我在场,但是,文学作品的语言在某种意义上总是"隐喻性的",总是隐喻着某种比作品自身更多的东西,这种隐喻正是通过文学作品自身的自律性表现的,而不是通过指向某物而有所隐喻的,这种隐喻同时是一种意义的象征。在这里,我们要探讨的问题是,从文学作品结构本身来看,文学作品作为一种秩序的创造和存在的扩展,它究竟以什么样的形式或方式传达意义和表现真理。以往的文学理论,如自律性的形式结构理论认为,文学作品本身的形式和结构就是一种秩序,一种深层的结构,真正的文学作品就在于这种形式和结构本身,它并不表现所谓的人类审美经验的意义和真理;认识论的反映论认为文学作品具有意义和真理,但是,这种意义和真理是通过文学形象来再现和反映的,也是通过某种外在的东西来印证和证实的。哲学诠释学则通过对"象征"(symbol)这一传统文学理论概念的重新解释,来理解文学作品的自律性存在和真理意义的表现。

前面已经提到,哲学诠释学认为,文学艺术作品的真理意义远不只是审美意识的集中体现和形式结构的整体效果,而是一种表达着真理和意义的象征。正是通过象征把文学的特殊性与人类经验的普遍性联系起来的这种独特形式,文学作品才成为了一种秩序的创造和存在的扩展。伽达默尔借用歌德的"万物都是象征"的名言指出,这句话对诠释学思想做出了

---

① 亚里士多德:《诗学》,罗念生译,人民文学出版社,1962年,第11页。

最完整的概括，它说明了为什么象征的概念既具有文学经验和理解经验的不可能性，而个别的、特殊的事物又能够具有一种整体的功能，亦即康德所提出的，为什么富有强烈主观性的审美判断会具有普遍的有效性。伽达默尔说："艺术语言的特殊标志就在于，通过艺术作品自身凝聚了象征特性，并在艺术作品自身中呈现出来。"①在文学和艺术的象征性中，有限的语言表现形式总是通过它自身展示出某种具有丰富性和模糊性的意义世界，并在这种丰富性和模糊性中呈现出深刻的文学经验的真理维度。

伽达默尔认为，象征的本质就在于，它并不涉及用理智来补充目的与意义，而在于它的意义始终存在于象征本身中，这正是文学艺术所具有的本质特征。"象征物或象征性的本质明显在于，它与那种用理智的方式恢复其终极意义的做法没有关系。象征在其自身中获得其意义。"②伽达默尔对象征这一概念的诠释学理解，表明他试图在文学艺术作品的自律性与真理的表现性之间建立内在的美学关联。象征和象征性的意义显示出一种悖论，它指示一种意义，但它本身同时也是一种体现和证实，但是，这种体现和证实不是外在的，也不依靠外在的东西来证实，它就是在象征中自我呈现出来的，只有在这种既是又不是象征的形式中，我们才能与艺术相遇。伟大的艺术作品之所以让我们震撼，就在于我们总是毫无准备、毫不设防地面对令人信服的作品所具有的那种强大的冲击力，总是在我们与艺术作品的相遇中给我们以震惊，而艺术的象征是这样一种特殊的象征，伽达默尔说："我为了补全整体而寻找的始终是作为生命的片段的另一部分。……美的经验，特别是艺术的美的经验，是我们在任何地方都可以发现的一种对潜在的整体和永恒的事物秩序的召唤。"③因此，通过其特殊的表现性象征本质，文学艺术作品扩展了我们的存在和经验，我们对

---

① Hans-Georg Gadamer, *The Relevance of Beautiful and Other Essays*, edited., Robert Bernasconi, London: Cambridge University Press,1986, p.37.

② Ibid.

③ Ibid., p.32.

文学艺术作品的理解，就超出对作品中所再现的东西的一种证实，而成为一种需要我们的积极创造性的理解活动。"我们在一部艺术作品中所经验到的和引起我们注意的是它的真实性如何，例如，我们在何种程度上怎样认识和再认识事物和我们自己本身。"①因此，真正的文学艺术作品既是一种具有自身自律性的存在，同时又以它自身的存在显示着丰富多维的意义和真理内涵。每一部真正的诗歌作品，每一部杰出的小说作品，总是以其自律性的表现方式和艺术性存在开启着一个不可穷尽的意义世界，在我们经验和理解艺术作品的同时，丰富我们对人类的认识和自我认识的经验。

由此，文学艺术作品具有的意义和真理，就不只是指某种简单的可以被我们直接看到的东西，不是某种一旦呈现在我们面前就可以理解的东西，也不是一种比喻和替代，而是一种充满了意义的象征，一种人类经验和存在真理的昭示。通过象征，文学作品既体现和证实艺术作品自身的存在，也开启着人类真理经验的诠释学空间。通过文学艺术作品的阅读、理解和解释，我们寻求的不单纯是作品所指称的东西，不是对作者审美体验的再体验，而是对我们的真理经验和意义世界的一种扩展。"如果我们真的想思考艺术经验的话，我们就可以，而且必须沿着这些路线来思考：艺术作品不只是指示某种东西，因为它所指示的东西已经存在在那儿了。我们可以说，艺术作品意味着存在的一种拓展。"②因此，艺术作品与可复制的产品不同，它具有不可替代性和独一无二性，每一部艺术作品都是一种象征，一种可以通过作品本身来认识事物和世界，并经由作品本身来认识和理解我们自身的独特的真理象征和意义形式。

詹姆斯·里瑟尔写道："在每一种言说中，总是有某种以前不存在的

---

① Hans-Georg Gadamer, *Truth and Method*, London：Continuum Publishing Group, 2004，p.116.

② Hans-Georg Gadamer, *The Relevance of Beautiful and Other Essays*, edited., Robert Bernasconi, London: Cambridge University Press ,1986, p.35.

东西出现，更确切地说，新的意义的可能性来自于传统本身。就像生命存在的运动一样，传统的运动重复它自身的运动，而且更重要的是，这种可能性的展开并不是来自于某种已经描述的本质。假如情况真是那样，那么可能性就不会高于现实性。假如情况真是这样，意义的总体性就只能是一套规定性的可能性，因而就只能是规定性本身。所有解释的当代性，可能性的重复，都嵌入在向新的意义领域整体开放的过去与未来的多样性的结构之中。在每一种解释中发现的不可穷尽的深度，都必须在这个语境中来理解：无限是有限的一种功能，而不是相反。"① 所谓"无限是有限的一种功能"，用我们中国诗学的语言来表达，就是"言有尽而意无穷"。

在这里，我们可以举一个中国古代作品来说明这一点，例如，蒋捷的词作《虞美人·听雨》："少年听雨歌楼上，红烛昏罗帐。壮年听雨客舟中，江阔云低，断雁叫西风。而今听雨僧庐下，鬓已星星也。悲欢离合总无情，一任阶前，点滴到天明。"人们一般这样解读这个作品，它以听雨为线索，选取少年、中年、老年三个不同的阶段和歌楼、客舟、僧庐三个不同的地点，表达作者一生的经历，写出作者少年时代的浪漫天真，中年的流离漂泊，老年的凄苦悲凉，并曲折地反映了南宋亡国前后的历史氛围。显然，这是从作者的意图和所处的时代精神进行的解读，作为解读方式的一种，这种理解并没有什么不可以，我们还可以有许多不同的解读。但是，从哲学诠释学的角度看，这个作品所表达的东西远不只这种理解，它不只是作品中表达的东西，也不只是作者所意味的和时代精神所规定的东西。从这个作品的理解中，我们遭遇并经验到了更多的东西，我们对这首词的理解，总是包含着对我们自身经验和境遇的理解。在这首词的阅读和经验中，我们不只是想象性地重构作者的少年、中年、老年，任何人在任何年龄都会从自身此在的经验出发去解读和理解这个作品，用诠释学的话说，人们总是从他的"诠释学处境"出发对这个作品进行理解。作品本

---

① James Risser, *Hermeneutics and the Voice of the Other: Re-reading Gadamer's Philosophical Hermeneutics*, New York: State University of New York Press, 1997, p.138.

身的语言和表现性开启的不仅是作者的世界、作品的世界,更重要的是,在所有人的阅读和经验中,开启读者和解释者的经验世界,领悟自己的人生与命运,欢乐与悲伤。"为什么无数代人不断地回到柏拉图和亚里士多德,埃斯库罗斯和莎士比亚呢?这是因为这些文本仍然有话要对现在的人说。他们致力于把当下吸引到他们各自的视域中,他们致力于把我们吸引到对话中,他们致力于传播他们的真理。"①文学作品在我们的理解中展示了更丰富的意义,它象征着具有此在历史性和有限性的生命领悟和情感经验,这是此在的一种存在方式,也是一种未来的筹划。似乎所有阅读和理解这个作品的人,都不仅仅认识和理解作品本身,也认识和理解到了我们自身的人生经验,通过对这个作品的阅读和理解,我们不仅能够意识到作品中所表现的东西,也通过它传达着我们自己对生命有限性和时间性的意义领悟和真理经验。作者是在"听雨"吗?既是,又不是。我们是在"听雨"吗?既是,又不是。作品是在描述"听雨"吗?是,更不是。用我们这一节探讨的概念来表达,"听雨"是一种秩序的创造,一种存在的拓展,一种意义的象征,一种属于作者,更属于作品,同时也属于所有阅读和理解这首词的人的诠释学经验。

因此,哲学诠释学尊重文学作品自身的自律性,从人类此在的历史性和有限性以及人文科学的真理立场出发,来理解和解释文学作品的真理和意义世界,把审美的经验与人类的经验联系起来,批判了审美意识抽象化的美学观点,拓展了审美经验的概念,充分肯定文学艺术经验中的真理性,不是把文学艺术看做一种中立的客观的对象,也不是一种纯粹的审美意识表现,而是把它视为一种在理解的历史性和有限性中开启和持续人类经验的真理事件。正是基于这种作为真理事件的诠释学理解,哲学诠释学探讨和阐释了文学艺术作品自律性存在中的审美经验真理。

---

① Chris Lawn, *Gadamer: A Guide for the Perplexed*, London and New York, International Publishing Group, 2006, p.68.

第三节　文学作品本体论存在方式的诠释学阐释

前面已经论述了形式结构论的文学作品本体论存在方式的理解,现在我们来探讨哲学诠释学对文学作品本体论存在方式的探讨。我们如何理解文学艺术作品,无疑与我们对其存在方式的理解密切相关。如果把文学作品看做作者意图的实现,就必然会像意图论者那样把作者意图和创作心理视为理解和解释文学作品的关键;如果把文学作品看做客观的形式结构,就必然会像形式结构论者那样把文学作品的形式结构视为文学的本体论存在。对文学作品的本体论存在方式问题的不同理解,决定着人们如何理解文学作品以及怎样诠释文学作品的意义和真理,也决定着人们如何理解文学作品的本体论存在方式。哲学诠释学从人类此在存在的有限性和历史性出发,把文学作品视为自律性、表现性和真理性的存在,提出文学文本只是一个"半成品"的解释概念,伽达默尔认为,文学作品的美只是邀请人们进入艺术经验的一张"请柬"。只有在诠释学理解事件的时间性过程中,文学作品的意义和真理经验才能得到产生和实现,文学作品的本体论存在方式才能得到理解。把文学作品的本体论存在方式问题置于诠释学处境之中来理解,充分体现了哲学诠释学关于文学作品本体论存在方式的理论立场。在某种重要意义上可以说,哲学诠释学改变了传统的文本概念,拓展了文学作品本体论存在方式理解和解释的诠释性空间。

一、作为自律性"半成品"的文学文本

不同于俄国形式主义、新批评和结构主义对文学作品文本的理解,哲学诠释学认为,文学作品的文本概念不是客观的、中立的概念,而是一个被理解和被解释的概念,文学作品的意义和真理的现实性只有在理解事件中才能发生,即文学理解是一个事件(event)。正是在这个意义上,伽达默尔认为,作为文本的文学作品在诠释学意义上只是一种自律性的"半成品"。"从诠释学的立场——即从每一个读者的立场出发,文本只是一

种半成品（Zwischenprodukt），是理解事件中的一个阶段，并且必须包括一种确定的抽象，即在这个理解事件中包含着分离与具体化。"① 所谓分离，是指文学作品文本离开了创作它的作者和语境；所谓"具体化"，是指文本必须在理解和解释事件中才能得到现实化，否则就只是一种潜在的东西。把"文本"理解为一个诠释学概念，意味着，文学作品的理解既不能脱离文本可能言说的内容，单纯对文学作品进行语法和语言学的理解，也不能把文学作品文本作为一种最终的产品，仅仅把它当作一种分析的对象，而是要把文学作品的理解置于读者和理解者的诠释学处境中，置于文本与理解的生动对话中。"因此，我们必须说，一个文本不是一个对象，而是一个理解事件实现的一个阶段，一个交流活动的一个阶段。"② 换言之，如果没有读者的阅读和理解者的理解，没有理解事件和交流活动，文学作品不过是白纸黑字的文字符号，而不可能被现实化和具体化为文学作品的意义和真理。

我们知道，文学作品的意义世界是在文学语言中实现的世界，在哲学诠释学的理解中它是艺术作品本身的一种自我呈现，这意味着我们对文学作品的理解，首先是对文本自身存在的理解。伽达默尔明确指出："文学作品就在自身中。"③ 但是，这并不意味着文学作品的现实性存在就是一种单纯的语言构成的形式和结构，正如形式主义、结构主义和英美新批评所认为的那样。毋宁说，坚持"文学作品就在自身中"意味着它能够通过文学作品的自律性表达人类审美经验的意义和真理，就像文学语言通过自身的丰富性和完美性见证我们人类自身的存在一样，文学作品也通过其自身的存在显示它自身的意义和真理。

---

① Hans-Georg Gadamer, "Text and Interpretation", *The Gadamer Reader*: *A Bouquet of the Later Writings*, Illinois: Northwestern University Press, 2007, p.109.

② Ibid., p.169.

③ 伽达默尔：《现象学与辩证法之间》，严平编选：《伽达默尔集》，邓安庆等译，上海远东出版社，1997年，第22页。

这种独特的理解决定了哲学诠释学对文学作品本体论存在方式的理解不同于形式结构论，因为它并不是把文学作品理解为某种客观存在的对象性的东西，一种等待着我们去分析和解剖的文本，而是从诠释学的角度在理解事件中认识文学作品的自身存在方式。"无论如何，必须坚持这一点：只有在解释概念的语境中，并在此基础上，文本概念才在语言性（Sprachlichkeit）的结构中构成一个中心概念；事实上，文本概念只有在解释的语境中才呈现自身，并且只有从解释的角度看，才是一种有待理解的真实给定物。"①换言之，文学作品以其自律性获得它自身的存在，并始终以自身的表现方式存在在那儿。但是，必须注意的是，伽达默尔并不认为，文学作品的意义和真理是与接受者和理解者无关的对象性存在，而必然与人们对它的阅读、理解和解释相关，这与形式结构论的理解有着显著的不同。例如，王安石的《江上》："江北秋阴一半开，晚云含雨却低徊。青山缭绕疑无路，忽见千帆隐映来。"从诠释学的观点看，这首诗无疑是一个用诗意的语言形式固定下来的文本，但是，这个诗歌文本对我们来说，只有在我们对它的理解和解释中才成其为现实性的存在，如果我们不阅读、理解和解释它，这个诗歌文本对于理解者来说就不是一个真正的存在，因为它根本就没有与我们发生关系，没有与读者和理解者发生关系，怎么能够理解其意义呢？因此，这首诗的表现性和意义只有在我们的阅读和理解过程中才向我们显示它所表现的东西。只有通过我们的阅读和理解，我们才能知道这是一首描述景致的诗，才能感受到秋江暮云的淡雅，才能理解诗人恬静闲适的心境，才能进入诗歌开启的意义世界，才能生成为我们自己的审美经验。

在这里，要回答的问题是，文学作品的存在必须依赖阅读和理解事件才能实现，这是否意味着哲学诠释学的这种理解与上文所说的文学作品的自律性存在相矛盾呢？因为，按照伽达默尔的看法，这实际上意味着没有

---

① Hans-Georg Gadamer, "Text and Interpretation", *The Gadamer Reader: A Bouquet of the Later Writings*, Illinois: Northwestern University Press, 2007, p.168.

阅读和理解，就没有文学作品。哲学诠释学对此的回答当然是否定的。说文学作品是一种自律性的"半成品"，并没有否定文学文本的存在，而是意味着我们必须把文学作品视为一种以自身的存在向理解者表达或言说的"他者"，用伽达默尔的话说是一个谈话的"伙伴"，我们只有倾听到了这个"他者"的声音，我们对这种声音也做出了回应，文学作品才真正成为理解中的真正的现实性存在。文学作品文本的自律性存在并不会因为不同历史时代的理解者的不同而发生变化，《诗经》永远是《诗经》，《神曲》也永远是《神曲》，《红楼梦》还是《红楼梦》，《战争与和平》仍然是《战争与和平》，它们始终自律性地存在着，始终保持着它们自身存在的独立性，它们不会因为读者的阅读变成其他的作品，但是，它们也始终以自身独特的语言性向所有的读者和理解者讲述自身表现的东西，"一个读者有一千个哈姆雷特"，并不意味着人们阅读和理解的不是《哈姆雷特》，"一千读者有一千部《红楼梦》"，并不意味着阅读和理解的不是《红楼梦》，而是意味着《哈姆雷特》或《红楼梦》始终以它自身的存在向所有阅读和理解它的人说话，而不同的读者对它们所表达和言说的东西做出不同的理解，并获得不同的审美经验。这就是文学作品的同一性与理解的差异性的统一。伽达默尔说："艺术作品自身就要求它们自己的位置，即使它们被误置了，例如被误放到现代收藏馆里，它们自身中那种由原来的目的规定的痕迹也不可能消失。艺术作品乃属于它们的存在本身，因为它们的存在就是表现。"[1]因此，文学作品始终以其自身的表现性，面对不同历史时代和不同文学语境的读者和理解者言说它所表现的东西，它始终站立在那儿向所有阅读和理解它的人言说某种东西。

这种自律性"半成品"的文学作品文本概念，充分体现了哲学诠释学与传统文学理论文本概念的根本性区别。传统文学理论要么认为，文学作品是作者创作出来的，文学作品文本就不可能是一种自身存在的东西，它

---

[1] 伽达默尔：《现象学与辩证法之间》，严平编选：《伽达默尔集》，邓安庆等译，上海远东出版社，1997年，第23页。

必须通过作者的意图来确定，在理解文学作品的存在时，我们必须理解作者的创作意图和创作心理，如作者意图论所认为的那样；要么认为文学作品是社会生活在作家头脑中的反映，文学作品的规定性必须通过外在于作品自身的东西予以确定，如认识论的反映论所认为的那样。哲学诠释学认为，文学作品既不是作者意图和作家体验的表现，也不是社会生活的简单摹写，从作者意图、创作心理或者用实证主义方法理解文学作品，都严重忽视了文学作品自身的特殊性和规定性。例如，在对《红楼梦》这一伟大文学作品的理解中，作者意图论会认为，这部作品的本体存在不在于文学作品本身，而在于实现曹雪芹的创作意图，我们理解这部作品的内在规定性，首先是理解作者的创作动机和心理体验；文学反映论会认为，这部文学作品的存在不在于作品本身，而在于其反映的社会生活，对这一作品的理解必须对作品反映的社会历史时代进行分析。

一般认为，作者的创作意图或作品反映的内容可以是或者应当是文学作品理解的一个维度，但是，哲学诠释学认为，这些理解并不是从文学作品的自律性，即从作品自身存在出发进行的理解，它们忽视了文学作品自身的自律性和表现性，它们对文学审美真理的理解离开了作品本身，实际上是从外在于文学作品本身的东西来理解。哲学诠释学与这种理解不同，例如，在谈到文学文本时，伽达默尔写道："文学文本不仅仅是把口头语言转译成固定的形式。事实上，一个文学文本根本就不指向已经说过的词语。这个事实具有诠释学的重要性。在这种情况下，解释不再仅仅是一种回到某事物的原初表达（ursprungliche Äusserung）并将其调解到当下的一种方式。相反，文学文本是最特殊意义上的文本，是最高程度的文本，正是因为它不指向某种原始口头话语行为的重复。毋宁说，诗歌文本本身就规定了所有的重复和言语行为。任何言语都不能完全满足诗意文本的规定。一首诗的文本行使着一种规范性的功能，它既不是指回言说者原初的表达,也不是指言说者的意图,而似乎是源自它自身的东西。"①因此,说文学作品之所以是文学的艺术作品,既不是指文学作品是作者创作意图的实现,也不是指文学作品反映的外在世界,而是指在于文学作品自身的自律性和表现性存在及其呈现的独特意义和真理世界。

因此,伽达默尔把文学作品文本视为一种自律性的"半成品",意味着哲学诠释学理解的文本是一个被解释的概念,正是"解释"使文本进入了诠释学经验中,进入了文本的审美经验中。"这样一种文本不仅向解释开放,并且需要特殊意义上的解释。当文本不能做它想做的事情的时候,解释者就要介入,也就是说,文本必须被倾听并根据文本本身来理解。并且,当交流事件发生时,文本并没有从我们对它的理解中消失,而是不断地站立在我们的面前重新言说。换言之,诠释学在词语的自我表现中被卷入了重复的过程之中。"②显然,这种文本概念不同于传统作者意图论的体验本体论,也迥异于形式结构论的作品本体论,它体现了哲学诠释学对于文学作品自律性存在理解的一个重要转变。

这种转变主要体现在这样几个方面:首先,有如俄国形式主义、英美新批评和结构主义,哲学诠释学反对作者意图论,突出强调作品的自律性特征,但是,它没有把这种自律性理解为一种纯粹的形式和结构,同时也没有像解构主义那样彻底拒绝文学作品的意义和真理概念,而是把自律性与真理性联系起来。其次,哲学诠释学认为文学作品是具有自身表现性的存在,而不像传统模仿论和反映论那样认为文学作品是对外在现实世界的模仿和再现,但又确实认为在文学作品自身的自律性中蕴含和表现了人类审美经验的真理和意义,从而使它与各种再现论和反映论的文学本体论理解区别开来。最后,哲学诠释学把文学作品文本看做是理解和解释过程中

---

① Hans-Georg Gadamer, "Text and Interpretation", *The Gadamer Reader: A Bouquet of the Later Writings*, Illinois: Northwestern University Press, 2007, p.181.

② James Risser, *Hermeneutics and the Voice of the Other: e-reading Gadamer's Philosophical Hermeneutics*, New York: State University of New York Press, 1997, p.156.

具有规定性的重要因素，认为理解者必须尊重作为"事物本身"的文学文本本身，必须倾听文本发出的声音，不能漠视文本的存在，但是，文本的意义实现必须进入理解事件之中，由此，把文学作品理解为一种向读者和理解者开放的意义空间和经验世界，并为接受美学和阅读理论的出现提供了重要的诠释学理论视域。"每一个文本，在其解释历史的某个时刻，都会向听众表达：即使它默默无闻于一时，但它也会在某个阶段满足后代的需要和问题。在许多意义上，文本可以远远领先于它们的时代：只有当它们把我们吸引到它们的视域中，我们才开始与它们遭遇。伽达默尔的经典并不是一座冰冷的过去纪念碑，而是在一种无止境的人类对话中不断变化的、富有生气的声音。"①正是在这种接受和解释的诠释学意义上，文学文本是一个自律性的"半成品"，这个"半成品"在阅读和解释中转变为一种具体化的文学艺术作品，文学作品的意义就在这种具体化过程中展开和呈现出来。

二、诠释学理解事件中的文学作品本体论

正是因为哲学诠释学把文学作品文本视为一种自律性的"半成品"，把文学文本视为一个需要被理解和解释的概念，才把文学作品存在视为理解过程中的一种表现性事件和时间性结构，从而提出一种不同于其他理论理解的特殊的本体论存在方式，这种本体论存在方式的理解的特殊性在于，哲学诠释学对文学作品本体论存在方式的理解，是根据人类此在存在的时间性和历史性来理解的，也就是说，理解中的文本存在始终是理解者的诠释学处境中的存在。"艺术作品的经验包含着理解，它本身表现为一种诠释学现象——但是，从根本上说这不是科学方法意义上的现象。毋宁说，理解从属于与艺术作品本身的相遇，因此，这种从属只有在艺术作品

---

① Chris Lawn, *Gadamer: A Guide for the Perplexed*, London and New York, International Publishing Group, 2006, p.128.

自身存在方式的基础上才能得到说明。"①伽达默尔通过游戏（play）、象征（symbol）和节庆（festival）三个重要概念来论述他的文学艺术作品存在方式的本体论问题。通过游戏的表现性，他阐述了文学艺术作品的事件性特征，通过象征的自身意义性，它阐述了文学艺术作品的真理性维度，而通过节庆的时间性则阐述了文学艺术作品的时间性结构，并且，对于这些问题，伽达默尔都是从人类存在的此在历史性和时间性出发对文学艺术作品的本体论存在方式所进行的理解和阐释。

首先，在讨论艺术经验的时候，伽达默尔引入了游戏的概念，并在有关论述中通过"游戏"的表现性阐发了文学艺术作品的表现性特征。在《真理与方法》和《美的相关性》中，伽达默尔都突出强调游戏的重要性及其与艺术作品表现的内在一致性。我们知道，"游戏"在西方哲学和文艺理论中本来就是一个非常重要的美学和艺术理论概念，席勒（Johann Christoph Friedrich von Schiller）、斯宾塞（Herbert Spencer）、谷鲁斯（Karl Groos）、司汤达（Stendhal）、苏珊·朗格（Susanne K.Langer）等对此都有过重要的论述。伽达默尔更是赋予"游戏"这个概念以崇高的地位，他不仅把游戏这个概念看做是人类生活的一项基本职能，认为没有游戏，人类文化是不可想象的，而且把游戏理解为文学艺术作品的本体论范畴。在他看来，凡是有生命的东西都在自身存在中具有一种运动的动力，都是自己在运动，而游戏就是一种作为自己运动的运动。游戏就是这种运动本身，所有游戏中的要素都处于游戏的活动过程中，而游戏本身所具有的优先地位决定了游戏的主体性特征，因此，游戏既不是主体的活动，也不是客观的活动，而是游戏活动自身的存在。从这个角度来理解，他认为，文学艺术作品的存在既不是纯粹的客观形式结构，我们不能把文学作品的语言符号当作中立的、客观的东西来对待，同样，文学艺术作品也不是纯粹的作者审美意识的表现，因此我们不能从审美意识探讨文学艺术作

---

① Hans-Georg Gadamer, *Truth and Method*, London: Continuum Publishing Group, 2004, p.87.

品本身，因为审美意识不过是一种人为的抽象，而艺术经验却与我们人类的此在存在及生活经验密切相关。"不是审美意识而是艺术经验，因而是艺术作品的存在方式的问题，必须成为我们检验的对象。……艺术作品具有其自身的真实存在便在于，它在艺术的经验中成为了一种改变经验者的经验。保持和坚持艺术经验的'主体'不是艺术经验者的主体性，而是作品本身。正是这一点使游戏的存在方式具有重要性。因为游戏有其自身的本质，它独立于进行游戏的人的意识。"① 在伽达默尔看来，游戏就是游戏本身的存在方式，文学作品本身的存在方式也类似于游戏本身的存在方式。这种理解意味着，艺术作品不是客观现存事物的移植或反映，不是创作者的审美意识的表现，文学艺术作品是自律性和表现性的语言存在，只有在我们的审美经验中它才成为具体化了的真正的艺术作品。

　　伽达默尔认为，人类游戏的特殊性与艺术作品的存在方式有着内在的相似性。人类游戏的特殊性在于游戏是生命存在的自我表现，在于游戏是一种自我表现的运动，这与哲学诠释学认为的文学艺术作品是真理性表现的看法相一致。"无论如何，我们用'表现'所指的是审美的一种普遍的本体论结构要素，是一种存在的事件——而不是一种仅仅发生在艺术创作时刻和仅仅在观赏者思想中每一次都重复出现的经验事件。我们已经从游戏的普遍意义出发看到，像表现的本体论意义这样的事实，即'再创造'就是原创性的艺术作品本身的原始存在方式。……艺术作品的独特存在方式就是存在得到了表现。"② 由此，游戏的自律性和表现性与艺术的自律性和表现性便具有一种内在的必然联系，即"表现"是文学艺术作品的本体论要素，表现就是一种存在事件，艺术作品就是作为一种存在事件在表现。伽达默尔认为，文学作品的真正本质，就在于它能够超越创作者和创作活动本身，以自我在场的方式进入到理解者的理解事件中，与作品表现

---

① Hans-Georg Gadamer, *Truth and Method*, London: Continuum Publishing Group, 2004, p.103.

② Ibid., p.152.

的世界进行交流和对话,并在这个交流和对话的理解过程中建构作品的意义世界,获得文学的审美真理经验。很显然,这种理解非常不同于以往的美学和文艺理论对文学作品的理解,文学作品的形式结构或表现的作家审美意识,固然可以成为理解和解释的重要内容,但是,在哲学诠释学看来,作为一种事件性过程的审美以及艺术经验才是文学理解和解释的真正核心内容。

其次,伽达默尔通过对象征这个概念的诠释学理解论述了文学作品的真理性维度。如果说,伽达默尔通过游戏这一概念的类比性理解,所证明的是文学作品本体论存在的事件性特征,那么,他通过"象征"这个概念的类比性理解,所证明的则是文学作品本体存在的真理性维度。前面提到,伽达默尔认为,歌德的"万物皆象征"的名言是对诠释学思想所做的最为完整的概括,而象征本身的根本性质就是文学艺术所具有的本质特征。正是艺术中这种个别性、特殊性显示一般性和普遍性的象征,使艺术作品的意义变得令人难以捉摸,真正的文学和艺术作品的意义并不是一下子显示出来,但是,我们总是乐于进入文学艺术作品的世界之中去寻找和发现我们自己的生活的意义,仿佛艺术作品能够完成存在之谜一样,我们能够从中认识到某种我们希望认识到东西。但是,伽达默尔所理解的"象征"是象征在表现自身,而不表现其他外在的东西,不是表现需要兑现或说明的隐含意义。例如,欧阳修《戏答元珍》:"春风疑不到天涯,二月山城未见花。残雪压枝犹有桔,冻雷惊笋欲抽芽。夜闻归雁生乡思,病入新年感物华。曾是洛阳花下客,野芳虽晚不须嗟。"人们可以追溯欧阳修写作这首诗的时间和背景,宋仁宗景祐三年,他被贬为峡州夷陵县令,次年他写了这首诗。人们可以通过这首诗了解作者被贬后在政治上的失意,诗中凄凉的荒远山城的春景隐含着作者的寂寞情怀,看似超脱的语言,实则深藏着一种深深的寂寞的悲凉,甚至可以被读者和理解引申为对封建社会中君臣之间的人身依附和政治依附关系,等等。当然,这些理解也非常有意思,不过,从诠释学的角度看,这更多地体现了一种社会历史背景和作者创作意图的理解，试图通过诗歌的语言表达和史料来印证某种"事实性"的东西，从而"重构"作者的体验和情怀，乃至官宦仕途的失意。而哲学诠释学会认为，我们不仅仅是阅读和理解这个作品本身，而且也在阅读和理解我们自己，它以自律性的语言象征着人们对此在历史性和有限性的生命领悟，通过阅读和理解这首诗，我们不仅能够意识到作品中表现的东西，领悟到它向我们表达的东西，而且通过它传达我们自己对生命有限性和时间性的理解。我们之所以对这个作品有兴趣，不仅仅是想探秘欧阳修写作此诗时的隐秘心理，更重要的是，这首诗的魅力在于他的作品所表达的东西吸引着我们，在阅读和理解中，我们不仅"感同"而且"身受"。我们在艺术作品中寻求对我们自身的理解；这就是为什么艺术会引发兴趣，把我们吸引到它的世界中的原因，不管这个世界最初看起来多么遥远和久远。伽达默尔警告说："不要在具有一种我们必须破解的隐秘密码的意义上把艺术作品看做是象征，以便理解作品的隐秘'信息'。相反，你所看到的就是你所得到的，艺术作品通过它所揭示的东西来表达它所说的内容，但是，这总是某种超出感知者所能考虑和承认的东西。艺术作品的意义永远不是完全呈现的，因为我们总是能够认识到其中的新东西。"①因此，这个艺术作品展示着它自己，从宋代开始，它就以这样一种语言性存在向所有阅读它的人言说，它作为文学作品是作为一种象征而存在，每一个阅读和理解它的人都从这种象征中获得他所感受和认识到的真理经验。"我们在一部艺术作品中所经验到和引起我们注意的东西其真实性如何，例如，我们在何种程度上怎样认识和再认识事物和我们自己本身。"②因此，真正的文学作品无疑是一种自律性存在，但同时以其表现性表征人类经验世界的丰富性，而这种表现性和丰富性在我们的理解事件

---

① Chris Lawn, *Gadamer: A Guide for the Perplexed*, London and New York, International Publishing Group, 2006, p.94.

② Hans-Georg Gadamer, *Truth and Method*, London: Continuum Publishing Group, 2004, p.113.

中成为一种属于我们自己的真理经验。

我们之所以需要文学艺术作品，就在于我们不仅体验和理解作品中表现的东西，而且能够从中寻找某种属于我们自己的人生意义，文学艺术作品似乎能够诗意地探索我们的存在之谜，通过对艺术作品的再认识理解我们自己。哲学诠释学认为，这种象征性并不是要表现其他东西，也不是要证实或说明某种隐秘的意义，文学作品的自律性就在于它在展示自身的同时也作为一种象征，从而在我们的经验中呈现文学作品的真理性。在艺术作品中，我们所致力于理解的，不是与我们的生命存在无关的东西，而正是对我们自身存在的一种理解。在伽达默尔看来，这就是文学艺术对我们如此具有吸引力的原因，是我们对文学艺术作品如此着迷的原因。这确实是为文学的审美经验所证明了的经验，伟大的文学作品总是常读常新的，在每一次新的阅读中，我们总是能够读出新的意义，获得新的经验。我们总是能够从文学艺术作品中经验和认识到某种似乎以前未认识的东西，并且不断丰富认识我们自身的经验和认识世界的经验。例如，陈子昂的《登幽州台歌》："前不见古人，后不见来者。念天地之悠悠，独怆然而涕下。"我们的艺术经验生成为一种存在的经验、历史的经验、生命的经验和人类世界的经验，而不仅仅是作者的意图和描述的实景。"艺术作品意味着对存在的一种拓展。"①我们发现，伟大的文学艺术作品中始终萦绕着一种独一无二和不可替代的韵味，并且总是一而再再而三地在我们的阅读和理解中融入我们的审美真理经验，这不仅仅是作品本身的"言有尽而意无穷"，也永远是我们文学理解和审美经验的"言有尽而意无穷"，并给予我们一种真理性的人生经验启示，比如，《古诗十九首》中的"生年不满百，常怀千岁忧"，王勃《送杜少府之任蜀州》中的"海内存知己，天涯若比邻"，苏轼《水调歌头·明月几时有》中的"人有悲欢离合，月有阴晴圆缺，此事古难全"，等等，它们表达和传递给我们的东西便不只

---

① Hans-Georg Gadamer, *The Relevance of the Beautiful and Other Essays*, London: Cambridge University Press, 1986, p.35.

是一种审美的经验，而且更是在这种审美经验中透露和隐含一种更深邃的人生经验和真理经验。这种文学的审美经验曾经是作者的经验，但更重要的是蕴含在作品中的经验，这种经验在阅读和理解过程中生成为读者和理解者的经验，这种经验既是你的经验，也是我的经验，更重要的是进入这个作品中的所有"我们"的经验。

最后，伽达默尔通过节庆的理解阐发了文学艺术作品的时间性结构。在本体论诠释学看来，作为一种事件的文学理解始终是在时间性过程中展开的。伽达默尔认为，人们对文学艺术作品的感受性和经验性就是在艺术的时间性结构中"逗留"，这种"逗留"类似于节庆的时间性。首先，节庆是一种把人们聚集在一起的"艺术"，每一个参与节庆的人都沉浸于其中，共同享受节日的愉快。文学艺术的经验与此相似，它熔铸了所有阅读者和理解者的语言和经验，因此，文学艺术的审美经验是一种类似于节日庆典的过程性存在。其次，节庆具有一种与艺术感受和经验的时间结构类似的特殊时间结构。"每一件艺术作品都以其时间性深刻地影响我们，这不仅是指是语言的时间艺术、音乐和舞蹈。……只有以这种方式，我们才能获得这个作品向我们表现的自身意义，并提升我们对生命的情感。"因此，我们对艺术作品的审美真理经验是在我们参与其中的时间性展开中实现和获得的。伽达默尔接着指出："在艺术经验中，我们必须学会以一种特殊的方式栖居于作品中。我们栖居于作品中时，就不会感到单调无聊。因为我们在其中逗留的时间越长，作品向我们展示的东西就越丰富。我们对艺术的时间经验的本质就是学会如何以这种方式逗留。或许，这就是把我们的有限存在与我们称之为永恒的东西的联系起来的唯一方式。"[1]最后，节庆具有一种提升功能，伽达默尔从其审美无区分的观点出发，认为文学艺术不是纯粹的审美意识，它不仅能够通过其自律性存在把理想和现实联系起来，而且它具有不同于日常生活的自律性，因此，我们对艺术的

---

[1] Hans-Georg Gadamer, "The Relevance of the Beautiful", *The Relevance of the Beautiful and Other Essays*, London: Cambridge University Press, 1986, p.45.

时间性经验能够得到扩展和提升我们的存在，丰富我们对自己和世界的理解和认识。

伽达默尔认为，我们对艺术作品的阅读和欣赏，就像过节一样。人们沉浸于艺术作品之中，就仿佛沉浸在节日庆典的过程中一样，参与到文学艺术作品中所获得的审美愉快，恰如参与到节庆中那样经验到节日的愉快。"我并不想重复艺术的真实的时间性是如何与节庆的时间性相联系的，我只想强调这样一个简单的问题，即节庆把所有的人都联合起来。节庆的特征就在于，它只是对那些实际参与到节庆中的人来说才是充满意义的。正因为此，它体现了一种必须被充分领会的独特存在。假如我们记住这一点，我们便可以向我们自己的文化生活提问，我们从日常存在的所有压抑中暂时释放出来，并经验到从文化中得到提升的审美愉快。美的本质是某种必须突显在公众目光中的东西。"①伽达默尔认为，正像节日庆典活动一样，文学艺术作品也是在重复性的时间活动中不断展现自身，并在我们的理解事件以及与作品的持续对话的时间性中获得其本体论存在，即文学作品的本体论存在方式总是在理解的时间性结构中的存在。如果你不阅读作品，你就不可能知道作品是如何发生和展开的，如果你不阅读作品，你也就不可能有经验和感受艺术作品的快乐与悲伤、幸福与痛苦，只有当你在阅读和理解中与艺术作品的时间性共在的时候，与艺术作品相伴的时候，它才真正成为充满生机和活力的艺术作品，文学作品才成为你的文学作品，文学作品的经验才是真正属于你的经验，你才能在类似于节庆的时间性过程中"逗留"在阅读的享受和经验中。

由此，哲学诠释学理解的文学作品本体论存在方式，便与人类此在的有限性和历史性理解密切相关，而不是某种客观地存在在那儿，等待着人们去做科学分析和证实的对象。诠释学"包含了艺术的整个领域及其问题的复杂性。每一个文学艺术作品，都像其他任何要求被理解的文本一样必

---

① Hans-Georg Gadamer, "The Relevance of the Beautiful", *The Relevance of the Beautiful and Other Essays*, London: Cambridge University Press, 1986, p.49.

须得到理解，而且这种理解必须通过努力才能获得。这就使诠释学意识具有了一个甚至超出审美意识的广泛领域。……理解必须被视为意义得以发生的事件的一部分，在这种理解事件中，所有陈述的意义——艺术的陈述和所有传统陈述的意义——才得以形成和实现"①。这就是伽达默尔为什么说文学作品文本只是一个"半成品"的原因所在。文学艺术作品的"美只是将人邀请入直观的请柬（invitation），而这就是我们称之为'作品'的东西"②。不是作者的创作意图、创作过程、审美意识对象和文本自身决定其意义世界，而是审美经验过程的时间性展现和实现文学作品的意义世界和真理经验，换言之，只有在诠释学的解释概念和诠释学的时间性经验中，我们才能够真正理解文学作品的本体论存在方式。

以上论述表明，哲学诠释学对文学作品存在方式的本体论阐释，确实在很大程度上改变了以往的文学本体论观念，在俄国形式主义诗学、新批评理论和结构主义诗学那里，文学作品本体论是一种客观化的、中立的、可以通过文本的形式、结构和张力分析和确证的文本本体论，而哲学诠释学理解的文学作品本体论是一种意义和真理的时间性表现事件，文学作品成为一种有待于在阅读和理解中建构的"半成品"。"当一个作品打动了我们，那么它就不再是一个客体，就不再是一个我们面对着的东西，一个我们可以俯视的东西，我们不能把它看成一个概念性的意义指向。情况恰恰相反：作品是一个事件。它给我们一个撞击，它撞翻了我们，借此它建立起一个自己的世界，我们仿佛被卷进这一世界。"③正是在这种事件中，作为"半成品"文学作品变成一个"事件性"的存在，在理解和解释中，作为"半成品"成了富有生气的作品。应当说，哲学诠释学从人类此

---

① Hans-Georg Gadamer, *Truth and Method*, London: Continuum Publishing Group, 2004, p.157.

② Hans-Georg Gadamer, "Intuition and Vividness", *The Relevance of Beautiful and Other Essays*, London: Cambridge University Press, 1986, p.161.

③ 伽达默尔、杜特：《解释学 美学 实践哲学：伽达默尔与杜特对谈录》，金惠敏译，商务印书馆，2005年，第57页。

在存在的有限性和历史性出发，对文学作品的自律性、表现性和真理性、文学作品存在方式的本体论理解和阐释，在改变传统的文本概念的同时，也拓展了文学理解和解释的诠释性空间。这种转变深刻地影响了后来的接受美学和阅读理论。

但是，我们应该意识到，哲学诠释学对文学作品本体论存在方式的理解，并不是完全没有问题的。首先，哲学诠释学的文学作品本体论把文本视为一个被理解和解释的概念，并且认为文本的形式和结构并不重要，放弃了对文学作品本身的形式结构方面的分析和理解，因而忽视了文学作品存在本身理解的重要维度。其次，哲学诠释学的文学作品本体论反对作者意图论，认为我们对文学作品的理解与作者的意图无关，从而否定了作者创作意图和创作心理等因素在文学作品理解和阐释中应有的作用，尽管这种作用很有限，但并非毫无意义。哲学诠释学对文学作品存在方式的本体论理解表明，仅仅分析文学作品本身的形式与结构，仅仅认识作品所再现的事物和反映的经验世界，仅仅猜测作者的创作意图是远远不够的，这无疑是非常有道理的。但是，对于完整的文学诠释活动来说，我们也不能忽视文学活动和文学经验中应有的其他理解维度，应当说，这些方面可以而且能够补充哲学诠释学对文学作品存在方式的本体论理解和阐释，从而丰富和完善我们对文学作品本体论存在方式的多维度的诠释学探讨。当然，用哲学诠释学的话说，任何诠释学都有其特殊的处境，都有其面对的问题和所要解决的问题。在很大程度上可以说，哲学诠释学正是在作者意图论、意义重构论和形式结构论已有充分探讨基础上，针对这些文学理论存在的问题而提出的文学诠释学意识，对文学作品本体论存在方式所做的新的诠释学探讨，其重要意义是绝不可低估的。

第三章　诠释学与文学阅读事件

也许是阅读的问题过于平常，或者人们认为，阅读活动的理解过于简单，似乎不必要进行系统深刻的理论探讨，尽管阅读是文学接受中的不可缺少的活动，也是文学理解活动的重要内容，但是，文学理论一直以来都不太重视阅读的问题。当然，传统的文学理论并非没有涉及读者和阅读的问题，但是，在传统文学理论历史中，读者和阅读的地位并不怎么受重视，也没有得到深入系统的探讨，从哲学理论的高度重视并探讨阅读的重要性，并把文学阅读上升到文学活动本体论地位的理论是哲学诠释学。可以说，以前从没有人像哲学家伽达默尔那样重视阅读在理解和解释中的作用。在1960年出版的《真理与方法》中，伽达默尔写道："艺术作品是在其所获得的表现中才完成的，并且我们不得不得出这样的结论，即所有文学艺术作品都是在阅读过程中才可能完成。"[①]这意味着，没有阅读，文学艺术作品的实现是不可能的。在1985年撰写的《现象学与辩证法之间——一种自我批判的尝试》中，伽达默尔再次强调了上面这个结论，

---

① 伽达默尔：《真理与方法》，洪汉鼎译，上海译文出版社，1999年，第215页。

他认为,随着文化的扩展被书写下来的东西,或者用一般概念表达的文学(literature)就被包含在了文本之中,"这就意味着,阅读成了诠释学和解释的中心。诠释学和解释都是为阅读服务的,而阅读同时又是理解。凡同文学诠释学有关的地方,它都首先涉及到阅读的本质。"[①]没有阅读,文学作品只是一个文本,只有在阅读中,文本才生动地表现为文学的艺术作品,只有通过阅读,我们才知道我们正在阅读的文本是文学文本,只有通过阅读,我们才能进入文学作品的世界,才能够进一步理解和解释文学作品,文学作品的意义才能得到实现。

我们可以看到,在当代文学理论中,哲学诠释学及以此为理论基础的接受美学、读者反应理论和阅读反应批评等共同构成了当代文学阅读理论的大合唱,从而实现了文学的理解和解释从作者中心论、作品中心论向读者中心论的重要理论转变。哲学诠释学认为,作为一种自律性存在的文学作品,其意义的实现和真理表现必须有读者和理解者的阅读和创造性参与,而阅读便是一种理解者积极参与文学作品文本的主动行为和创造行为,文学作品的全部生动性和意义丰富性,只有在作为本体论事件的阅读活动和理解事件中才能真正发生和实现。因此,哲学诠释把作为文学接受活动和意义理解的阅读提升到了一个前所未有的地位,提高到了一种本体论的地位,即阅读成为伽达默尔所说的"诠释学和解释的中心",由此,文学阅读的问题在当代文学理论中成为极为重要的一个问题,从一般阅读的理论探讨,到对阅读活动的各种分析和各种"辩证"思考,到后现代理论对文本的激进解读,可谓蔚为壮观,竞相争艳。大致说来,文学的接受活动可以分为阅读的接受和意义的阐释。本章从作为接受的阅读活动探讨和论述作为文学接受的阅读诠释学维度,文学作品意义生产的诠释学问题将在下一章展开论述。本章结合当代阅读理论所要探讨的诠释学问题是:阅读为什么是文学活动中的一个本体论问题?在作为本体论的

---

① 伽达默尔:《真理与方法》,洪汉鼎译,上海译文出版社,1999年,第646页。

阅读活动中，文本和读者的相互关系究竟具有怎样的作用？二者在阅读活动中究竟是一种怎样的辩证关系？文学阅读活动是怎样一种诠释学本体论事件？

第一节 文学阅读作为一种本体论活动

文学作品作为一个等待人们阅读和接受的文本，在作家创作完成并发表之后，便以自身存在的方式自律性地存在在那儿，没有人去阅读它，它就静静地站在那儿，有读者去阅读，去理解，人们才知道它是否有趣，是否有意义，是否有价值。所谓"藏之名山，传之其人"，如果它一直藏在那名山里，没有人们发现它，没有人阅读和理解它，它就永远不会产生意义和价值，从这个意义上讲，"藏之名山"重要，但"传之其人"更为重要。哲学诠释学以及当代阅读理论认为，文学作品是否有意义和价值，必须通过人们的阅读和接受，而正是阅读和接受活动把本来不知是否有价值和意义的文本带到了具体化的现实性中，因此，阅读对于作品的意义和价值的实现来说，具有一种本体论的地位。这一点，一直以来都没有得到理论的重视。只有到了20世纪，这个问题才逐渐得到重视，并在20世纪60年代以后得到了深入的研究和探讨，从而把阅读活动作为文学研究的一个中心问题来研究成为当代文学理论中的重要现象，把阅读提升到文学活动的本体论地位，在某种非常重要的意义上使文学理论实现了从作者中心论、作品中心论向读者中心论的转变。

一、阅读在当代文学理论中的出场

在谈到现代文学理论研究中心的转移时，特里·伊格尔顿写道："德国诠释学的最新发展被称为'接受美学'或'接受理论'，并且与伽达默尔不同，它并不完全集中于过去的作品。接受理论考察读者在文学中的作用，因此，是一种相当新颖的发展。实际上，人们可以把现代文学理论的历史大致分为三个阶段：全神贯注作者（浪漫主义和19世纪），完全关注文本（新批评），以及近年来明显关注读者的转向。奇怪的是，读者一直是这个三重奏中最弱势的，因为没有他或她，根本就没有文学文本。文学文本不是存在于书架上：它们是只有在阅读实践中才能实现的意义过程。因为文学要发生，读者和作者一样重要。"① 当代文学理论似乎相当一致地发现了传统文学理论中存在的这一严重问题，即严重忽视了读者或理解者在文学活动中的积极性和创造性。"传统诠释学，直到18世纪末，是一种正确解释神圣和世俗文本以及法律的技术。从施莱尔马赫开始，经过狄尔泰和海德格尔的努力，诠释学不仅成为一种阅读和理解文本的方式，而且成为了对人类理解自身本质的描述。"② 而到了伽达默尔的哲学诠释学，阅读的理论探讨上升到了哲学的高度，成为一个哲学问题，并且在文学理论和文学批评中产生了重要影响。

正因为诠释学理论逐步地从方法论发展到本体论，诠释学把阅读和理解作为一种本体论方式来理解，使阅读成为文学整体活动中的重要构成和必要环节，当代诠释学和阅读理论才认为，阅读并不是外在于文学本身的活动，而是内在于文学作品的存在方式本身的理解活动，用哲学诠释学的话来说就是，阅读是文学作品存在的一种本体论方式。我们可以从如下两个方面来论述阅读在当代文学理论中的地位的突显。

首先，文学作品唯有通过读者和理解者的阅读活动才能转化为现实性的存在，才能把原来是物质性符号存在的文本的文学语言构成转化成为富有生气的文学作品。一个很明显的事实是，没有阅读，文学作品不过是白纸黑字而已，只有在阅读的时间性展开过程中，文学作品才能生成为读者意识中的文学作品，正如让-保罗·萨特（Jean-Paul Sartre）在《为什么

---

① Terry Eagleton, *Literary Theory: An Introduction*, Second edition, Blackwell Publishing, 1996, pp.64-65.

② Chris Lawn, *Gadamer: A Guide for the Perplexed*, London and New York, International Publishing Group, 2006, p.57.

写作》一文中所说的:"因为文学对象是一只奇怪的陀螺,它只存在于运动之中。为了使这个辩证关系能够出现,就需要一个人们称为阅读的具体行为,而且这个辩证关系延续的时间相应于阅读延续的时间。除此之外,只剩下白纸上的黑字。"① 他认为,文学作品需要读者的阅读,他打比方说,鞋匠可以穿他刚做出来的鞋子,如果鞋子的尺码适合他的脚的话,建筑师可以住在他自己建造的房子里,但是,作家却不能阅读他自己写下的东西。当然写作行为包含一个隐藏的准阅读过程,正是这个准阅读过程让真正的阅读过程具有可能性,但是,从根本上说,作家并不是为自己写作,而是为他人写作,为读者写作。因此,他认为:"没有为自己写作这一回事儿;如果有人这样做,他必将遭受最惨的失败;人们把自己的感情倾泻到纸上去的时候,充其量只不过使这些感情得到了一种软弱无力的延伸而已。创作行为只不过是[一部作品的生产过程中]的一个不完备的、抽象的瞬间;如果世上只有作者一人,他尽可以爱写多少就写多少,但是作品作为对象,永远不会问世,于是作者必定会搁笔或陷于绝望,但是在写作里包含着阅读行为,后者与前者辩证地相互依存,这两个相关联的行为需要两个不同的施动者,精神产品这个既具体的又是想象出来的客体只有在作者和读者的联合努力之下才能出现。只有为了别人,才有艺术;只有通过别人,才有艺术。"② 如果文学作品不被阅读,人们又怎么知道面对的文本就是文学作品,遑论理解其意义和真理?无论多么伟大的文学作品,无论多么经典的杰作,不经过阅读这个具体化的过程,都只不过是白纸黑字而已。从萨特这段话中可以看出,他是多么肯定和重视阅读在整个文学活动中的地位和作用。当然,稍加留意我们会发现,他这里所说的是"作者与读者的联合努力"和"相互依存",在这一点上与施莱尔马赫和狄尔泰、赫施等人的方法论诠释学有相似之处,与哲学诠释学和接受理论却又有重要的区别,后者强调的是读者与文本之间的相互作用,而不是

---

① 让-保罗·萨特:《萨特文论选》,施康强选译,人民文学出版社,1991年,第116页。
② 同上书,第118页。

读者与作者的相互作用。但是，阅读在萨特那里的重要性是不言而喻的。正是阅读把作为客体存在的符号变成了精神性的东西，使文本变得富有生机。"阅读不仅使周围的物理性的客体包括我正在阅读的这本书消失了，而且它以大量的与我自己的意识紧密相关的精神客体替代了那些外在客体。"[1]因此，正是阅读活动把那些原本是物理性的文字符号转化成了读者意识和想象中的东西，变成了一种精神性的存在。文学是语言的艺术，只有在接受者的阅读中，文学作品的语言性存在才能转变为阅读事件中的生动语言和富有意义的语言，也就是说，只有通过阅读，文学作品才具有真正的鲜活性、现实性和生动性。

文学作品要在读者面前成为现实化和具体化的存在，原本存在于文学作品中的精神性的东西要转化为读者的精神性的东西，必须经过阅读这个中介，正如伽达默尔写道："任何东西都不像书写那样是纯粹的精神踪迹，但是，也没有任何东西像文字那样依赖于理解的精神。在对文字的东西的解释和阐释中，产生了一种奇迹：某种陌生的和僵死的东西转变成了完全当下性的和熟悉性的东西。没有任何其他的东西像它那样能够从过去传递给我们。……而书写的传统一旦被解释和阅读，它们却如此明显的是纯粹的精神，以至于它们就如在当下向我们说话一样。这就是阅读的能力，理解书写的东西的能力像一种隐秘的艺术，甚至是像一种把我们释放而又联系起来的魔力一样。在阅读过程中，时间和空间似乎被超越了。谁能够阅读书写传递下来的东西，谁就产生并获得过去的纯粹现时性。"[2]也就是说，过去的文本，历史流传下来的作品，只有在人们的阅读过程中才能转变为具有当下性的东西，才能在阅读中与读者获得一种共时性的

---

[1] Geoges Poulet, "Criticism and the Experience of Interiority", Jane P.Tompkins, eds., *Reading-Response Criticism: From Formalist to Post-Structuralism*, Baltimore: The John Hopkins University Press, 1980, p.43.

[2] Hans-Georg Gadamer, *Truth and Method*, London: Continuum Publishing Group, 2004, p.156.

存在。当然，伽达默尔谈到这一点时更倾向于传统的文本，即历史上的文学作品，实际上，阅读的这种作用和地位也同样适用于当代的文学作品，因为任何作品都必须经由阅读这个中介才能与读者和接受者建立联系，才能把固化的、符号化的物理性文本存在转变为读者心目中的鲜活语言，文学作品的叙事才能成为生动的叙事。无论文学作品的主题、事件、人物形象，或整个文学作品的情感逻辑和情节结构，唯有通过人们的阅读行为，才可能成为和转变为与读者同时存在的文学世界。"文学所服从的唯一条件就是它是用语言传递下来并在阅读中被理解的东西。"①因此，只有通过并依靠读者的阅读活动，文学作品才转变为一种鲜活生动的语言现实和精神现实，并时间性地、共时性地呈现在我们的面前，活跃在我们的头脑中，流动在我们的内心情感里。

其次，只有通过读者的阅读和理解活动，文学作品的内涵和意义及其真理表现才能向读者和接受者生动地呈现出来，没有阅读活动，文学作品的价值和意义都只能是一种潜在的、隐含的存在，无论其意义多么深刻，无论其价值多么丰富，都不可能为读者和理解者所把握。所有试图对文学作品有所理解的人，不论是一般的文学读者，分析文学作品价值的批评家，还是探讨文学发展历史的文学史家，都不可能没有阅读这个重要的具体化环节。没有阅读，我们根本不知道文学的价值和意义在哪里，不知道其意义和价值为何物，也无法对文学作品进行阐释和评价，甚至不知道我们阅读的是文学作品，还是哲学著作，或者别的什么读物。在上一章，我们论述了伽达默尔关于游戏作为本体事件的理解，文学作品的存在方式类似于游戏的存在方式，这种游戏类比的本体论理解也同样适用于文学阅读活动的理解。"艺术作品的存在是一种游戏，并且是那种为了使艺术作品得以具体化而必须被观赏者观赏的游戏。因此，对所有的文本真实性来说，也只有在理解的过程中，僵死的意义踪迹才能转换为富有活力的意

---

① Hans-Georg Gadamer, *Truth and Method*, London: Continuum Publishing Group, 2004, p.153.

义。"①这种理解重心的转变,无疑改变了作者意图论和形式结构论的文学理解观念。在作者意图论和方法论诠释学看来,文学作品的意义或者完全是由作者确定的,或者是作者审美体验的物态化,而对文学作品的意义理解就是揭示作者的意图或重构作者的创作心理;形式主义和结构主义者认为,文学作品的意义就在于作品自身,即在文学作品所具有的独特形式结构中,如俄国形式主义、英美新批评以及结构主义文学理论所理解的那样,而文学的理解和解释的目的就在于揭示语言、形式和结构的构成与张力。因此,形式结构论的理解并不重视阅读,尽管也强调感受性,总体效果等,例如,韦勒克和沃伦写道:"诗是读者的体验,这种论点争辩说,在每一个读者的心理活动之外,诗就不存在,因而一首诗就等同于我们读它时或者听人读它时体验的心理状态或过程。这种'心理学'的解答看来同样是不能令人满意的。诚然,一首诗只能通过个人的体验去认识,但它并不等同于这种个人的体验。每个人对一首诗的体验包含一些纯属个人气质与特征的东西。"②因为,形式结构论关注的是文学作品的形式结构,而且反对把读者方面的东西视为与作品有关的内容,它把阅读视为一种心理活动或过程,认为从读者的体验来理解文学作品,是一种外在的行为。但是,按照哲学诠释学的看法,这些理论实际上没有认识到读者和理解者的阅读活动在文学接受和意义生产中所具有的作用,甚至否定了阅读在文学作品意义生产中的积极作用。

哲学诠释学和当代阅读理论认为,无论是作者本人还是作品本身都不可能使意义自明地呈现出来,作者作为文学作品文本的生产者,他的作品一旦完成就与作者分离了,作品一旦创作出来就已不再是作者所独有的东西,而交付给了社会和读者。因此,如果不通过接受者和理解者的阅读和

---

① Hans-Georg Gadamer, *Truth and Method*, London: Continuum Publishing Group, 2004, p.156.

② 韦勒克、沃伦:《文学理论》,刘象愚等译,生活·读书·新知三联书店,1984年,第152—153页。

理解活动，文学作品所具有的潜在意义就不可能得到现实化和具体化。在哲学诠释学的影响下，接受美学和读者反应理论更加重视阅读在文学理解和阐释活动中的地位和作用。汉斯-罗伯特·耀斯认为，读者是文学接受活动中不可忽视的组成部分。"文学作品不是一个自身独立的对象，在每一个时期都为每一个读者提供相同的观点。它不是一座独白地揭示其永恒本质的纪念碑。它更像是一首管弦乐改编曲，在读者中产生新的共鸣，把文本从文字材料中解放出来，并使之成为当代性的存在。"① 在他看来，文学作品不是一个独立自足的客体，也没有固定不变的意义，它的意义总是在阅读中生成的，而且不同时代的读者会在阅读中获得新的意义。对于任何试图理解文学作品的人，要进入作品的世界就必须首先成为一个读者，只有经过理解性的阅读活动，读者才能进入作品所创造的艺术世界，读者只有带着已有的前理解和期待去阅读文学作品，才有可能获得意义和价值，并做出理解性的判断和批评。沃尔夫冈·伊瑟尔（Wolfgang Iser）认为，阅读理论就是要审视以往被忽视了的阅读行为，反思原有的对文学作品的阐释方式。"毫无疑问，这些因素中最重要的是读者自己，即文本的接受者。只要兴趣的焦点集中于作者的意图，或者集中于文本的当代的、心理的、社会的抑或历史的意义，或者集中于作品的建构方式，那么批评家似乎就很难想到：文本只有当它被阅读时才能具有意义。当然这是每个人都承认的事情。然而令人惊异的是，我们几乎不知道我们在承认什么。有一点是很清楚的，即阅读是所有文学阐释过程所必需的先决条件。"② 在这里，伊瑟尔似乎也向形式结构论一样批评了以往所有的文学理解论，诸如作者意图论，心理体验论，社会历史理解论，当然也包含形式结构论的文学理解，而把读者和阅读作为最重要的因素突出出来，并把阅读视为

---

① Hans Robert Jauss, *Toward an Aesthetic of Reception*, Minneapolis: University of Minnesota Press, 1982, p.21.
② 沃尔夫冈·伊瑟尔：《阅读行为》，金惠敏等译，湖南文艺出版社，1991年，第24页。

文学阐释必需的"先决条件"。因此,从哲学诠释学和接受理论的角度看,只要人们的兴趣焦点还集中在作者的意图和心理动机,或者集中在作品的形式结构方式上,就不可避免地会忽视文学文本只有在阅读事件中才具有意义这个显而易见的事实。

阅读在当代文学理论和批评中的突出地位,无疑体现了当代文学理论一种重要的范式转变,即对文学作品的理解从传统的作者中心论、文本中心论以及社会历史论转向以读者和阅读为中心,甚至把阅读活动提高到了一种本体论的地位,从而改变了以往文学理解和阐释中忽视阅读及其创造性作用的状况。正如里塔·朔贝尔(Rita Schober)在《接受与现实主义》一文中所说:"接受首先是作为阅读问题,也就是说,首先是作为历史地分解出来的完全特定的形式而成为人们关注的中心。与此相联系的是读者从不被人重视的墓穴一般的存在中升腾到学术界引起广泛注意的光天化日之下,这就必然迫使人们重新思考作者—作品—读者之间的整个关系网络。如果说,迄今主要是从表述美学出发将兴趣集中在作者—现实的关系上,或者从生产美学出发将兴趣集中在作者—作品的关系上,那么现在,兴趣之所在是在接受之中以及借助接受在作品—读者之间所发生的种种情况。"[①]这意味着,对文学活动思考和理解的兴趣,甚至文学理论的重点都要从"作者—现实""作者—作品"的关系研究转向"作品—读者"关系的探讨。这种转变从根本意义上是与哲学诠释学的本体论理解相一致的,作为自律性存在的文学作品的具体化必须有赖于读者和阅读的创造性参与。

以上论述表明,哲学诠释学从本体论哲学的理论高度、接受美学从阅读接受的维度和读者反应批评从读者能动性角度赋予了阅读在文学活动中的本体论地位,充分体现了这一理论倾向对阅读作为文学活动的重要构成部分前所未有的重视。伽达默尔说:"书写文本提出了真正的诠释学任

---

① 瑙曼等:《作品、文学史与读者》,范大灿等译,文化艺术出版社,1997年,第241—42页。

务。书写是自我陌生化。因此，在克服这种自我陌生化的过程中，阅读文本是理解的最高任务。"①把阅读提高到文学活动的本体论地位，不仅把阅读看做文学作品得以具体化和现实化的中介，而且把阅读视为文学意义实现的动态的、创造性的过程，以前不受重视的阅读现在被当作文学作品本体论存在方式的重要维度来探讨。

二、文学阅读作为一种创造性活动

当然，作为文学理解活动基础环节的阅读绝不是一种被动的行为，读者总是积极主动地进入阅读活动，并且所有的阅读总是带有某种创造性，阅读总是对阅读对象有所理解的阅读，否则阅读就没有什么意义。既然阅读在某种意义上都是带着不同理解的阅读，而不是一种简单的重复或复述，那么，阅读实际上就必然包含着读者的理解和解释，甚至包含实践应用性理解的维度。哲学诠释学和当代读者理论认为，在文学作品的接受和理解过程中，读者从来就不是被动的接受者，读者始终是具有参与性、能动性和创造性的解读者和理解者，他始终以带着自己已有的前理解进入文学作品的语言世界中，并根据自我理解对文学作品进行解读和理解，在文学阅读和意义理解过程中，阅读始终是一种创造性参与和转换过程。在诠释学的发展中，关于阅读的理解越来越受到重视，如果说，狄尔泰的阅读强调的是读者对作者体现在艺术作品中的生命体验的体验和再体验，那么，伽达默尔的哲学诠释学和后来的接受美学便转向了阅读在意义实现和生产中的作用。鲁道夫·马克瑞尔（Rudolf A.Makkreel）说："正如像狄尔泰将审美影响和情感的基础转移到审美体验（Erlebnis）的客观表达一样，伽达默尔把我们的注意力转向了艺术作品对其观众的艺术经验（Erfahrung）产生影响的方式。伽达默尔的艺术理论是一种关于作品在创作之后的被表现、被展示或被阅读的效果或生产性历史

---

① Hans-Georg Gadamer, *Truth and Method*, London: Continuum Publishing Group, 2004, p.392.

（Wirkungsgeschichte）的理论。"①

当然，传统的诗学和文学理论并非完全没有注意到读者以及阅读的问题，但是，哲学诠释学认为，传统理论在很大程度上是把读者视为一个被动的接受者，西方的柏拉图、亚里士多德、朗吉弩斯等都注意到文学对读者的作用，而不是读者对文学的积极作用。中国古代的诗学也很看重文学对读者的作用，如孔子说"不学诗，无以言"，孟子的"知人论世"和"以意逆志"，董仲舒的"诗无达诂"等，都看到了文学与读者的关系。然而，在传统文学理论中，读者却始终没有被视为一个能动的、创造性的存在，"知人论世"是为了知古人之世，"以意逆志"目的是逆古人之志或作者之志，这里的"知"和"逆"强调的主要是在阅读和理解中与古人的思想情感相契合，或者说尽可能达成一致。在谈到西方传统文学理论中的读者地位时，查里斯·E.布里斯莱尔写道："从柏拉图时代到19世纪初英国文学中浪漫主义运动的兴起，这种被动读者的观点就一直存在。尽管许多评论家都承认文本确实对读者有影响，但批评主要关注文本。随着浪漫主义的出现，重点从文本转向了作者。作者现在成了一位天才，他能够发现普通民众不能认识或洞察到的真理。随着19世纪的发展，人们对作者的关注也在持续，文学批评强调作者的生命、时代和社会语境作为文本分析的主要辅助手段的重要性。"②作者是真理的发现者，意义的表达者，公众的教育者，精神的塑造者，灵魂的工程师，在这些崇高的称号和权威面前，读者的积极性和创造性是不可能得到重视的；同样，主要关注作品文本的文学理解，其实并不重视作者在接受和阐释中的创造性地位和作用，而在于发现、分析和理解理论家们认为文学作品之为文学的独特形式和结构，即在于文学作品本身的文学性，不仅强调文学作品的不及物性，

---

① Rudolf A.Makkreel, *Orientation and Judgment in Hermeneutics*, Chicago: The University of Chicago Press, 2015, p.39.

② Charles E.Bressler, *Literary Criticism: An Introduction to Theory and Practice*. New Jersey: Prentice-Hall, Inc.1994, p.47.

而且也否定读者在文学作品意义生产中的作用和贡献。因此，这些理论都不重视读者和阅读在接受和理解中的地位，更不用说突出读者和阅读的创造性作用。

哲学诠释学的文学阅读和理解理论否定传统理论和方法论诠释学的作者意图论，但它并不否定文学作品的自律性存在。在强调文学作品的自律性方面，哲学诠释学与形式结构论有某些相似之处，关键性的区别在于，哲学诠释学在强调这种自律性的同时，积极肯定和高度重视读者在文学接受和理解中的能动性和创造性。因此，在这里简要论述20世纪文学理论中的俄国形式主义、英美新批评和结构主义的文学理解，对于我们阐述诠释学的阅读本体论观点有重要的意义。俄国形式主义、英美新批评和结构主义作为20世纪的重要文学理论，为反对传统的文学理论，基本上都把文学视为一种可以客观分析的自律性形式和结构。例如，埃亨鲍姆在《悲剧与悲剧性》一文中写道："艺术的成功在于，观众宁静地坐在沙发上，并用望远镜观看着，享受着怜悯的情感。这是因为形式消灭了内容。怜悯在此被用作一种感受的形式。它取自心灵，又显现给观众，观众则透过它去观察艺术组合的迷宫。"[1]俄国形式主义者关注文学作品的文学性本身，把文学性和语言性视为以陌生化语言感知和体验事物的方式，而不关心文学作品表现的内容和意义，这种所谓的感受性和体验性是由作品的形式化自动实现的。因此，尽管俄国形式主义者涉及理解的"感受性"问题，但他们认为，"艺术"创作的目的是尽可能实现文本感受性的高度和力量，这里所说的文本感受性力量实际上是针对艺术创作和艺术作品，不是作品表现的内容，更不是指读者的阅读和理解。当然，感受性和体验这些概念也是当代文学研究中的重要范畴，但在哲学诠释学和接受美学中更多地是指阅读和理解过程中读者的创造性作用，而俄国形式主义者则认为文学是一种"不及物"的存在，文学作品的本体论存在就在作品所具有的文学性本

---

[1] 什克洛夫斯基等：《俄国形式主义文论选》，方珊等译，生活·读书·新知三联书店，1989年，第40页。

身。可以说，这是一种排除了文学作品表现内容和读者理解与接受作用的文本崇拜。

新批评更进一步，把读者的感受性视为一种"情感谬误"，从根本上否定了读者在意义生产中的作用。当然，新批评认为文学作品需要读者的阅读，而且提倡对文本的"细读"，但是，这种细读不是通过读者的理解生产文学作品的意义，也不是把读者理解的意义赋予文学作品，而主要是发现文本的形式、结构和张力。新批评理论家认为意义不是由读者产生的，也不是由批评家发现的。在新批评家们看来，对文学作品的阅读和理解越是接近于文学作品的文本性存在，就越能对文学作品做出真正的理解，也就更能对文学作品做出恰当的艺术评价。当然，新批评家也谈到了阅读的问题，韦勒克、沃伦认为阅读是很重要的，但是阅读是一种个人现象，阅读的研究不能代替"文学研究"。"尽管阅读的艺术对于文学研究来说是必不可少的，但如果说文学研究仅仅是为了阅读艺术服务，那就误解了这门系统性知识的宗旨。广义的'阅读'虽也可包括批评性的理解和感悟，但阅读艺术仍旧只是个人修养的目标。阅读艺术是人们极为需要的，而且也是普及文学修养的基础，但它不能代替文学研究，因为'文学研究'（literary scholarship）这一观念已被认为是超乎个人意义的传统，是一个不断发展的知识、识见和判断的体系。"[①]这里的所谓"知识"，当然是对文学作品本身的艺术和审美认识，所谓"超乎个人意义的传统"意味着必须求助于某种恒定不变的价值和标准。但从哲学诠释学和接受理论的角度看，这些价值和标准无疑是具有时间性和历史性的读者和理解者在文学阅读和理解中做出的解释和判断，没有永远不变的衡量某个作品的标准。因此，新批评的理论重心在文学作品本身，而哲学诠释学和接受美学的理论重心在文学作品的意义生产，因此，后者认为，仅仅从文学作品本身的形式结构存在来理解和解释文学作品，根本上没有看到读者的积极

---

① 韦勒克、沃伦：《文学理论》，刘象愚等译，生活·读书·新知三联书店，1984年，第6页。

参与性和阅读的创造性在文学接受和理解中的作用。

结构主义更进一步，它更不关注和重视读者和阅读在文学接受中的积极作用，它突出的是文学作品本身所具有的语言表现和深层结构。在结构主义者看来，文学作品中的所谓历史内容、伦理判断和审美价值等都是人们强加给文学的，而非文学本身所具有的东西，文学作品以内在的语言力量为目标，而不是以真善美等外在的任何东西为目标。当然，结构主义并非全然没有涉及阅读问题，例如，乔纳森·卡勒论述和分析结构主义语言学和诗学时，也谈到了作品文本的效应问题以及读者在文学解读中的作用。他认为，把文本当作文学来读，绝不是让人的头脑变成一张白纸。如果读者一点儿也不具备关于文学或虚构作品的知识，他就不可能理解一首诗究竟意味着什么。但是，他主要还是把读者的文学能力视为阅读文学的一种程序，是为了发现文学符号中不同于其他话语的属性、特质和差异等。在他看来，结构主义的首要原则是，"人们可以把文学当作一种符号体系来研究。句子本身就是一些语言符号：句子将依照包含它的由约定传统构成的文学语言环境的不同而获得不同的意义，这样，在文学体系内就成了一种能指或形式。这些能指或形式的意指就是它们在文学语言中所表示的特殊意义"。①因此，文学作品中最重要的东西不是它向人们说出了什么东西，即语言所指的东西，而在于语言的能指，文学语言自身的存在性，而阅读也就是去发现作品的结构及其结构怎样发生文学功能的程序。也正是这种否定读者作用和阅读创造性的做法，使激进阅读理论走向了另一个极端，把读者和理解者提升到了无所不能的地位。斯坦利·费什（Stanley Fish）彻底抛弃新批评的文本中心论的做法，而提倡一种激进阅读，或解构阅读，甚至否定文本的客观性。在他看来，能赋予一部文学作品具有意义还是无意义的东西，并不是文学作品的文本本身，而是"读者的头脑"。

---

① 乔纳森·卡勒：《文学中的结构主义》，伍蠡甫等主编：《西方文艺理论名著选编》（下），北京大学出版社，1987年，第536页。

这里应该指出的是，尽管形式结构论的文学理解忽视甚至否定读者的作用，但它们强调文学作品自身的结构分析和自律性研究，都有值得借鉴的价值，在某种意义上可以说，这些自律论的文学本体论观点恰恰与文学诠释学的作品自律性，尤其是在反对作者意图论上具有相通之处。大卫·霍伊在谈到文学诠释学与结构主义的异同时写道："应该指出，诠释学理论与结构主义理论有诸多一致的地方，表现在针对文学理论的方法论假设这个层面上有尤其如此。"① 但是，与这种观点不同，哲学诠释学反对把文学作品视为一种"不及物"的自我封闭系统，并不认为文学作品是一种纯粹的审美抽象和结构，而是把文学艺术作品理解为一种意义和真理的表现形式，而这种意义和真理的实现有赖于文学作品与读者相互作用的创造性阅读和理解事件。

因此，与作者意图论试图重建作者的创作意图和体验不同，也迥异于形式结构论对文学性自身形式和结构的集中关注，哲学诠释学和当代阅读理论高度重视和肯定读者和阅读在文学接受和理解中的创造性作用，读者的阅读并不是一种被动的接受，也不是简单复述和重构作品内容，而是一种创造性参与，正如文学是一种创造性和表现性事件一样，阅读同样也是具有创造性和表现性的事件。"所有艺术作品只有在被'表现'中才能现实化，因此，我们得出这样的结论，即文学作品唯有在它被阅读时才能被现实化。"② 没有读者的创造性阅读活动，文学的表现性就不可能转变为一种意义事件，也不可能为读者所理解。"所有理解性的阅读始终是一种再创造、表演和解释。……意义和意义的理解是如此密切地与语言的实体性相关联，因此理解也始终包含了一种内在的言说活动。"③ 因此，

---

① David C.Hoy, *The Critical Circle: Literature, History, and Philosophical Hermeneutics*, Berkeley: University of California Press, 1982, p.144.

② Hans-Georg Gadamer, *Truth and Method*, London: Continuum Publishing Group, 2004, p.157.

③ Ibid., p.153.

阅读总是理解性的阅读，在某种程度上也总是创造和再创造性的阅读。在文学作品的语言转化为阅读者的语言的过程中，在把握和理解文学作品的意义时，读者和理解者总是带着已有的前理解和"偏见"进入文学作品的阅读中，并创造性地解读和理解文学作品。正如罗伯特·耀斯所说："在作者、作品和公众这个三角关系中，读者并不是被动的，也不是一连串的反应，而它本身就是历史能量构成（energy formative of history）。没有读者的积极参与，文学作品的历史生命是不可想象的。因为只有通过读者的中介过程，作品才能进入一种持续性的不断变化的经验视域。"①阅读不仅是进入文学作品世界的初始甚至必要环节，而且是激活和延续作品历史生命的"历史能量构成"。沃尔夫冈·伊瑟尔认为："读者的介入是完成文本的基础，因为在事实上，这种文本的完成只是作为一种潜在的现实存在——它要求'主体'（读者）将潜在的东西现实化。"②因此，读者及其阅读活动过程不仅是文本完成的"基础"，而且永远是一个积极的和创造性的过程，只有经由读者的创造性阅读和理解，文学作品所具有的潜在意义才能得到实现，不仅如此，读者对文本的阅读和理解也永远是开放性的，总是存在被不断阅读和更新的阅读的可能性。

在从结构主义转向后结构主义之后，罗兰·巴尔特充分肯定了读者在阅读中的创造性作用，他在《作者之死》和《从作品到文本》等著作中都认为，作者是一个近代的概念。语言自身说话，而不是作者在说话，我们应该超越作者而代之以对书写的兴趣。作者的死亡导致了读者的诞生，作者对文本的阅读和意义的理解不再拥有任何特权，读者对文本的阅读和理解始终具有开放性、创造性和可能性。如果说，文本的概念在德国哲学诠释学那里尚未被完全抛弃的话，那么，文本的客观性问题则在激

---

① Hans Robert Jauss, *Toward an Aesthetic of Reception*, Minneapolis: University of Minnesota Press, 1982, p.19.

② 沃尔夫冈·伊瑟尔：《阅读行为》，金惠敏等译，湖南文艺出版社，1991年，第85—86页。

进的阅读理论中被作为一种幻象的东西被彻底质疑。读者反应批评的主将斯坦利·费什彻底反对新批评的文本中心论及抛弃读者和阅读活动的做法。他在《读者的文学：感受文体学》中写道："文本的客观性是一种'幻觉'，是一种危险的幻觉；因为它是这样一种无可置疑的实体。这是一种具有自身自足性和完满性的幻觉。一行印刷出来的字、一页文字或一本书明显地存在在那里——可以被拿到手中、被拍照，或者置于一边——它似乎是我们与它相联系的价值和意义的唯一贮藏室。（我本想避免使用'它'这个代词，但'它'以某种方式表明着我的观点。）这当然是隐藏在'内容'这个词下面未表达的假定，一行字、一页文字或一本书所包含的——所有东西。"①在这里，读者和阅读活动成为文学活动中至高无上的存在。我们且不论其完全否定文本客观性存在的做法恰当与否，但是，他在反对新批评的文本客观性崇拜、割断文学作品与读者联系的所谓"感受谬误"方面，把读者和阅读提升到文学研究的中心位置的做法是非常明显的，突出地强调了文学作品的意义只有依赖于读者的阅读和接受活动才能得以实现的观点。可以发现，在这一点上，费什的观点与诠释学的文学阅读观具有某种一致性，有所不同的是，费什对作为自律性半成品的文学作品都几乎否定了。

文本是一个自律性的半成品的诠释学概念，以及所有文学作品都必须在阅读过程中完成的诠释学理论，从哲学的理论高度赋予了阅读以本体论的地位，虽然在具体的阅读阐释上远不如当代阅读理论详细和充分。但是，从哲学和美学上确定读者在文学接受中的本体论地位，并把阅读置于诠释学和解释的中心地位，则显示出哲学诠释学对当代阅读和理解理论的发展起了理论上的先导性作用。"阅读被移到了诠释学和阐释的中心，二者都是为阅读服务的。阅读同时也是理解。在阅读关系到文学诠释学的地

---

① Stanley Fish, "Literature in the Reader: Affective Stylistics", Jane P.Tompkins, eds., *Reading-Response Criticism: From Formalist to Post-Structuralism*, Baltimore: The John Hopkins University Press, 1980, p.82.

方,首先也与阅读的本质有关。"伽达默尔继续强调:"我必须坚持:是阅读而不是复述,才是艺术作品的独特经验方式本身,这种经验界定了艺术作品本身。"①换言之,在伽达默尔看来,"阅读"不仅重要,而且是积极的、创造性的,而"复述"是复制性的,创造性的阅读才是我们经验文学作品的独特方式。因此,在哲学诠释学那里,阅读成了一种文学本体论活动,阅读是一种在阅读过程中展开的本体论事件。伽达默尔认为,阅读是我们与艺术相遇的重要方式,它不是外在文学作品本体论存在方式的额外的活动,阅读本身就是一种文学活动的本体论行为,它属于文学作品意义生产和再生产的本体论理解事件。"只有从艺术作品的本体论,而且不是从出现在阅读过程中的审美经验出发,文学艺术才能够被理解。正如大声阅读或表演一样,被阅读是本质上属于文学作品本身。它们都是一般被称为'再创造'的东西的阶段,但是,这实际上是所有表演艺术的原始存在方式,并且这种存在方式证明了它是界定所谓艺术的存在方式的范例。"②因此,正是这种本体论事件在理解中激活了文学的语言世界,开启了读者的文学意义世界,用哲学诠释学的话来说,只有从作为此在历史性和时间性的诠释学处境出发,只有把阅读和理解作为本体论事件,文学作品对我们来说才是现实性的生动具体存在。

第二节　文学作品文本的规定性与开放性

文学作品的本体论存在方式依赖于读者的阅读,就像游戏需要游戏者的参与一样,文学作品的现实性存在当然也需要读者的积极参与。文学阅读就是一种创造性事件;不是作者的意图或体验,也不是作品的形式结构

---

① 伽达默尔:《现象学与辩证法之间》,严平选编:《伽达默尔集》,邓安庆等译,上海远东出版社,1997年,第32页。

② Hans-Georg Gadamer, *Truth and Method*, London: Continuum Publishing Group, 2004, p.161.

存在,而是阅读和理解成为文学作品能够得到实现的本体论存在方式。在这里,文本是一个被理解和解释的开放性概念,读者是一个开放性的创造性主体,那么,这两者之间的开放性是不是一种任意的开放呢?是不是一种没有限制和边界的创造性呢?文学阅读有约束吗?有规定性吗?文学作品的存在与阅读的创造性构成的本体论存在方式是一种怎样的本体论存在方式?这种本体论事件是如何构成的呢?其构成要素是什么呢?用哲学诠释学的话说,对于读者来说,文本是一个必须通过读者的阅读和理解才完成的自律性半成品,这个半成品究竟在阅读中起什么作用呢?对于进行阅读和理解的读者来说,这个自律性的半成品又是一种怎样的存在呢?我们是否可以像激进阅读理论所认为的那样,可以放弃和否定文学作品的文本本身对阅读的规定性呢?这些都是需要加以深入探讨的重要问题。

一、文本作品在接受活动中的约束性

当代文学理论无疑认识到阅读在文学接受和理解中的本体论地位,并充分肯定文学作品的阅读和接受离不开读者和接受者的主动性和创造性,离不开读者的理解和解释的主观性。但是,不管读者和接受者在文学作品的阅读和接受中主动性和创造性有多大,都不可能是一种脱离文本存在而进行的天马行空的阅读和任意的理解和解释。漠视文本本身存在的阅读、理解和解释,极有可能导致灾难性的后果,这一点已经为历史所证明。文学的阅读接受活动当然是对文学作品的阅读和接受,真正的文学阅读和接受活动不能脱离文学作品的存在而进行。在探讨文学作品的本体论存在方式时,我们已经论述过,文学作品的本体论存在必须依赖于读者和理解者的积极参与。这里要探讨的问题是,从阅读和接受活动的角度论述文学文本对阅读和接受的规定性以及文学文本本身具有的开放性,即文本开放性与文本规定性之间的辩证关系。这里所说的文学文本的规定性,显然与作者中心论和文本中心论所理解的规定性有很大区别的,本书所说的

文本规定性包含两方面的内容：一是阅读尽管是一种积极的创造性和开放性的活动，但它必须接受作为"事物本身"的文学文本本身的约束，用海德格尔的话说就是要保证"主题的科学性"[①]；二是文学文本也不是像文本中心论所认为的那样是与读者作用没有任何关系的自足自律的封闭结构，恰恰相反，文学文本就是某种具有开放性结构的作品，用伽达默尔的话说就是文本是一个被"解释"的概念，正是文本的约束性和开放性这两个方面的规定性及其相互作用使阅读活动成为可能，也即阅读活动中的理解既是开放的，也是有效的。

我们首先分析和论述文本对阅读和接受的必要性和约束性。哲学诠释学认为，文本是一个被理解和解释的概念，这种看法似乎在当代诠释学场域中处于某种尴尬的位置；一方面，当代方法论和客观论诠释学认为，这种理解体现了一种历史相对主义，甚至虚无主义；另一方面，激进诠释学和解构理论则认为，哲学诠释学仍然没有走出西方逻格斯中心主义的困境，仍然执迷于西方传统的本质主义。例如，客观论诠释学理论家赫施认为，伽达默尔跟随海德格尔，倡导理解的历史性和开放性，反对方法论和客观性，体现了一种文学理解的相对主义和主观主义，伽达默尔诠释学的"传统""重复""视域融合"和"效果历史"等概念，及其表达的理论观点都未能避免诠释学的虚无主义，因为伽达默尔的这些概念不仅没有理解有效性的标准，而且包含着内部的冲突和矛盾。"解释者如何融合这两种观点——他自己的观点和文本的观点——除非他拥有文本的某些东西——除非他以某种方式占有原初的观点，并将其与自己的观点融合在一起呢？除非将要融合的东西变成现实，也就是说，除非理解了文本的原意，否则融合如何可能发生？伽达默尔没有设法回答这个问题：怎么能够确定我们无法把握文本的原初意义，而同时解释的有效性又是可能

---

① 海德格尔：《存在与时间》，陈嘉映、王节庆译，生活·读书·新知三联书店，1987年，第188页。

的。"①赫施认为,如果伽达默尔的理解的激进历史性是真实的,那么,他所谓的历史融合的观点就根本不可能得到证实。赫施说,如果按照伽达默尔的观点——一切理解都带有前理解,一切理解都从自己的前理解出发,都不可避免地融入了自己的理解,都是包含着自我理解,都是一种生产性的和无限的任务,而不是一种复制行为和重构行为——文本就不可能有确定性和客观性的意义。因此,伽达默尔试图通过历史的视域融合来解决文本理解的一致性问题的做法仍然没有避免相对主义,因为既然理解融合了理解者的主观见解,那么就不可能具有客观的有效性。他甚至引用了伽达默尔的说法,如果"没有有效性的标准",那么就会导致"一种不堪一击的诠释学虚无主义"。②在激进诠释学看来,伽达默尔的阅读和理解论则体现了一种保守主义,甚至是一种形而上学的传统观点。在约翰·卡普托看来:"从激进诠释学的观点看,伽达默尔的哲学诠释学是一种反动的姿态,力图阻止诠释学的激进化,并且要回到形而上学的怀抱。伽达默尔追求一种更加舒适的视域融合、时代融合、传统生命不朽的学说。"③也许,哲学诠释学的这种"尴尬"处境,正是上面这两种理论更具有辩证意味的地方,它既没有抛弃文本的概念,又把文本理解为在阅读和解释过程中才能完成的概念,由此,文本即使作为一种等待阅读、接受和解释的"半成品",也必然在阅读和接受中起某种规定性作用,即无论阅读还是解释都不能脱离文本做任意的理解。

应当说,在各种诠释学倾向中,哲学诠释学是富有深刻启发性的,它实际上没有否定文本的规定性,而且更重视文本所具有的开放性。在当代接受理论中,哲学诠释学对作为开放性结构的文本和作为开放性和创造性

---

① E.D.Hirsch, "Gadamer's Theory of Interpretation", *Validity in Interpretation*, New Haven: Yale University Press, 1976, p.254.

② Ibid., p.251.

③ John D. Caputo, *Radical Hermeneutics: Repetition, Deconstruction, and the Hermeneutics Project*, Indianapolis: Indiana University Press, 1987, p.5.

的阅读这两方面都进行了相当深入的探讨，前者以伊瑟尔的反应理论为代表，后者以耀斯的接受美学为代表。可以说，伊瑟尔以现象学为基础对作品文本在阅读和接受中的作用，耀斯以哲学诠释学为理论基础对阅读和接受在文学活动中的动力作用的探讨，在某种程度上都丰富了哲学诠释学未能结合文学作品进行细致分析和探讨的阅读理论。

当然，伽达默尔既不同意赫施等人的专注于方法论和客观性的理解，也不同意伊瑟尔和耀斯等的过度开放的阅读和接受理论，更不认可放弃文本的后现代解构式的激进解读。事实上，当代激进阅读理论与接受美学都存在某种明显地否定文本制约和规定性作用的趋向，这一点，即使在以伽达默尔哲学诠释学为理论基础的接受美学那里也很明显。在《在现象学与诠释学之间——一种自我批判的尝试》一文中，伽达默尔谈到了他的学生耀斯的接受美学，他认为，如果耀斯的接受美学想把作为一切接受模式基础的艺术作品消解在多角形的平面上，这是不对的，耀斯否定他的"视域融合"概念也是不正确的，"接受研究不可摆脱一切解释中的诠释学关联"[①]。但可以想见，这里所谓的诠释学关联，当然包括文学作品"文本"对于阅读和解释的必要性、规定性和约束性。我们从冈特·格林对什么是接受美学的图式性介绍中可以看出，文本的制约作用是如何在激进阅读和接受中消失的。

一个作品在历史、社会的各种不同的背景里有各不相同的意义结构。这一意义结构包含两个方面：作者所赋予的意义，用代码A表示；接受者所领会、所赋予的意义，用代码R表示。将意义结构用S来表示，则：

公式 I　S＝A＋R

随着时间的流逝、时代的变迁，由于个人天性和经历的差异，接受者对作品的理解将发生变化。同是评论韩干的马，则杜甫："干惟

---

① 伽达默尔：《真理与方法》，洪汉鼎译，上海译文出版社，1999年，第643页。

画肉不画骨，忍使骅骝气凋丧"，予以否定；而苏轼："厩马多肉尻脽圆，肉中画骨夸尤难"，又予以肯定。因此，A虽是恒量，但能被接受者重新探寻出来的，不一定是全部，甚至可能完全不被发现；而R是变量。这样该公式的样式为：

公式Ⅱ　$S=(O-A_{恒})+R_{变}$

而作品的本来价值是只取决于作者的（艺术构思、艺术技巧等），这其实是S。$R_{变}$取决于接受者的文化修养，因此变化范围异常广阔：

$$公式Ⅲ \quad S=(O-A_{恒})-R_{变}$$
$$=(O-A_{恒})+(R_{-\infty}-R_{\infty})$$
$$\approx R_{-\infty}-R_{\infty}$$

于是得出：公式Ⅳ　$S\approx R$

显而易见，这派理论认为，一个艺术作品的价值几乎与A无关，而只取决于R。——无疑，这是一种反传统的新观点。[①]

确实，在这个图式中，读者和接受者的积极态度和创造性理解，是文学作品能够被具体化实现的前提条件，这也确实是一种反传统的文学理论，因为这种理解把读者和接受者视为在赋予文学作品意义这个问题上起最后决定性作用的存在。但是，它在突出强调读者和接受者的创造性作用的同时，也否定了文学作品本身对读者和接受者的规定性和约束性，离开了文学本文规定性和约束性的理解，实际上会变成一种非文学的理解。伽达默尔认为，耀斯的接受美学包含了人的历史存在所表现的有限性，并认为不存在唯一正确的理解和解释，这无疑是对的。但是，他认为由于耀斯过分强调阅读和接受的无限性和多元性，便使他陷入了"他本不愿意的德里达

---

① G.格林：《接受美学》，冯黎明等编：《当代西方文艺批评主潮》，湖南人民出版社，1987年，第586—587页。

的'解构主义'（Dekonstruktion）的边缘"①。

随着读者反应批评和解构理论的当代发展，阅读在文学理解和意义生产中更是成了一种起最终决定作用的活动，作品文本本身在阅读和接受中的规定性被彻底取消了。例如，斯坦利·费什认为，作品的意义存在于"读者的头脑"中。他认为，读者和解释者并不解码诗歌，而是根据他们所属的解释共同体的惯例，创造诗歌，解释者与诗歌之间可能会有某种实质性的一致，但是，一致并不是要证明解释对象的稳定性，而只是要证明解释共同体有权力构成对象。在这里，文学作品的意义和价值成为某个共同体的解释权力的产物。在费什看来，文本中根本不存在核心的一致性，有的是一些关于"文本如何生产"的一致性。另一方面，人们有可能通过解释不兼容的作品的某些部分或方面，劝说读者放弃自己的解释，而且，文本的阅读和理解无须参考过去对作品的解释，因为根本上就不存在如此这般的作为独立实体的文学作品，也没有什么元批评，阅读文本实际上就是创造文本。"也许，'意义'这个词也应该被抛弃，因为它带有信息或观点的概念。我再说一遍，一句话的意义就是它的经验——对它的所有经验——而这种经验在你谈到它的那一刻就立即受到损害。因此，我们根本不应该试图分析语言。然而，人类的思维似乎无法抗拒研究自身过程的冲动；但是，我们能做的最少（可能也是最多）的，是以一种尽可能少的扭曲的方式进行。"②他说，假如一位教师在课堂上交给学生们一个文本，或者一个句子、一个段落、一篇文章、一首诗、一部小说等，他们一定会有不同的感受、不同的反映、不同的理解；学生们越是体验到越来越多的不同的影响，他们越无法确定自我感受和反应中的所谓文学作品的特殊品质，越会出现各种各样奇怪的问题，因此，费什强调，文学课

---

① 参见伽达默尔：《真理与方法》，洪汉鼎译，上海译文出版社，1999年，第115页注释①。
② Stanley E. Fish, *Is There a Text in This Class? The Authority of Interpretive Communities*, Massachusetts: Harvard University Press, 1980, p.66.

程的阅读不是著作材料，不是获得稳定的意义，而是转变思想。"它没有终止点；它是一个过程；它谈论经验，是一种经验；它的焦点是效果，它的结果是一种效果。最后，我能给出的唯一无保留的建议就是它是有效的。"①随着越来越多地意识到答案的多种可能性或隐藏的复杂性，人们的思想对语言的作用就变得越来越敏锐，因此，阅读中最重要的东西不是文本，关键在于如何阅读，产生怎样的差异性效果。他说："我认为，文学是一种阅读方式的产物，是一种关于什么才算文学的共同体协商的产物，它引导共同体成员给予某种关注，从而创造文学。由于这种阅读或关注的方式不是永恒不变的，而是随着文化和时代的不同而变化的，因此，文学体制的性质及其与其他体制的关系也将不断变化，而这些体制的结构也是相似的。因此，美学不是对本质主义文学和非文学性质的一劳永逸的具体说明，而是对这种性质以一种相互确定的关系出现的历史过程的具体说明。这种美学的书写，即一种真正的新文学史的书写，几乎还没有开始。"②在这种观点看来，试图探讨文本的本质和探究作者的原意都是一种本质主义的体现。所谓文学是一种阅读方式的产物，不仅意味着文学需要阅读，而且意味着阅读生产着文学。按照这种理解，文学的本质在于阅读，在于不同的阅读，在于不同的阅读方式，在于不同的阅读效果，只要阅读产生了效果，就是有效的阅读，产生的效果越多，阅读就越成功。可以肯定，这是一种非常开放的阅读，也是一种非常有趣的阅读，是一种能够丰富文学作品作用的阅读，但是，也可能会是一种漫无边际或者不着边际的阅读。按照这种理解，是否只要对任何文本进行一种文学的阅读就能成为文学的阅读，而不管什么文本都可以成为文学文本呢？

德里达解构理论会认为，尽管伽达默尔承认文本只是一种有待阅读和解释的"半成品"，文本的意义只有在读者与文本的对话中和视界融合中

---

① Stanley E. Fish, *Is There a Text in This Class? The Authority of Interpretive Communities*, Massachusetts: Harvard University Press, 1980, p.67.

② Ibid., pp.97-98.

才能得到实现,但是,伽达默尔仍然坚持文本的概念边界,强调文本概念的必要性,因此,他仍然没有把意义从文本的限制中解放出来。在一次采访中,采访者问德里达,离开这样那样的历史的阅读行为来谈论文本的独特性是否可能,德里达说,一部作品的独特性并不是天然的,而是一种建制的独特性,它只发生一次,但它既是唯一的,也是可分割的。"当独特化始终存在的时候,绝对的独特性就永远成不了事实,成不了客体或存在物本身,它是在一种似非而是的经验中被宣布的。绝对的、绝对纯粹的独特性——如果它存在——甚至都不露面,或者至少不会供人阅读。要变成可读的,它就必须被分割了去加入与归属。然后,它被分割了并在体裁、风格、环境、意义、意义的概念通则中担当起它的角色。它为了提供自己而失去自己。独特性绝不是一次性的,绝不像一个点或拳头那样是封闭的。它是一个标志,一个区别的标志,区别于自己,因自己而区别。"①因此,文本的独特性在阅读中始终是一种建构,文本在阅读中呈现自己,但同时也在被阅读中丧失自己,历史上的那个作品永远是独特的,每一次被阅读的效果也是独特的,没有作为解读的文本中心,这种中心根本就不存在。它总是一种踪迹,一种延迟的踪迹,一种差异性的踪迹,它是它自己,但始终又不是它本身,这是一种双重的、对立的和充满矛盾和悖论的独特阅读经验。我们前面论述过,俄国形式主义诗学、新批评和结构主义理论都热衷于分析和讨论"文学性""形式性"和"结构性",但德里达认为不存在作为文学实质或实在的所谓"文学性"这样的东西:"没有内在的标准能够担保一个文本实质上的文学性。不存在确实的文学实质或实在。如果你进而去分析一部作品的全部要素,你将永远不会见到文学本身,只有一些它分享或借用的特点,是你在别处、在其他的文本中也能找到的,不管语言问题也好,意义或对象('主观'和'客观的')也

---

① 雅克·德里达:《文学行动》,赵兴国等译,中国社会科学出版社,2000年,第34页。

好。"①文学性不是一种天然的本质,不是文本的内在固有物,不是某种实在的东西,而是对文学的一种意向性的相关物,是一种阅读和理解的差异性游戏,我们永远不可能把握到这样一种本来就不稳定,或者说本来就不存在的实体。乔纳森·卡勒认为,解构批评的目的不在于确立科学的哲学真理,也不是为了对文学作品进行丰富的阐述,而是在批评中使解释的效果不断变化和不断更新。理查德·罗蒂(Richard Rorty)在探讨卡勒的解构批评时写道:"在卡勒看来,解构批评的这些结果并不在于'确切地'阅读文本的准则,而在于能够参加不可避免可能出现的确定性的实践。这样的批评并不是用哲学代替文学,并不是把哲学运用于文学,而在于从事一种使传统的哲学—文学区别(同传统的一般—个别的区别一样)不再有效的活动。"②因此,解构批评不同于结构主义分析,它不再关注文本稳定结构和确定性,而在于作为一种阅读和解释效果不断更新的活动,始终消解文学文本与哲学文本或者其他文本之间的界限。

实际上,当代实用主义著名哲学家理查德·罗蒂也并不关心文本的连贯性和客观性的解释,他关心的同样是解释的结果,或者说这种解释结果与我们有怎样的关系,当然,这也是哲学诠释学关心的一个重要维度,即诠释学的"应用"。伽达默尔强调,理解和解释都是一种应用,阅读、理解和解释都必然会把理解的东西应用到理解者身上,都会在理解者身上产生效果。不过,罗蒂更明确地说,他的诠释学应用是一种实用主义的应用。他认为,文本的理解结果就是一种实用主义的解释。我们对于文本的解释既不是由作为描述对象的文本连贯性决定的,也不是由文本之外的某种事先存在的连贯性所决定的,而是由解释者根据其目的和使用描述出来的。他说,对他们这样的实用主义者而言,那种认为某个给定的文本确实具有可以运用严格的方法来揭示内容的看法,正如亚里士多德式的

---

① 雅克·德里达:《文学行动》,赵兴国等译,中国社会科学出版社,2000年,第39页。

② 理查德·罗蒂:《后哲学文化》,黄勇编译,上海译文出版社,1992年,第134页。

观念所认为的，所有的东西都具有某种与表面的、偶然的或外在的东西相对的真实的、内在的实体，这样的看法同样糟糕。评论家们认为已经发现了文本实际所说的内容的看法，比如说，认为他们的文本分析和解释揭开了某种意识形态结构的神秘性，或者，它确实解构了西方形而上学的二元对立，而不只是体现了实用主义目的的某种运用，在罗蒂这样的实用主义者看来，这充其量是一种彻底的神秘论。罗蒂写道："我更愿意说，文本的连贯性并不是它在被描述之前就有的，就像我们把它们连接起来之前的点有连贯性一样。它的连贯性只不过是这样一个事实：有人发现了一些有趣的关于一组符号或噪音的说法——某种描述这些符号和噪音的方式，它把这些符号和噪音与我们感兴趣的其他一些东西联系起来。……这种连贯性既不是内在的，也不是外在的；它只是迄今人们对这些符号所说的一种功能。当我们从相对无争议的语言学和书本言谈转向相对有争议的文学史和文学批评时，我们所说的必须与我们或其他人先前所说的有一些合理系统的推论联系——与先前对这些相同符号的描述相联系。但是，在我们正在谈论的东西和我们正在对它谈论的东西之间，没有任何可以划清界限的'点'，除非提到我们目前碰巧拥有的某种特定的目的、某种特定的意图。"①因此，在罗蒂看来，对文本的解释就是对读者和接受者具有实用性目的一种描述，所有对对象的描述都是实用性解释和应用的结果和产物。换言之，不是文学作品本身产生了作品的意义，而是读者和接受者实用性地使用文本生产和建构了作品的意义，我们可以不理睬文学文本的规定性，而只根据我们自己的需要来进行阅读、理解和解释。这种实用主义的文学阐释的严重后果是可想而知的，中国历史上诸多的文字狱事件，文学评判中的政治权力现象，许多文学批判中的牵强附会现象，实际上就是不顾文学文本自身的规定性，实用主义地理解和阐释文学文本所导致的严重后果。乔纳森·卡勒在《为过度解释辩护》一文中说："解释本身不需

---

① Richard Rorty, "The Pragmatist's Progress", *Interpretation and overinterpretation*, Stefan Collini eds., Cambridge:Cambridge University Press, 1990, pp.97-98.

要辩护，它总是与我们相伴而行，但是正像大多数智力活动一样，解释只有在极端的时候才有趣儿。温和的解释表达的是一种共识，尽管它在某些情况下可能有价值，但却几乎没有什么意义。切斯特顿对这一观点有一个很好的阐述，他说：'要么批评毫无用处（一个完全站得住脚的命题），要么批评意味着对作家说那些本来会让他暴跳如雷的话。'"①如果这种做法超出了文学和文学知识界，结果会怎么样呢？如果超出了作为艺术的文学范围而从别的角度理解文学作品，将是一种怎样的结果呢？哲学诠释学认为阅读、理解和解释确实是一种应用，但这种应用并不等同于实用主义的实用，它认为必须尊重作为"事物本身"的文学作品。

我们看到，在激进阅读和解构阅读中，曾经在20世纪备受推崇的文学作品形式结构论理解已经被瓦解。20世纪上半叶的文学作品本体论理解几乎被否定，文本本身不再是文学分析和理解中发挥自律性限制和必要性约束的东西，作者意图论当然也基本被否定了，而认为文本及其意义都是在阅读、接受、理解和解释过程中产生和建构的。詹姆斯·里瑟尔在《阅读文本》一文中这样描述文学文本在当代文学批评中的状况："当代文学批评已经根本改变了文本的观念，这一点是确信无疑的。文本已不再是那种可以通过正确的方法论方式把它视为实质上单纯的、直接呈现于读者面前的东西。文本不再被看做自身封闭的，可以由标题、页边、开始、结尾、作者这些标识来确定的东西。相应地，批评和阅读的任务也不再被视为一种意义辨认，至少不是一种通过其标识对'附在'文本上的意义的辨认。那种让人们抓住文本的真实意义的原理探索已经被放弃了。已经认识到的是，文本作为一个仓库，作为一个中心，不能像代达罗斯的雕像那样被束缚着。在批判性解读中，人们进入了一个镜像的语言厅堂……在每一个文本中都有文本间性的侵扰，不断地播散着文本。由于标记的消失，文本仍然对意义的根本多元性保持开放，所有的意图和目的都必须被生产出

---

① Jonathan Culler, "Infense of Overinterpretation", *Interpretation and Overinterpretation*, Stefan Collini eds., Cambridge:Cambridge University Press, 1990, p. 110.

来。"①这确实道出了当代文学理论和批评中的文本本体论理解的处境,这种激进阅读认为,文学作品不仅不再具有形式结构论所坚持的文本的稳定性、确定性和客观性,而且文本的概念在当代激进阅读理论那里已经变成了一种并不十分重要的东西,或者说,已被当作不重要的东西抛弃了,甚至连哲学诠释学这样的把文本视为半成品的概念,也被解构理论视为应该否定的逻格斯中心主义的延续。

在激进阅读和解构中,坚持文学性、文本性和深层结构确实显得有些老派和陈旧。但是,对于文学诠释学来说,它理解的仍然是文学,因此,这种转变并不意味着文学作品的阅读、理解、解释和应用中不再存在着如何理解文学文本的问题,也并不意味着文学的阅读、理解和解释就只是探讨文学如何被不同的理解和解释的问题,而与文本无关。应当说,文学作品的本体论问题应当关注其言说的东西,因此,它始终与文学作品本身的存在相关,始终与要理解的"事物本身"有关,抛弃了作为"事物本身"的文学作品所做的所谓文学阅读和理解,便很难说是文学的理解,实际上已经沦为了一种非文学的理解。

很明显,对于文学阅读和接受、文学理解和解释来说,无论其理解和解释具有怎样的开放性、怎样的未来可能性,文学作品的意义在理解和解释中具有多大的多样性和差异性,即使我们不能说文学作品的意义完全由文学文本决定,但也不能说完全与文学作品本身的存在无关。一个必须承认的事实是,人们不会把与文学作品无关的理解和解释叫作文学的理解和解释,文学理解和文学解释总是与叫作文学作品的文本有关,它始终是对文学文本的阅读、理解和解释。尽管不能否认,人们也常常从非文学和非审美的角度,如政治意识形态、道德伦理等角度来阅读和理解文学作品,但是,文学阅读和理解中的政治意识形态和道德伦理等内容,也应该是与所阅读和理解的文学作品相关的,而不能抛弃文学文本的自身存在做任意

---

① James Risser, "Reading Text", Brice R. Wachterhauser ed., *Hermeneutics and Modern Philosophy*, New York : State University of New York 1986, p. 93.

的为我所用的实用主义理解。

罗蒂《实用主义的进程》一文中的一些观点，是在批评意大利符号学家和小说家昂贝多·艾柯（Umberto Eco）关于"标准读者"与"文本意图"之间关系的看法时提出来的。艾柯承认阅读和理解的开放性，但是，他并不认为我们可以完全抛弃文本的约束和规定性作用。在这里，简要论述一下艾柯关于文本开放性与限制性的看法很有必要。可以说，他的分析突出强调了阅读和理解不管有多大程度的开放性和不确定性，文本性阅读和理解都有其最低限度的约束和限制。因此，艾柯力图在文本与文本的解释之间寻求某种必要的平衡，承认文本阅读和解释归根结底都不能脱离文本。在坚持阅读和解释的开放性的同时，他针对"无限衍义"的激进阅读和解构分析做出了批判。艾柯说，在1962年的《开放的作品》中，他主张解释者在阅读具有审美价值的文本时所具有的积极作用，可是，他发现读者们在阅读这本书的时候主要集中在作品所具有的开放性的方面，而低估了他所支持的开放性阅读是由一部作品激发起来的这个事实。在1990年出版的《解释的限制》一书中，他结合当时的解释理论和他自己的作品对解释的开放性和文本的约束性深入探讨了相同的问题，重申了一直坚持的诠释学观点。在1990年的《解释与历史》一文中，他重申了他的文本在开放性的阅读和解释中的限制性作用问题，实际上，他要探讨的是"文本的权力及其解释者之间的辩证法"，他认为："在过去几十年中，解释者的权利被过分地强调了。在这篇文章中，我强调解释行为的限制性。"[①]开放性阅读并不意味着可以置文本于不顾，开放性阅读必须从作品出发，人们对文学作品的解读是对所要解释的文本的解释，而非抛开文本的任意解读。因此，阅读和理解的开放性必然要受到文本的约束和限制。针对某些当代批评理论所认为的对文本唯一可靠的解读就是误读（misreading），文本的唯一存在就是由它所引发的一连串反应所决定的，作者带来文字，

---

① Umberto Eco, "Interpretation and History", Stefan Collini eds., *Interpretation and Overinterpretation*, Cambridge:Cambridge University Press, 1990, p.23.

而读者带来意义。艾柯不同意这样的观点，而是认为一定存在对解释进行限定的某些标准。

在《解释与历史》这篇文章中，艾柯举了约翰·维尔金斯在《莫丘利：或，隐秘敏捷的信使》中开头几段文字讲述的故事作为例子，说明文本在阅读和接受中的规定性作用。这个故事讲述的是，一位印第安仆人应主人的吩咐去送一篮无花果和一封信，但是，他在半路上把篮子里的东西吃掉了一半，而把剩下的东西送给了那个人。那个人读了那封信之后，发现送给他的东西与信中所说的内容不一样，便质问仆人为什么偷吃果子，并且告诉他信中所说的内容。但仆人坚决否认有此事，而且认为是那封信在撒谎。此后不久，这位仆人又被吩咐送同样的东西给同一个人，他又在半路上吃掉了一半果子，但与上次不同的是，他把信件藏在了一块大石头下面。他认为，如果这封信没有看见他偷吃果子的话，就不会出卖他。可万万没想到的是，他遭到了更严厉的质问和指责，因而不得不老实承认自己的错误，也不得不承认纸上写的东西所具有的神秘力量，信件居然能够见证真实的东西。从那以后，他再也不敢故伎重施了。艾柯对整个故事做了这样的假设，如果送篮子的仆人在路上被人杀了，另一人代替了他，篮子里的果子也被换掉了，而且被送给了另一个人，而这个人根本就不知道有什么果子，也不知道有什么信件。艾柯对这个故事还做了进一步假设，如果送信的人被杀了，果子也被杀人者吃掉了，信件被塞到一个瓶子里并扔进了大海。70年之后这个瓶子被罗宾逊发现了，没有仆人，也没有果子，只有一封信。罗宾逊看了这封信后的第一个反应就是"果子"。

艾柯从这个故事的分析中得出的结论是，不管事情的变故是如何的曲折离奇，但是，这些基本的东西是不会变的，从前有一个篮子，里面装有无花果，因此，无论是当代激进阅读的哪一类读者中心论者的阅读都可能会受这个限制。"我们不能不考虑那位仆人的观点，他第一次看见了文本和文本解释的神奇力量。如果有什么东西需要解释的话，就必须谈到某种在某个地方被发现的东西,在某种意义上这种东西应该受到尊重。"① 在《解释与历史》一文中,艾柯对当代文学批评,尤其是解构主义文学批评的任何解释都是不确定的观点进行了漫画式的批评,并指出了他们与古代神秘主义所具有的相似性。通过对诠释学历史的简单回顾以及一些富有启发的例子的诠释,他说明了文本的阅读和解释,无论多么的不确定,最后都不可完全置文本而不顾,置文本所说的内容而不顾。人们的解释无论多么的离奇,最后都有赖于文本这种具有确定性的东西,而从根本上说,解释就是对这种具有某种确定性东西的文本的解释。阅读的主动性和创造性是重要的,但文本本身的约束作用也并非无足轻重。艾柯写道:"在某种情况下,我对以读者为导向的许多理论表示同情。当一个文本被放入一个瓶子里——这不仅发生在诗歌或叙事中,也发生在对《纯粹理性批判》的理解中——也就是说,当一个文本不是为一个接受者而是为一个读者共同体而产生时——作者知道,他或她将会被解读,不是根据他或她的意图,而是根据一种复杂的相互作用的策略,包括读者以及他们拥有的作为社会宝库的语言能力。我所说的社会宝库,不仅是某种特定的作为一套语法规则的语言,而且是该语言的表现所实施的整个百科全书,即该语言所产生的文化习俗和先前对许多文本的解释以及读者在阅读过程中理解文本的历史。"② 显然,艾柯并不否定读者的作用,而且肯定阅读和理解的积极性和创造性,但他同时强调文本和读者之间复杂的相互作用。他这里所指的语言,当然包括文学文本本身的语言和读者的语言,而文本的解释的历史应该是对文本的解释的历史,而非对别的东西的解释历史,诚然,有多少读者就可能有多少个李尔王的形象,但不能否认,这些不同形象都是读者在阅读中根据《李尔王》在阅读中形成的,而不是在阅读《哈姆雷特》中妄想出来的,同样,无论多么富有创造性和开放性的阅读和理解,也不

---

① Umberto Eco, "Interpretation and History", *Interpretation and Overinterpretation*, Stefan Collini eds., Cambridge:Cambridge University Press, 1990, p.43.

② Ibid., pp.67-68.

可能从《三国演义》中读出《红楼梦》的故事。这就是在阅读和解释中的最低程度而且也是最基本的限制性和约束性。"我们相信，就现实世界而言，真实是最重要的衡量基准，但对于小说所描述的世界，我们则倾向于以信任的态度接受其所述。然而，即便在现实世界里，信任的原则和真实的原则也同等重要。"①所谓"以信任的态度接受其所述"，就是不论多么开放性的阅读和理解，都必须对作为"事物本身"的文本有最起码的尊重。"一件艺术作品，其形式是完成了的。在它的完整的、经过周密考虑的组织形式上是封闭的，尽管这样，它同时又是开放的，是可能以千百种不同的方式来看待和解释的，不可能只有一种解读，不可能没有替代交换。这样一来，对作品的每一次欣赏都是一种解释，都是一种演绎，因为每次欣赏它时，它都以一种特殊的前景再生了。"②用伽达默尔的话说，我们的理解的差异性必须建立在倾听文本对我们所说的话的基础上。

因此，文学理论和批评从对作品本体论、文学反映论向阅读、理解和解释本体论的转变，肯定读者、理解者的阅读和创造性，并不意味着完全抛开了文学作品本身的存在及其规定性，在强调阅读活动的本体论重要性的同时，应该重视对作品本身在阅读和理解中的约束作用。与激进阅读和解构阅读不同的是，哲学诠释学对阅读和解释高度重视，但并没有否定艺术作品的规定性和约束性，伽达默尔说："如果把解释中出现的可能变异性看做是任意的和武断的，那么我们就没有看到艺术作品的制约性。事实上，所有这些可能的变异性都是从属于'正确'表现的最高标准的。"③在确定阅读和接受在文学活动中的创造性作用的同时，应该看到文学作品对阅读与接受的某种规定性，承认阅读和理解的差异性，并不意味着完全

---

① 昂贝多·艾柯：《悠游小说林》，黄寤兰译，广西师范大学出版社，2017年，第138页。

② 昂贝多·艾柯：《开放的作品》，刘儒庭译，中信出版社，2015年，第3页。

③ Hans-Georg Gadamer, *Truth and Method*, London: Continuum Publishing Group, 2004, p.117.

否定作品本身对阅读和理解的规定性。由此看来，形式主义、新批评和结构主义的文本理论便不是没有意义的，它们把文学作品视为一种独立自在的客体来研究确实存在着许多不足的地方，但是，不可否认，揭示文学作品的文学性和内在结构也是文学理解的重要内容，而且对文学研究来说不能不说是一种极为重要的方面，因此，当代文学理论和文学批评的这种转变仍然不能把文本作为一种不必要的东西抛弃。关键的问题在于，我们承认文本在理解中的规定性的同时，如何理解文本在接受和理解活动中的开放性。

二、文学作品在接受活动中的开放性

对文学作品的阅读、接受和解释必然是对文本的阅读、接受和解释，因而必然会受到文本的限制，如果没有这种限制和约束，阅读、接受和解释就必然会成为漫无边际、为所欲为的阅读、接受和解释。但是，哲学诠释学认为，文本作为一个被理解和解释的概念，并不仅仅因为读者、接受者和解释者是能动性的存在，而且因为文学作品的文本本身并不是一个封闭的、完全自足的概念，文学作品之所以能够被不断地阅读、理解和解释，就在于文学作品本身具有开放性，它总是向阅读和理解它的人敞开着，并向阅读和理解它的人言说，因此始终包含着被不断阅读和被不同地解释的可能性。下面，我们来探讨文本概念在阅读、接受和理解中的开放性问题。

在前面的论述中，我们已经看到，在确定艺术作品的本体论存在方式时，哲学诠释学认为，我们既不能从单纯的自律性文学文本存在出发，把它当作一种"不及物"的存在，只是一种纯粹审美意识的表现；也不能像当代激进阅读理论那样完全否定作品的概念。伽达默尔认为，当代艺术理论中那种放弃作品概念的激进倾向，严重忽视了作为"事物本身"的文学艺术作品。在《生动与直观》一文中，伽达默尔写道："艺术理论要提出的问题必须面向整体，必须在艺术理解自身作为'艺术'之前，也在艺理解自身作为'艺术'之后来对待艺术。使绘画、雕塑、建筑、歌曲、文本或舞蹈呈现为美的,并且,假如'已不再美',却依然作为艺术的东西究竟是什么?'美'并不意味着美的特殊理念的实现,不管这种理念是古典的还是巴洛克的理念。毋宁说,美规定艺术作为艺术:即作为从有目的地建立并使用的所有事物中突显出来的东西。确实,美只是将人邀请入直观的请柬(invitation),而这就是我们称之为'作品'的东西。"①没有作为请柬的艺术作品,我们无法进入艺术作品表现的思想中。艺术作为人类经验的一种表现形式,一种此在存在的特殊表达形式,在它被人们称之为"艺术"之前就已经有了漫长的历史,在艺术可能不再作为"艺术"之后也同样会存在漫长的时间,但是,它作为人类经验的特殊形式将依然存在,艺术并不是天然的概念,而是历史的产物,它在历史进程中传递艺术的历史生命。

我们知道,美的艺术概念是在西方18世纪确立的,它呈现出两个非常重要的特征:第一是从艺术作为一种活动的原则来理解艺术概念。我们从前面的论述可以看到,自古希腊的柏拉图到文艺复兴时期的列奥纳多,再到18世纪建立美的艺术概念的法国理论家巴托,都把艺术本质的共同原则归结为"模仿",实际上,艺术的本质概念那时就被统摄在模仿这个概念之下。第二是从艺术作为一种美的产品来理解的艺术概念,现代时期的美的艺术概念是随着艺术作为一种美的东西的意识的不断增长而逐渐确立起来的,无论是法国的巴托,还是英国的夏夫兹博里,抑或是18世纪的德国哲学家和美学家们,都把美和艺术作为一个独立的人类活动领域来认识,并从哲学上确立了美的艺术哲学的基本概念,在此后的一百多年的时间里,艺术和审美便被认为是一种自律性的存在。理论家进而探讨其作为自律性艺术的本质。我们已经论述过,20世纪上半期的俄国形式主义、英美新批评和结构主义在文学理解上便把"形式性""文学性"和"内在结

---

① Hans-Georg Gadamer, *The Relevance of Beautiful and Other Essays*, edited., Robert Bernasconi, London: Cambridge University Press, 1986, p.161.

构"等作为集中探讨的对象,就是这样一种审美自律性哲学理解在文学理论中的体现。前面的论述已经表明,这些探讨把文学作品视为一种封闭性的自律性存在,基本否定了文学作品本身所具有的开放性结构。作为对这种以"文本"为中心的理论倾向的反拨,激进的阅读和理解理论走向了以"读者"为中心的另一个极端的倾向,甚至倾向于否定文本在阅读和理解中的规定性。

伽达默尔的哲学诠释学把阅读作为本体论事件,充分肯定阅读和理解的主动性和创造性,但认为不能忽视文本在阅读和理解中既具有规定性,也具有开放性,他认为耀斯的接受美学和德里达的解构理论过分地忽视了作品本身的规定性,但是,伽达默尔很少或者几乎没有在这方面做出深入的分析和探讨,对他本人所说的文学作品是一个"将人邀请入直观的请柬"这个问题没有做具体的分析,对文学作品为什么具有开放性结构这个问题也没有做出具体的论述,这是诠释学在论述文学作品的阅读和接受方面所欠缺的。不过,他充分注意到波兰现象学家和文学理论家对这个问题所做的非常有益的研究,他认为,罗曼·英伽登(Roman Ingarden)的"图式化"(schematism)理论对文本规定性和开放性做了出色的分析。[①] 因此,罗曼·英伽登对文本的现象学分析和伊瑟尔的反应理论以及其他一些有关阅读的理论,可以看做对哲学诠释学阅读与接受理论的一个重要发展或补充。

罗曼·英伽登用现象学的意向性概念来描述他的文学艺术作品的特殊存在方式。他认为,文学作品是一种特殊的意向性客体,它不同于真实存在的物理性客体,真实存在的物理性客体是能够被明确理解的,也是可以被经验证实的东西;它也不同于想象性客体,想象性客体是被建构出来的,缺乏现实性的规定性。与真实客体和想象客体不同,文学作品

---

① 参见伽达默尔:《现象学与辩证法》,《真理与方法》,洪汉鼎译,上海译文出版社,1999年; Hans-Georg Gadamer, "Text and Interpretation", *The Gadamer Reader: A Bouquet of the Later Writings*, Illinois: Northwestern University Press, 2007.

是一种意向性的客体,它既不是全然明确的对象,也不是完全自律性的客体。在英伽登的文学理论中,最有影响的观点是他对文学作品的分析,而这种分析是建立在他对文学作品的概念之上的,文学作品作为一个纯粹意向性的客体,必须依赖于人们的意识行为。英伽登认为文学作品由四个层次构成,每一层都对其他层产生影响,这四层又有两个不同的维度。第一层,包括文学的"原材料""字音"和建立在它们之上的语音结构,我们不仅可以从中发现承载意义的声音结构,而且还能发现诸如节奏和押韵等具有的特殊审美效果潜力。第二层,包括所有的意义单位,无论它们是单词、句子,还是由多个句子组成的单位。第三层和第四层由表示对象和表示这些对象的图式化方面构成。这四个层次的总和体现了文学作品的两个维度,第一个空间性维度体现一种与审美价值相联系的复调和谐。第二个维度包括文学作品中的句子、段落和章节顺序,体现一种延续性的时间维度。这种关于文学的艺术作品结构层次的认识理论,特别值得注意的是,这种结构层面不像形式结构论所认为的那样是封闭性的存在,相反,这些层次和维度构成了一个必须由读者和理解者来完成的框架或"图式化结构"(schematized structure)。一方面,作品有其自身的结构,这种结构是文学的艺术作品本身所具有的结构;另一方面,文学作品的结构需要读者和理解者来参与才能完成,因为这种结构是一种具有开放性的"图式",在阅读和理解中,这种图式便被实现为具体的生动的艺术作品。

因此,在英伽登看来,文学的艺术作品确实是一种结构,但并不是一种自我封闭的结构,那么,为什么文学的艺术作品是一种开放的结构呢?他认为,文学作品本身的结构中充满了许多不定点和空白点。文学作品中的不定点和空白点不是偶然的和创作失误的结果,而是每一部文学的艺术作品中所必需的。因为,作家在文学作品中所运用的词语和句子不可能对所有要描述的事物都做出确定性的表达,那么必然会存在不确定性和模糊性。用中国古代诗论家的话来说就是"不着一字,尽得风流",

有些事物不用确定性的文字表达出来，有些事物用想象性的方式表达出来，更能蕴含深刻的意蕴。欧阳修《蝶恋花·庭院深深深几许》："庭院深深深几许，杨柳堆烟，帘幕无重数。玉勒雕鞍游冶处，楼高不见章台路。雨横风狂三月暮，门掩黄昏，无计留春住。泪眼问花花不语，乱红飞过秋千去。"无论词句还是整首词都充满了不确定点和模糊性，留下丰富的想象性和情感性空间，需要读者在阅读和理解中去填补和充实。英伽登把这叫作文学作品中的不定点和空白点，这些不定点和空白点并不是无所表现的，而是为了更好地表现，它们不是缺点，不是无用的东西，它们就属于作品本身，而且是真正的文学作品必有的东西，是文学作品结构性存在的不可或缺的构成要素。如果文学作品的语言是一种逻辑的语言，那么它就缺乏诗意和想象性，也缺乏情感性和理解的可能性，如果一切叙事都清清楚楚，明明白白，那么它可能就是说明书，就是研究报告，等等，它就没有了可理解和可阐释的空间。因此，正是文学作品中的不定点和空白点体现了文学作品的开放性，也体现了理解的开放性，必须通过读者在阅读过程中的具体化，才能实现文本的审美价值和把握文本的形而上特质。所谓具体化，指的是任何读者对文本的"补充性决定"，即读者为填补文本中的不确定性而采取的主动行为，这种填补行为是一种积极的创造性行为。英伽登用"具体化"这个词来表示在特定文本中实现潜在性、客观化意义单位和具体化不确定性的结果。在英伽登看来，无论哪一种类型的艺术作品，都有其独特的性质，而且，它都不是那种所有方面都由初级的性质决定的事物，换句话说，在作品的确定性方面，它本身就具有明显特征的不定点和空白点，文本中存在各种不确定的空间，文学作品文本只是一种纲要性的、图式化的作品。因此，并不是文学作品中所有决定因素、构成成分或要素都处在已实现而不需要读者理解的状态，事实上，文本中总有一些潜在的东西，有一些需要读者的想象性充实的东西，只有在读者的阅读和理解过程中才能实现，才能使它变得更加生动，更加丰满。

因此，英伽登认为，一个艺术作品的具体化和生动性需要一种外在于文学作品自身的动因，没有这个动因，文学作品仍然只是一种潜在的存在，而这个动因就是观赏者或读者，他们使潜在的、原本封闭着的文学作品具体化和现实化了。"观赏者就去充实作品的图式结构，至少部分地丰富不确定的领域，实现仅仅处于潜在状态的种种要素。于是，就产生了艺术作品的'具体化'的东西。这样，艺术作品是艺术家有目的活动的产品；作品的'具体化'不仅由于观赏者对作品有效描述事物所进行的鉴赏活动是一种'重建'活动而且也是作品本身的完成及其潜在要素的实现。这样，在某一点上作品就是艺术家和观赏者共同的产品。"① 按照现象学理论，所有客体都有无穷多的决定因素，但是，我们的任何认识行为都不可能考虑到任何具体物体的每一个决定因素，我们总会意向性地注意到某些东西，同时总会遗漏某些东西，文学作品作为意向性的客体，它总是有一定程度的不确定性。"因此，从理论上讲，每一部文学作品，实际上，每一个被描绘的对象或方面，都包含着无限多的不确定的地方。"② 因此，在阅读过程中，我们会以不同的方式与文学作品进行互动。按照英伽登的说法，阅读中的认识活动在作品的各个层面都会发挥积极的作用，无论对作品的字词、句子，还是段落，乃至整个作品，我们都会不仅根据作品提供的"图式"，也会根据我们自己的文学修养和理解能力，在一种我们与文本的相互作用中使文学作品具体化和现实化。没有这种具体化和现实化的过程，文学作品及其表现的世界就不会从图式结构中显现出来。值得注意的是，由于这种具体化的行为是个体读者的活动，它们可能会有非常不同的变化和差异，个人经历、情绪和一系列其他偶然因素都会影响每一次具体化，对同一作品都可能做出不同的理解。因此，没有两个具体化是完全相同的，同一部文学作品在不同的人眼里或不同的时间里都有所

---

① 罗曼·英伽登：《艺术的与审美的价值》，冯黎明等编：《当代西方文艺批评主潮》，湖南人民出版社，1987年，第567页。

② Robert C. Holub, *Reception Theory: A Critical Introduction*, New York: Methuen, Inc. 1984, p. 25.

不同。

在英伽登看来，文学艺术作品具有一个有待于在阅读和理解中补充和充实的图式结构，只有通过读者和理解者的阅读和接受，文学作品才能得到具体化为具有现实性的文学叙事和文学世界，但是，这种具体化不能脱离文本，阅读和接受的具体化是一种恰当的、而不是任意的具体化。由此可见，英伽登坚持了文学作品文本的自身存在，同时也高度重视读者和接受者的创造性作用。"在具体化中，读者进行着一种特殊的创造活动。他利用从许多可能的或可允许的要素中选择出来的要素（尽管所选择的要素从作品方面来说并不总是可能的），读者主动地借助于想象'填补'了许多不定点。"①应当说，这种观点与哲学诠释学有重要相似之处，特别体现在坚持每一次阅读或具体化都具有差异性这一看法上。但值得注意的是，英伽登是从"理想个体"来界定它的读者的，同时也是从作为艺术的文学作品来描述作品的图式化结构的，因此，他认为，如果人们从政治或阶级问题这些外在的层面来理解和认识文学的艺术作品，就会脱离文学作品本身来理解，这是应该避免的，它们是真正的文学阅读具体化的一种障碍。因此，有学者认为："英伽登现象学观点的主要弱点，与其说是因为他坚持对文本进行充分的具体化，不如说是因为他未能解释艺术作品及其接受者处境化的性质。"②而突出理解的"处境性"，强调读者和理解者的时间性和历史性在文学作品文本"具体化"过程中的作用，正是哲学诠释学关于理解问题的鲜明特征。

德国文学理论家沃尔夫冈·伊瑟尔对文本的开放性问题做了更进一步的深入分析和探讨，他从英伽登的著作中吸纳了基本的理论模式和一些关键概念，英伽登关于文学的艺术作品的概念为伊瑟尔的研究提供了一个非

---

① 罗曼·英伽登：《对文学的艺术作品的认识》，陈燕谷、晓未译，中国社会科学出版社，1988年，第52页。

② Robert C. Holub, *Reception Theory: A Critical Introduction*, New York: Methuen, Inc. 1984, p. 29.

常有用的框架。在英伽登那里，审美对象是通过读者方面的认识行为构成的，但他更多地侧重于对文学的艺术作品的认识行为，伊瑟尔则从作为对象的文学作品文本转向了作为过程的文学阅读行为。一方面，他认为文本结构对阅读和理解行为具有引导作用，承认文本结构对理解和解释中所具有的引导作用，实际上并没有否定文学作品自身的存在，另一方面，他认为文学作品是一种不同于现实存在的虚构文本，因此，它不具有现实对象的全部确定性，文本结构中存在诸多不确定性的空白点，正是这些空白点使读者与文本进行交流成为可能，并引导读者积极参与作品意义的理解和生产。像英伽登一样，伊瑟尔认为，我们承认读者和阅读在文本意义生产中的创造性作用，但并不意味着否定我们在阅读和理解中应该有某种理想的标准，并不意味着阅读和理解的随意性和任意性。"文学文本与其说实际地形成了意义文本，不如说开始了意义的'实行'。它们的审美特质就在于这一'实行'结构，显然这一结构不能等同于最后的结果，因为没有单个读者的参预，就不可能有实行。"① 因此，在伊瑟尔看来，文学作品文本既包含确定性，也包含不确定性，确定性为我们的阅读和理解提供某种指令，而不确定性则为我们的创造性理解提供可能性空间。他的审美反应理论就是试图超越主观主义和客观主义的概念，在作为理解者的主体与作为被理解者的客体之间寻找一种解释性的参照框架，实现文本的规定性与理解的开放性之间的平衡。正如伊瑟尔所说："如果说文学研究源于我们对文本的关注，那么，毋庸置疑的是，我们以读者身份在阅读这些文本时发生了怎样的状况，以及文本促使读者做出了什么举动，便具有重要的意义。"②

伊瑟尔主要是从三个方面确定文学作品文本在阅读和接受中的开放

---

① 沃尔夫冈·伊瑟尔：《阅读行为》，金惠敏等译，湖南文艺出版社，1991年，第33页。

② 沃尔夫冈·伊瑟尔：《怎样做理论》，朱刚等译，南京大学出版社，2008年，第68页。

性作用。首先，他对文学语言与日常语言做出了区别。他认为，对文学作品的接受同样是一种语言行为，接受者必须经由文学作品的语言才能阅读和理解文本，尽管文学文本的语言行为与日常语言行为所要求的特殊参照的确定性不同，但是，对文学作品文本的接受仍然是接受其中所具有的那些能够指引阅读的信息编码。"语言行为的成功取决于通过规约、程序以及真诚的保障以达到非确定性的解决。这些就形成了一个参照框架，其中言语行为能够变成一个行为语境。文学文本同样要求非确定性的解决。但就定义而言，虚构作品不存在这样的特定参照框架。相反，读者必须首先为自己找到隐藏于文本深层结构中的信码，这与意义的提出是相同的。只要它包括可以使读者与文本进行交流的手段，那么发现过程本身就是一个语言行为。"[1]因此，作为虚构文本的文学作品的规约，不同于日常语言和哲学语言的规约概念，他把后者称为语言规范稳定性的垂直结构，把文学文本的规约称为横向结构。文学作品作为虚构文本对现实存在的种种规约做出新的选择，分裂和打破了日常语言规约的垂直结构，并对日常生活中的规约语言进行了重新组织，突破或取消了日常语言的规约使用性和日常性，文学作品的语言已不再是日常生活语言，而具有一种新的维度。这种新的维度实际上就是作家的创造性表达，是超越现实性存在的想象性表现，用俄国形式主义诗学的概念来表达，就是把人们熟悉的，具有确定性、规范性的语言"陌生化"了。文学作品作为一种转化或具有创新性的虚构语言具有了一种新的特征，由于这种虚构性的文学语言不再具有日常生活语言的固定性和稳定性，因而文学语言本身便具有了新的理解的可能性，从而决定文学语言必然具有开放性的特征。在伊瑟尔看来，文学的显著特点就在于它以不同的方式解决和打破已有惯例，赋予文学语言以"新质"，当"正常"的言语行为在利用过去的交往实践来进行理解的时候，验证的是人们熟悉的惯例性的东西，而文学作品则要质疑和改变已有惯

---

[1] 沃尔夫冈·伊瑟尔：《阅读行为》，金惠敏等译，湖南文艺出版社，1991年，第77页。

例，用伽达默尔的话说，就是实现一种创造性的"转化"。这样，文学作品语言及其创造的意义世界脱离了它们的社会语境和意义约定，变成了新颖独特的东西，也就是说，文学作品语言不再按照惯常的、约定俗成的语言讲话和表达它想表达的意义，因此，文学语言以及语言构成的"文学作品本身"就成为我们阅读和考察的对象，文学作品并不直接告诉我们已经存在在那里的现实的东西，文学作品的目的也不只是向我们讲述已经存在在那儿的东西，而是通过它自己的创造性语言和风格惯例，向我们讲述某些真正属于文学的东西。

其次，文学语言建构了一种想象性的情境与具体化。正如英伽登的文学作品理论和哲学诠释学的文学作品自律论所认为的那样，文学作品的虚构语言并不是要用语言固定现实已经存在的东西，即使我们把文学艺术作品看做一种模仿、一种反映、一种再现，它也已经是一种不同于已有外在现实的转化、创造和表现。文学语言的符号也不"表达"任何经验现实，不具备所指的具体实在语境，它在创造性的转化中构成了一种想象性的、虚构性的情境。伊瑟尔说："文学作品不是对存在着的或是曾经存在过的事物所作的文献记载，而是将本来不存在的某种事物带到世间，因而，它充其量只可被称做虚拟现实。"[①]这种虚拟的现实，这种虚构的情境，在它用文学语言的方式表达出来之前是不存在的，因此，虚构情境具有不同于我们已经确立和界定的特点和结果，所以，文学作品语言创造的虚构情境便出现了两个范围的"不确定性"：一是文本与读者之间的不确定性，二是文本与现实之间的不确定性。这种不确定性既决定了本文的开放性，也决定了读者的理解具有开放性。因此，文学语言并不指向一个外在的客观现实，它不是一种客观的认识论的指称系统，文学语言表达自身，通过语言的这种自身表达所建构的是一个想象性和多义性的语言世界，这个想象性的文学世界的意义需要读者的创造性参与，也就是说，文学作品的意

---

① 沃尔夫冈·伊瑟尔：《怎样做理论》，朱刚等译，南京大学出版社，2008年，第68页。

义是在与读者的相互作用过程中产生和形成的。"读者与文本的交流是一个自我修正的能动过程，因为每当读者建立一个所指时，他必须接着不断进行修正。"①这种理解显然多少受到了伽达默尔诠释学所说的"视域融合"理论的影响，每一次阅读和理解的"视域融合"都对已有的前理解或偏见进行修正。伊瑟尔说，视域融合是"伽达默尔理解理论的关键"②，文本与读者的相互关系体现的是文本视域与读者视域之间的一种融合。

最后，文学作品的系统是一种超越性的结构。伊瑟尔认为，作品系统包括文本范围内的所有已知领域，它可以指从前的作品，或社会的和历史的规范，或产生文本的整个文化，也可以指"非文本的现实"。在文学作品文本中，它所表现的已知领域在想象性的虚构文本中发生了变化，它并不指向某种现实存在的确定性领域，而是指向某种未知的领域，这个未知的领域便是文学作品开启的新的想象性的虚构世界，由此，文学作品本身能够作为一个开放的意义世界呈现在读者的面前；文学作品的想象性带来了文学作品世界的不确定性，而正是这种不确定性使文学文本具有了开放性，使文本成为一种开放性的结构。正是由于文本所具有的这种非确定性和开放性赋予了文本以能动的和审美的价值。"与哲学和意识形态不同，文学并不明确地表示选择和判断。相反，它对外部世界的信号提出疑问并加入新的信码。这样，读者自身可以发现隐藏在问题背后的动机，并由此而参与了意义的创造。"③通过文学语言创造和表达的意义世界，不是实在和现实的世界，而是一种具有超越性的意义世界，正是这种超越性赋予了文学作品更丰富、更广阔、更深刻的内容，它可以使与作品同时代的读

---

① 沃尔夫冈·伊瑟尔：《阅读行为》，金惠敏等译，湖南文艺出版社，1991年，第86页。

② 沃尔夫冈·伊瑟尔：《怎样做理论》，朱刚等译，南京大学出版社，2008年，第43页。

③ 沃尔夫冈·伊瑟尔：《阅读行为》，金惠敏等译，湖南文艺出版社，1991年，第97页。

者从中读到远比从哲学和意识形态文本中更深更广的内容，也可使后代的读者从中读出人们所没有穷尽的意义。"语义系统内部发生的任何变化都要求改变文化构想世界的方式。然而，艺术作品自我生产的代码是通过对个人言语的多重解读来获得自己的显著特征的，而每一次解读都有赖于人们在符号的迷宫里所选择的路径。"[1]这种"符号的迷宫"所具有的超越性想象空间，正是文学作品独具魅力的重要方面之一。

显然，作为一种虚构文本的文学作品，是与现实世界不同的想象性作品，正是这种虚构性和想象性为阅读和接受提供了一种开放性的结构。"虚构文本的空白具有典型的结构，其功能在于引起读者的建构活动，这种活动的实施使交互影响的文本内容变得明晰起来。变化的空白产生了彼此冲突的形象序列，在阅读的进程中，这些形象相互制约。被丢弃的形象自身影响着后来的形象的形成，即使后者是为了克服前者的不足。在这方面，各种形象结合成为一个序列，而且正是通过这个序列才使得文本的意义在读者的想象中活跃起来。"[2]伊瑟尔所说的意义空白产生于文本的不确定性，意味着弥漫在文本整个系统中的这些空白点，由于读者对空白的补充形成了阅读与文本模式之间的相互影响。当我们阅读一篇文本时，我们不断地根据我们对未来的期望和过去的背景，来评估和感知文学作品表达的事件。因此，一个意想不到的事件将导致我们根据这一事件重新制定我们的期望，并重新解释我们归因于已经发生的事情的重要性。在这个过程中，文本的空白不断中断阅读想象的连接性，始终召唤我们的期待视野，我们在阅读过程中不断地补充那些空白，补充文本中的不确定性，不断地开启意义生产的可能性。文学文本作为一种虚构的想象性作品，它的非现实化产生了文本的空白，而这些空白提供了各种联系的可能性，构成

---

[1] 沃尔夫冈·伊瑟尔：《怎样做理论》，朱刚等译，南京大学出版社，2008年，第95页。

[2] 沃尔夫冈·伊瑟尔：《阅读行为》，金惠敏等译，湖南文艺出版社，1991年，第261页。

我们阅读过程中的"悬念"。空白是文本开放性的重要特征，它具有审美意义，它在阅读的形象建构过程中起着重要作用，并在形象的建构和转换过程中产生强烈的效果。文本的空白将自身变为想象性活动的刺激物，空白在文本与读者的交流中起着自我调解的结构作用，它不断地召唤读者阅读的积极性和创造性。总之，文学文本是一种"召唤结构"，这种召唤结构类似于伽达默尔哲学诠释学所说的邀请我们进入文本的"请柬"，通过这张"请柬"，我们进入文学作品的阅读、接受和理解事件中，并参与文学作品意义的生产。

综上所述，英伽登和伊瑟尔都力图在文学文本与读者的相互关系中理解文学作品的艺术特征和阅读理解行为。与激进阅读理论不同，他们都是在肯定文学作品自身存在的前提下探讨文学阅读和接受的问题。不同于形式结构论的理解，他们重视阅读和接受的主动性和创造性；不同于激进阅读和解构理论，他们坚持文学作品自身存在的阅读和接受的规定性和约束性。非常明显的事实是，文学作品的结构不管具有多么不确定的意义，都必须依赖于文学作品所具有的这种"召唤结构"，无论它是一种什么样的空白点和未定点，它首先是阅读和理解必须依赖的结构，尽管这是一种想象性的结构，但这是文学阅读和接受的创造性的基础性存在。正如英伽登所说："文学作品的存在方式及其同一性的基础也依靠文学作品的基本结构。"[①]文学阅读和接受既然是文学的阅读和接受，它就不能不受文本本身的约束。但是，文学作品同时是虚构性和想象性的文本，它必然是一种开放性的存在，其意义的实现必然需要阅读和接受的积极参与。

综上，哲学诠释学的文学理解把文本视为一种自律性的"半成品"，尽管这种理解受到了激进诠释学的质疑，但是，这种自律性"半成品"的诠释学文本概念，已经把阅读和接受的开放性和创造性提高到了一种本体论的地位，这是阅读和接受应有的必要规定性。由此，形式主义诗学、新

---

① 罗曼·英伽登：《文学作品的存在方式》，伍蠡甫等主编：《西方文艺理论名著选编》（下），北京大学出版社，1987年，第548页。

批评理论和结构主义诗学对文本概念的探讨,便不是没有意义的,它们把文学作品视为一种独立自在的客体来研究,或许存在着不足的地方,但是,不可否认,分析和理解文学作品本身的文学性和内在结构同样是文学阅读和理解不可忽视的一个重要方面。因此,在突显阅读的创造性在文学接受和理解中的重要作用时,当代文学理论和文学批评的阅读本体论诠释,仍然不能把文本作为一种不必要的东西抛弃掉,自律性"半成品"的文本概念边界具有最低程度的必要性。更准确地说,文学的阅读和接受活动,既要充分尊重文本自身存在的规定性和约束性,也必须充分认识到文本的开放性阅读和创造性理解的可能性。

第三节　阅读理论的读者概念及其诠释学理解

本章前面的论述已经表明,当代文学理论高度重视文学阅读活动,并进行了深入的探讨,特别是哲学诠释学把阅读提升到本体论地位,阅读成了当代文学接受和解释理论的中心问题。在阅读活动中,文本与读者构成了阅读活动相互作用的两极,没有文本和没有读者都不可能构成文学的阅读活动,而文学阅读和接受的能动主体便是读者。"阅读是一种活动,是一件你正在做的事。谁也不会否认,阅读行为不能在没有读者本人参与下进行——你难道能把舞蹈同舞蹈者分开吗?——但是非常奇怪的是,一旦对阅读的最后结果(即意义或理解)作出分析性评述时,读者却总是被遗忘,或者被忽视。实际上,最近的文学史表明批评一直合法地排除了读者的参与。"[1]因此,在讨论了文学作品文本在阅读和接受中的规定性和开放性之后,必须讨论作为阅读主体的读者。那么,读者是一个什么样的概念,我们如何理解文学的读者,读者在阅读和接受中是什么样的存在,读者在阅读中怎样发挥作用,发挥怎样的作用?因此,阅读理论必须探讨读

---

[1] 斯坦利·费什:《读者反应批评:理论与实践》,文楚安译,中国社会科学出版社,1998年,第132页。

者的问题，事实上，读者是在文学阅读和接受理论中得到了深入探讨的一个非常重要的概念。"在当代文学理论中，读者的作用日益突出。结构主义、后结构主义、形式主义、女权主义者和精神分析批评都对文本/读者关系进行了定位，然而，也有一系列著作专门关注读者，它们主要定位于阅读过程。"[①]实际上，把读者和接受主体作为重要的因素来探讨是现代文学理论一个持续性的主题，不同的阅读理论对读者这一概念进行了不同的理解和规定。下面，我们首先讨论和审视当代阅读理论对读者概念的探讨，然后转向读者概念的诠释学理解，特别考察伽达默尔诠释学对读者概念的哲学阐释。

一、当代阅读理论对读者概念的不同理解

当然，读者作用的发现和阅读理论的兴起与对文学作品本体论存在方式的理解和认识密切相关，正是因为文学作品本体论存在方式理解的转变才导致文学理论对阅读理论的重视，把读者提高到文学阅读和接受的主体地位。当代阅读理论反对把文学作品的本体论存在客观化、绝对化和中立化的做法，坚持认为文学作品的具体化和意义生产必须通过读者的阅读和理解才能实现。没有读者，任何文学作品不过是白纸黑字而已。由此，读者的问题便随着阅读问题的兴起在当代文学理论和批评中凸显，并成为一个被持续性探讨的理论和实践问题。于是，各种读者理论都在文学理论中提出来了，并得到了有趣的探讨，诸如米歇尔·里法特尔（Michael Riffaterre）的"超级读者"（superreader）、伊瑟尔的"隐含读者"（implied reader）、费什的"知识读者"（informed reader），以及艾柯的"标准读者"(model reader)等，都是当代文学理论中很有影响的读者理论。

[①] Phillip Rice and Patricia Waugh ed., *Modern Literary Theory*, London: Hodder Headline Group, 1989.p.73.

这些读者理论就像一种理论的钟摆，体现着当代西方文学理论在如何理解和确定读者在阅读和接受活动中的位置的视野变化。里法特尔试图用"超级读者"的概念超越结构主义对文学作品的客观化分析的局限性，他认为，文学的阅读不能像结构主义语言学那样，仅仅限于对文本语言和结构的分析，结构语言学分析出来的文学作品的深层结构，实际上是人们在阅读中感觉不到的。这种分析所产生的结果与读者和接受者在具体的阅读过程中实际经验到的东西有着很大的差异，在文本结构论的分析中，我们根本看不到读者在作品中具体的经验特征。针对雅各布逊和斯特劳斯对波德莱尔十四行诗《猫》的结构分析，里法特尔指出："两位批评家把这首十四行诗重构为一首普通读者无法理解的'超级诗歌'，然而，他们描述的结构并不能解释是什么确立了诗歌和读者之间的联系。对这首诗的语法分析给我们的不过是这首诗的语法而已。"①因此，他认为，结构主义理论的"超级诗歌文本"概念的客观化结构完全忽视了读者的作用。实际上，对于同一个文本，同一种结构，不同的读者有不同的反应。里法特尔正是根据不同的读者反应，提出了他的"超级读者"的概念。这一概念把所有能够吸引读者注意力的东西都当作与诗歌接触的现实性的客观标志，并作为诗歌结构的线索，这些线索引导超级读者的阅读，超级读者对隐含于作品文本信息中的语义潜能和实际潜能做出积极反应，这种反应既是经验性的，也是可以得到证实的，通过对文学作品的语言信息做出反应，读者能够经验到文学作品的意义。

但是，在里法特尔这里，"超级读者"理论代表了一种检验概念，它用来考察"文体事实"所指向的被编入文本的信息的密度，也就是说，读者必须受到文本的客观性的制约，读者反应的积极性和创造性在于证明文本的编码信息，因此，他的理论重心仍然在作品文本的客观性这个层面

---

① Michael Riffaterre, "Describing Poetic Structures: Two Approaches to Baudelaire's 'Les Chats'", *Reader-Response Criticism: From Formalism to Post-structuralism*, edited., Jane P. Tompkins, Baltimore:The Johns Hopkins University Press, 1980, p.36.

上。这种理解仍然类似于结构主义诗学对文本结构的解读,尽管他同时看到了读者在阅读中的作用,认为没有读者的参与,文本的意义就不可能得到实现,从这个意义上讲,他对读者反应的重视和理解,与伽达默尔的诠释学有某些相似之处。但是,他的读者概念是一个非历史的概念,所有的阅读都排除了时间、地方和情境,通过"超级读者"的概念构想的是一种理想化的阅读行为,目的在于达到文本理解和解释本身与作为"事物本身"的文学作品的一致性,因此,其重心在于通过读者的反应和参与建构文学作品本身,而不是读者和理解者在理解过程中创造性意义的生产,因而忽视了读者的历史性和时间性存在,相反认为"超级读者"的阅读能够重构文本。这一点与伽达默尔对读者的诠释学理解有非常重要的区别。我们知道,本体论诠释学高度重视读者的时间性和有限性,阅读和理解始终是一种历史性和时间性的事件。因此,正如形式结构论的理解一样,读者在里法特尔这里也像结构主义的结构概念一样,缺乏此在性和历史性的特征,读者变成了一种超验性的存在。"事实上,里法特尔明确地清空了对其内容(意识形态、背景或目的)的反应,并且只是将其用作对作品语言手段的提示。当然,这种共时性并不一定是他的文体分析方法的缺陷,但这种理论表明,它并没有充分表达伽达默尔所认为的对文学解释至关重要的效果历史意识(wirkungsgeschichtliches Bewusstsein)。"[1]很显然,里法特尔的"超级读者"概念及其理想读者的构想与哲学诠释学所倡导的此在性和历史性存在非常明显的差异。

对读者这一概念做出更细致的论述的是伊瑟尔,他既在某种程度上坚持文本的规定性,又比里法特尔更重视读者在阅读和接受中的作用。针对已有的实际读者和假定读者的种种理论,伊瑟尔提出了"隐含读者"的概念。他认为,读者的作用是由三个组成部分预构而成的:一是被表现在文本中的不同的透视角度;二是把各种透视角度连接起来的有利位置;三是

---

[1] David C. Hoy, *The Critical Circle: Literature, History, and Philosophical Hermeneutics*, Berkeley: University of California Press, 1982, p.153.

把各种透视角度汇聚起来的联结处。他认为，我们不能以任何方式规定读者概念的个性或历史特征，也就是说，隐含读者的概念是排除了读者个体性、时间性和历史性的一种理论抽象。用现象学的概念来表达，这种隐含读者的概念把真正的读者以及所有倾向都用括号括起来，在这里，读者和阅读的所有所谓外在因素都被排除了，隐含读者的根源不在于现实的、真实的读者，而是植根于"文本的结构"中，本文的结构本身便预期了接受者的存在，而且，在伊瑟尔这里所谓的文本结构也是一种纯粹文学的"结构"。因此，这个隐含读者不是由经验的外在现实而是由文本结构本身来设定的。"作为一个概念的隐在读者，他牢牢地植根于文本的结构之中；他是一个思维的产物，决不与任何实际读者相等同。隐在的读者概念是一种文本结构，它期待着一位接受者的出现，而不对其进行必要的限定。"①从这里可以看出，伊瑟尔的隐含读者的概念包含两层含义：一是隐含读者就是文本结构中所具有的一种结构，这种结构向读者发出召唤，邀请读者对文本进行阅读；二是隐含的读者要求读者在阅读和接受活动中发挥积极的参与作用，使文本结构在阅读中能够被具体化。文本结构中隐含着读者角色，并诱发读者的结构化行为。"读者角色的文本结构开始对读者发生作用，被提供的指令刺激心灵意象，而心灵意象又活化了虽未说出却隐含在语言之中的那些东西。"②通过一种持续的结构化过程，文本结构就在读者的结构化行为中得到"完全实现"。因此，隐含读者便在文本的结构与读者的结构化行为之间建立了一种能动的联系。

但是，伊瑟尔的隐含读者的概念像里法特尔的"超级读者"概念一样，仍然只是一种假设，一种理论的抽象，他在提出这个概念的同时，把实际的、经验的读者"悬搁"起来了。他最后得出的结论是："隐在读者是一个先验的模式，它使人们有可能描述文学文本的结构效能。它指

---

① 沃尔夫冈·伊瑟尔：《阅读行为》，金惠敏等译，湖南文艺出版社，1991年，第44页。

② 同上书，第46页。

示的是可以按照文本结构与结构化行为来界定的读者角色。"①在这里，伊瑟尔的所谓隐含读者的概念也只能是理论分析上的读者，用他自己的话说是一个"思维的产物"。因此，隐含读者也就成为伊瑟尔审美反应理论的一种抽象，隐含读者概念排除了实际读者的作用，没有把读者的历史性和时间性纳入阅读事件中，它是一个"先验的模式"。把读者看做一种"先验模式"，显然是一种排除了读者真实存在和具体诠释学处境的理论虚构，因为任何读者都不是脱离了经验世界和文化环境的超验物，所以任何读者概念都不可能是一种先验的模式。在这一点上，哲学诠释学与接受美学对于审美经验的此在历史性的理解显然更符合文学阅读和接受活动的实际。

任何一个正在阅读文学作品的人都是一个作品的实际经验者，都不是一种抽象的存在，因此，如何分析和确定实际经验中的读者的问题始终是阅读理论中的一大难题。换句话说，阅读理论对读者的理论分析在某种程度上都可能是理论上的。在重视文学文本在阅读活动中的规定性上里法特尔和伊瑟尔如此，彻底否定文本中心论的费什的激进阅读理论亦然。费什并不否认具体的不同读者之间存在的差异，所谓阅读和接受中的反应都是作为具体的读者的反应，文学文本中没有任何客观的东西，我们从文学作品中获得的东西都是读者阅读活动的产物。

照此，费什似乎不会考虑读者的共同性和一致性问题，因为每一种阅读都是开放性和差异性的。但是，我们看到，费什却正如他自己所说的那样，"大胆地或许冒险"地讨论了读者共同性的问题。他认为，读者是一个具有思维能力的人，是一个理想的或者理想化的读者，这应该是一种常识，大凡能够进行文学阅读的人都不是白痴，都应该是具有一定思维能力的人，文学的阅读需要一定的文学知识或常识，如果仅仅肯定这一点，费什的读者理论就没有什么特别之处。理想的读者或理想化的读者

---

① 沃尔夫冈·伊瑟尔：《阅读行为》，金惠敏等译，湖南文艺出版社，1991年，第49页。

的概念并不新鲜，他也并不满意。因此，他提出了"知识读者"的概念。他认为，知识读者需要满足如下几个条件：第一，能够讲述作品文本中的语言；第二，必须熟练地掌握理解过程中所必需的语义知识，包括语词搭配的可能性、成语、专业语言以及其他方言行话的知识；第三，具有作为一个读者应有的能力，对文本理解具有丰富的经验。根据作为知识读者的三个方面的规定，我们能够界定读者在阅读和接受过程中的潜在的或反应的意义，它们可以成为约束阅读和理解歧义的某种规则。费什所说的所谓"知识读者"，既不是一个抽象的读者，也不是一个真实的读者，而是一个"混合体"（hybrid），一个进行阅读的读者，这个读者在他的能力范围内尽可能使自己成为一个有知识的读者，而批评家应该有比普通读者更高的能力，更丰富的知识，包括政治、文化和文学等方面更具决定性作用的知识。毫无疑问，这是读者必须具有的知识结构，要真正地阅读和理解作品，必须具有必备的知识，才有可能把文学作品当作文学作品来阅读和理解。

费什相信，有了这种"有知识的读者"的理论约定和方法论设计，便能够实现两个方面的积极效果。一是可以使读者努力成为一个"知识读者"，为了阅读和理解某一类型的文学作品，读者都会尽力地使自己的思维成为这一类作品激起的反应贮存库，当我们接触到这类作品时，我们便可以从中取出我们应该具备的知识和能力。例如一个还没有具备中国古典诗词知识的人要想阅读它们，就必须首先培养自己在这方面的知识，没有相应的知识储备，或者说，如果没有成为一种有中国古典诗词知识的"知识读者"，就不可能真正理解那些诗词作品。二是可以使读者尽力地克服个人反应中的那些具有个体性的、差异性或者其他时代的因素，从而使读者的阅读反应尽可能地与有知识的读者共同体保持某种一致性。"有知识读者的行为在某种程度上会受到他的反应过程中所使用的方法的控制。假如我们能够做出充分的反应并具有自我意识，那么，我们每一个人在反应过程中都运用这种方法就能够成为一个有知识的读者，并因此可以成为其阅读经验的更可靠的报道者。"①虽然这些要求并不能保证读者的理解有多好,因为读者的反应依赖于他的知识,阅读中的问题和答案都需要根据读者局部性的条件来限定,其中包括局部性的文学价值观念、审美评价标准等,但是,知识读者能够保证按照操作性标准来分析人们对文学作品的反应。

从这里可以看出,与里法特尔和伊瑟尔求助于文本和文本解构来确定读者的规定性不同,费什求助于读者的知识和能力共同性,而实际的结果却有某种惊人的相似之处,而且其合理性似乎还不如伊瑟尔的文本结构与读者结构化行为相互关系的理论富有辩证性。正如大卫·霍伊(Dawid Hoy)所指出:"费什不像新批评家那样关注文本,他提出了'一种集中关注读者而非艺术作品的分析方法'。他的《感受文体学》是从对每一语词、句子、段落、章节等等实际所做的是什么(而不是所意指的东西)开始提问的,而且是'通过分析读者在时间中进行的对词语的反应'来回答问题。他能够避免威姆萨特和比尔兹利所批评的心理主义,因为他的反应概念与'眼泪、刺痛'和'其他心理症候'没有任何关系。像里法特尔一样,他的'读者'也是一种超级读者,是一种建构的读者,而不是实际的、活生生的读者,这种'全知的读者'实际上具有的是一套相关句法和语义学的能力,是传记批评家为了获得他对文学作品的经验的可靠报告而去努力取得的一种语言学的理想。"②费什认为,伊瑟尔的隐含读者理论仍然是一种客观主义的错觉,实际上,他在反对这种客观主义的错觉的时候,却陷入了主观主义的共同体"乌托邦"的错觉,这无疑是一个更没有确定性的做法,他陷入了自己所设计的圈套中,他反对文本中心论和客

---

① Stanly E. Fish, "Literature in the Reader: Affective Stylistics", *Reader-Response Criticism: from Formalism to Post-structuralism*, eds., Jane P. Tompkins, Baltimore: The Johns Hopkins University Press, 1980, p.87.

② David C. Hoy, *The Critical Circle: Literature, History, and Philosophical Hermeneutics*, Berkeley: University of California Press, 1982, pp.154-155.

观主义，但是，最后他的"知识读者"概念却成了一个只是构想中的有知识能力对作品反应的读者，何为有知识的读者仍然没有得到清晰的描述和界定。

我们前面已经提到，在符号学理论研究和小说创造方面都具有世界性影响的艾柯，对当代激进阅读理论"无限衍义"的做法不满。尽管在重视读者在文学阅读中的作用上，他是最有影响力的倡导者之一，但是，他却对当代解构理论赋予读者对文本阅读和理解以天马行空的权力的做法很不以为然。在《解释与历史》《过度解释文本》《在作者与文本之间》等文章和《解释的限制》等著作中，他试图对被激进阅读理论赋予了无限自由的读者以某种恰当的规定。在《作者与文本》中，艾柯主要以其本人的作品《玫瑰之名》和《福柯的钟摆》被解读的离奇遭遇，以及在其作品中追索他个人实际生活中的经验以解读其作品意义的做法为例，对经验作者和标准作者在文本阅读和意义诠释中的作用问题进行了探讨。艾柯说："作品文本就在那儿，经验作者必须保持沉默。"①这一句话集中体现了艾柯关于文学诠释学的一个重要观点。他认为经验作者的诠释对文本意义的确定性并不具有有效性，经验作者的诠释可以使人们了解作品的创造过程，但是，不能让人们更好地理解文学作品文本，对作者经验的猜测和理解，并不是对文学作品本身的理解。以他的《玫瑰之名》为例，他认为，他无法阻止人们对"玫瑰"这个词引发的无穷无尽的联想，它的开放性文本只是想尽可能开启一些解释空间，结果出乎意料，引发了一系列互不相干的解释。实际上，他并不完全否定读者和解释者在文学阅读和理解中的积极作用，但是，他并不欣赏作者意图论的理解，"在某种情况下，求助于经验作者的意图可能是有趣的。在有些情况下，作者仍然活着，批评家们对他的文本做出了他们的解释，然后问作者，他作为一个经验的人，究竟在多大程度和何种程度上意识到了他的文本支持多种可能的解释是有趣

---

① Umberto Eco, "About Author and Text", *Interpretation and Overinterpretation*, Stefan Collini eds., Cambridge: Cambridge University Press, 1990, p.79.

文学诠释学

的事情。在这一点上，作者的回答不能用来证实他对文本的解释，而是用来表明作者意图与文本意图之间的差异。这一实验的目的不是一个批评性的，而是一个理论性的。"①实际上，艾柯作为一个著名作家的实际经验遭遇否定了赫施和居尔等人的作者意图理解，求助于实际作者的创作意图并不能真正理解作品的意义，读者的理解和解释与作者的意图并不具有同一性。

更值得注意的是，他对解构理论的不确定性的阅读和批评策略提出了质疑。针对过度解释的不确定性做法，针对神秘主义诠释学或怀疑论诠释学对文本的毫无节制的猜测性解释，艾柯提出了他自己的文学诠释学观点。他试图在"文本意图"和"读者意图"之间建立某种辩证关系。所谓文本意图，就是隐藏在作品文本中的意图，它与经验作者的实际意图是很不同的，文本中的意图已经脱离了经验作者而成了属于文本的东西，它作为具有某种自律性的东西已经属于文学作品本身，而是不属于创作该作品的经验作者，也就是说，作品一旦创作出来，就交给了社会和它的读者，作者无法控制读者的阅读权力，他的创作意图也无法主导读者的阅读和理解。我们看到，在这一点上，这与伽达默尔诠释学和接受理论的看法相似。艾柯认为，读者的积极作用主要是对文本的意图而不是作者的意图进行推测，文本被创造出来的目的是要产生一个"标准读者"，隐含在文本中的标准读者并不是对文本做出唯一正确的猜测的读者，而是允许读者进行无限的猜测。而标准读者的积极作用就是通过文本描画出一个"标准作者"，这种标准作者不是经验作者，即不是作家，而是在作品文本中表达了文本意图的作者，通过读者对标准作者和文本的连贯性整体策略的勾勒和推测，最终能够使标准作者的意图与文本的意图相吻合。换言之，读者并不是从经验作者的意图来猜测文本意图，而是通过文本意图来理解作者意图，在阅读和理解中，甚至不必考虑经验作者的意图，读者总会有他

---

① Umberto Eco, "About Author and Text", *Interpretation and Overinterpretation*, Stefan Collini eds., Cambridge:Cambridge University Press, 1990, pp.72-73.

自己的理解。"我的作为发现一种策略的文本解释的观点,旨在产生一个标准读者(它只是作为一种文本策略),这使经验作者的意图变得毫无用处。我们必须尊重文本,而不是作为如此这般实际生活中的作者。"①每一次阅读都是标准读者的阅读行为和解释行为,与每一给定文本的文本意图之间的相互作用,用诠释学的话来表达就是读者与文本之间的对话,而不是读者与作者之间的对话,更不是读者对作者意图的猜测或重构。

艾柯的"标准读者"概念,主要是针对解构主义的激进阅读理论而提出来的,他试图在文本与读者之间寻找某种辩证关系,他既充分肯定读者在阅读中的创造性和意义解读的开放性,但他并不认为这是没有限制和毫无节制的,"无限衍义"的解构阅读忽视了文本的限制。他认为,阅读的开放性和意义的无限性只是文本语境中的无限性,而绝不意味着毫无限制的解释的无限性。艾柯认为,我们可以说作为符号学基本特征的解释具有潜在性和无限性,但并不意味着解释可以没有对象,不受文本的约束,而仅仅只是为了自身的目的而任意解读。我们可以说一个文本的理解可能没有最后的终点,但是,这并不意味着每一个解释行为都不可以有一个圆满的结局。"即使是最激进的解构主义者也接受这样的观点,即有些解释完全是不可接受的。这意味着被解释文本对它的解释者施加了一些限制。解释的限度与文本的权利相一致(这并不意味着与作者的权利相一致)。"②在这里,艾柯再一次强调了文本的权利而不是作者的权利,说明他所说的文本理解不同于作者意图论的理解。这同时意味着艾柯力图表明任何解释都是开放性与限制性、解释者的权利与文本语境的权利之间的辩证行为。在这种辩证关系中,标准读者在阅读过程中就是依照文本意图的要求和文本应该被阅读的方式去进行阅读的读者,但这并不排除读者对

---

① Umberto Eco, "Overinterpreting Texts", *Interpretation and Overinterpretation*, Stefan Collini eds., Cambridge:Cambridge University Press, 1990, p.66.

② Umberto Eco, *The limits of Interpretation*, Bloomington: Indiana University Press, 1990, pp.6-7.

文本做出多种解释的可能性,但是,对同一个文本无论有多少种不同的解释,都要受到文本的限制,文本有"文本的权利",解释必须尊重"文本的权利"。这实际上相当于伽达默尔所说的,阅读和解释必须倾听文本的声音或文本所说的话。但对于"标准读者"在阅读活动中具有怎样的规定性这一问题,在艾柯的论述中仍然缺乏明确的界定,他也没有做出详细的论述,在某种程度上,他的读者概念与前面几种阅读理论有相似之处,仍然是某种意义上的理论设定,读者的积极作用最后限定在了对文本策略的发现上。

以上论述表明,这些阅读理论从不同的角度对读者概念及其作用做出了描述性和规定性的探讨,充分认识到了读者在接受活动中的权利,它们都把读者作为一个极为重要的文学概念予以分析和阐述,试图确定读者权利的边界,以获得某种理想的文本阅读和解释方式。我们看到,这些读者理论在反对作者意图论和主张读者的创造性方面,与哲学诠释学所主张的阅读是一种再创造性活动的观点具有某种一致性,而且在对作为文学阅读活动主体的读者的细致分析上,在很大程度上深化和发展了当代阅读理论。同时,我们也看到了这些阅读理论中的读者概念大多局限于抽象的理论假设,对作为阅读活动主体的读者概念的分析更多地集中在如何阅读文本而不是文学意义生产上。尽管哲学诠释学在对读者概念的分析上远不如以上阅读理论详细和具体,但它强调读者的历史性和情境性存在,把阅读和理解视为一种此在存在的经验方式以及意义生产的本体论事件,或许,这可以对作为接受主体的读者做出某种更具有说服力的理解。

二、读者概念的诠释学理解

罗伯特·赫鲁伯(Robert C. Holub)在评述伽达默尔诠释学、耀斯接受理论以及英伽登和伊瑟尔的反应理论时,有一段非常具有概括性的话:"浪漫主义学者耀斯最初是通过对文学史的关注而走向接受理论的,而英国文学学者伊瑟尔则来自于新批评和叙事理论的解释取向。耀斯最初依赖于诠释学,尤其受到伽达默尔的影响,而对伊瑟尔产生主要影响的是现象学。在这方面,尤其重要的是罗曼·英伽登的作品,伊瑟尔从中采纳了他的基本模式以及一些关键概念。最后,即使在他后期著作中,耀斯也常常对广泛的社会历史问题感兴趣。例如,他对审美经验史的考察,是在一个宏大的历史清理中展开的,其中个人作品主要起说明作用。相比之下,伊瑟尔主要关注的是单个文本以及读者如何与文本建立联系。尽管他没有排除社会和历史因素,但是,这些因素明显地服从于或包含在更详细的文本思考中。如果人们认为耀斯是在探讨接受的宏观世界,那么伊瑟尔就把自己放在了反应的微观世界里。"①

可以说,与伽达默尔和耀斯强调读者的时间和历史的情境性不同,当代阅读理论更多地侧重于对读者与文本之间关系进行微观的、更加静态的分析,而未能充分吸收哲学诠释学关于理解是一种此在存在方式的本体论哲学洞见,没有怎么探讨读者和理解者作为此在性和历史性存在的维度。应当说,把作为阅读活动主体的读者概念纳入时间性和历史性范畴,是哲学诠释学的重要贡献,它力图通过此在存在的时间性和历史性来理解读者概念,显示了诠释学关于读者概念理解的新向度,这主要体现在伽达默尔关于人文科学理解的哲学诠释学和罗伯特·耀斯的接受美学理论中。这里首先探讨耀斯接受美学对读者概念的理解,然后分析伽达默尔在海德格尔事实性诠释学影响下的哲学诠释学的读者概念。

耀斯作为接受美学的创始人,无疑非常重视读者在阅读活动中的作用,他始终把文学的接受活动理解为文学活动中一个不可忽视的重要活动或组成部分。他认为,无论是评判一部新作品的评论家,还是根据早期作品的肯定或否定的标准来构思自己作品的作家,抑或是按照作品的传统对作品进行分类并从历史上加以理解、解释和评价的文学史家,在他们与文学的反思性关系再次变得富有成效之前,他们首先是作为读者而存在的。

---

① Robert C. Holub, *Reception Theory: A Criticerl Introduction*, New York: Methuen, Inc. 1984, pp.82-83.

只有经过读者的阅读活动，他们才能与作品发生关系，也只有通过读者的阅读，他们才能对文学作品进行判断和批评。无论他们根据什么标准来对作品做出评价，都不可能离开读者的阅读这一最基本的活动。读者对文学艺术作品的接受以及作品对读者的作用，并不是一种被动的行为，而是一种充满了主动性和能动性的行为。"在作者、作品、大众的三角关系中，最后一个并不是被动的部分，也不是一连串的简单反应，而它自身就是一种构成性历史的能量。没有接受者的积极参与，一部文学作品的历史生命是不可想象的。因为只有通过它的中介过程，作品才能进入一个不断变化的连续性经验视域中，在这个视域中，持续不断的转化就发生在从简单的接受到批判性的理解，从被动性接受到主动性接受，从公认的审美标准到超越它们的新产品的过程中。文学的历史性及其交流性质预设了作品、大众和新作品之间的对话性的、同时也是类似于过程性的关系，这种关系可以在信息与接受者、问题与回答、问题与解决之间的关系中被构想出来。"[1]在这里，读者、接受者已不再是一个静态的概念，而被纳入到了一种时间性、历史性和语境性的视野中，被视为在文学阅读和接受历史中参与对话和交流的构成性力量。"正如沃尔特·布尔斯特所说，'没有任何文本是为了让语言学家从语言学上进行阅读和解释而书写的'，我也可以补充一句，文本也从来不是为历史学家从历史解读进行阅读和解释而书写的。这两种方法都缺乏具有真正作用的读者，这是一种对于美学和历史知识来说都是不可改变的作用：文学作品主要面对的对象是接受者。"[2]从前的文学研究方法论主要针对的是文学生产和表现的封闭循环，或者对文学作品进行静态的本体论分析，而接受美学则通过接受和影响来理解文学作品的历史连续性。耀斯从文学接受和影响的历史来思考读者在阅读过程中的作用问题，在这个方面，他更多地运用了伽达默尔的理解的历史性

---

[1] Hans Robert Jauss, *Toward an Aesthetic of Reception*, Minneapolis: University of Minnesota Press, 1982, p.19.

[2] Ibid.

的诠释学思想，但对读者的具体类型和规定性问题则缺乏较为细致的分析和论述。因此，有些阅读理论研究者认为："耀斯缺乏一个关于读者类型的定义；读者在社会学里处于什么位置？读者的文学基础知识如何？耀斯都没有谈到。既然要从接受者的角度出发去进行研究，没有接受者的具体情况怎么行？"①很显然，这个方面在其他阅读理论的研究中得到了更详细的研究，关于这一点，我们在前面已经详细论述过。这里也并不打算对耀斯的读者理论做更多的论述，而主要阐发伽达默尔哲学诠释学的读者概念，理由在于，不仅因为耀斯接受美学的读者历史性概念源于伽达默尔的哲学诠释学，而且在对诠释学的读者概念做出规定性方面，哲学诠释学更富有理论意义，更富有思想启示。

从此在存在的时间性和有限性开启理解的开放性和可能性是哲学诠释学特别重要的观点。伽达默尔以海德格尔对先验主义的批判和事实诠释学为基础，来思考人的终有一死的此在时间性和理解可能性问题。他认为，海德格尔所唤起的存在问题给人类的理解问题开启了一种全新而彻底的转向，并且海德格尔超越了迄今的全部形而上学，海德格尔的事实性本体论诠释学不仅避免了历史主义的困境，而且体现了一种根本不同的哲学立场，即理解从来不是中立、客观地把握某种东西，理解既不是一种客观性的行为，也不是一种主观性的行为，而是人类此在存在的一种基本方式。伽达默尔认为，海德格尔阐明了理解是一种此在运动的基本特征，既避免了狄尔泰浪漫主义方法论诠释学的体验性重构的思想，也避免了胡塞尔的非反思性直观的现象学哲学。在海德格尔那里，"理解并不像狄尔泰所认为的那样是精神老年所采取的人类经验的顺从理想，也不像胡塞尔所认为的是与非反思性生活的天真相对的哲学方法论理想。恰恰相反，它是在世存在的此在现实性的原始方式。在理解依照各种实用的或理论的兴趣做出各种区分之前，理解就是此在的存在方式，在这种存在方式中，理解就是

---

① G.格林：《接受美学》，冯黎明等编：《当代西方文艺批评主潮》，湖南人民出版社，1987年，第590页。

能存在和'可能性'"。①

海德格尔的此在存在的事实性本体论诠释学关于理解的看法，拒绝了胡塞尔现象学描述的"客观认识"的观点，体现在阅读和理解方面，便预示着理解理论向读者导向理论的重大转变。海德格尔认为，人类存在的独特之处在于它的此在性和时间性：我们的意识既根据我们的此在筹划世界的事物，同时又受在这个世界中存在的本质的支配，我们总是处于某种情境之中，并且总是与我们意识的世界融合在一起，我们的存在总是历史性和有限性的存在。我们被"抛"到这个世界上，被抛到了一个我们没有选择的时间和地点上，被抛到了此在存在的生存论境况中，但同时这个世界也是我们置身于其中的世界，我们是在世界中的存在，而人类理解就是这样一种被抛的筹划，从人类的在世存在的特殊情境上看，此在存在为自己筹划一种特定的可能性，我们不可能摆脱我们被抛入其中的所有生存的、历史的和文化的情境，我们也不可能置身于这种情境之外进行理解，而理解中的筹划就是如此这般的理解和解释。用这种观点来理解读者和读者的理解，就是读者总是在世界中的存在，这个作为此在的读者世界始终是时间性的，他对文学作品的理解也始终是时间性的理解，而不可能是超时间的、超历史的、超情境的理解。因此，在阅读和理解中，读者绝不可能采取超然的静观态度，他总是从自己的此在性和历史性情境出发去进行阅读和理解。我们的思想和观念等等总是处于某种特定的情境之中，因此，我们的理解以及理解的结果也总是一种历史的理解，这种历史不是外在的和社会的，而是个人的和内在的。当然，海德格尔几乎没有谈到读者的问题，更没有涉及文学的读者概念问题，但是，他的学生伽达默尔把这种历史情境性理解的思想运用到艺术经验的理解上。"伽达默尔在《真理与方法》一书中把海德格尔的情境性方法（situational approach）应用于文学理论。伽达默尔认为，一部文学作品并不是作为一种完成的、整齐包裹的意

---

① Hans-Georg Gadamer, *Truth and Method*, London: Continuum Publishing Group, 2004, p.250.

义群突然浮现在这个世界上的，毋宁说，意义取决于解释者的历史情境。伽达默尔影响了'接受理论'。"①伽达默尔遵循海德格尔，认为诠释学的理解概念就意味着此在的基本运动，而此在的基本运动始终是有限性、历史性和具有新的可能性的运动，因此，人类对任何事物的理解也必然是历史性、有限性和具有可能性的理解，任何人的理解都不能超越自己的存在，这样一种理解特征也是作为阅读活动主体的读者的特征，读者不是某种标准的读者、超级的读者、隐含的读者和理想的读者，从来就没有超然的读者，读者不是一个超验概念，而是一个历史概念，同样，读者是具体历史性的存在，也没有超然的阅读活动，而是具有时间性、有限性、历史性和可能性的读者及其阅读活动。

从这种理解的诠释学规定出发来理解文学接受活动中的读者概念，可能就不会像诸多阅读理论那样去构想所谓超级读者、知识读者和标准读者等理想读者，因为我们无法准确地界定或描述究竟怎样的读者才是理想的读者，什么样的理想读者能够正确地解读文本和准确把握作品的意义。正如任何理解都是作为有限性和历史性存在的人的理解一样，读者的存在也同样是一种时间性、有限性和历史性的存在，而不是一种超验的、非时间性和非历史性的存在。一方面，读者总是受到他的此在存在的时间性和历史性存在的限制，另一方面，他又总是一种面向未来的可能性存在，因此，人的阅读和理解活动既是有限性的，也是具有可能性的。试以《红楼梦》第二十三回中林黛玉听《牡丹亭·惊梦》那段著名的文字为例来说明。本来，林黛玉和贾宝玉正在沁芳闸桥边读《西厢记》，袭人来传贾母之命唤宝玉去见贾赦，黛玉正想回房，刚走到梨香院墙角边，便听到院内笛韵悠扬，歌声婉转，知道是那十二女子在演习戏文。"只是林黛玉素习不大喜看戏文，便不留心，只管往前走。偶然两句吹到耳内，明明白白，一字不落，唱道是：'原来姹紫嫣红开遍，似这般都付与断井颓

---

① Raman Selden, Peter Widdowson, Peter Brooker: *A Reader's Guide to Contemporary Literary Theory* (Fifth edition), London:Pearson Education Limited, 2005, p.50.

垣。'林黛玉听了，倒也十分感慨缠绵，便止住步侧耳细听。又听唱道是：'良辰美景奈何天，赏心乐事谁家院。'听了这两句，不觉点头自叹，心下自思道：'原来戏上也有好文章。可惜世人只知看戏，未必能领略这其中的趣味。'想毕，又后悔不该胡想，耽误了听曲子。又侧耳时，只听唱道：'则为你如花美眷，似水流年……'林黛玉听了这两句，不觉心动神摇……忽又想起前日见古人诗中有'水流花谢两无情'之句，再又有词中'流水落花春去也，天上人间'之句，又兼方才所见《西厢记》中'花落水流红，闲愁万种'之句，都一时想起来，凑聚在一处，仔细忖度，不觉心痛神痴，眼中落泪。"①在这里，林黛玉对她听到的《西厢记》中的语言，从那十二个女子演习中所听到的词句，都不仅仅是作为声音符号的语言，她的理解是从她的处境做出的解读和理解，是她从自己的前理解出发进行的理解，用诠释学的话说，就是从她所具有的前理解结构和"偏见"出发所做的理解。在这种理解中，她调动了她所有的人生经验和文学审美经验，并把这些经验融进了对那些词句的理解之中。也许，《红楼梦》中的所有其他人，或者现实中的所有其他读者，对这些词句都会有不同于林黛玉的理解，因为每一个人的理解都会从自身的有限性、历史性和特定情境性出发。在此之前的人对其中的语言和意义的理解不同于林黛玉的理解，在此之后的千千万万读者也会有不同于林黛玉的理解，换言之，不同的读者必定有不同的理解，不管不同读者之间的理解有多么的相似，也仅仅是相似而已，而非同一性的理解。

可以说，任何从事实际阅读的读者都是一种有限性和历史性的存在，不仅每一个阅读者都是终有一死的生命存在和特定时间过程中的存在，而且每一个读者都是生存和生活于特定社会、历史和文化环境中的存在，都有自己不同的生活经历和不同的遭遇，有不同的知识结构、艺术修养和审美趣味。用海德格尔的话说，每一种理解，甚至每一次阅读，都是从前理

---

① 曹雪芹、高鹗：《红楼梦》，华夏出版社，1997年，第160页。

解出发的一种投射，一种筹划。作为有限性和历史性此在存在的读者，他都被抛到了这个世界上，这个世界以这样那样的方式影响和塑造着他，他已经是一个被他所生存于其中的社会、历史、文化和语言等熏陶了和塑造了的存在，这是任何读者和理解者始终无法摆脱的限制性和规定性。因此，这就规定了读者永远不可能超越他的存在的此在性、时间性和历史性，这也决定了读者在文学接受活动中阅读和理解的经验的此在性、有限性和历史性。

在文学阅读中，读者对文学作品的具体化和现实化，总是带着已经形成的前理解、前见解、前把握进入文学作品的阅读中，并根据自己的"前理解结构"阅读和理解文学作品。这些前理解包括读者文学和艺术上的修养，也包括读者在历史文化环境中所形成和具有的种种哲学、道德伦理和政治意识形态上的认识和知识，可以说，读者已经拥有的所有这些因素都构成读者和接受者的前理解，尽管文学的阅读和接受首先是文学的，而不是非文学的，但无可否认，读者的这些前理解或多或少地都必然会在他的文学阅读和接受中发挥作用。

应当说，这是文学阅读和接受中非常真实的情况。正如中国古代文论家刘勰所说："夫篇章杂沓，质文交加，知多偏好，人莫圆该。慷慨者逆声而击节，酝藉者见密而高蹈；浮慧者观绮而跃心，爱奇者闻诡而惊听。会己则嗟讽，异我则沮弃，各执一隅之解，欲拟万端之变，所谓'东向而望，不见西墙也'。"[①]作品有不同的类型，有不同的表现，有不同的风格，有不同的境界，而人的认知也总是有不同的偏好，不同的读者有不同的趣味和取舍，任何人对于事物和文章都难以得到全面和完满的理解把握。读者各有不同：有所谓的慷慨者，有所谓的酝藉者，也有所谓的浮慧者，还有爱奇者，当然，还有其他各种各样的读者，不同的读者由于不同的"偏好"，有不同的"前理解"，在阅读中选择的东西、关注的

---

① 周振甫：《文心雕龙今译》，中华书局，1986年，第431页。

东西、理解的东西都会有所差异，阅读者和理解者做出的反应也会有相应的不同。尽管刘勰也试图提出某种类似于"理想读者"的知识结构，以便更好地阅读和理解作品，"凡操千曲而后晓声，观千剑而后识器；故圆照之象，务先博观"①。这当然能够使读者更好地阅读和理解作品，但恐怕也很难避免"偏好"，而真正做到完全的"知音"。针对阅读和理解中的差异性，刘勰要求读者博采众作之长，排除一己之"偏见"，这实际上也是一种理想中的"读者"，情况往往是中国思想家董仲舒所说的"诗无达诂"。从作为具有此在有限性和历史性的读者角度来说，阅读中存在这些偏好，实际上就是读者所具有的前理解结构在理解中的体现，也是从前理解出发进行理解所产生的一种效果，之所以如此，就在于任何时候的任何读者都是具体的读者，而非理想的读者。

哲学诠释学认为，所有读者和接受者都是从此在的有限性和历史性出发所进行的阅读和接受，读者的阅读都是从前理解结构出发对文本进行的一种自我理解，而所谓自我理解就是读者从自己的诠释学处境出发所进行的理解，并且把阅读过程中所理解的内容和意义应用于自身，从而在某种意义上所有理解也都是自我的理解，不同的读者在阅读中所理解的东西是不可能达到完全一致的，因此，所有阅读中的理解都是有局限性的，都是一种有限性和历史性的现象，那种认为通过体验移情的重建和科学的实证能够获得绝对的、客观的、唯一的和完全的解释的看法，只不过是一种客观主义的天真。恰恰相反，只有承认读者、接受者和理解者是有限性和历史性的存在，才能真正使接受和理解具有开放性。这种开放性首先意味着承认读者的有限性和历史性，只有认识到这种有限性，才能把自己的理解视为有限的，而不是不可超越的。尽管不同时代具有不同前理解结构的读者对某一部作品做出了不同的理解，这并不意味着它们就获得了最终的确定性和正确性。正是读者是时间性和历史性的存在，决定了同一部作品仍

---

① 周振甫：《文心雕龙今译》，中华书局，1986年，第432页。

将被不同的读者做出不同的理解，所有的阅读和理解既体现了作品文本的开放性结构，也体现了阅读和理解的开放性。"一个真正的理解并不意味着作为（隐藏意义的解释）对应关系的真理原则，而是意味着真理是一种经验的真实性：这是一种与人们的历史、文化和时代条件有关的文本的声音被听到的相遇。文本本身的范式被筹划到读者的范式上，意义也会做出相应的调整。"①在文学阅读活动中，任何读者都首先必须意识到他自己的此在性、有限性和历史性，意识到自己的理解只是众多可能理解中的一种，而不具有也不可能具有最终的、唯一的、客观的确定性，他必须承认一个文学艺术作品始终有人在理解，始终有人在做出不同的理解，任何人都没有做出唯一解释的特权。因此，正是读者的这种有限性和历史性的规定性决定了文学作品的接受和理解的永无终结性，永远是开放性的阅读空间和解释空间。

显然，在哲学诠释学中，读者的概念是一种在有限性和历史性中包含着开放性的概念，此在存在的有限性和不断筹划的可能性共同构成了读者和阅读的具体可能性。"在伽达默尔看来，在文本与解释的融合中，文本由于读者而得到表现，并且通过这种表现文本留下了一种效果踪迹。文本不是作为一种能指的游戏而得到表现，而是在文本意味深长的意义解释的自由空间中得到表现的。"②因此，没有读者，文本的意义就不可能得到表现，也不可能得到解释；没有意味深长的文本，也不会有阅读和解释的自由空间；反过来，没有阅读和解释的自由空间，也就没有文本的意味深长。中国古代诗论中所说的"言有尽而意无穷"，不仅可以从诗歌文本的角度来理解，也可以从读者和接受者方面来理解，正因为文本与读者的这种时间性、历史性和开放性的关系，读者的阅读活动才成为一种有限性与

---

① Tomasz Kalaga, *Literary Hermeneutics: from Methodology to Ontology*, Newcastle: Cambridge Scholars Publishing, 2015, p.96.

② James Risser, *Hermeneutics and the Voice of the Other: Re-reading Gadamer's Philosophical Hermeneutics*, New York: State University of New York Press, 1997, p.168.

开放性的辩证行为,一种在阅读和理解事件中展开的时间性过程和意义生成过程。

第四节　作为本体论事件的阅读辩证法

阅读作为一种文学接受和理解活动,永远不是由单方面决定的,它总是由被阅读和接受的文本与作为阅读主体的读者在阅读过程中作为一个动态事件得到实现的。文学阅读不能脱离文学作品文本而存在,作品文本的具体化和现实化同样是需要读者的积极参与和创造性理解的阅读活动,在阅读过程中,文学作品与作为接受者的读者构成了阅读活动的两极,而阅读活动实际上就是把文本和读者这两极联系起来的中介。哲学诠释学的阅读理论尊重文学作品文本的自律性存在,这与形式结构论的本体论观点有相似之处,但同时又高度重视读者的创造性阅读作用,这与形式结构论的本体论有非常的不同。在哲学诠释学理解中,阅读成了一个本体论的事件,它不仅把读者和文本置于本体论事件中,而且认为这是文本意义能够实现的必然过程。因此,如何确定这个中介便成为当代阅读理论研究的一个极为重要的方面,这是因为,无论是阅读理论对文本规定性的研究,还是对读者的规定性阐述,最终都是为了阐述阅读活动作为一种动态性的事件是如何展开的。

首先,与作者中心论所认为的阅读活动就是去把握和理解作者表现作品中的意图和对作者的创作心理进行猜测不同,也与文本中心论所认为的阅读就是发现和分析客观地存在于作品中的形式和结构不同,诠释学的阅读理论认为,阅读作为一种文学理解事件是读者与文本的一种相互对话和交流。"书本的阅读仍然是一种其中的内容得以表现的事件。确实,文学和对文学的阅读具有最大的自由和灵活度。这可以从如下简单的事实中看到,即人们并不需要坐下来一口气读完一本书,因此,如果一个人想继续读它就必须接着往下读;这与听音乐或看绘画是不同的,然而,它却表明了是与'文本'的整体性相关联的。"[1]文本的内容伴随着读者的阅读过程而展开，阅读也是伴随着文本内容展开而表现的全过程。在文学作品的阅读过程中，阅读活动就是像我们在第二章中谈到的游戏一样，游戏本身就是一种表现性的本体论事件，同样，阅读也是把读者和文本联系起来的表现性事件，是读者和文本共同并同时发生相互作用的过程，在这个过程中，读者与文本都既不是主体，也不是客体，两者都处在阅读的时间性的表现事件中，而读者与文本就在这个事件中进行一种持续的、动态的交流和对话。在这个时间性的阅读事件中，文本向读者表现它的内容，而读者向文本表现他的理解，读者时间性地融入正在阅读的动态过程。"在阅读过程中，时间和空间似乎都被取代了。谁能够阅读以书写形式流传下来的东西，谁就能够生产并实现过去的纯粹现时性。"[2]从阅读的空间性上讲，读者在阅读过程中与阅读的文本所表达的东西共在，从阅读的时间性上讲，读者总是与文本的表现过程同行，因此，阅读活动中的文本和读者都成为正在进行中的事件的构成，无论文本还是读者都不外在于阅读的时间性过程，阅读的过程融合了读者和文本，文本的表现性与读者的表现性同时存在，这就是伽达默尔所说的阅读活动中的"纯粹现时性"。当然，伽达默尔这里主要是阅读历史上流传下来的文本，实际上阅读当代文学文本同样具有这样一种纯粹现时性的事件性特征。

在哲学诠释学看来，阅读始终是一种具有现时性特征的理解事件，在这个事件中，读者与文本进行生动的对话，两者是一个相互激活和相互问答的对话过程。在通常的理解中，交流和对话只发生在日常的真实语言环境中，是一种面对面的直接交流活动，而书写的文本则是一种被语言文字符号固定了的存在，是书页上静态的白纸黑字构成的文本，文学作品的表达者是文本，而不是作者，是文本在说话，而不是作者在直接表

---

[1] Hans-Georg Gadamer, *Truth and Method*, London: Continuum Publishing Group, 2004, pp.153-154.

[2] Ibid., p.156.

达。因此，用语言文字书写下来的文学作品已经脱离了生动对话的直接性和偶然性，当然，也脱离了作者的直接言说，按照平常的理解，这种对话并不具有日常的生动性、具体性、直接性和现实性。但是，哲学诠释学认为，文本在我们的阅读和理解事件中可以成为我们的对话"伙伴"。正因为我们对书写文本的阅读并不是对口头话语的一种补充，书写文本丧失了口头语言表达的直接性，这并不是文本的缺点和弱点，恰恰相反，它为人们的交流和理解提供更加稳定的东西，这种原始直接性的丧失为人类留下了可以不断被阅读和理解的文本，尽管作者并没有直接地跟我们面对面地对话和交流，但文本却为我们提供了更大的对话和交流的可能性。文本取代作者成为我们阅读过程中进行对话的对象，仿佛就像一个"你"一样向读者和理解者说话，而这个作为书写文本的"你"比直接对话中的对话者更少限制，给我们赋予了更大的阅读自由和想象空间。因此，哲学诠释学认为，我们的阅读活动类似一个作为文本的"你"与实际对该文本进行阅读的读者之间的一种生动对话，而整个阅读过程都是在这种对话过程中进行和展开的，没有这种生动对话，阅读活动就不可能进行下去。更有意思的是，这种缺乏直接对话者的文本可以让我们不断地把它作为对话的对象，只要我们愿意，文学作品总是可以不厌其烦地向我们说话，只要你愿意走进文本，文本就会向你述说，向你表达。试想，《红楼梦》或《百年孤独》什么时候拒绝过读者与它的持续的或反复的对话？所有文学文本，甚至连哲学或历史文本也都是这样的。

在这种纯粹现时性的文学阅读活动中，读者不断地克服书写的分离事件，即不断地把文本纳入与读者的阅读交流过程之中，不断地把原本属于白纸黑字的书写符号转化为与我们读者同时存在的东西。不管阅读一首小诗，还是一部鸿篇巨制，文本都在阅读中不断生动地持续向读者展开，并在读者积极的、富有创造性的阅读和理解中把文本现实化和具体化。在这种对话性的阅读过程中，阅读总是一种积极的参与性活动，读者的阅读并不仅仅返回到文学文本所说的东西中，倾听文本的声音；读者并不只是重构文本表达的内容，如浪漫主义方法论诠释学所认为的那样，阅读就是要重构作者的原意或重新体验作者的生命和情感，要对作品的原意进行重构。哲学诠释意义上的阅读，总是读者根据作品本身及其前理解进入阅读事件中，这是一种读者在阅读过程中总是以新的语言与文本说话的事件，不同的读者也以不同的语言与文本进行对话。也就是说，在阅读活动中，我们总是以自己的语言、情感、想象和思想等去阅读文学作品，而不只是简单辨认和再现文本表达的内容，因此，文学作品的阅读始终是一种正在进行的对话和交流事件，也是一个常读常新的理解过程。伽达默尔说文本"只是一个半成品，是交流事件的一个阶段"是很有道理的。所谓"半成品"，一方面指文学作品是一种自律性的存在，文学作品是邀请读者和理解者进入阅读和理解事件的"请柬"，邀请我们进入文学作品的想象性世界中；另一方面指文学作品文本要取得具体的现实性的存在，我们就必须主动地接受它的"邀请"，在我们的阅读中把这个所谓的"半成品"变成生动的富有意义的文学世界。换言之，文学阅读和理解活动既不能离开文本，也离不开读者和理解者，更不能离开把这两者联系起来的阅读事件。我们看到，利科的现象学诠释学虽然在坚持文本的自律性和客观性问题上与伽达默尔的哲学诠释学观点有所不同，但是，他也同样把阅读和理解视为一种交流与对话的活动。"阅读类似于由书写乐谱的符号调节的音乐作品的演奏，因为文本不再是一种由它的作者的意图激发的自律性意义空间，文本的自律性，由于失去了这种必要的支持，它把书写交给了读者的专有解释。"[1]被书写下来的文本就其自身而言，确实是一种自律性的存在，但是它的意义空间必须通过读者的解释才能释放出来。

把文学阅读和接受理解为一种对话与交流的事件，在当代接受理论与读者反应批评那里得到了非常突出的强调。耀斯认为，文学的阅读与接

---

[1] Paul Ricoeur, *Hermeneutics and the Human Sciences: Essays on Language, Action and Interpretation*, edited, translated and introduced by John Thompson, Cambridge: Cambridge University Press, 1987, p.136.

受活动不只是由文学作品的文本来决定的,也不只是由作为接受主体的读者所决定的,文学的接受活动是由两者相互作用的动态过程构成的。用哲学诠释学的术语来说,阅读是一个读者与文本相互作用的对话与交流事件和过程。在文学作品与读者的持续不断的经验视域中,"发生着从简单接受到批评性理解,从被动接受到主动接受,从认识的审美标准到超越以往的新的生产的转换。文学的历史性及其交流性质是以作品、受众、新作品之间的对话性、过程性关系为前提的,而这种对话性、过程性关系可以根据信息与接受者、问题与回答的关系来构想。"[①]可以说,正是依据接受者与作品、新作品之间的这种创造性的问答对话关系,才有接受美学对文学作品的阅读和理解效果和影响的研究,从而进一步拓展了文学研究的新维度。

如果说耀斯的接受美学对文学交流和对话的强调,更多是关注读者和接受者的积极作用,而不太重视文本与读者之间的相互性关系的话,那么,伊瑟尔对这个问题则做了更为细致的分析和探讨,更强调二者之间的辩证关系。尽管它的读者概念具有超历史的缺陷,缺乏耀斯接受理论的动态性的历史视野,但是,必须肯定,伊瑟尔所理解的文本与作者之间的互动关系非常富有借鉴意义。伊瑟尔认为:"文本应当被视为一个复杂的自我实现的过程,它既不能与作者对世界的观照,又不能与选择和组合的方式,也不能与阅读活动中产生的意义,更不能与读者的审美经验完全等同起来。它经历了从作者对世界的观照直至读者体验的各个阶段,而这些阶段既相互联系,又彼此区别,前一阶段中某些因素的变化将导致下一阶段各种因素的变异。"[②]这一基本论点,显然与哲学诠释学具有某种相似之处,它不仅强调了文学作品的自律性特征,而且重视读者在文本具体

---

① Hans Robert Jauss, *Toward an Aesthetic of Reception*, Minneapolis: University of Minnesota Press, 1982, p.19.

② 沃尔夫冈·伊瑟尔:《阅读行为》中文版序言,金惠敏等译,湖南文艺出版社,1991年,第24页。

化和现实化过程中的积极作用,把读者与文本的关系纳入阅读的理解事件中。伊瑟尔认为:"阅读一部文学作品,核心的问题是,作品的结构与其接受者之间的相互作用。"[1]他借鉴罗曼·英伽登现象学观点,把文学作品分为艺术极和审美极。"现象学的艺术理论充分强调这种观点:在思考一个文学作品时,人们不仅必须考虑具体的文本,而且也必须以同样的尺度考虑对文本的反应活动。……如果这样的话,那么文学作品就具有两极,我们可以把称之为艺术极和审美极:艺术极是指作者创作的文本,审美极是由读者完成的现实化。"[2]从这种理论观点出发,伊瑟尔认为,文学作品既不能等同于文本,也不能等同于具体化,而是处于此两者之间的某个地方。文学作品是两者相互作用的结果,是艺术极在审美极中的具体化实现,也就是说,作为艺术的文学作品要实现它的审美价值,必须经过读者积极主动的阅读活动。文本模式只是标志着交流过程的一个方面,作品的文本系统和策略也只是提供了读者必须为自己建构审美对象的框架,作为自律性的文本结构和作为阅读主体的读者的创造性行为共同构成了阅读活动的两极。文学作品具有比文本更为丰富的东西,而且这种具体化和现实化绝不意味着独立于读者个人的性情,虽然这种具体化和现实化也受到不同文本模式的影响。文本与读者的融合使文学作品获得了现实性的存在,但这种融合永远不可能是精确的解释,并且必须始终保持着虚拟性,它始终是想象性的作品,它既不能与文本的真实性相一致,也不能与读者个人的性情相一致。文学作品并不只是某种指示经验存在的对象,读者和文本的关系不是认识论上的主客体之间的关系,而是一种动态的相互作用关系。伊瑟尔认为,在阅读过程中,读者不是要辨明文本是否准确地描述了对象,恰恰相反,读者要在阅读和理解过程中建构他自己的对象,即把

---

[1] 沃尔夫冈·伊瑟尔:《阅读行为》,金惠敏等译,湖南文艺出版社,1991年,第25页。

[2] Wolfgang Iser, *The Reading Process: A Phenomenological Approach, Modern Literary Theory*, Phillip Rice and Patricia Waugh ed., London: Hodder Headline Group, 1989, p.76.

客观性的文本变成审美的文学作品,这个具体化了的文学审美对象是与文本所唤起的那个熟悉世界具有差异性的审美世界,因此,在他看来,在阅读中,读者把书写文本变成了更生动、更丰富的审美作品。

为此,伊瑟尔提出了读者的"移动视点"的概念。所谓"移动视点",就是阅读活动不断通过文本主题和阅读视野的相互作用过程使文本得到具体化,使文学作品具有现实性的审美价值,并在阅读过程中根据文本不断地修正自己的阅读、反应和理解。这种读者和文本之间的双向活动,是在阅读过程中时间性持续的一种基本结构,正是这一结构引出了文本中隐含的读者视点。在阅读中记忆与期望不断地聚合,阅读和反应的综合辩证运动引起记忆的不断修复,并且读者的期望随着阅读的深化而变得更加复杂,并把相互联系的透视角度会聚到在相互结合的结构中,而阅读中所形成的这种"一致性建构"或格式塔就是文本与读者相互作用的结果。必须注意的是,这种结果不能单独地归结为书面文本或读者的意向,而是在读者经验中文本结构与审美结构相互作用形成的具有审美价值的文学作品。"在阅读过程的时间流逝中,过去和现在不断地聚合到此时此刻,移动视点的综合活动使文本作为一个永远扩张着的联络网贯穿于读者的意识。这也把空间的广延加给了时间,因为视点和组合的积聚使我们产生既深且广的幻觉,这样我们就觉得似乎置身于一个真实的世界。"①

在这里,我们看到了与伽达默尔哲学诠释学所说的"纯粹现时性"相似的观点,在阅读过程中,"广延"的空间和持续的"时间"融合在一起构成生动的阅读事件。在伊瑟尔的理解中,一方面,这个真实的世界就是在读者阅读和反应中形成的文学作品的世界;另一方面,由于读者总是把许多的主观因素如记忆、兴趣、注意等都可能带到当下的阅读之中,因此,对同一个文学文本的阅读,不同的人和不同时间的阅读都有许多不同的文本实现,会出现被读者经验到的不同的"文学作品",即所谓"一千

---

① 沃尔夫冈·伊瑟尔:《阅读行为》,金惠敏等译,湖南文艺出版社,1991年,第147页。

个读者就有一千部《红楼梦》"。同时，文本策略又在某种程度上始终引导着读者的阅读和理解，而不至于使读者的阅读和理解偏离文本的约束，因此，尽管不同的读者对同一个作品的阅读和理解经验存在着巨大的差异，然而，不同的读者对一个文本的不同理解又具有某种一致性，也就是说，读者读出的《红楼梦》尽管有"一千部"，但它仍然是对同一部《红楼梦》的阅读和理解，而永远不可能是《金瓶梅》或《西厢记》。

由此可见，伊瑟尔的阅读反应理论对阅读活动的理解非常具有辩证意味，既承认文学作品文本在阅读和接受中具有某种决定性作用，又重视读者的阅读和理解的能动性，力图超越主观主义和客观主义的文学阅读理论，同时，我们也看到，伊瑟尔在现象学和诠释学之间表现出来的一种理论摇摆。从作品文本的确定性要求看，他是现象学上的，他把文本看做一种意向性的客体，从文本的不确定性和阅读的能动性要求看，他的理解又具有诠释学的某些特点。但是，与诠释学关于阅读和接受是历史性存在以及文本的意义始终是历史性理解的效果的观点相比，伊瑟尔显然不同于把阅读作为本体论存在方式论理解的哲学诠释学，也不同于耀斯突出读者和阅读中心作用的接受美学。如我们已经指出的，伊瑟尔把读者看做一种超验的模式，一种超越了历史性和时间性的超验主体，而哲学诠释学则把文本与读者的关系纳入此在时间性和历史性的理解中。正如有论者指出："伊瑟尔的理论为我们提供了一个去历史化的（de-historicized）读者，这种读者面对的是一种去语境化的（de-contextualized）文本，而耀斯的接受理论试图提供一种对具体化过程更具有历史情境性的理解，他提出了一种'期待视野'，这种期待视野根据人们在每一历史时期阅读和评价的文学作品来确定标准。作品的原始历史时刻的期待视野只能告诉我们在当时作品如何被理解和接受的某些东西，它并不确立绝对的和普遍的意义。耀斯广泛地借鉴了伽达默尔的诠释学理论，认为文本处于过去与现在之间永无止境的对话之中，在这种对话中，解释者的当下立场将始终影响过去是如何被理解和接受的。在试图对过去进行理解的过程中，我们只能根据当下的文化视野来理解它,因此,耀斯认为,把过去和当下联系起来的东西是'视域融合',在耀斯看来,文本的意义和价值终究不能与其接受的历史性分离开来。"① 由此可见,伊瑟尔理论中的"读者"和"语境"都缺乏诠释学意义上的历史性和语境性,而这一点正是耀斯的接受理论和伽达默尔的哲学诠释学所具有的最根本的特征,即阅读始终是一个文本与读者之间持续对话的过程。

其次,哲学诠释学从人类存在的此在时间性和历史性特征出发,重新思考西方哲学史上的对话理论,从而揭示了对话性的诠释学辩证法结构,这对理解文学阅读的经验辩证法具有重要意义。伽达默尔指出,18世纪的"你""我"关系,如休谟所理解的那样,是一种对象的客观性与我的关系,这是一种自然科学方法论的运用,它把对话看做是人文科学的工作程序,从而丧失了诠释学经验的根本性质。第二种"你""我"关系不是把对话理解为直接的关系,而是理解为一种反思性关系。施莱尔马赫的方法论诠释学认为,理解者能够比作者本人更好地理解作者,这种理解丧失了被理解者与理解者的直接关系。第三种"你""我"关系是"对传统具有开放性的效果历史意识",这是哲学诠释学所理解的"你""我"对话关系,这是一种直接的、彼此开放的提问与对话的交流关系,哲学诠释学把文学阅读和理解作为一种本体论事件所体现的正是这样一种关系。"当我们试图通过两个人之间进行的对话模式来考察诠释学现象时,这两种如此明显不同的情境——理解一个文本与在对话中达成理解的——主要共同点在于,两者都与摆在他们面前的主题有关。正如每一个对话者都在试图与他的伙伴就某个主题达成一致一样,解释者也在试图理解文本正在说的内容。这种对主题的理解必须采取语言的形式。这并不是说这种理解后来被人们用语言表达出来;相反,理解发生的方式——无论是在文本的情况下,还是在与另一个向我们提出问题的人的对话中,都是进入事物本身的

---

① Phillip Rice and Patricia Waugh ed., *Modern Literary Theory*, London: Hodder Headline Group, 1989, p.74.

语言。因此，我们将首先考虑真正对话的结构，以便具体说明属于文本理解的另一种对话形式的特征。"①这种对话的语言性、时间性和事件性才是一种真正的对话，并且具有一种普遍性的辩证结构，而这种结构同样适用于文学的阅读和理解事件。

诠释学的对话辩证法就是提问与回答的对话艺术，读者与历史传递下来的文本之间的关系同样体现了一种问答的对话关系。"构成对话特征的……显然是，存在于语言中的对话——在提问与回答、给予与取得、为不同目的而进行的争论与对他者观点的寻求的过程中——表现了一种意义的交流，就文字书写的传统而言，这正是诠释学的任务。因此，这并不只是一种隐喻。把诠释学的任务描述为与文本的对话，便是对本来就属于（对话辩证法）的一种追忆。这种解释是由言说的语言来表现的，并不意味着它被置于陌生的手段中，毋宁说它把原始意义交流重新转换成了言说的语言。当文本被解释时，书写的传统便从它自身的异化中分离出来，而且进入了活生生的现时性的对话中。这种对话从根本上说就是在提问和回答中得到实现的。"②同样，在阅读活动过程中，读者进行阅读的时候，他与文本的关系并不是被动的关系，而是一种由问答关系构成的对话过程。因此，詹姆斯·里瑟尔把伽达默尔的哲学诠释学称为"对话的诠释学"是很有道理的，"理解作为一种交流事件，提问和回答构成了基本的诠释学关系。伽达默尔的诠释学是一种对话的诠释学"③。根据哲学诠释学的问答辩证法的思想，既然文学阅读与接受活动从根本说就是一种对话和交流的活动，那么，阅读和接受活动也就同样具有谈话的"精神"。把阅读视为一种对话和交流，也就必然会把文本当作一个自身向读者说话的

---

① Hans-Georg Gadamer, *Truth and Method*, London: Continuum Publishing Group, 2004, pp.370-371.

② Ibid., pp.361-362.

③ James Risser, *Hermeneutics and the Voice of the Other: Re-reading Gadamer's Philosophical Hermeneutics*, New York: State University of New York Press, 1997, p.17.

"你"来对话。既然文本与读者的关系是一种"你—我"关系,那么文本与读者之间也必然像实际进行的对话一样,存在着一种问与答的关系,是阅读和理解过程中文本与读者相互作用的一种提问与回答的本体论事件。

在文学阅读过程中,就像在生动的对话中一样,文本作为"你"向作为读者的"我"提出问题,读者也以同样的方式向文本提出问题,文本对读者提出的问题做出答复,读者也对文本提出的问题做出答复,阅读过程就是在这种活动中进行的一种往复的问答过程,并修正读者和理解者的不符合"事物本身"的理解。诠释学的这种对话现象本身"意味着对话的原始性与问答的结构。历史的文本成为解释的对象意味着它向解释者提出了一个问题。因此,解释总是包含着与解释者所提出的问题的关系。理解一个文本便意味理解这个问题。但是,正如我们所证明的,这靠我们获得诠释学视域才有可能发生。现在,我们把这看做是文本的意义能够得到规定范围内的问题视域"[1]。在阅读事件中,文学文本并不是某种中立的、客观的存在,读者对文本的阅读也不是简单对作品的复述和重构,而是在一种问与答相互关系中进行的对话与交流,是一种在对话事件中相互理解的事件,并在持续对话中不断接近作为"事物本身"的文学作品。

在这里,需要强调的是,把文本与读者的关系理解为一种问与答的对话关系,显然与诠释学对文学作品的本体论存在方式的独特理解相关。哲学诠释学认为,文学作品是一种具有自我表现性的自律性文本,作为"事物本身"的作品总是有所表现的文本,总是有话要向读者表达的文本,它总是向阅读它的人言说有待人们理解的某种东西,由于文本具有自律性特征,这种言说不是由已经脱离了文本的作者表达的,也不是由作品再现的某种客观的东西规定的,而是文学作品自身在言说,也就是文学作品自身向阅读它的人表达并向读者提出问题。因此,在文学阅读和接受中,文本是一种依靠自身的表现性向读者说话的存在,这就决定了文本具

---

[1] Hans-Georg Gadamer, *Truth and Method*, London: Continuum Publishing Group, 2004, pp.369-370.

有谈话中的"你"的特征,它总是以它的自律性存在表达某种东西,就像实际谈话中的"你"一样,用你自己的语言表达思想、进行阅读的读者和进行理解的阐释者,同样都是一种语言性的存在,面对作品的语言讲述的东西和提出的问题,也必须像对一个正在对你说话和提出问题的对话者一样进行回应和回答,必须在阅读中用自己的语言回答文本提出的问题,文学作品的意义就产生于这种不断进行的提问与回答的开放性动态关系结构中,出现在作为读者的我们与作为"事物本身"的文学作品之间的往复运动中。

最后,文学阅读和接受活动中的文本与读者的问答逻辑体现了一种深刻的辩证法,阅读作为一种接受活动是一种动态的辩证运动。哲学诠释学认为,问题的本质意味着讨论中的问题具有某种意义。诠释学的问题使被提问的东西进入了某种特定的情境中,有问题才使回答问题成为可能,正是问题的提出开启了被问的问题的存在。仿佛作品在问读者:"你真的理解了我表达的东西吗?"也仿佛读者在问文本:"我理解得对吗?"这是一个只要阅读就存在的对话过程。"在诠释学经验结构中揭示的问与答辩证法,现在允许我们可以更准确地描述什么样的意识是效果历史意识。因为我们所论证的问答辩证法使理解表现为一种类似于对话的相互关系。确实,文本并不以像一个'你'那样的方式向我说话。我们这些试图理解的人必须通过我们来让它说话。但是,我们发现这种'使文本说话'的理解,并不是一种出于我们的专断做法,而是作为一个与对文本所期待的回答相联系的问题。参与一个回答本身就预先设定了提问的人是属于传统并把自己看做是传统的回应者。这就是效果历史意识的真理。由于放弃了完全领悟的幻想,历史经验意识对历史的经验是开放的。我们把它的实现描述为理解的视域融合,它就是在文本与解释者之间得以中介的东西。"①因此,在伽达默尔看来,阅读和理解作为文本与读者之间的对话过程没有

---

① Hans-Georg Gadamer, *Truth and Method*, London: Continuum Publishing Group, 2004, p.370.

终点，始终存在我们可以再次对话的可能性，只要读者愿意，并且读者还想从中获得更多的意义，这个过程便可以持续下去，因此伽达默尔说要放弃"完全领悟的幻想"，而文学的阅读和领悟作为不断往复变化的运动，就是哲学诠释学所说的效果历史事件，文学的意义和真理总是在这种效果历史事件和视域融合中不断展开、丰富和深化。

我们看到，开放性对话与交流中的阅读和接受，不像浪漫主义诠释学所认为的那样是一种重构活动，也不像文本中心主义所认为的那样是对作品形式和结构的认识，而始终是一种从前理解结构出发对文本的言说所进行的一种自我理解。比方说《红楼梦》这个作品吧，按照诠释学的这种对话理解，我们不会说我们理解了曹雪芹的创作动机，我们的阅读就是阅读曹雪芹所说的东西，我们也不会说我们所理解的就是《红楼梦》这个作品的语言和结构（这当然很重要，并且是基础性的东西），而是会说，我们的阅读和理解是对《红楼梦》的阅读和理解，因为在阅读和理解的过程中始终融入了"我们"的理解。但是，诠释学把阅读和接受活动视为一种问答辩证法事件，而对话辩证法就是阅读和接受活动意义实现的一种根本精神。"一个试图理解某种东西的人，就不能以他自己的偶然的前见解为出发点，始终顽固地忽视文本的真实意义，直到文本的真实意义消除了解释者想当然的意义而成为可持续倾听的为止。试图理解某个文本的人要准备让文本告诉他某种东西。这就是一种受过诠释学训练的意识必须从对文本存在的敏感开始的原因。但是，这种敏感既不需要把内容视为'中立性'的，又不需要视为一种自我消解，而是需要凸显和同化理解者自己的前见解和偏见。重要的问题是必须意识到理解者自己的偏见，以至于文本能够在其所有的他者性中表现自身，如此，才能肯定文本自身的真理以反对理解者自己的前见解。"① 因此，尽管所有阅读和接受都是一种从前理解出发做出的具有偏见的自我理解，但它并不是一种随心所欲的任意理解。诠

---

① Hans-Georg Gadamer, *Truth and Method*, London: Continuum Publishing Group, 2004, pp.271-272.

释学所理解的阅读也不像当代解构理论和激进阅读论所认为的那样，所有的阅读和理解都是合法的、有效的，根本不存在误读的问题。哲学诠释学认为，由于我们的前理解和偏见，误读是可能的，但是，通过阅读活动的问答辩证法和效果历史意识，通过不断地回到事物本身，我们能够修正对文本的误读和误解，尽可能达到我们的完全性预期，实现具有差异性但又是真实有效的理解。

由此可见，特别是本体论诠释学所理解的文学阅读活动，是理解事件中读者与文本相互作用的辩证过程，在阅读、接受和理解过程中，不仅肯定理解者的前理解和偏见在阅读和意义生产中的积极作用，也尊重文学作品自身在阅读和理解中的规定性和约束性，辩证地处理读者与文本之间的关系。前理解的期待中会存在许多貌似可以接受，仿佛真实有效的东西，但是，在众多的意义期待中并不是所有的东西都是合法有效的，因此，并不是所有的理解结果都是有效的，都符合作为"事物本身"的文学作品，例如，我们在理解陈子昂的《登幽州台歌》的诗句"前不见古人，后不见来者。念天地之悠悠，独怆然而涕下"时，我们不可避免会带着理解的期待阅读这首诗，在这种期待中并非只有一种意义，而会有多种不同意义出现。我们可以有不同的意义期待，可能筹划和领会出各种不同又似乎合理的意义，但是，这些意义并不一定都适合我们理解的这个作品本身。至于哪种意义经得起效果历史的检验，便需要在文本与理解之间实现持续不断的诠释学视域融合，在阅读和理解过程中同时探究这个诗歌文本的事实性和判断我们的前理解；也就是说，在阅读和理解这首诗时，我们的理解必须是对这首诗的理解，必须首先善于倾听文本所说的内容，尽可能理解文本向我们诉说了什么，根据文本向我们讲述的内容反思性地修正我们曾经做出的可能误读和误判，调整我们的前理解与文本的视域，并在新的视域融合中更加接近作品所表达的东西。因此，本体论诠释学阅读和理解是在面向未来的意义筹划中不断开启理解的效果历史事件，我们总是在这种辩证事件中同时联系着文学文本和我们自己的理解，并在新的意义筹划和视域融合中丰富、深化和拓展文学作品的意义空间和可能性。

在这里，简单提及中国古代文论中提出的"善读"概念是有意思的，"善读"说所表明的实际上就是阅读应该如何处理文本与读者关系的问题。在文学作品的阅读活动中，能否恰当地理解文学作品和理解其中的意义，关键在于是否"善读"。

"善读"说始于宋人对《诗经》的解释，他们认为，汉儒们对《诗经》的解释总是忽视文本所说的东西，做牵强附会的理解；唐代的孔颖达本着疏不破注的陈规，实际上也不符合对诗歌作品的阅读和理解。这里不可能对中国古代的"善读"说做详细的论述，试以朱熹的"善读"说为例。他认为，读《诗经》的正确方法应该是：一平心去看，二反复讽咏，三有所感发。我们可以对此稍作阐发，所谓平心去看，类似于诠释学所说的要善于倾听文本向读者所说的东西，朱熹认为，就《诗经》本身来说，三百篇每篇各有各的表现，那些搞传注的人却根本不理会文本所说的东西，一味地做牵强附会的理解，阅读必须有所本，才是真正的文学阅读。"大率古人作诗，与今人作诗一般，其间亦自有感物道情，吟咏情性，几时尽是讥刺他人？只缘序者立例，篇篇要作美刺说，将诗人意思尽穿凿坏了！且如今人见人才做事，便作一诗歌美之，或讥刺之，是甚么道理？如此，亦似里巷无知之人，胡乱称颂谀说，把持放雕，何以见先王之泽？何以为情性之正？"[1] "今人不以《诗》说《诗》，却以《序》解《诗》，是以委屈牵合，必欲如序者之意，宁失诗人之本意不恤也。此是序者大害处。"[2] 所谓反复讽咏，就是对作为诗歌作品的《诗经》的反复阅读和理解。从诠释学意义上讲，可以理解为阅读活动过程中读者与文本之间相互问答的过程，只有经过反复讽咏的阅读过程，才能深入文本所述说的东

---

[1] 王士毅编，徐时仪，杨艳汇校：《朱子语类》（四），上海古籍出版社，2016年，第2103页。

[2] 同上书，第2104页。

西并不断修正自己的偏见,以达到读者与文本的"视界融合"。所谓有所感发,便是指阅读并不是被动的接受,而是有所创造的理解过程,通过反复阅读,可以阐发出更多的内涵和意义,但这种"感发"是建立在"平心去看"的"倾听"和"反复讽咏"的对话过程基础上的。尽管中国古代文论中没有像当代诠释学和文学理论那样系统完整的阅读理论,但是,"善读"说却与诠释学所理解的如何正确进入"理解的循环"有某种相似之处。

  本章对当代阅读理论的本体论转向、文本和读者在阅读中的规定性及其相互关系所做的分析和探讨表明,阅读活动既不是离开文本自身的存在而进行的任意阅读,也不是读者对文本的消极复制和客观性重构,而是文本与读者相互作用的创造性过程。在阅读事件中,我们既不能忽视作为接受对象的规定性,也不能忽视阅读的创造性,从根本上说,阅读是读者与文本相互提问与应答的辩证事件。诠释学理解的文学阅读和理解事件永远是一种鲜活的、动态的经验,阅读和理解事件中的意义也总是动态的和未完成的。"如果文学文本主要是作为一个答案,或者,如果后来的读者主要是在寻求一个答案,这决不意味着作者本人在他的作品中已经有了一个明确的答案。文本的回答性是文本结构的一种形式,它提供过去作品与后来作品之间的历史联系,从接受的角度来看,它已经是文本结构的一种形式;它不是作品本身的一种不变的价值。"[1]在这种本体论阅读和理解事件中,读者和理解者与文学文本都必须进入阅读事件中,并始终处于这种本体论事件中,读者与文本的生动辩证运动是文本意义和审美价值能够得到实现的诠释学动力。每一次新的阅读,每一次新的视域融合,都会带来某些不同的东西,都会有不同的效果历史。这就是"一千个读者就有一千个哈姆雷特""一千个读者就有一千部《红楼梦》"的原因所在,或

---

[1] Hans Robert Jauss, *Toward an Aesthetic of Reception*, Minneapolis: University of Minnesota Press, 1982, p.69.

许,这也就是中国艺术理论所说的"虚实相生,无画处皆成妙境"的美学境界和"不着一字,尽得风流"的诗意境界。可以说,这种"妙境"和"风流"正是在文本世界与读者世界的阅读活动和理解事件中开启并实现的,由此,阅读才能够不断开启一个"言有尽而意无穷"的诠释学宇宙。

第四章 诠释学与文学意义生产

　　文学作品的意义或真理问题是文学理解和解释中非常重要的问题，文学的阅读活动本身就是一种包含意义理解和解释的活动，阅读总是一种理解性的阅读，没有不带理解的阅读。人们阅读文学作品总是或多或少地在把握文学作品的意义，而文学作品的意义，或者，用哲学诠释学的概念说文学作品的"真理"内容，是对文学作品理解和解释的更深一层的探讨。上一章，我们对诠释学与作为本体论问题的阅读活动进行了探讨，本章探讨和论述文学作品意义或真理的理解和解释问题。我们知道，理解和解释往往是一种真正仁者见仁、智者见智的活动，无论是一首小诗还是一部鸿篇巨制，不同的人都会有自己的理解和解释，这些理解和解释无论具有怎样的相似性，这种相似性总是相对的，而理解和解释的差异性却是绝对的事实。例如，无论是莎士比亚的剧作，还是曹雪芹的《红楼梦》，人们都承认它们是人类文化史中的伟大作品，但是，不同时代的人，同一时代的不同的人，甚至同一个人在不同的时间和情境下，从这些作品中所感受和理解的东西却有着或大或小的差异，甚至在一些语境下存在着巨大的差异。正如鲁迅所说，对同一部《红楼梦》，会因理解者的不同而得出不同的"命意"，或者说要从不同的"命意"去理解这个作品，这充分体现了文学作品理解的差异性问题。即使同一个人在不同的时代和文化语境甚至心境下，阅读和理解同一部文学作品，也常常会阅读和理解出不同的"意义"，用诠释学的话说，会有不同的真理经验。

在《真理与方法》中，伽达默尔有一段关于"文学意义"的论述，经常被意义单一论者或客观论者批评为"相对主义"。他写道："每一个时代都必须以它自己的方式来理解一个传递下来的文本，因为文本属于整个传统，它的内容使这个时代感兴趣，并试图在这个传统中理解自身。当文本对解释者说话时，文本的真正意义并不取决于作者和他最初的读者的偶然性。这当然与他们不相同，因为这也总是由解释者的历史处境共同决定的，因而也由客观历史进程的总体性共同决定的。……如果我们有所理解，那么我们总是用不同的方式进行理解，就足够了。"① 赫施和贝蒂都认为，伽达默尔的这种观点不可避免地会导致理解的主观主义和相对主义，"其结果是诠释学无法在正确和错误的解释之间作出判断"②。对于不同的诠释学来说，关键的问题是，文学作品的意义究竟在哪里？这种意义究竟是怎样产生的？我们怎样确定文学作品的意义？文学作品的意义是单义性的还是多义性的，是恒定的还是变动的？文学作品意义的理解是一种方法论的理解，还是一种本体论的理解？是一种形式结构论的理解，还是一种社会历史性的意识形态理解？哲学诠释学的理论对这些问题有其独特的理解，它对作品的形式结构不怎么有兴趣，对传统方法论诠释学和当代方法论诠释学的作者意图论的意义理论也持一种拒斥的态度。它虽然并不否定对文学作品的意识形态的意义阐释，但也并不那么喜欢，或者甚少

---

① Hans-Georg Gadamer, *Truth and Method*, London: Continuum Publishing Group, 2004, p.296.

② E.D.Hirsch, "Preface" to *Validity in Interpretation*, New Haven: Yale University Press, 1976, p.242.

探讨。因此，对于文学作品的意义或真理问题，不同的诠释学理论从不同的理论立场和不同的理解视域做出不同的理解。本章结合20世纪文学理论中的意义理解问题，探讨文学意义或真理的诠释学理解问题，并重点探讨哲学诠释学的思想洞见以及对文学作品意义或真理的理解问题。

第一节　文学作品意义的几种理解方式

对于文学作品意义或真理的理解有许多方式，本章首先从如下四种理论倾向进行探讨和论述，然后重点探讨哲学诠释学的文学作品意义或真理理解问题。这几种意义理论都与哲学诠释学的意义理解理论有较为密切的关系，这四种理论倾向分别为作者意图论的意义理解、文学意识形态论的意义阐释、文本本体论的意义分析和读者中心论的意义解释，这些理论不仅在传统的文学理论中占有显著的地位，也广泛地存在于当代文学理论中，并仍然具有深刻的影响，且对今天的文学诠释学意义理解问题具有重要的借鉴意义。特别是哲学诠释学从本体论角度对文学作品意义的理解，为文学作品的意义或审美真理阐释提供了非常重要的理论洞见，与把阅读上升为一种本体论事件一样，哲学诠释学认为文学作品的意义理解也同样是一种本体论事件。上一章在探讨文学阅读活动时探讨和论述了阅读与意义生产的问题，这里只对前三种理论做出必要的论述。

一、作者意图论与文学意义的单义性阐释

前面论述过，重构作者的意图或者重构作者的创作体验，是传统方法论诠释学的一种重要理解目的，施莱尔马赫和狄尔泰都认为，理解者和解释者可以通过文学作品的理解和体验重构作品的"意义"。海德格尔的事实诠释学反对任何形式上的意义或真理符合论，认为理解总是从前理解出发所进行的理解，因此，意义或真理问题不是一种主客体符合意义上的意义和真理。伽达默尔继海德格尔的"此在"诠释学之后，在《真理与方

法》中把人类理解作为一个本体论问题来探讨,为理解问题提供了一种哲学诠释学的转向,为文学作品意义理解问题提供了一种新的理论视域,他认为,文本的意义并不依赖于作者及其原来读者的意义,文本的意义或真理都是被理解的意义或真理,这一点受到了作者意图论和客观意义论的挑战和严厉批评。

对于文学作品的意义来自于哪里,似乎有一种天然的感觉,作品的意义当然是作者在作品中表达的意义。当有人问文学作品的意义是否取决于作者时,提出这样的问题似乎便有某种必然性:文学作品是从哪里产生的?是谁赋予了文学作品以意义?对这个问题的一个理所当然的回答,是作家创作了作品,没有作家哪来的作品?作者是作品的父亲,文学作品的意义当然就是作品的父亲赋予的,因此,作品的意义毫无疑问是作者赋予的意义,这是传统文学理论中的一个似乎无可置疑的论断。比如,孟子的"以意逆志"说,究竟"逆"谁之志呢?有许多论者认为当然是"逆"作者之志或诗人之志。从这一似乎理所当然的问题出发,方法论诠释学的作者意图论者必然认为,文学作品的意义必须从作者那里得到解释,理解一部文学作品的意义当然是理解作者的意图或动机,这种意义理解理论就是作者意图论。在当代文学理论中,试图以作者的意图重建文学作品的意义这种客观论的观点,集中地体现在赫施、居尔和贝蒂的文学理论中,而在赫施的诠释学理论中则表现得更为明显,尤其是他针对伽达默尔的诠释学思想提出了批判,并进行了深入的辩论。正如有论者所说:"在20世纪的诠释学中,文本的意义由什么构成的问题,是赫施与伽达默尔之间著名辩论的基础。赫施的解释方法被称为'意图主义',因为他把作者的意图作为文本意义的标准。"[1]鉴于此,我们首先论述赫施的作者意图论的意义诠释学理论,然后补充性地简要论述居尔和贝蒂的作者意图论的意义理解。

---

[1] Burhanettin Tatar, *Interpretation and the Problem of the Intention of the Author: H.-G. Gadamer vs E.D. Hirsch*, Washington :Printed in the United States of America, 1991, p. 7.

我们知道，伽达默尔的哲学诠释学遵循海德格尔的事实性诠释学，他们的本体论诠释学改变了19世纪以来的浪漫主义方法论诠释学。不同于施莱尔马赫和狄尔泰的理解是一种心理重构或再体验过程的诠释学理论，方法论诠释学认为，尽管现在的人们无法直接获得历史流传下来的过去文本的原初意义，但是，通过一种"占卜式"的心理解释或重新体验的过程，即在过去与现在、文本与读者之间建立起来心理体验的桥梁时，人们便能够在重新体验或心理重构中获得作品的原初意义。对施莱尔马赫和狄尔泰来说，文本是作者的思想和意图或生命体验的语言性"表达"，当理解者把他自己转换到作者的视域中，并重新激活作者的创作行为和生命体验时，我们就在作者和读者之间建立了一种内在的、根本的联系，我们能够基于"人同此心、心同此理"的共同人性、共同心理或一般意识，克服过去与现在之间的距离，超越时间的鸿沟，与过去的作者达到一种共情，从而客观地理解、解释和把握作者的意图或生命体验，通过作品语言表达的理解获得作品的原初意义。伽达默尔认为，这种诠释学理解实际上体现的是一种浪漫主义的天真设想。因为它一方面想通过方法论获得正确的理解方式，另一方面又必须通过主观性的心理体验重构作者的思想，这是一种不可克服的悖论。赫施继承浪漫主义方法论诠释学的这一作者意图重构论的思想，他认可狄尔泰的移情理论的共情，并恢复了心理重构的原则，他的结论性观点就是文学的意义只有一种正确的解释，而这种所谓正确的解释就是要确证作品的意义即作者想要在文本中表达的意义。

赫施认为，理解文本的意义就是确定作者在作品中表达的意义，简单地说，就是作者的意图。解释的标准最终都涉及一个心理结构，而这个心理结构与作者意图有内在的必然的逻辑关系。他明确提出："事实上，这些标准最终都涉及一种心理结构，这并不奇怪，当我们回忆起，验证一个文本只是为了确定作者可能意味着我们理解他的文本所指的东西。解释者的首要任务是复制作者的'逻辑'、作者的态度、作者的文化内涵，简而言之，作者的世界。尽管验证的过程是非常复杂和困难的，但是，最终的验证原则却非常简单——对言说主体的想象性重构。"① 为了客观地理解并且把握作品的唯一正确的意义，赫施首先对"语义自律论""极端历史主义"和"心理主义"等理解方式进行了批判，目的是为作者的立场和作品的意义确定性进行辩护。他认为，虽然语义自律论的文学理解对文本的分析激发了人们敏锐的感受力和想象力，但同时也助长了科学批评中的固执和偏激，导致这种状况的原因便是那种认为作品文本与作者无关紧要的理论，即文本中心主义的理论。极端历史主义把文学作品的意义视为理解者在理解过程中建构起来的，认为文本的意义是历史理解和解释的产物，因而否定了意义的客观性。而那种主张文本的意义随着不同时间的阅读而不断变化的"心理主义"的观点，则否定了文学作品意义的可复制性和可重构性。赫施坚持认为，无论从解释者角度还是从作者本身看，抑或是从文本的角度看，在理解中获得意义的确定性和客观性都是可能的。"解释活动中只存在一个普遍可信的和为一般人所认可的标准。……没有任何已知的标准概念比作者意指的意义更具有普遍可信性的特点。因此，仅从实际的意义上讲，我们更赞同文本的意义就是作者的意义的观点。"②因此，在赫施看来，文本的意义就是作者意指的意义，它不仅是确定性的，而且是具有可复制性的，而对文本的意义理解就是对作者所意指的意义进行再认识和重构，只有作者的意义才是我们对作品获得理解有效性和确定性的最可靠的保证。"可复制性（reproducibility）是一种使解释成为可能的词语意义的性质：如果意义是不可复制的，它就不能被其他人实现，因此不能被理解或解释。另一方面，确定性（determinacy）是一个性质的意义要求，以便有某种可复制的东西。确定性是任何可共享意义的必要属性。因为一个不确定性的东西不能被人们分享：如果一个意义是不确定的，它将没有边界，没有自我同一性（self-identity），因此，它不可能与

---

① E.D.Hirsch, *Validity in Interpretation*, New Haven: Yale University Press, 1976, p.242.
② Ibid., p.25.

其他人所接受的意义有任何相同之处。"①赫施在《为作者辩护》一文中重申了这个观点，并且强调："这是可共享性的最低要求。没有它，交流和解释的有效性都是不可能的。"②正是这种意义的可复制性和确定性保证了人们理解的意义与作者的意图保持同一性，并确保了意义的唯一性、正确性和客观性，使人们对作品的解释获得可验证的有效性。

  为了反对他所认为的极端历史主义和心理主义的理解开放性，赫施对其作品的意义就是作者意指的意义的观点进行了论证。为了论证作品的意义只有唯一一个正确解释的观点，赫施提出了两个在他的理解理论中具有关键性的概念：意义（meaning）和意味（significance），并对这两个概念进行了严格的区分。我们在下面将会看到，这两个区分性概念也得到了居尔和贝蒂的认可和运用。赫施所说的"意义"就是作者在作品中意欲传达给读者的东西，一部文学作品文本的意义并不会因不同读者和理解者的阅读和理解而发生变化，也不会因为不同时间和不同语境的理解而发生变化，意义作为客观性的东西始终存在于作品中，等待读者和理解者去认识和发现，而解释的任务就是发现这种意义，这种意义是客观的、不变的。而"意味"是读者、解释者、批评家等在理解中解读出来并赋予作品的东西，意味是可以变化的，可以是多样性和差异性的。"意义就是一个文本表现的东西，它是作者运用一系列的符号系统所意指的意义，是符号所表现的东西。另一方面，意味便是与某个人、某个概念、某种情境或纯粹想象的任何东西之间关系。作者和其他人一样，随着时间的推移而改变自己的态度、情感、观点和价值标准，显然随着时间的推移，他们会倾向于在不同的语境中看待自己的作品。对他们来说，理解中改变的显然不是作品的意义，而是他们与意义的关系。意味总是包含着一种关系，而这个关系中永恒的、不会改变的一个极点就是文本所意味的东西。不能考虑到这

---

① E.D.Hirsch, *Validity in Interpretation*, New Haven: Yale University Press, 1976, p.44.

② E.D.Hirsch, "In Defense of the Author," Gary Iseminger eds., *Intention and Interpretation*, Philadelphia:Temple University Press,1992, p.15.

一简单而重要的区分是导致诠释学理论中巨大混乱的根源。"[1]在赫施看来,导致这种诠释学混乱的根源就在于没有区分"意义"和"意味"之间的根本不同,只要我们对"意义"和"意味"进行严格区分,便能避免这种诠释学混乱。

赫施承认,无论是作者理解他本人的作品,还是读者对一部作品的理解,都会存在着差异,作者在不同语境中理解作品时会有不同的看法,会有不同的理解;但是,在不同语境中对自己作品的理解,所理解的不是意义而是作品的意味,因为它是一种关系的结果,而不是对作者原意的把握;至于其他读者对某部作品的理解更是一种关系性的理解,必然是读者和理解者与文本发生关系的结果,这种关系结果包含了理解者自己理解出来的东西,即"意味",而不是作者赋予作品本身"意义"。通过对"意义"和"意味"进行严格区分和解释,赫施得出的重要诠释学结论是,一部作品的意味可能随着理解的时间性和语境的不同而发生变化,但是,作品的意义却不会发生这样的变化,作品的意义必然是确定性的,也是可复制的,这才是作品的真正意义。举例说来,从赫施的诠释学观点看,《红楼梦》这部作品的意义就是曹雪芹写作时想表达,并且已经在作品中体现的东西,而历来的读者和理解者对这部作品的不同理解和解释,则是他们与作者在作品表达的意义之间的关系,也就是赫施所说的意味。如果曹雪芹完成作品之后,再来读他自己的作品,他理解出来的东西也是一种意味,而不是作品固有的意义,但是,曹雪芹的原始意图是不变的,不论人们对这部作品做出怎样不同的理解和解释,都不会改变曹雪芹创作这个作品时想表达的东西。如果我们要理解这部作品的意义,那么就要认识和理解曹雪芹在这个作品中固定下来的最初意图,即便曹雪芹本人后来阅读他自己的作品,要想理解其中的意义,也得重构他自己的原始意图,重新体验他最初的体验。

---

[1] E.D.Hirsch, *Validity in Interpretation*, New Haven: Yale University Press, 1976, p.8.

可以说，这是一种非常顽固而又不可思议的诠释学理论。显然，作者事后也不能确定他自己理解的东西是不是自己原有的意义，还是一种意味，而意义只能是作者在创作时刻意欲表达的东西，我们不知道作者在理解他自己的作品时，究竟怎样来把握赫施所说的文本"意义"。作为理解者的我们，就更不可能知道我们所理解和解释的东西是不是作者的原初意图，或者怎么能够证明我们从作品中理解的就是作者想表达的东西。因为，我们阅读和理解文学作品的时候，作者总是处于缺席的状态，不要说历史上的文学作品，作者已经不复存在，就是当代文学作品的阅读和理解，一般来说作者也是不在场的，那么，对于已经脱离了作者而独立存在的作品来说，我们又怎样去确定作者的意图呢，怎么能够证明所理解的就是作者的意图呢？

在《客观解释》一文中，赫施提出了解释有效性的四个标准来论证他的作者意图论：第一，合法性标准。解释必须得到文本与其中被把握到的公共语言规范的认可；这个标准必须与某个陈述主体联系在一起，陈述主体就是内在存在的作者的语言，正是这个作者的语言界定了文本能够再现的意义可能性的范围，因此，是文本的语言而不是解释者的语言界定了文本的意义。第二，相应性标准。这个标准的意义说明，作者通过他所使用的每一个语言成分表达的东西，都是他意欲表达的某种东西；解释必须阐明文本的每一个语言成分，假如一个解释任意地把语言成分孤立起来或对这些成分做了不恰当的解说，那么，文本意义的解释就不具有可能性。第三，类型标准。解释者必须依照类型合适性的标准，如果人们用其他的类型去解释一篇科学论文，并认为它具有影射的含义，所使用的就是不合适的标准。这个标准旨在说明作者遵循某些惯例来进行语言表述，例如，诗人按照诗所要求的惯例进行创作，小说家按照小说所要求的惯例进行写作，我们在理解文学作品时，同样必须按照恰当的类型来理解，比如我们不能用哲学或科学的类型来理解文学，甚至不能用散文或诗歌的类型来理解小说。第四，可信性或连贯性标准。前三个标准看似很有道理，在某种程度上是一种客观性的说明和理解，但是，赫施认为，即便有这三个标准也无法保证理解的客观性，对同一个作品文本做出多种解释；因此，解释者必须在这些多种解释中做出选择，赫施认为，判断哪一种解释是正确的，必须依赖第四个标准，也就是说解释者最终必须选择具有可信性或连贯性的标准，连贯性在解释中起着核心的作用。他认为，要避免理解的纯粹的循环性而使其具有客观有效性，验证文本解释的相对连贯性是"唯一的途径"和"唯一的方式"，"要证明一种解读方式比另一种解读方式更具有说服力和连贯性，最好的方法是证明一种语境比另一种语境更有可能"①。反之亦然。能够证明一种语境比另一种语境更有可能，也就能够证明一种方式比另一种方式更具有说服力和连贯性，因而更能证明意义理解的确定性和有效性。以上四个标准都是为了证明作品中表达的意义就是作者在创作它时想表达的意义。

在《解释的有效性》一书中，赫施主要通过"内在类型"（intrinsic genre）这个概念来确定理解和解释的有效性。所谓"内在类型"，就是解释者能够正确地理解文本确定性中的任何部分的整体意义。因为解释者能够在明确地认识文本整体表述的语词序列之前正确地认识每一部分，如果理解者能够正确地认识文学作品中的词语类型，并从词语类型的认识中把握词语的正确性，便能够保证解释者能够进行下一步的确定工作。在对整体意义的确定过程中，解释者不需要改变他已经理解的部分的确定性，而且要求部分的确定性认识能够符合整体意义的期待。理解者只有通过这种整体意义的期待在特定的词语系统中得到完全的实现时，才能正确地理解一部作品的意义。

赫施认为，这种"内在类型"的认识不仅对作者，而且对解释者来说也是完全必要的。对作者来说，他在完成他的作品之前，就已经确定了词语的类型，并通过这种类型确定了作品的整体意义。这实际上是施莱尔马

---

① E.D.Hirsch, *Validity in Interpretation*, New Haven: Yale University Press, 1976, p.239.

赫的文本部分与整体相互联系的诠释学循环。"每个解释者都在一种不可避免的循环性障碍下工作：他所有的内在证据都倾向于支持他的假设，因为大部分证据都是由他的假设构成的……一种解释性假设——也就是说，对类型的猜测——往往是一种自我确认的准假设。"[①] 举例来说，托尔斯泰在完成《战争与和平》之前，在选择什么样的词语类型和表达什么样的作品整体意义之前，这种"内在类型"就已经在他的创作意图中存在了，这个作品的完成就是在词语系统和文本整体中实现作者已确定的创作意图，这就是一部作品中的"内在类型"。而解释者正确地理解这部作品的意义，就是正确认识和把握作者所意欲表达的原初的整体意义，通过这种诠释学的循环理解工作正确地推测作者体现在作品的"内在类型"。假如解释者对于作品整体意义的理解与作者的类型构想不相符合的话，那么，解释者所做的理解就是不真实的理解，就是一种"外在类型"（extrinsic genre），而不是一种"内在类型"。解释的任务就是对"内在类型"进行正确的猜测。"一种外在类型就是一种错误的猜测，一种内在类型就是正确的猜测。解释的主要任务之一可以概括为，在对文本内在类型的探讨中批判性地拒绝外在类型。"[②] 从这里可以看出，赫施的文本意义理解理论与施莱尔马赫相似，是一种方法论上的而不是本体论的理解。他的解释理论所说的理解循环，也只是确定理解循环中的客观性部分，并通过这种客观性部分来确定文本意义的客观有效性，而拒绝意义理解的生产和创造性质，因为他认为解释者的猜测所构成的是"非方法的、直觉的、移情的"[③]部分，也就是理解者赋予文本的是意味，而不是对作品本身固有的作者意义的理解。

在这里，我们看到赫施诠释学理论中所谓的内在类型的概念性规定遇到了不可克服的难题，那就是，究竟谁有权确定文本的"内在类型"？是

---

① E.D.Hirsch, *Validity in Interpretation*, New Haven: Yale University Press, 1976, p.73.
② Ibid., pp.88-89.
③ Ibid., p.74.

作者确定的？还是读者和理解者确定的？在阅读和理解过程中，无论作者还是读者无疑都是具有主观性的，怎么可能会不带任何偏见地确立这种内在类型？难道是作品文本确定了这种类型？但这种类型又是怎样被认识和确定的呢？怎样才能够把"内在类型"与"外在类型"严格区分开来呢？所有这些问题，赫施似乎都没有解释和论证清楚。这也就不难理解，他为什么最后会把这种真正类型的确立与"正确的猜测"连接起来。

那么，赫施提出的问题是，什么是正确的猜测呢？怎样证明我们理解中的猜测是正确的呢？怎样去验证这种猜测是"正确"而且唯一的呢？怎么证明这种猜测就是对作者的内在类型或意图的正确猜测呢？这实际上使赫施的解释理论回到了他所批评和想要超越的心理学理论上去了。"验证的迫切性不应该与理解的迫切性相混淆。这是完全正确的，解释文本的复杂过程总是涉及解释性猜测（interpretive guesses），以及根据文本和解释者可能知道的任何相关信息检验这些猜测。因此，解释文本的过程就涉及某种验证。但是，理解的过程和心理并不能简化为系统的结构（尽管有许多人试图这样做），因为没有办法用规则和原则来强迫正确的猜测。每一种解释的开始和结束都是一种猜测，没有人能想出一种聪明的猜测方法。解释的系统性从理解过程结束的地方开始。理解实现了一种意义的建构；验证的工作就是要评估理解提出的不同结构。"① 由于作为读者和解释者的我们实际上无法知道作者实际的、真实的意图，过去流传下来的文本也没有告诉我们作者最初的创作意图，即使在某些地方谈到了他的意图，也并不意味着在他的作品中实现的就只是这些意图，甚至仍然活在世上的那些作者也不可能告诉我们他的真实创作意图，即便告诉我们，作者也不会认为那就是他的意图，那么，我们就永远只能猜测或揣测作者的意图，而这种猜测只能是心理上或想象上的，而且是读者和解释者对作者进行的是一种心理猜测，尤其要命的是，我们的每一次猜测都可能会有所不

---

① E.D.Hirsch, *Validity in Interpretation,* New Haven: Yale University Press, 1976, p.170.

同，那么，怎么可能是唯一的而且是正确的猜测呢？实际上，这同样让他回到了施莱尔马赫诠释学的心理解释的"占卜"方法上和狄尔泰的体验心理学上，一方面寻求所谓客观的方法，另一方面诉诸主观心理的猜测，因而无法真正实现理解和解释的客观有效性。

赫施坚定地认为，文本的意义是由作者赋予作品文本的，所以，作者的意图也就在文本的意义中起着决定性的作用。那么，在赫施的诠释学理论中，决定文本意义的作者意图又是什么呢？他认为，正是作者意欲表达的东西的某种设想，这种设想不是一种抽象的东西，文学文本的设想不是抽象的，不是一种抽象逻辑，而是一种意念。这种意念就是他所说的内在类型的东西。在作者意念的实现过程中，他所把握的意义是他的意志所投入的东西，也就是说，作者用具有目的性的意志把他的意念转化为作品文本。在这种作品文本中，具有目的性的意念创作行为得到了完美的实现，这样便确定了文本意义的"侧重方面或重要性"，人们根据这种意义的侧重方面和重要性，便能把握作品的内在类型，只要能够根据作者的意念确定这种内在类型，那么，我们就能够确定作品意义的客观性和唯一性，从而也就确定了意义是属于作者本身的。但是，在我们看来，赫施的困难仍然是显而易见的。赫施的所谓作者的意念或意志的概念，仍然不能证明文本意义的客观性问题。很明显，他所谓的对作者意志或意念的猜测仍然具有他所批判的心理主义色彩，因为他不是建立在实证的基础上，正如他的内在类型需要解释者的正确的猜测来达到一样，这种属于作者或作品文本方面的内在类型和客观性问题，依然建立在对作者的意志和意念的心理猜测的基础上。因此，无论从解释者方面的真正范型，还是从作品文本的内在类型来说，都带有解释性猜测甚至心理猜测的成分，显然不可能对文本意义进行一种真正客观的、唯一的论证，所谓解释者通过内在类型猜测性地重构的作者意图，仍然是解释者所理解和解释的作者意图，而并非作者本人完成作品之前已经确定了的意图，读者和解释者从中解释的意义仍然是解释者对作品进行的解释，这不可能不带有本体论诠释学所说的

"前理解"或"偏见"。所谓"任何一种有效的解释都基于对作者所意指的东西的认识"①的诠释学观点,恰恰表明赫施延续浪漫主义方法论诠释学和客观论诠释学的乌托邦式的天真。正如有论者在谈到赫施的诠释学观点时指出:"对许多理论家来说,意图论的吸引力在于它提供了一个简洁的解决方案,它似乎为逻辑上不相容的解释困境提供了一个解决方案,但就纯粹的文本批评而言,它同样是可以接受的。然而,无论它可能表现出什么样的优点和缺点,意图论都不能证实一元论。"②

从赫施的文学作品意义理论的分析中,我们最终还是发现,尽管赫施常常斩钉截铁地坚持解释的客观性问题,实际上,他最后所依赖的仍然只是想象性地重构文本陈述主体和作者的世界。所谓"想象性""正确的猜测""内在类型的构想"这些用以支持他的解释有效性和文本意义可复制性以及确定性的主要概念,所体现的恰恰不是客观性和有效性,而是主观性和相对性,意义的客观性问题仍然没有得到根本的解决,最终所寻求的只是所谓"客观性"的猜测。对于文学作品的理解来说,赫施把文本的意义封闭在作者的意图上,确实严重地忽视了文学作品意义理解的丰富性和开放性。也许,文学作品意义的理解可以包含从作者意图角度所做的理解,它不失为文学诠释的一个维度,但仅仅囿于这一维度显然是不恰当的。大卫·霍伊指出:"赫施的新意图论并没有产生任何新的、积极的实际后果。相反,它有一个消极的实际后果,因为它可以潜在地导致解释者固执地相信他自己对文本解读的正确性,从而排除其他的解读。"③很明显,伽达默尔对文学作品意义的理解不同于赫施,前者认为意义总是在理解的事件中发生和生成的,意义依赖于时间性的理解事件,而后者则要克

---

① E.D.Hirsch, *Validity in Interpretation*, New Haven: Yale University Press, 1976, p.126.

② Joseph Margolis, "One and Only One Correct Interpretation," *Is there a single right interpretation?* edited by Michael Krausz, Pennsylvania: The Pennsylvania State University Press, 2002, p. 26.

③ David C. Hoy, *The Critical Circle: Literature, History, and Philosophical Hermeneutics*, California: University of California Press, 1982, pp.34-35.

服理解事件的时间性质，提出一种理论上的解释性假设，并试图进行所谓方法论的客观验证。伽达默尔倡导丰富性和多样性的意义理解，而赫施则坚持只有一种正确的意义解释。

现在，我们简单论述居尔和贝蒂的客观论诠释学对文学作品的意义理解，他们的理论与赫施具有内在的一致性，他们都坚持作者意图论，并且都认为只有一个正确的意义。托尔斯登·佩特松在谈到居尔的观点时说："居尔的观点是赫施早期支持的观点的一个更强有力的版本，也是一种浪漫主义的诠释学。"[①]在《解释：文学批评的哲学》中，无论是居尔自己的论述还是对他人的批评，都旨在证明文学作品只有唯一正确的解释，文学作品只有一个正确的意义。在这本书中，他对文本特征、文本语境、文本中的暗示和反讽以及文学创作作为一种言语行为等的分析和论述，都是为了论述文学作品的意义是与作者的意图相一致的。简言之，在居尔看来，理解作品的意义就是正确理解作者的意图。

在《解释：文学批评的哲学》一书的导论中，居尔非常明确地捍卫三个观点，实际上，这三个观点也是他这本书所要论证的问题，即证明作者的意图就是文本的意义，文本的意义就是作者的意图。首先，他认为，文学作品意义的陈述与作者意图的陈述之间存在内在的必然关系，即文学作品的意义陈述就是作者的意义陈述。他同意赫施认为作品意义与作者意图有必然逻辑关系的观点，认为应当把作者的意图作为判断作品意义的标准，他充分肯定赫施诠释学中最有价值和最重要的贡献就是对文学的意义和意味的区分。但是，他并不认为理解是理解作者意图决定的意义，而批评产生的东西则是意味，在他看来，既然文学作品本身就有意义，那么批评家也应该这样理解作品的意义。在该著作中，居尔花了四章的篇幅来论证下面这个结论："事实上，当且仅当作者意欲传达的东西成

---

① Torsten Pettersson, "The Literary Work as a Pliable Entity: Combining Realism and Pluralism", *Is there a single right interpretation?* edited by Michael Krausz, Pennsylvania: The Pennsylvania State University Press, 2002, p. 214.

为证据时,一个事实才会成为文学作品意义的证据。"[1]理解一部作品必须认识作者意欲表达的思想,理解的目的就是通过对支持作品意义陈述的各种理由和一般证据的检验,通过对这种陈述推论出各种情况的考察,从而证明"一部文学作品的意义在逻辑上取决于作者的意图"[2]。其次,他不同意韦恩·布斯的"隐含作者"概念和说法,布斯认为,在文学作品中表达思想和意义的不是真实作者,而是隐含作者,隐含作者的所有思想感情、价值观念等都是通过作品的形式表达出来的,隐含作者并不就是现实中的作者。"我们对隐含作者的感觉,不仅包括所有人物的每一点行动和受难中可以推断出的意义,而且还包括它们的道德和情感内容。简言之,它包括对一部完成的艺术整体的直觉理解;这个隐含作者信奉的主要价值,不论它的创造者在真实生活中属于何种党派,都是由全部形式表达的一切。"[3]韦恩·布斯认为,隐含作者自觉或不自觉地选择我们阅读的东西,被读者当作真实存在者的一个理想的、文学的和创造出来的替身,这个隐含作者就是他自己所选择的东西的"总和",这样,读者和解释者便能够通过这个"总和"来理解把握作品的意义。而居尔认为,无论是作品表达的意义还是暗示的意义,都是由我们心目中真实的、历史的人所决定的,即一部作品表现和传达的主张和意义,并不是由隐含作者,而是由真实的、历史的存在的作者完成的。最后,他坚持认为,文学作品有一个并且只有一个正确的解释,一个作品在逻辑上具有矛盾的多种意义的解释是不可能的,我们原则上能够确定一部作品唯一的、正确的解释。在居尔看来,无论是作品文本的特征还是语言之外的条件,都只有当它们能够成为证明作者意图唯一性的证据时,才能成为证明一部文学作品意义的证据。

---

[1] P. D. Juhl, *Interpretation: An Essay in the Philosophy of Literary Criticism*, New Jersey: Princeton University Press, 1980, p.13.

[2] Ibid., p.148.

[3] W. C. 布斯:《小说修辞学》,华明、胡晓苏、周宪译,北京大学出版社,1987年,第83页。

即使对文学作品的某种理解和解释显得很有条理、很连贯、很复杂，看起来似乎也很有道理，但是，如果这种解释不能证明它是作者要在文本中表达的意图，那么，也不能说明这种解释符合作品的意义，而且，他认为，对于作品中的叙事者和人物所说的语言的意义，我们完全可以把它们当作出自作者意图让说话者表达的意义来进行分析。

因此，居尔不仅坚持一部作品的意义取决于言说者或作者的意图，而且认为，只有在假定作者的意图决定一部作品的意义的前提下，才能解决文学理解中大量难以说明但并非不可理喻的现象。他同意赫施对意义和意味的区分，他认为文学作品的意味并不是作品的意义，意味可以是无穷的，而意义却只有一个："一部作品可能有一个并且只有一个正确的解释，而它的意味则是无穷无尽——即作品的意义与变化的问题及其读者方面之间的关系——原则上是没有限制的。这显然是一种合理的说明，这表明，我们并不能从文学作品的不可穷尽性中得出它有很多意义。但是，这种可能性的说明，只为这个假设提供一个很小的理由，即当批评家们重新解释一部作品时，他们实际上经常谈论的是作品的意味，而不是它的意义。"[1]因此，他认为，我们的文学理解和解释便是确定和检验由作者意图所决定的文学作品唯一的、确定的意义。尽管居尔对作者意图论的分析与赫施有所不同，在某些方面也对赫施的观点提出了不同的看法，但是，在坚持作品的意义就是作者意指的意义上，却是一致的。居尔的解释理论存在着与赫施的诠释学理论大致相同的问题，"居尔认为，由于作者的意图与被解释的意义保持一致，解释可以消除作者话语的歧义。因此，解释与作者意图之间存在着逻辑联系。然而，他并没有说明一个解释者可以从什么地方获得一种连贯性和证据感，因而获得文本的同一性。"[2]

---

[1] P. D. Juhl, *Interpretation: An Essay in the Philosophy of Literary Criticism,* New Jersey: Princeton University Press, 1980, p.226.

[2] Burhanettin Tatar, *Interpretation and the Problem of the Intention of the Author: H.-G. Gadamer vs E.D. Hirsch,* Washington: Printed in the United States of America, 1991, p.42.

贝蒂在根据作者的意图来理解作品的意义这个问题上,与赫施和居尔有着根本的一致性,但在具体论证方式上却有所不同。贝蒂认为,作者意图是具有自律性的,无论我们在什么地方遭遇富有意义的形式,我们都通过这种自律性与另一个心灵进行对话,而这个心灵就是被客观化在这种自律性形式中的东西,从根本上说这是属于作者的东西。贝蒂把这种富有意义的自律性形式看做解释对象的第一的、最基本的原则,因为作为解释对象的有意义形式,从本质上说就是作者精神的客观化,尤其是作者的某些思想内容的表现,因此,我们对作品意义的理解,就必须根据在这些自律性形式中被客观化了的另一个人的精神来理解。在把作品视为作者精神的客观化形式这一点上,他与狄尔泰的浪漫主义诠释学理解有非常相似之处,有所不同的是,狄尔泰认为文学作品客观化的是作者的生命体验,而贝蒂则认为被客观化在作品中的东西是作者的意图。在贝蒂看来,我们对意义的理解就是对已经被客观化在作品中的作者的精神心灵的理解,而这种被客观化了的主观性的东西,实际上也就是作者的意图。贝蒂说:"我可以建议我们把这第一规则称之为诠释学的对象自律性规则,或者说,是诠释学标准的内在规则。我们的意思是,必须把富有意义的形式看做自律性的,并且必须根据它们自身的发展逻辑、它们的意图联系和内在关联来理解它们的必要性、连贯性和结论性,应当根据原初意图内在固有的标准来判断它们。也就是说,这种意图应该与创造性的形式相符合,而这种意图就来自作者的观点和作者在这一创造过程中的构成性冲动。因此,我们决不能以它们是否适合解释者可能认为有关的任何其他外在目的来判断作品的意义。"[①]从文学理解的角度看,贝蒂所谓的富有意义的形式就是文学作品,它是一种被客观化了的作家精神心灵的自律性形式,因此,文学作品的意义便是客观化在这种自律性形式中的作者的精神心灵或者意图,

---

① Emiho Betti, "Hermeneutics as the General Methodology of the Geisteswissenschaften," Josef Bleicher eds., *Contemporary Hermeneutics: Hermeneutics as Method, Philosophy and Critique*, Boston: Routledge & Kegan Paul, 1980, p.58.

而我们对文学作品意义的理解必须通过这种自律性的形式，而不能通过任何外在于这种形式的东西，只要我们理解了这种自律性的形式，我们也就是理解了作家的意图，因而也就是理解了作品的意义。所以，贝蒂说意义来自作者的意图，意图便是作品的意义，此外都是外在于作品的理解，都不属于作品本身的意义。由于意义是客观化在作为文学作品的自律性形式中的东西，因此，我们必须通过有意义的形式"返回"到作者的创作"观点"或他所说的创作时的"构成性冲动"，从而重新认识和建构作者的精神心灵或者意图，由此，理解的目的便是对作者客观化在作品中的意义的重新认识和重构，准确地说就是重构作者的意图。

　　我们看到，在坚持文学作品本身的自律性上，贝蒂的观点与哲学诠释学有相似之处，但是，从上面的论述可以看到，他同时坚持意义客观性理解的可能性。"在保持被解释对象的本质自律性的同时，贝蒂批判了伽达默尔的观点，他认为伽达默尔的观点将主体插入了诠释学循环之中。这样一种引导，在他看来，不可避免地导致主观主义和相对主义。"①理由是，伽达默尔的理解理论不能在正确和错误的解释之间做出判断。在这里，贝蒂遇到了赫施和居尔相同的难题。解释者是否能够完全重新认识和重构客观化在作品中的作者的精神心灵或意图呢？换言之，是否能够完全重构作为作者意图的作品意义呢？贝蒂承认，解释者完全客观化地理解和把握作品的意义是不可能的。因为这种解释的或者说重构的客观化总是有解释者的参与，解释者永远不可能完成这个客观化重构的任务，这意味着"任何解释，不管最初看起来多么令人信服，都不能强迫自己成为人类的决定性解释"②。由此，可以看出，贝蒂所要解决的问题一方面是意义的

---

　　① Burhanettin Tatar, *Interpretation and the Problem of the Intention of the Author: H.-G. Gadamer vs E.D. Hirsch*, Washington: Printed in the United States of America, 1991, p.9.

　　② Emiho Betti, "Hermeneutics as the General Methodology of the Geisteswissenschaften," Josef Bleicher eds., *Contemporary Hermeneutics: Hermeneutics as Method, Philosophy and Critique*, Boston: Routledge & Kegan Paul, 1980, p.59.

客观性问题，另一方面是要避免把解释者理解的东西视为作品的意义。贝蒂同样采用了赫施关于作品意义和意味的区分。他认为，我们既能够积极地把过去的文本的意义整合到我们的知识视域中，又能够在其不变的差异性中认识到存在于作品中的客观意义。即使文学作品的意义对解释者来说是有意味的，仍然有一个把作品的意义和意味区分开来的客观性理解的关键时刻。怎么才能做到这一点呢？他认为，我们可以确立意义与意味的统一体，但他并不是像赫施那样，把意味视为作者意义重构的第二阶段。贝蒂的意思是，作品的意义与理解的意味是可以互相印证的，在理解和解释的统一体中，作者的思想表现为解释者的思想，而解释者的思想也表现为作者的思想，这样，就能真正形成读者和解释者与文本和作者的对话，也就能够避免读者和解释者的偏见，就能够在对话中实现重构理解作者思想的目的，从而使作者意图与理解的意义具有同一性。

很显然，贝蒂在诠释学上杂糅了施莱尔马赫和狄尔泰的传统方法论诠释学和现代客观论诠释学的方法，但是，他的根本观点谈不上有太多的新意，他的诠释学目的仍然是客观地重新认识和重构作者意图，也就是作品意义的重新认识和客观重构。这是否能够实现贝蒂客观性意义解释的目的呢？能否克服海德格尔的前理解在解释中的作用，能否避免伽达默尔诠释学中的"偏见"作用呢？伯哈内蒂·塔塔尔指出："贝蒂似乎在通过区分意义和意味来避免主观主义的同时（也就是说，通过拒绝当前语境对过去意义的中介），仍然沦为了主观主义的牺牲品。因为在他看来，解释者的偏见或前概念不应与有意义的形式相联系。因此，另一个精神所说的话对特定语境是否有效的问题，实际上不能以文本为基础来说明，因为它的有效性（意味）只能由当前语境来决定。因此，在贝蒂的诠释学中，意义与意味的区分导致了意义与其真理的区分。由于这个原因，贝蒂所说的'对话'变成了'独白'。虽然他想确保文本的客观意义，但事实上，他只确保（即使无法实现）了解释者的偏见或前概念。"[1]而承认解释者的偏见或前概念在文学意义和真理解释中的作用，正是事实性诠释学和哲学诠释学所强调的重要内容，也是本体论诠释学不同于方法论诠释学或客观论诠释学意义理解理论最为明显的特征。

二、文学意识形态论的意义阐释

虽然所有的诠释学理论或诠释学哲学都承认文学作品中有某种被称为意义或真理的东西，但是不同的理论或哲学必然会有不同的理论倾向或不同的看法，因而也必然会有关于文学作品的意义或真理的不同理解。我们在第一章讨论过批判诠释学与哲学诠释学的重要区别，针对伽达默尔对传统理解的保守性，哈贝马斯认为，伽达默尔的哲学诠释学缺乏必要的反思力和批判性，其中最薄弱的诠释学维度就是缺少意识形态批判的维度。针对哈贝马斯的批判，伽达默尔做了一些回答，他并非不承认语言和传统等具有意识形态性，相反明确肯定语言也是具有意识形态性的，他认为，在人的社会化的过程中，语言也必然会成长为一种惯例，成长为一种以惯例为中介的社会生活，因此，"语言成为一种意识形态"[2]。语言是作为传统而发生的，它不仅是由效果历史意识中的解释者的中介构成的，也是在历史进程中由实际的生产方式和社会权力关系形成的，但是，他认为哈贝马斯的意识形态反思概念具有某种独断论的性质，而他自己的反思概念所强调的是与传统对话的反思、视域融合的反思和效果历史的反思，因而不是独断论的。

利科的比较分析非常准确地说出了哲学诠释学与批判诠释学之间的根本性差异："诠释学的姿态是一种谦卑的姿态，它承认历史性的条件，

---

[1] Burhanettin Tatar, *Interpretation and the Problem of the Intention of the Author: H.-G. Gadamer vs E.D. Hirsch*, Washington: Printed in the United States of America, 1991, pp.13-14.

[2] Hans-Georg Gadamer, *Truth and Method*, London: Continuum Publishing Group, 2004, p.548.

人类所有的理解都包含在有限的支配中；意识形态批判的姿态是一种傲慢的姿态，它蔑视对人类交往的扭曲。"①由此，诠释学，特别是伽达默尔的哲学诠释学不同于批判诠释学，即便它承认语言和传统具有意识形态维度，也并不像批判诠释学所理解的那样突出和强烈，甚至在与批判诠释学交锋之前，以前的诠释学几乎都没有关注到理解和解释中的意识形态批判问题，施莱尔马赫没有，狄尔泰同样没有，我们很难在他们的诠释学中找到意识形态批评的维度，而更多的是正确理解的问题。即使在与哈贝马斯批判诠释学的交锋中，伽达默尔对意识形态的维护也基本上是辩护性的，他并没有太多地纠缠在意识形态的问题上。在《语言在何种程度上表现思想》一文中，伽达默尔写道："至于语言、生活的其他方面也是如此：一个习惯上预先形成的世界变得熟悉起来，问题是要知道，在我们对自己的理解中，我们是否能够达到这一点，在我刚才提到的那些罕见的完美言说中，我们认为我们已经达到了。即当我们真正说出我们想说的话时，换句话说，我们在何种程度上曾经实现了我们的真正理解？ 这两种——对它的完全理解和充分表达——限制了我们在世界上的取向以及我们与自己的无限内心对话。然而，我想说，正是因为这种对话是无限的，因为这种对事物的取向，在预先形成的对话图式中，进入了我们相互理解和自我理解的自发过程中，对我们来说，我们所理解的东西，以及我们所以能够使之成为我们自己思想的一部分的东西，都是无限的。心灵与自身的内在对话是没有限制的。通过这个论点，我将反对那种对语言是一种意识形态的怀疑。"②在《自我反思》这篇长文中，伽达默尔甚至对热衷于方法论和意识形态批判的人进行了批评，他认为，实际上，方法论狂热者和意识形

---

① Paul Ricoeur, *Hermeneutics and the Human Sciences: Essays on Language, Action and Interpretation*, edited, translated and introduced by John Thompson, Cambridge: Cambridge University Press, 1987, p.48.

② Hans-Georg Gadamer, *Truth and Method*, London: Continuum Publishing Group, 2004, p.548.

态批判者都是没有进行充分反思的人,方法论狂热者把试错的合理性看做是人类理性的终极尺度,而意识形态批判者也没有承认这种合理性所包含的意识形态偏见,"他们没有充分思考自己对意识形态批判的意识形态内涵。"①也就是说,意识形态批判本身实际上便包含了一种意识形态的取向。

回到关于文学作品的意义理解问题上,尽管各种诠释学都非常重视作品的意义或真理,但是,它们并不那样关注文学的意识形态问题,更不用说讨论理解中的意识形态批判维度,诠释学家们甚至很少从意识形态意义上去理解和阐释文学作品,施莱尔马赫和狄尔泰关注的是如何能够重构或重新体验作品中呈现的思想或生命体验,海德格尔的本体论诠释学重视文学理解的意义或真理。"诗不只是此在的一种附带装饰,不只是一种短时的热情甚或一种激情和消遣。诗是历史的孕育基础,因而也不只是一种文化现象,更不是一种'文化灵魂'的单纯的'表达'。我们的此在在根基上是诗意的,这话终究也不可能意味着,此在根本上仅只是一种无害的游戏。"②海德格尔主要是从此在存在的角度对艺术进行理解。至于伽达默尔的哲学诠释学,它对文学艺术和审美经验提出的一个最重要问题是,文学艺术这样的精神形式是否包含着认识和真理。假如文学艺术是一种认识和真理的形式,其认识和真理又是如何体现的,我们如何理解其中的意义或真理。哲学诠释学并不赞同审美意识的概念,它认为审美意识是一种抽象,这种抽象否定了文学艺术等审美经验中所具有的认识和真理维度。哲学诠释学明确认为,文学和艺术作品具有认识的作用。针对审美意识抽象对艺术经验所做的审美区分,伽达默尔提出了审美无区分的概念,坚决主张艺术的审美经验既不是单纯地体现于作品中的作者的审美意识抽象,不是作者的创作意图的表现,也不是单纯的形式结构,文学艺术作品及

---

① Hans-Georg Gadamer, "Text and Interpretation", *The Gadamer Reader: A Bouquet of the Later Writings*, Illinois: Northwestern University Press, 2007, p.23.
② 海德格尔:《荷尔德林诗的阐释》,孙周兴译,商务印书馆,2000年,第46页。

其审美经验包含着更为丰富的内涵和意义，体现着其自身和理解者的真理经验。

我们前面论述过哲学诠释学对西方具有悠久历史的模仿概念的重新理解，哲学诠释学认为，模仿并不是一种消极的、被动地对事物的摹写，所谓文学作品是现实社会生活的客观复制、再现、复写和呈现等等说法，实际上都是一种理论的抽象，或者更准确地说，是一种实证主义的观念。从根本上说，文学创作中的所谓模仿和再现，实际上都体现了文学家对所模仿和再现事物的一种认识和理解，体现了一种再创造的转换和表现。这种创造性的模仿总是把所要模仿的东西"作为"某种东西来模仿，"作为"就是把某某东西作为"某物"来认识的一种理解，而不是把外在事物的没有任何改变地移植到作品中。在《艺术与模仿》一文中，伽达默尔写道："我们根据事物中持久的和本质的东西去看事物是认识过程的一部分，而受它们以前被看见和再次被看见的偶然环境所限制。这就在模仿中构成认识并赋予我们以快乐的东西。因为，模仿所揭示的东西显然就是事物的真正本质。这远离了自然主义的艺术理论与任何古典主义的思想。"[①]在对自古希腊以来的西方模仿论做出诠释学考察和分析之后，伽达默尔得出如下结论："假如我们必须提出一个可以包括我们开头所提到的那些范畴——表现、模仿和符号——的普遍的美学范畴的话，我会采用在原初的意义上作为秩序的表现的'模仿'概念。模仿作为对秩序的证明，它现在似乎与过去一样有效，只要每一个艺术作品，即使在我们这个由批量生产不断标准化的世界中，依然证实着那种使我们的生活成其为生活的精神的秩序化力量。"[②]应当说，这是非常富有思想洞见的。哲学诠释学对这一传统文学理论概念的阐释，不仅给模仿这个古老概念提供了一种新的理解，即把它理解为一种创造性转换的创作行为，更重要的是，再一次恢复

---

① Hans-Georg Gadamer, *The Relevance of Beautiful and Other Essays*, edited., Robert Bernasconi, London: Cambridge University Press ,1986, p.99.

② Ibid., p.103.

了文学艺术经验与人类生活和生存世界的认识和真理关系,在这个意义上,对模仿这一传统概念的诠释学理解拓展了文学作品理解和解释的意义或真理维度。

当然,从批判诠释学的反思性批判,或者从文学意识形态批判的角度看,文学的意识形态理解,或者用更具有美学味道的概念来说,文学的"审美意识形态"理解,确实是,而且可以说是文学意义或真理理解的一个重要维度。正如哈比卜(M. A. R. Habib)在《文学批评史:从柏拉图到现在》一书导言中所说:"所有的人文学科(也可以说那些科学中的学科)都需要仔细的、批判的和全面的解读。文学批评这门学科是通过坚持这样的策略来界定的:它通过实践和理论发挥作用。在最基本的层面上,我们可以说,文学批评的实践适用于各种特定的文本。这种理论致力于研究这种实践背后的原则。我们可以说,理论就是在更为广泛的框架内对实践或实践情境进行系统的说明;理论揭示了我们实践背后的动机;它向我们表明实践与意识形态、权力结构、我们自己的无意识、我们的政治和宗教态度、我们的经济结构之间的联系;最重要的是,理论表明,实践不是一种自然的东西,而是一种特定的历史建构。"[①]如果说在揭示文学与事物之间的认识和真理关系上,模仿更多地属于传统文学理论范畴的话,那么,另一个理解和表达文学与社会生活之间关系的文学理论范畴便是"反映论",这是在某些文学意识形态理论中具有核心地位的概念。尤其是在20世纪文学理论和批评中具有更深刻的影响,尽管20世纪的俄国形式主义、英美新批评和结构主义对这一理论持极为反感的态度,拒绝从文学与外在的社会生活世界之间的关系来理解文学的意义问题。但无可否认,以反映论为哲学基础的文学意识形态理论,却是20世纪世界文学理论中的一个极为重要的话语资源,它同样是20世纪文学理论理解和解释文学意义的重要方式。托马·卡拉加(Tomasz Kalaga)在《文学诠释学:从方法论到

---

① M. A. R. Habib: *A History of Literary Criticism: From Plato to the Present*, Oxford: Blackwell Publishing Ltd, 2005, p.2.

本体论》一书开篇谈到诠释学与各种当代文学理论时说："当代文学理论把诠释学看做一个有些过时的批评研究领域。作为解构主义和后结构主义批评的鼻祖,理解的艺术的继续存在是有用和有价值的。'诠释学'这个名字往往与本质主义的解释处理联系在一起,即一种诠释方法论的任务是通过对象征和寓言的艰苦分析来揭示文本中隐藏的信息。面对实用主义、读者反应理论或意识形态批评,诠释学似乎是过时的、陈旧的观念的储藏库,诠释学观念促进了霸权阅读的一致性以及一种真正解释的原基础主义观念。"①显然,意识形态的问题仍然是文学理解和阐释一个不可忽视的维度。因此,本书把文学的意识形态理解作为意义探讨的一个重要内容是有合理性的。

且不说审美意识形态理论中的"再现""反映"等概念,被广泛地运用于对19世纪的经典现实主义文学的理解和阐释中,即使在20世纪的文学理论和批评中也被广泛地运用,在某种程度上,是否深刻地再现、反映和认识了人类的社会生活和人类的命运,在有些重要的文学理论中成为衡量和评价文学作品是否具有美学价值和意义深度的重要标准。仅从诺贝尔文学奖的实例中便能说明"再现""反映"所具有的认识意义和真理维度。这里仅引述几篇颁奖辞中的话。例如,1929年瑞典文学院在授予保尔·托马斯·曼(Paul Thomas Mann)诺贝尔文学奖的颁奖辞中写道:"如果说19世纪的文学领域自古希腊流传下来的史诗、戏剧和抒情诗以外,又产生了新的文学题材的话,那就是现实主义小说了。现实主义小说忠实、细致、全面地描写现实生活,描写人类心灵对当代社会最深刻、最微妙的体验,同时强调个人和社会的互相影响,在这一方面,达到了其他旧的文学题材难以企及的高度。"②1952年瑞典文学院在给弗朗索瓦·莫

---

① Tomasz Kalaga, *Literary Hermeneutics: From Methodology to Ontology*, Newcastle: Cambridge Scholars Publishing, 2015, p.1.

② 建钢、宋喜、金一伟编译:《诺贝尔文学奖颁奖获奖演说全集(1901—1991)》,中国广播电视出版社,1993年,第219页。

里亚克（François Mauriac）诺贝尔文学获奖评语中写道："他之所以钻研人类的弱点和罪行，并非处于追求艺术绝技的狂热。即使在无情剖析现实的时候，莫里亚克也坚持自己最终的信念：通过理解，人们将得到爱，他不主张绝对；他深知纯真无邪的美德是不存在的。因此，他毫不宽容地揭穿那些自称是虔诚者的底细，他忠诚于自己所坚信的真理，他按人物的本来面目去描写他们；他们一定会充满悔恨，同时希望命运有所改变，如果不是变得更好，至少也不会变得更坏。他的小说可以被喻为一口狭窄但很深的井，在黑暗中，可以看到底部神秘的光辉在闪耀。"[①]1962年瑞典文学院在约翰·斯坦贝克（John Steinbeck）的颁奖辞中写道："通过种种亲身体验，透过一颗敏锐的良心，斯坦贝克揭示出一些深刻的、有关国家和民族命运的重大问题；斯坦贝克不是用理论，而是用日常生活平凡小事为题材来阐述这一切；而且在他的一贯现实主义的描写中又含有恰如其分的梦幻色彩，以及对生与死永恒主题的探索，这些，都无不透出斯坦贝克独特的魅力和生命力，令人心服。"[②]1965年瑞典文学院在给米哈依尔·肖洛霍夫（M.A.Sholokhov）的颁奖辞中写道："由于他那部关于顿河流域农村的史诗般的杰作，以艺术的力量与正直的热忱，再现了俄罗斯民族一段具有历史意义的生活图卷。"并指出："正是由于使用了有力而匀称的叙事史诗的手法，才使《静静的顿河》在多重意义上成就为大河小说。"[③]1970年瑞典文学院在给亚历山大·索尔仁尼琴（Aleksandr Solzhenitsyn）的颁奖辞中写道："索尔仁尼琴用文字向我们述说的，是对我们所有人的呼吁，是我们远比以前更需要听到的话：不可摧毁的个人尊严。他的信息不仅是指控，也是一种保证：不论在什么地方，不论用什么理由，用什么方法，侵害了个人的尊严，侵害者也就是被这种侵害所贬低

---

① 建钢、宋喜、金一伟编译：《诺贝尔文学奖颁奖获奖演说全集（1901—1991）》，中国广播电视出版社，1993年，第389—390页。
② 同上书，第470页。
③ 同上书，第489页。

的唯一的人。这是一条真理。"①1982年瑞典文学院在给魔幻现实主义作家加夫列尔·加西亚·马尔克斯（Gabriel Garcia Marquez）的颁奖辞中写道："马尔克斯用他的故事创造了一个微观世界，一个他自己的世界，在纷扰复杂、令人迷惑的实实在在的现实中，它反映了一个大陆，以及人们的财富与贫困。"②

  所有这些文学作品无疑都有着自己独特的叙事方式，都有不同于他人的语言表达形式，都有属于自己的艺术和美学维度，都有着属于自己的意识和思想深度，但是，从所有这些颁奖辞和作家们的文学作品中，人们都可以看到这些作品无疑都以独特的审美认识和艺术经验敞开了一种独特的意义和真理世界。所谓"真实、细致、全面的描写现实生活"，所指的并不是对现实生活的毫无保留的移植，而是一种"最深刻、最微妙的体验"；所谓"刻画人类生活""现实主义的描写""再现了生活图卷""反映了一个大陆，以及人们的财富与贫困""洞悉一切的现实主义"，所谓"忠诚于自己所坚信的真理"，所谓"这是一条真理"，都充分显示了文学并不仅仅是某种抽象的审美意识的表现，也不仅仅是由语言符号组织和建构起来的纯粹形式和结构，它们既是伟大作家们对于世界和自我的认识，也是作品给予读者的最深刻的启示和真理，通过这些意义和真理，我们认识和经验了一个与现实世界不同而又绝非没有关系的世界，通过这些作品的阅读和理解，我们的经验和认识也得到了拓展和提升。

  由此可见，诸如"再现""描写""反映"仍然是文学理论和文学批评中的重要概念，都是用以理解和解释文学作品与社会生活之间关系的非常重要的术语，它们都属于文学审美反映论乃至现实主义的美学范畴。文学审美反映论认为，文学作品之所以具有深刻的意义，就在于它通过艺术并以艺术的形式深刻地反映了人类生活于其中的社会现实世界，并通过

---

① 建钢、宋喜、金一伟编译：《诺贝尔文学奖颁奖获奖演说全集（1901—1991）》，中国广播电视出版社，1993年，第544页。

② 同上书，第684页。

这种反映表现了作家和作品对社会生活及人性的深刻认识，传达和蕴含着文学审美经验的认识和真理，这是一种真正从文学作品的想象性叙事和审美世界中显现和内含的审美意识形态（aesthetic ideology），而不是被强加给作品的意识形态。"如果不能把文学看做一个'客观的'、描述性范畴，那么也不能说文学就是人们异想天开地选择叫做文学的东西。因为这种价值判断根本就没有什么异想天开之处：它们在更深的信仰结构中有其根源，而这种信仰结构显然就像帝国大厦一样不可动摇。因此，到目前为止，我们揭示的是，文学不仅不是昆虫意义上的存在，构成文学的价值判断在历史上是可变的，而且，这些价值判断本身与社会意识形态有着密切的关系。它们最终所指的不仅仅是个人的趣味，而且指某些社会集团行使和维持对他人的权力的假设。"①

可以说，把文学作为一种审美意识形态，同样是20世纪文学意义理解和阐释的不可忽视的重要方式，其最核心的概念则是反映、再现及揭示，尤其在马克思主义的文学理论传统和语境中，把文学视为一种审美意识形态的意义和真理认识方式构成了其显著的特征。20世纪的马克思主义美学、文学理论与批评话语在世界文学理论语境中所产生的影响是显而易见的，它们在一种更广泛而深刻的社会、政治、经济和文学语境中，来理解和阐释文学所具有的意义和价值。尽管从意识形态的反映论和认识来理解文学作品意义的理论有着或多或少的差异，但是不同的文学意识形态理论都认为，审美问题和艺术问题是存在于人类社会历史进程和人的社会关系中的结构，它始终不可能脱离社会历史和社会结构关系的所有规定性，而是一种受制于它们的意识存在，而文学的审美问题和艺术问题，正是这种意识存在的一种特殊的表现形式。

审美意识形态理论的反映论理论立场，决定了它必然把文学的审美和艺术的形式问题、心理问题、结构问题和意义问题视为与其意识形态有

---

① Terry Eagleton, *Literary Theory: An Introduction*, Second edition, Oxford: Blackwell Publishing, 1996, p.14.

关的问题，都需要从此得到更深刻的解释。因此，在审美意识形态理论看来，文学审美经验的意义和价值的理解，归根结底就是对文学审美经验中的意识形态理解和解释，如何在社会历史的和现实时代的关系结构中来理解和解释文学的审美经验问题，也就是如何把握和理解文学审美经验之于社会历史、人类解放和存在自由的意义和价值问题。

从文学与社会生活的关系、审美与意识形态的关系来理解文学的意义问题，是世界文学理论格局中复杂而又庞大的话语体系。从普列汉诺夫的带有某种庸俗社会学观点的"艺术是阶级的艺术"的理论，到卢卡契的现实主义的整体反映的美学原则；从布洛赫的借助审美手段揭示另一个世界的艺术理论，到法兰克福学派批判工业社会导致人的异化的文化美学，都是这一话语体系的显现。而20世纪60年代以后美国理论家詹姆逊对晚期资本主义文化逻辑的马克思主义式的分析，以及英国理论家伊格尔顿对文学的审美意识形态阐释，则在复杂多变的世界文学理论语境中延续和扩大着这一文学意识形态的阐释传统。例如，詹姆逊创造性地综合当代各种理论提出的"形式意识形态"的概念，把形式看做一种可以更深刻地揭示文学意识形态的中介，是一种可能成为"更公开的政治和理论关怀的最终见解。"[①]詹姆逊认为，所有的批评家分析文本时，都必须意识到自身的意识形态并且应当具有一种辩证的自我意识，"马克思主义的解释学——用历史唯物主义诠释文化丰碑和过去的踪迹——必须达到这种确定性，即一切阶级历史的作品，仅就它们在我们时代的博物馆、制度和'传统'中幸存下来并流传下去这一点而言，都不同方式地具有深刻的意识形态性，都与基于暴力和剥削的社会结构有着息息相关的利益和功能关系。"[②]伊格尔顿提出了他的"审美意识形态"理论，目的是把审美活动置于历史发展

---

① 参见弗雷德里克·詹姆逊：《论阐释：文学作为一种社会象征行为》，《快感：文化与政治》，王逢振等译，中国社会科学出版社，1998年，第87页。

② 弗雷德里克·詹姆逊：《政治无意识》，王逢振、陈永国译，中国社会科学出版社，1999年，第285页。

的关系中予以理解和分析，力图把审美经验问题与历史唯物主义结合起来阐述文学艺术的意义和价值问题。他认为，文学批评有不同的价值标准、不同的信念和不同的目的，并且为实现它们不同的目的而确定不同的策略，我们不应该认为批评只有一个目的，相反批评有许多应该实现的不同目的，同样，也有很多实现目的的策略和方法，但他同时认为："在某些情境下，最有成效的做法可能是探索'文学'文本的意指系统如何产生意识形态的影响。"①即通过审美的东西深刻理解和阐释文学意识形态的产生和形成机制，揭示隐含在审美形式和幻想中的意识形态内涵。

我们同样可以在20世纪中国文学理论中清楚地看到，唯物主义反映论美学所具有的主导地位和深刻影响，理论界在相当一段时期把反映论庸俗地理解为对外在客观现实世界的简单移植和摹写，甚至不顾一切地忽视或否定文学的艺术和审美问题。即使在对文学的审美和艺术价值有了更深刻理解的今天，文学作为一种意识形态形式的理论立场仍然是我们阐释文学的一种重要方式，而且是一种不可否定的阐释方式。关键的问题是，如何在文学与社会生活、审美与意识形态之间寻找更具有说服力的逻辑中介。可以肯定，文学审美意识形态论是当代中国文学理论关于文学本质问题的一种创新性理论建构，这一命题的提出和理论形成有自身的历史语境和问题意识，即为什么会提出审美意识形态这个命题。问题总是意味着意识到的问题，而问题意识又与其具体历史语境密切相关。

应当说，20世纪80年代中国文学理论界从文学审美特征论、文学审美反映论到文学审美意识形态论的发展，无疑体现了文学理论家在特定历史语境下对原有理论命题的问题意识以及对文学是什么这个本质性问题的探索和回答。例如童庆炳主编的《文学理论教程》把文学定义为"显现在话语蕴藉中的审美意识形态"，②尽管该书对这一定义所包含的高密度的复

---

① Eagleton, Terry, *Literary Theory: An Introduction,* Second edition, Oxford: Blackwell Publishing, 1996, p.185.
② 童庆炳主编：《文学理论教程》，高等教育出版社，1998年，第75页。

杂术语缺乏细致和具体的描述和规定,但很显然,该定义是为了突破以往文学反映论对文学所做的机械的、庸俗的理解,同时也为了避免审美中心论的形式主义局限,试图在文学的审美性与意识形态之间寻找某种辩证的逻辑中介,以便更宽泛更准确地理解和解释文学反映与现实认识、艺术审美经验与意识形态之间的关系问题,在审美经验与意识形态的中介关系中去理解和阐释文学的作用和意义问题。所有这些都构成了20世纪世界文学理论中文学理解和解释的巨大话语类型,并显示了这种理论话语在文学价值和意义解释中的某种持续性力量。

在这里,我们不可能详细论述文学反映论或文学审美意识形态这一复杂而又庞大的话语资源,很显然这也不是本书的论述范围。这里所要指出的是,反映论(宽泛意义上)作为一种审美意识形态理论,同样是我们阐释文学经验和揭示文学真理与意义的一种重要的方式,而且是一种具有深刻影响的文学解释方式。正如查里斯·E. 布里斯莱尔所写:"从20世纪70年代中期到现在,通过马克思主义批评家的各种声音,马克思主义继续挑战着其对手资产阶级的文学观点。各种批评运动和理论,如结构主义、解构主义、女性主义和新历史主义,都考察了马克思主义的基本原则,并分享了它所具有的某些社会的、政治的和革命的本质。如马克思主义一样,这些当代批评流派力图改变我们思考文学和生活的方式,而且,经由各种不同流派的思想,今天的马克思主义借鉴了许多的观念并发展了不同的理论,以致不再存在一种单一的马克思主义思想流派,而是呈现出各种马克思主义批评立场。然而,所有这些理论立场都有其共同之处:无论如何,马克思通过其后继者的各种解释,让人们相信,假如我们用经济生产的方法论目光击败和审视我们的文化,就有可能使社会变得更好。"[①]这种粗略的描述也许有其偏颇的地方,却充分证明了文学反映论或审美意识形态理论作为一种文学理解和解释方式,仍然是一种非常重要的方式,尤其是

---

① Charles E. Bressler, *Literary Criticism: An Introduction to Theory and Practice*, New Jersey: Prentice Hall Englewood Cliffs, 1999, p. 218.

作为一种认识社会、审视生活、阐扬解放以及揭示文学作品意义、真理和认识维度的解释方式，仍然在某种深刻的意义上显示了它在当代文学理论中所具有的重要力量。

以上所论表明，文学反映论和审美意识形态理论与哲学诠释学主张的文学是特殊的真理形式的理论，也具有某种一致性，它们都主张文学不是一种无所模仿和无所反映的东西，而是一种表达和蕴含认识和真理的特殊形式，所不同的是，第一，哲学诠释学更多地强调了文学作品的自律性，它认为文学作品以自身的自律性表达和揭示意义以及见证着真理，"艺术作品统一性的诠释学结构相对于艺术活动的一切社会变动是恒久不变的。这在资本主义时代把艺术提升成为文化宗教的情况下也适用。就连马克思主义的文学观也必须记住这种恒久不变性。正如吕西安·戈德曼正确强调的。艺术并非是社会政治意志的一种工具——只有当艺术是真正的艺术时，艺术才记录了一种社会现实，而当艺术被当作一种工具时，艺术就记录不了一种社会现实。"[①]文学艺术的认识和真理维度，包括艺术的意识形态批判维度，都只有通过艺术的形式表现出来，而不是把意识形态和政治要求强加给艺术，艺术中的这种认识和真理，这种意识形态，这种人类解放的审美渴望只有通过艺术和审美的形式才是真正属于文学的意义和真理。第二，哲学诠释学更多的是从读者和理解者的角度理解文学作品的意义和真理，认为意义和真理是从阅读和理解中产生和建构的，而不是从文学作品文本与社会生活世界的反映与被反映的关系、文学审美经验与意识形态之间的关系来理解文学作品的意义和真理，它所理解的意义和真理，更多的是一种视域融合和效果历史意识的意义和真理，它确实缺乏批判诠释学所要求的意识形态理论的批判维度。第三，文学反映论和审美意识形态理论重视作者的世界观和审美意识在建构文学作品意义中的重要作用，文学作品的意义是作者深刻意识到的社会深度、历史深度、审美理性意识

---

① 伽达默尔：《真理与方法》，洪汉鼎译，上海译文出版社，1999年，第767页。

在文学作品中的表现，而哲学诠释学则在一定程度上分享了20世纪形式结构理论的文本自律论的某些理论洞见，认为我们决不能根据作者的意图或动机来理解文学作品的意义问题，也不能依据作品所再现和反映的客观实在来理解文学作品的意义，文学作品的自律性本身就蕴含着审美经验的认识和真理。第四，不同文学理论对文学审美意识形态的理解同样具有复杂性，如何在审美与艺术之间寻找中介并合理解释这种审美意识形态结构，仍然是一个重要的理论和实践问题。因为，无论"审美""意识形态"，还是"审美意识形态"的概念本身都是极为复杂的概念，尤其审美意识形态的概念和理论运用，不同的理论和不同的理论家都有其自身丰富的话语资源和复杂的理论实践。正如马丁·杰伊在考察了从本雅明到阿伦特有关审美与政治或意识形态之间关系的问题之后写道："对审美意识形态的全盘批评，如果没有体现出美学应用于政治的不同含义，就可以被认为是意识形态的。因为讽刺的是，当它这么做的时候，它很快又落入了同质化、整体化、暗地里的暴力倾向的陷阱，而这种倾向正是因为它过于匆忙地把意识形态归因于'审美'本身。"[1]这表明，在文学艺术中，审美与政治或意识形态的关系不仅仅是对立统一的问题，而是一种更为微妙复杂的结构问题。

三、文本本体论的文学意义阐释

在第二章关于文学作品本体论存在方式的论述中，我们看到了有别于上面两种意义阐释方式的文学理解方式，即俄国形式主义、新批评和结构主义的形式结构论，即以文本分析和研究为中心的文本本体论。与作者意图论和意识形态论、读者接受论不同，文本本体论对文学作品的关注，主要集中在文学作品的形式和结构方面，而并不怎么关心文学作品的意义和真理问题。可以说，到目前为止，没有任何文学理论能够像文本本体论那

---

[1] Martin Jay, "'Aesthetic Ideology' as Ideology; or, What Does It Mean to Aestheticize Politics?" *Cultural Critique*, No. 21 (Spring, 1992), pp. 41-61, University of Minnesota Press, 1992.

样如此深入细致地分析和探讨文学作品的语言、形式和结构本身的存在，它们在这方面取得的分析技术和技巧可以说是无与伦比的精湛，但是，关于文学作品的意义和真理的理解和阐释问题，对这种文本本体论来说简直是一种奢侈。但是，如果说它们根本不关心作品的意义，那么有人可能要问，它们分析和讨论文学的意义又何在呢？它们当然也讨论文学和文学作品的意义，只不过它们所讨论的意义与其他理论有着特别明显的不同罢了。

文本本体论反对从文本之外的任何地方去寻找和理解文学作品的意义，它坚持文学作品的意义存在于文学作品本身的理论立场，理解文学作品的意义就是理解作品的形式和结构本身所具有的内在意义。文本本体论认为，以往的文学理论和文学批评根本不重视作品的形式和结构，把语言、形式、结构本身作为一种表现情感、心灵、思想、观念和社会现实等的媒介和载体，为了把握这些外在的、观念性的东西，文学研究放弃了属于文学本身的东西。用中国古代哲学和文论中的话来说，可谓真正的"得意忘言"，其他的理论为了文学作品的各种各样的"意"，而忘却了语言以及由语言构成的形式、结构和张力等。而对于文本本体论来说，这些才是真正重要的东西，才是文学作为文学的真正意义所在。俄国形式主义诗学认为，文学研究的任务是揭示文学作品的文学性，文学作品的意义就在于作为一种程序的艺术所达到的陌生化的效果，人们从文学作品中获得的"形式感"。以结构主义语言学为理论基础的结构主义文学理论，突出强调的是文本所隐含的深层结构，而不是文本的内容和表达的其他所谓意义。乔纳森·卡勒明确指出了这一点："语言学不是诠释学，它并不去发现一种连续的意义或产生一种新的解释，而是试图规定表现语言事件的系统本质。"[①]这便非常明显地体现出文本中心论与诠释学的重要区别，文本中心论集中关注的是作品本身内在固有的东西，而诠释学关注的是意

---

① Jonathan Culler, *Structuralist Poetics: Structuralism, Linguistics, and the Study of Literature*, Ithaca: Cornell University press, 1975, p. 31.

义和真理的历史语境性阐释，无论方法论诠释学还是本体论诠释学，无论接受美学还是批判诠释学都关注文学作品的意义。

在很大程度上可以说，俄国形式主义者如维克多·什克洛夫斯基、罗曼·雅各布森、鲍里斯·托马舍夫斯基、鲍里斯·艾亨鲍姆等，实际上都反对所谓文学作品的意义和真理阐释。在他们看来，文学不是我们可以透过它观察外在世界的一扇窗户，它既不是表达哲学和社会观念的载体，也不是表达作家生命体验和经历的传记，而是一种具有特殊文学特征的语言表达，正是那些特属于文学的东西使文学成为文学自身。文学作品作为一种自律性的存在，它的意义在于它本身具有独特的表现手法和突出的吸引人的魅力，这既是文学的意义所在，也是文学研究的价值所在，而这种魅力和价值最集中地体现在文学作品的语言上，体现在语言运用的手法上，甚至体现在每一个词的选择和运用上。在《诗歌中词的意义》一文中，梯尼亚诺夫写道："每个词都从其最常用的语境中获得色彩。一种语境与另一种语境的区别取决于语言活动中各种条件及功能的区别。每种活动和状态都有自己的特殊条件和目的，这一点决定了：一定的词是为这种活动而获得一定的意义，并且吸附于这种活动。"[①]这种意义不是外在于词语的，不是外在于创作活动的，也不是外在于诗歌本身的，这种意义就存在于诗歌作品的词语、创作活动和文学作品本身，它不指向诗歌语言和诗歌作品之外的任何地方，也就是说，这种意义属于作为自律性形式的文学本身，对于读者而言意义就存在于作品本身的形式意义中，它们没有其他更多的意义；而且，这种形式意义具有持久性特征，因为文学语言不像实用言语那样不稳定，而是具有持续的稳定性，它不依偶然性和不同语境发生变化，如托马舍夫斯基在《诗学的定义》中所说："实用言语是不可重复的，因为实用言语存在于它所产生的条件之中；实用言语的特征和形式是为会话时刻的特定状况所规定的，为谈话者的相互关系、双方互相

[①] 什克洛夫斯基等：《俄国形式主义文论选》，方珊等译，生活·读书·新知三联书店，1989年，第51页。

理解的程度、交谈过程中产生的兴趣等因素所决定的。既然引起谈话的条件基本上不可能重复，因而谈话本身亦不可重复。但在语文学创作中存在着这样的文字结构：其意义并不取决于说出它们时的状况；模式一经产生，就不会消失，仍可重复使用，并能在不断的反复中再现，从而得以保存下来而不失去其原义，我们把这种固定化了的，即保留下来的语文结构称之为文学作品。所有成功地找到最简单形式的、能被牢记和不断重复的表达就是文学作品。"①在这里，文学作品不仅是由文学语言书写，而且具有稳定的结构，更重要的是，这种稳定的结构中蕴含着作品本身不变的、可以重复的并且是模式化的意义。

俄国形式主义诗学不仅对文学语言的一般特征感兴趣，而且尤其对文学语言的具体运作方式情有独钟。为什么文学语言及文学语言构成的文学作品会有魅力呢？在俄国形式主义者看来，关键就在于"陌生化"（defamiliarization）这种最重要的手法，而这种陌生化手法就是"去熟悉化"，简单地说，就是使熟悉的东西变得陌生。通过这种陌生化，文学作品能够以一种不寻常的角度或方式，以一种非传统的和具有自我意识的语言来表现对象或诗意的经验，从而打破我们对事物的习惯性的、平常的和陈旧老套的感知。什克洛夫斯基以托尔斯泰的作品为例分析陌生化的手法，他说，托尔斯泰的手法在于不说出事物的名称，而是把它当作仿佛第一次看到的事物来描写，仿佛每一件事情都是第一次发生的，在描述事物时，每一个部分的描述都不用人们通用的名称，而是用其他事物中相应的部分，这样，文学作品的语言就不同于日常的普通语言，而具有特殊的文学性。对于读者来说，读者在文学作品的阅读中，被迫以一种新颖别致的方式观看和理解那些已经变得熟视无睹的事物，例如，像托尔斯泰那样从一匹马的视角思考财产的问题，或者以一种奇异的方式阅读他讲述的鞭笞的故事，等等。无论对诗歌、散文还是小说，俄国形式主义者都高度关注

---

① 什克洛夫斯基等：《俄国形式主义文论选》，方珊等译，生活·读书·新知三联书店，1989年，第76—77页。

文学的语言及其与非文学语言之间的差异,对于散文,集中关注的是叙事的操作,对于诗歌,集中关注的是诗歌的声音,对于整体的文本,集中关注的是作为文学技术的手法。文学的手法,特别是诗歌的手法使文学成为一项独特的语言事业,一种自律性的操作规则的实验和实践,它不服从于语言的交际功能,因为实用的交际语言通过使语言尽可能透明而有助于获取信息,使人们明白易懂,而诗意的语言扭曲并使普通语言变得粗糙,变得陌生,需要读者在感知和理解文学语言时做出努力,文学语言是一种自身构成性的语言,它不指向语言自身之外的东西。正是这种自律性的、自我指涉性的、不及物的语言构成使诗歌成为诗歌,使文学成为文学,最终使文学成为艺术。在《作为手法的艺术》一文中,什克洛夫斯基写道:"那种被称为艺术的东西的存在,正是为了唤回人对生活的感受,使人感受到事物,使石头更成其为石头。艺术的目的是使你对事物的感觉如同你所见的视像那样,而不是如同你所认知的那样;艺术的手法是事物的'反常化'手法,是复杂化形式的手法,它们增加了感受的难度和时延,既然艺术中的领悟过程是以自身为目的的,它就理应延长;艺术是一种体验事物之创造的方式,而被创造物在艺术中已无足轻重。"①真正的文学作品在于唤回人们对事物的感觉,在于增加人们的感受难度和延长体验时间,在于创造不同的经验事物的方式。在什克洛夫斯基看来,这不仅仅是艺术本身的问题,而且是文学作品的意义本身,试想,能够让人以一种新颖的、别具一格的方式观看事物和理解事物的艺术,难道不是一种有意义的艺术吗?文学的这样一种作用,难道不就是文学和艺术作品的意义吗?当然,相对于作者意图论和意识形态的意义理解,这种形式主义的文学理解似乎根本谈不上真正意义上的理解和阐释,但这难道不是文学作品所具有的更为内在的、更为根本的意义吗?为什么要把文学本身之外的意义强加给文学作品呢?

---

① 什克洛夫斯基等:《俄国形式主义文论选》,方珊等译,生活·读书·新知三联书店,1989年,第6页。

在整体上，西方文艺理论界基本上把俄国形式主义和美国新批评都视为形式主义，二者最大的共同点就是都认为文学作品的意义就在于形式和结构本身，都把文学作品作为"事物本身"来理解，回到作为"事物本身"的文学作品的理解，是它们最重要的目的。朱莉·里夫金（Julie Rivkin）和迈克尔·瑞安（Michael Ryan）写道："尽管俄国形式主义运动是科学和理性的，但是，另一个主要的形式主义流派——美国新批评——是反科学的，对艺术的非理性维度感兴趣。尽管如此，这两个批评运动都对文学语言的不同之处有着共同的兴趣，都认为文学研究的恰当对象是文学文本及其作用方式，而不是作家的生活或文学所指的社会和历史世界。作为新批评遗产一部分的两个众所周知的术语——意图谬误和感受谬误——便界定了文学研究的对象，并将文学从传记或社会学中分离出来。根据这种意图谬误，意义存在于文学作品的词语设计中，而不是存在于作者关于他或她的意图的陈述中。根据感受谬误，作品在读者中引起的主观影响或情感反应与语言对象本身的研究无关，因为它的客观结构本身就包含了作品的意义。"①可以说，文学作品的意义就在于文学本身的理论立场，更集中地体现在新批评家的文学研究中，正如前面已经提到的，它不仅切断了文学与作者、读者的关系，也切断了文学与解释者之间的关系。比尔兹利写道："归根结底，文学文本就是其意义的决定者。它有自己的意志，或者至少有它自己的方式。文本所产生的感觉和它发出的声音是文本为我们的审美沉思所提供的。如果这种沉思是有益的，那么作者就没有必要像一个紧张兮兮的厨师那样徘徊不定，等待着供应汤里遗漏的调味品。如果这种沉思是无益的，那么作者对此也无能为力，除非重写，也就是说，给我们另外一首诗。"②在这里，通过论述新批评家们所批评的

---

① Julie Rivkin and Michael Ryan, *Introduction: Formalisms, Literary Theory, an Anthology*, Julie Rivkin and Michael Ryan ed., Oxford: Blackwell Publishing Ltd, 2004, pp.5-6.

② Monroe C. Beardsley, "The Authority of the Text", *Intention and Interpretation*, Gary Iseminger eds., Philadelphia: Temple University Press, 1992, p.36.

"意图谬误""感受谬误"和"解释谬误",我们清楚地看到,文本中心论究竟是如何理解文学作品的意义问题的。

在《意图谬见》一文中,维姆萨特和比尔兹利认为,我们不能根据作者的构思来评价作品,一个作者在构思方面的独具匠心,并不是评价一首诗是否有价值的根据和标准,我们无法真正探究和弄清楚作者究竟是怎样构思的。同样,我们也不能根据作者的创造过程来评价一部文学作品的价值和意义,一部文学是否成功,并不是根据作者的意图是否在作品中得到了成功的实现来衡量。如果诗人成功地做到了他所要做的事情,他的诗本身就已经证明了他所做的事情,如果他没有成功地实现他所要做的事情,那他的诗就不足为凭。一首诗确实只能通过其意义来实现,但这种意义实现是通过诗歌的词句达到的,在一个诗歌文本中,我们既没有考察哪一部分是作者的意图,哪一部分属于作品的意义,我们考虑的只是诗本身而已。因此,在他们看来,"诗就是存在,自足的存在而已。诗是一种同时能涉及一个复杂意义的各个方面的风格技巧。诗的成功就是在于所有或大部分它所讲的或暗示出的都是相关的,不相关的则就像布丁中的面疙瘩或机器中的'疵点'一样被排除掉了"[①]。所谓"诗就是存在,自足的存在",意味着诗是作为文学作品是一种自律性的东西,文学作品的艺术价值和意义就在作品本身,评价的文学作品的标准不能到诗歌文本以外的地方,如作者意图论者所做的那样求助于作者的意图或创造过程的实现。作者意图论的文学批评观和意义理解论是一种外在于艺术作品本身的批评和文学价值观,作者意图论不是在文学作品本身中寻找意义,而是从作者的创作动机上寻找意义,这种理论忘记了作为"事物本身"的诗歌作品。再者,即使是作者多次对他的作品进行了修改,修改的意图或过程也同样不能证明意图论的合理性,因为作者总是希望自己的作品得到成功的实现,成功地实现了的作品才是真正的作品存在,而不管修改了多少次,做

[①] 维姆萨特和比尔兹利:《意图谬见》,赵毅衡编选:《"新批评"文集》,中国社会科学出版社,1988年,第210页。

了怎样的修改。对文学作品进行传记式、历史式的批评、考据式批评，典故与注释的分析，同样是一种意图谬误的表现。那种认为我们可以通过历史情境的解说，重构原来作者的心理动机的想法，以及在变化了的处境中再现某种过去的"时代精神"做法，在新批评理论家看来都是一种浪漫主义的天真，这种做法对于我们理解文学作品不仅于事无补，而且属于画蛇添足。

如果说《意图谬见》这篇著名的新批评论文的目的，在于切断作品与作者之间的联系，否认文学作品的意义、理解、评价和阐释与作者的任何关系的话，那么《感受谬见》这篇文章则旨在切断作品文本与包括批评家在内的读者之间的关系。"意图谬见在于将诗和诗的产生过程相混淆，这是哲学家们称为'起源谬见'（The Genetic Fallacy）的一种特例，其始是从写诗的心理原因中推衍批评标准，其终则是传记式批评和相对主义。感受谬见则在于将诗和诗的结果相混淆，也就是诗是什么和它所产生的效果。这是认识论上怀疑主义的一种特例，虽然在提法上仿佛比各种形式的全面怀疑论有更充分的论据。其始是从诗的心理效果推衍出批评标准，其终则是印象主义和相对主义。不论是意图谬见还是感受谬见，这种似是而非的理论，结果都会使诗本身作为批评判断的具体对象趋于消失。"① 我们知道，感受说确实是文学理论和美学史上有着悠久历史的观点，柏拉图关于培植和浇灌情欲的说法，朗吉弩斯（Casius Longinus）的诗是伟大心灵的回声的崇高论，托尔斯泰（Leo Tolstoy）的著名的情感感染说，李普斯（Theodor Lipps）的移情说，桑塔耶纳（George Santayana）的审美情感的客观化的美学理论以及现代文艺心理学中的解脱与升华说，等等。在维姆萨特和比尔兹利看来，所有这些都是感受说的重要理论表现。他们认为，诗歌作品中的情感既不能由作者的构思或写作过程来衡量，也不是由读者的感受附加于其上的，毋宁说，诗歌文本中的情感就存在于诗本身，

---

① 维姆萨特和比尔兹利，《感受谬见》，赵毅衡编选：《"新批评"文集》，中国社会科学出版社，1988年，第228页。

在于那种整体结构感，在于文学语言构成的张力感。

在新批评理论家看来，试图用文学以外的观念和范畴去理解文学的做法是非常不妥的。布鲁克斯认为，以往的批评家常犯的一种错误是"阐释误说"，这种做法把自己所理解和解释的东西看做诗歌的根本核心，那些关于诗歌说些什么，赋予了什么真理，或关于它什么样的公式等的评价都是"阐释误说"的表现。"如果我们听任自己受诗可以解释和释义的这种误说的错误引导，就会冒险以更粗暴的方式对待诗歌自身的内在秩序。把诗可以释义作为立足点，就会误解隐喻和韵律的功用。我们会要求逻辑上的前后一致，而有时它们却是毫不相干的；并且我们常常还会忽视它们在富于想象力方面的高度连贯一致。"① 一首诗的基本结构是与人们抽取的理性结构或"表述"的逻辑完全不同的，但它与建筑或绘画基本相类似。"诗的结论是由于各种张力作用的结果，这种张力则由命题（propositions）、隐喻、象征等各种手段建立起来的。统一的取得是经过戏剧性的过程，而不是一种逻辑性的过程；它代表了一种力量的均衡，而不是一种公式。它就像戏剧性的结论被证明那样而得到'证明'，戏剧是以它解决冲突的能力来证明的，而这种冲突原则则是作为戏剧的'主题'被接受的。"② 换言之，文学的本质和意义不在于它所表现的内容，而在于通过命题、隐喻和象征等手法建立起来的"张力作用""张力结构"和"力量的均衡"。

因此，在新批评家那里，理解和解释的任务就是去揭示这种文学之为文学的张力作用和张力结构，文学作品的意义就存在于这种张力作用和结构之中。比尔兹利认为："诗歌就存在于它的语言之中。这就是在意义难以被理解的时候，语言为什么会成为我们关注和研究的对象的原因

---

① 布鲁克斯：《释义误说》，赵毅衡编选：《"新批评"文集》，中国社会科学出版社，1988年，第196页。
② 同上书，第200页。

所在。……解释者的任务就是要把注意力集中在文本的意义上。"①在这里，他也强调了"文本的意义"，但他所说的"文本意义"非常不同于其他文学理论强调和理解的意义，新批评理论的文学理解的基本目的，是帮助读者从美学的观点感知和理解文学作品，帮助读者具有一种把艺术品质具体化的兴趣和能力。因为新批评理论家认为，文学作品是一种能够提供审美满足的客体，文学理解的目的就是使人们能够更完整地欣赏这个客体。与俄国形式主义一样，关注语言是新批评意义理论的重心所在，正因为关注语言，才把理解的任务放在了文本而不是其他的意义上。新批评家们认为，诗歌语言是含蓄的语言，而实用语言是用语言来指称某种事物，一个词对应一个事物，没有更多的含义，因此，诗歌语言既具有特殊性，也具有普遍性。例如杜甫诗句"感时花溅泪，恨别鸟惊心"中的"花""鸟""泪""心"既可以是具体的东西，也可以指普遍的东西，在诗歌作品中，在具体的东西中包含了普遍而模糊的东西，在这里，具体与普遍、具体词语与普遍意义、感性与情理融化起来，无论是单个的词语，还是整个的诗句，抑或整首诗歌作品的语言，都不同于普通语言的表达，也不具有实用语言的功能，诗歌作品呈现的意义同样是在诗歌词语和结构的张力中表现的属于自己的东西。例如，布鲁克斯在一篇著名的细读中注意到济慈的诗《希腊瓮颂》充满着悖论，里面包含了生与死同时存在，生动和动人的事物与冻结和静止的事物矛盾共存的意味。我们不能用科学的方法来分析、理解和论证文学作品的意义和真理，这种意义和真理超出了我们的感官经验，因为诗歌的语言是诗意的、隐喻的，甚至是充满了反讽和悖论的语言。可以看出，在文学作品的意义和真理不能根据作者意图或实证方法来分析这一点上，新批评与哲学诠释学的文学理解有相似之处，但读者和解释者在意义生产的问题上则持相反的理论立场。

与俄国形式主义有着深刻联系的是结构主义诗学，后者在历史上和

---

① Monroe C. Beardsley, "The Authority of the Text", *Intention and Interpretation*, Gary Iseminger eds., Philadelphia: Temple University Press, 1992, pp.34-35.

逻辑上都源于形式主义。罗曼·雅各布森既是最初的形式主义者之一,也是法国结构主义最早的主要影响者之一,这种影响集中体现在20世纪50年代到60年代的结构主义发展中。结构主义理论援引语言,突出强调文化和文学现象的内部系统、结构或秩序的做法,明显受到了形式主义的深刻影响。结构主义以语言学为线索,集中关注使意义成为可能的条件,力图描绘作为意义的实际载体的结构,以及这些结构中元素之间存在的各种关系,分析文学作品的特定类型的潜在结构或深层结构,力图把小说和故事中的千差万别的众多人物减少到有限的数量,并确定那些总是表现为固定关系的角色,或者通过文本叙事策略的研究,把文学叙事加以逻辑化或模式化,等等。从根本上讲,结构主义文学理论感兴趣的是作品产生意义的方式,而不是对文学作品本身的理解和解释。在《结构主义诗学》一书的结论中,乔纳森·卡勒写道:"结构主义诗学的作用是什么?从某种意义上说,它的任务简单而卑微:就是使那些充分关注文学、对诗学感兴趣的人隐含知道的东西变得尽可能明确。从这个角度看,结构主义诗学不是诠释学;它不提出令人惊奇的解释或解决文学争论;它是关于阅读实践的理论。但很明显,结构主义甚至结构主义诗学也提供了一种文学理论和一种解释方式,它关注文学作品的某些方面和文学的某些特质。试图理解我们如何理解一个文本,这使人们认为文学不是一种再现或交流,而是一系列形式,这些形式符合和抵制意义的生产。结构分析并不通向一种文本意义或发现一个文本的秘密。"[①]在这里,卡勒再一次呼应了该书前面所说的语言学不是诠释学,并再次强调结构主义诗学不是诠释学。

由此可见,尽管俄国形式主义、英美新批评和结构主义对文学作品意义的理解有所不同,但是,它们都属于分析和探讨文学作品形式结构的文本本体论,它们切断了文学作品与作者、读者和社会历史文化语境之间的各种联系,尤其是在结构主义文学理论中,文学作品语言的"不及物

---

① Jonathan Culler, *Structuralist Poetics: Structuralism, Linguistics, and the Study of Literature*, Cornell University press, 1975, pp.301-302.

性"发展到了极端,文学的本体论存在就是某种内在的、隐秘的、数学般的深层结构。如果文学作品有什么意义和真理的话,这种语言结构就是作品的意义和真理。在《语言的牢笼》一书中,詹姆逊深刻地指出:"不管怎样,实际上所有的结构主义者,包括列维-斯特劳斯以及对自然的认识、巴特及其对社会和思想问题的关心、阿尔都塞及其历史意识,都承认在符号系统本身之外本有一种最基本的存在,这种存在,不管它是否可被认识,都起着符号系统的最后参照物的作用。"①并且,他把结构主义理解为一种哲学上的形式主义,认为结构主义是现代哲学中无所不在的、脱离了具体内容和各种能指理论的普遍趋势的极点。把结构看做与历史、理解的自我和社会文化语境毫无关系的自律体,这种理论观点"本质上就是康德的自在之物不可知论的翻版"②。把文学艺术作品视为作者、读者与社会历史文化语境没有任何关系的看法,也充分体现了康德的"审美无利害"的哲学认识论美学思想。在谈到结构主义文学理论时,维因斯海默更是认为,这种客观化的本体论观点是诠释学的对立面,它所导致的结果不仅仅是避免做出解释,而且对解释具有明显的恶意。针对卡勒所说的"语言学不是诠释学",维因斯海默写道:"把索绪尔语言学应用于文学研究所促进的是诗学而不是诠释学,而且,因为结构主义诗学开始在文学领域起支配作用,它导致的结果不仅是避免解释,而且是对解释的断然敌意。"③因此,从总体上看,文本本体论理解的意义就是形式和结构本身的诗学意义,与诠释学,特别是本体论诠释学理解的文学作品意义有着根本性的不同,方法论诠释学强调对作者生命体验的重构和本体论诠释学强调的理解的效果历史,以及批判诠释学侧重的意识形态反思和批判,所有这些在文本本体论的意义理解中都是缺席的。

---

① 詹姆逊:《语言的牢笼》,钱佼汝译,百花洲文艺出版社,1997年,第90页。
② 同上书,第89页。
③ Joel Weinsheimer, *Philosophical Hermeneutics and Literary Theory*, New Haven:Yale University Press, 1991, p.18.

第二节　理解事件与文本意义

从前面的论述中，我们可以看到，作者意图论把文学作品的意义押在作者身上，试图从作者的创作体验和创作动机寻找文学作品的意义，文本本体论坚持认为文学作品的意义就存在于作品的语言、形式和结构本身，实际上，它们都并不怎么关注诠释学理解的文学意义，但是，在反对作者意图论这个问题上，文本本体论的文学理解与哲学诠释学有着相似的理论立场。文学意识形态论重视文学作品的意义理解，但是，它更倾向于从文学审美之外的社会历史乃至意识形态阐释来理解、解释和判断文学作品的意义与价值，在认为文学作品以审美的东西理解着非审美、以艺术理解着非艺术这个维度上，与哲学诠释学有某种相似之处。但是，正如前面所说的，与批判诠释学相比，哲学诠释学要谦逊得多，温和得多，它更多地讲与作品的对话，与传统和作品的视域融合，讲文本的意义是一种此在存在的理解事件的结果。哲学诠释学的文学理论坚持认为，正如阅读是一种文学活动本体论事件一样，文学作品意义的理解也是一种本体论事件，正如只有通过阅读才能使文学作品获得其本体论存在一样，文学作品的意义，也只有通过理解这种具有此在历史性和时间性的本体论活动才能得到实现。这一诠释学观点至少包含了两方面的意义：一是质疑传统文学理论的意义理解方式，二是使文学意义的理解问题取得了某种值得重视的理论突破。

一、对传统意义理解模式的诠释学质疑

在第二章已经论述过，哲学诠释学把作品看做一个有待理解和解释的概念，文本只是一个邀请我们进入意义理解事件的"半成品"，文学作品的意义是在阅读、接受和理解事件中产生和生成的。在伽达默尔的哲学诠释学看来，文学作品的意义不是作者意图在文学作品中的实现，因此，理解者对文本意义的理解也不是理解作者体现在文学作品中的创作意图；文

学作品的意义不是作品所模仿或反映的已然存在的物理事实和社会生活，因此，对文学作品意义的理解不能用一种自然科学式的方法论来确证它所再现或反映的东西；同样，也不像形式主义、新批评和结构主义等文本中心论所认为的那样，理解文学作品的语言、形式和结构就是理解作品的意义。哲学诠释学以理解的此在时间性和历史性为哲学和美学基础，向传统意义理论提出了质疑和挑战。

　　海德格尔的事实性诠释学和伽达默尔的哲学诠释学对传统意义理解批判最为集中的一种理论是作者意图论，本体论的诠释学认为，试图重构作者的意图和创作动机是一种浪漫主义的天真设想。在伽达默尔看来，试图通过作者的创作意图或动机客观地重建一部作品的意义是不可能的，因为海德格尔的事实性诠释学已经表明人类的一切理解都基于此在存在的诠释学情境，理解者总是带着自己的前理解或偏见进入理解的事件之中，人们不可能完全抛弃自己的"偏见"，客观中立地进入理解活动，并客观地把握和重构作品中已经存在的东西，因此，任何理解都不可能是一种简单的重构和复制，任何意义的理解永远也不可能是对原始意义的客观性重构。海德格尔说："如果我们坚持对'意义'这个概念采用这种原则性的存在论生存论阐释，那么，所有不具有此在的存在方式的存在者都必须被理解为无意义的存在者，亦即从本质上就对任何意义都是空白的存在者。"①理解与阐释总是与我们此在存在的方式有关。伽达默尔认为，海德格尔的事实性诠释学改变了狄尔泰体验心理学重构理解的方式，认为人类的理解行为，从根本上说不是一种与概念化和说明相并列的行为，而是人类此在存在的一种基本的结构，我们存在着，所以我们理解。在海德格尔和伽达默尔的本体论诠释学看来，认识论和"方法论主义"本身实际上是充满了问题的本体论假设，这些假设并不符合人类理解的实际，也不符合人类理解的历史。因为它们假定意义是一种客观地存在在那里，并等待我们去客

---

　　① 海德格尔：《存在与时间》，陈嘉映、王节庆译，生活·读书·新知三联书店，1987年，第186页。

观认识和确认的东西，我们可以克服我们与理解对象的时间和历史距离，抛弃我们的前理解，进入到作者的时代，甚至深入到原作者的内心，用类似于自然科学的方法重构作者创作时的所思、所想、所为。在方法论诠释学看来，解释者与文本意义之间似乎并不存在不可逾越的鸿沟，但是，海德格尔和伽达默尔的本体论诠释学认为，这种把文本本身仅仅视为另一个主体的内心意图的外在表现的做法，实际上并没有真正理解我们人类的理解或精神行为。

哲学诠释学认为，我们对文本的理解并不是一种占卜或猜谜的活动，并不是要抛弃我们自身的所有，返回作者的内心世界去发现某种隐秘的东西，我们在理解中分享所理解的对象的意义，而这种意义是在我们的理解事件中发生和产生的，没有我们的参与，意义不可能发生。伽达默尔说："当我们试图理解一个文本时，我们并不试图把自己转移到作者的头脑中，但是，如果有人想使用这个术语，我们试图把自己转移到他形成他的观点的视角中。但这仅仅意味着，我们试图理解他所正在说的东西可能是正确的。如果我们想理解，我们将努力使他的论点变得更加有力。甚至在谈话中这种情况也会发生，理解书写下来的东西就更有充分的理由，我们进入了一个意义的维度，这个意义的维度本身是可以理解的，因此，没有理由返回到作者的主体性。诠释学的任务就是澄清这种理解的奇迹，理解不是心灵与心灵之间的神秘交流，而是共享一种共同的意义。"① 显然，在哲学诠释学看来，单纯求助于作者的意图，并且坚持认为，像赫施等人那样认为文学作品的意义只有一种正确的理解的观点，是不可能成立的。在《现象学与辩证法之间》一文中，伽达默尔写道："作者意图的想法和作者一词一样，只在不涉及生动的谈话而涉及记录下来的表述处才是有效的。现在的问题是：人们仅仅是通过追溯创作者来理解的吗？如果人们引用作者的本来意图来理解，这足够吗？因为人们对作者一无所知根本不可

---

① Hans-Georg Gadamer, *Truth and Method*, London: Continuum Publishing Group, 2004, p.292.

能引用时，情况又如何呢？"①

确实，这是文学诠释学中的一个极为重要的问题。我们在什么样的情况下可以理解作者的意图呢？尤其是我们在不了解作者的情况下，我们如何确定作者的意图呢？我们又怎么确定我们所理解的意义就是作者创作时想要表达的意义呢？我们怎么证明作者在他的作品中表达了他真正想表达的想法呢？事实上，在很多情况下，我们并不了解作者的意图，对作者的情况我们根本就无从了解。这种情况不仅存在于许多古代作品的理解中，也存在于当代作家的作品中，我们可能对作者的情况毫不知情，我们所面对的只是具体的文学作品文本，如果我们不知道作者的意图，实际上，我们也基本上或根本上不知道作者的意图，我们是否就不能理解文学作品的意义呢？情况往往是，我们对文学作品意义的理解，绝大多数是在没有作者的意图或者不需要作者意图的情况下进行的。

其实，并非只是哲学诠释学才有这样的理解，我们前面论述过的形式结构论也是这样理解的。可以说，所有主张文学和艺术作品自律性的理论家也都持这种看法。例如，阿多诺认为，试图从艺术家的创作动机或意图去理解艺术作品的审美真理和意义的意图论是错误的。这似乎是一个不用深思的问题。理由是，只要人们稍作思考就足以明白，艺术作品的真理和意义并不是与艺术家的主观观念或意向相一致的。即使那些完全成功地表达了艺术家意欲表达的东西的艺术作品，也不可能根据艺术家的意图来确定其真理内容。阿多诺指出，即使是成功地实现了艺术家意图的艺术品，也只不过是他意欲表达的东西的一种符号，或者是用符码形式表达出来的一种枯燥无味的类比而已。即使是那些致力于解释的文献学家，也只能从艺术作品中抽出艺术家已经表现在艺术作品中的意图，而对于未能表达在其中的东西，却无从知晓。"一个从现实中借用了其相关性的主题的难题也淹没了意图。因此，意图可能是一种精神的物质。当意图转化为艺

---

① 伽达默尔：《现象学与辩证法之间》，严平编选：《伽达默尔集》，邓安庆等译，上海远东出版社，1997年，第34页。

术作品时它们就变成了主题。艺术家想说的话是通过形象来表达的，而从来不是通过形象来传达信息。黑格尔深知这一点。当评论家和解释者把意图等同于内容时，就会产生一种可怕的混乱。与这种可悲的趋势相反，在真正的艺术作品中，内容转移到了一个没有意图的领域，相反，在那些意图（以寓言故事或哲学论文的形式）非常明显的作品中，内容往往会受到妨碍。抱怨某件艺术作品具有过度的反思性不仅仅是意识形态，也是事实。艺术作品的真理在于，它实际上并不是那么具有反思性的，因为它并不反思意图的突出性。试图弄清意图的语文学方法，希望以此获得重言式的内容，因而是错误的。这种方法只从艺术作品中得到它最初藏在那里的东西。"①阿多诺举歌德的《在陶里斯的伊菲革涅亚》为例来说明这一点，他认为，这部作品表达的是人性，而人性只是一种意义的观念，在一部艺术作品中，意义把各种意图综合成为一种整体，而意义的观念在艺术作品中是没有多大用处的。阿多诺认为，我们无法根据作者的情感来理解作品的意义，我们弄不清楚作品中表达的是谁的情感，并且，这种情感也是读者和理解者无法重构的。尽管阿多诺似乎并不完全否定作者意图论的意义理解，但也非常清楚地表明，他的审美真理和意义理论已经抛弃了作者意图的表现理论。

我们阅读文学作品的实际经验其实也同样证明，作者意图在意义理解中的作用极为有限。例如，在古代文学作品中，我们根本无法确定这些文本的作者是谁，比如中国古代的第一部诗歌总集《诗经》、《古诗十九首》以及其他一些无名氏的作品，还有大量的虽然知道作者系谁，却没有作者的详细记载，更没有作者意图的记录，我们从作品中根本看不出作者明确的创作意图是什么，但这并不妨碍我们阅读和理解这些作品。真实的情况是，我们所真正面对的，是以语言的形式流传下来的文学作品文本，我们阅读、理解和解释的是这些以语言和文本呈现在我们面前的文学作

---

① Theodor W. Adorno, *Aesthetic Theory*, translated by C. Lenhardt, London: Routledge & Kegan Paul Plc., 1984, p. 216.

品，这并没有妨碍我们对所阅读的作品有所理解，没有妨碍有某种意义对我们发生，也没有妨碍我们讨论文学作品的意义。由此，把文学作品的意义等同于作者的意图，或者以作者的意图来解释文学作品的意义，特别是认为作品的意义就是作者的意图的观点，显然是很成问题的。

有人必要问，在我们对文学作品的意义理解中，作者的意图是否就没有任何价值呢？完全否定作者意图与文学作品意义理解之间的关系可能也是不可取的。如果我们在理解一部文学作品时能够找到作者的创作意图，即使我们不能把作者的意图等同于作品的意义，但如果作者告诉了我们他的创作意图或动机、他的想法，可能会对我们理解作品的意义有些帮助，在这种情况下，参照作者的创作意图来理解作品的意义，也不失为一种对文学作品的理解方式。"知人论世""知其人论其文"的理解和解释方式，虽然过分地强调文学解释的作者论立场，但是，对作为一种社会历史性存在的作者来说，这种理解也并非全无道理。在当代诠释学中，尽管赫施和居尔等人的作者意图论把作品的意义完全归结为作者的意图，并且认为只有一个正确的解释的观点有很大的缺陷，但我认为，也并不是没有丝毫意义的。问题在于他们把作者的意图视为文本意义的唯一权威评判者，而把理解者当作一种消极的、被动的存在，就没有真正认识到作者的意图在文学意义的理解上只具有有限的作用。

可以肯定地说，文学作品的意义理解和真理经验，很难用证实的方法来确证，试图在理解中完全重构作者的意图，从而客观地理解作品的意义不是过于天真，就是过于霸道，认为我们对一部作品的理解就是去认识和确证作品再现和反映的东西，也是一种实证主义的天真。毫无疑问，文学不是一种空洞的形式，而是一种重要的人类经验和真理形式。哲学诠释学认为，为了公正地对待文学和艺术，美学必须超越自身并抛弃审美特性的"纯正性"，文学艺术作品并非单纯审美的。在艺术中，无论是感知、理解和解释，甚至是艺术和审美的感知，在本质上或起源上都不是纯粹的，它总是充满某种意义的"不纯"的存在。诚如伽达默尔所指出的，甚至我们所听到的大街上的汽车的声音、某个婴儿的哭声,都远不是那么纯粹的,因为它们是我们的"耳朵"听到的,而我们的耳朵的"听"总是不那么纯粹的;我们看见的一张面孔、一把小刀、一道喷出的蓝烟,也不是纯粹的颜色和形状,因为即使是我们的"眼睛"看到的东西,我们的"视觉"也并不是那么纯粹的。所谓"眼见为实"中的"实",只是在具体情境中看到的带着某种"颜色"的东西。因此,我们人类的感知并非那么纯粹、那么一尘不染。感知总是充满意义,感知总是理解着,而理解也总是把某种东西作为某种东西来理解。所以,伽达默尔认为,单纯的观看,单纯的闻听,都是一种独断论的抽象,这种抽象人为地贬低了可感知的现象,也忽视了感知的理解力,实际上,感知总是对被感知事物的感知,总是某某把某物作为某物的感知,它总是对某种意义的把握。

我们知道,审美现代性使艺术成为一个自律性的领域,其中非常重要的观点,就是认为文学和艺术是审美意识和审美体验的表现。哲学诠释学不同意这种审美意识抽象的观点,而是认为文学作品的意义和真理超出了单纯的审美意识。从根本意义上讲,文学作品不是某种纯粹的审美意识表现,它意味着审美意识与非审美意识不可分割地联系在一起。在文学作品中,文学作品以及对文学作品的经验在某种程度上并非纯粹审美经验的东西,而总是"理解着"非审美经验的东西,文学并不纯粹是审美的,它通过审美中介扩展到人类的其他经验;文学家的创作活动,同样是一种需要对所要模仿、再现和反映的事物和社会生活进行理解性的感知、经验和想象。因此,文学作品的意义和真理,理所当然地不只是作者头脑和心灵的产物,也不只是抛弃了所有非审美因素的审美意识抽象在文学作品中的客观化表现。换言之,文学作为一种审美经验总是有所模仿、有所再现、有所反映和有所认识的。由此,文学与人类社会生活以及人的历史性此在之间必然存在着某种认识关系,通过这种认识过程的理解和解释,我们可以揭示和理解文学作品中更丰富的意义和真理,因此,文学作品的这种认识和真理维度构成了其真理和意义理解的一个重要的方面,而且是特别重要的维度，这应该是文学作品中更深刻的内涵。但是，这并不意味着我们对文学作品的意义理解和真理把握，就是对文本中所再现的和描写的对象的理解。我们对文学作品意义的理解，并不是对反映与被反映的认识关系的一一对应式的理解，并不是作为理解主体的"我们"与作为理解客体的"作品"之间的符合关系。伽达默尔说："我们并不考虑所再现的事物和我们所认识的实在之间的意向性一致，我们并不想看看所再现的事物与什么东西有何相似之处，我们并不用我们已经很熟悉的标准来衡量它对意义的要求，而是恰恰相反，这个标准——这个'概念'——以一种不被限制的方式'被审美地拓展了'。"[①]如果像客观论的反映论和实证主义的文学观那样去理解一部文学作品的意义，我们就不可能从文学作品中获得更多的东西，就必然会封闭文学作品的意义理解空间，限制意义理解的丰富可能性。

所谓"审美地拓展"，就是文学作品的意义并不局限于它所再现、反映或表现的东西，而蕴含着需要我们理解和阐释的更为丰富和深刻的内涵和意义。哲学诠释学的理解就是要摆脱这种符合论的意义和真理理解方式，把它纳入到我们的此在时间性的理解事件之中，意义在我们的阅读和理解中总是生产性的，它与自然科学知识的理解非常不同。"进行对象化处置的自然知识以及与一切知识意向相符合的自在存在概念被证明只是一种抽象的结果。自然知识从存在于我们世界经验的语言状况中的原始世界关系抽象出来，试图通过在方法上建立它的知识而证明存在物。因而它也就贬损一切不允许这种证明并不能为日益增长的对自然的统治服务的知识。与此相反，我们则试图把艺术和历史的存在方式以及与它们相符的经验从本体论的偏见中解放出来（这种本体论偏见存在于科学的客观性理想之中），并鉴于艺术和历史的经验而导向一种同人类普遍世界关系相适合

---

① Hans-Georg Gadamer, *Truth and Method*, London: Continuum Publishing Group, 2004, p.45.

的普遍诠释学。"① 这种诠释学的意义理解恰恰证明了时间性的力量,它力图时间性和历史性地开启更大的理解空间和解释可能性。

这种意义理解的诠释学理论与其本体论理解方式有关。哲学诠释学认为,艺术作品的本体论存在方式与作为此在存在的我们的理解有关,在对文学艺术作品的理解中,我们并不是去确证作品所反映或再现的东西。无论什么时候,我们从文学作品中所理解的意义都远远超过了语言文字所反映和再现的东西,因为意义始终是我们理解的意义。例如,马致远的散曲《天净沙·秋思》:"枯藤老树昏鸦,小桥流水人家。古道西风瘦马,夕阳西下,断肠人在天涯。"从作品文本的字面上看,我们可以说,作者描写了一幅真实动人的秋天夕阳图景,苍凉的景色,蒙太奇般的意象,清晰地呈现在我们的眼前,但是,我们从中所理解的东西远不只是文本中所描写和再现的客观事物和景象;这个作品所包含的意义也不仅仅是反映了作者的情感和体验,远不只是马致远的凄楚、悲怆的内心世界,而是作品本身的表现性向我们展示的意义世界,这首只有28个字的小曲开启了一个丰富而深刻的意义世界,这个意义世界确实是作品向我们开启的,但也无疑是我们阅读并参与其中的理解所开启的经验宇宙,在我们的理解中呈现出其意义的丰富性和深邃性。在对这个作品的理解中,我们融入了自己的理解,融入了我们的经验,仿佛就是我们自身的经验,仿佛是我们在世存在的遭遇,仿佛是我们自己在浪迹天涯,仿佛是我们自己的苦旅愁绪,仿佛是我们切身的生命遭遇。在理解的过程中,我们把感受到的经验和所理解的意义应用于我们自身,通过这个作品,我们理解作品表达的经验世界,同时经由这种经验,我们理解我们的存在,甚至理解人类的某种境况。按照伽达默尔的诠释学观点,我们理解作品不是证实作品中描写的东西,也不是去重构作者的体验,而是在理解这个作品的同时理解我们自身,甚至扩展我们对世界和自身的认识。通过作品的理解,我们理解我们自身已有

---

① 伽达默尔:《真理与方法》,洪汉鼎译,上海译文出版社,1999年,第607页。

的东西,也理解我们自身尚未有的经验,甚至帮助我们理解他人以及我们生存于其中的世界,理解所有同类的人的生命存在和命运遭际。这就是伽达默尔的诠释学所说的"审美地拓展"。

同样,哲学诠释学也反对客观化的文本中心论观点,这一观点坚持认为,意义就在于作为"事物本身"的文学作品,理解文本本身就是理解文本的意义。哲学诠释学则认为,关于文学作品的意义问题,文本中心论没有说出比文本更多的东西。尽管哲学诠释学也认为,文学艺术作品确实具有自律性的特征,但它并不认为,文本的意义是一种客观的、中立的、不依赖于读者和理解的存在。文本中心论也涉及了阅读和理解的问题,但是它认为阅读与被理解的文本意义没有关系。例如,对于普希金的诗句"无论是沿着喧嚣的街衢徜徉,还是走进那人头攒动的教堂,或是坐在疯狂的少年中间,我无时不沉湎于个人的幻想",俄国形式主义者日尔蒙斯基在《诗学的任务》中说,我们读这首诗时,会在我们的想象中呈现一系列形象,会出现一系列的画面和人物形象,当然,其中的形象会因不同读者的想象而有所不同,所有想象的形象都毫无疑问具有相当的主观性和不确定性,这完全依赖于读者和感知者的心理和个性,依赖于读者情绪的变化。从诠释学的角度来看,这正是阅读和理解的一种正常现象,因为正是读者的积极参与使作品的意义在阅读和理解中产生出来。但是,日尔蒙斯基认为这不是对诗歌艺术的理解。他说:"用这些形象来建造艺术是不可能的,因为艺术要求完整性和准确性,而不能就范于读者的任意想象;艺术作品的创造者是诗人,而不是读者。"①可以说,这种理解恰好与哲学诠释学和接受理论的意义理解相反。又如,新批评提倡文本细读的方法,并从作品文本词语的诸如诡论、隐喻、反讽等结构的分析来理解文学作品,这无疑是一种重要的方法,但是,如果把这当作唯一恰当的方法而否定其他的分析和研究方法,显然是有局限性的。新批评的研究对象主要是诗歌

---

① 什克洛夫斯基等:《俄国形式主义文论选》,方珊等译,生活·读书·新知三联书店,1989年,第215页。

作品，也许把这种方法运用于诗歌分析，对诗歌作品进行单纯的文本分析，确实可以显露某些优点，然而，即使对诗歌作品的解释显然也不仅是词语的分析和理解。这种理论关注的是文学语言的能指功能，而忽视了文学语言的所指。

对于大量的叙事类文学作品的研究和分析来说，仅仅对作品文本的词语结构做分析的局限就更为明显。实际上，新批评的作品本体论的理论方法，在新批评家们自己对作品的论述中也充满着矛盾。以布鲁克斯和沃伦对海明威的短篇小说《杀人者》的分析为例，他们所做的理解和批评显然就远远超出了单纯的客体分析，特别是在对海明威小说中主人公类型的分析中，包含着不少他们所反对的属于外在批评的东西。例如，他们引用的那一大段斯蒂文斯的叙述人类感受和体验的话，以及关于海明威的风格与他的"世界"之间的关系的论述，便体现了他们的立场的不彻底。在《邪恶的发现：〈杀人者〉分析》这篇文章的结尾，他们写道："一个优秀作家并不是在玩把戏，娱乐读者，也不是为了糊口谋生——虽然他在干别的事情时也干这些事情是完全无可非议的。一个优秀的作家是不断地力图发现并且表现他心目中的生活的真实。"① 所谓力图发现作者心中"生活的真实"恐怕就不仅是单纯通过形式、结构和张力所能够理解和解释的。由此，对于许多文学作品来说，仅仅局限于结构或法则之类的分析显然是远远不够的。

从根本意义说，这种文本本体论的客观论理解，也像作者意图论和实证论一样，把作品的意义视为某种可以最终确定的东西。有所不同的是，赫施等人的作者意图论把意义的确定性押在作者身上，实证论把意义押在作品所模仿和反映的实在性上，而文本中心论则把意义钉死在文本的形式和结构上。应该说，这些理解作为文学理解的一个方面或一个维度，或者作为众多理解中的一种文学理解方式，当然是没有问题的，它们对我们理

---

① 布鲁克斯、沃论：《邪恶的发现：〈杀人者〉分析》，赵毅衡编选：《"新批评"文集》，中国社会科学出版社，1988年，第436页。

解和阐释文学作品无疑具有很大的帮助，在某种程度上也可以成为不重视作者意图和作品文本分析的本体论诠释学的补充。不过，从本体论诠释学的角度看，这些理解很难说是真正诠释学意义上的理解，尤其体现在文学作品的意义理解和解释问题上。正如伽达默尔在为格龙丹的《哲学诠释学导论》撰写的序言中写道："人们只要想一想结构主义诗学在神话研究中所做出的巨大努力——然而，甚至没有意识到让神话更清楚地说出比以前更多的东西。对语义学也可以说同样的话，语义学把符号和文本的世界客观化，使它有可能向科学知识的靠近迈出新的和富有兴趣的步伐。与这些研究形成鲜明对照，诠释学鼓励的不是客观化，而是相互倾听——例如，倾听并同属于一个知道如何讲述故事的人。"①因此，哲学诠释学不是把理解视为一种发现作者意图的心理学，不是把理解视为客观存在事物的印证，同样也不是把理解当作一种文本说明和解释的策略，而是把理解视为一种在时间性过程中发生和展开的意义事件，文学作品的意义和真理就发生在作为此在存在的时间性理解事件之中。

二、作为本体论事件的意义生产

海德格尔的事实性诠释学和伽达默尔的哲学诠释学都属于本体论的诠释学，本体论诠释学对"理解"的理解和对"意义"或"真理"的理解不同于方法论诠释学。本体论诠释学认为，理解是我们此在存在本身的一种根本运动，属于我们人类此在存在的一种方式，这种根本运动和存在方式本身就是理解性和解释性的。因此，理解是本体论上的，而不是方法论上的，人类对意义或真理的理解，不是寻求一种传统符合论的意义或真理统一性，这种理解既不属于被理解的对象，也不属于进行理解的主体，也不是两者的对应性复合物，意义或真理始终是理解和解释的意义和真理，属

---

① Hans-Georg Gadamer, Foreword to Jean Grondin's *Introduction to Philosophical Hermeneutics*, Jean Grondin, *Introduction to Philosophical Hermeneutics,* New Haven:Yale University Press, 1994, pp.x-xi.

于理解的事件,而不是方法论和实证论的意义或真理,也不是作为理解者的主体和作为理解对象的"客体"的二元论关系。因此,没有任何意义和真理不是在理解事件中被理解的意义和真理。

海德格尔的事实性诠释学重新定义了理解意味着什么。通过把本体论置于诠释学的核心,海德格尔改变了揭示生命存在的方式和文本所指的内容。对海德格尔来说,我们再也不能天真地接受这样的观点,即我们所理解和解释的东西就是主客体关系的世界的总体性。他认为,我们进入对某物的理解之前,就总是存在某种作为理解条件的东西,某种我们得以进入理解过程的更基本的出发点和前提,这种出发点和条件是我们能够理解某物的前提,我们对任何事物所做的理解总是与我们的自身存在有关,即总是我们对存在和意义进行某种揭示。这种不同于方法论诠释学的本体论转向意味着,作为此在存在的我们的理解,并不是对世界的一种意识,不是对客观存在的外在世界的一种方法论确证,我们在理解中不是客观地确证和科学地论证某种已然存在的东西,而是面对我们自己作为终有一死的人和生命存在的偶然性的在世存在。这种本体论诠释学意味着理解就是对此在存在的理解和解释,也意味着具有时间性和有限性的此在存在对事物的解释,而意义便是这种理解和解释的语境化产物。"海德格尔的本体论探索是由基本问题驱动的,它超越了文本及其作者的历史视域,除此以外,它'去心理化了'先前的诠释学。诠释学是对此在存在的解释,是一种理解事件,它不能被还原为方法、解释理论或对他人生命的移情式投射。"[1]因此,海德格尔的本体论诠释学的意义理解,并不是对文本和作者历史视域的重构,也不是解释者对他人生命的移情式再体验。

有如海德格尔,伽达默尔反对那种天真地接受纯粹的技术思维和科学思维方式的做法,尤其反对这些方法在人文科学的真理理解问题中的应用。他认为,无论是在哲学、神学、文学理论还是在其他领域,现代客观

---

[1] Lawrence K. Schmidt, *Understanding Hermeneutics*, Durham:Acumen Publishing Limited, 2010, p.70.

主义的理想已经渗透到了我们的整个文化和精神生活之中，并导致严重的异化和疏离形式，使我们无法获得人文科学真理的重要经验。在伽达默尔看来，像许多思维方式一样，先前的诠释学思维，例如，施莱尔马赫和狄尔泰的诠释学，都倾向于接受一种科学精神，他们认为，我们通过理解的技术能够实现客观的完全的理解，或者通过客观的知识基础获得可靠的理解。像海德格尔一样，伽达默尔认为理解始终是此在存在的一种根本运动，并不是某种我们可以任意使用或支配的东西，不是某种仿佛通过某种正确的方法和技术便可以获取的东西，理解既不是客观的，也不是主观的，而属于诠释学处境的本体论事件。我们永远不只是世界上的中立观察者，更不是见证某物的中立旁观者，作为理解主体的我们从来不是一块白板，从来不是静静地等待着外部世界和客观对象在我们的心灵或头脑中留下印记，并客观、中立地把握传递给我们的客观信息。真正的诠释学理解不是这样的，它所理解的事物或文本的意义，不可能被人们用数学方程式或公式清晰明确地描绘出来。人文科学的意义或真理经验不是主客体之间的对应物或相等物，意义总是对我们发生的意义，也总是我们参与其中所理解的意义。"理解必须被视为意义得以发生的事件的一部分，在这种理解事件中，所有陈述的意义——艺术的陈述和所有传统陈述的意义——才得以形成和实现。"①文本的意义是在理解者与文本相互作用的理解事件中完成的，理解同样属于文本的意义事件。"伽达默尔对我们每个人都参与到每一个理解事件的强调，排除了仿佛他或她置身于诠释学事件之外而成为第三方客观观察者的可能性。视域融合本身就是经验和理解的源泉。我们不需要在主体（解释者）和对象（文本等）之间做出非此即彼的决定。伽达默尔认为，通过我们的传统（和语言）以及我们在世存在的具体和实践方式，我们以这样一种方式与世界相遇，即仅有我们的主观性，我们无法理解世界，仅有客观性的理想，我们也看不到世界。只有当我们的

---

① Hans-Georg Gadamer, *Truth and Method*, London: Continuum Publishing Group, 2004, p.157.

个人视域和他者的视域（例如文本、人物、艺术作品）融合在一起，并以一种新的令人惊讶的方式使不同的世界一同出现时，真理才能出现。"①由此，文学艺术作品的意义或审美经验的真理，都是在理解事件和视域融合中发生和产生的，意义既不属于作为理解者的主体，也不属于被理解的客体，而属于作为诠释学理解的本体论事件。

与伽达默尔的哲学诠释学一样，利科的现象学诠释学也不同意浪漫主义诠释学的方法论理解，尽管他认为，诠释学理解事件需要客观性"说明"的环节，但他同样认为，阅读或参与创造性作品的行为，并不意味着实现作者的原意或者他或她创作作品时最初的情感意识状态。更确切地说，参与本身就是另一种创造行为，它建立在理解者与艺术作品本身的相互关系之上。"我们说，解释就是此时此刻占有文本的意图。在这样说的时候，我们仍然处在狄尔泰的理解概念之内。我们刚才所说的关于文本结构分析所揭示的深度语义学，让我们不得不说，文本的意图本质上不是作者的假定意图，作者以往的生活经历，而是文本对任何服从其指令的人所意味着的东西。"②尽管利科认为在意义理解中必须把握说明与理解的辩证法，才能保证意义理解的有效性，但是，他同样认为，理解也是一种创造性的行为，一种事件。"当阅读像一个事件，一个话语事件，一个当下事件释放某种东西时，解释就完成了。作为一种占有，解释成为一种事件。"③

这种本体论诠释学理解的事件性质，体现在文学作品的意义的理解和解释上，文学作品的意义便不是隐秘地存在于创作者表现在作品中的意图，也不是客观地存在于文本形式结构中等待分析的语言符号，同样也不

---

① Stanley E. Porter & Jason C. Robinson, *Hermeneutics: An Introduction to Interpretive Theory*, Michigan:Wm. B. Eerdmans Publishing Co., 2011, p.88.

② Paul Ricoeur, *Hermeneutics and the Human Sciences Essays on Language, Action and Interpretation*, Edited, translated and introduced by John Thompson, Cambridge: Cambridge University Press, 1987, p.123.

③ Ibid., 1987, p.147.

是通过科学分析可以客观证实的存在物。在本体论诠释学看来，文学作品的意义是理解过程中的一种事件，在这一事件中，无论文本还是理解者都不置身于事件之外，而是共同存在于理解事件之中，文学作品的意义正是在这种理解者和文本的理解事件中发生、出现和生产出来。

首先，从被理解和解释的对象看，哲学诠释学认为，作品是一个被理解和解释的诠释学概念，而不是一个客观地存在在那里等待着人们去确证的存在物。只有当我们阅读和理解一部文学作品时，文学作品文本才与我们发生了关系，才能进入我们的阅读和理解事件之中，此时，文本才构成理解事件中的一方，它才处在我们的阅读和理解视域中，否则它仍然是一个客观存在的文本或符号性的语言存在，而不是具体生动地呈现给我们的文学作品。对于传统的文学理解理论来说，把文本视为一个事件是很难理解的，因为，文本作为以语言文字固定下来了的东西，例如文学史上的作品是历史上的作者创作的，是特定历史时代的精神产品，它们被客观化为语言文字，是被书写下来的作品，它们是确确实实地存在于书本中的东西，它怎么可能是一种事件呢？其实，这正是本体论诠释学的意义理论不同于其他传统理论的独特之处。

在伽达默尔看来，文学文本是一种文本范例，这样一种文本并不是简单的客观性的存在物，不是简单地摆在那里的一个中立的客观对象，而是需要在特殊的意义上进行理解和解释的语言性存在。当文本不能直接告诉我们它所要说的内容时，作为读者和解释者的我们就必须进入文本，与此同时，文本本身也被我们阅读、倾听和理解。理解一部文学作品，并不是只是去认知某种已经明白表达的东西，阅读和理解都是一种本体论的对话和交流事件。"文学文本不仅仅是把口头语言转译成固定的形式。事实上，一个文学文本根本就不是指回已经说过的词语。这个事实具有诠释学的后果。在这种情况下，解释不再仅仅是一种回到某事物的原初表达（ursprungliche Äusserung），并将其调解到当下的一种方式。相反，文学文本是最特殊意义上的文本，是最高程度的文本，正是因为它不指向某种原始口头话语行为的重复。毋宁说，诗歌文本本身就规定了所有的重复和言语行为。任何言语都不能完全满足诗意文本的规定。一首诗的文本行使着一种规范性的功能，它既不是指回言说者原初的表达，也不是指言说者的意图，而似乎是源自它自身的东西，因此，在它成功的喜悦中，诗甚至使作者感到惊讶和不知所措。"①当理解者和文本的交流事件发生时，文本并不消失在我们对它的理解中，而是继续站立在我们的面前对我们说出某种新的东西，就像一个正在说话的"你"一样对作为倾听者的我说话。换言之，诠释学所理解的文本意义是在不断进行的理解过程中和语词的自我表现中得以实现的。

哲学诠释学的文本概念所关心的不是文本的语言符号方式，而是文学作品向我们述说的内容，它对文本概念的理解基于诠释学的事件性理解。对哲学诠释学来说，文本的概念不是中立的客观存在物，而是一个需要理解并且必须解释的概念。"从我们的语言观点中获得的方法论上的收获是，'文本'必须被理解为一个诠释学概念。这意味着文本将不会脱离它可能包含的任何内容，从语法和语言学角度进行探讨。这就是说，它不会被视为一个最终产品，把它当作一个分析的对象，这种分析的目的是说明允许语言本身发挥作用的机制。从诠释学的立场——从每一个读者的立场出发，文本只是一种半成品（zwischenprodukt），是理解事件中的一个阶段，并且必须包括一种确定的抽象，即在这个理解事件中包含着分离与具体化。但是，这种抽象与我们在语言学中所熟悉的抽象恰恰相反。语言学科学家不想讨论理解文本中所说主题的问题；相反，他想阐明语言作为这样一种功能的方式，而不管文本所说的东西是什么。……另一方面，从诠释学的观点看，理解文本所说的东西是主要的，也是唯一的关注点。"②我们反复强调伽达默尔所说的文本是一个"半成品"这个观点，是想表

---

① Hans-Georg Gadamer, "Text and Interpretation", *The Gadamer Reader: A Bouquet of the Later Writings*, Illinois: Northwestern University Press, 2007, p.181.

② Ibid., p.169.

明，只有文本进入到理解事件中，文本才能成为生动的文学作品，只有在理解事件中，文学作品的意义才能真正生产出来。在伽达默尔看来，文学作品是一种语言的范例，但并非就是语言本身，文学作品的语言是总有某种东西要表达的言说，因此，文学作品文本不仅向解释者和解释开放，而且需要一种特殊意义上的解释。当文学文本以其独特的方式言说的时候，解释者就需要介入，就需要解释者对它进行理解和解释。因此，诠释学处境中的文本概念不是一个纯粹的对象，它必须存在于被理解的事件之中，并成为与我们进行生动对话的一个伙伴。

　　在文学的理解事件中，意义事件的发生意味着被理解的文本进入了我们的理解事件中，文学作品的意义在这一过程中不断产生和形成，这意味着意义在更新的、通过其他接受者而重新扩大的意义可能性和共鸣可能性中得到实现。不管我们所理解的对象是诗意的艺术作品，还是传达某种重大事件的消息，作品所传达的东西都总是以自我表现的形式重新进入此在的理解事件中。这就是伽达默尔既强调文学作品的自律性存在，又强调作品是一个被解释的概念的独特性的缘故，即文学作品总是以其自律性的存在向我们说话，理解必然是对向我们说话的文本的理解，这一点肯定了文学作品存在的自律性和独立性，但是，理解者总是在他置身于其中的理解事件中理解文学作品，这一点强调了文学作品必须被理解和解释的诠释学性质。例如，对中国古代《古诗十九首》中的作品的理解，哲学诠释学的文学理解理论认为，我们不能像作者意图论那样把作品的意义视为由作者决定的，不像文本客观论认为意义就是作品的形式与结构，也不像社会反映论所认为的是对当时社会生活的反映。诠释学的理解不是把作品的意义视为客观的、确定的东西，而是把作品看做一种需要进入理解事件中的东西，如果我们不阅读它们，不仅不知道这些文本是不是文学作品，更不可能知道它们的意义。只有在阅读和理解过程中，文本意义的生产才是可能的，只有通过我们的理解，文学作品才对我们有意义。如果这些作品不是在理解事件中进入我们的理解视域，并向我们述说其所表现的东西，我们就不可能对作品的意义进行理解。"只有通过解释者，文本的文字符号才能转变成意义。也只有通过这样重新转入理解的活动，文本所说的内容才能表达出来。"①因此，在哲学诠释学看来，理解的对象并不是发生在解释情境之外，而是始终处在与我们经验的联系之中，始终存在于作为事件的我们的理解过程之中。

只要在理解事件中，被理解的文本才与我们同时存在。文学作品在我们的阅读和理解中获得了与我们的同时性，伽达默尔把它叫作"同时代性"，不管什么时代的作品，不管其历史意识多强，我们要阅读它，要理解它，要使它对我们具有意义，都必须让它呈现在我们面前，都必须进入我们当下的阅读和理解过程，必须成为当下的事件，我们在这个事件中恢复它的生气，激活它的生命。因此，我们所理解的是进入到我们当下理解活动中的文学作品，而不是客观地存在于历史上的作品文本，它总是属于理解经验中的自身存在。"作品和其当下的观赏者之间存在着绝对的同时代性，尽管有历史意识的每一次强化，但它这种同时代性始终保持着不受阻碍。艺术作品的现实性及其表现力不能局限于其原初的历史视域中，在这种视域上，它的观赏者实际上似乎成为了创造者的当代人。相反，艺术作品似乎总是有自己的存在，总是属于艺术的经验。只有在有限的方式下，艺术作品才在其自身中保留自己的历史起源。艺术作品是一种真理的表达，它不能被还原为创造者在作品中的实际的想法。无论我们把它称为天才的无意识创造，还是从观赏者的角度来考虑每一种艺术表现的概念上的不可穷尽性，审美意识可以诉诸于艺术作品传递自身这一事实。"②因此，对文学作品的意义理解不是置身于作者和读者的原始语境中，也不是超越我们自身的语境，重构作者意图表达的东西，正是基于这种本体论的诠释学理解，伽达默尔反对作者意图论的重构，反对方法论的论证。另一

---

① 伽达默尔：《真理与方法》，洪汉鼎译，上海译文出版社，1999年，第495页。

② Hans-Georg Gadamer, "Aesthetics and Hermeneutics", *The Gadamer Reader: A Bouquet of the Later Writings*, Illinois: Northwestern University Press, 2007, p.124.

方面,他也不同意对文学艺术作品进行纯粹的形式结构理解,伽达默尔肯定地认为,一件艺术作品并不会像一朵花或者一件装饰品那样,以一种纯粹审美的方式满足人们的需要,艺术作品总有某些话要说,总要向读者和理解者说些东西,文学艺术作品中那些所谓"不纯粹的"、理智化的愉悦仍然是美学家们感兴趣的东西。因此,艺术作品总是需要理解它的人做出理解的努力。"无论如何,当我们说艺术作品对我们说了些什么,因此,它属于我们必须理解的东西的矩阵时,我们的断言不是一个隐喻,而是有一个有效和可证明的意义。因此,艺术作品是诠释学的对象。"①

其次,从解释者的诠释学意识看,诠释学经验在语言的实现方式、被理解的对象与解释者之间存在着生动的对话。这样的事实使诠释学意识具有了一种与方法论诠释学完全不同的基础,而在这种基础中,最关键的东西是在我们的理解中总会有某种事情发生。我们总是以一种时间性、历史性和有限性的此在存在方式进入理解的事件中,在哲学诠释学看来,任何理解都带有自身的诠释学处境,或者说,理解就是基于这种诠释学处境的一种理解,这种时间性、历史性的和有限性的理解,从根本意义上讲也属于我们基于事物本身的对我们自身的一种理解。

理解总是具有时间性的理解,而不是无时间性的,而时间性的理解又总是具有有限生命的终有一死的人所做出的理解,由此,在文学艺术的审美经验中,我们总是从我们自身的此在性和历史性出发,阅读、体验和理解作品,由于我们的审美经验对艺术作品的创造性参与,从而使我们对艺术作品的审美经验成为一种自我经验和理解方式。"艺术的万神庙并非一种把自身呈现给纯粹审美意识的无时间的现时性,而是历史地实现自身的人类精神的集体业绩。所以审美经验也是一种自我理解的方式。但是所有自我理解都是在某个于此被理解的他物上实现的,并且包含这个他物的统一性和同一性。只要我们在世界中与艺术作品接触(begegen),并在个

---

① Hans-Georg Gadamer, "Aesthetics and Hermeneutics", *The Gadamer Reader: A Bouquet of the Later Writings* Illinois: Northwestern University Press 2007 p.126.

别艺术作品中与世界接触，那么这个他物就不会始终是一个我们刹那间陶醉于其中的陌生的宇宙。我们其实是在他物中学会理解我们自己，这就是说，我们是在我们此在的连续性中扬弃体验的非连续性和瞬间性。因此，对于美和艺术，我们有必要采取这样一个立足点，这个立足点并不企求直接性，而是与人类的历史性实在相适应。援引直接性、援引瞬间的天才、援引'体验'的意义并不能抵御人类存在对于自我理解的连续性和统一性的要求。艺术的经验并不能被推入审美意识的非制约性中。"[1]因此，解释者的诠释学意识并不是那种主宰被理解对象的主人，也不是把在理解中发生的东西看做是对存在的东西的更深一层的认识。从解释者的观点看，在理解中发生的事情并不作为他所要寻找的对象，他不是运用某种方法论的手段去寻找和确认对象的所谓真实含义，以及对象本身原来究竟是怎样的。换言之，理解既是对作品的理解，同时理解也是对我们自身的理解，实际上，伽达默尔在这里对理解的"直接性""天才美学""体验性重构"等现代性审美自律性观念进行了批判，他所强调的是艺术经验的此在性，自我理解的时间性，强调人类历史的存在性与艺术、与我们艺术审美经验的生动联系，总之，强调理解的事件性质，理解的情境性和语境性。

"每一个时代都必须按照它自己的方式来理解历史流传下来的文本，因为这文本是属于整个传统的一部分，而每一时代则是对这整个传统有一种实际的兴趣，并试图在这传统中理解自身。当某个文本对解释者产生兴趣时，该文本的真实意义并不依赖于作者及其最初读者所表现的偶然性，至少这种意义不是完全从这里得到的。因为这种意义总是同时由解释者的历史处境所规定的，因而也是由整个客观的历史进程所规定的。"[2]每一时代的人对某个文本，例如某个艺术作品的理解，总是某个特定时代和传统中的人对这个艺术作品的理解，而且总是以他们自己的方式去进行理解，他不可能超越他自己的时代和文化去进行理解。每一代人的理解，甚至同

---

[1] 伽达默尔：《真理与方法》，洪汉鼎译，上海译文出版社，1999年，第124–125页。
[2] 同上书，第380页。

一时代的不同人的理解，既受他所处历史时代的制约，也必然受他自己的"前理解"的制约，必然会受到理解者自身的诠释学处境的制约。伽达默尔的哲学诠释学所关心的不是个人及其意见，而是理解事件的真理经验以及理解事件的意义发生。就文学作品的诠释来说，哲学诠释学关心的同样不是作者个人，也不是作者的意见，而是艺术作品本身言说的东西，艺术作品对我们言说的东西，以及我们对它的言说所进行的理解。就此而言，这与浪漫主义诠释学的理解理论是非常不同的，它远远超出了浪漫主义诠释学所规定的范围。同时，文学作品又是被理解的诠释学概念，我们要理解的是作品对我们言说的东西，因此，也与文本中心论的理解有巨大的差异。

在文学意义理解的诠释学事件中，对作品文本的理解和解释，既不能单纯地把我们的意识强加给作品文本，不能无视作品文本言说的内容而把自己的意识当作它所述说的东西；也不能从某种先在的方法论出发去发现和论证作品的真正含义，确证作品本身究竟是怎样的。伽达默尔认为，这些做法"只是真正的诠释学事件的外部因素"[①]，文本的意义只能是在理解事件的动态过程中产生和生产出来。"真正的事件只是因为作为传统传递给我们并为我们所倾听时，才真正与我们相遇，而且似乎它在向我们说话，并与我们发生关系时，真正的事件才能发生。"[②]例如，《红楼梦》是不是一部反映了封建社会衰亡史的文学作品，这一结论不应该根据我们所谓的社会历史发展阶段论的先在观念来规定。因为这种理解可能并不是从文学作品本身出发所进行的，它忽视了文学作品的自律性特征，忽视了文学作品本身向我们真正言说的东西。这种理解其实也不是依据我们对文学作品的经验，它不符合绝大多数人对这个作品的阅读和理解经验。我们也不能用自然科学式的实证方法去理解《红楼梦》，像"红学"研究中的

[①] Hans-Georg Gadamer, *Truth and Method*, London: Continuum Publishing Group, 2004, p.457.

[②] Ibid.

索隐派所做的那样。也许，诠释学并不完全否定对这些方法的某些兴趣，但是，从本体论诠释学的理解经验来看，这并不是理解文本的真正诠释学意识，充其量是对文学作品意义的外部因素的理解，而不属于真正的诠释学理解事件所理解的意义。

本体论诠释学的意义理解，必须首先关注文学作品本身究竟向我们述说了什么，我们必须倾听文本对我们说了些什么，必须倾听作为他者的文本的声音。"阅读一个文本，就是对传统的解释，使之最终成为允许文本向我们说话的一种方式，就像谈话中的伙伴一样；他就是倾听和回答他者以语言的方式不得不说的东西。也许，正是在这里，这种可能的本体论是最为明显的，因为对话绝不是一种重复，在对话中，某种预先构想的东西产生出来，并且以自我现实化的方式进入开放之中。传统并不是站立在对话伙伴的身后预设他的可能性——形而上学对实在的构想——而是站在可能性之中，就像事物总是已经具有的资源一样，它在言说中以一种新的声音说话。"①例如，在理解《红楼梦》的情况中，无论是索隐派、考证派，还是反映论对这个作品的理解，从诠释学的本体论理解的角度看，它们所关注的都不是文本自身向理解者所说的东西，都没有真正倾听文本的声音，都不是真正意义的与文本的诠释学对话。因此，解释者的诠释学意识并不是一种先在于理解和解释的意识，不是某种外在于理解和解释事件中的先在观念和方法。毋宁说，解释者的意识就是内在于诠释学事件中的意识，作品文本的意义发生\出现在文本与解释者的相互提问及应答的事件过程之中。

因此，无论从诠释学理解的文本看，还是从理解者的诠释学意识看，两者都是内在于理解事件中，都属于作为事件的理解过程。一部文学作品的意义要被理解，就必须进入理解事件中，同样，谁要是想理解一部作品，也必须进入与文本相互交流的事件中。在这个理解事件中，无论作品

---

① James Risser, *Hermeneutics and the Voice of the Other: Re-reading Gadamer's Philosophical Hermeneutics*, New York: State University of New York Press, 1997, p.137.

的作者还是解释者都没有特权。在谈到对诗歌的理解时，伽达默尔写道："那种把一个审美性质层次赋予诗歌陈述的表达艺术和技巧，可以成为审美反思的对象。但是，这种艺术真正存在于这样的事实中：它指向自身之外而让我们看到诗人正谈到的东西。从而，不管是诗人还是解释者都不具有任何特权。每当我们在真正的诗歌之存在中发现了我们自己时，它总是既超出了诗人也超出了解释者。它们两者都追求一种意义，这种意义指向一种开放的领域。"① 这不仅适用于诗歌作品的理解，也适用于其他文学作品的理解，甚至适用于视觉艺术的欣赏和理解。著名艺术史家恩斯特·贡布里希（Ernst H. Gombrich）在谈到《蒙娜丽莎》时写道："她真像是正在看着我们，而且有她自己的心意。她似乎跟真人一样，在我们面前不断地变化，我们每次来到她面前时，她的样子都有些不同。即使在翻拍的照片中，我们也会体会到这一奇怪的效果；如果站在巴黎卢浮宫中的原作面前，那几乎是神秘而不可思议的了。有时她似乎嘲弄我们，而我们又好像在她的微笑之中看到一种悲哀之意。这一切听起来有些神秘，它也确实如此，一件伟大的艺术作品的效果往往就是这样。"② 从伽达默尔的诠释学概念看，贡布里希在这里所讲的，实际上就是一种历史的艺术作品与观赏者和理解者的绝对的同时代性问题，他没有说列奥纳多·达·芬奇的创作动机，也没有说创作的时代精神，而是说作为作品的"她"与作为理解者的我们的视觉相遇，在艺术作品的这种时间性相遇中，"她"在微笑，我们在看她的微笑，她在微笑着看我们的看，我们在看她微笑地看着我们看，由此，意义不断地发生，新的意义和经验不断地被生产出来。

因此，本体论诠释学不是要把意义押在作者身上，也不是要固定在文本本身上，同样也不是确定在理解者的一次性理解上，意义不仅发生在

---

① 伽达默尔：《创作与解释》，严平编选：《伽达默尔集》，邓安庆等译，上海远东出版社，1997年，第501页。

② 恩斯特·贡布里希：《艺术发展史》，范景中译，天津人民美术出版社，1992年，第164页。

理解的事件中,而且发生在不断出现的理解事件中。"谁进行理解,谁就已经进入了一种事件中,通过这种事件有意义的东西才表现自身。因此,这便证明了诠释学现象所使用的游戏概念,正如美的经验所运用的概念一样。当我们理解某一个文本时,文本中富有意义的东西对我们的吸引就如美对我们的吸引一样。在我们意识到自身并站在某一立场证明文本向我们提出的意义要求之前,文本就已经确证自身和已经把我们吸引着了。我们在美的经验和传统意义的理解中所遭遇的确实是具有某种像游戏的真理一样的东西。在理解中,我们进入了一种真理事件,假如我们想知道我们所要确信的东西,这种真理的获得似乎已经为时已晚。"①作为"事物本身"的文学和艺术作品就这样进入到我们此在的理解事件之中,文学和艺术作品的意义和真理经验就发生在这个正在进行的理解事件之中。由此,伽达默尔把文学作品的意义和真理视为一种理解事件的创造性生产的诠释学观点,突显了意义理解或真理经验问题在当代文学理论中的作用,突出意义解释和真理理解的有限性、时间性历史性、效果历史性。与此同时,也突出了意义理解的丰富性、理解的差异性和意义生产的可能性。我们已经看到,在传统的文学理论那里,无论是作者意图论、社会反映论还是文本客观论都把文学作品的意义视为某种已经确定的、等待着我们去认识和确定的东西,而本体论的诠释学者打破了传统文学理论中的这种意义确定性思想,使文学意义的理解问题获得了此在时间性和历史性的本体论地位。只要我们的理解是对作为"事物本身"的文学作品的理解,即使理解总是具有差异性和不确定性,也都属于对文学作品的理解;即使不是客观普遍性的理解,也都属于有效性的理解。

三、诠释学的视域融合与意义生成

我们在理解事件中理解的意义不是某种先验存在的东西,而是我们在

---

① Hans-Georg Gadamer, *Truth and Method*, London: Continuum Publishing Group, 2004, p.484.

时间性和过程性的理解事件中产生的意义构成。理解事件本身总是语境性的、时间性的、动态性的，而不是静态的、不变的，人们所理解的意义也不是静态的、不变的，总是语境性的、变化的和具有差异性的，这是本体论诠释而不是方法论诠释学的观点。我们对任何事物的理解，包括对文学艺术作品的理解，也同样是语境性的、动态的理解，其意义就出现在、发生在这种语境性的、动态的时间性理解事件中。

　　本体论诠释学循环理解的基本动力，意味着我们的理解语境本身始终处在时间性和历史性的生成之中。海德格尔说："意义是某某东西的可领悟性的栖身之所。在领会着的展开活动中可以加以勾连的东西，我们称之为意义。意义的概念就包含着这种东西的形式构架。先行具有、先行看见及先行把握构成了筹划的何所向。意义就是这个筹划的何所向。从筹划的何所向出发，某某东西作为某某东西得到领会。只要领会和解释造就是此在之在的生存论状态，意义就必须被理解为属于领会的展开状态的生存论形式构架，意义是一种此在的生存论性质，而不是一种什么属性，依附于存在者，躲在存在者'后面'，或者作为中间领域漂游在什么地方。"[1]也就是说，我们对任何事物的理解都是而且总是从我们的前理解出发所进行的理解，我们总是一种此在的、时间性的存在，在我们对某物进行理解之前，我们就已经具有了理解某物的"视域"，把某物作为"某物"来理解，是我们从前理解出发对某物进行的理解，而不可能抛开我们的前理解和"视域"而进行客观中立的理解，因为我们理解的不是事物的某种属性，而是属于我们对事物的理解。简单说来，就是我们的每一个有意义的经验都是以"前理解"的方式进行的，没有"预设"的经验和理解是不存在的，换句话说，我们的理解总是"我们"做出的理解，而所有的"我们"都是时间性和历史性的存在，既然是一种时间性的存在，"我们"的理解就不可能超越我们存在的时间性。任何一种前理解都永远不可能是确

---

[1] 海德格尔：《存在与时间》，陈嘉映、王节庆译，生活·读书·新知三联书店，1987年，第185页。

定性的、处于终结状态的，我们总是在此在的理解事件中更新我们的理解和经验，同时也更新我们的前理解。因此，每一种新的经验本身都可以是独特的和前所未有的，我们一遍一遍地重读经典，重读伟大的文学作品，重复地聆听伟大的音乐作品，欣赏杰出的艺术作品。在这个过程中，我们并不仅仅为了证实已经存在的东西，为了重温原来理解过的东西，而总是在重读中和重新理解中经验和发现新的意义，并根据新的经验和理解来检验我们的前理解。因此，理解和解释只能是一种富有生产性的事件，一种富有创造性的事件，而不是一种复制和重构的行为。"诠释学必然要不断地超越单纯的重构。我们根本不能不去思考那些对于作者来说是毫无疑问的因而作者未曾思考过的东西，并且把它们带入问题的开放性中。这不是打开任意解释的大门，而只是揭示一直在发生的事情。[……]真正的理解活动在于：我们是这样重新获得一个历史过去的概念，以致它同时包括我们自己的概念在内。我在前面曾把这种活动称之为视域融合（Horizontenverschmelzung）。"①这里的"我们"在某种程度上总是不同的"我们"，"我们"总是在历史性、时间性和有限性的过程中进行对事物或艺术作品的理解，在这个时间性的理解过程中，我们不断地进入文学艺术作品文本，不断地倾听作品的言说，而作品也不断地向我们开启它的意义世界，并且总是在我们已有的理解视域中提出新的问题，并根据文本提出的问题做出相应的回答。在这里，"我们"始终是不同的语境性和历史性的"我们"，是不同历史时代、不同文化语境、有着不同的观看问题和理解问题的人。因而，在理解的历史过程中，这些"我们"就必然会有不同的"视域融合"，就会产生不同的理解，就会形成对于艺术作品的不同意义理解和阐释。"对于哲学诠释学来说，所有的解释，对富有意义的经验的所有表达，也总是对一个由早期的表达组成的推论性语境的一种解释——与继承下来的言说方式的一种对话，它有能力产生新的、改变了的

---

① 伽达默尔：《真理与方法》，洪汉鼎译，上海译文出版社，1999年，第480—481页。

话语。理解不是再生产先前存在的理想意义，而是重新解释，通过使先前的话语适应新的情境而产生新的意义。"①

从本体论诠释学的"视域融合"角度看，文学作品的意义出现和发生在文本与理解者相互作用的动态过程中，用哲学诠释学的语言来表达，就是文学作品的意义出现在文本与解释者的理解事件的"视域融合"中。对文学作品的任何理解都是理解者从自身的诠释学处境出发所做出的理解，这是由理解者自身的历史性存在的处境所决定的，任何理解者都不可能超越他自身的历史性存在去理解和解释文学作品的意义，因此，对文学作品意义的理解总是一种时间性、有限性和局限性的理解。伽达默尔认为，文本意义的理解总是特定处境和视域中的理解，这种理解始终意味着开放性的理解，而不是封闭的认识。"我们不能把文本所具有的意义等同于一种一成不变的固定的观点，这种观点向企图理解的人只提出这样一个问题，即对方怎么能持有这样一种荒唐的意见。在这个意义上我们可以说，在理解中所涉及的完全不是一种试图重构文本原义的'历史的理解'。我们所指的其实乃是理解文本本身。但这就是说，在重新唤起文本意义的过程中解释者自己的思想总是已经参与了进去。就此而言，解释者的视域具有决定性作用，但这种视域却又不像人们所坚持或贯彻的那种自己的观点，它乃是更像一种我们可发挥作用或进行冒险的意见或可能性，并以此帮助我们真正占有文本所说的内容。"②所谓"解释者的视域具有决定性作用"，就在于"视域"是人们能够对某种东西或某个文本进行理解的立足点，一个根本没有视域的人看不到任何东西，而一个具有视域的人则不同，他在理解事件中所看到的东西比视域狭窄的人要更多，更全面，

---

① Jussi Backman, "Hermeneutics and the Ancient Philosophical Legacy: Hermēneia and Phronēsis", T*he Blackwell Companion to Hermeneutics*, Edited by Niall Keane and Chris Lawn, New Jersey: John Wiley & Sons, Inc, 2016, p.26.

② 伽达默尔：《真理与方法》，洪汉鼎译，上海译文出版社，1999年，第495—496页，译文略有改动。

而且，随着视域的扩展，人们将具有更广阔、更多维的观看和理解事物的视域，由此，他们将从作品中经验到更多的东西，获得更多的体会，发现更丰富深刻的意义。

因此，在文学作品意义理解的动态事件中，我们对作品的理解总是从我们已有的、正在拥有的和未来将拥有的视域出发所做的理解。我们不可能完全抛开我们的具体的社会历史文化语境，不可能完全抛开我们在特殊的历史文化语境中形成的思想情感、价值观念和审美观念去理解我们正在理解的对象。在这里，我们可以从中国古代诗歌中的不同作品对"月"的表达为例，来理解不同的诗人的不同视域是如何影响事物意义的理解的。

从物理的层面上看，"月"始终是一种客观存在的东西，但是，在不同的诗人眼中，所呈现和书写的月的意象就有所不同，不同的诗人所看到的月是非常不同的，同一个物理性的月亮在不同诗人的眼里的意义也是不同的，甚至非常不同。正如李白的诗句所言："今人不见古时月，今月曾经照古人。古人今人若流水，共看明月皆如此。"（《把酒问月》）这里所说的古时月便不是指那个客观的、物理的客体，而是指历史上的人们从其特定的历史和人生境遇出发所做的对月的体验和感受，今天的人所看到的月曾经照过古人，但是，这同一个物理的、客观的对象，在今天的人眼中显然又不同于古人眼中的月，诗中之月已不再是那一轮客观的、中立的月儿，而在诗人的想象和表现中转化成了诗人审美经验中的意中之象，不同诗人的意中之象由于诗人审美经验的差异而赋予了不同的意义。

例如《古诗十九首》里的《明月何皎皎》中的诗句："明月何皎皎，照我罗床帏。忧愁不能寐，揽衣起徘徊。"这里的"明月"，是诱人遐想、激发思情的月亮，清冷幽静的月亮寄托着一种缠绵忧愁的思念。曹植的诗句"明月照高楼，流光正徘徊。上有愁思妇，悲叹有余哀"，也用了"明月"和"徘徊"，但是，他表现的却是另一种心态，月光的徘徊不是对远方情人的思念，而是体现了一种悲痛的矛盾情感。盛唐李白吟月的诗句如"人生得意须尽欢,莫使金樽空对月。天生我材必有用,千金散尽还复来"(《将进酒》),"故人西辞黄鹤楼,烟花三月下扬州。孤帆远影碧空尽,唯见长江天际流"(《黄鹤楼送孟浩然之广陵》),"花间一壶酒,独酌无相亲。举杯邀明月,对影成三人。月既不解饮,影徒随我身。暂伴月将影,行乐须及春。我歌月徘徊,我舞影零乱。醒时同交欢,醉后各分散。永结无情游,相期邈云汉"(《月下独酌四首·其一》),等等,月亮在李白的诗句中所蕴含的是一种明朗、欢快的情感,传达了一种富有青春气息的诗意内涵和生命情感。可是,在杜甫的诗句中,月亮就很不一样了,例如,"今夜鄜州月,闺中只独看。遥怜小儿女,未解忆长安。香雾云鬟湿,清辉玉臂寒。何时倚虚幌,双照泪痕干"(《月夜》),"孤月当楼满,寒江动夜扉。委波金不定,照席绮逾依"(《月圆》),"江月光于水,高楼思杀人。天边长作客,老去一沾巾"(《江月》),等等,人们在杜甫的诗句中,就找不到李白诗句中那样的欢快情调和潇洒意趣了,代之而起的是冷峻、阴沉的月之意象和深沉的意境。面对同一月亮,唐代张若虚在《春江花月夜》中追问:"江畔何人初见月,江月何年初照人?人生代代无穷已,江月年年只相似。不知江月待何人,但见长江送流水。白云一片去悠悠,青枫浦上不胜愁。谁家今夜扁舟子,何处相思明月楼?"显然又不同于李白"把酒问月"和北宋苏东坡的"明月几时有,把酒问青天"中的追问。而谢庄《月赋》中所表达的伫立于茫茫苍穹之下,在寂静无声、万物静谧的秋夜时空中,凝望那一轮孤独的明月时所生发的思念之情,表达的寂寞、孤独、苍凉和落寞,显然又非常不同于李煜的"春花秋月何时了,往事知多少?小楼昨夜又东风,故国不堪回首月明中"(《虞美人》)中所传达的失国之痛和亡国之恨。

本来,作为客观性宇宙存在之物的月之阴晴圆缺,似乎千古如斯,万古如斯,它从不为人们所动情,却让历来多情善感的人们动情。它的物理性存在似乎千古不变,万古不变,却让人们凝望它时生发出千种情感,万种愁绪。在人类的眼里和心中,它似乎早已不是一个没有情感、没有思绪、没有内涵和意义的月亮了，早已成为一种乡愁的象征，一种思绪的载体，一种生命情感的象征，一种蕴含着生命体验和人生遭际的隐喻和象征。每一代诗人都以不同的文学经验和诗歌意象赋予了这一客观事物以不同的内涵、不同的情感和不同的意象。在诗人眼中，所有客观的、中立的事物，都被情感和体验融化了，都在凝望中、在想象中和在表达中转化成为诗人自身视域中的东西，用王国维的话说，就是在诗歌作品中"一切景语皆情语"，用诠释学的话说就是具体"诠释学处境"中对月亮的"理解"。

在《惟心》一文中，梁启超生动地描述了"视域"的不同所产生的差异性效果："'月上柳梢头，人约黄昏后'，与'杜宇声声不忍闻，欲黄昏，雨打梨花深闭门'，同一黄昏也，而一为欢憨，一为愁惨，其境绝异。'桃花流水杳然去，别有天地非人间'，与'人面不知何处去，桃花依旧笑春风'，同一桃花也，而一为清静，一为爱恋，其境绝异。'舳舻千里，旌旗蔽空，酾酒临江，横槊赋诗'，与'浔阳江头夜送客，枫叶荻花秋瑟瑟。主人下马客在船，举酒欲饮无管弦'，同一江也，同一舟也，同一酒也，而一为雄壮，一为冷落，其境绝异。然则天下岂有物境哉？但有心境而已。戴绿眼镜者所见物一切皆绿，戴黄眼镜者所见物一切皆黄；……天地间之物一而万、万而一者也。山自山，川自川，春自春，秋自秋，风自风，月自月，花自花，鸟自鸟，万古不变，无地不同。然有百人于此，同受此山、此川、此春、此秋、此风、此月、此花、此鸟之感触，而其心境所现者百焉；千人同受此感触，而其必境所现者千焉；亿万人乃至无量数人同受此感触，而其心境所现者亿万焉，乃至无量数焉。然则欲言物境之果为何状，将谁氏之从乎？仁者见之谓之仁，智者见之谓之智，忧之见之谓之忧，乐者见之谓之乐。吾之所见者，即吾所受之境之真实相也，故曰：惟心所造之境为真实。"[①]梁启超这里所说的"天下岂有

---

① 梁启超：《梁启超文选》上，中国广播电视出版社，1992年，第225—226页。

物境哉，但有心境而已"，这不是一种唯心主义，而是一种文学的、诗意的想象，一种具体的诠释学经验。用诠释学的话来表达，实际上就是指诗人从自己的处境和视域出发对"物境"的经验和理解，并把这种经验和理解转化为一种艺术形象和诗意境界。

我们把中国诗人眼中的月亮与科学家眼里的月亮比较一下，就更能明了诗人想象性表现中的月亮是何等的不同。科学家眼中的那一轮月亮，透过望远镜看到的那一个月亮，是非常不同于我们的诗人所理解和表达的月亮的。1609年，伽利略用他制作的那架巨大的望远镜，对月亮进行了几个月的观察，并绘制了月球的阶段变化图。他对月亮的观察，绝不像诗人们那样要抒发什么人生的情怀，更不是要表达什么内心的情感，而是要看一看真实的月亮到底是什么样子的，他用他观察到的真实的月亮，来说服而不是感动那些宗教信徒们的不正确的迷信。他制作的月球阶段变化图，也确实运用了当时的艺术家所运用的某些艺术手段，当然，伽利略也不乏绘画艺术的天才，然而，他绝不是在画画，不是在创造视觉艺术，在表达什么情感，而是要证明和证实月亮的真实的物理性存在。而诗人、文学家和艺术家却不是这样，正如安德烈·马尔罗（André Malraux）所说："伟大的艺术家一直知道存在着一个与我们的感觉所证实的世界不同的世界，即使那可能只是秘密的世界，而且他们知道那个世界构成了他们创造的一部分。对一些清楚地知道色彩的特有力量的艺术家来说尤其如此。鲁本斯、伦勃朗和瓦托不认为他们只是梦境的提供者，夏尔丹也不认为他自己只是酒壶的收集者。尽管没有一个非真实世界的大师将他的作品与其想象性投射混为一谈，但是每个人都允许想象性投射。"①

用哲学诠释学的语言来表达，就是每一个文学家和艺术家都以自己所具有的前理解结构去创造性地理解同一对象，并在一种不同的视域融合中创造了新的意象，建构新的意义时空。正因为不同的文学家和艺术家有不

---

① 安德烈·马尔罗：《无墙的博物馆：艺术史》，袁楠、李瑞华译，广西师范大学出版社，2001年，第167页。

同的心境,带着他自己的"有色眼镜"看事物,这幅有色眼镜铭刻着他自身的经验,在具体的历史的文化语境中形成了不同的前理解结构;因此,他总是从共同的对象中认识、理解到了不同于别人的东西,表达了不同于他人的经验、理解和认识,并赋予了同一对象以不同的意义。

海德格尔和伽达默尔所说的"把某物作为某物"理解,意味着我们对某物的理解,既是对某物的理解,又不仅仅是对某物的理解,同时是理解者对某物所进行的理解,并且是作为某物的理解,而对某物的认识和理解本身就是一种理解的结果。认为我们可以不带任何偏见地认识事物,不带任何前见地经验艺术作品,是一种客观主义的天真设想。实际上,这不只是本体论诠释学的观点,20世纪的理论家,尤其是当代艺术理论家同样对这一天真的假设进行了质疑。例如,鲁道夫·阿恩海姆(Rudolf Arnheim)对艺术知觉的研究便充分表明了这一点。他认为,艺术知觉并不是被动的,它首先具有一种认识的功能,我们通过眼睛、耳朵以及触觉器官所搜集到的意象,远不是关于事件的本质和功用的图表,知觉是一种结构的发现。其次,他认为知觉是一种象征,艺术家的创造总是根据某种需要来进行塑造,因此,一切知觉都是象征性的,人们所感知到的东西或者说进入人们的知觉中的东西,并不就是客观的、中立的摆在那儿的事物,而是经过我们的"知觉"感知过的东西。阿恩海姆说:"人类存在从本质上说是精神的而非物理的。物理的事物是作为精神性的经验而对我们产生影响的。毕竟,物理意义上的成功或失败最终只是根据其对当事者心灵的作用来决定的。"[①]这就说明了,在艺术活动和审美活动中,艺术家不是直接模仿或再现他所见到的事物,观赏者和理解者也并不是被动地接受艺术和审美对象传达给人们的某种客观信息,人们总是能动性地参与到作为对象性的艺术作品和审美对象之中。因此,人类的知觉,艺术家和欣赏者的知觉,都不是某种中立和客观的行为,人类的知觉总是选择性、理

[①] 鲁道夫·阿恩海姆:《艺术心理学新论》,郭小平、翟灿译,商务印书馆,1996年,第349页。

解性和解释性的，在艺术和审美经验中，绝对的知觉相等物是不存在的，因而在我们的观看和理解中，也不可能存在纯粹客观中立的作品意义和审美真理。

再如，艺术史家贡布里希从心理学角度对艺术发展史的研究，同样证明了艺术创造和艺术理解的历史，并不是单纯地寻找某种知觉相等物的历史。在他的艺术视觉史论述中，贡布里希严厉地批判了19世纪以来的实证主义艺术理论。19世纪的人们相信存在着被动的记录，相信对未加解释的事实存在着没有任何偏见的观察。他认为，这实际上是实证主义的归纳观念。因为这种观念相信，假如观察者永远不带主观偏见地观察事物的话，他便可以通过例证式的耐心收集逐渐建构起大自然的一个正确物像。"这种归纳主义的纯粹观察的理想在科学中跟在艺术中一样，已经证明纯属幻想。认为不带预测的观察应该是可行的，认为人们能够毫无成见素心以待大自然把它的奥秘记录在他们的心灵上，正是这种观念遭到了强烈的批评。"① 在贡布里希看来，世界上根本就不存在着纯真之眼，艺术家总是选择性地、批判地、理解性地、解释性地探索自己的知觉，"根本没有不带解释的现实；正如没有纯真之眼一样，世间也没有纯真之耳"②。因此，所有的艺术创造和艺术作品，都是特定艺术传统和艺术发展之链条上的艺术家对传统的以及他所要表现的事物的一种解释，尽管并非所有的解释都具有同样的有效性，但毫无疑问，"一切绘画都必然是解释"③。既然所有的绘画都是一种解释，那么，把艺术作品的意义视为一种对现实事物之模仿的知觉相等物的理论，把对艺术作品的理解视为确证作品中已经存在的东西，并不符合艺术作品的实际，也不符合艺术欣赏和审美经验的实际。既然绘画是一种解释的事件，那么，对绘画以及其他艺术作品的理

---

① E.H.贡布里希：《艺术与错觉：图画再现的心理学研究》，林夕、李本正、范景中译，浙江摄影出版社，1987年，第387页。

② 同上书，第440页。

③ 同上书，第467页。

解也是一种解释的事件。

　　这种看法与伽达默尔的哲学诠释学对艺术作品的理解有相似之处。伽达默尔认为，从根本意义上讲，绘画与原型的关系完全不同于那种摹本与原型的关系。绘画和词语一样，都不是一种单纯的模仿性说明，而是一种创造性的转化。贡布里希说一切绘画都必然是解释，而伽达默尔说："绘画是一种存在事件——在绘画中存在达到了富有意义的可见的显现。"①

　　视觉艺术家如此，文学艺术家也同样如此，欣赏者和读者亦复如此，他们都总是带着自己的前理解去感知、理解和解释事物和艺术作品。在我们上面所引的诗歌作品中，相同对象"月亮"的诗歌意象，都是想象性的诗意表达。既然某种客观的对象在不同的诗人、不同的艺术家那里都有不同的感受和体验，不同的文学作品都赋予了同一对象以不同的内涵和意义，那么，对于一种精神产品的文学和艺术作品的意义理解，"仁者见仁，智者见智"便是很自然的事情了。正如诗人从自己的感受和体验出发去认识和表达他所要表达的东西一样，任何人从一部作品中理解的意义，都是以他所处的诠释学处境和已有的理解视域为立足点和出发点进行理解后所获取的。例如，李商隐的《锦瑟》："锦瑟无端五十弦，一弦一柱思华年。庄生晓梦迷蝴蝶，望帝春心托杜鹃。沧海月明珠有泪，蓝田日暖玉生烟。此情可待成追忆？只是当时已惘然。"历代不同的读者和理解者对此诗都做出了不同的理解，朱彝尊认为它表达的是"悼念"，何焯读出的是"自伤"，汪师翰领悟的是"自况"，张采田解读的是"世事变迁"。而中国现代的两位大文艺理论家朱光潜和钱锺书对这首诗作的理解又有巨大的差异。朱光潜先生认为五、六句比三、四句更好，因为这两句把读者的想象活动区域推得"更远、更渺茫、更精致"，更能唤起读者的联想。②而钱锺书则排除所有外在于诗本身的理解，认为这是一首论作诗方

---

①　伽达默尔：《真理与方法》，洪汉鼎译，上海译文出版社，1999年，第187页。
②　《朱光潜美学文学论文集》，湖南人民出版社，1980年，第132—133页。

法的诗,诗所表现的东西就在诗本身。①这种阅读理解的差异性,显然与诗歌作品本身所具有的模糊性和多义性有关,但无可否认也与读者和理解者的"前理解结构"有关。

在某种程度上可以说,对这首诗的意义读解的差异,正是接受者从自己的不同的前理解和视域结构出发对作品文本进行的理解。理解当然离不开诗歌文本本身,但是理解者的前理解和视域在文学作品意义的理解中也有着特别重要的作用,甚至可以超出真正文学阅读的范畴,而对文学作品做出或许与文学作品自身没有真实关系的读解。在谈到人们对《红楼梦》的读解时,鲁迅写道:"《红楼梦》是中国许多人所知道,至少,是知道这名目的书。谁是作者与读者姑且勿论,单是命意就因读者的眼光而有种种:经学家看见《易》,道学家看见淫,才子看见缠绵,革命家看见排满,流言家看见宫闱秘事……"②这里姑且不论这种种理解是否恰当,是否具有有效性,但有一点却是非常真实的,即从不同的读者眼光里看到的和理解的不同意义都与读者所具有的前理解有关,所有的理解者都带着由前理解结构形成的"偏见"解读和阐释文学作品的意义,这种前理解的规定性决定了不同的理解者对同一部作品的意义理解,总会或多或少地具有差异性。

因此,在哲学诠释学看来,文学意义理解总是理解者对文学作品文本的理解,不同的理解者都有自己的前理解,都会把前理解带到理解和解释中,而意义就是在理解者的前理解与文学文本的视域融合中产生和形成的。不仅如此,文学作品的意义和经验也总是在理解事件中被不断更新,即使是对同一个文学作品的理解,也会因读者和理解者的不同时间和不同语境而产生一些变化,所理解的文本意义也会有所不同。当人们再一次进入同一个文本时,总会发现那里有某种新的东西,也必然会有某种新的感

---

① 钱锺书的详细分析参见《谈艺录》,中华书局,1984年,第436—438页。
② 鲁迅:《〈绛洞花主〉小引》,《鲁迅全集》第8卷,人民文学出版社,1981年,第145页。

悟和经验。一方面是因为我们先前的阅读可能忽略了文本中本来所包含的内涵和意义，我们曾经注意到了某一方面的内涵和意义，而未发觉其他方面的内涵和意义；我们可能在某些方面达到了理解的视域融合，而未能在其他方面达到视域的融合；我们可能从某一个角度对作品进行了理解，而未能从另外的角度进行理解。于是，当我们再一次阅读和理解这同一作品时，我们就有了新的"发现"，发现文本向我们提出新的问题，可以换一种方式进行理解。另一方面，也许由于我们在文学艺术理解上有了更深广的知识，更丰富的经验，因而能够从一种新的角度、新的观点，即从一种新的理解视域，重新阅读和理解这部作品，这种新的视域就会使我们对于同一部作品的意义理解有所不同。这是经常发生的事件，也是很自然的事情。而且，随着社会政治文化的发展变迁，人们所处的文化语境发生了这样那样的变化，关于文学的概念和观点有了不同的理解；阅读和接受了更广泛的知识，具有了更丰富的文学经验，这些都会在某种程度上改变我们关于同一部作品的经验和理解。

  由此，文学作品意义的理解和解释便永远不是一种静止的事件，而是一种随着不同理解语境和视域融合发生变化的意义参与和生产过程。正如有论者指出："伽达默尔把我们的理解经验结构描述为一个我们参与其中的事件。它不仅仅是我们要做的一件事情，而是当我们遇到另一个人或事情时发生的某种东西。更具体地说，在诠释学事件中，客观与主观的'语言'融合创造了新的可能性视域，即新的意义和理解。这些可能性和新的理解根植于当下，并受到过去的效果制约。视域融合是开启我们自身的事件，是开启我们对他者（其他生命、问题、想法）的视域的事件。理解是通过主题（subject matter）和解释者的初始立场之间的一个渐进的和永久的相互作用来实现的——是一个人自己的视域与文本的视域或其他视域的融合。在这种融合中，伽达默尔否定了任何超越所有观点的单一的、客观的真实解释的可能性，同时他也拒绝了仅限于我们自己的主观观点的看法。"①从本体论诠释学的观点看，一部真正具有意味的文学作品的意义总是"韵味无穷"的，这种"韵味无穷"并不仅仅指作品本身所包含的内容和意义是不可穷尽的，也指人们对它的感悟和理解是不可穷尽的，文学作品总是在理解的动态开放性视域中敞开其意义世界。

因此，本体论诠释学的意义理解始终是一种开放的理解，在对文学作品的理解中，我们必须有一种开放性的诠释学意识，文学的审美经验远远不只是作品文本所表现的审美意识，所谓对文本意义理解的重构并不是简单地回到作品文本的原有视域之中，这种重构本身已包括了我们对文本的提问和所产生的反应在内的视域，作品的意义理解也不是去确证文本中已经明确的表达的东西。毋宁说，文学作品的意义就是出现和产生于理解者与文本的视域融合中，每一次新的理解都有某种新的期待，都是一种新的理解的筹划，都是一种再次阅读和体味，都包含着丰富、扩大和深化文学作品意义的可能性。正如伽达默尔所说："真正的经验就是这样一种使人类认识自身有限性的经验。在经验中，人类的筹划理性的能力和自我认识找到了它们的界限。说任何事物都能够被倒转，对于任何事物总是有时间，以及任何事物都可以任意地重新出现，这只能被证明是一种幻觉。存在和行动于历史中的人其实经常经验到，没有任何东西可以重新出现。"②每一次新理解都可能实现某种新的视域融合，文学作品的意义，就是在理解者的此在性和历史性存在与所理解的文学作品的视域融合中，作为一种意义事件被延续、被扩展和被丰富，并在此在的时间性理解的筹划中承续过去，同时开启着可能性的未来。

---

① Stanley E. Porter & Jason C. Robinson, *Hermeneutics: An Introduction to Interpretive Theory*, Michigan:Wm. B. Eerdmans Publishing Co., 2011, p.86.
② 伽达默尔：《真理与方法》，洪汉鼎译，上海译文出版社，1999年，第459页。

第三节　意义理解的开放性与有效性

　　理解总是意味着不同的理解，被理解的意义总是差异性的意义，伽达默尔的这一观点受到意义客观论者的诟病和质疑。我们承认，本体论诠释学承认理解者的存在是时间性、历史性和有限性的存在，理解者不能也不可能超越自己的有限性存在对事物进行理解，作为终有一死的人的任何理解都是时间性、历史性和有限性的理解，文学作品的意义是作为此在存在的理解者与文学作品文本相互作用的产物，因此，被理解的文学作品的意义总是有限的意义。同时，也正因为意义理解的这种有限性，决定了文学作品的意义既是有限性的，也总是开放性的，承认理解的有限性和开放性，便意味着肯定进一步理解的可能性。本体论诠释学从理解作为一种此在存在的基本方式出发，认为一切理解都包含着自我理解，伽达默尔甚至认为，一切理解都是自我理解，因为一切理解都不可能摆脱我们的偏见，我们所做的一切理解都是从我们的偏见出发所做出的理解。这种偏见不仅不是像启蒙运动所认识的那样是要克服的东西，恰恰相反，我们的偏见构成了意义理解的动力，敞开了意义理解的更广阔的空间。对文学作品的意义理解不可能得到一个始终确定不变的答案。理解不仅始终意味着不同的理解，而且意味着不同意义的解释和应用。依照这种观点，是否会导致赫施等人所认为的历史相对主义和彻底的相对主义呢？由偏见导致的理解是否就没有任何有效性呢？一切理解都是自我理解，是否会使批评的反思成为不可能呢？本体论诠释学的结论是，这种开放性的理解以及意义在理解事件中的生产性特征，并不意味着理解的无效性，恰恰表明了文学作品理解的意义丰富性和真理经验性是有效的。

一、意义的不确定性与理解的有效性

　　本体论诠释学毫不犹豫地坚持这一观点，即每一时代都必然按照它自己的方式来理解历史流传下来的文本，每一时代的人都对整个传统有一种

实际的兴趣，并且通过对这些文本的理解来理解自身，文本总是在诠释学处境中被理解的文本，当文本进入理解事件时，文本的真实意义并不依赖作者和最初的读者的偶然性。毋宁说，这种意义不仅仅由文本，而且同时由解释者的诠释学处境所规定和制约，理解始终不是一种复制行为，而是一种创造行为。伽达默尔的下面这段话，表明了他关于理解开放性和差异性的激进观点，尤其体现了本体论诠释学与方法论诠释学的根本性差异："文本的意义超越它的作者，这并不是偶然的，而且总是如此。这就是为什么理解不仅是一种复制行为，而且总是一种生产性行为。也许把理解中的这种生产性要素称为'更好的理解'，这并不是正确的。因为正如我们已经表明的，这种用语取自启蒙运动的批评原则，并根据天才美学加以修正的。事实上，说理解并不是要理解得更好，既不是在由于更清晰的观念而对主题有更高的认识的意义上，也不是在意识优于无意识生产的根本意义上。如果我们有所理解，那么我们总是以不同的方式进行理解，就足够了。"①正如前文所引梁启超的文字中所比喻的，戴什么颜色的眼睛就会使所看之物染上什么的颜色，不同的心境就会显出不同的意义，因此，在理解中，唯一的、客观的意义是不存在的。

海德格尔的事实性诠释学，或者说本体论诠释学，把人类此在存在视为一种时间性的存在，人类和人类所看到的、所感知的和所理解的事物都具有独特的时间性，都是此在存在的理解。作为理解者的我们是一种具有时间性、历史性和有限性的存在，我们对事物或文学作品的理解也同样如此。理解者作为此在存在就一种时间化的存在，我们总是生活在我们的时间性中，而不是生存于他人的时间性中，理解者总是以过去继承下来的方式创造他们的生命时间，并且从此在存在出发为未来筹划某种东西。因此，海德格尔把人类存在看做一个正在展开的生命过程或生命历程，一个动态的过程，一种"向死而生"的过程，这个过程表明了此在存在的

---

① Hans-Georg Gadamer, *Truth and Method*, London: Continuum Publishing Group, 2004, p.296.

内在时间结构的两个基本维度。此在存在的第一个基本维度指向的是我们对"过去"存在的经验，作为理解者的我们总是"情境性"的存在，用海德格尔的话说就是我们始终处于"被抛离"的状态。更通俗地说，我们总是发现自己已经置身于我们置身于其中的具体的生存论情境之中，我们不是赤条条地成长、生活在真空之中，从我们一出生就置身于其中的传统、环境和文化语境之中，我们接受传统，我们在具体的生活环境中长大，我们在社会中接受教育和熏陶，我们带着某种希望或忧虑存在于这个世界上，我们总是不断参与到社会世界中。事实上，我们始终是在一个富有意义的共同体生活世界中被语境化，我们不能摆脱这种被语境化了的世界，我们已经被"抛到"这个世界上。海德格尔把这称为我们的"事实性"。因此，我们对任何事物或文本的理解都是从这种事实性、情境性出发所进行的理解。"理解本身不可能像确保真理的方法或程序那样被客观地理解或当作一种心智能力来使用，因为理解是我们在世存在的基本方式。从这个意义上说，人类的理解总是发生在我们发现自己是'被抛的筹划'（thrown project）的地方——已经存在于世界上某个时间和地点，从建立其上的先前的经验中获得前知识。也就是说，理解通过诠释学循环发生在从我们的生存情境到一个自我发展和意识到的解释性立场的过程中。然而，这是一种历史性的、有限的、总是未完整的立场。"①在海德格尔看来，所有的理解和解释都是由我们的历史文化开启的相互协调的语境所引导和塑造的，因此，由于我们是时间性和历史性的存在，理解总是有限性和历史性的理解，而不是完全性的理解。

正因为理解的这种历史性和此在性，我们的此在存在包含着另一个时间性结构维度，这个维度即是理解的"筹划"维度。"在领会的筹划中，存在者是在它的可能性中展开的。可能性的性质向来同被领会的存在者的存在方式相应。世内存在者都是向着世界被筹划的，这就是说，向着

---

① Stanley E. Porter & Jason C. Robinson, *Hermeneutics: An Introduction to Interpretive Theory*, Michigan: Wm. B. Eerdmans Publishing Co., 2011, p.60.

一个整体意蕴被筹划的。"①我们不只是一个生存于当下的人,我们生活在这个世界上,总是有所想、有所希望、有所操心和所有行动,我们总是想象着、筹划着某种未来的可能性,从本质上说人的此在存在也是未来性的存在。因此,我们对事物或文本的理解不仅仅受到我们置身于其中的历史传统的制约,同时基于此在存在理解的一种向着未来的可能性。当我们理解和解释一个文学作品时,我们总是带着我们的前理解和偏见进行理解和解释,这些前理解和偏见会出现在我们的理解和解释之中,不管人们怎么认为他抛弃了自己的前理解和偏见,事实上,都无法克服理解者的理解情境的真实性和历史性。理解一个文本,绝不是要揭示作者的意图表达的意义,如作者意图论所认为的那样,也不是寻找文本的固定不变的意义,如文本中心论所认为的那样。理解就是一种被抛的筹划,就是从此在存在的特定情境出发的一种理解,此在总是为自己筹划一种特定的可能性,在此在的时间性理解中筹划的未来可能性的发展就是一种解释。正如理查德·E.帕尔默(Richard E. Palmer)谈到海德格尔关于艺术理解的看法时说:"艺术作品的本质并不在于纯粹的技艺,而在于揭示。成为一件艺术作品,意味着开启一个世界。诠释一件艺术作品,意味着进入使作品得以持存的开放空间。艺术之真理,并非一件浅显地认同已被给定的东西(即真理作为正确性的传统观点);它以一种人们可以视见的方式敞开大地。换言之,艺术的崇高性必须根据它的诠释学功能来界定。"②因此,我们不能否认我们总是从自身存在的视域对文学艺术作品进行理解,我们也总是带着我们的期待向着未来筹划的可能性理解文学艺术作品,而文学作品的意义也始终是有限性和开放性地被理解的意义,这并非意味着对文学作品意义的否定,而是意味着文学作品意义理解的事实性,这种意义解释不是方法论的解释,也不是理念论的解释,而是此在存在的事实性解释,其

---

① 海德格尔:《存在与时间》,陈嘉映、王节庆译,生活·读书·新知三联书店,1987年,第185页。

② 理查德·E.帕尔默:《诠释学》,潘德荣译,商务印书馆,2012年,第211页。

解释的有效性总是事实性的本体论解释的有效性。"生年不满百，常怀千岁忧"，在我们阅读这两句诗时，我们不只是想着这个作品、这个作品的作者表达的思想情感，也是我们从诗中理解到的思想和情感；不只是我们此时此刻从阅读中生发的思绪，同时也包含着我们向着未来理解着我们的"千岁忧"，这种经验和意义既是作品表达的"忧虑"和"操心"，同时也是我们此时此刻和向着未来的"忧虑"和"操心"，不同的"我们"会有不同的忧虑和操心，会有不同的理解和经验。

伽达默尔的哲学诠释学以海德格尔关于理解的本体论描述为基础，探讨理解的不确定性和有效性问题。海德格尔认为理解是人类存在的一个基本的本体论结构，理解就是被抛的筹划，这表明我们总是以某种方式或不同的方式进行理解。伽达默尔认为，我们对意义或真理的理解不是一种重构，而是以不同的方式进行理解，用他自己的话来说，只要我们以不同的方式理解就够了。在伽达默尔看来，理解意味着，即使我们理解一个来自过去的文本，也会在对未来存在可能性的自我理解中进一步发展，理解永远不会终结。"被抛"意味着进行理解的人总是而且已经是以某种方式进行理解，因此，任何理解行为都是从理解的前结构开始，并把它作为某种东西来理解，而作为某种东西来理解本身就已经是一种解释。理解的"被抛"意味着我们所有的偏见都是传统传递给我们的东西，在适应传统和文化语境的过程中，人们已经获得了前见。"其实历史并不隶属于我们，而是我们隶属于历史。早在我们通过自我反思理解我们自己之前，我们就以某种明显的方式在我们所生活的家庭、社会和国家中理解了我们自己。主体性的焦点乃是哈哈镜。个体的自我思考只是历史生命封闭电路中的一次闪光。因此个人的前见比起个人的判断来说，更是个人存在的历史实在。"[1]显然，伽达默尔拓展了海德格尔的此在存在和可能存在的理解概念，包括我们对他者的理解，也包括对文学艺术作品、历史事件或文本的

---

[1] 伽达默尔：《真理与方法》，洪汉鼎译，上海译文出版社，1999年，第355页。

理解。我们对事物或文本的理解不可能排除我们已有的前理解或偏见，关键是要把合法的偏见与不合法的偏见区分开来，合法的偏见是基于事实本身，而不合法的偏见则不符合"事物本身"。对于文学作品的理解来说，就是要基于作为"事物本身"的文学作品，而不是抛开文学作品做任意的理解，不是基于偶然的想法和一时流行的观念。因此，在海德格尔和伽达默尔看来，只要我们以事物本身为基础，就能够保证我们的前理解和偏见的正确应用，从而也能够使我们的理解得到合法化。"历史传统只能理解为始终存在于由事件过程界定的进程中的某种东西。同样，探讨诗意文本或哲学文本的语文学家也知道这些文本的意义是不可穷尽的。在这两种情况下，事件的过程都给历史材料带来了新的意义。通过在理解中重新实现，文本被以与事件本身完全相同的方式引入一种真正的事件过程之中。这就是我们所描述的作为诠释学经验的一个要素的效果历史。理解中的每一个实现都可以被视为被理解事物的历史潜能。我们意识到，在我们之后的其他人将以一种不同的方式进行理解，这是我们存在的历史有限性的一部分。然而，同样不可否认的是，它仍然是同一个作品，其意义的丰富性是在理解的变化过程中实现的，就像是同一历史，其意义是在不断被界定的过程中不断地被定义的。对作者意义的诠释学还原，就像把历史事件还原为当事人的意图一样不恰当。"① 因此，意义总是在理解过程中具有同一性的文本与变动着的理解视域的融合，作为"事物本身"的文本是理解中具有同一性的存在，而对事物本身的不同理解者始终是对作为"事物本身"的文本的不同理解。

文学作品意义的理解是在理解事件中展开的，也是在理解事件中生成的，不同语境中的理解总是某种意义上不同的理解事件，不同的人总是有不同的诠释学处境，总是有不同的理解，因此，不同的理解事件必然产生不同的意义，正如伽达默尔所说，意义是在理解事件中不断被定义的，

---

① Hans-Georg Gadamer, *Truth and Method*, London: Continuum Publishing Group, 2004, p.366.

因而不可能是同一的，总是有差异性的。这样，对任何理解的人来说，文学作品的意义理解总是意味着未来的开放性和新的可能性，但是，对同一部作品的意义理解的开放性和可能性，并不意味着任意性和专断性，而是意味着对"事物本身"意义的理解的丰富性和不可穷尽性。中国诗论家严羽所说的"言有尽而意无穷"，所指的就是指同一部作品在理解中的意义的不可穷尽性，"有尽"的"言"蕴含着无穷的"意"，我们从有尽之言的理解却总能悟出无尽之意。由此，哲学诠释学认为，坚持文本的解释语境就是解释者的语境这一诠释学立场，并不意味着理解和解释是专断的或主观的。在理解的意义事件中，无论是解释者的语境还是文本的语境都是历史的一部分，这一特性使我们对文学作品的意义得到了双重的规定和制约。在理解过程中，我们承认我们的前理解，并审视我们的前理解的合法性，同时，我们始终倾听作为"事物本身"的文学作品的声音或言说，从而能够保证意义理解的有效性。大卫·霍伊对这一点做了很好的理解："可以毫无矛盾地说，内涵文本既是不受语境限制却又受语境牵制的。它所以是不受语境限制的，是因为文本是自我指涉的，它所以又是受语境牵制的，是因为文本在一种兴趣视域中呈现给读者，这种语境是由读者不明确地带给文本的。这样的语境可以根据文本加以修正，但它终不过是一种偏颇的修正，因为文本语言的内涵性与解释和理解中的语言意义呈现的必然历史性之间，存在着基本的不对称。"[1]因此，作为同一性的文本与变动性的理解语境是一种相互调适的辩证关系，本体论诠释学的理解，因为承认文本作为同一性的东西始终站立在那儿，即承认文本概念在理解中的必要性和规定性，而理解的语境却总是时间性和历史性的，所以，文学意义理解必然具有开放性和新的可能性，同时理解的意义也具有合法性和有效性。它不像作者意图论所认为的那样，文本的意义只有唯一的正确意义；也不像费什的读者中心论所认为的那样，文本的意义存在于读者的头

---

[1] David C. Hoy, *The Critical Circle: Literature, History, and Philosophical Hermeneutics*, California: University of California Press, 1982, p.95.

脑中；更不像德里达的激进诠释学所认为的那样，根本不存在误读的问题，任何意义理解都具有有效性和合法性，而哲学诠释学的意义理解主张同一性与差异性的统一。

那么，根本的问题在于，意义理解的开放性与有效性如何能够辩证地统一起来呢？哲学诠释学认为，我们是否能够真正地理解事物或历史流传下来的文学文本，取决于我们是否真正学会了倾听文本的声音，取决于我们在理解中面对文本提出的问题时，如何获得一种恰当的问题视域。正如乔治娅·沃恩克（Georgia Warnke）所解释："理解主要是对艺术作品向我们提出的要求的理解，并且这意味着我们是在作品与我们自己境遇的关系中理解该作品。这种境遇并不只是影响作品的展现意义，而且也进入对意义本身的解释，进入令人惊愕的东西、不清楚的东西，进入作品'实际'所说的东西。"① 伽达默尔认为，理想的解释者总是以事物本身为指导，在文学作品的理解中便是以作品本身为指导，而其中的"事物本身"是作品表达的主题的真理或意义，要做到"正确性"的理解，就必须倾听作为"事物本身"的文本不得不说的话，而不能漠视文本所说的话，把自己的偏见强加给文本，这样才能够保证真理或意义的理解不仅是开放的，也是有效的。

这不仅仅是本体论诠释学的一种理论证明，实际上也是文学作品理解和解释的一个不可否认的事实。人们很难否认，对于同一部文学作品，不同视域的人必然会做出不同的，甚至有可能是相反的理解，但并不是所有的理解都是在文本与理解者的关系中具有真正的问题视域，也未必真正是文本与理解视域的融合。这里可以通过对《红楼梦》的不同理解来说明这一点。索隐派、考证派、社会反映论对这部作品做出了不同的理解。当然，我们可以把这些理解视为对《红楼梦》的解释，我们不能说这不是其中的一种理解和解释方式，但是，从本体论诠释学角度看，这些理解在很

---

① 乔治娅·沃恩克：《伽达默尔——诠释学、传统与理性》，洪汉鼎译，商务印书馆，2009年，第84页。

大程度上都忽视了对文学作品文本的倾听，在某种程度上都忽视了作为"事物本身"的文学作品所表达的东西，从而也就未能达到本体论诠释学所说的文学作品意义理解和阐释的"恰当"视域。

例如索隐派认为，《红楼梦》是一部隐去了"真事"的作品，所以，理解这部作品的关键就是探索被作者隐去的"真事"究竟是什么，只要能把作品中隐去的真事揭示出来，也就能知道作品究竟要表达什么，从而就能揭示作品的意义。索隐派主要根据的是《红楼梦》第一回中所写的这一段话："作者自云：'因曾历经一番梦幻之后，故将真事隐去，而借通灵之说，撰此石头记一书也。故曰甄士隐云云。'但书中所记何是何人？自又云：'今风尘碌碌，一事无成，忽念及当日所有之女子，一一细考较去，觉其行止见识，皆出于我之上。何我堂堂须眉，诚不若彼裙钗哉？实愧则有余，悔又无益之大无可如何之日也。当此，则自欲将已往所赖天恩祖德，锦衣纨绔之时，饮甘餍肥之日，背父兄教育之恩，负师友规训之德，以至今日一技无成，半生潦倒之罪，编述一集，以告天下人。'"① 索隐派把这几句话当作解开整部作品秘密的钥匙，原因是其中有"作者自云"几个字，似乎是作者本人表明他写作这部作品的原因和目的是真实的，用诠释学的话说，就是索隐派认为这段话表达了作者的创作意图或动机。实际上，索隐派所做的是一种作者意图论的理解，但又与作者意图论有很大区别，它探讨的主要不是作品的意义，而是所谓的"真事"。如有人认为作品所记载的是明珠家、傅恒家、张候家之事等，对作品中的人物也用拆字法、谐音法等，并与当时历史中实际存在的人物进行类比。例如，著名学者蔡元培便是按照品性相类者、轶事可证者和姓名相关者三条原则来考证《红楼梦》的"真事"，由此得出林黛玉影射朱竹坨，薛宝钗映射高江村，探春影射徐乾学，王熙凤影射余国柱，贾宝玉影射康熙的皇太子，等等。显然，这种解读和阐释所做的是类似于猜谜式的神秘主义解

---

① 曹雪芹、高鹗：《红楼梦》，华夏出版社，1997年，第1页。

释，而没有真正倾听作品本身所实际言说的东西。

考证派也不关心《红楼梦》作品本身所陈述的内容，而是关注作者的生平事迹、作品的写作年代以及不同版本的差异。尽管各考证派的不同学者所考证的范围和内容有所不同，但他们的目的实际上都不在于理解作品本身的意义。胡适的《红楼梦》研究集中表现在把作品中的人物和发生的事情与作者和历史事件结合起来进行考证，例如认为贾宝玉就是"曹雪芹"本人。周汝昌的重点是考证作者的生平事迹和家族历史，例如，曹雪芹家族的籍贯，他所属的旗籍、重要的亲戚和晚年的遭遇等，这不是致力于对《红楼梦》文本本身的理解和阐释，不是致力于真正的"红学"，而是"曹学"。这可能是一件非常有趣的学问，如果能够通过考证揭秘一些不为人知的东西，并提供可靠证据，那也是很有意思的事情。考证派的重点当然也不是理解文学作品本身说了什么，不是想真正理解和解释作品的意义，而是为了确定作者、作品的时代以及版本差异。俞平伯的考证与他们有所不同，但是，只有当他从文学艺术的意义上认识和理解这部作品，并结合对作品本身进行欣赏和理解的时候，才是真正从文学艺术的角度理解这部作品本身的意义。例如，他曾经写道："小说只是小说，文学只是文学，既不当误认作一部历史，亦不当误认作一篇科学的论文。对于文艺，除掉鉴赏以外，不妨做一种研究；但这研究，不当成为历史的或科学的，只是趣味的研究。"① 这里所谓"小说只是小说""文学只是文学"，便非常明显地把文学的理解与实证性研究区分开来了，考证不妨碍做文学的理解，文学的理解也不妨碍考证的研究，但不能把这两者混同在一起。当然，这种理解要比那种单纯的考证、索隐和庸俗的社会反映论的理解更符合文学作品本身的要求。

社会反映论者则把这部作品看做对中国封建社会走向衰亡的历史写照，他们运用一些先在的概念、范畴和方法论，对作品的人物、事件进行

---

① 俞平伯：《红楼梦辨的修正》，《红楼梦研究参考资料选集》，（第二辑），人民文学出版社，1973年，第8页。

理解和分析,把这部作品看做一部淋漓尽致地揭露了封建社会的种种丑恶现象的现实主义作品。尽管这种理解方式比索隐派和考证派似乎说出了更多的东西,但是,它把文学作品仅仅理解为作者对当时社会生活的反映和揭露是远远不够的,以某种先在的意识形态观念和庸俗社会学的方法来理解这部作品,不仅忽视了作品自身所表达的东西,实际上也忽视了文学理解所要求的真正的问题视域,即未能真正从作为文学作品的《红楼梦》出发来进行理解和阐释。

当然,本体论诠释学承认并充分肯定,理解者的前理解结构在文学阅读、理解和解释中的作用,我们的任何理解都是从前理解出发的,没有不带偏见的、中立的、客观的理解;但是,本体论诠释学同时认为,文学作品的意义理解必须从文学作品的存在方式出发,不能漠视文学文本的自身存在,文学作品文本是一种在自身中表现意义和真理的自律性文本,并且认为,要真正理解文学作品的意义,就必须倾听文学作品本身向读者和理解者所表达的东西,即文学作品究竟说了什么,说的究竟是什么。只有通过文本与理解者之间进行提问与回答的辩证法,在过程性的理解事件中不断地实现文本与理解的视域融合,才能矫正理解者的不合法的偏见,从而不断地接近文学作品本身所说的内容,通过文学作品本身的"事实性"来认识文学作品意义理解的开放性,保证意义理解的有效性。

在这里,我们同样可以举《红楼梦》的理解为例来说明这一点。何其芳在谈到他对这部作品的理解过程时写有一段话,相当精彩地描述了他是如何与文本达到视域融合的。"我们在少年的时候,我们还没有读这部巨著的时候,就很可能听到某些年纪较大的人谈论它。他们常常谈得那样热烈。我们不能不吃惊了,他们对它里面的人物和情节是那样的熟悉,而且有时爆发了激烈的争论,就如同在谈论他们的邻居和亲戚,如同为了什么和他们有密切的关系的事情而争辩一样。后来我们自己读了它。也许我们才十四岁或十五岁,尽管我们还不能理解它所蕴含的丰富的深刻的意义,这个悲剧仍然十分吸引我们,里面那些不幸的人物仍然激起了我们的深深的同情。而且，我们的幼小的心灵好像从它受过了一次洗礼。我们开始知道在异性之间可以有一种纯洁的痴心的感情，而这种感情比我们所常见的那些男女之间的粗鄙的关系显得格外可贵、格外动人。时间过去了二十年或者三十年，我们经历了复杂的多变化的人生。我们不但经历了爱情的痛苦欢乐，而且受到了革命的烈火的锻炼，我们重又来读这部巨著，它仍然是这样吸引我们——或许应该说更加吸引我们。我们好像回复到少年时候。我们好像从里面呼吸到青春的气息。那些我们过去还不理解的人物和生活，已不再是一片茫然无途径可寻的树林了。这部巨著在我们面前展开了许多大幅的封建社会的生活的图画，那样色彩炫目，又那样明晰。那样众多的人物的面貌和灵魂，那种多方面的封建社会的制度和风习，都栩栩如生地再现在我们面前。我们读了一遍又一遍。我们每次都感到它像生活本身一样新鲜和丰富，每一次都可以发现一些以前没有觉察到的有意义的内容。"这部作品之所以具有如此的魅力和如此丰富的意义，就在于它"能获得不同年龄和经历了不同生活的广大的读者群的衷心爱好；它能够丰富和提高我们的精神生活；它能吸引我们反复去阅读，不仅因为它的艺术的魅力像永不凋谢的花一样，而且因为它所蕴藏的意义是那样丰富、那样深刻，需要我们去做多次的探讨，然后可以比较明了"[①]。

不用太多的比较分析，我们便能感觉到，这段文字非常不同于索隐派、考证派和那些庸俗社会学的理解和解释，而且非常具有文学欣赏和感悟的味道。何其芳的理解不仅表达了他对《红楼梦》这部作品的认识和理解过程，而且蕴含了一种基本的文学诠释学原理。首先，何其芳不是从某种先在观念、方法和逻辑去阅读和认识它，也不是根据所听到的别人的观点和议论去解读它，而是从作品所表现和陈述的东西出发来理解它，也就是从文学作品本身出发去理解这部作品，把这个文本当作一部文学作品来理解，而不是把它视为作者意图的实现，不是把它视为某种社会生活的简

[①] 何其芳：《论红楼梦》，人民文学出版社，1958年，第61—62页。

单移植和反映,也不是视为一种客观的形式和结构。每一次理解都不抛开文本向他所说的东西,每一次都善于"倾听"作品向他所述说的内容。其次,何其芳的每一次阅读和理解都结合自己的人生境遇,结合自己的经验,并充分意识到自己的前理解,意识到自己每一次理解的未完成性,意识到作品的意义丰富性、深刻性和开放性,把文学作品的意义理解看做是一种需要不断与文本对话的"游戏""事件"。随着理解者的生活经验的丰富和阅历的增长,对作品的理解也有所不同,每一次理解都有不同的体验和新的感悟,每一次理解都不断地补充和修正前理解中的看法,并且能从作品中领悟到更多的新的意义、人生的启迪和生活的哲理。最后,何其芳对《红楼梦》的每一次理解都是他已经改变了的前理解与文本的一种新的视域融合,在每一次新的视域融合中不断丰富作品的意义,深化和拓展自己对文本意义的理解,也不断地深化对我们自己、他人和世界的理解。在这里,我们看到了理解者对文本意义的每一次理解都有所不同,都充满了开放性,但是,由于理解者始终能够达到理解与文本的某种视域融合,因此,尽管每一次所做的理解都具有差异性和不确定性,然而,每一次对文本意义的理解都具有一定的有效性,也丰富了文学作品的意义,同时扩展和深化了理解者的思想洞见。由此可见,不管人们对这个作品有怎样不同的理解,不管人们在不同的语境中做出怎样的理解,都只能根据作为"事物本身"的《红楼梦》来理解,领悟和理解的意义才可能是有效的。正如刘梦溪所说:"依赖于《红楼梦》文本的红学小说批评,前途是无量的。无论再过多久,人们会根据自己的生活经验和审美情趣,对《红楼梦》作出新的解释。每一个时代的每一个人,都有自己心中的贾宝玉和林黛玉。"[1]而且,依赖于文本的这种理解,并不会因为不同的理解和解释而使《红楼梦》本身变成其他的作品,它们仍然是对这个作品的理解,并因不同的理解而丰富和深化作品本身的意义。正如本体论诠释学所认为

---

[1] 刘梦溪:《红楼梦与百年中国》,河北教育出版社,1999年,第14页。

的，有效的解释总是以"事物本身"为指导，理解的"正确性"必须从倾听文本不得不说的话的角度来考虑，这意味着理解者有开明的思想，不把自己的偏见强加给所理解的文本。

正如伽达默尔所指出的，文本的理解是一个持续的过程，一代人有一代人的理解，而且总是不同的理解，后来的人会以一种不同的方式进行理解，理解者以及他所进行的理解都属于有限性存在的一部分。但是，他们进行理解的仍然是同一部文学作品，文学作品的意义正是在这种理解事件的变化过程中得到实现和具体化，正是在这种不断被理解的过程中被界定。任何人都不能阻止别人的理解，也不能阻止别人有不同的理解，只要他的理解是真正基于文本本身的理解，就可以视为有效的理解；同时，任何理解者都必须保持开放的态度，承认自己的理解是有限性的理解，都有修正和被修正的可能性。"好的解释总是开放性的，因为它们表明这样一个事实，即每一种可能性的揭示都依赖于遮蔽其他可能性。因此，最好的解释表明，它们所揭示的可能性正是这样的可能性，因此，解释的其他可能性也是可能的。"[1]本体论诠释学所提出的意义理解的有效性并不是一种固定的、不变的客观有效性，而是一种过程性的、历史性的理解事件中的有效性。只要是我们在理解中从文学作品本身出发所进行的理解就都具有有效性。对于文学作品的生命和意义来说，读者和理解者是重要的，文学作品本身同样是重要的，这两者相互作用的理解过程也是重要的，因为这种理解始终是文本与理解视域的融合。

二、诠释学经验反思性与文学批评的可能性

伽达默尔几乎没讨论过文学批评的问题，在《真理与方法》中有一个地方把历史理解与文学批评联系起来了。"然而，仔细研究之后，问题就

---

[1] Charles Guignon, "Truth in Interpretation: A Hermeneutic Approach", *Is There a Single Right Interpretation?* edited by Michael Krausz, Pennsylvania: The Pennsylvania State University Press, 2002, p.283.

出现了，历史学家的理解在结构上是否真的不同于批评家的理解。诚然，他从另一个角度考虑文本，但是，这种意图的差异只适用于个别文本本身。然而，对于历史学家来说，个别文本与其他来源和证词一起构成了整个传统的统一。整个统一的传统是他真正的诠释学对象。这就是他必须理解的意义，正如文学评论家理解历史文本的意义统一一样。因此，历史学家也必须执行一项应用任务。这是一个重要的观点：历史理解被证明是一种显而易见的文学批评。"①乔纳森·卡勒注意并引用了伽达默尔这段话的最后一句，并且说："对于20世纪诠释学最著名的理论家汉斯-格奥尔格·伽达默尔来说，文学为诠释学提供了一个范例：作为最需要解释的书写形式，文学也是过去对当下的要求最充分的形式。因此，'历史理解被证明是一种显而易见的文学批评'。在这里，文学文本的解读似乎成为解读其他文本的一个典范。因此，有点讽刺意味的是，尤其是海德格尔和伽达默尔都非常重视诗歌，现代诠释学的传统在文学研究中却并没有发挥重要作用。"②与我们通常所理解的文学批评有所不同，本体论诠释学确实几乎不关心文学批评的问题，而主要关注的是文学作品的意义和真理经验如何在人们的理解中生产的问题。我们这里要讨论的问题是，诠释学经验的反思性如何为文学批评做贡献，或者它是否可以为文学批评提供某种洞见的维度。

如果我们深入思考和探讨，本体论诠释学对理解的历史性和有限性的看法以及诠释学经验的反思性要求，在某种重要意义上能够为文学批评提供一些重要可能性。因为本体论诠释学认为，一切理解都带有偏见，一切理解都是解释者对所理解对象的一种自我理解，也就是说，一切理解都不

---

① Hans-Georg Gadamer, *Truth and Method*, London: Continuum Publishing Group, 2004, p.335.

② Jonathan,"Culler Hermeneutics and Literature", *The Cambridge Companion to HERMENEUTICS*, edited by Michael N. Forster and Kristin Gjesdal, London: Cambridge University Press, 2019, p.304.

能离开理解者和解释者的"偏见"和前理解，这种诠释学观点是否会导致批评的不可能呢？这确实是文学诠释学中的一个非常重要的问题，也是当代诠释学语境中引起重要争论的问题。例如，赫施的作者意图论认为，伽达默尔哲学诠释学所倡导的理解的历史性理论为极端历史主义打开了理解任意性的大门；意识形态理解理论认为，把理解视为一种对话和协调的理论缺乏批判性的维度。

　　海德格尔的事实性诠释学认为，我们的理解之所以可能，就在于我们从根本上说是生存论的时间性存在，我们总是而且已经是存在于这个世界中的存在，我们对这个世界的理解总是通过我们生存于其中的环境和我们的实际参与而实现的。换言之，我们对事物或艺术作品的理解不可能超越我们自身的存在和抛开我们已有的认识和理解，理解总是在与自己的有限处境的关系中来进行的。诠释学的理解不是像浪漫主义方法论诠释学所认为的那样，是一种认识论和方法论的探究，通过解释的方法、规则和技巧无法真正实现存在之意义的理解。在海德格尔看来，诠释学的理解之所以可能，就在于我们是在世的时间性和有限性存在。我们作为终有一死的人和偶然的生命存在，必然是一种时间性、历史性和有限性的存在。我们无法克服我们自己的偏见，人类的理解以及所有的解释行为都是与我们的处境性、我们的事实性存在分不开的。表面看来，海德格尔关于理解和解释的观念似乎与我们探讨的文学和艺术理解没有直接的关系，但实际上这种理解对于文学作品的理解也是富有启示的。正如有学者指出："尽管海德格尔的解释观念使人们很难认识到文本解释的直接含义，但其影响却是重大的。最重要的是认识到，当我们解释文本时，我们的预设和偏见会像它们在我们对生命和世界的诠释中那样显现自身。无论我们多么积极地尝试在没有偏见和先决条件的情况下接近文本，我们的真实性和历史性都无法得到克服的。我们不能把一个文本当作它本身有着纯粹意义或重要性来对待。理解一个文本绝不是要自己去解开作者意欲表达的意义或文本的固定意义。相反，我们总是从我们自身存在的可能性或视域出发理解文本。"①但是，对文学批评来说，问题是我们如何保证批评的可能性及其有效性，换言之，作为时间性存在的我们，文学批评如何可能？

海德格尔在《存在与时间》中讨论了诠释学循环的问题，他认为，通过正确地进入循环可以使我们的理解避免"恶性循环"："决定性的事情不是从循环中脱身，而是依照正确的方式进入这个循环。领会的循环不是一个由任意的方式活动于其间的圆圈，这个词表达的乃是此在本身的生存论上的'先'结构。把这个循环降低为一种恶性循环是不行的，即使降低为一种可以容忍的恶性循环也不行。在这一循环中包藏着最原始的认识的一种积极的可能性，当然，这种可能性只有在如下情况下才能得到真实理解，那就是，解释领会到它的首要的、不断的和最终的任务是不让向来就有的先行具有、先行看见与先行把握以偶发奇想和流俗之见的方式出现，它的任务始终是从事情本身出来清理先有、先见与先行把握，从而保证课题的科学性。"②海德格尔这里所指的是一般理解如何正确进入循环和避免恶性循环的问题，运用到文学理解的问题上，就是要把文学作品作为"事情本身"，并从作为"事情本身"的文学作品出发来清理我们的"先行具有、先行看见和先行把握"，这样才能够保证理解和解释的"科学性"。当然，海德格尔的事情本身与文本中心论的作为"事情本身"的文学作品理解很不相同，文本中心论对作为"事情本身"的文学作品理解具有充分的文学批评的可能性，因为它确实集中考虑了什么样的作品是真正的文学作品的问题，并且已经形成了一整套很有效果的分析和批评策略与技术，而海德格尔的本体论诠释学并不怎么重视这个维度，在这些方面也没有做过认真的探讨。因此，海德格尔关于理解的诠释学观点没有涉及批评的可能性问题，尽管他强调了要从"事情本身"出发，并提出要正确地

---

① Stanley E. Porter & Jason C. Robinson, *Hermeneutics: An Introduction to Interpretive Theory*, Michigan:Wm. B. Eerdmans Publishing Co., 2011, p.69.

② 海德格尔：《存在与时间》，陈嘉映、王节庆译，生活·读书·新知三联书店，1987年，第187—188页。

进入循环，并保证一种课题理解的科学性。海德格尔探讨的是意义理解的问题，而不是文学批评可能性的问题，但所谓课题理解的科学性，并不意味着根据事物本身反观和反思我们的理解的有效性的问题。伽达默尔的哲学诠释学继承了海德格尔关于理解的偏见问题，同时谈论诠释学经验的反思性问题，他关于诠释学经验反思性的探讨或可对文学批评可能性的问题有些富有意义的启示。

伽达默尔同样认识到，理解者和解释者的当下视域，和我们已拥有的经验和知识，是我们的理解富有创造性的基础，没有这个基础我们无法进行理解。他也同样认为，理解不仅意味着差异性的理解，也意味着一种持续的视域融合，意味着在诠释学循环中持续地发挥作用。在这个诠释学循环中，新的预设和预先判断必然会受到挑战，从而在新的视域融合中产生新的理解。伽达默尔认为，我们总是在理解中部分地超越恶性循环，我们永远只能近似地接近完全性的理解。方法论诠释学认为，理解者可以超越其历史和文化条件实现客观性和完全性的理解，伽达默尔认为这是不可能的，我们只能螺旋式地接近清晰的理解。伽达默尔把理解者的偏见视为一种创造性理解的前提条件："在构成我们的存在的过程中，偏见的作用要比判断的作用大。这是一种带有挑战性的阐述。因为我用这种阐述使一种积极的偏见概念恢复了它的合法地位。这种概念是被法国和英国的启蒙学者从我们的语言用法中驱逐出去的。可以指出，偏见概念本来并没有我们加给它的那种含义。偏见并非必然是不正确的或错误的，并非不可避免地会歪曲真理。事实上，我们存在的历史性包含着从词义上所说的偏见，为我们整个经验的能力构造了最初的方向性。偏见就是我们对世界开放的倾向性。"①伽达默尔的诠释学既承认理解的开放性，肯定偏见在意义理解和阐释中的作用，并且坚持认为，突出地强调这一点并不会歪曲或否定文本的意义和真理，"解释学过程的真正实现依我看来不仅包含了被解释

---

① 伽达默尔：《哲学解释学》，夏镇平、宋建平译，上海译文出版社，1994年，第8—9页。

的对象，而且包容了解释者的自我理解"①。因此，无论是对解释对象的理解，还是解释者的自我理解，都是在诠释学过程中展开的，而这个诠释学过程又始终伴随着诠释学经验的反思性。这种反思性始终对理解的对象和我们所进行的理解都进行反思，审视我们是否真正地倾听了文本所说的话，是否遗漏了文本所说的东西；我们是否根据作为"事情本身"的文学所说的话，来考察和审视我们的前理解、偏见和理解结果等；是否在持续不断的对话中实现了文本与理解的视域融合。由此可见，伽达默尔的诠释学经验的反思性决定了文学理解和解释中批评的可能性。

我们知道，哲学诠释学始终把经验看做一种有限性和历史性的经验，在《真理与方法》中，伽达默尔对诠释学经验所做的论述赋予了诠释学经验以反思性的理性品格。第一，经验具有自我否定性的特征，它总是使我们意识到经验的有限性和局限性，从而能够使我们更进一步地理解事物，并在新的理解事件中不断地修正我们以前的认识和理解，修正我们的偏见。第二，诠释学经验的否定性决定了它具有自我理解的开放性特征，我们的理解必须向文本开放，必须向他人的诠释学经验开放，真正具有诠释学经验的理解者从不故步自封，从不自以为是，从不蛮不讲理。"有经验的人表现为一个彻底非独断的人，他因为具有如此之多经验并且从经验中学习如此之多东西，因而有一种能力去获得新经验并从经验中进行学习。经验的辩证运动的真正完成并不在于某种封闭的知识，而是在于那种通过经验本身所促成的对于经验的开放性。"②因为，具有诠释学经验的人总是意识到自己的理解的局限性，从来不把自己的理解看做最终的、唯一的理解；总是持一种谦虚的态度；总是善于倾听事物本身的声音和他者的声音。从事理解的人不仅能够在理解的对话中不断地修正自己的观点，而且善于倾听别人的观点和意见。第三，只有保持诠释学经验的否定性和开放

---

① 伽达默尔：《哲学解释学》，夏镇平、宋建平译，上海译文出版社，1994年，第57页。

② 伽达默尔：《真理与方法》，洪汉鼎译，上海译文出版社，1999年，第457页。

性,才能使我们的理解更富有思想洞见,这种诠释学经验的洞见性,不仅能够使我们深刻地意识到自我理解的有限性和局限性,倾听其他理解者的声音和意见,而且能够更深刻地理解我们所要理解的对象,也更深刻地认识和把握理解对象的意义。正如有论者指出:"理解的诠释学经验是一种基本意义上的经验,即认识到我们所认为的情况是错误的,而其他的情况也是错误的。在讨论理解的思辨性质时,我们看到,主题或事物本身主要是在传统运动中发挥自己的作用这个意义上是积极的。在对偏见进行裁决所发生的解释者的扩展视域中,人们考虑到了对传统和文本提出的问题的各种答案。"① 因此,伽达默尔的本体论理解是一种此在存在方式的诠释学思想,它把经验概念纳到了人的此在存在的本体论理论视域中,并把经验放在了具体的历史性和时间性中,从而赋予了经验以诠释学的具体历史性特征。富有诠释学经验的人总是把自己视为相互对话中的存在,他根据事物本身从各种不同的问题答案中吸取有益的理解和洞见。

应当说,承认理解者的历史性和局限性,是哲学诠释学最富有自我历史意识和批判意识的地方,它不仅证实了具有时间性的人是一种终有一死的存在这一事实,而且表明了哲学诠释学关于人类经验和真理认识所应该具有自我批判的理性立场。从根本上说,真正的经验就是人类有限性的经验。"在我们所经历的经验中,我们发现我们筹划理性的能力和自我认识的有限性。任何事物都能够被倒转,任何事物都总是会有时间,以及任何事物都能够以某种方式回复,这种观念只能是一种幻觉。更确切地说,置身于和行动于历史中的人不断地经验到这样的事实,没有任何东西可以回复。认识到某种东西的存在并不只是意味着对某一时刻存在在那里的东西的认识,而是意味着对这种有限程度的洞见,对未来期望和筹划仍然是开放的。或者,从更根本的意义上说,意味着对有限存在的所有期望和筹划都是有限的和受限制的洞见。真正的经验就是对我们自身历史性的经

---

① Lawrence K. Schmidt, *Understanding Hermeneutics*, Durham:Acumen Publishing Limited, 2010, p. 126.

验。因此，我们对经验概念的讨论就得到了这样一个结论，这个结论对我们探讨效果历史意识的本质具有重大的意义。作为一种真正的经验形式，效果历史必须反映经验的普遍性结构。"①总之，理解的经验诚如一切经验一样都是对人类有限性的经验。由此，诠释学的经验便不是一种绝对的经验，不是一种没有时间性的经验，而是在历史性和时间性的理解事件中不断建构、生成、检验和反思的经验。意识到诠释学的时间性和有限性，便意味着意识到了诠释学经验的反思性，这种反思性能够对自己做出的判断和观点进行思考和反思，并对自己的思考和判断进行修正，也能够接受并反思他人的经验，从而不断修正自己的前判断，在与所理解的文本的对话中更真实、更全面地接近作品本身的言说，更接近所理解的作品本身的意义。

　　文学的审美经验和批评经验同样体现了这种诠释学经验的特征。显然，我们对文学作品的经验和判断同样是人类的有限经验和有限判断。文学作品是人类通过文学语言这种特殊艺术形式对人类有限性的经验性表达，文学的审美经验并不是表达某种抽象的概念或理念，它总是植根于人类对此在存在的有限性经验。作者和艺术家通过创作在艺术作品中表达他对自身历史性和自身世界性的经验，他总是从此在的历史性经验出发，而不是从抽象的观念出发创作他自己的想象性世界，即艺术作品；而读者和接受者同样也总是从他的此在诠释学处境出发，去理解他所面对的作品；作为具有时间性和有限性存在的读者和理解者，同样不可能离开他的诠释学处境对文学作品做出绝对客观的把握和理解；进行文学批评的人对一部作品所做出的理解和批评，无疑也是从其有限的经验对作品做出的理解和批评。批评家用以理解、审视和评价文学的理论视野、批评观点和美学标准，也总是具有其自身的历史处境性、时代处境性和美学处境性，拥有他不可避免的前理解、前判断，没有任何批评家能够摆脱他自己的前见，因

---

① Hans-Georg Gadamer, *Truth and Method*, London: Continuum Publishing Group, 2004, p.351.

而不可能避免批评理解的历史性、时间性和有限性。如果批评家不能正视自己的经验、理解和判断的局限性和有限性，而坚持和囿于自己的一孔之见，认为自己的批评是无可置疑的，认为自己的判断就是权威，认为自己的看法就是标准，那么这种批评也就不是真正意义上的批评，而是一种任意的和武断的批评，一种剥夺他人权力的蛮横无理的做法。正如伽达默尔所指出："凡是不承认被偏见所统治的人就会看不到偏见的光亮显示的东西本身……事实上，历史意识必须在其自身的历史性本身内来思考。"[1]正确认识自己的理解和见解的有限性，审视自己的认识和观点所带有的偏见性，是一种开明的态度，持有这种开明态度的人才是一个真正懂得对话的批评家。

由此，哲学诠释学提出的这个观点，即有限存在的所有期望和筹划都是有限的和受限制的，这决定了文学理解的反思性和文学批评的可能性。哲学诠释学承认，一切理解都自我理解，但是一切自我理解都必然包含着理解的反思性，自我理解本身应该是一种包含反思性和反思性判断的活动。伽达默尔认为，诠释学的理解从一开始便包含一种反思性因素，理解并非仅仅是一种知识的重构，理解也不是纯粹重复同一事物的活动。诠释学经验的反思性既是在理解活动中对理解对象的反思性理解，也是对自我理解的结果的反思性判断，这是一种动态性的事件过程。"说话者与被说出的东西之间的关系表明一种动态的过程，它在组成这关系的两个成分的任何一个中都没有固定的基础；同样，理解者与被理解对象之间的关系比起理解者和被理解对象这两个成分来也具有优先性。理解并不是在唯心主义声称具有的自明确定性意义上的自我理解，它也不会仅止于对唯心主义所作的革命性批判之中。"[2] 所谓理解者与理解对象之间的动态关系，比

---

[1] Hans-Georg Gadamer, *Truth and Method*, London: Continuum Publishing Group, 2004, p.354.

[2] 伽达默尔：《哲学解释学》，夏镇平、宋建平译，上海译文出版社，1994年，第50页。

理解者和理解对象两个成分都具有优先性，意味着理解的洞见是一种动态关系的结果，理解结果是否具有合法性和真实性，必须通过这种动态关系来衡量和评估。因此，尽管哲学诠释学认为，一切理解都是自我理解，但它并不认为我们的理解具有最后的决定性，或者我们的理解就是正确的理解。换言之，尽管一切理解都是自我理解，但这种自我理解并不是一种无所约束的漫无边际的任意理解，而是一种有所约束的自我理解，它是对文本或传统中的论题所提出的问题而做出的自我理解，而且，我们的理解必须接受不同的理解者提出的不同质疑。"伽达默尔相信，我们可以通过接触他人的视域，即他人的观点和经验，来完善和纠正我们的偏见和偏颇。随着时间的推移，新的经验以及与他人的接触将有助于揭示我们最初的判断和信念，从而使我们的洞见甚至自我理解变得更加清晰。这再一次取决于我们是否以及在多大程度上允许自己受到考验和质疑，也就是说，我们是否允许自己对新的经验保持开放，因此，可以这么说，是否允许把我们自己的假设和信念带入光亮之中。"①显然，我们对一部文学作品的理解同样包含着我们的自我理解，我们不可能离开我们自己的前理解做出我们的判断，对文学作品的意义的理解不可能排除这种自我理解性，在某种程度上可以说，每一个人对同一部作品的理解都是属于"他自己"的理解，有着"他自己"的自我理解的差异性。但是，这种差异性不是绝对的、任意和主观的，文学理解和文学批评都必须受作品所表现的"论题"约束，都必须倾听作为"事物本身"的文学文本所说的东西。正是这种文本本身与自我理解的相互作用，才使人们对文学作品的理解和自我理解具有有效性。

文学批评是对文学作品的批评，从诠释学意义讲，文学批评归根结底是从事批评的人从自我理解对文学作品所进行的批评，因此，在文学理解和批评中，我们的理解、解释和批评中所体现出来的偏见和倾向性，实

---

① Stanley E. Porter & Jason C. Robinson, *Hermeneutics: An Introduction to Interpretive Theory*, Michigan:Wm. B. Eerdmans Publishing Co., 2011, p.90.

际上,就是具有历史性和时间性的批评者所具有的"偏见"与文本相互作用的结果。无论是对某一部作品的理解与评论,还是对文学史中的作品的理解和评价,都不可能排除这种偏见的作用和影响,所谓文学批评的标准,并不是一种不偏不倚的纯然客观的尺度,而是在具体历史时间中所形成和建构的标准,是文化语境中的具体的人所选择和认识的标准,它并不是永远不变,而是只有相对稳定的标准;没有一成不变的绝对的文学批评准则。任何理解和批评都体现着这样那样的"偏见",而恰恰是这种"偏见",赋予了理解和解释的开放性和可能性空间,从而也导致了批评和自我批评的诠释学可能性。

我们知道,对文学学科来说,20世纪被称为批评的世纪,各种批评理论和批评方法都在这个世纪登台亮相,各领风骚。在《20世纪文学批评》一书中,法国学者让-伊夫·塔迪埃(Jean Yves Tadié)概括了20世纪文学批评的主要特征,他认为,首要的特征是对作品的内在规律和外部规律的探讨,批评家们从历史中相继探讨了社会、集体无意识或个体无意识和结构语言的意义。另一重要特征是,对形式、符号、技巧的浓厚兴趣,批评家们把文学作品视为一种语言、一个句子和一种符号体系,把诗、小说、自传分解为诗句、人物、声音和意义单位。①在这部论述20世纪文学批评的著作中,作者概括性论述和讨论了主体意识批评、客体意象批评、精神分析批评、接受理论和读者反应批评,甚至解构主义批评,却没有怎么注意诠释学关于文学批评的问题。

理由似乎很清楚,在批评的一般意义上讲,文学批评所关注的问题确实是作者所概括的这些批评类型。正如我们前面已经指出过的,从形式批评角度来看,哲学诠释学的文学批评对文本的形式和结构并不感兴趣;从作者意图论的角度看,哲学诠释学对作者意图论持坚决否定的态度;从社会历史批评看,哲学诠释学坚持认为文学文本是一种具有自身表现性的自

---

① 参见让-伊夫·塔迪埃:《20世纪文学批评》,史忠义译,百花文学出版社,1998年,第328页。

律性文本，文本的意义是在理解的对话与交流中发生和实现的。与这些文学批评类型不同，本体论诠释学的文学理论所关注的是理解的可能性和意义如何产生的问题，理解、解释和应用的诠释学维度主要是关于理解者与文本之间的交流和对话事件及其意义生产。在诠释学这里，似乎并不存在文学批评的问题。

但可以说，诠释学提出或隐含着另一种批评概念，那就是，它通过诠释学经验自我理解的反思性，能够使批评家意识到他对文本的意义理解和批评必然具有的有限性和局限性，并在持续的动态对话事件中不断反思和纠正批评的有限性，这种诠释学经验的反思性在文学批评中是非常重要的。

首先，从文学作品的文本角度看，批评家对任何一部文学作品的批评性理解，都如任何一个读者对文本的阅读一样，并不是在一次性的阅读和理解中就能把握作品的全部意义的。对于文学文本来说，文学作品始终以其独特的语言表现一个丰富多维的意义世界，在《红楼梦》的理解历史中，经学家看到的是易，道学家看到的是淫，才子看到的是缠绵，革命家看到是排满，政治家看到的是阶级斗争和意识形态，美学家看到是艺术意境，不管这些理解和批评是否恰当，也无论这些不同的理解和批评之间是否会相互认可，但有一点是显然的，即这部作品蕴含着丰富多维的充满模糊性的语言和意义空间，文学作品本身并没有给定一个确定的意义。可以说，正是文学文本的这一特征，赋予了文学以各种各样的诠释学维度。"那种任何事物都指向某种可辨认的意义或概念的期待感是令人绝望的。文本富有诗意地唤起寓言的纯粹外观，并且开启一个模糊性的领域。"① 这个模糊性的领域是作为"事物本身"的文学作品所具有的，我们无法完全理解和穷尽这种模糊性，如何更好地接近作为事物本身的文学作品，需要批评家倾听作品本身所说的内容，并与文本进行不断对话和交流，才有

---

① Hans-Georg Gadamer, *The Relevance of Beautiful and Other Essays*, edited., Robert Bernasconi, London: Cambridge University Press, 1986, p.71.

可能接近文本的真实性，做出更切合作品本身的理解和判断。

其次，从作为理解者的批评家的角度看，批评家对某一文学作品的理解和批评，总是从自己的前理解结构出发所做的理解和批评，对文学作品的认识和理解不可能是客观的、中立的把握；而且，文学作品本身并没有告诉理解者和批评家文本的确定性意义，每一个批评家对文学作品的批评都是从自己所处的具体历史情境并根据自己的理解做出的批评和判断，总是不可避免地把自己已有的文化观念、价值尺度、审美标准、概念范畴甚至意识形态立场运用到具体的文学批评中去，因而任何从自身的诠释学处境出发进行的批评都只能是一种具有局限性的认识和理解。伽达默尔始终认为，概念不能穷尽诗歌的内涵，诗歌作品的语言所表现的内涵和意义远多于概念和范畴所认识和把握的东西。应当说，不仅仅是诗歌，而且每一部真正的文学作品都是一种差异性的维度丰富的文本形式，任何试图用简单的逻辑概念概括这种文本形式的理解，都不可能穷尽其中所蕴含的深刻的丰富性。我们看到，文学历史中的作品在历代人们的理解和解释中都显示了这一点，它们并没有因为某个人或某个时代的读者的理解和解释而穷尽了其意义的丰富性，恰恰相反，它们总是在历史过程中不断地被理解和阐释，而且在这种理解和阐释的过程中生产出新的体验和新的意义。对于文学批评家来说，不把自己的理解和评价看做一劳永逸的最后结论，而是把自己的批评意见看做具有诠释学条件的理解，才能使批评具有开放性，才能不断地修正批评家自己的批评偏见。

再次，诠释学经验的反思性为文学批评提供了对话批评的可能性空间，从而使文学批评能够获得真正的问题视域，并且获得理解和批评的有效性。诠释学经验的反思性并不仅仅是一种指向对象性的批评意识，而且是一种对自我的反思能力进行批判的努力。正是这种相互性的动态反思形式和过程，才真正地赋予理解和解释以创造性、开放性和自我反思性的批评空间。对于文学理论来说，这一点也是极为重要的。文学批评并不是一种确立标准并对文学进行断言式判断的理论，而是一种在文学活动实践中发展并不断地与文学作品展开的对话,并在理解事件中构建自己对文学的意义理解。文学批评不仅仅是用已经建立的理论来判断文学艺术作品,而且在与文学作品的对话和交流中不断反思已有理论的局限性。这样的文学批评理论才是一种具有建设性的文学理论,而不是关于文学的教条。

最后,诠释学经验的反思性所开启的批评可能性,不仅是批评与文本之间的可能性,而且是批评与批评之间的对话与反思的可能性。在文学批评的对话中,听取他人批评意见就意味着使自己的批评观点向他人开放,这是一种开明而具有创造性的批评意识,这种诠释学意识并不意味着完全遵循他人的意见,也不意味着把自己的批评观点强加给他人。"'倾听和尊重他人',并不是简单地意味着盲目地做他人希望我们所做的事情。我们称这种人为奴隶。那么,对他者开放包含着认识到我必须接受某些反对我的东西,甚至是在没有人迫使我这样去做的情况下也是应当如此。"①诠释学经验的自我反思允许把相异的、不同的批评视域转变为自己的批评视域,而且并不是通过破坏相异的不同的批评视域来改变自己的视域,也不是简单地重复他者的批评视域,或者绝对顺从政治意识形态的论断和审美教条的权威,文学批评需要一种真正意义上的对话、交流和具有反思判断力、理性思考力的批评视域,才可能避免武断的、任意的文学批评。文学作品的好坏不是由指定的权威来判断的,而是在文学作品本身的视域和批评家的批评视域的相互融合中来判断的,也是在不同的批评意见之间的对话和协商中实现的,批评本身就是一种对话,一种相互提问和相互矫正,批评始终具有和渗透着诠释学经验的反思性。

因此,从另一个角度看,哲学诠释经验的普遍结构和自我理解的经验反思性,正如我们的论述所表明的,无疑具有批评的可能性,而且,在某种程度上,可以说是一种更符合文学审美经验的批评方式。这正如大卫·霍伊所指出:"诠释学理论并不会导致批评的不可能。恰恰相反,诠

---

① Hans-Georg Gadamer, *Truth and Method*, London: Continuum Publishing Group, 2004, p.355.

释学反思使批评成为一种必要。解释的不断运动对旧的解释在文本中投下的阴影有所意识，并力图通过新的亮光显露这些阴影。因为解释总是不完全的，每一种解释，在某种程度上都显露了主题事件的不同的部分，因此，它至少是对其他解释的毫无疑问的批评。因此，诠释学反思的真正力量，就是它对批评必要性的强调。'从长远的角度看'，这种强调比任何特殊的解释'途径''学派'或'方法'都有力度。"①这是因为，这种批评突出地强调了文本与批评、批评与再批评、理解与再理解、判断与再判断之间的持续辩证运动，从而把批评视为一种对话和交流中的过程和事件，不是从某种先在的概念、理念、逻辑和一己之见出发，而是从多种可能的关系出发去对作品进行的理解、解释和批评，并在与文本、批评界的对话中进行诠释学的反思，从而避免那种理解和批评判断的专断性和任意性，并为文学批评创造了更丰富多维的开放性空间，在视域融合和效果历史事件中不断实现新的融合，寻求更切近作品本身的批评的有效性。

当然，需要指出的是，肯定哲学诠释学经验为文学批评提供的可能性，并不意味着它是具有特别优势和合法性的批评方式，事实上，我们前面所论述的其他文学理论也同样具有其合法的理论地位。诠释学的文学批评既要充分意识到理解和批评经验的历史性，也应当充分意识到文学作品本身的文本性以及其他理论和批评话语所做出的探索。语言如何变成一种艺术？这是理解文学作品的一个极为重要的方面。在20世纪的文学和美学理论中，俄国形式主义、英美新批评和结构主义对文学作品的文本本体论方面的深刻研究，为我们理解语言如何变成了一种文学语言和文学为什么必须具有文学性这个问题提供了理论洞见，这是诠释学的文学理解所欠缺的，也是文学诠释学应该重视的非常重要的方面，它们确实为我们理解文学作品的形式成就和结构特征，为我们对文学作品本身的批评和评价以及对文学作品本身的特殊性的理解提供了艺术和审美的理论洞见。这也正如

---

① David C. Hoy, *The Critical Circle: Literature, History, and Philosophical Hermeneutics*, California: University of California Press, 1982, p.114.

大卫·霍伊指出的,伽达默尔的哲学诠释学对文本的内涵和解释的参照之间的关系做出了详细的阐述,利科对文本的自律性和解释的参照问题做了论述,利科试图把结构主义对文本自律性的解释与诠释学关于解释的问题结合起来,尽管两种诠释学理论在一些重要方面存在分歧,但"利科的许多洞见以有价值的方式对伽达默尔的工作做了补充"[1]。而且,诠释学的文学批评与判断应该在更广泛的历史文化语境中重视对文学作品的内涵和意义的理解和批评,诠释学的文学批评可以吸纳20世纪文学批评中具有持续性影响的意识形态批评的有益洞见,甚至包括恰当地肯定方法论客观诠释学对文学理解和批评所做的努力。

文学批评并不是单一维度的,而是多维度的批评,既包括文学作品的艺术构成的批评,也包括对作品表达内容的批评,同时也包括对其他批评家的批评的认识和评价,诠释学经验的反思性是文学批评需要重视的一种重要维度,它以一种对话精神吸纳其他文学批评的洞见,从而能够丰富文学诠释学的维度,因此,所有这些文学理论和批评中的重要话语资源,都同样可以丰富文学诠释学的批评维度和拓展文学批评的理论视域。毫无疑问,这符合哲学诠释学关于理解的对话辩证法。

---

[1] David C. Hoy, *The Critical Circle: Literature, History, and Philosophical Hermeneutics*, California: University of California Press, 1982, p.85.

第五章　诠释学与文学史书写

　　文学史作为文学史家书写的历史，总是存在着书写和再书写的可能性，我们总是能够看到不同的文学史，不同的文学史"新编"和"新编"文学史著作，例如"现代文学史新编"或"新编现代文学史"等。文学史书写并不是那么容易和轻松的事业，可以说，文学史是一门非常富有挑战性的学科，这种挑战性不仅仅体现在文学史书写者的学养、知识结构和思想深度等方面，而且体现在文学史书写置身于其中的语境的复杂性、历史性、开放性和可能性。文学史书写始终处于一种未完成状态，总是走在被重新书写的途中，总是有不同的文学史书写；不同的书写者总是能够而且必然书写出不同的文学史：不同的文学史书写者、不同时代的文学史书写者、不同历史文化语境中的文学史书写者，甚至不同个性兴趣的文学史书写者，只要愿意，他们总能够书写出不同的文学史。因此，没有任何文学史书写者胆敢说他撰写的文学史客观地反映了文学发展的历史，也可能没有任何文学史书写者胆敢说他撰写的文学史最权威。文学史书写者总是带着他的前概念去书写文学史，不管文学史书写者是否明确表达了其书写的文学史观，但是，其中不可避免地隐含着他的文学史意识，或者自觉或不自觉地运用了某种文学史观念。借用哲学诠释学的观点来表达，即便那些认为事实性地描述文学发展历史的文学史家，也不可能不带有他文学史书写的"前见"或"前理解"，因为文学史作者不可能超越其特定的历史处境和他自己的"前见"去理解和阐释历史上的文学作品，不可能超越他的诠释学处境书写文学发展的历史。从文学理论角度看，实际上，不同的文学理论都从自身的理论立场提出自己的文学史观，或者把某种文学史观运用于文学史书写实践中，文学史观总会对文学史书写实践产生某些重要影响。

不管从哪个方面看，文学史注定是一种被书写和不断被书写的历史。文学史书写作为一门富有挑战性的科学，其挑战性不仅在于它需要书写者广博的学识和训练有素的功夫，而且在于文学史书写者需要有一种深刻的诠释学历史意识。文学史远不止是一种记录和描述，更是一种深富历史意识和人文情怀的事业。"艺术的万神庙并非一种把自身呈现给纯粹审美意识的无时间的现时性，而是历史地实现自身的人类精神的集体业绩。所以审美经验也是一种自我理解的方式。但是所有自我理解都是在某个于此被理解的他物上实现的，并且包含这个他物的统一性和同一性。只要我们在世界中与艺术作品接触，并在个别艺术作品中与世界接触，那么这个他物就不会始终是一个我们刹那间陶醉于其中的陌生的宇宙。"①哲学诠释学探讨了包括文学在内的审美经验和真理理解问题，尽管它并未具体讨论文学史写作的问题，但是，诠释学的诸多思想洞见对于文学史书写的思考很有帮助和启发，特别是它关于历史理解的概念和思想，正如大卫·霍伊指出："伽达默尔的诠释学作为理解和解释本质的哲学理论，并不包含任何具体的实践批评方法，但是，它对关注方法论问题的文学批评家产生了影响。事实上，诠释学理论最有影响的方面是它对效果的强调，对接受文学

---

① 伽达默尔：《真理与方法》，洪汉鼎译，上海译文出版社，1999年，第124页。

作品作为理解这些作品和文学本身的一个组成部分的传统的强调。任何一种强调意义及其接受而不是心理意图和起源的批评理论，都与海德格尔、伽达默尔的解释学传统有着密切的联系。"[1]罗伯特·赫鲁伯在《接受理论：批判性导论》中写道："在当代理论家中，也许没有人比伽达默尔更关心我们解释的情境性质，毫无疑问，伽达默尔近年来的流行很大程度上归因于他对理解的历史性的激进坚持。"[2]这种对理解的历史性的激进坚持，不仅体现在前面章节关于文学诠释学问题的论述中，而且，本章的论述将表明，这种理解的历史性在文学史的书写中也是极富洞见的。从诠释学意义上讲，把这种思想洞见实践性地运用于文学史意识的理解及其文学史书写实践上，也是文学诠释学中一个非常重要的方面。这是本章重点探讨和论述的内容。在论述诠释学的文学史意识之前，我们首先提出文学史理论中的文学史意识问题，并对一些重要的文学史观做出必要的分析性论述；这样做，既可以让我们更清楚地看到这些文学史观的主要观点，以及从哲学诠释学角度看它们所存在的不足，同时，也能够更好地论述诠释学历史意识及其在文学史书写中的重要启示。

第一节 文学的历史与文学史意识

文学为什么会有历史，文学有什么样的历史，文学应该有什么样的历史，以及如何书写文学史，对于这些问题，大多数的文学史著作很少从理论上进行讨论，更不用说探讨文学史意识以及用什么样的文学史意识书写文学史的问题了。尽管有林林总总的文学史，但这个事实并不意味着什么是文学史和文学史意识是一个不证自明的问题。

谈到文学史，首先碰到的问题就是何为文学史。对这一问题的显而

---

[1] David C. Hoy, *The Critical Circle: Literature, History, and Philosophical Hermeneutics*, California: University of California Press, 1982, p.150.

[2] Robert C. Holub, *Reception Theory: A Critical Introduction*, New York: Methuen & Co. Ltd, 1984, p. 36.

易见的答案可能是,文学就是文学的历史,而不是政治的历史、哲学的历史、经济的历史和阶级意识形态斗争的历史,文学史之为文学的历史,其核心概念当然是文学,这一点似乎无须怀疑。然而,即使是这种界定也并没有对文学史做出恰当的规定,因为这样来界定文学史,尽管抓住了"文学"这个核心概念,却没有对什么是文学之历史的"历史"做出恰当的理解。被书写下来的历史与实际发生的历史总是有很大的区别,毕竟书写的历史总是由书写者书写的历史,而不是文学自身发展的历史,从来没有自明的书写的文学史,这样就不可避免有书写者的意识存在于被书写的文学史中。在《历史哲学》中,黑格尔谈到"历史"这个概念时写道:"在我们德国语言文字里,历史这一名词联合了客观的和主观的两方面,而且意识是指拉丁文所谓'发生的事情'本身,又是指那'发生的事情的历史'。同时,这一名词固然包括发生的事情,也并没有不包括历史的叙述。我们对于这种双层意义的联合,必须看做是高出于偶然的外部事变之上的。我们必须假定历史的记载与历史的行动和事变同时出现。这样,使它们同时出现的基础,是一个内在的、共通的基础。"①且不管黑格尔这段话中所隐含的所谓唯心主义历史哲学观念,可以看出,黑格尔认为历史包含客观和主观两方面,包含着历史书写者对历史的"叙述",这便清楚地表明了书写的历史也是被书写的历史,被书写的历史必然包含他所说的书写者的主观方面的内容。

在《作品与文学史》一文中,瑙曼(M. Nauman)基本上也是从这样两个方面来理解文学史,他写道:"'文学史'一词在德语里至少有两种意义:其一,是指文学具有一种在历时性的范围内展开的内在联系;其二,是指我们对这种联系的认识以及我们论述它的本文。从逻辑上讲,这两种含义是可以分得很清楚的。它们之间的关系就如同客体与客体的语言之间的关系一样。因此,最好从术语上也将它们区分开来。可以这

---

① 黑格尔:《历史哲学》,王造时译,上海世纪出版集团,2006年,第56页。

样,如果是指对象,就用'文学的历史'来表达;反之,如果是为了表明研究和认识这一对象所遇到的问题,就用'文学史'来表征。"①第一层是指文学实际发展的历史,第二层意思是指文学史家对文学发展的历史书写。人们一般认为,文学史的概念至少可以包括瑙曼理解的两个层面:第一层意思是指文学本身实际发生的历史过程,即文学自身的发生和发展历史,它以一种客观形式实实在在地存在于人类历史中,如什么时代有什么作家,创作了什么作品,在历史过程中产生了什么影响等。第二层意思是指,文学史家在自己的文学史意识作用和引导下,根据文学发生和发展的历史撰写或建构的文学史著作,是历史学家书写的历史。这种文学史家书写文学史的文学史意识与被书写的文学史对象之间的相互作用的一种效果历史,是文学史家理解和叙事的历史。可以肯定地说,迄今写出的所有文学史著作,不管是从哪个角度写出,无论是对整个文学史的通史写作,还是以特定年代和事件为界限的文学史断代叙述,在很大程度上都可以视为文学史家特定的文学史意识与文学史对象相互作用的不同效果历史。

尽管瑙曼认为从逻辑上可以把"文学的历史"和"文学史"区分开来,但是,在文学史书写实践上却很难甚至不可能把两者区分开来,不管是"文学的历史"还是"文学史",一旦被书写成为一种历史,就必然包含书写者的主观性理解和解释。实际上,被书写的"文学的历史"就已经被包含在第二个层面"文学史"书写中了。从诠释学意义上讲,也只有第二层面的"文学史"概念才能体现真正意义的文学史。诚然,文学史家们常常声称他们的文学史客观地描述了文学发展的历史,这一层面上的客观,显然与第一层面上的客观有着实质性的区别,即便第一层面上的所谓"客观"也是一种相对的客观,而不可能是绝对的客观,因为这种所谓的客观,仍然是文学史家意识到的客观,而不是毫无偏差的中立的客观。任何一部由文学史家撰写出来的文学史著作,都不可能完全客观地再现和叙

---

① 瑙曼:《作品与文学史》,瑙曼等:《作品、文学史与读者》,范大灿等译,文化艺术出版社,1997年,第180页。

述文学历史自身发展的绝对客观性；换言之，任何被书写出来的文学史都总是文学史家所意识到并书写下来的文学史。什么样的作家、什么样的文学作品、什么样的文学事件，甚至什么样的文学流派可以成为文学史的书写对象，都并不单纯是由文学史实际发生和发展的客观性存在所决定的；可以说，在相当程度上也是由文学史家的诠释学处境和他所意识到的东西所决定的。换言之，文学史家总是处在特定历史时代和文化语境中的具体的人，他对文学史的选择总是受到他自己和他置身于其中的诠释学处境的影响和限制。由此，被书写下来的文学史便不可能是一种客观地存在于历史中的文学的历史，在很大程度上也是文学史家选择性地理解、解释和书写的历史，是文学史家所意识到的文学的历史，并在这种意识影响下用语言叙述和表达出来的文学的历史。

在这里，把文学史视为文学史家所意识到的文学历史的语言表达，视为特定的历史时代和文化语境中的文学史家书写下来的文学的历史，便提出了一个文学史诠释学的重要概念，即文学史意识。所谓文学史意识，就是指对文学史书写活动中的构成性要素的意识，它包括文学史家对文学史对象的意识、对自身诠释学处境的意识，文学史对象与文学史家自身诠释学处境之间的意识。因此，文学史意识不仅决定着文学史家如何选择他所要描述和研究的对象，也决定着他如何理解、阐释和书写文学史，同时也规定着他怎样处理文学史对象与文学史建构之间的关系。对这些问题可以从三个方面来讨论。

首先，文学史对象总是文学史家所意识到的对象，也就是进入文学史家视域的文学史中已经存在的对象，很显然，没有进入文学史家视域中的作家、作品和文学事件，便不可能成为文学史书写的对象。历史中存在的文学作品能否进入文学史书写者的视域，并不仅仅是由历史上有什么作家或什么作品来决定的问题，当然，这二者是所有文学史书写的基础性存在，因为没有作家创作的历史形态的文学作品，就不可能书写出任何文学史，但是，文学史家的视域在这里具有同等的重要性。在很大程度上，文学史家的视域决定着他对书写对象的选择和界定,即哪些作家作品可以成为他的书写对象,哪些作家作品被排斥在文学史家书写的视野之外。因此,文学史家的历史视域在文学史的建构中具有非常重要的作用。正如伽达默尔所说:"视域(Horizont)这个概念本质上就属于处境概念。视域就是看视的区域,这个区域囊括和包容了从某个立足点出发所能看到的一切。把这运用于思维着的意识,我们可以讲到视域的狭窄、视域的可能扩展以及新视域的开辟等等[……]谁具有视域,谁就知道按照近和远、大和小去正确评价这个视域内的一切东西的意义。因此,诠释学处境的作用就意味着对于那些我们面对流传物而向自己提出的问题赢得一种正确的问题视域。"①因此,文学史书写对象的选择,不仅涉及他对书写对象的视野有多大,而且涉及他对书写的文学史范围中的所谓文学作品是否有完整全面的把握,是否能够确保他没有遗漏应该进入其视域的文学史书写对象,这一点似乎是可以做到的,只要书写者足够勤奋,不辞辛劳。更重要的文学史视域是,他必须理解什么样的存在属于文学的作品,什么样的历史是真正文学的历史,什么是他应有的文学史视域,他如何判断以及选择哪些文学作品可以进入他的文学史视域,并成为他的书写对象。在这个意义上,文学史就不是简单的文学作品的历史存在的问题,不是单纯的作者作品罗列,不是简单的史料堆积,不是做到所谓的尽可能"客观",当然,这个"客观"总是令人怀疑的。从诠释学的意义上讲,文学史和文学史书写对象应该是一个被理解和解释的概念。正如伽达默尔所认为的作品是一个被理解和解释的概念一样,文学史和文学史书写对象也是一个被理解和解释的概念,因为文学史家选择和理解的文学作品,有赖于他对文学作品、文学史等问题的理解和解释。换言之,有什么样的文学史视域和文学史意识便会有什么样的文学史理解,有什么样的文学史视域就会有什么样的书写对象的选择,而这种选择本身就已经包含着文学史书写的理解和解释。由

---

① 伽达默尔:《真理与方法》,洪汉鼎译,上海译文出版社,1999年,第388页。

此，从根本上说，文学史对象不是一种客观地存在于历史上的以白纸黑字的面目出现的文本，文学作品一旦被文学史家选择，实际上便进入了文学史家的诠释学处境中，就已经成为被理解和被解释的文本，任何文学史的对象都是文学史家诠释学意识中的对象。

其次，文学史的书写始终是文学史家的文学史意识作用和影响下的一种建构，任何文学史家都不可能站在完全客观中立的立场来书写和建构其文学史。我们可以说，确实是作家在历史过程中创作了文学作品，文学作品也确实客观地存在于已经发生的历史中，没有人能够否认这种客观性的历史存在。我们也可以说，文学史家确实在描述文学历史的发展，或者用黑格尔的话说，在"叙述"文学的历史发展，但我们必须意识到，这里所用的"描述"或"叙述"具有非常不同的含义。这种描述和叙述并不是对客观地存在于历史上的文学作品的自身描述或自我叙述，而是文学史家们对发生在历史上的文学作品或文学发展历程的一种书写。文学史家的这种书写已经包含或者渗透了书写者的诠释学意识，而不只是对文学史上的事实性存在的一种简单记录，这就是说，书写下来的文学史是文学史家意识到并撰写出来的文学史。任何文学史家都不可能离开他的历史处境客观地书写文学的历史，而总是从他置身于其中的历史意识和处境意识来理解历史上的文学作品以及文学发展的历史。对文学艺术作品的理解和描述以及对文学艺术历史的理解非常不同于自然科学的对象理解，事实上，即便是对自然科学"历史"的理解，也不可能没有历史处境和历史意识，牛顿时代的人所理解的牛顿物理学，显然不同于爱因斯坦时代的人所理解的牛顿物理学，牛顿的"意义"会在不同的科学史"视域"中发生变化，更不用说包括文学在内的人文科学历史的叙述了。"我们则试图把艺术和历史的存在方式以及与它们相符的经验从本体论的偏见中解放出来（这种本体论偏见存在于科学的客观性理想之中），并鉴于艺术和历史的经验而导向一种同人类普遍世界关系相适合的普遍诠释学。如果我们从语言概念出发表述了这种普遍的诠释学，那么不仅曾强烈地影响过精神科学中客观性观念的错误的方法论主义应该被拒斥——同时也该避免黑格尔式的关于无限的形而上学的唯心论唯灵主义。"[①]同样，文学的经验和历史的经验是一种不同于自然科学知识的形式，对艺术现象和历史现象的经验和理解，并不是运用自然科学的客观化的方法论所能够理解和把握的。这种经验和理解在某种重要的意义上不是方法论的问题，按照某种既定的自然科学式的方法论或实证主义方法，我们无法真实地经验和理解艺术和历史。显然，我们对于艺术和历史的经验并不在于获得某种客观的、中立的、自在的、恒定的知识和真理，恰恰相反，我们在艺术和历史的经验和理解中所获得的东西，远远多于或超出这样一种所谓的客观性，我们远不只是论证某种已然存在的东西，而是总是从中经验和理解更多的东西。同时，无论对于艺术的经验和理解，还是对于历史的经验和理解，我们也不是按照黑格尔的历史哲学的理念逻辑来把握，我们必须承认我们作为终有一死的存在，总是一种时间性、历史性和有限性的此在存在，我们不可能超越我们的历史性和诠释学处境理解和把握绝对的、客观的真理，至少人文科学领域中根本不存在放之四海而皆准的普遍真理和永恒真理。正如历史上的作家作品是一种时间性和历史性的存在一样，文学史家也是一种具有时间性的历史性存在，他不可避免地总是从他自身的诠释学处境出发去理解、解释他所选择的文学作品，并书写他的文学史。因此，每一部文学史著作都不可避免地具有其时间性和历史性特征，都不可避免地受到文学史家生存于其中的特定的历史传统、社会时代和文化语境中所形成的前理解的限制，因而真正意义上的文学史不是没有选择的记录，不是完全客观的描述，而是一种具有时间性和历史性，同时具有有限性的一种书写。或者，更简单地说，文学史始终是同样具有历史性的文学史家的一种历史性建构。

最后，文学史意识不仅仅是文学史书写者对作为书写对象的作家及其作品的意识，也不只是文学史家对自身诠释学处境的意识，更重要的是

---

① 伽达默尔：《真理与方法》，洪汉鼎译，上海译文出版社，1999年，第607—608页。

文学诠释学

对两者之间复杂的相互关系的意识。很显然，文学史家不仅意识到文学史书写的对象是一种历史性的对象，历史上的文学作品有其自身的视域，文学作品在历史过程中曾经被人们理解和阐释过，甚至被人们不断地理解和阐释过。文学史书写者的诠释学视域不但涉及对所要理解和阐释的文学作品本身的理解和解释，也面对历史上已有的关于文学作品的各种理解和解释，这是对于文学史书写对象已有的历史视域的一种历史意识，而且，文学史书写者还必须意识到他自身的诠释学处境和理解视域与历史上的文学作品以及已有的历史理解视域之间的复杂关系。更重要的是，应该注意到，所有这些视域都不是固定不变的，而总是处在历史性和时间性理解和阐释的历史运动之中。诚如伽达默尔所说："人类生命的历史运动，在于它从来没有绝对地局限于任何一个立场，因此，它永远也不能有一种真正封闭的视域。视域，更确切地说，是我们活动于其中并与我们一起活动的东西。对于活动的人来说，视域始终是变化着的。因此，所有人类生命都因之生存的以及以传统形式存在在那里的过去视域，总是处在运动之中。环绕着的视域并不是由历史意识所设定的。但正是在这种视域中，这种运动会意识到自身。"①历史流传下来的许多文学作品都曾经在历史中被人们理解和阐释过，这些已有的理解和阐释同样是具有自身视域的理解者的理解和阐释，也就是说是历史上的理解者在他的视域，甚至是他与其他人的视域的关系中进行阐释的结果，它们已经是一种受历史影响的效果。而进行再理解和阐释的所有"当代"文学史家对相同文学作品的理解和阐释，同样会有他们自己的文学理解视域，用诠释学的话说，所有这些都是效果历史的产物。比如说，今天的文学史家在文学史叙事中理解和阐释《诗经》时，也必定有今天的文学史家对《诗经》的阅读、分析、理解和阐释，他的理解和阐释只是《诗经》阐释中的一环，同时，他的理解和阐释必定吸收了自先秦以来的所有理解和阐释成果。换言之，理解者不仅从

---

① Hans-Georg Gadamer, *Truth and Method*, London: Continuum Publishing Group, 2004, p.303.

自身的文学理解视域出发倾听《诗经》作品发出的声音，与它们对话，从而理解和阐述它们，而且在这种理解和阐释过程中与汉儒们的理解对话，与朱熹的阐释对话，与所有历史上的《诗经》理解结果对话。他对《诗经》的理解绝不只是一种单纯的描述和理解，而是一种多重视域相互作用和多重视域融合的效果历史。"当我们的历史意识把自身转换成历史性的视域时，这并不意味着进入了一个与我们自身没有任何联系的异己世界；相反，这些视域共同构成了从内部运动的一个巨大的视域，它超越了当下的界限，包含了我们的自我意识的历史深度。历史意识所包含的一切事实上都包含在一种单一的历史视域中，我们的历史视域所指向的我们自己的过去和他者的过去的视域都有助于塑造这个不断运动的视域，这是人类生命始终生存于其中的视域，并且这种视域决定了人类生命是一种传承和传统。"①这个"巨大的视域"不仅包括理解者的视域，而且包括所理解的文本的视域以及历史曾经有过的关于该文本的解释的视域。这是一种相当复杂的理解和解释关系，或者，用诠释学的话来说，这是一种复杂多维的对话关系，一种在历史中不断展开的理解事件，一种动态的开放性的阐释活动，即便《诗经》被诵读、理解和解释了数千年，仍有被不断阅读和阐释的可能性。因此，文学史的建构始终是文学史家意识到了书写对象与文学史自身的诠释学意识之间的多重相互作用的结果。真正的文学史意识正是这样的一种意识，它既意识到作为文学史对象的历史性存在，也意识到文学史家自身的历史性存在，从而进一步地意识到自己所建构的文学史也同样是一种时间性和历史性的理解和建构。在哲学诠释学看来，正如文学作品的理解和阐释是一种效果历史一样，文学史书写也总是文学史意识影响下的一种不断书写的效果历史。例如，每一部中国文学史著作选择的书写对象都大致相同，但每一步中国文学史对相同作家作品的书写和叙事都总有这样那样的不同，即便是大同小异，也仍然同中有异，而非同一，否

---

① Hans-Georg Gadamer, *Truth and Method*, London: Continuum Publishing Group, 2004, p.303.

则，这种书写就没有任何意义。

从理论上讲，每一种文学史理论都是文学史家意识到的文学史对象和历史阐释与文学史家自身的文学史意识相互作用的结果。文学史家如何理解和处理彼此之间的复杂关系，在某种程度上就决定了他如何书写和建构文学史。换言之，有什么样的文学史意识，就有什么样的文学史；有什么样的文学作品本体论存在方式的理解，就有什么样的文学史意识。假如文学史家从文本本体论出发，把文学看做一种由语言表现的形式结构，看做自律性的文学作品存在，它就会选择文学史那些富有语言、形式和结构创新性的作品，探讨文学形式风格在审美上是如何演变和发生的，从而把文学史理解和建构为一部文学形式史，如俄国形式主义、英美新批评和结构主义等自律性的文本中心论所认为的那样。假如文学史家从反映论的文学观出发，把文学视为一种政治意识形态的特殊表现形式，就会更愿意选择文学史上那些深刻地反映了现实矛盾和体现了思想倾向性的作品作为文学史的对象，并根据政治意识形态的理论立场撰写出具有强烈政治意识形态色彩的文学史，如当代中国的诸多文学史著作所显示的那样。假如文学史家以读者和接受为中心，把文学看做是一种需要通过阅读和接受才能完成的文本，重视文本在历史流传过程的影响和效果，那么文学史家就更愿意选择那些在文学接受史中产生了影响的作品作为文学史的对象，从而建构一种接受文学史，像耀斯的接受美学所做的那样。

因此，文学史家们总是从由历史传统、社会时代和文化语境规定了的文学史意识提出自己的文学史观点，选择和阐释文学作品，评价历史上已有的理解和解释，并从他自己的诠释学处境出发书写他们自己的文学史著作。应当说，文学史理论总是文学史理论家或文学史家从他自己的诠释学处境出发，根据其所具有的文学史意识阐释和重新阐释历史上的文学作品，并根据其文学史历史意识和审美立场重构文学的历史叙事。我们能够注意到，尽管有太多相似或大同小异的文学史，且不管它们之间有多么相似，它们之间也总有这样那样的差异，而这些差异便是不同的文学史意识与文学史对象之间在不同的理解事件中产生的差异性效果。因此，任何文学史理论都具有历史性和时间性，都有其存在的历史必然性和思想洞见，同时也不可避免地有其自身的"局限性"或有限性。

第二节 文学史理论的几种重要范式

正如对文学作品的本体论存在方式和文学作品意义的理解有不同的理论立场和阐释方式一样，文学史家在书写和建构文学史时也有不同的理论立场和不同的叙事方式，当然，后者无疑与前者紧密相关。我们怎样理解文学作品的本体论存在方式，以及我们怎样理解文学作品的意义生产，在很大程度上决定着我们从什么样的角度或视域来理解、阐释和评价历史上的文学作品，这一点是决定文学史家如何思考文学史建构的重心何在。艾布拉姆斯在谈到文学活动的基本构成时认为，文学活动是由作品、作家、世界和读者四个要素构成的。关于作品、作家和读者，人们不难理解，不需要做特别的解释，"世界"就是一个宽泛的概念，它包括了作家和艺术家整个活动的"天地"，大体上，我们把它可以理解为作家生活于其中的世界及其在文学作品中的反映或表现。可以说，文学理论家和文学批评家都不同程度地要涉及这四个要素，但是，他认为，虽然任何像样的理论或多或少都考虑到了所有这四个要素，但是几乎所有的理论都相当明显地倾向于对其中的一个要素进行重点分析和考察。有的侧重于作者生活于其中的世界及其在作品中的表现或反映，有的侧重于作品本身形式和风格的分析和理解，有的侧重于文学在接受中的影响和效果。"批评家往往只是根据其中的一个要素，就生发出他用来界定、划分和剖析艺术作品的主要范畴，生发出藉以评判作品价值的主要标准。"[①]实际上，这种理解和阐释的倾向性，不仅出现在文学理论和文学批评领域，也体现在文学

---

① 艾布拉姆斯：《镜与灯——浪漫主义文论及批评传统》，郦稚牛等译，北京大学出版社，1989年，第5—6页。

史的书写和建构的历史中。

可以说，文学史理论中的重要模式，在相当程度上，是根据文学史家对文学活动中的这四个要素的理解重心的不同而体现出来不同的理论模式。大体上说，文本中心论的文学史观突出的是作品文本的自律性，作者意图论的文学史观突出的是作家的创作意图，反映论强调的是作品反映或表现的社会或世界，而接受理论所强调的是读者的接受和历史效果。相应地，在当代文学史理论中就存在着文本中心论、作者中心论、社会中心论和读者接受中心论的文学史理论模式。在这四种理论中，社会中心论常常是与作者中心论交织在一起的，两者都常常从作者的生平、作者所处的社会环境去理解和阐释历史上的文学作品，并试图通过作家作品去印证和解释其社会现实和时代精神，通过社会现实和时代精神印证和阐发作家作品所具有的思想和意义，因此，实际上，我们可以归纳为三种主要的文学史理论模式：实证论文学史理论、文本中心论文学史理论和接受论文学史理论。下面我们集中分析和论述这三种文学史观，并在此基础上集中讨论哲学诠释学的文学史意识。

一、实证论的文学史观

自然科学和社会科学都离不开实证论的方法，没有经过实证得出的结论就没有依据，未经证实的东西就不是知识和真理，即便是自然科学中的思想实验，最后也需要得到证实才能成为科学的结论，否则仍然是一种思想实验，而不是科学的结论，从这个意义上讲，实证精神体现的就是一种科学的精神。可是，这种实证精神一旦成为一种主义，并被延伸和运用到所有领域，比如人文科学的领域，比如我们正在探讨的文学领域，很可能就会暴露其方法论的局限性。实证主义正是在西方近代自然科学或经验科学发展的深刻影响下产生的一种哲学。在现代自然科学诞生和取得辉煌成就的时代里，那些伟大的科学家们，如哥白尼、开普勒、伽利略和牛顿等，基本上都相信自然哲学能够客观把握、理解和解释实在及其普遍性规律。普特南曾经说过，康德以前的哲学家几乎没有不相信符合论的真理观的，也就是说，康德以前的哲学家，包括叫做自然哲学家的自然科学家们，一般都相信科学理论是对客观实在的证明、理解和解释。康德本人相信牛顿的物理学就是真理。与康德几乎同时代的格拉朗日和拉普拉斯的科学观念，无疑更是实在论的科学观念。1796年，拉普拉斯发表了他的《宇宙体系论》，当他把书呈送给拿破仑时，拿破仑说，拉普拉斯先生，有人告诉我，你的这部讨论宇宙体系的大作，从不提到它的创造者。拉普拉斯坦率地回答说："我用不着那样的假设。"如果说，在牛顿的自然哲学中还需要一个上帝来支撑他的宇宙论体系的话，那么，到了拉普拉斯那里，任何目的论的解释都不再需要了。随后的实证主义哲学和实证论的科学哲学支持了这种科学解释的实在论，牛顿的"不杜撰假说"的说法成为科学实在论的坚固的信条。"一切类型的实在论一致同意的中心论旨，认为在知觉、记忆以及抽象逻辑、数学思维和科学理论中的认识的客体是存在的实在，具有脱离认识认知的心灵而独立的性质。"①

在自然科学的实证精神影响下，人文社会科学家们也试图建立类似于自然科学的方法论，以确保人文科学能够获得类似于自然科学的真理。施莱尔马赫、狄尔泰、兰克和历史学派，德罗伊森、巴登学派的新康德主义者如温德尔班和李尔特，基本上都力图把实证主义方法运用于社会科学和人文科学的研究中。实证主义流派的创始人孔德便是其中的杰出代表，他以自然科学为基础来塑造社会科学。在孔德看来，社会学的模式实际上就是物理学，他用"社会物理学"来定义社会学。统一的或一元的方法通常与自然科学所采用的方法（不同的理解或前理解）相一致，自然科学为应该算作科学的东西确立不容置疑的范例，这一观点居于主导地位。对于实证主义来说，人类知识的范式无疑是由（自然）科学提供的。孔德认为："任何最后不能被归结为对事实的简单阐明的命题，不论是特殊

---

① 梯利：《西方哲学史》，葛力译，商务印书馆，1995年，第678页。

的还是一般的，都不可能具有任何实在的或可以理解的意义。""孔德还假定，我们'把人的大脑变成反映外部秩序的一面完美的镜子'就能够克服主观性的危险。他对达成自己的目标所抱有的这种乐观态度来自他对观念史的阐释，也来自他对各门科学的发展的研究。他相信，这些清楚地指明了实证主义的不可避免性和确实有效性。"①实证主义方法成了确实有效性的保证，也被认为是人文科学理解的根本方法论，自然科学为一切人类知识提供了应该遵循的范式，观念史的探讨也遵循同样的方法论模式，"只要人文科学想把自己变成科学，把人文研究转变为或发展到诸如人文科学之类的东西，人文科学就应当建立在成功的自然科学模式基础上，并遵循自然科学的模式。只要它们想把自己构成为科学，成为人文科学或者从人文研究发展为人文科学之类的东西。"②这种自然科学的实证主义方法论，也同样深刻地影响了人们对文学艺术的认识和人类审美经验的理解，正如伽达默尔所指出："伴随着19世纪人文科学发展而来的逻辑自我反思，完全受自然科学模式的支配。纵观人文科学（Geistswissenschaft）这个词的历史就可以看出这一点，尽管这个词只有在复数形式下才能获得我们熟悉的含义。人文科学（Geisteswissenschaften）的理解如此明显的是通过自然科学的类比来理解自己，以至于'精神'和'精神科学'的观念中所隐含的唯心主义启示逐渐消失在背景中。"③自然科学式的实证论方法同样也深刻地影响了文学研究和文学史的建构和叙事。可以说，实证主义的文学史观同样是一种具有悠久历史和深远影响的理论。实证主义文学史理论尽管有着各种不同的形态，但是，它们都分享着一种共同的哲学原

---

① 斯通普夫、菲泽：《西方哲学史——从苏格拉底到萨特及其后》，匡宏、邓晓芒等译，世界图书出版公司，2009年，第326页。

② István M. Fehér, "Hermeneutics and Humanism", *The Blackwell Companion to Hermeneutics*, Edited by Niall Keane and Chris Lawn, New Jersey: John Wiley & Sons, Inc 2016, p.586.

③ Hans-Georg Gadamer, *Truth and Method*, London: Continuum Publishing Group, 2004, p.3.

则和方法论基础，试图通过某种特定的实证性方法去分析、概括和描述文学发展的历史，重视文学史研究的实证性方法因而构成了实证主义文学史理论的核心。从法国文学史和艺术家丹纳的《英国文学史》和《艺术哲学》到丹麦文学史家勃兰兑斯的《十九世纪文学主潮》，从现代诠释学开创者狄尔泰的人文科学方法论到当代的诸多文学社会学和社会历史批评派的文学史著作，很大程度上都体现了一种实在论科学方法的精神。这里不可能详细具体考察和论述他们各自的文学史实践，只能从理论角度做一些分析和阐释。

首先，实证主义文学史观把自然科学的方法论作为人文科学的方法。实证主义文学史家认为，文学史应该有一种自然科学那样的具有普遍有效性的方法，以便建立科学的文学史观，并客观地重构文学发生和发展的历史。实证主义哲学家孔德认为，科学的唯一目的，就是发现自然规律或存在于复杂的事实和现象之中的必然的、恒常的关系，只有为实证科学证实了的知识才能运用于人类实践的各个方面，当然也包括社会科学和人文科学的各个领域。这种实证主义哲学的思想体现在历史科学领域，就是兰克的实证主义历史观。兰克说，历史学家常常是为了将来的利益而去评论过去以教导现在作为自己的任务，实际上，历史学家的任务是如实地说明历史而不是为了某种目的去书写历史，非实证的历史研究实际上超出了历史学家的任务。德罗伊森虽然希望寻找一种属于历史研究的方法论，一种不同于自然科学的历史的研究方法，并认为在历史的理解中包含着对理解者自身的理解，包含着不能把它们自然科学化的东西，如人类自由、人类的目的和人的欲望等，这些都是属于人文精神领域的东西。但是，由于受自然科学方法论的影响，德罗伊森的历史科学方法论仍然追求某种类似于自然科学研究的客观性，并运用于人文科学领域的研究中。狄尔泰尽管看到了人文科学对象及其理解与自然科学之间存在巨大的差异，试图为人文科学的理解提供适合于本身性质的方法，但是，由于他试图像自然科学方法论那样为人文科学确立具有普遍有效性的方法论基础，因此，他依然没有摆脱自然科学的方法论模式,狄尔泰说:"随着自然科学的发展,一组由共同的主体联系在一起的研究,已经自然而然地从那些有关生活本身的问题出发发展起来。这些研究包括历史学、经济学、法学、宗教研究、文学、诗学、建筑学、音乐学以及哲学的各种世界观和体系。"①尽管他认为自然科学的研究在于说明,而精神科学的研究在于理解,自然科学说明的是自然的客观对象,而人文科学理解的是生命体验,但是,他的目的是要确立像自然科学方法论一样的人文科学方法,从而保证人文科学理解的客观有效性。"狄尔泰有意识地采用了浪漫主义诠释学,并把它发展成为一种历史方法,甚而发展成为一门精神科学的认识论。"②因此,在某种意义上,他在突出人文科学研究的特殊性的同时,由于追求理解的普遍有效性而强化了人文科学的自然科学方法论意识。

实证主义文学史观就是在实证主义哲学、史学和自然科学方法论影响下形成的。丹纳的文学史和艺术史力图像自然科学考察其对象一样来考察和分析文学史和艺术史的对象,他认为,文学和艺术就像植物一样,是在特定的环境中生长和发展起来的,不同的是前者是在社会历史时代的环境中生成的,而后者是在自然环境中生长和发生起来的。正是基于这样一种类比,他认为,文学史和艺术史的研究也类似于自然科学的研究,也有着相同的方法论。在《艺术哲学》这部名著中,丹纳明确写道:"我唯一的责任就是罗列事实,说明这些事实如何产生。我想应用而已经为一切精神科学开始采用的近代方法,不过是把人类的事业,特别是艺术品,看做事实和产品,指出它们的特征,探求它们的原因,科学抱着这样的观点,既不禁止什么,也不宽恕什么,它只是鉴定和说明。[……]美学本身便是一种实用植物学,不过对象不是植物,而是人的作品。因此,美学跟着目前精神科学与自然科学日益接近的潮流前进。精神科学采用了自然科学的

---

① 狄尔泰:《历史中的意义》,艾彦译,译林出版社,2014年,第3页。
② 伽达默尔:《真理与方法》,洪汉鼎译,上海译文出版社,1999年,第388页。

原则，方向和谨严的态度，就能有同样稳固的基础，同样的进步。"①在这里，所谓的近代方法，实际上所指的就是自然科学的方法，在他看来，人们同样可以把人类创作的艺术作品视为可以进行事实性鉴定和说明的对象。精神科学或人文科学与自然科学有着共同的原则，有着同样的方法和严谨性，根据这种原则和方法，人们便能够为人文科学或美学奠定客观性的基础。我们知道，丹纳的艺术哲学就是建立在时代、种族和环境的三大要素的理论框架上的实证研究。他的著名的《英国文学史》同样也是根据自然科学的实证方法建构起来的，他把这三大要素看做是文学和艺术历史发展的原始创造力。同样，勃兰兑斯也把类似于自然科学的方法运用于文学史的写作。实际上，我们可以发现，勃兰兑斯非常重视文学史和艺术史的精神价值和灵魂的作用，他说："文学史，就其最深刻的意义来说，是一种心理学，研究人的灵魂，是灵魂的历史。一个国家的文学作品，不管是小说、戏剧还是历史作品，都是许多人物的描绘，表现了种种感情和思想。"②这样一种理解无疑很具有人文色彩，但是，在方法论上，他却创造性地发挥了文学史理论的三要素论和兰克实证主义史学精神，把"科学"和"实证"作为文学史的研究方法，"文学评论家对一个时期的文学典型逐一加以研究，在某种程度上很像科学家在不同的动物品种中通过对形变的研究考察某种生理结构的演变。"③也许，在他感悟和阅读文学作品的时候，能够体验到作品的情感和思想，而在表明他的研究方法的时候，却又回到了实证论的方法上，奢望像科学家一样研究和证明客观性的东西。由此，在实证主义文学史家那里，也正如狄尔泰的浪漫主义方法论诠释学一样，虽然认识到了文学确实有不同于自然科学对象的特征和表现方式，文学表现"情感"和"思想"，表现人的"灵魂"，用狄尔泰的话

---

① 丹纳：《艺术哲学》，傅雷译，安徽文艺出版社，1991年，第51页。
② 勃兰兑斯：《十九世纪文学主流》（一册），张道真译，人民文学出版社，1980年，第2页。
③ 同上书，第65页。

说是一种精神的客观化表达,可是,在方法论上却仍然没有意识到人文科学对象的研究需要不同于自然科学实证论的理解方法,他们都把文学和艺术作品视为类似于一种自然科学式的客观化研究对象,认为文学史家的工作可以像植物学家观察植物一样,动物学家解剖青蛙一样,可以通过实证的方法和科学的分析彻底洞悉文学史的对象,追求类似于自然科学史那样的普遍有效性,甚至客观有效性。

这种理论立场不仅体现在传统的实证主义文学史观中,而且渗透于当代的文学史理论意识中,这实际上是把自然科学方法论作为唯一有效的方法运用于文学史研究的结果,这种文学史观严重忽视了文学史对象本身和文学叙事所具有的特殊性,也没有意识到文学史家自身的有限性。伽达默尔指出:"我们的时代受日益增长着的社会合理化以及主宰这一合理化的科学技术的制约,也许比受现代自然科学巨大进步的制约要强烈得多。科学的方法论精神渗透到一切领域。"[①]

这种自然科学的方法论统治,或者对自然科学方法论的崇拜,也非常明显地体现在当代中国的文学史理论中,方法论问题在倡导科学特别是崇尚自然科学的时代,似乎始终是文学史理论首先关注的问题,似乎是运用什么样的方法论决定着书写什么样的文学史。我们可以看到,"科学的文学史观""科学地描述和揭示"文学发展的现象和规律,这样的语言大量地出现在我们的文学史理论和文学史著作中。实在说来,这不仅仅是语言的表述问题,而是文学史意识的理论立场问题。自然科学的方法论精神对当代中国人来说确实是一种科学的精神,对于曾经不怎么讲科学精神的中国人来说,这是一种难能可贵的精神。不仅自然科学的研究需要这种精神,人文科学的研究也同样需要这种精神。由于曾经不讲科学精神,因此,在20世纪80年代的"新拿来主义"精神的指导下,中国美学、文艺理论甚至文学批评界都热衷于自然科学和实证论方法的应用,研究方法论

---

① 伽达默尔:《真理与方法》第二版序言,洪汉鼎译,上海译文出版社,1999年,第29页。

问题呈现出历史上从未有过的多元景观,有人甚至认为,各种自然科学方法论是解决包括美学和文艺问题在内的人文社会科学研究的准确可靠的基础,认为方法的科学化和科学的方法必然能够建立起科学的美学和文学理论,甚至能够更加科学地描绘文学发展的历史。正如有人认为的,研究方法的"科学化除了指研究本身所使用的概念范畴的准确以及对讨论本身遵循逻辑的同一律外,主要的还是自然科学方法和新成果的吸收和引进,从而对美学现象和艺术作品进行定量分析"①。由此,在20世纪80年代的美学和文艺研究中,新老"三论",即系统论、信息论、控制论和协同论、突变论、耗散结构论,以及热力学第二定律、模糊数学等,凡是能够拿来的,凡是能够牵扯上的各种方法论都在美学和文艺理论界得到了介绍,并被广泛地运用于审美和艺术现象的研究中。对自然科学方法论的崇拜,即使在高尔泰这样的一直主张美感的绝对性、主观性、多样性、模糊性和不确定性的美学家那里也毫不例外,高尔泰认为,科学的发展正在把物质实体的概念同人类精神、生命的意义这样一些同样基本和实在的概念纳入到一个统一的解释中,自然科学可以根据物理定律来解释和说明构成生命的基本要素,统计物理的涨落理论和热力学第二定律、信息和耗散的定律等,同样对哲学和美学都具有极为重要的意义,量子力学的解释表明了人的精神活动与物质活动是同一种运动过程。"正因为此,自然科学才有了和美学共同的语言。美学作为人类精神世界的科学,并不是一门可以独立于自然科学以外的科学。所谓美学与科学的矛盾,也像所谓精神与物质的矛盾,存在与意识的矛盾等等一样,不过是由于这些方面的不彻底性所产生的不确定的和模糊的认识罢了。"②也就是说,只要把自然科学方法论运用到审美和艺术问题的解释上,只要自然科学的方法用得彻底,美学和艺术问题便可以像自然科学认识物质和存在那样,获得一种确定性的理解和解释。只要恰当地运用自然科学方法论,我们就可以彻底解决审美和艺

---

① 张涵主编:《中国当代美学》,河南人民出版社,1990年,第480页。
② 高尔泰:《现代美学与自然科学》,《论美》,甘肃人民出版社,1982年,第247页。

术的不确定性和模糊性，不仅能够精确地解释人类的生命现象，而且能够科学地解释人类的精神现象。因此，在高尔泰看来，自然科学不仅可以用科学的方法解释客观的自然现象，我们同样可以运用自然科学的方法解决审美经验和艺术理解的复杂性问题，并且能够解决审美和艺术现象中的不确定性和模糊性，从而获得理解的确定性和明确性。

这同样体现在文学史研究领域，以朱德发的《主体思维与文学史观》一书中的观点为例，该书作者认为："文学史研究如同其他科学研究一样，其主要任务就在于通过种种文学现象（包括文学作品）的去粗取精、去伪存真、由此及彼、由表及里地研究，去揭示那些或隐或显的不以人们的意志为转移的客观规律。"①尽管该书大谈文学史观的主体意识，阐发文学史主体对"人的发现""情的发现"和"美的发现"，但是，作者却把文学史的主要任务视为一种类似于考辨、解剖的自然科学和实证主义式的工作，并且要发现隐藏文学发展历史中的"客观规律"。可想而知，在这一方法论限定下的所谓文学史"主体思维"对人的发现、情的发现和美的发现，也就只能是实证主义的发现。道理很清楚，这种文学史的首要任务决定了它最重要的工作是确定作者的生平，作品产生的时代和环境，作品文本在历史上的真实性如何。即便这样，也如我们前面所论述的，这种"确定"工作仍然是文学史家所做的"确定"，因而不可能是完全客观的，其中的所谓"不以人的意志为转移的客观规律"，始终是作为文学史家的"人"对文学历史的一种书写或建构。更重要的是，在这一方法论限定下的文学史"主体思维"，只具有非常有限的意义阐释空间，甚至不会给文学史书写留下"情"和"美"的解释性空间，果真按照这种文学史主体思维去研究文学史，文学史著作只能是一种"不可能的"作家作品的真伪史，文学史家所揭示的文学发展规律也只能是文学历史的真伪规律，而不是真正意义上的文学史和真正文学意义上的历史。更值得怀疑的是，是否

---

① 朱德发：《主体思维与文学史观》，山东教育出版社，1997年，第29页。

会有这样一种文学史书写的可能。

其次,实证主义文学史观相信,像自然科学研究可以揭示自然世界的发展规律一样,文学史家也同样可以透过文学现象,完全、准确地发现和揭示文学发展的历史规律。在《英国文学史》序言中,丹纳写道:"我们可以如此断言:若干世纪的主流把我们导向一些不可预知的创造,这些创造全由这三个原始力量所产生和控制;如果这些力量是可以加以衡量和计算的话,那么我们就会从它们那里,犹如从一个公式上演绎出未来文明的特征;尽管我们的计算显然是粗略的,我们的衡量根本上也不精确,但是,如果我们现在企图对我们的一般命运提出某种看法的话,我们的预言的基础仍必须建筑在对这些力量的考察上。[……]我们在考察那些作为内部主源、外部压力和后天动量的'种族'、'环境'和'时代'时,我们不仅彻底研究了实际原因的全部,也彻底研究了可能的动因的全部。"[①]他认为,体现在文学中的三个"原始力量"是可以通过衡量和计算来考察的,并且能够从"一个公式"演绎出来,这不只是一种实证论的观点,而且仿佛是解答数学谜题。在丹纳看来,只要用实证主义和自然科学的方法甚至数学的方法考察了构成文学原始动力的因素,就不仅能够揭示文学史的现象,而且能够"彻底研究"文学发展的实际原因和可能的全部动因,各种不同的文学和丰富多样的文学特征都能够"从一个公式上演绎出来",从而揭示文学发展的规律。假如真的能够彻底揭示全部动因,是否也可以反过来推演,文学创作是否也可以从一个公式演绎出来呢?富有情感性、想象性和思想性的文学作品如何能够数学般地得到演绎,文学史如果成为这样一种计算和演绎的工作,那么作为人文学科的文学史,其价值在哪里?这种研究方法和研究目标是大有疑问的。

勃兰兑斯认为,从真正意义上讲,文学史是一种心理学,它研究人的灵魂,是灵魂的历史,对文学中的"心灵"可以从心理学来研究,这种

---

① 丹纳:《英国文学史》序言,伍蠡甫等主编:《西方文艺理论名著选编》(中),北京大学出版社,1986年,第155页。

研究是否可以像自然科学那样进行呢？勃兰兑斯持肯定的态度，因为他的方法论基础是实证主义哲学。他所说的文学史是心理学和灵魂史研究，就是试图通过"科学"与"实证"方法，对文学家的历史、时代和环境的重构揭示一种普遍的人性，反过来也通过作家的作品印证和揭示一种具有普遍性的时代精神。在谈到作家的思想特点时，他说："就像'果'反映了'因'一样，这种特点在他所有的作品中都会表现出来，自然也会体现在这一本书里，不对它有所了解，就不可能理解这一本书。而要了解作者的思想特点，又必须对影响他发展的知识界和他周围的气氛有所了解。"[①]通过作者去描述一个时代的精神和人性，通过一个时代的环境去重建作者的心灵，是勃兰兑斯实证主义文学史写作的一个最重要的特点。

这种实证文学史观更进一步的发展模式是，把文学作品视为可以揭示普遍规律的个体现象，把文学史视为社会历史发展及其规律的特殊例证，力图在特殊与一般、现象与规律之间建立文学史的逻辑中介。这种观点认为，文学史家通过历史上的作家作品不仅可以揭示文学发展的规律，更重要的是，能够揭示某个社会历史时代的特点和历史发展的规律，反过来，通过某个社会历史时代的特点和根据某种历史学的模式，同样可以揭示文学史发展的客观规律。"历史科学的任务就在于要从大量的，甚至彼此矛盾的叙述中去清理真正存在过的历史事实，分析彼此间复杂的种种历史关系与规律，给予各种历史现象与历史运动以符合自身历史作用的评价。我们认为，文学史的任务也在于客观地叙述文学发展的历史过程，恰当地评价作家作品和文学运动、文学现象，并尽可能研究和揭示文学发展的历史特征与规律。"[②]显然，在这种文学史观看来，通过文学史的研究和叙述不但可以阐释文学自身的发展规律，而且可以揭示社会历史的规律。实

---

① 勃兰兑斯：《十九世纪文学主潮》（一）"引言"，张道真译，人民文学出版社，1980年，第2页。

② 张炯等主编：《中华文学通史》第一卷导言，华艺出版社，1997年，第25—26页。

际上，这段表述集中体现了文学史的客观性要求和实际上不可能实现之间的矛盾，既然是"客观地描述"文学发展的历史过程，就应该排除文学史写作中的作者主观性的偏见。但又提出要"给予各种历史现象与历史运动以符合自身历史作用的评价"，既然是一种评价，就不可能不含有评价者的主要因素，所谓"符合自身历史作用"，这里的自身究竟指什么，谁来证明它符合"自身历史"，如果这种"自身历史"就存在在那里，为什么还需要揭示？我们如何避免其中的主观性？这显然是不可能做到的，因为文学史始终是其书写者带着自身意识对文学史想象的一种历史叙事和建构。正如有论者指出："之所以还有很多人对这种陷阱如此着迷，是因为这些人相信'文学史规律'的神话，他们认为几条干巴巴的所谓'规律'要比无限丰富、无限活泼、无比诱人的文学现象有意义得多，他们依赖'现象'却又看不起'现象'，他们渴望'规律'，在对'规律'探寻中挤干了现象的生动性、丰富性却认为那是主体性得以呈现的必然途径。"①毫无生动性、丰富性的文学史是否还可以被视为所谓文学的历史书写？

实际上，不管文学史家如何强调其书写的客观性，都不能摆脱他的前见，他总是从其有限的文学史视域出发选择和阐释文学史对象，也不管他如何强调他对历史上的文学作品做出了所谓的科学判断，这种判断都必然融入文学史家自己的理解。文学史作者选择这个作家的作品，而不选择另一作家的作品，即便对于同一个作家，选择其中的一些作品而忽视其他的作品，这种初始工作本身就不是纯然客观的，更不用说对某一作家作品所做出的具体理解、阐释和评论了。正如瑙曼所指出："编纂文学史从浩如烟海的作品中遴选出可以在文学史中出现的作品，这就证实了已经存在着或者是新创造了评价文学的形式；这些评价文学的形式也可认为对个人接

---

① 葛红兵、温潘亚：《文学史形态学》，上海大学出版社，2001年，第59页。

受起着以社会为中介的调节作用。"[①]因此,文学史家对历史上文学作品从选择到评价都包含着文学史书写者的"主观性",所谓的完全客观地描述和评价文学作品是不可能的。文学史家既然要从大量的甚至矛盾的叙述中清理出真正存在过的历史事实,评价作家作品与文学现象和文学运动,就不可避免地已经具有了自己的文学史意识;既然文学发展的历史特征和规律是由文学史书写者"揭示"出来,那么,就不可能没有"揭示"者的文学史意识在其中发挥的作用;既然有文学史书写者的理解和阐释,文学史所揭示的所谓规律就很难说是"客观规律",也不可能是文学历史自身显现出来的规律,而是文学史家根据自己的理解和阐释所认识和描述出来的历史特征和规律。在这里,且不说文学史是否具有所谓的客观发展规律,我们可以说,确实有一个文学的历史,但是很难说这个文学的历史有一种等待着文学史家揭示的客观必然规律,很难说文学史家揭示的文学史发展规律就是一种客观的规律。

如果说这种历史特征和历史规律就是文学自身的发生发展的规律,那么,它就还没有进入文学史家的意识,一旦被文学史书写者描述为文学史的历史特征和历史规律,它就已经是文学史意识所意识到和概括出来的所谓"规律",因此,它就不可能是中立的、没有书写者前理解和偏见的所谓客观性,其文学史也就不是客观描述的文学发展的历史。假如我们确实有一部完全客观描述了文学发展的历史过程的文学史,并准确地评价了文学史上的作家作品以及文学现象、文学运动,揭示了文学发展的历史特征和规律,那么,文学史就再也没有不断书写的必要性了,因为已经有人客观地完成文学史的书写,不需要其他的文学史家进行再理解和再阐释。后来的文学史家只要在其基础上客观地添加后来的文学发展就可以了,这样,文学史不需要重新书写,文学史家的工作只是"续写"已有的文学史就可以了,但实际上这是不可能的。只要一部文学史中的作家、作品、文

---

① 瑙曼等:《作品、文学史与读者》,范大灿等译,文化艺术出版社,1997年,第188页。

学实践没有被某一部文学史所囊括，只要文学史中的文学作品的意义没有被穷尽（但这是永远不可能的），只要不同的文学史家从不同的诠释学处境进行理解、阐释和评价（其实真正的文学史家总是如此），文学史就仍然具有被不断理解和阐释的空间，因而已经撰写的文学史著作就具有其自身的局限性和历史性，也意味着有重新书写的开放性和可能性，这样便意味着重新书写的持续可能性。

最后，实证主义文学史观不重视作品本身的研究，不重视文学现象，不重视文学自身的发展，而是从作者作品产生和发展的历史时代氛围和社会生活等外在方面去理解、研究和评价文学作品，把文学史建构为社会环境、作者生平和作品思想的发展史，在许多文学史著作中，对文学作品文本的分析和阐释往往变成了次要的内容。丹纳说："不管在复杂的还是简单的情形之下，总是环境，就是风俗习惯和时代精神，决定艺术的种类。"①公平地说，丹纳的《艺术哲学》对诸多艺术作品都做出了非常有趣，甚至很成功的分析和解释，确实不失为艺术史研究的经典之作。然而，这种成功并不在于他所声称的自然科学方法的成功运用，恰恰在于他背离自然科学或实证主义方法的地方，依赖于他对艺术作品的敏感和人文方面的阐释。正如卡西尔在深刻分析后所指出："他的论述愈是随着发展和接近具体的问题，就愈令人感到他不得不用另外一种概念语言来思考和陈述。他是以自然科学的概念和范畴为出发点的，但是在他的论证过程中，这些概念和范畴却发生了一种真正意义上的转变。"②人们阅读这本书的时候会发现，他很少严格地遵循他倡导的自然科学和实证主义方法。实际上，我们阅读他的《艺术哲学》时会发现，丹纳并没有依照这样一种严格的自然科学方法来分析希腊、意大利、佛兰德斯和荷兰的风景，也没有严格按照自然科学的方法来剖析这些国家的艺术家的艺术作品。例如，

---

① 丹纳：《艺术哲学》，傅雷译，安徽文艺出版社，1991年，第84页。
② 卡西尔：《人文科学的逻辑》，沉晖等译，中国人民大学出版社，2004年，第150页。

在谈到艺术的理想时,他便谈到了种族的差异、气质的差异、鲜明的特征、独特的观念,以及不同艺术家对同一事物的不同感受和不同的表现形式,而他对所有这些差异性的描述和解释都没有用自然科学的语言,当然,也不可能用自然科学的语言来表述。这最起码说明,自然科学方法论在艺术领域的运用必然具有很大的局限性。鲁本斯是丹纳最推崇的佛兰德斯画家,在谈到鲁本斯的作品时,他便用了一些无论怎样也无法用自然科学方法来描述的东西,比如,他说鲁本斯画出了一般高贵、温柔、可爱的面貌,豪侠而细腻的心灵有一种温婉和惆怅的情调。这里所说的"高贵""温柔""可爱""惆怅"和"情调"等,显然不能依照什么自然科学的方法来解释。在谈到文学时,丹纳认为,文学是表现人的精神生活的艺术,而文学作品的第一要素是"心灵",第二组要素是"遭遇与事故",最后是"风格",前两个要素带有明显的主观性,"心灵"这样的东西可能是纯然主观性的,他认为只有"风格"是"唯一看得见的元素",如果按照自然科学的方法,怎么能够揭示这种主观性的客观性呢?又怎么通过这些带有明显主观性的考察,来揭示艺术发展的规律呢?

但不可否认的是,丹纳和勃兰兑斯受自然科学和实证主义影响的文学艺术史观,无疑在文学史书写中产生了重要的影响。韦勒克、沃伦写道:"大多数文学史著作,要么是社会史,要么是文学作品中所阐述的思想史,要么只是写下对那些多少按照编年顺序加以排列的具体文学作品的印象和评价。"[①]其实,这种文学史观念在20世纪中后期表现得尤为突出。在当代中国的文学史写作中,认识论和反映论的文学史观虽然看似比传统的实证主义文学史观具有了某种不同的内容,在揭示文学作品的意识深度、历史深度和审美深度上,都取得了比传统的实证主义更大的进展,尤其是马克思主义的美学和历史相统一的文学观,极大地改变了传统的实证主义文学史观,这是应该予以充分肯定的。但需要指出的是,在相当一段

---

① 韦勒克、沃伦:《文学理论》,刘象愚等译,生活·读书·新知三联书店,1984年,第290页。

时期的中国文学史书写实践中，仍然带有严重实证主义和庸俗社会学的倾向，尤其是机械唯物论的文学史观把文学视为现实生活的对应式反映，在理解文学史对象上，往往以对历史生活世界的真实存在的所谓揭示来分析和理解文学作品和文学现象，把作者的生活经历和历史背景作为理解文学史对象的准则，或者通过文学史对象印证作家生活的历史时代，而极大地忽视了文学作品本身的存在。正如有学者指出："我国流行的文学史一般都要以显要的位置安排的一个'导言'加以阐述，并在各章的开头千篇一律地概述某个时代的社会经济、政治状况，用社会发展的分期模式来框架文学史的发展阶段和历史时期。这样的文学史看似贯彻了唯物论立场，却并不辩证，因为文学史成了社会政治史、经济史的附庸。"[1]在中国的许多文学史教科书中，社会环境、作者生平和作品的概括性分析，就像丹纳的三要素一样似乎成了文学史最基本的模式，成了评价历史上文学作品的最根本的依据。

这里试举某部大型文学史对某些作家作品的分析为例来表明这种文学史书写的问题。例如，在论述陈子昂时，这部文学史著作首先介绍了陈子昂的生平，他出生于何年，少年时读书如何勤奋，哪一年进士及第，此后历任过什么官职，他所处的时代是怎样一个国力强盛、社会生产和文化交流都很发达的时代，他在思想上和文学上受过谁的影响，对所有这些做了一番介绍之后，便对陈子昂的作品进行分析，如陈子昂的诗作《感遇》如何表现了他对现实的不满和失望，如何反映了他的战争生涯和怀才不遇的痛苦，最后是所谓的作品分析，陈子昂的作品有内容，有形象，有创新，但是他的大部分作品只写个人怀感，甚至有许多消极思想，没有反映当时的社会现实生活。该书在谈到《登幽州台歌》时这样写道："由于这首短短的抒情诗蕴含着这样丰富的内容，所以千百年来就一直博得读者的喜爱。但陈子昂毕竟只是封建阶级中进步的知识分子，在他那个时代，

---

[1] 陶东风：《文学史哲学》，河南人民出版社，1994年，第12页。

像他那样的人，还不可能前进一步向人民中间寻找自己的理想的力量，当他一旦遭到挫折，就不免产生了孤独、伤感的情绪。这就是这首诗虽能引起人的同情却不能给人以鼓舞的原因。"[1]这种文学史解读真可谓让人啼笑皆非，不但没有很好地分析文学作品本身，反而充满了进化论和历史裁判者的口吻。这部文学史的作者认为陈子昂应该有某种理想目标，以这样的理想目标为指引才不会有孤独伤感的情绪，写出来的东西才能给人以鼓舞。"前不见古人，后不见来者。念天地之悠悠，独怆然而涕下"，这种情怀，这种感叹，这种穿越时空的精神情感难道不是一种融含了历史与人生、时间与生命的悲壮与崇高吗？

我们再来看看王运熙对陈子昂这部作品的欣赏，就感觉要贴切得多，有诗意得多，有韵味得多："上两句俯仰古今，写出时间绵长；第三句登楼眺望，写出空间辽阔。在广阔无垠的背景中，第四句描绘了诗人孤单寂寞悲哀苦闷的情绪，两相映照，分外动人。念这首诗，我们会深刻地感受到一种苍凉悲壮的气氛，面前仿佛出现了一幅北方原野的苍茫广阔的图景，而在这个图景面前，兀立着一位胸怀大志却因报国无门而感到孤独悲伤的诗人形象，因而深深为之激动。"[2]没有说教，没有居高临下的裁判，而是走进诗人的诗意世界中领悟文本的意义。又如，这部大型文学史著作在论述《红楼梦》一章，其标题就是"封建社会的百科全书"，从这个标题上看，文学史作者似乎不是要论述《红楼梦》这部伟大的小说艺术作品，而是要通过作品本身来确定整个封建社会所有的社会状况和人情风物，这部作品似乎成了封建社会的百宝箱和储存库，而不是作家创作的艺术作品。从论述的内容上看，该书首先是对作品生平的介绍，对仍然有争议的版本的确定，然后是所谓的作品分析，说这部作品如何如何地反映、揭露和批判了封建社会，如何如何塑造了林黛玉、贾宝玉反封建统治阶级

---

[1] 张炯等主编：《中华文学通史》，第二卷，华艺出版社，1997年，第44—45页。
[2] 陈子昂《登幽州台歌》的鉴赏为王运熙撰写，参见萧涤非、刘乃昌主编：《中国文学名篇鉴赏辞典》，山东大学出版社，1992年，第192页。

的叛逆形象，如何塑造了贾赦等丑恶典型，等等。①试比较一下我们在第四章引用的何其芳叙说《红楼梦》理解的那段话，其中理解的差异性很明显，而且能够清楚地看到哪一种理解更切近《红楼梦》这个作品本身。有论者在谈到实证主义中国文学史特别是古代文学史写作时写道："令我最感慨的还是时至今日，欧美的各种文学理论蜂拥而至，现代、当代文学研究中，已经不乏将这些理论用得花样百出的，但在古代文学领域，写实主义仍旧独当一面，以至于很多想要走出旧的文学史范式的努力，都因此打了折扣——当人们还无力改变文学经典的阅读和诠释办法的时候，这些经典包括对它们的经典性阐释，必然从根本上制约着文学家的视野以及文学史的叙事角度。"②

读那些试图用"科学"方法撰写的文学史著作，人们仿佛感到，是文学史家生活于文学作品产生的时代，而不是作家在其生活的时代创造了他的作品，似乎是文学史作者更清楚地了解文学史对象所要表现的世界，更懂得作者的精神情感，仿佛作者只不过反映了文学史作者所看到的时代和生活或希望看到的时代和生活。在陈子昂的例子中，陈子昂的诗作没有反映社会现实生活，那么，文学史作者认为作家应该反映哪些现实社会生活以及什么样的生活呢？在这里，文学史作者真的像一位科学家和社会学家，而不是一位文学史家，他仿佛是作家生活时代的最清楚、最明白、观察得最仔细的历史见证者，他可以毫无遗漏地指出作品反映了什么，忽视了什么。文学史家似乎是作者整个生活经历和内心世界的见证者，他就像解剖了青蛙的生物学家，清楚明白地看到了所有的内在构成和细胞组织一样，对作者的内心世界和情感体验看得清清楚楚，分毫不差，一目了然。因此，文学史书写者能够准确无误地判断作品是否真实地表现了作者的情感，是否清楚明白地袒露了作者的心扉，是否隐藏了作者没有在自己作品中表现的，而文学史作者却认为他应该表现某种意识、潜意识和无意识。

① 张炯等主编：《中华文学通史》第四卷，第十六章，华艺出版社，1997年。
② 戴燕：《文学史的权力》前言，北京大学出版社，2002年，第10页。

这样的文学史作者像一个全知全能的上帝，能够洞悉一切；像高悬天空的太阳之眼，能够照亮所有的角落；像拥有无上权威的裁判，可以裁决一切。他可以不倾听作品本身所说的东西，却可以做出自以为绝对正确的评价和判断，他并不认为自己是一个时间性、历史性和有限性的存在，他对自己的诠释学处境以及理解、解释和判断的局限性和有限性毫无意识，更无反思性。

实证主义的文学史观声称文学史的客观性立场，实际上却暴露了其实证主义和自然主义方法论实质上的非客观性，暴露了文学史作者的极度自负和傲慢，把自己的文学史观看做一种客观的、中立的观点本身，实际上体现的是伽达默尔所说的启蒙运动要求客观性知识的偏见。实证主义文学史家不仅忽视了文学作品意义的丰富性和多维性，也忽视了自身文学史意识的历史局限性，甚至忽视了他自己就是一个时间性和有限性的存在，认为自己全知全能、超越时间距离、穿越历史时空，以全能之眼审视和万能之手书写文学的历史，这样的结果不仅体现了文学史家的傲慢，而且封闭了文学作为一种精神传统的巨大诠释空间和意义世界。实证主义的文学史观不仅封闭了文学史的意义阐释的历史性和开放性，而且以外在于文学自身的标准来理解文学史对象，严重地忽视了文学作品文本的自身特殊性。可以说，在很大程度上，20世纪具有持续性影响的文本中心论就是对这种忽视作为"事物本身"的文学作品的实证主义文学理论和文学史观的拒斥。

二、文本中心论的文学史观

与实证论文学史观从文学作品的外部因素理解文学史的对象和书写文学的发展历史不同，甚至相反，以俄国形式主义、英美新批评和结构主义为代表的文本中心论体现了一种非常不同的文学史观，如果说前者是实在论的、外在论的，后者体现的则是文本中心论的、自律论的文学史意识。正如有论者恰当指出："研究文学就是研究语言，这已成为文学研究的一个司空见惯的现象，然而，在20世纪初的形式主义运动——俄国形式主义和美国新批评——之前，文学研究关注的是除语言以外的一切东西，从文学作品的历史语境到作者的传记。文学语言是如何发挥作用的，不如文学作品是关于什么那么重要。"① 可以说，20世纪的文本中心论就是对从前那些文学的外部研究的强有力反拨，它要求回到作为"事物本身"的文学作品的研究。文本中心论的文学史观，犹如其文学作品自律性的本体论文学观点，坚持认为，文学史应该把文学作品文本作为文学史对象，并根据文学的自身发展来分析历史上的文学作品和书写文学史。我们已经在前面论述过形式结构论的文学作品本体论和意义论的基本观点，这种观点认为，文学作品的本体论存在和意义就在文学作品的语言、形式和结构本身，文学理论和文学批评的任务就是研究文学本身的形式、结构和张力等等，而非探讨外在于文学作品本身的东西。正是这些根本的文本中心论观点在文学史理论中的体现，构成了文本本体论文学史观的基本特征。因此，这里仅就形式结构论的文学理论观点来讨论文本中心论的文学史观。

首先，文本中心论的文学史观反对所有对文学作品进行外部研究的方法，它认为从文学自身以外的因素来研究文学史的对象，不可能把文学史对象当作文学来研究，这种做法忽视了文学作品自身的本体论存在方式和文学作品的特性，书写出来的文学史将成为文学的社会史、心理史或观念史等，而不是真正意义上的文学史。例如，第一批形式主义出版物的一个突出特点是，对迄今在俄国文学研究中盛行的所有趋势都持敌对态度，这个新批评学派的发言人以同样激烈的态度攻击文学批评中的功利主义方法、象征主义形而上学和学院派折中主义方法。雅各布逊把从外部因素研究文学史对象的人称为"警察"："直到现在我们还是可以把文学史家比作一名警察，他要逮捕某个人，可能把凡是在房间里遇到的人，甚至从旁边街道上经过的人都抓了起来。文学史就是这样无所不用，诸如个人

---

① Julie Rivkin and Michael Ryan, "Introduction", *Formalisms, Literary Theory, an Anthology*, Julie Rivkin and Michael Ryan ed., Oxford: Blackwell Publishing Ltd, 2004, p.3.

生活、心理学、政治、哲学，无一例外。"①针对俄国当时流行的把文学史书写成社会思想表现的历史，把文学作品降低为历史文献的做法，俄国形式主义者反对把文学艺术作品视为社会事实问题或艺术家精神活动的产品，反对把文学艺术作品视为宗教现象、道德现象和认识现象来研究的种种做法，要求文学研究和文学史书写回到文学作品，回到文学作品的"文学性"。

与俄国形式主义相比，英美新批评更坚定反对从文学的外部因素来研究文学史的对象，如我们前面所论，所有的作者意图论、读者感受论和理解阐释论都是文学研究中的"谬误"。布鲁克斯说，人们可以把文学作品看做一种文献，可以通过产生它的各种原因对文学作品进行分析，也可以把文学作品视为一种力量，可以考察它对过去的"记载"，同样也可以考察它对未来的"影响"，但是，他认为："追寻文学作品产生的根源，并不等同于文学批评；研究作品所发生的影响，也不等于文学批评。优秀的文学并不仅仅是运用有效的语言手段来传达真实的理念——即使我们能找到检验真实理念的共同哲学尺度，即使我们能找到比计算人数的多寡更为高明的方法来衡量作品的效果。"②在他看来，探讨作品的作者根源，根据某种哲学理念来理解作品都是一种外部的研究，而非对文学作品自身的研究，根据这种做法书写文学史也必然不是真正的文学史。韦勒克和沃伦在新批评的总结性著作中谈到文学史问题时写道："大多数最主要的文学史著作要么是文明史，要么是批评文章的汇集。前者不是'艺术'史，后者不是艺术'史'。"③也就是说，前者固然是一种历史写作，但是它忽视了作为"艺术"的文学的发展史，而后者固然把文学作品视为艺术

---

① 茨维坦·托多罗夫编选：《俄苏形式主义文论选》，蔡鸿滨译，中国社会科学出版社，1989年，第24页。

② 克林思·布鲁克斯：《形式主义与批评家》，赵毅衡编选：《"新批评"文集》，中国社会科学出版社，1988年，第492页。

③ 韦勒克、沃伦：《文学理论》，刘象愚等译，生活·读书·新知三联书店，1984年，第291页。

来理解，但是它只是一种碎片性的汇集，因而没有历史。他们在探讨文学史的分期时说，所谓时代的概念只是一种方便的用词，只是为了分章节或选目才存在的词语，似乎文学的发展阶段的起始时间可以确定在某年某月甚至某日似的。他们认为，这种做法除了某种实用的目的外，实际上并没有任何合理的理由，与严格意义上的文学史没有什么关系。尤其那些根据政治变化来对文学发展进行分期的做法，似乎一场政治运动或革命就会带来文学的转变和变革，这一点实际上也非常明显地体现在中国当代的大部分文学史著作中。"大多数文学史是根据政治变化进行分期的。这样，文学就被认为完全是由一个国家政治或社会革命所决定。如何分期的问题也就交给了政治和社会史学家去做，他们的分期方法通常总是毫无疑问地被采用。"①我们同样可以看到，这一点在中国文学史特别是在中国现当代文学史书写中表现得特别突出。当然，不可否认，政治或社会革命不仅确实会对文学的发展产生影响，而且对作家艺术家及其创作产生重大影响，甚至是致命的影响。在特定历史时期，作家们或者改弦易辙，或者辍笔停歇，这样的情况并不少见。不过，在文本本体论看来，这是文学社会学史或文学政治史的课题。新批评所要探讨的是作为文本自律性的历史。因此，新批评理论家认为，文学史必须是文学的历史，而不是社会史、政治史、思想史和作者作品的编年史，按韦勒克、沃伦的说法，应该是文学的"艺术"的"历史"。

结构主义文学理论在坚持文学作品自律论上，与俄国形式主义和英美新批评有着共同的理论立场，而且有着理论上的渊源关系。"结构主义在历史上和逻辑上都源于形式主义。罗曼·雅各布森，最初的形式主义者之一，也因移民而成为法国结构主义最早的主要影响者之一，这种影响从20世纪50年代到60年代蓬勃发展。形式主义中明显的科学冲动也体现在结

---

① 韦勒克、沃伦：《文学理论》，刘象愚等译，生活·读书·新知三联书店，1984年，第303页。

构主义援引语言、文化和文学现象的内部系统或秩序的强调上。"①托多洛夫把俄国形式主义传播到西方,并在他的推动下形成了法国的结构主义以及诗学、文体学和叙事学等文学批评流派。托多洛夫认为,文学史的对象不是作品的起源,文学作品的起源问题属于创作心理学和创作社会学的范畴,文学史的研究必须把文学史与社会史区分开来,文学史也不能与被人们称为解读和说明的内在性研究同步。在《历史还是文学》一文中,罗兰·巴特认为,文学史多半是那种把历史探究的方法与心理学研究的方法相混淆的结果,这种混淆所产生的并不是文学作品的历史,而是作家的历史。"我们一般倾向于相信,至少时至今日,相信作家可以宣称自己的意义分辨,而且肯定他所说的意义是合法的,所以会使批评家无理地去向已故作家审问有关他的生平、写作动机,以便肯定其作品的含义。人们愿意不惜任何代价去让死者或他的代替物,比如他的时代、作品的体裁和词汇去发言,简而言之,作者生前的所有当代作品,即已故作家在创作上的权力所握有的一切行迹。人们甚至要我们等待作家过世以后才去'客观地'处理他的作品,正是奇怪的倒置!只有等到作品变成神话的时候,我们才应该把它作为确切的事实看待。"②因此,在他看来,对历史上的文学作品的研究不是要研究外在于作品的东西,而是分析作品本身,更准确地说分析文学的语言以及产生语言效果的内在机制和功能结构。

其次,文本中心论的文学史观对传统文学史理论和书写实践的反驳和挑战,它坚持认为,文学史的研究应该关注文学之为文学的独特性,而不是文学创作和文学作品的外部因素,文学史理解和阐释的对象不是外在于作品的东西,而是文学作品本身在文学史中的地位,这决定了其文学史观不是一种他律性的文学史观,而是一种自律性的文学史观。从文学作品自身存在的本体论出发,文本中心论研究的重心是历史上的文学作品的

---

① Julie Rivkin and Michael Ryan, *Literary Theory, an Anthology*, Oxford: Blackwell Publishing Ltd, 2004, p.53.

② 罗兰·巴特:《批评与真实》,温晋仪译,上海人民出版社,2016年,第40页。

语言、形式和结构以及自身发展结合和形成的风格史。俄国形式主义认为，文学史所要研究的是构成文学自身内部的东西，而不是外在于文学自身的其他任何因素。这种独特的东西在什克洛夫斯基那里是"作为程序的艺术"，他认为富有艺术性的文学作品就是用特殊手法创作出来的作品；在雅各布逊那里是"文学性"，文学研究的对象不是文学，而是使文学作品成为文学作品的"文学性"；在艾亨鲍姆那里是区别于其他一切材料的"文学作品的特殊性"，文学理论的根本任务就是揭示这些属于文学自身的语言、形式和结构。因此，日尔蒙斯基认为，诗学的任务就是研究文学作品的结构方式，而有文学价值的文学便是诗学的研究对象。由此，文学史研究和书写的根本任务就是揭示文学作品的结构方式。什克洛夫斯基和埃亨鲍姆认为，文学史不是一个独特的研究领域，而是一种处理文学问题的方法。早期形式主义历史论的核心，与其说是对文学"过去"的兴趣，不如说是对历史过程的迷恋，对文本本身传承和变革的兴衰的迷恋，即对"文学运动本身"的一种迷恋。诗人或文学团体被当作文学发展的一个因素，一种塑造文学事件的力量，而不是当作某种事实。"对形式主义文学史学家来说，最重要的不是艺术家的创造性人格，——一个不可避免的独特的实体，假如不是难以捉摸的实体——而是他的历史作用，他在文学变革中所占有的位置。因此，诗人的生涯表现为文学动力一般规律的例证。历史研究逐渐让位给文学史理论。"[①] 由此可见，这种理论不是探讨和描述历史文学作品的创作和生产的社会历史环境，而是研究文学发展本身的内在力量。埃亨鲍姆说："形式主义者同时从传统的'形式与内容'的关系中解放出来，也从形式的概念中解放出来，因为传统理论认为形式是一种外在的外壳，或者是一种灌进液体（内容）的容器。事实证明，艺术的特殊性不在于构成作品的元素，而在于它们使用的特殊方式。同样，'形式'的概念具有了不同的含义；它不再需要与任何其他概念配对，也不

---

① Victor Erlich, *Russian Fomalism: History- Doctrine*, Netherlands:Mouton Publishers, Fourth edition, 1980, p.92.

再需要任何关联。"①日尔蒙斯基说:"艺术研究的任务就在于从历史的角度,或者以比较或系统的方式,来对某部作品、某个诗人或整个时代的各种艺术程序进行描述。"②文学史或艺术史不是要揭示和描述其他的东西,而是历史地描述"艺术程序"。

新批评理论家认为,文学研究的合情合理的出发点应该是分析和研究作品本身,而不是文学作品之外的因素,更不是根据道德、政治、甚至科学的观念来分析作品,只有文学作品本身能够让我们恰当地判断对作家的生平、社会环境及其文学创作的全过程所产生的兴趣是否正确。但是,以往的文学史却过分地关注文学创作的背景,把大量的精力消耗在对环境及背景的研究上,而忽视了于文学作品本身的分析。因此,韦勒克和沃伦说:"作为一种艺术来探索文学史,就要把文学史与它的社会史、作家传记以及对个别作品的鉴赏加以区分。"③对于文学理论家和文学史家来说,"唯一要做的现实而正确的事情是尽可能地使这种判断客观一些,做每一个科学家和学者做的事情:把他的研究对象——在我们来说就是文学艺术的作品——抽出来,非常认真地加以考虑,加以分析、解释,最后再加以评价,而评价所依据标准的产生、验证和根据,都是出自我们所能掌握的最广博的知识,最精细的观察,最敏锐的感觉,以及最诚实的判断"④。在这里,所谓所要做的现实而正确的事情就是回到文学作品和文学的历史自身,所谓把文学作品"抽出来"就是只就文学作品本身进行分析和研究,而不是做超出文学史家自身范围之外的事情,更不是抛开文学

---

① Boris Eichenbaum, "The Formal Method", *Literary Theory, an Anthology*, Julie Rivkin and Michael Ryan ed., Oxford: Blackwell Publishing Ltd, 2004, p.9.
② 什克洛夫斯基等:《俄国形式主义文论选》,方珊等译编,生活·读书·新知三联书店,1989年版,第213页。
③ 韦勒克、沃伦:《文学理论》,刘象愚等译,生活·读书·新知三联书店,1984年,第293页。
④ 韦勒克:《文学理论、文学批评与文学史》,赵毅衡编选:《新批评文集》,中国社会科学出版社,1988年,第511页。

作品文本的分析而阐发那些本不属于文学自身的东西。

结构主义文学理论以现代语言学为理论基础，把文学作品视为一种独立自足的客体。结构主义文学理论家认为，通过语言学可以为透彻地、不带偏见地描述一个文本提供一套有如数学演算一般严密可靠的规则系统，这套规则系统可以成为发现诗学结构的程序。如果这套规则系统能被正确地运用于文本分析，那么，我们就能把客观存在于文本之中的各种结构揭示和描述出来。在《结构主义——一种活动》一文中，罗兰·巴特认为，从根本上说，结构主义就是一种活动，即一定数量的精神活动的延续。一切结构主义活动都是用这样的方式重建一个客体。"一切结构主义活动，不管是内省的或诗的，是用这样一种方式重建一个'客体'，从而使那个客体产生功能（或'许多功能'）的规律显示出来。结构因此实在是一个客体的模拟，不过是一种有指导的、有目的的模拟，因为模拟所得的客体会使原客体中不可见的，或者你愿意这么说的话，不可理解的东西显示出来。"①创作或思考并不重现世界的原来已有的"印象"，但是，它确实制作了一个与原来已有的世界相似的世界，规定了一种艺术的东西并不是模拟得来的客体的属性，而是在人们在重建客体时使它有所增益，在这种活动中，技巧是一切创作的生命。文学作品的结构是文学自身所固有的，它与所有外在于它的东西没有任何关系，正如著名结构主义文学理论家诺斯罗普·弗莱所说："正如一种新的科学发现表明了某种已经存在于自然程序中的事物，并同时与现存科学的总体结构在逻辑上相联系一样，新的诗歌表现了某种已经潜在于词语秩序之中的东西。也许，文学具有生命、现实、经验、自然和想象的真理，各种社会状况或你想要的一切内容。但是，文学本身并不是从这些东西里产生出来的。诗只能产生于其他的诗歌，小说也只能产生于其他小说。文学塑造自身，而不是由外在的东西构成的：文学的形式不能存在于文学之外，就像奏鸣曲、赋格曲和回旋曲不

---

① 罗兰·巴尔特：《结构主义——一种活动》，冯黎明等编：《当代西方文艺批评主潮》，湖南人民出版社，1987年，第172页。

能存在于音乐之外一样。"①尽管它承认文学具有生命、现实、经验和真理等东西，但是他并不认为这些东西在文学作品有什么重要的作用，文学分析也并不要理解和阐释这些内容。把这种文学自律论观点运用于文学史研究，集中关注的必然是历史上的文学作品所具有的内在形式结构的历史延续。罗伯特·肖尔斯表达得很明白："结构主义思想的核心是系统的思想：一个完整的、自我调节的实体，通过改变它自己的特性去适应新的条件，而原有的特性仍保留在系统的结构中，从单个的句子到整体的安排，每个文学的片段均能与系统的概念联系在一起。特别是，我们可以把个人的作品、文学的流派及文学的整体看成相关的系统，把文学看成是在人类文化的系统中的子系统。"②在这里，作为实体的完整性和自我调节性，是历史上的文学作品自身发展的完整性和自我调节性，正是这种形式上和风格上的完整性和自我调节性构成了具有自身自律性的文学传统和历史发展，而系统中的关系也同样是一种自我调节的关系。

最后，文本中心论的文学史观认为，是文学的自身发展构成了文学的历史，而文学史的任务就是通过文学作品自身的语言、形式和结构等的分析与研究，揭示文学作品自身的发展历史和内在规律，这是文本中心论的文学史观中最为重要的方面。

文学史作为"文学"的历史，就在于它有着其特殊的研究和阐释对象，文本中心论认为正是这一特殊规定性，决定了文学史的特殊任务和目的不是研究文学的外部环境，如社会政治经济、哲学和道德观念等外在的因素，如何影响或导致了文学发生和发展的历史。在俄国形式主义看来，文学史研究的任务就是在于从历史的角度，或用比较和系统的方式，对某部作品、某个诗人或整个时代文学作品的各种"艺术程序"进行描

---

① Northrop Frye, *Anatomy of Criticism: Four Essays*, Princeton: Princeton University Press, 1971, p.97.

② 罗伯特·肖尔斯：《结构主义与文学》，孙秋秋、高雁魁、王焱译，春风文艺出版社，1988年，第16页。

述。雅各布逊和梯尼亚夫认为，文学史的研究不能脱离每个体系的内在规律："揭示文学史（或语言史）的内在规律，可以使我们确定各种文学体系（或语言学体系）实际替代的特点。"[1]埃亨鲍姆认为，新的文学史不能像传统文学史研究以占有材料为中心，而是应该把文学的历史演变视为一种形式的辩证演变，而且必须不能直接在其他文化系列的范围内对文学进行研究。对于文学史来说，"重要的是要在文学演变中找到历史规律的特点；因此，从这种角度出发，我们把看来与历史无关的偶然性的东西搁在一边。我们关心的是演变的过程本身，文学形式的动态，因为我们可以根据历史事实观察这些过程和动态。"[2]俄国形式主义也力图揭示文学发展的规律，但这种规律是文学自身演变的规律，即"文学性"的自身演变。当然，单纯在文学自身的演变中揭示文学发展的历史规律，这可能只是一种理论的假设，这种把文学形式绝对化的想法，不仅在文学史书写实践中有其困难，而且在理论上也有局限性。托马舍夫斯无疑意识到了这一点，因此，他认为："文学史是文学通史的一个分支。"[3]文学史研究应当是用历史分析的方法对文学史中的作品做系统完整的分析和研究的学科，文学研究史并不注重于对个别作品的理解和阐释，个别的理解和阐述是为了对文学史的发展和演进做整体的阐释服务，文学史研究旨在对文学现象在发展和演进中的动机和意义做出整体的理解和阐释，但必须注意，这里所说的动机和意义的理解和阐释，不是作者意图论和心理论所说的动机，而是文学自身发展的内在形式动力。文学史研究还通过对文学社团、文学流派和风格及演变的内在联系研究，分析和阐述文学作品的内在构成和发展，研究文学是在怎样的历史和文化环境中内在而自律性地发展和演

---

[1] 茨维坦·托多罗夫编选：《俄苏形式主义文论选》，蔡鸿滨译，中国社会科学出版社，1989年，第118页。

[2] 同上书，第53页。

[3] 什克洛夫斯基等：《俄国形式主义文论选》，方珊等译，生活·读书·新知三联书店，1989年，第79页。

变的,尽管这种研究也要求文学史家把文学史放在文化史中进行分析和阐述,但目的在于更好地理解和阐释文学历史本身的内在逻辑发展。

文本本体论的文学史观认为,以文学作品文本为中心从文学自身的内在规律来书写和建构的文学史,才是真正的艺术的文学史,只有从文学发展内部来研究文学,才能揭示文学发展的内在的艺术和美学规律,这不仅仅是俄国形式主义者的文学史观,也是新批评理论家的文学史观。韦勒克和沃伦认为,文学史研究必须把文学的艺术作品作为本体来对待和研究。"各种艺术之间比较研究最重要的方法是建立在分析实际艺术品,也就是分析它们的结构关系的基础之上的。除非我们集中研究艺术品本身,而把对读者(观众)或作家(艺术家)的心理研究以及对艺术品的文化和社会背景的研究降到次要地位,无论这些研究本身是如何有意义,否则,我们就不可能有一部好的艺术史,更谈不上比较艺术史了。"①在这里,接受和影响研究、作家心理研究、社会历史研究都被他们排除在外,尽管这些研究有意义,但并非文学史的主业。它们把文学作品视为"艺术作品",强调的就是文学作品的"艺术性",而非文学的内容表现性,进行所谓"艺术"的比较,强调的是形式和结构及其演变规律的比较,而非表现内容的比较。因此,真正属于文学的或艺术的文学史研究,必须从文学作品的本体论存在出发,才能揭示文学发展本身的动态过程,文学史的任务就是"描述这个过程",并按照共同的作者或类型、风格类型、语言传统的各种作品发展过程,通过各种风格类型和语言传统的分析和描述,探索"整个文学内在结构中的作品的发展过程"②,从而揭示文学历史发展的"艺术规律"。

文学作品的文学性、自律性就在于它有其自身的自足独立的结构,正是隐藏在文学作品深处的内在结构决定了文学作品的独特品质,探索文

---

① 韦勒克、沃伦:《文学理论》,刘象愚等译,生活·读书·新知三联书店,1984年,第137页。

② 同上书,第293页。

学作品的普遍稳定的结构,就成为继俄国形式主义和英美新批评之后的结构主义的重要文学使命。体现在文学史观上,就是要像自然科学探索事物发展的规律一样揭示文学发展的结构历史,从历时性的角度描述文学历史内在结构的演变和转化,从而揭示文学历史发展的内在规律。把文学发展的历史演变类型化、结构化和数学化的杰出代表是弗莱。在他看来,西方文学叙事结构的发展就像自然界的循环运动,或者说,就是对自然现象中显示的发展规律的反映或模仿。与自然界的晨、午、晚和夜或春夏秋冬相对应,文学叙事的结构发展出四种基本类型或模式:喜剧,春天的神话,神的诞生和恋爱;传奇,夏天的神话,神的历险和胜利;悲剧,秋天的神话,神的受难和死亡;反讽与讽刺,冬天的神话,神死而复生。弗莱认为,根据这些基本类型,我们就可以揭示西方文学的内在发展机制,揭开文学叙事历史的秘密结构,获得数学般精确的文学史发展规律。当然,这种试图为文学理论和文学史提供科学的、客观的和普遍的方法论基础的做法,是结构主义文学史观中极端的客观主义和科学主义倾向。它采用单一的方法,以科学分析的方式来理解文学史的内在发展,揭示其内在的深层的模式,实际上封闭了文学史研究和阐释的空间,因此,结构主义在盛极一时之后,便转向了比它更富有影响的后结构主义。

  文本中心论的文学史观在反驳和挑战传统的他律论文学观上,无疑是富有思想创见的,它把文学作品本身作为文学史的对象,把文学史的研究视为揭示文学自身发展规律的学科,不仅把文学作品的自身存在方式问题放到了文学研究的中心地位,也击中了以往文学史理论和文学史书写存在的诸多弊端,为文学史理论的思考和文学史的书写提供了某种新的维度。而且,与传记式的、实证主义的、庸俗社会学的文学史观相比,这种回到"事物本身"的做法似乎是更符合文学史自身性质的理论洞见。尽管诚如韦勒克等所认为的编写一部总的文学艺术史仍然是一种非常遥远的理想,但是,它却为文学史理论的思考和文学史的实践提供了一种新的文学史意识。

文本中心论的文学史观的思想洞见和理论立场有其理论历史的必然，也有文学作品本身存在的内在依据；它有其自身的文学史问题意识，那就是反对以往忽视文学自身存在的文学史写书模式；它也有其自身的理论传统，那就是18世纪以来建构起来的审美自律性理论；它有其重要的哲学基础，那就是现象学"回到事物本身"的哲学理论；它还有其自身的文学事件，那就是为现代主义文学和艺术蓬勃发展提供了充分的分析对象。作为特定历史时期的文学史观，既有其历史的理论必然性，当然也有其局限性。但是，这种文学史观即便在今天，仍然提醒人们注意，文学史毕竟是文学的历史，文学史家应该具有一种真正文学意义上的意识。对于仍然积重难返的文学史理论和文学史书写来说，文本论中心论的文学史意识仍然具有深刻的启示。

但这里同时需要指出的是，这种文学史观也有需要克服的局限性。它不仅在反对他律论文学史观上存在着矫枉过正的缺点，把文学封闭在形式结构及其内在发展规律上，从而严重地忽视文学所具有的其他功能；而且值得注意的是这种文本中心论的文学史书写无疑有很大的难度。可以说，迄今尚未有真正意义上的文本中心论的文学史，尚未有韦勒克和沃伦所说的既是"艺术"的历史，又是艺术的"历史"的文学史。在《文学理论、文学批评与文学史》一文中，韦勒克写道："非常清楚，同时期人们的标准不可能约束我们，即使我们可以恢复那些标准并且在它们多种多样的差异里找到一个共同的最低标准。我们既不能硬抛弃我们的个人爱好，也不能抛弃我们从历史里获得的教训。让我们仅仅按照假设的莎士比亚的看法或他的观众的看法来解释《哈姆雷特》，等于是让我们忘掉三百年的历史。它阻止我们运用歌德或柯勒律治式的洞察力，它使一部已经在历史过程中吸收并积聚了意义的作品失去力量。但是这种历史本身，不论多么有益，同样不能对我们有约束力量；它跟作者的同代人一样，其权威性很容易受到反驳。没有任何方法来避免由我们、由我自己作出判断。甚至对'时代的定论'也仅仅是由其他读者、批评家、评论家乃至教授等积累起来的判断。唯一要做的现实而正确的事情就是尽可能地使这种判断客观一些，做每一个科学家和学者做的事情。"①这里所谓的"客观一些"，也只是文学史书写者所认为的更客观一些，由于文学史的书写总是具有文学史意识和诠释学视域的作者书写的，这种客观性也始终是一种有限的客观性。按照事实性本体论诠释学和哲学诠释学的理论，理解总是一种事件，总是一种效果历史，文学史中包含着文学作品被接受和被阐释的历史，可以说，很大程度上，20世纪60年代兴起的接受美学恰恰是在承认韦勒克拒绝的这些东西基础上，重视和探讨的正是文学接受和影响的问题，并试图为文学史理论提供另一种不同的文学史意识。

三、接受论文学史观

实证论的文学史理论过度依赖于文学的外在因素，而文本中心论的文学史理论则力图构想一种集中于文学作品自律性发展的历史，前者往往被称为他律论的文学史书写，后者则被称为自律性的文学史书写。20世纪60年代之后，这两种文学史观和文学史都受到了批评和质疑，一种以接受为中心探讨文学作品存在方式的文学理论出现了。这种理论把读者和文学接受作为文学的中心问题来研究，体现了当代文学研究中的一个重要转变。接受和读者反映理论所理解的文学作品的本体论存在方式的转变，必然会促使人们重新审视已有的文学史书写传统和模式，探索某种新的文学史观念和理论，并提出某种新的文学史书写的可能性。就其文学史理论的建树和深刻影响来说，这种新的文学史理论集中体现在以伽达默尔的本体论诠释学为哲学和美学基础的康斯坦茨学派的文学研究中，伽达默尔的学生罗伯特·耀斯是其中的杰出代表。塞尔登写道："作为德国'接受'理论的重要代表人物，耀斯为读者定向的批评提供了一个历史维度。他试图在忽视历史的俄国形式主义和忽视文本的社会理论之间达成妥协。在20世纪60

---

① 韦勒克：《文学理论、文学批评与文学史》，赵毅衡编选：《新批评文集》，中国社会科学出版社，1988年，第510—511页。

年代末的社会动荡时期写作，耀斯等人想质疑德国文学的老经典，并表明这样做是完全合理的。旧的批判观点已经失去了意义，正如牛顿的物理学在20世纪初似乎不再适用一样。他借用了科学哲学库恩的术语'范式'，指的是在特定时期发挥作用的概念和假设的科学框架。'普遍科学'在特定范式的精神世界中进行实验工作，直到一个新的范式取代旧的范式，提出新的问题，建立新的假设。"[①]这段话即表明了耀斯接受美学的理论立场，也表明了耀斯的问题意识，以及接受美学与形式主义与社会理论文学理解和阐释之间的重大差异。可以说，耀斯的《作为向文学理论挑战的文学史》，已经成为以读者和接受为中心来阐释和建构文学史的里程碑式的著作，他关于文学审美经验的研究，如《审美经验与文学诠释学》等，也显示了其文学史理论在文学理解和阐释上的实践性运用。因此，这里对接受理论的文学史观的考察，主要论述耀斯的文学史理论。

伽达默尔的哲学诠释学是读者接受论文学史观的哲学和美学基础。哲学诠释学反对以实证主义和科学主义的方法论对待人文科学的做法，认为人文科学有其自身独特的真理表现形式和认识方式，人文科学对象的理解也有其自己的独特方式。从根本上，理解是一种效果历史事件，对传统传递下来的文本的理解同样是一种效果历史事件，是文本视域与理解者视域不断生成和融合的结果。由此，对历史上的文学作品文本的理解，不可能是一种简单的重构，必然包含着历史上人们对文学作品的理解和阐释，文学作品的历史理解和阐释所具有的历史性，同时意味着文学理解和阐释行为是一种开放性的创造活动。根据这种诠释学观点，文学的历史也不只是实证主义的历史和作品自身内在发展的历史，也是文学作品被接受、被理解和被阐释的历史，是文学作品在接受和理解的历史运动中的接受史和效果史。正是从这一诠释学的理论出发，耀斯把文学史理解为读者在接受文学作品和文学作品在读者中发生影响的历史，从而提出了以读者和接受为

---

① Raman Selden, Peter Widdowson, Peter Brooker, *A Reader's Guide to Contemporary Literary Theory* (Fifth edition), London:Pearson Education Limited, 2005, p.50.

重心的文学史理论。正如大卫·霍伊写道:"文学史必须摆脱纯粹审美意识和纯粹历史意识的客观主义幻想。重构在作者写作时出现在他面前的东西不是文学史的任务。根据伽达默尔和耀斯的诠释学描述,这种文学史的还原性解释忽略了这个基本观点,即所有的文学解释在重要意义上都是文学史。解释行为本身产生了文学文本的历史,从本质意义上所,文学就是历史的,因为作品并不独立于它在其中被理解的解释传统而存在。"①在这里,我们首先论述罗伯特·耀斯的接受美学对文学史的挑战及其建立接受文学史的理论构想,本章最后一节讨论伽达默尔哲学诠释学为文学史思考提出的理论洞见。

　　首先,耀斯的接受美学以一种新的文学史意识挑战了传统的实证主义、形式主义和庸俗社会学的文学史观,实证主义和庸俗社会学的文学史观念把文学史假定为一种历史书写形式,实际上这是一种外在于文学发展本身的历史书写,因为它缺乏对作为"事物本身"的文学作品对象的研究,也就是说,它没有对作为"艺术"的文学本身进行应有和必要的"审美判断",文学史书写中的"艺术"和"审美维度"被抛弃了。对于实证主义的文学史观,他认为,那种以为运用精确的自然科学方法,便能够写出符合文学发展本身的文学史的做法,实际上是一种因果论的线性思维。依照这种思维撰写出来的文学史只不过是文学发展趋势、类型和属性的材料编排,是作者和作品的编年史而已,人们在这种文学史里根本看不到文学史家对文学作品的艺术分析和审美评价。耀斯写道:"因为一部文学作品的质量和等级既不是来自它的起源的传记或历史条件,也不是来自它在一个类型发展序列中的地位,而是来自影响、接受和死后名声的标准,这些标准更难把握。如果一个文学史学家受客观性理想的约束,把自己局限于一段封闭的过去呈现,把对他自己的、尚未完成的时代的文学的判断留给负责任的批评家,把自己局限于'杰作'这一可靠的经典,他与历史

---

① David C. Hoy, *The Critical Circle: Literature, History, and Philosophical Hermeneutics*, California: University of California Press, 1982, p.159.

保持距离，往往会比文学的最新发展落后一到两代人。"①耀斯把这样的文学史家称为批评的"寄生虫"。实证主义的文学史观认为，如果能借用精确的自然科学的方法，它就能成为其必要性的优点，而耀斯认为，这样做的结果是众所周知的。"将纯粹因果说明原则应用于文学史，只是揭示外在的决定因素，使根源研究发展到了一种过于庞大的程度，并将文学作品的特殊性质分解成一系列可以随意增加的'各种影响'的汇集。"②因此，文学史家必须从实证主义的客观性幻想中走出来，才能改变文学史的现状，赋予文学史学科以活力和生命。

我们已经知道，形式主义是20世纪文学理论和批评中具有深刻影响的一个巨大话语资源，耀斯对形式主义的文学研究给予了很高的评价。他认为，形式主义深刻意识到了文学的文学性问题不仅是一种共时性的，也是一种历时性的存在，形式主义在文学史观上意味着试图在文学自身的发展历史中探讨文学史建构的问题。但是，耀斯认为，尽管形式主义者把文学性的问题纳入了历史的轨道，远离了实证主义的盲目经验主义和抛弃了精神史的审美形而上学，然而，形式主义以及结构主义的文学史观却把文学视为封闭于文本形式和结构自身系统内的发展，从而忽视了文学史一个极为重要的方面，即它们把文学史的发展与一切历史条件割裂开来。这种有意识地抛开历史知识的做法，尽管在文学艺术价值的批评上获得了巨大的成就，却又使文学批评成了一种"理性的方法"。在耀斯看来，要克服形式主义和结构主义文本本体论的文学史观的局限，我们就必须从单纯的形式结构分析和研究中走出来，把文学历史的形式主义研究与文学社会学的研究结合起来，在一个更大的理论视域中去阐述文学发展的历史。

在谈到接受美学时，伊瑟尔说，接受美学包括接受和反应两大核心课题：一是他本人强调的文本分析方法的读者反应理论；一是耀斯强调的历

---

① Hans Robert Jauss, *Toward an Aesthetic of Reception*, Minneapolis: University of Minnesota Press, 1982, p.5.
② Ibid., p.8.

史学和社会学方法的接受研究。确实，耀斯的文学史理论除了吸取了伽达默尔的效果历史意识的诠释学思想外，也把他的理论建立在对传统文学社会学的评判性考察上，这一点是伽达默尔的诠释学所欠缺的。耀斯认为，马克思主义美学把自身与艺术和文学的现代发展联系起来，为文学社会学的研究提供非常有益的启示，但他同时指出："正统的反映理论阻碍了辩证唯物主义文学史的这一真正任务，阻碍了任何把文学形式的成就和影响确立为一种独立的客观人类实践来解决的相关问题。"[①]耀斯认为，把文学简单地理解为社会经济或阶级的对应物，把文学视为对应于"经济基础"的上层建筑和意识形态的做法，不但忽视了马克思所提出的经济基础和社会发展与文学艺术发展之间存在不平衡关系的理论，也否定了文学艺术形式本身发展的独立性，更是严重忽视了文学接受和文学影响在文学史发展中的重要地位和作用。对于文学史来说，文学作品的连续性不仅通过生产主体，也必须通过消费主体，通过作者与读者之间的相互作用才具有历史性的特征，文学作品的形式成就和影响也必须纳入这种相互作用的动态过程中，才能真正揭示其历史的发展和演变。因此，一部真正的文学史不能像庸俗社会学和机械唯物主义所做的那样，既忽视作品影响和读者接受的作用，也忽视文学形式自身发展的历史。耀斯的批判性分析基本上符合迄今为止的文学历史发展实际。

其次，在挑战和批判传统的文学史理论的基础上，耀斯试图建立一种以读者接受为重心的文学史理论模式，为文学史写作提供一种新的文学史意识。很显然，耀斯对传统文学史理论的批判和审视为他的文学史理论提供了更为综合的理论视野，他充分肯定了形式主义和马克思主义文学史理论的成就，既重视文学的自律性存在，也看到了他律性理解的必要性。就形式主义和结构主义语言学的文学研究而言，它们在起源、标准、流派的历史演变的思考中展示了对文学历史的新理解，为文学史理论问题提供

---

① Hans Robert Jauss, *Toward an Aesthetic of Reception,* Minneapolis: University of Minnesota Press, 1982, p.11.

了一种新的理解途径。就马克思主义文学理论而言,它为文学史家对文学的认识和理解提供了历史学和社会学的维度。在他看来,所有这些都是接受美学的文学史理论所应该加以借鉴的核心内容,但是,他认为,这两种理论都存在着自相矛盾的地方,都有其方法论上的局限性,这是接受论的文学史意识必须超越的方面。由此,耀斯再次看到了文学史研究所面临的挑战和问题:"文学史的问题在马克思主义方法和形式主义方法的论争中仍未得到解决。我试图弥合文学与历史之间、历史方法与美学方法之间的鸿沟,从两个学派都停止的地方起步,它们的方法是在生产美学和再现美学的封闭圈子内来构想文学的事实,这样做的时候,便使文学失去了一个同样不可分割地属于其审美特征和社会功能的维度,这就是文学的接受和影响之维。读者、倾听者、观赏者——简言之,受众的因素——在两种文学理论中发挥极为有限的作用。正统马克思主义美学对待读者的方式——假如有的话——与对待作者的方式没有任何区别:正统马克思主义探究读者的社会立场,或者试图在一个被再现的社会结构中认识读者。形式主义学派所需要的只是作为一个感知主体的读者,他遵循文本的方向,以区分文学形式或发现文学程序。"①基于文学作品本体论存在方式的这种新的"审美判断",耀斯提出了以接受和影响为中心建立新的文学史理论的构想。

在关于文学接受的论述中,我们看到了当代文学理论和批评对读者和接受在文学活动中的重要地位和作用的高度重视,许多阅读理论都把读者作为一种理论假设,并以此为基础来分析和讨论阅读和接受过程,而真正把读者和接受作为一种历史性的概念来理解,则集中体现在以哲学诠释学为美学基础的阅读和接受理论中。可以说,耀斯的接受美学不仅在某种重要的意义上超越了庸俗社会学的文学理解和文本中心论的形式主义理解,也如菲利普·莱斯等人所认为的,耀斯的接受理论超越了伊瑟尔的"非历

---

① Hans Robert Jauss, *Toward an Aesthetic of Reception,* Minneapolis: University of Minnesota Press, 1982, pp.18-19.

史"的读者概念，在历史过程中考察读者在文学接受和影响中的作用。耀斯"广泛地吸取了伽达默尔的诠释学理论，把文本视为过去与当下之间的不断对话，在这种对话中，解释者的当下立场总是对过去如何被理解和被接受产生影响。我们理解过去，我们只能根据当前的文学视域才理解它，因此，耀斯认为需要一种把过去与现在联系起来的'视域融合'。因为在耀斯看来，文本的意义和价值最终是不可能与文本的接受的历史相分离的"[1]。因此，从文学史理论的角度看，从前几乎没有人从文学作品的接受维度来思考文学史书写的可能性问题，正是耀斯的接受美学把读者和接受的概念纳入了历史的范畴，才提出了以接受美学为基础的文学史观念。

在耀斯看来，在文学阅读和接受活动中，读者并不是被动的阅读和接受，也不仅仅是一种反应，更重要的是，读者本身就是一个历史的、能动的构成，阅读和接受的历史性、能动性才是构成和延续文学作品的历史生命的内在动力。耀斯说："一部文学作品的历史生命没有受众的积极参与是不可思议的。因为只有通过受众的中介过程，作品才能进入一个不断变化的连续性的经验视域，在这个视域中，从简单的接受到批判性的理解，从被动接受到主动接受，从公认的审美规范到超越它们的新的生产发生持续性的转化。文学的历史性和它的交流性预设了作品、受众和新的作品之间的对话性和过程性的关系，这种关系可以在信息与接受者的提问与回答、问题与解决之间的关系中进行构思。因此，如果要找到一种新的办法来解决把文学作品的历史连续性理解为文学史的连贯性的问题，那么，过去那种主要在生产和再现的封闭循环中运动的文学研究方法论，就必须向接受和影响的美学开放。"[2]因此，在他看来，文学史理论和实践要突破已有的模式，必须放弃实证主义文学史的客观主义信条和打破古典主义传

---

[1] Phillip Rice and Patricia Waugh ed., *Modern Literary Theory*, London: Hodder Headline Group, 1989, p.74.

[2] Hans Robert Jauss, *Toward an Aesthetic of Reception,* Minneapolis: University of Minnesota Press, 1982, p.19.

统研究的文学标准，同时，放弃文本中心论把文学理解和解释封闭在作品结构和形式系统内的客观分析方法，把文学史的书写和建构转移到以读者为中心的接受和影响历史的诠释学视域中来。

伽达默尔的哲学诠释学对耀斯的接受理论的文学史观有很深刻的影响。他以伽达默尔诠释学的"理解"（understanding）、"解释"（interpretation）和"应用"（application）三个重要范畴来阐述他的接受和影响美学，当然，在应用中也有所不同。伽达默尔认为人类理解活动中的这三个环节是不可分割地统一在一起的，他说："我们已经确定应用既不是理解现象的后续部分，也不仅仅是理解现象的偶然部分，而是从一开始就把它作为一个整体共同决定的。在这里，应用也不在于把某种预先给定的普遍性与特定情况联系起来。处理传统文本的解释者试图将文本应用于他自身。但是这并不意味着文本是作为普遍性的东西给予他的，他首先理解文本本身，然后将其用于特定的应用。相反，解释者只寻求理解这一普遍性，即文本——理解文本所说的内容，构成文本的意义和意味的东西。为了理解这种东西，他一定不能力图无视他自己和他置身的特定诠释学处境。如果他想有所理解的话，他必须把文本与这种处境联系起来。"[①]耀斯在具体的文学阐释中则把理解、解释和应用看做三个具有相对独立性的阶段。耀斯认为，理解是初级阅读经验阶段，它属于审美感觉范围内的直接的理解阶段；解释是在初级经验基础上的二级阅读活动，属于反思性阐释的阶段。例如我们要理解的诗歌文本就不是从作为已经获得的整体形式的范畴之内的特殊文本的意义问题开始，而必须追溯审美感知过程中的开放的意义。对诗歌文本的审美特征的研究，必须遵循文本构成过程的审美感觉、韵律的暗示以及形式才能完成。这是由文学和艺术本身的审美特性决定的，文学艺术正是通过这种中介才开启了一个审美意义空间。在诗歌文本中，审美理解主要指向感觉过程，因此，它在诠释意义上

---

① Hans-Georg Gadamer, *Truth and Method*, London: Continuum Publishing Group, 2004, p.321.

与初级阅读的期待视野相关。而这一点正是伽达默尔的哲学诠释学不够重视的地方,尽管伽达默尔强调文学作品的自律性存在,但是,他很少对文学作品的形式结构问题进行分析。

只有通过反复阅读,才能掌握形式和意义上的一致性,这是在进行二级阅读时的阐释基础。例如,一个普通的读者对诗歌本身的语言和形式的感知,一个具有学术能力的评论家把对诗歌的已有范式的知识与现在阅读作品的感知进行比较,等等。诗歌文本的阐释总是预先假定审美感知作为其预先的理解,解释只能是那些已经出现或者可能已经出现在阐释者先前阅读视野中的具体化。审美感觉始终包含着理解,但是不能把审美感觉中的理解归之于解释,它只是二级阅读的期待视野。读者在初级阅读的基础上由期待的感觉活动走向终点,从特殊走向形式与意义的可能整体。在理解和解释的基础上,才能进入应用的阶段,而理解之后的解释构成了应用的基础,这是一个经验上和逻辑上递进的关系,因为对于过去时代的文学作品,我们所关注的不仅是文本与它的基本语境关系,而且关注在当前语境中文本对我们所具有的意义,以及文本意义与我们自我理解的关系。

当然,对于耀斯的接受美学来说,系统地分析和阐述阅读活动的理解、解释和应用并不是其最终目的,而是为建立新的文学史理论提供理论基础,他力图证明文学史的发展并不只是一种自律性的生产美学或他律性的再现美学的历史,更重要的是探讨一种影响和接受的文学史书写的可能性。

在《审美经验与文学解释学》一书中,耀斯对审美经验历史的分析和论述就是为了重建一种文学接受和影响的历史。在他看来,以往的文学史和艺术史都把自己看做作品及其作者的历史。"只是考察审美经验的生产功效和成就,很少考察其接受功效和成就,几乎没有考察其交流功效和成就。自从历史主义诞生以来,艺术的学术研究不遗余力地告诉我们关于作品的传统以及如何解释它们,关于这些作品的主客观根源,因此在今天,我们比较容易重新评价一件艺术品在它那个时代的地位,比较容易通过作品的渊源以及先驱作品来确定该作品的独创性,甚至揭示它在意识形态方面的功能。相反,要了解那些在生产、接受和交流的活动中实际推动了社会和历史实践的人们的经验,就不那么容易了。这种实践的具体结果已经被文学和艺术的历史传递给我们。"①正是基于这种深刻的认识,耀斯的《审美经验与文学解释学》着重探讨了审美实践和它在文学创作、文学作品的感受和净化,即他所认为的文学作品的生产、接受和交流的三个基本范畴的历史表现,以及作为此三种功能所具有的基本态度的审美快感、审美经验与日常现实世界中其他意义领域之间的关联。在受方法论限制的情况下,如何达到现在与过去的审美经验之不同视域的分化和融合,如何把哲学诠释学的问答辩证法作为一种诠释学工具加以运用,是他的审美经验与文学诠释学的中心问题。

再次,耀斯以其接受美学和影响美学为理论基础,提出了建构文学历史性的方案。他主要从三个关系维度考察文学史的历史性:文学接受的相互关系的历时性方面,同一时期文学参照构架的共时性方法以及这种构架的系列,文学的内在发展与一般历史过程的关系。

我们已经表明,书写下来的文学历史并不是单纯作者作品的集合,也不是简单的编年史排列,这是文学史的外部研究方法,在这一点上,耀斯持有与文本中心论者大致相同的理论立场,即文学有其自身的历时性发展的历史。耀斯的文学史理论接受了形式主义文学理论这一思想洞见,但是,文本中心论主要是考察和分析某部文学作品在历史理解中的意义和形式,而不是把作品置于历史发展的"文学序列"之中,而接受美学力图把这两者结合起来,在文学审美经验的发展语境中理解和阐释文学作品的历史地位和意义,使之成为既是"文学的"又是"历史的"文学史。"接受美学理论不仅允许人们在文学作品理解的历史性展开中构想其意义和形

---

① 汉斯·罗伯特·耀斯:《审美经验与文学解释学》"作者序言",顾建光等译,上海译文出版社,1997年,第2页。在这本书里,耀斯对创作、感受和净化的理论分析以及文学作品的历史阐释,都体现了他力图把接受史的理论运用于文学诠释学的努力和成果。

式,而且它还要求人们将个别作品置入'文学系列'中,在文学经验的语境中认识其历史地位和意义。在从作品接受史到文学事件史的过程中,文学事件史在这个过程中表现为作者被动接受的过程。换言之,下一部作品可以解决上一部作品遗留下来的形式问题和道德问题,进而提出新的问题。"①在对文学作品的接受和理解中,对作品的意义和形式的理解无疑是重要的,然而,要真正认识到一部作品的形式和意义的发展及其理解的开创性和独特性,就必须把该作品放在文学的历时性演变和发展过程中,并根据理解者或者说文学史书写者的文学经验语境来对其做出理解、阐释和判断。对于文学史来说,一部文学作品的所谓创新性、超越性和独特性等,不是一个固定不变的美学范畴,而且它本身就属于历史的范畴。没有一种历史的分析和比较,我们根本不可能对它们做出历史的和美学的判断。对历史上的文学作品的理解、阐释、应用和评价,都只有把它们纳入到历时性的发展序列中,才能得到更恰当的理解、阐释和判断,因此,耀斯认为,通过这一历时性的考察和论述,文学史家才能真正理解和认识文学自身发展的形式历史。

同时,耀斯也深刻指出,形式主义文学理论的根本问题在于,它把作品的形式创新当作唯一的美学和价值标准,把形式本身的变革视为一种内在的、自我封闭的系统,尽管形式主义者看到了文学形式变革的历史性维度,但是,它没有重视文学形式的共时性和历时性接受研究。因此,以接受和影响为基础的文学史,必须把文学的共时研究和历史研究结合在一起。"文学的历史性是在历时性与共时性的交汇处显现出来的。因此,它也必须有可能使某个特定历史时刻的文学视域得到理解,与文学同时出现的相互联系的共时系统可以在非同时性的关系中被历时性地接受,并且作品可以被接受为时髦的、过时的还是经久不衰的,早熟的还是滞后的东西,因为如果从生产美学的角度来看,同时出现的文学被分解为非同

---

① Hans Robert Jauss, *Toward an Aesthetic of Reception,* Minneapolis: University of Minnesota Press, 1982, p.33.

代性的异质多样性,即,由它们类型的'成形时间'的不同时刻所赋予的作品的多样性(就像现在的天空中的星座从天文学上移动到最不同时间距离的各个点上),尽管如此,这种多样性的文学现象,从接受美学的角度来看,在文学期待、记忆和期待的共同视域中,再次凝聚感知它们的受众,并且把受众与当下的作品彼此联系起来,从而确立他们的意义。"①因此,在耀斯看来,形式主义文学史理论的纯粹历史性角度忽视了文学与环境的关系,它没有对同时存在的文学类型做出共时性的分析,特别是忽视了文学作品接受的时间性和历史性。因此,共时性研究旨在通过对某一时期同时存在的文学作品进行主题、类型、象征和隐喻等比较研究,探索和确定哪些文学作品从审美经验的视野中凸显出来,考察哪些作品只是一时的轰动,随后便默默无闻,无人问津,哪些作品则不断地被人阅读、接受和阐释,在文学接受的审美经验史中具有持续的效果和影响,通过这种历时性的研究,便可以发现和确定文学作品在文学史中的历时性变化,这样也就能够在文学的历时性与共时性的交叉点上建立逻辑中介,或者,更准确地说,在耀斯的接受文学史意识中,共时性研究和历史性研究互为中介。正如哲学诠释学所认为的,这种逻辑中介超越了纯粹的审美经验,是与人们的现实生活相联系的经验。"审美经验似乎并不是在它自己的领域内'有机地'发展的,而是靠介入现实的经验来不断地扩大和保持自身的意义领域的,亦即通过篡夺他人的果实来补偿自己、通过越界行为以及提供具有竞争性的解决方案来达到的。把审美经验的历史置于这样的前提之下,可能会导致艺术史编写工作的富有成果的更新。"②

由此可见,接受美学秉承并化用了哲学诠释学对人文科学的认识问题和真理问题的思考,把文学的审美经验与人的现实经验联系起来理解作

---

① Hans Robert Jauss, *Toward an Aesthetic of Reception,* Minneapolis: University of Minnesota Press, 1982, pp.37-38.
② 汉斯·罗伯特·耀斯:《审美经验与文学解释学》,顾建光等译,上海译文出版社,1997年,第169页。

品的意义问题，在肯定文本中心论所主张的作品自律性基础上，认为文学是具有社会功能和精神功能的文化形式，这一点使耀斯的文学史理论建立在了一个更宽广的理论视域中。耀斯认为，形式主义者所谓的"新"不仅是一个审美的范畴，不仅仅是专注于形式主义理论强调的创新、惊人、超越、创新组织和陌生化等，而且，"新"同样是一个历史的范畴，对这种"新"的接受和判断，离不开文学接受和影响的时间性和经验性。"新的文学作品是在其他艺术作品以及日常生活经验的背景下接受和评判的。它在伦理领域的社会功能，是按照接受美学的方式，以提问和回答、问题和解决的方式来把握的，根据这种方式，新的文学作品便进入了历史影响的视域。"① 这种历史影响的过程是一个持续的过程，是一个在历史时间中不得不发生变化的过程，读者和接受者的视域都会随着时间和语境的变化而变化，对历史上的文学作品的接受和理解，将在新的不同的视域中实现新的、不同的融合，并发挥不同的文学功能。"文学在社会存在中的特殊成就，正是在文学没有被再现性艺术的功能所吞并的地方寻求的。如果人们回顾一下文学作品推翻统治道德的禁忌，或为读者的生活实践中的道德问题提供了新的解决方案的历史时刻，这一点便可以得到社会上所有读者的一致认可，因此，一个仍然很少被研究的领域向文学史学家敞开大门。如果文学史不是简单地在对作品的反思中一而再地描述一般历史的过程，而是在'文学演变'的过程中，在文学与其他艺术和社会力量的竞争中，将人类从自然、宗教和社会束缚中解放出来的时候，发现属于文学的恰当的社会形成功能，那么，文学与历史、审美与历史知识之间的鸿沟就能够得到弥合。"② 因此，从根本上说，文学的阅读、接受和影响是一种审美经验交流活动，它在接受、理解和影响的历史过程中发挥特殊的社会功能，反过来，这种功能也正是在接受和影响的历史中发生、产生和变化

---

① Hans Robert Jauss, *Toward an Aesthetic of Reception*, Minneapolis: University of Minnesota Press, 1982, pp.41-42.
② Ibid., pp.45.

的。由此，文学史不能像形式主义那样把文学理解为一种自足独立的封闭体系和内在逻辑序列，只有当文学作品进入读者和接受者的生活世界的期待视野，只有当读者通过文学作品的审美中介形成了他对世界的理解并对其社会行为有所影响时，文学作品的艺术和审美社会功能才能得到真正的实现，并且，只有在接受史和影响史的历史视域中，才能真正理解和阐释文学的审美功能和其他功能的变动性、历史性和连续性。

因此，接受美学对于文学价值的关注和意义的诠释，并不仅仅是一个纯粹的理论问题，而是与当时整个社会文化语境相关联。众所周知，20世纪60年代，正是西方大众传媒蓬勃发展的时候，大众文化成为一种流行文化，并开始侵蚀传统人文学科中具有主导地位的文学，文学的价值和意义问题面临大众传媒和大众文化的严峻挑战。而当时占主导地位的文本中心论方法则把自己的理论视域封闭在文本的自律性分析中，极大地忽视了文学作为人文教育重要学科的价值和意义阐发。耀斯认为，要真正发挥文学在人文教育中的作用，就必须改变已经过时的实证主义和自我封闭的形式主义文学分析和解释方法，在新的理论视域中重新寻找理解和阐释文学的新方法和性途径。正如耀斯在对他的接受美学研究的反思性文章中所说的，以研究文学接受为手段去挑战传统的文学史理论和复兴文学史学科，"绝非坐在书斋里想出来的一个孤立的决断。"[①] 耀斯正是看到了文学教育履行"批判的社会功能"失败的征兆，试图拯救文学学科和文学史的精神价值和人文意义，才发出了挑战传统文学理论的文学史观念的呼声，并身体力行之。他写道："现代文学科学已抛弃了历史—实证主义语文学的旧途径，而今所关注的是从理论和实践两个角度对文学的理解和阐释。从历史角度讲，这要求运用过去的经验以塑造现在；而从当前着眼，这涉及交流的方式；人们同艺术品的接触使得这种交流在社会生活中成为可能之

---

① 耀斯：《我的福祸史或：文学研究中的一场范例变化》，拉尔夫·科恩主编：《文学理论的未来》，程锡麟等译，中国社会科学出版社，1993年，第145页。

事。"①在耀斯看来,文学,特别是过去的文学,对社会有一种非常重要的赋形功能;而从审美政治学的意义上讲,文学体现出一种自由精神,这是文学作品和文学经验最宝贵的价值。

由以上的所论可知,以耀斯为杰出代表的接受美学,确实为文学史理论和文学史实践提出了新的思考维度,他不仅把阅读和接受提高了本体论的地位,而且把接受活动和效果影响纳入了历史的范畴,提出了以接受和影响美学为理论基础的文学史新概念和新方案,试图在文学与历史、美学与历史,甚至文学接受与人文教育、审美经验与精神自由之间建立新的中介,提出不同于已有的文学史意识,倡导文学史的精神价值。可以充分肯定,这一理论尝试能够拓展文学理论和文学史研究的思维空间和意义诠释空间。对此,让伊夫·塔迪埃给予了接受美学以崇高的评价:"接受美学因此而成为我们时代的非马克思主义文学社会学最富革新意义的创举,同时也刷新并活跃了文学史的观念,转移了文学史的重心。"②

然而,撰写一部真正以接受和影响为主导的文学史谈何容易,但目前为止,这方面值得称道的典范之作可说寥寥无几。此外,正如任何文学史理论都有其理论洞见,也有其不足的地方一样,耀斯的以读者接受为重心的文学史观所存在的问题也是显而易见的,读者地位在当代文学理论和批评中的突显,确实把读者从阴暗的角落带到了阳光地带。尽管接受美学并不忽视文学作品的形式分析以及文学形式的演变规律的探讨,但是,其理论后果可能也导致了如费什所认为的那样,文学的意义只存在于读者的头脑中的极端论倾向。就耀斯本身对文学审美经验的研究来说,鉴于历史的读者类型和接受经验的复杂性,尤其是文学接受史资料方面的问题,给他的文学接受史的建构带来巨大的困难。例如在《审美经验与文学解释学》

---

① 耀斯:《我的福祸史或:文学研究中的一场范例变化》,拉尔夫·科恩主编:《文学理论的未来》,程锡麟等译,中国社会科学出版社,1993年,第133页。

② 让-伊夫·塔迪埃:《20世纪的文学批评》,史忠义译,百花文艺出版社,1998年,第206页。

中,他在论述审美经验的接受方面的问题时,实际上是从作者的创作体验而不是读者的接受角度来论述的。很显然,单纯依赖历史上的读者的接受经验来建构文学史,在某种程度上仍然是一种理论性的假设。就此,耀斯的老师伽达默尔认为,由耀斯建立的接受美学,对文学研究的某种完整向度无可争议地做出了新的解释,但是,这种美学却没有真正描绘伽达默尔在哲学诠释学发现的东西。①那么,伽达默尔的哲学诠释学究竟为文学史理论提供了什么样的理论洞见呢?现在我们转向伽达默尔的"效果历史意识"给文学史意识和文学史书写的启示。

第三节 效果历史意识与文学史意识

文学史总是文学史家站在一定时间或历史距离书写和建构的文学的历史,用哲学诠释学的概念来表达,文学史总是历史上的文学作品与书写者的"视域融合"中的一种"效果历史"。伽达默尔所说的"效果历史"就是一种具有效果影响的历史,从根本上说,我们对历史上的文学作品的阅读、理解和阐释就是一种效果历史事件,而这一事件又是作为理解者的"我们"的效果历史意识与所理解的文学作品之间相互作用的效果,是我们的历史思维与历史上的文学作品相互对话与相互作用的历史,在文学史书写中,总有我们的历史思维在起作用,因此,文学史书写必须认识和考虑到我们自己的历史思维所具有的历史性,任何文学史书写者都是具体的历史的人,其文学史意识总是历史性的。伽达默尔说:"真正的历史思维必须考虑到它自身的历史。只有这样,它才不会追求某个历史对象的幻象,历史对象是我们不断探索的东西,而应当学会把对象看做是它自己的他者,从而认识自己和他者。真正的历史对象根本就不是一个对象,而是自己和他者的统一体,一种包含着历史的现实性和理解的现实性的关系。

---

① 参见伽达默尔:《真理与方法》,洪汉鼎译,上海译文出版社,1999年,第642页。

一种适合于主题事件的诠释学应该在理解本身中显示其现实性和历史效果。我将把这叫做'效果历史'。理解从在其本质上是一种历史地产生效果的事件（historically effected event）。"①在作为效果历史事件的理解过程中，被理解的对象与作为理解者的我们总是处在本体论的理解事件中，只有在这种本体论事件中，历史的现实性和理解的现实性才能得到实现。

在谈到文学作品的自律性存在时，我们已经强调了作品总是以它自身的存在向阅读和理解它的人说话，而理解的差异性就在于我们总是带着已有的前理解进入理解的事件之中，并理解正在对我们说话的文学作品。哲学诠释学所谓的"效果历史意识"首先意味着，理解者必须意识到他自身的历史性和理解的历史性，理解者和解释者在历史理解过程中的立场并不是固定不变的，他们作为传统的一部分，总是受到解释效果的历史影响，因为，解释者的立场本身就受到过去对当下的影响，因此，我们不可能不受效果历史影响地从客观、中立的立场理解所要理解的历史对象。换言之，"效果历史意识"就是我们意识到传统及其影响的方式，在理解过程中，我们不可避免地会把我们的前理解带到正在理解的文学作品之中，我们的偏见本身是历史意识的条件，也就是说，我们总是受这种前理解和偏见的影响，我们必须充分意识到这种影响在我们的历史理解中所具有的作用，千万不要认为我们的理解可以抛弃我们内心已有的东西，我们的进行理解的心灵不是一种一尘不染的白纸。其次，我们必须意识到，理解是文本的视域与理解者的一种视域融合，理解者通过与文本的相遇和对话而彼此相互影响，你影响正在阅读和理解的文学作品，文学作品也影响你的阅读和理解。伽达默尔认为，在我们的理解行为中的意识永远不会完全呈现在自己面前，但是，当文本在理解中产生效果时，便可以意识到文本正在发生的变化，同时我们也在文本的影响下发生变化，两者在效果历史事件中都不是静止的东西。最后，理解者不仅是文本的一种效果，而且理解

---

① Hans-Georg Gadamer, *Truth and Method,* London: Continuum Publishing Group, 2004, p.299.

者也被揭示为历史效果的一部分,理解和解释都是一种持续不断的对话,一种过去和当下之间的生动对话。伽达默尔的效果历史的观点认为,意义总是当下意识之中的意义,意义本身总是由人们寻求理解的直接意义和传统意义的结合而产生的,也就是,意义始终是一种理解事件的效果。"对于一件艺术作品,我们不可能像对待某个传递信息的报道那样把其中所具有的信息统统收悉,以致它好像完全被采集光了似的。我们在欣赏诗歌作品的时候,不管是用实在的耳朵倾听它还是在默读中用内心的耳朵倾听它,它都表现为一种循环的运动,在这种运动中,回答重又变成问题并诱发出新的回答。这就促成了在艺术作品面前的徘徊逗留——而不管它是什么形式的艺术作品。逗留(Verweilen)显然是艺术经验的真正特色。一件艺术作品是永远不可能被穷尽的。它永远不可能被人把意义掏空。[……]没有一件艺术作品会永远用同样的方式感染我们,所以我们总是必须做出不同的回答。其他的感受性、注意力和开放性使某个固有的、统一的和同样的形式,亦即艺术陈述的统一性表现为一种永远不可穷尽的回答多样性。"①因此,哲学诠释学把理解视为一种效果历史事件,把效果历史意识视为历史理解能够发生和实现的重要条件。本书认为,哲学诠释学对效果历史和效果历史意识的这种理解,不仅适用于对文学作品文本的理解,也为文学史的书写和建构提供了一种富有成效的诠释学意识。

哲学诠释学把整个文学诠释活动视为一种具有时间性和历史性的事件,文学活动中所有的构成要素都只有在诠释学的时间性理解事件中才能进入本体论的存在方式中,并成为理解中发挥作用的构成要素,因此,我们对文学作品的理解过程是"效果历史意识"作用下的一种"效果历史事件"。在这种历史的理解事件中,效果历史和效果历史意识都具有一种根本性的动力作用。对于文学史实践来说,文学史书写者对历史上的文学作品的理解同样是一种有效果的历史事件,或历史影响的时间效果,在对文

---

① 伽达默尔:《真理与方法》,洪汉鼎译,上海译文出版社,1999年,第634页。

学史对象的理解中总是体现了某种效果历史意识,如果文学史书写者不具有效果历史意识,不进入作为时间性过程的文学理解历史事件,不意识到自己的理解的历史性,历史上的文学作品就不可能进入理解的事件中,文学史家也不可能对文学作品进行真正的历史理解,从而不可能进行真正诠释学意义上的文学史书写和文学史建构。因此,从哲学诠释学的角度看,文学史的建构,从根本上意义上说,是文学史家的效果历史意识与文学作品的历史理解和阐释在文学史书写中的诠释学实践。

一、文学史对象的历史性

我们已经表明,哲学诠释学并不否定作为"事物本身"的文学作品的自律性存在,但是,它反对把文学作品本身视为一种客观地存在着等待着人们去认识和确证的对象。在哲学诠释学的文学理解看来,文学作品文本不仅是一个需要解释的诠释学概念,它只有在阅读和接受的事件中才能获得其本体论存在,而且其文本的意义也只有在理解事件中才能真正发生和实现。同样,在诠释学情境中,文学史的对象也不只是客观地存在于历史上的物质性书写符号,历史上的文学作品作为文学史的对象,一旦进入文学史家的阅读和理解,它就成了一种被阅读、理解和阐释的诠释学对象。既然文学史的书写对象是理解事件中的对象,那么,它就不是实证主义和文本中心论的文学史观所认为的是一种完全客观的对象,而是一种必须意识到其自身历史性的对象。我们说,文学史的对象是一种诠释学概念,是一种只有进入文学史书写者的意识中才能成为文学史研究的现实性对象,并不意味着否定文学作品本身在历史上的存在,不可否认,文学作品以它自身的方式存在在那儿。文学史对象的历史性,意味着历史上的文学作品作为文学史对象总是出现在书写者的诠释学情境之中,总是与同样具有历史性的文学史家的理解和解释活动共时性出现,用伽达默尔的话说,取得了一种同时性。我们可以从如下几个方面来理解文学史对象的历史性。

首先,文学史书写不可能超出文学史家所见到和意识到的文学对象,文学史的书写对象总是文学史家的诠释学视域阅读和意识到的文学作品，在卷帙浩瀚的文学史长河中，总有那么一些为文学史家所没有接触到和阅读到的作品，总有那么一些文学作品仍处在文学史家的视野之外，对于一个具有时间性和历史性存在的文学史家来说，不管他如何学富五车也可能仍然有他没有看到和阅读到的作品，不可能毫无遗漏地通读和全面理解历史上的所有文学作品。如果存在这样的情况，没有进入文学史家的诠释学视野中的文学作品，就不可能成为他的文学史对象，而当其他的文学史家意识到更多的历史上的文学作品应该成为文学史的书写对象时，就必然要重新思考和选择文学史对象的问题，把他认为可以或者应该成为文学史书写对象的文学作品纳入到他的文学史视野中。实际上，在文学史书写和建构过程中，文学史对象的选择和确定总会受到文学史家已掌握的情况和诠释学视域的限制，文学史家的学识和个人趣味，他所处的历史时代和文化语境，等等，都会这样那样地影响文学史家对文学史对象的选择。用哲学诠释学的概念来表达，就是我们的诠释学视域决定着我们的文学史对象的选择和确定，视域决定他看问题和思考问题的范围和深度。伽达默尔说："人类此在的历史运动在于：它不具有任何绝对的立足点限制，因而它也从不会具有一种真正封闭的视域。视域其实就是我们活动于其中并且与我们一起活动的东西。视域对于活动的人来说总是变化的，所以，一切人类生命由之生存的以及以传统形式而存在于那里的过去视域，总是已经处于运动之中。"[①]诠释学视域的这种运动性质决定了文学史书写对象必然具有变动性，文学史书写者的文学史对象始终是那些已经进入他的诠释学视域中的文学作品，不同历史时代的人，甚至同一历史时代的不同的人都是根据他的诠释学视域来选择他的书写对象，因此，文学史家根据它的诠释学视域所选择和确定的文学史对象都会有这样那样有的历史差异性，也有其局限性。

---

① 伽达默尔：《真理与方法》，洪汉鼎译，上海译文出版社，1999年，第390—391页。

其次，即使在文学史家已经涉猎和阅读的所有文学作品中，也并不是所有这些作品都能进入他的文学史意识中，他总是有所选择，总是选择他认为可以或应该成为其书写对象的作品，选择他认为在文学史中具有这样那样的价值和重要地位并产生了重要影响的作品，甚至选择他当前视域中有现实意义或价值的作品，而不选择那些在他看来没有影响或不重要的文学作品。这里的"选择""认为""看来"，就已经显示了文学史的对象不完全是一种客观、中立的对象，而是一种被文学史家理解和解释了的概念，是文学史家的诠释学理解所认为的"值得书写"的对象，而他认为"不值得"书写的对象便会被排斥在他的书写对象之外。"事实上，一切认识活动与被认识的事物的协调，并不是根据它们所具有相同的存在方式这一事实，而是从它们共同的存在方式的特殊性质中得出其意义。这种协调在于这样的事实，即无论是认识者还是被认识的事物，都不是以'本体'的方式'现成在场'，而是以一种'历史的'方式'在场'，即两者都是具有历史性的存在方式。"①既然无论文学史对象还是文学史书写者都是一个历史性和时间性的存在，那么，文学史对象的选择就不可能不带有文学史家的前理解和偏见，就不可能不具有其理解和解释的历史局限性，由此便决定了他所选择和确定的文学史对象总是历史性的。

再次，文学史家总是根据一定的审美标准和价值观念去衡量、选择和确定文学史研究和阐释的对象。例如，钱锺书在《宋诗选注》中谈到他的选择标准时写道："押韵的文件不选，学问的展览和典故成语的把戏也不选。大模大样的仿照前人的假古董不选，把前人的词意改头换面而决无增进的旧货充新也不选；前者号称'优孟衣冠'，一望而知，后者容易蒙混，其实只是另一意义的'优孟衣冠'，所谓：'如梨园演剧，装抹日异，细看多是旧人。'有佳句而全篇太不匀称的不选，这真是割爱；当时传诵而现在看不出好处的也不选，这类作品就仿佛走了电的电池，读者的

---

① Hans-Georg Gadamer, *Truth and Method*, London: Continuum Publishing Group, 2004, p.252.

心灵电线也似的跟它们接触，却不能使它们发出旧日的光焰来。"①毫无疑问，这充分体现了选注者所认为的选择标准，诗歌作品的创造性和在历史中的持续影响力，是选注者最重要的标准。面对历史上的作家、作品和文学现象，所有的文学史书写者都是从此在存在的情境和他的诠释学处境出发，有些作家作品会得到极高的评价，而另一些作家作品可能会得到相对贬低的评价，这都与文学史家的审美和价值判断有关。正如佛克马和蚁布思所认为的："我们到目前为止一直在谈论文学经典，认为它们是精选出来的一些著名作品，很有价值，用于教育，而且起到了为文学批评提供参照系的作用"，但是"这个定义有一个缺陷，即它是被动地被建构起来的，对于是什么机构做出的选择和价值判断，或者是谁指定的作为学校读物的作品则只字未提。这种定义遗留下了'谁的经典'这个未被回答的问题。或许这种开放式结局是不可避免的，因为谁维护着何种经典的问题是必须要在具体情况下进行研究的。"②从效果历史意识的角度看，文学经典在某种意义上是一种历史阐释和历史建构的结果，文学史对象不可避免地具有历史性，文学史家根据自己历史地形成和规定的标准对文学史对象做出选择。

最后，哲学诠释学把文学史对象理解为一个被解释的概念，意味着文学史家始终是从他自身的诠释学处境出发去理解和解释他选择和确定的文学史对象，用哲学诠释学的话来说，都是透过"此在"这个多棱镜来认识和判断历史上的文学作品。"解释学过程的真正现实依我看来不仅包含了被解释的对象，而且包含了解释者的自我理解。"③因此，理解历史上的某一部文学作品，我们不是把它作为一种客观对象来理解，并不是简单

---

① 钱锺书：《宋诗选注》序，人民文学出版社，1958年，第20页。

② 佛克马、蚁布思：《文学研究与文化参与》，俞国强译，北京大学出版社，1996年，第50页。

③ 伽达默尔：《哲学解释学》，夏镇平、宋建平译，上海译文出版社，1994年，第57页。

地确证作品所模仿和反映的客观存在，像实证主义和科学主义者所做的那样，也不仅仅是对客观存在于作品自身中的形式结构的分析，像形式主义和结构主义者所做的那样，毋宁说，文学史家对历史上的作品的理解总是包含文学史家的自我理解和自我解释，包含着文学史书写者对文学史对象选择的各种标准及根据标准做出的判断。从哲学诠释学角度看，对象的选择本身就是一种理解和解释，孔子删诗并不是简单的选择，同时是理解、解释和判断。因此，实际存在于历史上的文学作品与书写的文学史对象之间总是存在不可避免的差异，任何声言其文学史对象就是一种等待着认识和确认的客观存在物的观点，实际上都忽视了自身的诠释学处境的历史性，忽视了文学史对象理解的历史性，更重要的是忽视了文学史书写者本身所具有的历史性和有限性。

当然，承认文学史对象具有被理解的历史性，并不是意味否定文学作品在历史上的客观性存在，而是意味着承认被文学史书写者所理解的对象的历史性，正因为文学史书写者的存在的历史性，决定了文学史书写对象的历史性。换言之，正是文学史书写者的历史性存在方式规定了文学史对象的历史性，这种历史性显然不可避免具有文学史家的前理解和偏见。选择什么或放弃什么与文学史家的诠释学视域密切相关，即文学史的对象总是文学史家意识到的对象。正如著名艺术史家阿诺德·豪泽尔（Arnold Hauser）所写："历史研究的实际材料绝不是种种传统、制度和记录的讲不清楚的集合，历史研究的科学价值是相当不确定的。历史学家对过去的行为、情感和事件所具有的知识都是第二手的。即使是历史的产物——最重要的艺术和文学的作品——它们在与之相关的历史的活生生的潮流中有自己的意义和价值，绝不是文献，即不是所发生的东西的直接证据，所以容许作各种解释。它们是开始存在和继而消失、得到承认和旋即失去的历史构造；而且它们还是有意义的对象，对于承认它们的人来说，它们的价值似乎是绝对的和永恒的。从它们之中我们既不能找到它们所扮演的历史事件的客观意义，也不能以某种确定性来推论这些作品在它们同代人中的精确价值和意义。我们甚至搞不懂我们赋予它们的价值哪一种才确实是它们真正具有的。因为我们并不能直接把握它们,只是凭靠我们自己的思想和情感的范畴来理解。"① 这并不是一种相对主义,更不是一种虚无主义,而是承认和肯定意义和价值的丰富性,理解和解释的差异性和开放性。由此,诠释学意识中的文学史对象总是一种历史性的对象,而不是绝对客观地存在于历史上的某种类似于物理实体性的东西,任何文学史著作都不可能把历史上所有的文学作品尽收眼底,一网打尽,也不可能无所选择和解释。

　　应该认为,意识到文学史对象是文学史意识的对象这一点,对于文学史的书写和建构来说非常重要,它能够让我们意识到文学史的对象总是在历史中的"我们"的诠释学处境中把握和建构的,而不是一劳永逸、始终不变的。不同的文学史家,不同时代的文学史家,不同诠释学视域的文学史家,不同时期的同一个文学史家都可能会有不同的文学史对象,会对文学史对象做出不同的理解。伽达默尔说:"历史意识的真理达到其完美状况只在于,在消逝中总有变化,在变化中也总有消逝,并且总是从各种变化的没完没了的洪流中建立历史联系的延续性。"② 因此,文学史对象总是文学史书写者意识中的对象,不是简单地客观地存在于历史上的文学作品的对象,而总是被文学史家在他的诠释学处境和文学史意识中把握到的对象,并在他的历史性意识中意识到的文学的历史。更重要的是,只有承认我们意识到了文学史意识的历史性和时间性,才能承认我们选择的文学史对象的历史性,从而意识到任何文学史书写和建构都具有历史性和有限性,进而意识到文学史对象有不断被阅读、理解和阐释的必要性,承认和肯定文学史对象所具有的不可穷尽的可能性和开放性。

---

　　① 阿诺德·豪塞尔:《艺术史的哲学》,陈超南、刘天华译,中国社会科学出版社,1992年,第142—143页。

　　② 伽达默尔:《历史的延续性与生存的瞬间》,严平编选:《伽达默尔集》,邓安庆等译,上海远东出版社,1997年,第85页。

二、文学史意识的历史性

理解者的存在的历史性决定了他的诠释学意识的历史性。文学史总是由文学史家书写和建构的文学的历史,文学史家始终是特定历史处境中的具体的人,他的文学史书写不可避免地具有其历史的处境性,没有任何文学史家能够超越他的历史处境书写完全客观中立的历史,包括文学和艺术的历史,任何文学史家撰写的文学史都必然是书写者的理解视域与历史上的文学作品以及这种文学作品在历史上的影响相互作用的结果,简言之,任何文学史在某种重要意义上都是效果历史意识作用于历史上的文学作品的一种效果历史。"在宽泛意义上讲,我们的意识是一种效果历史意识,这意味着,无论我们是否意识到它,我们所继承的偏见总是构成我们理解的背景和基础。"①针对浪漫主义方法论诠释学的理解的重构概念,本体论诠释学认为,我们不可能超越我们的历史性存在而置身于作家的时代客观地重构历史上的文本,我们的理解总是带有自己偏见的理解,因此,我们必须意识到我们的理解和阐释的历史性和有限性。哲学诠释学的效果历史意识认为,历史学家必须意识到他自身的诠释学处境的历史性,体现在文学史意识中,这种诠释学处境意味着,文学史家不仅应当深刻地意识到他自己的文学史意识的历史规定性,而且还要更深刻地意识到他自己的文学史意识的有限性和历史性。我们是终有一死的人,因而必须充分认识到我们的文学史意识的局限。

首先,在文学史的书写和建构过程中,文学史家不仅根据自己已有的前理解结构来选择文学史对象,也根据自己的前理解和经验去分析和阐释历史上的文学作品,并理解和解释历史上的文学作品的意义。除了作者姓名、作者生卒年、作品的名称这些有据可考、有案可查的事实性存在外,只要我们对历史上的文学作品进行选择、描述、理解、解释和判

---

① Lawrence K. Schmidt, *Understanding Hermeneutics*, Durham:Acumen Publishing Limited, 2010, p.105.

断，都必然会带有我们自己的前理解和前判断。这样，所谓客观中立地理解文学作品不过是一种天真的幻想，是一种错觉，持这种想法的人很自负，认为只有他的理解是正确的和唯一的。在历史理解中，所谓的"客观"和"中立"往往存在经不起推敲的矛盾性。例如，受西方自然科学和实证论的影响，胡适在谈到哲学史研究的"三步骤"时说："把各家的学说，笼统研究一番，依时代的先后看他们传授的渊源，交互的影响，变迁的次序：这叫做'明变'。然后研究各家学派兴废沿革变迁的缘故：这便叫做'求因'。然后用完全中立的眼光，历史的眼光，——寻求各家学说的效果影响，再用这种影响效果来批判各家学说的价值：这叫做'评估'。"①在这里，除了"中立的"这个表达外，任何一个表述都做不到"中立"，不论是"明变"还是"求因"都做不到完全的客观，也做不到"完全中立"，更不用说"评估"总是历史家做出的，必然是具有主观性的，因此，历史的眼光并不是中立的眼光，历史的眼光总是时间性的、历史性的，笼统地研究一番也不是客观中立的，不同的人有不同的"笼统研究"。也许有意思的是，胡适这里用了"效果影响"和"影响效果"，这很像我们这里谈到的哲学诠释学的"效果历史"，但是，胡适认为，我们可以中立地评估这种"效果影响"和"影响效果"，而哲学诠释学认为理解的效果历史不可能是客观中立的。事实上，胡适所说的效果影响和影响效果，也是哲学史家对"价值"的评估，既然是哲学史家所进行的是一种价值评估，那么这种评估就是史家对他研究的对象所做的一种评估，就仍然是一种效果影响，因而也不可能是客观中立的。胡适说，哲学史书写的关键在于树立一种正确的"历史观念"，但是，这种所谓正确的历史观念也是他在科学进步和实证论影响下的一种历史观念。用哲学诠释学的话说，他也是按照他那个时代的方式所理解的哲学历史观念。正如伽达默尔所说："每一时代都必须按照它自己的方式来理解历史流传下来的文本，

---

① 胡适：《中国哲学史》，中华书局，1991年，第29页。

因为这文本是属于这个传统的一部分，而每一时代则是对这整个传统有一种实际的兴趣，并试图在这传统中理解自身。当某个文本对解释者产生兴趣时，该文本的真实意义并不依赖于作者及其最初的读者所表现的偶然性。至少这种意义不是完全从这里得到的。因为这种意义总是同时由解释者的历史处境所规定的。"①这同样适用于文学史意识的历史性特征，被书写下来的文学史必然受制于文学史家的历史性的文学史意识，在哲学诠释学看来，这种有限性和历史性正是文学史理解和书写能够实现的条件，也就是说，文学史总是在我们的历史性诠释学处境中书写和建构文学的历史。

文学史总是特定历史时代和文化语境中的文学史家根据其自身的价值观念、审美标准、理论立场，选择、判断和解释文学史的对象而书写和建构的文学的历史。在研究和解释文学史对象时，文学史家总是在理解和阐释中投射自己的认识、情感和体验，融含自己的思想观念、艺术美学标准、道德伦理观念乃至政治意识形态立场。例如，当代中国的文学史家曾经根据现实主义和浪漫主义，甚至现实主义中的批判现实主义，而浪漫主义又区分出积极浪漫主义和消极浪漫主义，根据政治意识形态性的进步性和反动性等，衡量、判断和选择文学史的书写对象，在撰写中国古代文学史的时候，特别选择那些被认为反映和揭露社会现实的文学作品，在所谓浪漫主义文学作品中，那些所谓积极浪漫主义的文学作品成为书写和肯定的主要对象，并给予较高的思想和价值评价，而不太重视，甚至忽略了许多具有高度艺术性和美学价值的作品，即使提到这些作品，也只是点到为止，即便有所肯定，也免不了加上几句批判性的判断。因此，作为特定历史时代和诠释学处境中的文学史家，总会用这样那样具有明显时代文化烙印的语言叙述文学史，打上了其自身历史性甚至意识形态的烙印。例如，20世纪二三十年代，在自然科学和实证论影响下，胡适的《白话文

---

① 伽达默尔：《真理与方法》，洪汉鼎译，上海译文出版社，1999年，第380页。

学史》、谭正璧的《中国文学史大纲》、郑振铎《插图本中国文学史》以及《文学大纲》、《中国俗文学史》和《中国文学史》、郑宾于《中国文学流变史》等文学史著作，都力图辨别不同文体和流派的渊源流变，寻找文学发展的内在"联系"和"规律"。从20世纪30年代开始，马克思主义的历史唯物主义，特别是阶级分析法在中国文学史书写中开始产生重要影响，出现了某种新的不同的文学史叙事，例如，贺凯的《中国文学史纲要》、谭丕模的《中国文学史纲》，便是以阶级社会的性质进行历史分期和编排，张希之的《中国文学流变史论》则根据经济发展的阶段来叙述中国文学的历史演进过程。20世纪50年代到70年代，中国文学史家在时代语境的深刻影响下提出了具有浓厚政治意识形态色彩的文学史观，在文学史书写中，特别强调政治意识形态以及价值取向对文学发展的决定性作用，力图通过文学史叙事来揭示社会发展的规律和社会发展的进步要求。这些文学史书写对文学运动、思潮以及作家作品的选择、评价与阐释，往往忽视历史上的文学作品的艺术和审美价值，甚至有意忽视或删除某些作家或作品。20世纪80年代以后，文学的观念和文学的理解发生了重大的变化，出现了非常不同的文学史书写意识，开始出现文学史书写的新意识。由此可见，文学史意识对如何书写文学史具有深刻的影响，文学史始终具有书写者的诠释学历史语境，这决定了书写客观中立的文学史的不可能性。正如豪泽尔所说："对艺术史的评判既不可能完全客观，也不能绝对让人信服；因为解释和评价都并不是知识，而是人们想目睹其成为现实的意识形态方面的迫切需要、愿望和理想。"① 当然，对文学史和艺术史的理解和判断，并不完全由意识形态方面的需要所决定，它也包括艺术和审美判断在内的多种因素。但是，对于作为一种人类精神形式的文学史来说，无可否认地总是从文学史家根据某种特定的文学观念、思想情感和美学立场对文学的历史所进行的理解、解释、判断和叙事，因而文学史叙事总是不可

---

① 阿诺德·豪泽尔：《社会学方法》，《现代艺术与现代主义》，张坚、王晓文译，上海人民出版社，1988年，第28页。

避免地融含着书写者的需要、愿望和理想，而这些不同的书写者有不同的需要、不同的愿望、不同的寄托和不同的理想，因而，书写出来的文学史不可能是客观的和中立的，不同的文学史著作也不可能不具有其自身的历史性，甚至个体性，不同的历史性决定着各自的差异性。

用哲学诠释学的话来说，作为特定历史存在的文学史家对历史上的文学作品的理解和解释，总是联系到文学史书写者本身的历史境遇，并应用特定价值观念和美学标准理解他所要理解和阐释的对象。理解不仅是一种解释，理解也总是一种应用，这种诠释学的应用也总是内在于理解者的理解和解释活动中，内在于理解者自己的和历史的诠释学处境与所要理解的文本之间的相互作用的活动之中，理解者总是根据自己的兴趣、时代的兴趣，甚至某种意识形态的兴趣乃至政治意识形态的要求来理解和阐释文学史上的作品。例如，对《红楼梦》这部文学作品的理解，不仅不同的人有不同的理解，而且不同时期的研究者也总是从自己历史地形成和规定了的诠释学处境去理解和阐释。20世纪五六十年代，文学理论把阶级分析作为文学分析和评价的最重要的方法，把阶级论作为最重要的分析一切社会历史和文学现象的理论基础，这种历史规定性在某种重要意义上也成了文学史意识的规定性，这种规定性从而决定了此一时期在《红楼梦》理解和阐释中不可避免地贯彻着阶级斗争的观念，把它视为反映了封建社会衰落乃至阶级斗争的作品。而20世纪80年代，历史时代和文化语境都发生了巨大的变化，人们的美学观念和文学观念也发生了巨大的变化，政治标准第一、艺术标准第二和阶级分析的观点，不但不再是唯一的判断标准，而且由于西方的各种美学和文学理论思潮的大量译介，也为文学作品的认识和分析提供了各种不同的理解和阐释方式，人们便不再把《红楼梦》理解为封建社会的衰亡史，也不再理解为阶级斗争的历史，而是把它作为富有高度艺术性和丰富意义性的文学世界来理解和解释。

由此可见，文学史只能是具有历史性的文学史，这不仅由文学史对象的历史性所决定的，也由文学史家的历史性所规定，任何文学史著作都是特定文学史意识作用和影响下的文学史，任何文学史家永远不可能跨越历史的鸿沟、超越自己的时代书写和建构超时代、无时间性的文学史。

其次，文学史家自身的诠释学意识是指，文学史家对已有的文学史理论与文学史实践的反思性自我理解和自我意识，在提出一种文学史理论的立场时，文学史家首先应当深刻地意识并反思已有的文学史理论和文学史实践所提供的理论洞见和存在的局限性，根据自己的文学史问题意识审视已有的文学史意识、文学史理论和书写实践有什么有益的借鉴和存在什么问题，并在文学史的当下诠释学语境中提出自己的文学史书写和建构的意识，书写出自己认为不同于已有文学史的更符合文学史实际的文学史。因为，对文学作品存在方式的本体论理解不同，就必然会有不同的文学史意识，新的诠释学意识和文学史视域必然会产生不同的文学史叙事的构想。实际上，这意味着文学史意识的创新和文学史书写范式的转变。例如，只有当文学史家们意识到文学本身的重要性，并看到实证主义文学史理论严重地忽视了文学作品自身的存在和文学史自身的历史时，一种以文学作品本身为中心的新的文学史意识和理论范式才能被构想出来。韦勒克、沃伦说："我们的出发点必须是作为文学的文学发展史……它的历史只能参照一个不断变化的价值系统而写成，而这一价值系统必须从历史本身中抽象出来。因此，一个时期就是一个由文学的规范的、标准和惯例的体系所支配的时间的横断面，这些规范、标准和惯例的被采用、传播、变化、综合以及消逝是能够加以探索的。"①这就是一种以文学作品本身和文本的自律性为中心的文学史的构想，它关注的是文学和文学史的"艺术性"。又如，只有当文学史家们意识到读者是整个文学活动中极其重要的一环，并深刻意识到了客观的形式结构论所存在的严重局限时，接受美学才提出了以接受和影响为中心的文学史理论，它关注的是读者的作用，可以说，耀斯正是在批判性反思原有的文学史观念基础上提出他的接受和影响的文学

---

① 韦勒克、沃伦：《文学理论》，刘象愚等译，生活·读书·新知三联书店，1984年，第306页。

史意识的。"文学史的更新需要消除历史客观主义的偏见,并把传统的生产美学和再现美学根植于接受美学和影响美学之中。文学的历史性不是事后建立在'文学事实'的组织上,而是建立在读者对文学作品的先前经验上。"①没有对已有文学史观念和文学史模式的反思性理解和判断,就不可能意识到已有文学史观念和书写实践存在的局限性,也就不可能提出新的文学史观念和范式的构想。

实际上,20世纪中国文学史观念变迁也表明了这一点,陈平原以20世纪中国小说为例谈到了观念的转变:"在中国,将小说作为一个学术课题来从事研究,是上世纪初才开始的。鲁迅、胡适、郑振铎等'五四'先驱借助于19世纪西方文学观念以及'清儒家法',一举奠定了中国小说史学的根基。上世纪三十年代以后,随着马克思主义文学理论在中国的传播,小说史家越来越注重小说的社会内涵。五十年代起,所谓'典型环境中的典型人物',更成了小说研究的中心课题乃至'指导思想'。八十年代学术范式的转移,落实在小说研究中便是将重心从'写什么'转为'怎么写'。不再借小说研究构建社会史,而是努力围绕小说形式各个层面(如文体、结构、风格、视角等)来展开论述。"②又如,20世纪80年代后中国当代文学史批评和理论界不断提出"重写文学史"的口号,并且尝试一些新的文学史分期和文学史写作,在很大程度上,便是因为文学史家意识到了已有文学史观念和书写模式所存在的局限性,试图在一种更新更完善的文学史意识中重新书写和建构中国文学史。因此,每一代文学史家都根据自己的诠释学处境以及已经转变了的文学史理论观念来重新定位文学史理解和评价的标准,并根据其意识深度重新书写文学史,正是文学史意识的历史性和文学史本身的历史性,决定着文学史具有不断重写的必要性和可能性。

---

① Hans Robert Jauss, *Toward an Aesthetic of Reception*, Minneapolis: University of Minnesota Press, 1982, p.20.
② 陈平原:《在范式转移与常规建设之间》,《探索与争鸣》2018年第5期。

文学诠释学

既然每一部文学史都是特定的历史条件和文化语境中的特定的文学史家书写和建构的文学史,那么,在文学史家的文学意识影响下的每一部文学史,都是从某种新的文学史诠释学意识出发对文学史书写对象的一种新的认识、理解和阐释,因而都不可能是所谓完全客观的、中立的,更不可能是一劳永逸的文学史,而是具有此在时间性和历史性的文学史家根据自己所意识到的对象与自己的文学史诠释学意识所达到的某种有限程度的"视域融合",都是对他的书写对象的有限而不同的认识、理解和阐释,与他先前的和其他人的文学史必然存在着这样那样的差异性。正如威廉·沃尔什(William Walsh)所说:"在文明状态中,人类为了他们自身目前活动的缘故,感到需要形成某种对过去的图像;他们对过去感到惊奇并想要重建它,因为他们希望找到在那里面所反映出来的他们自己的热望和兴趣。既然他们读历史是被他们的观点所决定的,这种需要在某种尺度上就总是会得到满足的。但是我们所必须得出的结论则是:历史学不是'客观的'事件,而是对写它的人投射了光明,它不是照亮了过去而是照亮了现在。于是就不必怀疑,为什么每一个世代都发现有必要重新去写它的历史了。"①所谓不是照亮过去而是照亮现在,实际上就是站在当下的视域理解过去,并把对过去的理解运用于当下,这也正是诠释学所说的融为一体的理解、解释和应用。对历史上的文学作品的理解也同样如此,文学作为一种特别意义上的文本,总是以自身的存在向理解它的人展示出丰富多维的意义世界,理解者也总是从自身的前理解结构和偏见出发去做出属于他自己的历史性理解,在这种历史性理解中,文学作品同样不是一种"客观的事件"。因此,文学史始终是文学史家意识到的文学的历史,而不可能是文学史家没有意识到的历史,也不可能是被完全穷尽和理解了的历史。

这就决定了文学史的书写和建构永远不可能达到所谓客观的、中立

---

① 威廉·沃尔什:《历史哲学导论》,何兆武、张文杰译,社会科学文献出版社,1991年,第111页。

的描述和重构,恰恰相反,一切描述和重构都是文学史家对历史上文学作品的描述和重构,用诠释学的话来说,文学史家书写的文学史是书写者的文学史意识与实际发生和存在的文学历史本身的一种效果历史,一种从书写者的文学史诠释学处境出发并带有书写者"前理解"和"偏见"的文学史。伽达默尔认为,每当我们试图从自己的历史处境中去理解历史上出现的某种东西时,总是一种效果历史的理解,"当我们力图从对我们的诠释学处境(hermeneuricsche situation)具有根本性意义的历史距离出发去理解某个历史现象时,我们总是已经受到效果历史的种种影响。这些影响首先规定了:哪些问题对我们来说是值得探究的,哪些东西是我们研究的对象,我们仿佛忘记了实际存在的东西的一半。甚而还严重,如果我们把直接的现象当成全部真理,那么我们就忘记了这种历史现象的全部真理。"[①]正因为文学史意识和文学史书写方式都是具有历史性和时间性的人撰写的,书写出来的任何文学史都总是具有历史性和时间性的历史,因而不可避免具有有限性和"局限性"。因此,从事文学史书写和建构的人必须有一种深刻历史意识和文学史经验的反思性,深刻意识到已有文学史意识和文学史书写的真正值得探究的问题和对象,并对它们进行经验的反思和历史的判断,从而在文学史问题意识中提出具有新的可能性的文学史意识。

最后,效果历史意识不仅意味着历史学家必须意识到自身的诠释学处境,意识到他自己的文学史书写是从其此在存在的处境出发书写的文学史,而且必须意识到他自己的诠释学处境的历史性和有限性,也就是说,文学史的书写必须具有一种深刻的历史意识,既意识到自身的文学史意识的局限性和历史性,也意识到自己书写的文学史本身的局限性和历史性,意识到自己书写的文学史总是存在被超越的可能性,作为终有一死的文学史书写者无法超越自己的时间性和有限性的存在。"在确信自己处于传统

[①] 伽达默尔:《真理与方法》,洪汉鼎译,上海译文出版社,1999年,第385—386页。

中,当我们与传统相遇时,那些证明为解放的东西,并不是那种最终能够让我们解释清楚对我们发生了什么的原则或根据的强有力证据。恰恰相反,这种解放的东西就是跳入终有一死的深渊。正如海德格尔对过去那些伟大词语所做的词源学解释所表明的,与传统的关系并没有为我们提供一种固定不变的支撑点,而毋宁说是在一种返回中把我们推向无尽的过去,一种通过我们置身于其中的历史视域变得更具有变动性的一种返回。"①这里的"我们"是置身于不同的历史视域中的"我们",这种变动性总是此在存在的时间性和历史性。在《美的现实性》中,伽达默尔写道:"历史意识既不是一种特别学究气的研究方法,也不是由某种特别的世界观决定的研究方法。毋宁说,它是这样一个事实,即我们的感觉是以预先决定我们对艺术的感知和经验这样一种方式从精神上组织起来的。与这种感知和经验明显有关的事实是——它也是自我意识反思的一种形式——我们并不要求一种天真的重新认识,这种重新认识认为我们自己的世界对我们来说只是以一种无时间性的有效形式被复制出来。我们自觉地意识到我们自己的作为一个整体的伟大传统,以及它们的不同之处,甚至意识到那些并没有从根本上影响西方历史的完全不同的文化世界的传统和形式。"②我们不仅不能天真地认为我们书写了一种客观中立的文学史,也不能天真地认为我们能够置身自己的传统和更大的传统之外,当人们换一个视角或者从一个更大的视域来思考文学的历史时,就敞开了重新认识和书写文学史的空间,就具有重新审视和重新书写文学史的可能性。因此,在诠释学意义上,任何文学史意识和文学史书写都具有历史性、时间性和局限性。有什么样的文学史意识就会有什么样式的文学史类型,有什么样的诠释学视域就会有什么样的文学书写。这是任何历史学家不可逃脱的宿命,文学史

---

① 詹尼·瓦蒂莫:《现代性的终结:虚无主义与后现代文学诠释学》,李建盛译,商务印书馆,2013年,第170页。

② Hans-Georg Gadamer, *The Relevance of Beautiful and Other Essays*, edited., Robert Bernasconi, London: Cambridge University Press, 1986, p.11.

家也毫不例外，如果有人声称他能够书写客观中立的文学史，那才是真正可怕的，因为这种想法把所有的文学作品都视为没有意义的死物，实际上也否定了文学史书写的文化价值和精神意义。相反，我们必须承认，任何文学史家都是特定历史现实、特定文化语境和特定时间中的存在，就像对任何文学作品的理解和阐释都有其局限性一样，任何文学史的研究和阐释也都有其局限性，关键的问题在于，文学史家是否勇于意识并承认这一点，深刻地意识到自身存在和自身理解的有限性和历史性。

事实上，只有承认文学史意识和文学史书写的局限性，才能承认和坚持文学史意识和文学史书写的开放性及其重新书写的可能性。历史意识不只是把自己限定在过去的历史中，更是意味着在历史性的理解中开放性地筹划未来，历史性决定了文学史书写的未来可能性和开放性。正如有论者深刻阐述："假如我们想理解'历史决定着我们的理解的可能性'这个命题，把重点放在'可能性'这个词而不是'决定'这个词上，是非常重要的。把重点放在后者会给人产生这样一种错误印象，即诠释学提倡一种历史决定论，认为我们所理解的东西只是我们的过去早已安排好的要求我们去理解的东西。然而，假如说历史决定着理解的'可能性'，那么，我们就能够看到过去如何限制了我们可以理解某种东西的各种可能方式。但是，它并不把我们限制在对某个问题的预先决定的把握之中。在这个意义上，我们与历史的关系决定着我们理解的'局限'，它限制了那种认为每一种现象都能够显示它自身的视角，但它仍然要求我们去寻求这些理解的可能性，并探索隐藏于其中的丰富性和有限性。当然，我们是以这样的方式来理解的时候，我们不可避免地会受到一系列因素的影响，但是，在很大程度上，当我们筹划我们自己的未来时，我们仍然有责任努力去占有我们的过去。"①因此，文学史家书写的文学史，既是对历史上的文学作品的一种诠释学占有，一种理解和阐释，同时也是对未来的一种筹划，一种

---

① Brice R. Wachterhauser, "Introduction", Brice R. Wachterhauser eds., *Hermeneutics and Modern Philosophy,* New York:State University of New York Press, 1986, p.9.

可能性和开放性的敞开。正如伊格尔顿所说："事实上，我们总是在某种程度上根据我们自己的关切来解释文学作品，从某种意义上说，在'我们自己的关切'中，我们没有能力做任何其他事情——这可能是某些文学作品似乎在几个世纪中保持其价值的一个原因。当然，这可能是，我们仍然对作品本身有许多共同的关注；但也有可能是人们实际上根本没有重视同一部作品，尽管他们可能认为他们重视了同一部作品；'我们的'荷马与中世纪的荷马并不是同一的荷马，'我们的'莎士比亚不同于他的同代人心目中的莎士比亚；相反，不同的历史时期都根据它们自己的目的构建了一个'不同的'荷马和莎士比亚，并在这些文本中发现了被重视或不被重视的元素，尽管并不一定相同。换言之，所有的文学作品都被阅读它们的社会'重新书写'，即便只是被无意识地重新书写；事实上，对任何一部作品的阅读都意味着一种'重新书写'。没有任何一部作品，也没有任何一部作品的当前评价，可以简单地扩展到新的人群而不被改变，在这个过程中也许几乎不被认可；这就是为什么被视为文学的东西是一件非常不稳定的东西的原因之一。"①因此，文学史意识，首先意味着文学史家必须意识到自己是一种具有自身历史性和有限性的存在，只有具备了这样一种意识，我们才能保持理解开放性和可能性，意识到除了我们之外，还有不同的人，不同时代的人，不同文化语境和不同需求的人，只有深刻地意识到这一点，才能赋予文学史的理解和阐释以不同的、差异性、创造性的可能性空间。

　　因此，从诠释学意义上讲，每一部文学史都是对其书写的文学历史过程的一种重新书写，有多少部文学史，就有多少种文学史的视域，也就有多少种不同的文学史，文学史书写是一个开放的过程，反之亦然。文学史家承认文学史意识的历史性和局限性，便意味着承认文学史意识的开放性与文学史建构的创造性和可能性。只有当文学史家充分地意识到了自身文

---

① Terry Eagleton, *Literary Theory: An Introduction*, Second edition, Blackwell Publishing, 1996, pp.10-11.

学史意识的局限性和历史性，才有可能承认文学史理解和建构的开放性，才能使文学史真正成为一种可以不断延续而不是终结作为人文传统的文学历史。

三、文学史的历史视域

对于文学史来说，没有人能够否认这一事实，即文学史的对象始终是一种历史的对象，文学史对象的理解者和书写者与其对象之间不可避免地存在着时间距离，文学史书写的是已经发生的过去的文学的历史，这意味着我们必须站在一定的时间和历史距离之外并从历史的角度来描述和理解文学作品。这里提出的问题是，文学史家在书写和建构文学史时，是否为了实现所谓的文学史真实性理解而必须或者能够克服这种历史距离呢？时间距离对于文学史家理解文学作品来说具有一种怎样的作用呢？本体诠释学认为，只有深刻意识到效果历史意识的历史性，我们才能避免历史主义的幻想和自然科学方法论的天真，因为浪漫主义方法论诠释学和实证主义理论认为，我们能够克服时间距离重新体验和把握历史的客观真实性，重构文学发展的所谓真实的历史，而本体论诠释学认为，人文科学对象的历史理解必须意识到对象历史性和理解者自身的历史性，理解者与理解对象的时间距离和历史距离并不需要、也不可能克服，恰恰相反，正是这种时间距离和历史距离赋予了我们能够更好地理解对象的某种真正视域，能够使历史的理解获得更富有效果的开放性和创造性。"伽达默尔主张一切解释都是有前见的。由于这种理由，我们将不再可能请求确保诸如作者意图、上帝视角或科学方法等的'客观'理解，因为正如我们已经说过的，所有这些的理解本身都是受境遇制约的并因而是有前见的。"①这里的"境遇"总是历史性和时间性的，只有在一定的历史视域中我们才能更好理解历史对象向我们真实陈述的真理，我们才能更好地审视和借鉴历史上

---

① 乔治亚·沃恩克：《伽达默尔——诠释学、传统和理性》，洪汉鼎译，商务印书馆，2009年，第120—121页。

对文学作品已有的各种理解和解释,也只有获得了某种真正的历史视域,历史学家才能对历史对象做出更恰当也更富有创造性的理解和判断。

在谈到时间的诠释学意义时,伽达默尔写道:"时间主要不再是因为其分离而必须被跨越的鸿沟,实际上,它是在场植根于其中的事件过程中的确实无疑的基础。因此,时间距离并不是某种必须被克服的东西。这种看法却正是历史主义的天真假定,即我们必须进入时代精神中,必须用它的观念和思想、而不是用我们自己的观念和思想进行思考,并因此而逼近历史的客观性。事实上,重要的事情是把时间距离看做使理解成为可能的一种积极而富有创造性的条件。时间距离并不是一个张开大口的深渊,而是为习俗和传统的连续性所填充,正由于此,所有流传下来的东西都呈现给我们。在这里,对于这种事件过程的真正创造性怎么说也不为过。每一个人都知道,在时间距离没有给我们确定标准的时候,我们的判断是出奇的无能。"①在文学史的书写过程中,正是这种诠释学意义上的时间距离,能够使我们站在一定的历史视域之中理解和阐释文学史上的文学作品;正是这种时间距离可以让我们更恰当地解读和理解文学史的对象;正是这种时间距离能够让我们更富有创造性地理解和解释文学作品所具有的丰富内涵和深刻意义;也正是这种时间距离所具有的历史意识能够赋予文学史理解和诠释的更大的开放性和更多的可能性。

在文学史理论和文学史书写实践中,有不少文学史家认为,要客观真实地书写和反映文学发展的历史,就必须克服文学史家与文学史对象之间的时间距离和历史距离,尽可能置身于作家生活的时代,甚至以移情的体验方式进入作家的内心世界,重新设想和重构作家的生活环境和体验,以便客观真实地重构文学作品的意义,认为只有重建文学史对象当时的历史处境,并置身于这种历史处境中,才能真实地和正确地把握和理解被书写的历史对象,重构文学作品之所写,重新体验作者之所思,甚至重新想象

---

① Hans-Georg Gadamer, *Truth and Method*, London: Continuum Publishing Group, 2004, p.297.

原来读者的阅读经验,才能书写出所谓体现和反映文学历史发展真实面貌和历程的文学史。这种文学史书写倾向集中表现为,一是试图以实证主义和科学主义的方法论去重构文学发展的历史,试图超越文学史对象的历史性和文学史家的自身历史性,实现作为理解者的文学史家与历史文本的一致和同构;二是受这种实证主义和科学主义的影响,文学史家认为应该尽可能在没有时间距离和历史距离的语境中还原式地重构文学发展的历史,从而真实地记录和反映文学发展的历史客观性,这种观念典型地表现在当代中国一些所谓的当代文学史书写实践中。从哲学诠释学的角度看,这是一种最急功近利和最缺乏文学史视域的文学史写作。因此,在这里,我们有必要对后者进行可能的诠释学反思。

客观历史主义文学史观和科学主义的文学史观认为,文学史家通过历史上的文学作品的实证性研究,可以像自然科学发现事物的发展规律一样揭示文学发展的客观规律;那种认为文学史对象的理解可以通过自然科学方法论的运用为文学史书写确立普遍有效的基础的做法,严重忽视了文学史对象与文学史家阐释之间的时间距离在理解中所具有的重要作用,它同样把时间距离视为一种文学史家为了文学史的所谓科学性而必须克服的障碍。在哲学诠释学看来,文学史家如果不能认识到时间距离的诠释学意义,就不可能获得一种恰当的文学史视域,也就不可能恰当地对待和理解文学史的对象。

历史决定论的天真就在于缺乏一种真正的诠释学经验的反思性,没有意识到效果历史在历史书写中的作用,认为通过科学方法论,历史学家能够毫无偏见地进入历史,可以摒弃历史上已有的理解和自己的诠释学处境,获得客观科学的文学史书写,这实际上不仅忘记了有待理解的对象的历史性,而且忘记了历史学家自己的历史性,从而缺乏真正的诠释学意识和理解的历史视域。伽达默尔写道:"人类此在的历史运动在于:它不具有任何绝对的立足点限制,因而它也从不会具有一种真正封闭的视域。视域其实就是我们活动于其中并与我们一起活动的东西。视域对于活动的人来说总是变化的。所以，一切人类生命由之生存的以及以传统形式而存在于那里的过去视域，总是已经处于运动之中。引起这种包围我们的视域进行运动的并不是历史意识。正是在这种视域中，这种运动才意识到自身。"①只有具有真正诠释学意义上的历史意识，只有历史地看待自身的当下性，同时也能历史地看待历史上的他者，在历史视域中认识和理解历史上的文学作品与不同时代的理解之间的张力，并且在不断的视域融合中把旧的东西与新的东西综合成某种更富有生机的、更富有创造性的理解。"诠释学的任务在于不是试图以一种天真的同化掩盖两者之间的张力，而在于有意识地揭示这种张力。这就是为什么筹划一种不同于现在视域的历史视域是诠释学研究的一部分的原因所在。历史意识意识到它自身的他者性，因此突出过去的视域不同于它自身的视域。另一方面，正如我们试图表明的，历史意识本身只是在持续的传统上叠加的东西，因此它直接把彼此区别的东西重新结合起来，以便在它如此获得的历史视域的统一体中与它本身再度成为一体。"②因此，历史的书写始终是一种旧的理解和新的理解相互作用的效果历史，始终是对象的历史性存在与历史理解的多重视域和当前视域的一种统一体，并且，这种效果历史的统一体永远不是无时间性的，而是总是具有时间性和历史性，总是处于动态的诠释学视域中；只要有着历史书写的实践，就会有不同的历史视域，反之，只要有不同的历史视域，就有不同的历史书写，因而也总会有不同的效果历史，不同的历史书写成果，不同的文学史。

因此，一个具有真正历史视域的文学史家应该看到，在对历史对象的认识和理解过程中，我们不但不可能消除效果历史意识的影响，而且它有助于我们形成更恰当的历史视域。因为我们总是从诠释学的特殊历史处境

---

① 伽达默尔：《真理与方法》，洪汉鼎译，上海译文出版社，1999年，第390—391页。

② Hans-Georg Gadamer, *Truth and Method*, London: Continuum Publishing Group, 2004, p.305.

去认识、理解和解释历史对象，而不是置身于历史产生的时刻和环境去重构历史对象，也总是处在历史理解的效果历史传统之中并受到效果历史的影响，我们的历史性存在决定我们始终以特定的价值、认识和理解方式，甚至判断标准去理解和阐释历史，同时，我们也以一种开放的视域接纳和考察他人的历史视域，只有承认和肯定时间距离和不同历史视域的创造性作用，才能使作为一种人文科学的文学史具有理解的创造性和可能性。"社会历史世界的经验是不能通过自然科学的归纳程度而提升为科学的。无论'科学'在这里意味着什么，而且即使所有的历史知识都包含了普遍经验对特殊对象的应用，历史研究也并不力求把具体的现象作为一种普遍规律的事例来把握。个别事件并不只是用于证明某种可以做出实际预测的规律。毋宁说，历史研究的理想是在其独一无二的和历史的具体性中去理解现象本身。"[①]毫无疑问，文学史属于真正意义上的人文学科，它理解和书写的是人类的人文精神传统，从严格意义上说，它不属于社会科学，更不属于自然科学。文学史书写领域存在的实证主义和科学主义迷雾，必然会蒙蔽文学史家的历史眼睛和人文目光，使文学史家丧失了恰当的、必要的文学史视域，忽视时间距离在文学意义阐释和生产中的创造性作用。

可是，在文学史理论和文学史实践中，仍有一些文学史家并未真正地意识到这一点。不少文学史著作走不出实证主义的窠臼，总想写出科学的、客观的文学史，在对文学史对象的理解中，不顾历史上的文学作品究竟是以一种怎样的方式表现自身，不顾文学作品自身的存在方式，也不倾听文学作品向文学史究竟陈述了什么，要么简单地移用某种既定的方法论模式和历史观念，机械地理解文学史的对象和书写文学史，要么实证性地把文学史的作者生平、社会环境和作品做简单的历时性排列，并以某种先在方法和观念对历史上的作品做简单的评价。老实说，从这些文学史著作中，我们看不到文学史家对文学作品文本的关注，看不到文学史家对文学

---

① Hans-Georg Gadamer, *Truth and Method*, London: Continuum Publishing Group, 2004, p.4.

作品进行的人文性和创造性阐释，正如我们从《中华文学通史》的许多叙事中所看到的那样，实际上，这些文学史观念和书写方式对历史上的文学作品本身并不感兴趣，没有真正走进文学作品的艺术世界、情感世界和意义世界，对文学作品文本的真实存在的理解和意义的文学史阐释有如兔子尾巴，令人失望地附在各个章节的后面，非常可怜地证明着这便是文学的历史。

前文已经说过，这并不意味着完全否定文学史家对作者生平、作品年代和版本以及作者作品的社会历史环境进行科学考证和分析，也并不意味着完全否定文学史家运用某种理论模式去理解和解释文学史对象，可以充分肯定，这是文学史书写的基础性工作。但是，在哲学诠释学看来，从一部真正的文学史的要求看来，这种做法并没有体现一种真正的文学史意识和诠释学视域。第一，这种做法不仅忽视了历史上的文学作品的自身存在，它对文学史对象的理解，也很难说是对文学作品本身的理解，而是简单地把文学作品本身以外的东西等同于对文学史对象的理解和阐释。第二，这种做法只是考证和论证已经存在的事实，再一次表达了历史上已经存在的东西，对于文学史对象的理解来说，对于文学作品本身的意义来说，它并没有说出更多的富有意味和价值的东西。第三，这种做法实际上把文学史的对象与自然科学的对象简单地等同起来，认为通过实证主义的方法和自然科学式的分析论证，便能够得出客观中立的正确结论，从而严重地封闭了文学历史的意义阐释空间和丰富的人文价值。

文学史视域的丧失和缺席，更严重地体现在一些当代文学史的书写实践领域，不管出于何种理由撰写当代文学史，从哲学层面上讲，当代文学史写作潜藏着这样一种实证主义的观念，即认为文学史家只有置身于当代文学发展正在进行的事件和场景中，在没有时间距离干扰的情况下，文学史家可以成为当代文学事件的亲历者和见证者，因而可以更客观地理解、把握和阐释当代的文学作品。实际上，这只能是一种客观主义的天真幻想，由于作为文学史对象的当代文学作品与文学史家之间缺乏一种时间距离，由于文学史家不可能获得一种恰当的历史视域，当代文学史家既不可能恰当地对待其理解对象，也难以做出恰当的评价，更不用说对文学作品做出富有创造性的理解和阐释。

　　文学史作为对过去的文学发展理解和阐释的历史，总是意味着文学史书写者对历史上存在的文学作品的理解和阐释的效果历史。在这里，历史是一种已经过去的时间性概念，是相对于正在进行的现在和尚未到来的将来而言的，它属于时间的过去之维，是一种已经完成的时间形态，而不是现在和未来形态。现在只是过去之维的当代延续，未来是当下的走向。文学史作为文学发展的历史是一种过去完成形态的历时过程的现在理解、阐释和叙事。"当代文学史"的叫法实际上是一种矛盾的称谓。顾名思义，当代文学是指"当代的"文学，正在进行中的文学。这里的"当代的"一词，英文为"contemporaneous"，意为"同时代的""同时期的""同时发生的"。很显然，这是一个共时性或同时性的概念。当代文学既然是同时代的、同时期的、同时发生的文学活动和文学事件，就是一种共时性或同时性的文学活动和文学事件。对这种共时性活动和事件的把握，应该是对文学活动和事件的共时性现象的理解和阐释，而不是一种历史性的把握和理解。而所谓"历史"，当指过去发生且已经完成的活动和事件过程，是一种已经过去的历史性完成。从这个角度看，所谓当代文学史的提法在称谓上就很自相矛盾。也许，这种理解不太恰当，因为"当代"既可以指一个时期，也可以指当前时期，在某种意义上，它既是一个共时性的概念，也是一个历史性的概念。例如，我们现在所说的中国当代文学是指1949年以来的70余年的文学历史，其中又可分为十七年文学、新时期文学，还有20世纪90年代提出的所谓"后新时期文学"，现在又有人提出"新世纪文学"，等等，由此看来，确实已经有一段不短的历史了，因而体现了一个当代文学的历时性发展过程。这种说法当然有道理，但是，我们时下所称谓的中国当代文学并没有终结，并没有成为一种完成的历史，它仍在继续发展之中，从这个角度看，把当代文学视为一种历史来看待似乎又并不那么恰当。

从文学史对象作为一种历史上作品的意义理解的对象来看，当代文学史很难从一种恰当的历史视域来进行理解和阐释，从诠释学角度看，由于时间距离的缺乏，当代文学不仅缺乏一个影响和接受的效果历史，而且文学史家也缺乏必要的历史视域，从而文学史书写者也就难以真正从历史的角度看到作品本身向理解者所陈述的东西。正如伽达默尔所说："历史事件的'意义'或艺术作品的品位无疑会由于时间的距离而变得越来越明朗。"①文学史作为文学的历史的分期和史域界限，本当以文学本身的内在承续和转变为依据，而不应该以外在于文学本身的时间年限和政治事件为标准，用外在于文学自身发展的标准来对文学历史进行分期，实际上并不是根据文学自身发展的历史来理解和书写文学的历史；游离于文学之外来对文学活动和文学事件分期和划界，文学史充其量是文学活动和事件的排列，而很难说这种文学史是文学的历史。也许更重要的是，对于当代文学以及当代文学的理解和阐释更容易受当下处境的影响和左右，从而缺少必要的诠释学反思性判断。

当然，不能否认文学的历史发展受社会历史事件的影响，甚至在某种程度上深受社会历史的影响，重大政治事件成为文学史年代划分和分期的标准，社会政治意义成为文学史书写的先在概念和预设标准似乎是一个正常的现象，更有甚者，文学创作本身也不可避免地受当下现实处境的影响和限制。这一点可以明显地从20世纪中国文学的分期看到，尽管在20世纪80年代，有学者提出了20世纪中国文学的概念，但大多数中国现代文学史都不是依据文学本身的内在发展情况，而是根据社会历史事件进行分期，甚至根据社会历史的意识形态判断来进行文学史书写。无论是现代文学与近代文学，还是当代文学与现代文学的分期大致如此。这种分期首先不是寻找文学的美学和历史根据，而是依照早已设定的外在于文学的依据给依

---

① 伽达默尔：《诠释学与历史主义》，严平选编：《伽达默尔集》，邓安庆等译，上海远东出版社，1997年，第405页。

然延续着的文学进行强制性划界，这就必然要割裂文学活动和事件内在延续或内在转换的承前启后的过程。这一点有许多学者指出过，但是，在文学史书写的实践中，仍然摆脱不了固有的文学意识和书写模式。

更重要的是，这种模式导致了文学历史把握和阐释的不完整性和不连贯性。搞现代文学的学者可以不理睬当代文学，治当代文学的学者可以不涉及现代文学。这样，中国当代文学与中国现代文学之间便出现了文学历史的断裂，从而丧失文学历史的连贯性。这不仅仅因为有许多当代作家同时也是现代作家，而且当代文学与现代文学的语言风格、叙事模式、审美倾向和思想观念都有许多内在的一致性。尽管不少作家由于历史的原因，或停笔不写，或在思想改造中调整了自己的创作方式和语言方式，但是，所谓的当代与现代之间仍有相当一部分作家保持其原有的创作方式和语言方式。例如，有些作家从20世纪40年代就依照认识论的方法进行创作，一直延续到50年代，甚至更后一些时期。如果说前者是一种转变的话（不论是被转变还是自觉转变），后者则或多或少是一种延续。即便有些作家在所谓的现代时期和当代时期发生了断裂和中断，从诠释学历史视域的角度看，也应该考察究竟是怎样的断裂或中断，从文学历史的角度思考被断裂或中断后的文学作品的理解和命运如何，也就是其真正的效果历史如何。

当代文学作为"史"的研究并不是不可以，它同样可以作为一种理解、解释和评论的方式，记录下当代人的阅读经验、文学理解和分析，它可以是当代人对当代作品所进行的描述、理解和评价，但是，从诠释学意义上讲，所谓当代文学史并不具有一种"史"的视域，还不可能从文学自身的历史存在方式去理解和解释文学作品，也很难从历史的维度对文学作品本身做出具有效果历史意识的评价和判断，更重要的是，所谓当代文学史的书写者还没有一种真正的文学史视域。如果从政治社会学的角度来加以理解和评述，文学的审美性就成为一种附加品；如果单纯从艺术审美的角度来分析和评价，文学内在发展的逻辑性及其文学史效果就很可能难以得到重视。20世纪五六十年代文学批评中简单的政治哲学二值逻辑的文学判断和80年代文学批评中的审美主义的文学分析，在很大程度上，便是由于时间距离必要性的丧失而导致文学史视域缺席的结果。有的文学史著作侧重于政治社会学维度，其结果是，文学史便成为具有明显政治事件烙印的文学史；有的文学史为反对庸俗社会学又标举审美主义旗帜来描述文学史，其结果是，文学史成为审美意识的文学史，实际上都是因为缺乏文学史视域和诠释学意识而导致的结果。而所谓的当代文学史，尤其是对"新时期文学史"和所谓的"后新时期文学史"以及"新世纪文学史"的理解，更是缺乏必要的文学史视域，其结果是，当代文学史书写被置身于政治事件和审美事件的两难处境中，不知如何理解、阐释和评价文学史的对象，视域的缺席导致所谓的当代文学史书写者关注的实际上是现象而非历史，充其量能够做到有"文学"而无"历史"的所谓文学史。

有些当代文学史作者认为，当代文学不宜写史，但并不是不能写史。不宜写史，是因为有许多因素决定了当代文学史书写，从根本上说还不具有书写的历史视域，因而也就不可能写出真正具有文学史意识的文学史。即使硬写出来也只不过是一种不伦不类的文学史，充其量是作家作品及其简单评述的汇集。把当时的评论凑一凑，把作家的作品排列一下，用点评的方式描述一下，用社会形态论套一套，结合点当下时兴的理论评价一下，目前所见的所谓当代文学史多半都有这样的特点。早在1985年唐弢和施蛰存提出了"当代文学不宜写史"的看法，他说："当代文学是不宜写史的。现在出版了许多《当代文学史》，实在是对概念的一种嘲弄。不错，从时间上说，昨天对今天来说已是历史，上一个时辰里发生的事情也可以说是这一个时辰里同类事情的历史；但严格地说，历史是事物的发展过程，现状只有经过时间的推移才能转化为稳定的历史。现在那些《当代文学史》里写的许多事情是不够稳定的，比较稳定的部分则又往往不属于当代文学的范围。"他认为："历史需要稳定。有些属于开始探索的问题，有些尚在剧烈变化的东西，只有经过时间的沉淀，经过生活的筛洗，也经过它本身内在的斗争和演变，才能将杂质汰除出去，事物本来面目逐渐清晰，理清线索，找出规律，写文学史的条件也便成熟了。"①他认为最好用"当代文学评述"代替"当代文学史"。施蛰存支持唐弢的看法："我同意唐弢同志的建议，当代文学不宜写史，因为一切还在发展的政治、社会及个人的行为都没有成为'史'。根据这个世界学者不成文的公认的界说，我也认为不宜有一部《当代文学史》。"②晓绪提出了与唐弢和施蛰存不同的看法，他认为，问题不在于能不能写当代史，是否有了一个"稳定的"历史，而在于史家是否掌握了充分的史实，能否把握历史的真实进程及其规律，假如史学家不能做到这一点，即使历史再"稳定"，也写不好历史，因此，他认为："要等到'写文学史的条件''成熟'了以后才写的说法，无论在理论上还是在实际中都是说不通和行不通的。"③

当代文学不宜写史是一种严肃的态度，而当代文学并不是不能写史的说法只不过是一种便宜的借口。例如鲁原、刘敏言主编的《中国当代文学史》就是在当代文学不宜写史而又不是不能写史的思想指导下写出来的。④一部凡50万字的当代文学史从文学史视域的角度看，根本没有多少属于文学史意识的东西。该书认为，当代文学史观是：第一，社会形态决定的中国当代文学；第二，艺术规律调节的当代文学；第三，世界文学影响的当代文学；第四，文学传统的中国当代文学。这四点对整个20世纪中国文学都适用，并不独属于当代文学。很显然，任何文学都与社会形态有或深或浅的联系，任何文学作品都是生存于具体社会形态中的作家创作出来的，这几乎是所有文学的特征，并不为当代文学作品所独有，似乎是所有文学史的通则。就世界文学对中国文学的影响而言，中国现代文学受外

---

① 唐弢：《当代文学不宜写史》，《文汇报》1985年10月29日。
② 施蛰存：《当代史，不成'史'》，《文汇报》1985年12月2日。
③ 晓绪：《当代文学应该写史》，《文汇报》1985年11月12日。
④ 参见鲁原、刘敏言主编：《中国当代文学史纲》"导言"关于当代文学史的论述，中国文联出版公司，1993年。

国文学的影响远甚于某些封闭时期的中国当代文学;就传统文化对文学的影响说,任何文学发展都与传统的文学有关,中国现代文学仍与中国传统文学相关联,甚至与比把中国传统文化和文学视为封建残余的某些时期有着更深刻的联系;至于什么艺术调节的中国当代文学的说法,更是一种没有多少具体规定的抽象的泛化概括,文学作为一种艺术形态,作为一种审美经验表达,无论哪个时代都有着这样那样的所谓艺术调节力,都有其某种内在的艺术发展连续性,更不只为当代中国文学所独有。

从文学接受和影响的角度看,文学史作为效果历史,同时也是文学接受和理解的历史。文学作品不是被创作出来就收集在图书和博物馆里的一堆僵死的材料,等待着搞文学史的人去排列和组合的客体。任何文学作品都是为读者创作的,即使那些声言不是为当代读者创作的藏之名山的作品,也是为了传诸后人,等待着有一天能够被人们发现、阅读和赏识,并不只是为文学史作者和当代读者创作的。作为文学作品存在的历史实际上也是不断被阅读、理解和接受的历史,一部文学作品的艺术价值和审美价值乃至思想价值,除了作品本身的原因外,其意义必须经由读者的阅读和理解才能得到真正的实现。文学史对以往作品的评价和审视,必须注意到整个文学史流传和接受过程中的不同理解和评价,在此基础上,文学史作者从自己的所有前理解出发,根据文学作品自身向文学史作者表达的东西,进一步更深刻地理解和解释文学史对象。从这个角度上讲,文学史的写作应该同时考虑到文学发展历史的文学接受视域,才能对历史上的文学作品做出更恰当的评价和解释,才能更清楚地理解和阐释文学作品,并丰富文学作品的意义世界。

文学史的工作确实是一种重要的研究,文学史家确实必须尊重事实,必须倾听作为"事实本身"的文学作品的声音,这是必要的前提,但如果认为文学史书写的任务是"客观地"反映文学发展历史的进程,这只是一种良好而天真的意愿。但是,文学史研究往往忘记了另一方面的事实,即文学史作为接受史和效果历史的事实,总是处在被书写和不断被书写的过程的事实。在这方面,所谓当代的文学史著作就更是如此,由于当代文学的历史进程正在进行之中,远不是一种完成形态的历时性过程,许多作品没有经过时间的检验,缺乏反思性的理解和判断,没有经过较长时间的沉淀和选择,有些轰动一时的作品很可能经过一段时间之后便销声匿迹了。

哲学诠释学的效果历史意识和接受理论的文学史意识认为,传统的文学史实际上是文学的创作史和文学的表现史,作家作品的地位实际上是由作者的创作活动和各个作品的客观价值决定的。事实上,不同时代的人,同一时代的不同的人,甚至同一个人在不同的时间对同一作品往往会做出不同的理解,甚至非常不同的评价,具有诠释学意识的文学史必须考虑这些因素。耀斯认为,文学的历史是一种接受和生产的过程,这个过程要通过作为接受者的读者、反思的批评家与再创作的作家将作品文本现实化才能进行。确实,文学史只有在大量的文学经验、文学现象的研究和反思的基础上来进行书写和叙事,才能对文学作品及其存在的历史、文学作品的价值和意义做出比较完整深入的把握和评价。正如伽达默尔所说:"每一个人都清楚,在时间距离没有给予我们确定的尺度的地方,我们的判断是如此的无能。因此,对于学问精深的意识来说,对当代艺术作品的判断是极其不确定的。显然,我们带着各种无法证实的偏见来对待这些创造物,而这些偏见和预设对我们的影响又如此之大,以致我们无法了解它们;这些前提和预设都会给当代创作带来一种与真实内容和意义不符的额外共鸣,只有当它们与当下的一切关系都褪去之后,当代创造物的真实本性才会显现出来,这样,对它们所说内容的理解才可以要求具有权威性和普遍性。"①文学史家不仅仅是关注作者所说的东西,不仅仅叙述文学作品自身的历史,而且始终与文学作品一起置身于效果历史的理解事件之中。因为当代文学并不具有一种必要的时间距离,文学史也还不具备一种恰当的文学史视域,因此,所谓的当代文学史也就只能是一种缺乏深刻历史意

---

① Hans-Georg Gadamer, *Truth and Method*, London: Continuum Publishing Group, 2004, p.297.

识和美学深度的临时之作，它可以记录和描述文学的当下发展，可以为今后的文学史书写提供材料和某种经验性参照，但很难上升到真正文学史的高度。

　　文学史作为一种效果历史，并不只是历时性的过去文学作品的简单排列，即从纵向的方面罗列、梳理和描述文学发展的进程，而且总是包含着文学史书写者自身的诠释学处境和文学史意识，这是文学史家阅读、评价和解释历史上的文学作品及其效果历史的一种必要的历史和理论视域。文学史也是书写者对文学作品和文学效果历史的一种再取舍、再理解、再阐释和再评价。"在时间距离起作用的地方，它提供了一个特别的批判性帮助，因为变化常常在这时才引人注目，各种区别也在这时才容易被察觉。"[①]文学史的研究不只是以史研究史，也从自身的文学史意识阐释和书写文学史的发展，即文学史家总是在当前已具有的前理解、前把握和前见解与文学史效果历史的相互作用中理解和阐释历史上的文学作品，并书写和建构文学史，这样，才能更好地体现文学史家的美学和历史的文学史视域，撰写出韦勒克所说的既是"艺术的"又是"历史的"文学史。

　　我们看到，许多当代文学史作者实际上缺乏一种恰当的文学视域，在这些文学史著作中，看不到研究者对文学风格、个性、取向和意义阐释。有些文学史作者认为，文学史观就是一个史学观念和文学观念相结合的理论观念问题，在某种有限的意义上，可以说确实是这样一种结合，关键在于如何结合，结合得怎么样。从哲学诠释学意义上讲，认为当代文学不宜写史，便意味着意识到了所谓的当代文学史书写缺乏一种真正的诠释学意识和理解的历史视域，认为当代文学不是不能写史，便意味着缺乏一种真正文学史视域而草率地撰写文学史，由此，当代文学史书写便不可能有一种真正的历史意识和史学观念，这里的所谓史学观念无非就是指当前的文学环境，或者对当前文学环境及其作品的当下解说和评述，而不具备一种

---

① 伽达默尔：《现象学与辩证法之间》，《伽达默尔集》，严平选编，邓安庆等译，上海远东出版社，1997年，第24页。

真正的文学史意识。其结果，也就只能是对当前文学活动和文学事件的一种实证主义式的记录，无论对作品本身所讲述的东西，还是对文学活动和事件本身的判断，也无论是对所谓文学史发展规律的把握，还是对文学作品的意义的阐释，当代文学史书写都不可能具有一种恰当的历史视域，因而不可能在一种恰当的文学史视域中书写真正历史意义上的文学史，因为从根本上说，所谓当代文学的历史书写并不具备诠释学意义上的历史性。

附录："《诗》无达诂"与"诗无达诂"的诠释学探讨

"《诗》无达诂"现在被人们称为中国古代一个重要的诠释学命题，多数论者结合和根据哲学诠释学或接受理论对它进行比较和阐释，特别突出强调"《诗》无达诂"的理解开放性和差异性维度，但忽视了这个命题的其他诠释学含义，存在着盲目对应比较，简单优劣评价，随意挪用的现象。这个命题包含丰富深刻的内容，可以做更深入全面的阐释，不能单纯从经学转变的历史考察从"《诗》无达诂"的应用性经学阐释向"诗无达诂"的审美性诗学阐释的转变，而必须重视"文学的自觉时代"的文本自觉和本体诗学的发展在这个转变中具有的举足轻重的作用。中国古代诠释学命题与现代诠释学理解既有某种"暗合"之处，也有诸多显著的差异，我们既要深入理解"《诗》无达诂"的中国阐释传统，也要完整地把握西方诠释学的理论和逻辑，才能在差异性的中西比较阐释中实现某种诠释学的"视域融合"。

西汉今文经学家董仲舒表达的"《诗》无达诂"，现在被人们称为中国古代的一个重要诠释学命题。从现代诠释学角度看，这个"命题"无疑包含某些重要的诠释学维度。事实上，近年来许多关于这一命题的理解都把它与诠释学联系起来，把它与诠释学所认为的理解的开放性和解释的差异性联系在一起，特别是把它与哲学诠释学和接受理论联系在一起，充分发掘这个命题在理解维度上所具有的开放性和创造性诠释学空间。但是，对于"《诗》无达诂"为什么是一个具有诠释学意义的命题的论述却似乎并不是很清楚，也不够全面，在对"《诗》无达诂"与诠释学的比较性应用时也比较简单随意，忽视从"《诗》无达诂"的经学阐释到"诗无达诂"的诗学阐释的重要环节。本文探讨和论述的问题是，"《诗》无达诂"这个命题究竟具有什么样的诠释学维度，它在中国经学和中国诗学发展过程中如何从"《诗》无达诂"的应用性经学阐释转变为"诗无达诂"的审美性诗学阐释，它与哲学诠释学的理解有何重要的相似和根本的差异。

一、"《诗》无达诂"的诠释学维度

可以肯定地说，董仲舒提出的"《诗》无达诂"，起初并不是对现代意义上的文学作品的阐释，它是在历史的阐释和运用中逐渐转变为"诗无达诂"的文学阐释，即从一种关于《诗》的实践应用性阐释转变成为关于《诗》本身的审美性诗学阐释，并转变为我们今天所谓的关于"诗"本身的诗学阐释。当然，这种转变无疑与起初对《诗经》的"非文学"的理解和解释有关，特别是与对《诗》作为"经"的解释性应用或应用性解释密切相关。在审美性的文学观念看来，"《诗》无达诂"当然不是今天的所谓"文学性"理解，但是，它之所以最终可以转变为关于诗或文学的诠释学命题，在很大程度上也在于它是对作为"诗"的《诗经》的理解，而不是对非文学文本的理解，因而它能够在历史性的理解、解释和应用中转变为一种具有普遍性的诗学命题。从现代诠释学，特别是伽达默尔的哲学诠释学来看，这种实践性应用的维度也同样是所有理解的一个维度，即伽达默尔的哲学诠释学所谓的理解和解释总是包含着应用，注意到这一点非常重要。从这个意义上讲，"《诗》无达诂"这个命题首先体现的是诠释学的实践性应用维度，而不是《诗经》或"诗歌"阐释的文学性审美维度。

在董仲舒那里，"《诗》无达诂"是与"《易》无达占""《春秋》无达辞"一同出现的，这表明理解的差异性并不只是对《诗》的理解所特有的现象，而是理解过程中的一种普遍存在的现象。它们共同体现了一个带有普遍性的理解差异性问题，即这里的理解问题不只是一个解《诗》的问题，而且是一个包含理解《易》和《春秋》等经典文本的普遍性理解问题。"董仲舒提出'《诗》无达诂'等重要表述，其本旨在于推阐《春秋》大义，'通经致用'，似乎与诗学无关，而实际上却与文学、诗学的释义方法密切相连。"①如果从理解、解释和应用三位一体的哲学诠释学角度看，这种"通经致用"的理解，首先关注的不是一个关于《诗》文本本身的阐释问题，而是一个超出了单纯文本理解的诠释学应用问题。

许多论者都根据哲学诠释学强调的理解差异性和接受理论突出的接受主动性来讨论"《诗》无达诂"这一命题。当然，这个命题中包含这个维度，但仅仅突出这个维度不足以理解"《诗》无达诂"具有的诠释学意义。"《诗》无达诂"最初很难说是一个命题，而是董仲舒对一种具有普遍性的理解现象的概括，董仲舒在《春秋繁露·精华篇》中写道：

> 难晋事者曰："春秋之法，未踰年之君称子，盖人心之正也。至里克杀奚齐，避此正辞而称君之子，何也？"曰："所闻'《诗》无达诂，《易》无达占，《春秋》无达辞'，从变从义，而一以奉人。"②

在董仲舒谈到"《诗》无达诂"时所用的"所闻"，实际上是指董仲舒感觉和意识到了已经存在对《诗》《易》《春秋》等经典作品差异性

---

① 毛宣国：《"〈诗〉无达诂"解》，《中国文学研究》2007年第1期。
② 苏舆撰：《春秋繁露义证》，钟哲点校，中华书局，1992年，第94—95页。

理解的普遍现象，但是，他的目的实际上并不仅仅是为了肯定这种现象，更重要的是要解决这种"《诗》无达诂""《易》无达占""《春秋》无达辞"的混乱的理解现象，这才是一种真正的诠释学问题。尽管我们不能说这段话就是现代诠释学意义上的，但它无疑包含着丰富的诠释学维度。然而，在解读董仲舒的这段话时，论者们往往侧重于"达"和"诂"的理解，并把重心落在关于《诗》的理解问题上，而较少关注它所包含的诠释学维度。即便对"诂"的理解，人们也主要侧重于"释"和"解"的解释层面上，当然这是我们能够从中理解到的应有之义，不过，这种理解似乎过于简单便捷，并没有充分认识到它包含的其他维度的诠释学含义。

首先，我们来看与所谓诗学阐释更为密切的"《诗》无达诂"。无论"诗"还是"诂"都具有语言的维度，《诗》自不待言是语言性的作品，而"诂"，东汉许慎《说文解字》曰："诂，训故言也，从言古声。"段玉裁注曰："故言者，旧言也……训故言者，说释故言以教人，是之谓诂。"①这里的"诂"有三层重要的意思。第一层意思是指"故言""旧言"，也就是传统传递下来的语言性存在，即指文字记载下来的文本或文本表达的内容，即语言性文本的"本义"，亦即董仲舒所言的"诂"，"诂"在这里应为名词，即指传统的语言性存在及其意义。在《文字声韵训诂笔记·训诂笔记上·训诂学定义及训诂名称》中，黄侃写道："诂者故也，即本来之谓。训者顺也，即引申之谓。训诂者，用语言解释语言之谓。若以此地之语释彼地之语，或以今时之语释昔时之语，虽属训诂之所有事，而非构成之原理。真正之训诂学，即以语言解释语言，初无时地之限域，且论其法式，明其义例，以求语言文字之系统与根源是也。"②这里的"诂"被释义为"故"，即"本义"，这是"诂"所具有的最根本的含义，我们可以把它理解为古代传递下来的语言性存在及其所蕴含的原本意义。因此，"诂"首先是指一种语言性的存在物，即我们今天所谓的

---

① 段玉裁：《说文解字注》，上海古籍出版社，1988年，第92页。
② 黄侃述、黄焯编：《文字声韵训诂笔记》，上海古籍出版社，1983年，第181页。

文本以及文本表达的东西。"诂"的第二层意思是解释,作"动词",这是今天许多论者重点关注的含义。《尔雅·释诂》载邢昺疏云:"释,解也;诂,古也;古今异言,解之使人知也,释言则释诂之别。"①这里不仅强调"诂"作为"故言""旧言"的传统性语言存在,而且强调"解"与"释"互释,并突出"古今异言"的差异性,其意是古代的、传统的语言表达与今天的、现代的语言表达不一样,古代的、传统的语言文本难以为今天的、现代的人所直接理解,这就需要有人"解之""释之",从而使"故言""旧言"能够为人们所理解,即用能够为今天的人所理解的语言来解释"故言"和"旧言"。用黄侃的话说,就是"用语言解释语言之谓。若以此地之语释彼地之语,或以今时之语释昔时之语",因此,"诂"包含"理解"和"解释"的意思。第三层意思是,"诂"可以视为理解和解释的一种结果,是在不同的空间或文化("此地之语")语境中,或者在不同时间里用不同的语言("今时之语")解释("彼地"或"昔时")语言的结果,即对"故言""旧言"进行的不同时间和空间的文化阐释。因此,"用语言解释语言"充分说明了文本的语言性和理解的语言性,也说明了无论"《诗》无达诂"中的《诗》还是"诂",无论诂作为"故言""旧言"还是作为解释活动或解释的结果,都是语言性的。没有语言,便没有作为理解对象的《诗》,也就没有作为理解和解释结果的"诂"。"语言与理解之间的本质关系首先在于这样的事实,即传统的本质是在语言的媒介中存在的,因此解释的首选对象是语言性的东西。"②正是这种用语言解释语言的活动,准确地说,正是在不同时间和空间的(语言)文化语境中理解和解释语言性的历史文本("故言""旧言")活动构成了文本与理解之间的诠释学关系。

其次,"《诗》无达诂"确实体现了一种理解的差异性和开放性。

---

① 邢昺:《尔雅·注疏》,《十三经注疏》,中华书局,1980年,第2568页。
② Hans-Georg Gadamer, *Truth and Method*, London: Continuum Publishing Group, 2004, p.391.

不同的时代,不同文化背景下的理解以及理解在不同语境中的运用,都必然会产生差异性。人们对某个文本的理解都带着他自己"今天"已有的"前理解",进入理解的事件中,都会根据他自己的前理解,对所理解的文本做出他自己的解释,因此,黄侃所说的"用语言解释语言"便意味着不同时间和空间中的不同人必然会以不同的语言对"故言"做出不同的理解。用今天的语言解释古代流传下来的语言性文本不可避免地存在差异性,而这种差异性不仅包含着历史时间性的差异,也包含理解语境性的差异,即伽达默尔的哲学诠释学所说的"时间距离"必然会导致理解上的差异性。唐孔颖达在对《毛诗·周南·关雎诂训传》正义时说:"诂者,古也。古今异言,通之使人知也。"①而所谓"通"就是用"今言"释"古言",使人们能够有所理解。因此,"古今异言"便不仅仅是古代语言与今天的语言不同的问题,也是今天所做的理解与古代文本"故言"表达的东西有所不同的问题。陆宗达说:"'诂'是解释'异言'的。所谓'异言',就是同一事物因时代不同或地域不同而有不同的称呼。"②显然,这里突出强调的是对同一事物的理解在不同的时间或空间语境中必然存在差异性。"《诗》无达诂"表明不同的人在不同的诠释学情境中面对同样的《诗》,也会对它做出不同的理解,甚至人们可以从不同的角度对《诗》做出不同方面的理解。孔子说"《诗》可以兴,可以观,可以群,可以怨",意味着人们可以从完整的四个方面对《诗》进行理解,也可以从其中的某个方面进行理解,甚至人们也可以不从这四个方面进行理解,而从另外的方面对它进行解释。因为,这不仅如明代竟陵派钟惺所说的"《诗》为活物",而且作为时间性和历史性存在的理解者也是"活物"。从这个意义上讲,"《诗》无达诂"无论作为语言性文本的《诗》,还是作为时间性和历史性存在的人对它的理解,都具有一种开放性,处在不同诠释学情境中的理解者对《诗》做出的理解,在某种程度上

---

① 孔颖达:《毛诗正义》,《十三经注疏》,中华书局,1980年,第269页。
② 陆宗达:《训诂简论》,北京出版社,1980,第2—3页。

都是从他的前理解出发所做的理解，而这种带着前理解所进行的对《诗》的理解必然具有其局限性，在某种程度上都是有限的理解，因而必须对他人的理解保持开放性。所谓"古今异言"，从诠释学的角度看，无论《诗》本身还是对《诗》的理解，都具有"言不尽意"的开放性特征。因此，作为"解"和"释"的理解活动及其结果的"诂"，就很难对"故言""旧言"做出如伽达默尔所说的"完全性把握"①，而只能是一种差异性和开放性的理解，这不可避免会出现董仲舒所说"《诗》无达诂"的现象。

再次，鉴于对《诗》等经典文本理解的这种开放性和差异性，董仲舒要解决的问题就是"过度诠释"，即"《诗》无达诂"这种"断章取义"的普遍现象，而不是像许多论者所认为那样，董仲舒倡导"《诗》无达诂"。董仲舒无疑充分肯定"《诗》无达诂"这种理解的差异性和开放性现象的普遍存在，但是，他的目的显然不是要放任这种现象，更重要的是把无论"《诗》无达诂"，还是"《易》无达占"和"《春秋》无达辞"这些现象作为需要回答和解决的问题，因此，他才紧接着说"从变从义，而一以奉人"，而这句话亦作"从变从义，一以奉天"。苏舆注："本书（指《春秋繁露》）言奉天者，屡矣，《楚庄王》篇云'奉天而法古'，《竹林》篇云'上奉天施'，皆是。盖事若可贯，以义一其归；例所难拘，以变通其滞。两者兼从，而一以奉天为主。"②完整地看，"从变从义，一以奉天"并不像有学者所理解的那样，是对"《诗》无达诂"的一种补充，也并非完全是所谓的接受思想。有论者认为："'从变、从义、奉人'是对'诗无达诂'的补充，说明接受思想的意识是一种普遍存

---

① Hans-Georg Gadamer, *Truth and Method*, London: Continuum Publishing Group, 2004, p.391.

② 苏舆撰：《春秋繁露义证》，钟哲点校，中华书局，1992年，第94—95页。

在的现象。"①但是，董仲舒实际上要真正解决的是《诗》《易》和《春秋》等经典文本在人们理解和解释过程中普遍存在的过度差异性和开放性，即解决"赋诗断章，余取所求"这种"过度诠释"的问题。在董仲舒看来，针对"《诗》无达诂"等现象，当然要重视"变"，不同的理解是存在的，这是理解事件中的事实性存在，否认这种"变"是不可能的，因此从"变"，但在他看来"义"更为重要，因之"从义"，这里的"义"并非简单地指文本的"意义"，而应该指某种具有普遍性、超越性并最终具有某种约束性、规定性的东西。而"义"与"天"又有着密切的内在联系，"'从变从义，一以奉天'虽以'天'作为解释的终极准则，但其内涵却是社会层面的伦理，因为作为'天'的现实化的'义'，包含了规范人们行为的准则。同时，由于'天不变，道亦不变'，现实化的'义'也不变。这就意味着，'义'所体现的伦理准则具有超越时代、超越民族的'普适性'，它不会因为时间的延续、民族的流徙而发生变化"②。因此，董仲舒尽管没有否认理解的开放性和差异性，但是他的根本目的是"从变"且"从义"，最终目的是统一思想，符合天道，即"一以奉天"。"董仲舒在其《春秋繁露》中三致其意的是天的哲学和政治理论的建构，而'诗无达诂'所滋长的歧义杂出——'变'则尤其是需要用'义'来限定的，由此董仲舒接下来即用'一以奉人（天）'来归结。……提出的'诗'无达诂，解释者创造性地去解读他的文本则显然不是他所期望和预设的。"③因此，董仲舒肯定"《诗》无达诂"的开放性、差异性和多样性，与"《易》无达占、《春秋》无达辞"一样，最终的目的是使所有众说纷纭、莫衷一是的理解达到某种一致性，达到董仲舒

---

① 张晶、刘璇：《中西文学接受思想的异曲同工——"诗无达诂"说与接受美学理论的比较》，《学习与探索》2019年第2期。
② 张金梅：《从变从义：儒家文化关键词的意义建构方式》，《中文论坛》2017年第2辑。
③ 张敏杰：《〈春秋繁露〉"诗无达诂"的历史语境及其理论内涵》，《文艺理论研究》2004年第2期。

所理解的"义"和"天"的某种确定性。故苏舆注曰："盖事若可贯，以义一其归；例所难拘，以变通其滞。两者兼从，而一以奉天为主。"故而"从变从义"是为了在理解中达到某种一致性的"一"，而这种"一"的一致性的最终目的是"奉天"。应当说，这一点与哲学诠释学和接受美学所强调的理解的开放性和解释的差异性有很大的不同。如果看不到这一点，就不仅仅是对董仲舒的误读，也是对哲学诠释学和接受理论的误解。

最后，我们必须清楚，"《诗》无达诂"首先针对的不是《诗》作为文学文本的诗学阐释问题，而是针对"《诗》无达诂"这种理解的开放性和差异性的现象，而这种现象集中体现在"赋诗断章"和"断章取义"这个问题上，董仲舒同样要以"从变从义，一以奉天"的诠释原则来解决这个难题。我们知道，"赋诗断章"和"断章取义"是春秋时代和孔门用诗、引诗和言诗的一种普遍现象和文化传统。言诗的重点不在于"解诗"，而在于"用诗"，不在于作品的全部，而在于诗句的选择性运用；不在于所谓的审美鉴赏，而重在"语境性"的阐发。《左传·襄公二十八年》记载卢蒲癸"赋《诗》断章，余取所求焉"就是根据自己的需要引《诗》言志，而无须顾及《诗》之本义，如果这是针对个体的应用性理解而言的，那么，对于整体的"诗教"亦复如此，孔子说："诵《诗》三百，授之以政，不达；使于四方，不能专对。虽多，亦奚以为？"①这里也是重在"用诗"，而非"解诗"，重点在于《诗》所具有的政治和社会交往等实用功能。董仲舒肯定这一理解现象的普遍性，并承认任何理解的"诂"都无法达到作为"故言"的"诂"。但很显然，董仲舒的最终目的并非肯定"无达诂""无达占"和"无达辞"这种理解的多义性和差异性现象，而是实现另一种"从变从义，一以奉天"的非文学性实践应用，即不是对作为文学文本的《诗》的理解，而是对《诗》作为文学本文的"经"的阐释。《诗经》在先秦称为《诗》，或称《诗三百》，西汉时被

---

① 朱熹集注：《四书集注》，岳麓书社，1987年，第208页。

尊为儒家经典，始称《诗经》。解《诗》即解《经》，而非现代意义上的解"诗"。段玉裁注曰："故言者，旧言也。训故言者，说释故言以教人，是之谓诂。"孔颖达注曰："诂者，古也。古今异言，通之使人知也。"所谓"通之使人知"，就是通过理解和解释让人们明白和懂得其中之"义"，而所谓"释故言以教人"，是把对传统的语言性存在的理解和解释运用于对人的教化，因此，这不仅是理解和解释的过程，而更重要的是一个实践性应用过程。董仲舒解《经》目的则是一种更高的运用，正如徐复观所说："仲舒无达辞、无通辞之言，盖将救以书法言褒贬之穷。而更重要的则是他要突破文字的藩篱，以达到其借古喻今，由史以言天的目的。"①《诗》作为"经"的理解要求亦不例外，同样是以《诗》言天，为了"一以奉天"之用，这正是为何"《诗》无达诂"首先不是现代意义上的诗学理解，而是"经"的解释和应用的原因所在。从哲学诠释学的角度讲，这种"应用"当然也是文学文本理解和解释的一部分。"我们不仅把理解和解释，而且把应用看做是一个统一的过程……我们认为应用与理解和解释一样是诠释学过程中不可或缺的一部分。""理解总是而且已经是一种应用。"②因为理解涉及把所理解的文本应用到理解者的当下情境的问题，因此，无论"《诗》无达诂"这种理解现象，还是董仲舒"从变从义，一以奉天"的诠释学解决，都包含理解性应用或应用性理解的维度。

以上论述表明，董仲舒《春秋繁露·精华篇》中的这段话包含多维度的"诠释学"内涵，包含文本和理解的语言性、理解的开放性和差异性、理解的一致性和理解的实践应用性等诠释学维度，而不能仅仅从哲学诠释学的理解创造性和接受理论的阅读主动性来理解，更重要的是必须看到董仲舒说这段的根本目的何在，才能够更深入地理解"《诗》无达诂"所具

---

① 徐复观：《两汉思想史》（第2卷），华东师范大学出版社，2001年，第204页。
② Hans-Georg Gadamer, *Truth and Method*, London: Continuum Publishing Group, 2004, p.307.

有的诠释学意义。

二、从"《诗》无达诂"的应用性理解到"诗无达诂"的诗学阐释

"《诗》无达诂"无疑具有多层面的诠释学含义，但它最初主要的是实践性的阐释应用，而并不关注《诗》的文学性本身。但是，它能够在阐释历史发展中转变为一种"诗无达诂"的理解，即从实践应用性的非文学理解转变为文学性的诗学阐释，无疑与《诗》本身是一种语言性的诗歌文本密切相关，同样与文学本身的发展和对文学自身的理解密切相关。当《诗》从"解经"转变为"解诗"之时，"《诗》无达诂"必然会转向"诗无达诂"，而当诗作为文学本身的"文学的自觉时代"到来之时，中国古代文论家们从诗（文学）的角度阐释"《诗》无达诂"并使这个命题转变为"诗无达诂"便具有了可能性。在这种转变过程中，从春秋到董仲舒时代的"《诗》无达诂"的实践应用性阐释逐渐脱离"释故言以教人"的教化维度，钟惺所说的"《诗》为活物"实际上便变成了"诗为活物"，"《诗》无达诂"的实践应用性的阐释开放性和差异性，也就变成了"诗无达诂"的文学审美理解的开放性和差异性。

前面已经强调，我们不能单纯从接受理论来考察"《诗》无达诂"这个命题，而要从诠释学的角度来探讨，才能够较为完整地理解这个命题。早期的"《诗》无达诂"现象体现的实践应用性只是《诗》或"诗"理解和解释的其中一个维度，而不是其全部。论者们注意到了今文经学的衰落和古文经学的复兴导致了"《诗》无达诂"创造性接受和阐释的衰落，从理解的主动性和创造性这个角度看，这种理解并非没有道理。"自东汉以至北宋，文学批评史上的一个奇怪现象就是'诗无达诂'的理论几成绝响。"[①]其重要的原因在于东汉以来今文经学派的逐渐衰落，而古文经学派崛起并主逐渐占据主导地位。唐代经学诠释学"以一种诠释取代众说、

---

① 孙立：《"诗无达诂"与中国古代学术史的关系》，《学术研究》1993年第1期。

以权威文本压制多元的作风不可能对文学接受没有影响，这一点我们从很少在文献中看到契近'诗无达诂'多元理解取向的论说就能感觉到"①。其中原因，正如清皮锡瑞《经学历史》所说："唐太宗以儒学多门，章句繁杂，诏国子祭酒孔颖达与诸儒撰定五经义疏，凡一百七十卷，名曰《五经正义》……永徽四年，颁孔颖达《五经正义》于天下，每年明经以此考试。自唐至宋，明经取士，皆遵此本。"②显然，一种有确定性标准答案的《五经正义》的经学理解和科举考试制度所要求的解释，不可能是董仲舒曾经肯定的"《诗》无达诂，《易》无达占，《春秋》无达辞"，也不再是"从变从义"，而只有"从义"而无"从变"，只有从"一"的一致性而无从"多"的差异性。尽管这里的"义""一"可能在不同的时代具有非常不同的内涵，但是，它们追求某种确定性和一致性的解释却是显而易见的。由此，曾经风靡早期时代的"《诗》无达诂"倡导的"断章取义""赋诗断章""仁者见仁、智者见智"的理解开放性和差异性"几成绝响"便是很自然的事情。因为董仲舒"所闻"的"《诗》无达诂"，肯定的是他之前和他所在时代普遍存在的现象，而不是他追求的《诗》之释诂的目的。他所谓的"从义"实际上所"从"者应为"从"《春秋》大义，或"从"六经大义，从"变"乃是次要的，或者说只是"权宜之举"。因此，后世论《诗》者倘若对《诗》的理解仍然贯彻董仲舒的"从变从义，一以奉天"的原则，"《诗》无达诂"这种开放性理解和差异性阐释行为，同样会在后来的发展中"几成绝响"，也难以真正成为诗学意义上的"《诗》无达诂"或"诗无达诂"，因为《诗》仍然是《经》，解《诗》仍然是解《经》，也是解"诗"。在这个问题上必须认识到，"文学的自觉"在从"解经"向"解诗"的转变过程中所发挥的举足轻重的作用。可是，这个问题却被今天众多的"《诗》无达诂"论者严重忽视了。

---

① 李有光、董冰雪：《诗无定鹄——宋代诗学多元解释思想总论》，《湖北师范学院学报（哲学社会科学版）》2014年第2期。

② 皮锡瑞：《经学历史》，中华书局，1959年，第198页。

随着"文学的自觉时代"的到来，这种"从变从义，一以奉天"的经学理解并不符合《诗》作为一种"文学"的本性及其理解的开放性要求，把"活物"变成"死物"的经学阐释也必然会被抛弃。曹丕说"诗赋欲丽"，陆机说"诗缘情而绮靡"，刘勰说"情者文之经"等，便充分体现一个时代对诗（文学）的崭新认识。鲁迅在评论曹丕的"诗赋欲丽"时写道："他说诗赋不必寓教训，反对当时那些寓训勉于诗赋的见解。用近代的文学眼光看来，曹丕的一个时代可说是'文学的自觉时代'，或如近代所说是为艺术而艺术（Art for Art's Sake）的一派。"① 郭绍虞说："迨至魏、晋，始有专门论文之作，而且所论也有专重在纯文学者，盖已进至自觉的时期。"② 在诗学阐释上，"文学的自觉时代"的人们与其皓首穷经发掘其微言大义，不如关注诗之为诗本身的问题。因此，一方面是今文经学的衰落，另一方面是"文学的自觉"为魏晋至有宋一代对诗（文学）本身的关注提供了重要的条件，从而最终为"《诗》无达诂"的外在性阐释转向"诗无达诂"的内在性阐释创造了新的可能，诗（文学）的理解和解释不再需要今文经学，更不需要古文经学作为理论支撑。因此，只有文学本体的问题在历史过程中得到了充分的认识和理解，才有可能真正从文学角度理解《诗》并转变为对"诗"的解释，只有人们不再以"经"解"诗"，而是以诗（文学）解诗的时候，人们才能够从诗学而非"经学"的角度理解《诗》，故而单纯从今文经学或接受理论来论述"《诗》无达诂"这个命题，便难以真正理解为什么会发生这种转变。"随着政局的动乱，儒学的衰微，玄学的勃兴，精神生产的专业化、集团化，文学主潮便发生了对先秦、两汉的反动。理论家们很少单独论述文学与政治的关系，而是把人的情感、思想、气质，总之整个精神世界强调出来，作为文学描写的对象。而对于文学艺术的内部的联系和审美规律的探求，也成了理论思维的主要内容。人们的文学观念的长足发展，不是表现在区分文

---

① 鲁迅：《鲁迅全集》（第3卷），人民出版社，1981年，第504页。
② 郭绍虞：《中国文学批评史》（上卷），百花文艺出版社，1999年，第72页。

笔,严为界说,更主要的是借助于道家、玄学、佛家哲学的思辨的方法和丰富的、义界精审的概念、范畴,在文学理论中,完整地提出了本体论,历史地继承了功用论,全面地概括出批评论,系统地创造了文体论,深刻地总结出创作论,具体地发展了变通论。"①即便在政教中心论和审美中心论并存的唐宋时代,在诗歌理论中"审美中心论占了主流",用"兴象""意象""意境"和"兴趣"等新的审美范畴,"对诗的本质、规律作出了更高、更抽象、更深刻的理论概括"②。可以说,在很大程度上,正是被称为"文学的自觉时代"及其随之而来的对诗或文学自身问题的理解,在《诗》的经学解释向《诗》的诗学阐释这个转变中起了极为重要的作用,因为人们真正懂得了诗究竟为何物,否则解《诗》仍然是解《经》。

文学的诠释学活动并不是单方面的解释活动,不仅仅如许多论者在论及"《诗》无达诂"时所认为的只涉及理解的开放性和差异性,而且理应包含《诗》作为诗或作为文学本身的理解以及上面论述的实践应用性维度。"文学的自觉"带来了文学理解的自觉,只有理解了《诗》或"诗"为何是文学,对《诗》或文学作品的理解才可能成为真正意义的文学理解,"《诗》无达诂"的开放性和差异性才真正成为"诗无达诂",否则仍然会停留在经学解《诗》的实践性应用的功利层面。从这个意义上讲,鲁迅所说的这种相当于"为艺术而艺术"的"文学的自觉"以及关于文学本身的理论自觉,便是一个不可或缺的诗学或文学阐释过程。郑振铎在论述开元、天宝时代的诗歌特色时,用审美抒情的笔调写道:

> 开元、天宝时代,乃是所谓"唐诗"的黄金时代;虽只有短短四十三年(713—755),却展布了种种的诗坛的波澜壮阔的伟观,呈

---

① 蔡钟翔、黄保真、成复旺:《中国文学理论史·绪论》(一),北京出版社,1987年,第31页。
② 同上书,第32页。

现了种种不同的独特的风格，这不单纯的变化百出的风格，便代表了开、元的这个诗的黄金的时代。在这里，有着飘逸若仙的诗篇，有着风致淡远的韵文，又有着健壮悲凉的作风。有着醉人的谵语，有着壮士的浩歌，有着隐逸者的闲咏，也有着寒士的苦吟。有着田园的闲逸，有着异国的情调，有着浓艳的闺情，也有着豪放的意绪。①

这一琳琅满目、风格多样、意趣丰赡的诗的海洋，让人们关注文学自身和阐释诗歌本身而不是以经解诗，是非常自然的事情，而对诗本身的这种沉醉和关注同样是文学阐释极为重要的方面。有论者认为："造成有唐一代文学多元解释思想匮乏的根本原因还在文学自身。"②如果单纯从"《诗》无达诂"创造性接受角度看，这一判断没有什么问题。倘若从完整的文学诠释学活动来看，这种判断并不准确，因为它排除了文学解释理应具有的更重要的维度，即对诗或文学文本自身的理解。

在某种意义上，对诗或文学本身这个维度的理解类似于西方文学理论走过的重要历程，经历了作者中心论到文本中心论，然后才走向读者中心论。"人们可以把现代文学理论的历史大致分为三个阶段：全神贯注作者（浪漫主义和19世纪）；完全关注文本（新批评）；以及近年来明显关注读者的转向。奇怪的是，读者一直是这个三重奏中最弱势的，因为没有他或她，根本就没有文学文本。文学文本不只是存在于书架上：它们是只有在阅读实践中才能实现的意义过程。因为文学要发生，读者和作者一样重要。"③尽管我们不能把中国古代文论的文学理解过程与西方现代文学理论的发展做简单的对应性类比，但至少可以看到从关注文本转向关注读者的某种相似性，有了充分的文学自觉才能导致真正的文学接受和理解的自

---

① 郑振铎：《插图本中国文学史》，作家出版社，1957年，第310页。
② 李有光、董冰雪：《诗无定诂——宋代诗学多元解释思想总论》，《湖北师范学院学报（哲学社会科学版）》2014年第2期。
③ Terry Eagleton, *Literary Theory: An Introduction*, Second edition, Blackwell Publishing, 1996, p.65.

觉。由此，皎然的《诗式》、司空图的《诗品》对诗歌体式、诗歌风格、诗歌特征等文本特性的探讨，在中国诗学史上便具有重大价值和意义，这是走向作为文学的诗的认识和真正的诗学阐释的必要环节，这些诗学专论对诗歌或文学本身问题的探讨，也并非与后来"诗无达诂"诗学阐释了无关系。

前面已经论述过"《诗》无达诂"的语言性维度，如果从经学解释的角度看，就是用语言解释故言，从经学的角度解读《诗》，而随着"文学的自觉时代"到来，随着人们开始真正从文学角度理解诗这种语言性存在，"书不尽言、言不尽意"的哲学表达便转变为"言有尽而意无穷"的诗学理解。陆机说"恒患意不称物，文不逮意"，谢灵运说"但患言不尽意，万不写一耳"，刘勰说"文外重旨"，钟嵘说"文已尽而意有余"等，这些关于诗本身的描述从诗的语言性存在上为理解的开放性和创造性开辟了广阔的诠释学空间。皎然言"文外之旨"，刘禹锡言"境生于象外，故精而寡和"，司空图言"韵外之致""超以象外，得其环中"，等等，这些诗学的理解从诗歌的本体存在上为理解的开放性和创造性开辟了诠释学宇宙。正如伽达默尔所说："在语言中，而且只有在语言中，我们才能遇到我们在世界中从未'遇到'的东西，因为我们自己就是这些东西（而不仅仅是我们所意指的或我们对自己所知的东西）。"① 诗歌或文学更是语言创造的世界，正是在这个由语言建构和开启的想象性世界中，人们才进入到另一个韵味无穷的意义时空，因此，语言不单是人类生存世界中的语言，也是人类表达世界及其意义的语言，而诗的语言在被称为诗的国度的中国文学中更具有典范的意义。严羽在《沧浪诗话·诗辨》中写道：

夫诗有别材，非关书也；诗有别趣，非关理也。然非多读书、多

---

① 伽达默尔：《哲学解释学》，夏镇平、宋建平译，上海译文出版社，1994年，第32页。

穷理，则不能极其至，所谓不涉理路、不落言筌者，上也。诗者，吟咏情性也。盛唐诸人惟在兴趣，羚羊挂角，无迹可求。故其妙处透彻玲珑不可凑泊，如空中之音、相中之色、水中之月、镜中之象，言有尽而意无穷。①

在这里，严羽固然是在论盛唐人对诗的审美追求和盛唐诗的艺术特征，固然也在以禅喻诗、以禅悟诗，但实际上更充分地体现了他对诗之为诗的根本特征的认识。从诗的题材或者诗人的才能到诗的意趣，从诗人的学识积累到诗之情理的语言表现，到诗的本质"吟咏情性"，到诗的根本特征"羚羊挂角无迹可求"，再到诗的意象形态，直到诗歌语言开启的意义时空，构成了一种真正可以从"诗学"而不是"经学"来理解的诗意世界。这里的"意"不再是经学家们的"义"，从刘禹锡的"片言可以明百意"，到司空图的"不著一字尽得风流"，再到严羽的"言有尽而意无穷"，等等，这种真正意义上的诗学理解，难道不是为后来以"诗"解《诗》或"诗无达诂"开辟并提供了前所未有的理解的开放性、创造性和差异性诠释学空间吗？由此我们又何必汲汲于责备今文经学的衰落和魏晋至唐的关注诗歌本身而冷落了以经解《诗》的"《诗》无达诂"呢？"艺术的语言的独特标志便在于，单个艺术作品聚集成它自身，并表达从诠释学角度看属于所有事物的象征特征。与所有其他语言和非语言的传统相比，艺术作品对每一个特定的当下来说都是绝对的在场，并且它同时谨守诺言为每一个未来做准备。"②因此，文学和艺术的语言创造的意义世界向未来敞开，并对所有理解者来说都是一种绝对的在场。

"《诗》无达诂"在有宋一代再度出场和引起人们的重视，并成为一个诗学命题，固然与疑古思潮和禅学思想的出现和盛行有关，当然也与上

---

① 严羽：《沧浪诗话·诗辨》，李壮鹰主编：《中华古文论选注》（下），百花文艺出版社，1991年，第93—94页。

② Hans-Georg Gadamer, *The Gadamer Reader: A Bouquet of the Later Writings*, Illinois: Northwestern University Press, 2007, p.131.

面论述的充分自觉的诗学认识密切相关。如果说疑古思潮和禅学思想在某种程度上仍是"《诗》无达诂"向"诗无达诂"转变的语境性理论动力，那么对诗歌本体的自觉意识则是这一转变的内在美学动力，正是二者的合力使"《诗》无达诂"成为一种真正的诗学阐释。回到文本本身的诗歌解释已经出现，回到《诗》作为"诗"之经典文本的经学阐释在有宋一代也成为时尚。朱熹说："不要留一字先儒旧说，莫问他是何人所说，所尊所亲，所憎所恶，一切莫问，而唯本文本意是求，则圣贤之指得矣。"①所谓"一切莫问，而唯文本本意是求"，就是回到文本本身寻求文本的意义，而不是从外在强加给文本意义，即首先不是实践性的应用，而是对文本的解读，文本蕴含的意义就在文本之中，而非在文本之外。这种"唯文本本意是求"的诗学解释甚至不需要海德格尔的事实性诠释学和伽达默尔的哲学诠释学所说的"前理解"。这种看法与"文学的自觉时代"对"诗"的文学理解何其相似乃尔。由此，朱熹谈到时人对《诗》之解释时说："今人不以《诗》说《诗》，却以《序》解《诗》，是以委曲牵合，必欲如序者之意，宁失诗人之本意不恤也。此是序者之大害处。"②所谓"以《诗》说《诗》"，便是回到《诗》，这已经接近以"诗"解"诗"、以"诗"说《诗》。

一旦回到以"诗"解"《诗》"，以"经"解《诗》的诠释方法就会被抛弃，解释就回到了作为"诗本身"的《诗》，同时保留"《诗》无达诂"的诠释学意义，并使之变成了"诗无达诂"。杨时下面这段话便是充分的证明：

  仲素问：《诗》如何看？曰：《诗》极难卒说，大抵须要人体会，不在推寻文义。在心为志，发言为诗，情动于中而形于言者，情之所发也。今观是诗之言，则必先观是诗之情如何。不知其情，则虽精穷

---

① 朱熹：《朱子大全》，上海：中华书局，1936年，第809页。
② 黎靖德编，王星贤点校：《朱子语类》，中华书局，1986年，第2077页。

文义，谓之不知诗可也。子夏问："'巧笑倩兮，美目盼兮'，何谓也？"子曰："绘事后素。"曰："礼后乎？"孔子以为可与言《诗》。如此全要体会。何谓体会？且如《关雎》之诗，诗人以兴后妃之德，盖如此也，须当想象雎鸠为何物，知雎鸠为挚而有别之禽；则又想象关关为何声，知关关之声为和而适；则又想象在河之洲是何所在，知河之洲为幽闲远人之地。则知如是之禽，其鸣声如是，而又居幽闲远人之地，则后妃之德可以意晓矣。是之谓体会。惟体会得，故看诗有味，至于有味，则诗之用在我矣。①

首先，杨时肯定《诗》作为语言性存在的"极难卒说"特征，理解的目的并不在于"推寻文义"，而在于"体会"，而这种所谓的"体会"又在于对文本即对《诗》本身的"阅读"。在这里，对《关雎》的解读，在很大程度上成了一种近乎纯文本的"一切莫问"的想象性解读。其次，他突出强调《诗》本身的根本性质，即诗的语言在于表达情感，因此"观是诗之言，则必先观是诗之情如何"，而不再是"推寻文义"，准确地说不再推寻经学家们所谓的"大义"，"不知其情"便"不知诗"。可以说，这里对所谓"诗"、所谓"情"的认识蕴含和体现了"文学的自觉时代"的所有诗歌和诗学成果，而不单单是宋儒解经和禅学思想影响的结果。最后，杨时强调《诗》之"味"既是诗本身具有的"味"，也是对诗之"味"的理解，而这种"味"的表现，"味"的作用必须发生在"体会"中；所谓"诗之用在我"则集中突出作为接受者、理解者的"我"的诠释学能力。

如果说杨时还在讲《诗》，那么罗大经则完全在说"诗"了，他对杜甫绝句"迟日江山丽，春风花草香。泥融飞燕子，沙暖睡鸳鸯"的理解，便是地道的"诗无达诂"解释。在他看来，对诗的理解既可以是不同

---

① 杨时：《龟山集》卷十二《语录三》，《景印文渊阁四库全书》，（台湾）商务印书馆，1986年，第231—232页。

视角的理解,也可以是对文本不同内涵的把握,他把前者称为"大抵古人好诗,在人如何看,在人把作甚么用",意味着理解者总是从自身的"前理解"出发进行理解,并且理解总是一种"应用"。很显然,他这里所说的"诗"就是杜甫的作为文学的诗,而这里的"用"已完全不是早期"《诗》无达诂""断章取义"的为我所用,而是一种真正的诗学阐释之用;他把后者称为"只把做景物看亦可,把做道理看,其中亦尽有可玩索处",则表明诗歌本身包含多方面的内涵,可以是诗中美景,可以是诗中理趣,也可以是诗中情感,等等,而对诗的体会和理解如何,则最终"要胸次玲珑活络"①。在这里,诗歌本身的开放性和理解的开放性同时存在,开放性的文本与开放性的理解构成了真正的"诗无达诂"的诗学阐释,这种"《诗》极难卒说"的开放性和差异性理解便全然没有了以经解诗的味道。

这种诗学阐释一旦发生和实现便不再有返回的路,即便是论《诗》也必然是论"诗"了。明代钟惺《诗论》中的下面这段文字便是明证。他确实是在谈《诗》,但不是以"经"解《诗》,而是真正以"诗"解《诗》,这里的阐释已不再是任何经学派的理解,《诗》是"活物"的说法已成为真正的诗学阐释,并蕴含着极为丰富的诠释学内涵。

> 《诗》,活物也。游、夏以后,自汉至宋,无不说《诗》者。不必皆有当于《诗》,而皆可以说《诗》。其皆可以说《诗》者,即在不必皆有当于《诗》之中。非说《诗》者之能如是,而《诗》之为物不能不如是也。……今读孔子及其弟子之所引《诗》,列国盟会聘享之所赋《诗》,与韩氏之所传者,其事其文其义,不有与《诗》之本事本文本义绝不相蒙,而引之、赋之、传之者乎?既引之,既赋之,既传之,又觉与《诗》之事、之文、之义未尝不合也。其故何也?夫《诗》,取断章者也。断之于彼,而无损于此。此无所予,而彼取

---

① 罗大经:《鹤林玉露》,中华书局,1983年,第149页。

之。说《诗》者盈天下，达于后世……屡迁数变，而《诗》不知，而《诗》固已明矣，而《诗》固已行矣。今或是汉儒而非宋，是宋而非汉，非汉与宋而是己说，则是其意以为《诗》之指归，尽于汉与宋与己说也。岂不隘且固哉？

……

夫以予一人心目，而前后已不可强同矣。后之视今，犹今之视前，何不能新之有？盖《诗》之为物能使人至此，而予亦不自知，乃欲使宋之不异于汉，汉之不异于游、夏，游、夏之说《诗》不异于作《诗》者，不几于刻舟而守株乎！故说《诗》者散为万，而《诗》之体自一，执其一而《诗》之用且万。噫！此《诗》之所以为经也。[①]

这段话的重要意义在于用以论《诗》的方式讨论《诗》的理解问题，实际上也是在用以论《诗》的方式论述"诗"的理解问题。钟惺从对《诗》的历代理解证明《诗》是"活物"，"所谓'活物'，是将《诗经》看做一个灵活多变的开放性文本，一个具有派生能力和再生能力的文本，它超越了僵死的意义，在不断的理解与解释中获得新的生命"[②]。对于这种"活物"，每一代人都会都做出不同的理解，不同的理解都具有其合理性，都是对《诗》的不同理解，这便证明了《诗》并没有限定哪一种理解是绝对合理的。正因为《诗》是"活物"，它才向不同时代不同理解者保持开放，而每一个试图理解它的人也以开放的态度面对它，所谓"不必皆有当于《诗》之中，而皆可以说《诗》"，就同时强调了《诗》作为文学文本的开放性和接受者理解的开放性，而这种开放性理解便是真正的"诗无达诂"。

在上面的引文中，我以为最具有诠释学意义的不是钟惺强调的理解

[①] 钟惺：《隐秀轩集》卷二三《诗论》，李先耕等标校，上海古籍出版社，1992年，第391—393、392页。

[②] 周裕锴：《中国古代阐释学研究》，上海人民出版社，2003年，第316页。

的开放性和差异性（这固然是诠释学理解非常重要的方面），而是他认识到文学文本的同一性和文学理解的差异性相统一的诠释学问题。钟惺说："故说《诗》者散为万，而《诗》之体自一，执其一而《诗》之用且万。"这句总结性的话具有特别重要的诠释学含义，他不但强调《诗》为"活物"，即作为诗歌（文学）作品的《诗》具有开放性，而且强调"说《诗》者散为万"的理解者的多样性，同时也强调"《诗》之体为一"的诗歌文本的同一性。换言之，在他看来，作为文学作品的《诗》始终作为"诗"而存在，作为"万"的不同理解者必然会对相同的文本《诗》做出差异性和多样性的理解，但是，不管对《诗》有多么不同的理解，都是来自对同一文本《诗》的理解，否则便不是对《诗》的理解。由此，"执其一而《诗》之用且万"的文学阐释，不仅肯定理解的开放性和差异性，而且坚持《诗》作为文学作品的"同一性"。正如伽达默尔在谈到诗歌的理解时写道："诗歌文本以自身的权利规定它本身的所有重复和言语行为。任何言说都不可能完全满足诗的文本所规定的内容。一首诗的文本行使着一种规范性的功能，它既不是指回原初的表达，也不是指回言说者的意图，而似乎是源于它自身的东西，因此，在成功的喜悦中，一首诗甚至使作者感到惊讶和不知所措。"① 换言之，诗歌作品作为一个文本，始终以其自律性存在站立在那儿，面对不同时代、不同文化语境、拥有不同"前理解"的人言说，即严羽所谓"言有尽而意无穷"。而不同的理解者带着他的"前理解"进入诗歌（文学作品）敞开的世界中，并对同一个作品做出不同的理解，即王夫之所谓的"读者各以其情而自得"，而这二者的相互作用便构成了真正的"诗无达诂"的诠释学命题。钟惺这里所说的"执其一而《诗》之用且万"的"一"和"万"，与董仲舒的"一以奉天"和"《诗》无达诂"具有根本性的不同，因为在钟惺这里已经转变为真正的

---

① Hans-Georg Gadamer, *The Gadamer Reader: A Bouquet of the Later Writings*, Illinois: Northwestern University Press, 2007, p.181.

诗学阐释,"《诗》无达诂"的经学阐释真正成为"诗无达诂"的诗学阐释。

三、"《诗》无达诂"或"诗无达诂"与诠释学理解之比较

前面的论述表明,从董仲舒肯定"《诗》无达诂"这种普遍存在的现象,经由中国古代文学自觉时代对诗(文学)的文体和审美认识,最后在诗学的理解语境中实现了从"《诗》无达诂"的实践应用性阐释向"诗无达诂"的审美性诗学阐释转变。无疑是一个值得深入探讨的诠释学问题。从今天的理论语境来看,这一命题在诸多方面"暗合"现代西方诠释学和接受理论的某些理论洞见。也许,在很大程度上,正是由于对西方现代诠释学和接受理论有了更加深入的理解,我们回过头来反观中国传统的诗学或文学理论时,便发现在中西方理论之间有不少可以进行相互比较和相互阐释的层面。我们确实看到,在"《诗》无达诂"或"诗无达诂"这个命题的理解上,论者们大多借鉴或运用诠释学,特别是伽达默尔的哲学诠释学以及耀斯等的接受理论进行相互比较的阐释。而在这两者的相互阐释中,论者又更多地集中在理解的创造性、开放性和差异性方面,力图在两者之间寻找相似之处,而忽视了它们之间存在的根本性差异。从上面的论述中可以看出,"《诗》无达诂"这一命题与伽达默尔的哲学诠释学有更密切的关联,鉴于篇幅有限,本文就这两者之间的相同和差异进行简要比较。

确实,两者之间存在暗合的诠释学维度,这主要集中在如下几个方面。首先,"《诗》无达诂"或"诗无达诂"和哲学诠释学都突出强调理解的语言性。无论在"《诗》无达诂"还是在后来演变的"诗无达诂"中的"《诗》"或"诗",都是一种语言性的存在,无论"诂"作为"故言""旧言",还是作为理解活动或解释的结果,无疑都是语言性的。没有作为语言性存在的《诗》或"诗",便没有作为理解对象的诗歌文本,因而就不可能有作为阐释结果的"诂"。这便是黄侃所说的"用语

言解释语言",体现在"诗无达诂"这个命题上便是解释者用语言解释《诗》或"诗"的语言,这种语言性既属于被理解的对象,属于理解的过程,也属于理解者,因此,伽达默尔也把这种相互作用称为理解的语言事件。"意义的表达首先采取语言的表现形式。作为一种以某种陌生的语言所说的内容传达给另一个人理解的艺术,诠释学以赫耳墨斯命名并非毫无理由,他是把神性信息传递给人类的解释者。如果我们回想一下'诠释学'这个词的起源,我们这里处理的就是一个语言事件,那么很清楚,是一个从一种语言到另一种语言的翻译,因此涉及两种语言的关系。"①伽达默尔同样强调了意义表达的语言性、理解过程和理解结果的语言性,而整个理解过程则是一个语言的事件。其次,两者都包含了诠释学理解的应用性,"《诗》无达诂"在先秦两汉时期的"断章取义"不是一种诗学的阐释,而是一种外在性的阐释应用,只有在"文学的自觉"以及文学之为文学的理论自觉后,才转变为一种诗学的阐释,如罗大经所说的"在人如何看,在人把作甚么用"这样的理解,便成了一种诗学的阐释应用。伽达默尔的哲学诠释学认为,理解和解释本身就包含着应用,"所有的阅读都涉及到应用,所以一个人阅读一个文本时他本身就是他所领悟的意义的一部分。他属于他正在阅读的文本"②。不同的人从自己的前理解出发对文本做出不同的理解,并应用他自己的情境,"《诗》无达诂"应用于经学的理解,而"诗无达诂"应则应用于诗学的理解。再次,两者都不关心作者的意图,而是集中于文本,这一点往往被人们所严重忽视。"《诗》无达诂"就是对无作者作品的理解和阐释,即"只有诗,无诗人",根本不存在根据作者意图进行理解的问题,正如清代劳孝舆在《春秋诗话》中所说:"风诗之变,多春秋间人之所作。……然作者不名,述者不作,何

---

① Hans-Georg Gadamer, *The Gadamer Reader: A Bouquet of the Later Writings*, Illinois: Northwestern University Press, 2007, p.127.

② Hans-Georg Gadamer, *Truth and Method*, London: Continuum Publishing Group, 2004, p.335.

欤？盖当时只有诗，无诗人。古人所作，今人可援为己诗；彼人之诗，此人可赓为自作，期于言志而止。人无定诗，诗无定指。"①无论是早期还是后来对《诗》的理解都是基于作为诗歌文本的"诗"的阐释，即便是魏晋时期的文学自觉之后的中国诗学阐释也很少关注作者的意图，所谓"人无定诗，诗无定指"所具有的理解开放性，正是由"诗"本身的存在而非作者的意图所决定的。这一点无疑与哲学诠释学具有相似之处。"在书写中被固定下来的东西已经脱离了它的起源和作者的偶然性，并使它自己自由地面向新的关系。规范性概念，如作者的意义或原来读者的理解，实际上只代表了一个在理解中不时被填满的空白。"②文本以自身的存在向所有接受和理解它的人言说，伽达默尔认为我们的理解不会完全受作者意图的约束，而是倾听文本的言说并与作品进行开放性的对话，从而产生一种新的诠释学关系。最后，两者都强调了理解的开放性。"《诗》无达诂"或"诗无达诂"都肯定和倡导理解的开放性和差异性，"赋诗言志"和"断章取义"是一种开放性，甚至是一种可以不顾诗歌完整性的开放性，即便是董仲舒所要求的"从变从义"也包含着理解开放性的维度，而罗大经的"在人如何看，在人把作甚么用"和刘辰翁"观诗各随所得，别自有用"，以及钟惺的"不必皆有当于《诗》，而皆可以说《诗》"，等等，则把（诗歌）文学理解的开放性、创造性和差异性提高到了前所未有的程度。伽达默尔说："文本的意义超越作者本身，这不是暂时的，而是永远如此。这就是为什么理解不是一种复制活动，而且始终是一种创造性活动。如果我们有所理解，那么我们总是以不同的方式理解，这就够了。"③可以说，这种创造性的理解活动和只要以不同的方式进行理解就

---

① 劳孝舆：《春秋诗话》，董运庭：《春秋诗话笺注》，中国社会科学出版社，2013年，第19页。

② Hans-Georg Gadamer, *Truth and Method*, London: Continuum Publishing Group, 2004, p.397.

③ Ibid, p.296.

够了的诠释学观点,确实暗合了《诗》或"诗""无达诂"的理解和阐释方式。

两者之间这些"暗合"之处表明人类理解的某种相通之处和某种普遍性,但从理论角度来看,两者之间存在的差异非常明显,不同的方面也很多。在此只罗列几个方面,篇幅有限不做深入阐述。第一,"《诗》无达诂"或"诗无达诂"在很大程度上只是对诗歌的一种现象阐释,它意识到了一种普遍存在的理解现象,尽管中国古代有关这方面的许多言论,但很难说已经成为一种理论,更不用说理论体系了。现代西方诠释学则是一种历史地发展起来的哲学理论,有支撑其理论体系的一系列概念、范畴和逻辑,有其相对完整的研究对象和范围,有其逻辑严密的思考问题和探讨问题的方法,有其相互关联而又相互竞争的思想流派。① 这是单纯的"《诗》无达诂"现象或命题远远不及的,这是根本性的差异。"中国古人的意见往往不成系统,只是在批评的灵感突然彻悟的时刻讲出来的片言只语,然而这些精辟见解往往意蕴深厚,并不因为零碎而减少其理论价值。我们作出这样的比较,并不是说中国古人早已提出了现代西方的理论,只是指出两者之间十分相近。然而相近并不是相等,在仔细审视之下,两者的差异会更明显而不容忽视。"② 从这个意义上讲,中国诠释学或诗学(文学)诠释学正是有待于中国学者深入研究和认真阐发的重要课题。第二,"《诗》无达诂"与哲学诠释学和接受理论都突出理解的开放性和差

---

① 例如Stanley E. Porter & Jason C. Robinson在《诠释学:理解理论导论》一书中说,至少有六种截然不同的诠释学趋势:浪漫主义诠释学、现象学和存在主义诠释学、哲学诠释学、批判诠释学、结构诠释学以及后结构(解构)诠释学。该书除了重点论述这六种的诠释学外,还考察了诠释学现象学、辩证神学和释义学、神学诠释学和文学诠释学。参见Stanley E. Porter & Jason C. Robinson, *Hermeneutics: An Introduction to Interpretive Theory*, Michigan:Wm. B. Eerdmans Publishing Co., 2011。这充分说明西方现代诠释学理论的多样性和复杂性,因此"《诗》无达诂"命题只是与某种诠释学或某些诠释学的层面有"暗合"之处,不可做简单的类比或随意的挪用。

② 张隆溪:《诗无达诂》,《文艺研究》1983年第4期。

异性，但前者基本忽视了文本在理解中的规定性，而哲学诠释学，甚至包括接受理论在提出理解的创造性和开放性的同时，都强调文本对理解的规定性，与"断章取义""赋诗言志"和"各随所得"有很大的不同。"在作者、作品和公众这个三角关系中，读者并不是被动的，也不是一连串的反应，而它本身就是历史能量的构成。没有读者的积极参与，文学作品的历史生命是不可想象的。因为只有通过读者的中介过程，作品才能进入一种持续性的不断变化的经验视域。"①罗伯特·耀斯的接受美学固然突出了读者的创造性作用，但并没有完全忽视文本对理解开放性的规定作用。伽达默尔始终强调读者在理解过程中必须倾听文本的声音。有人说："中国古代文学理论家和批评家所提出的'诗无达诂'的文学释义方式对解释者与解释对象之间关系的理解比起伽达默尔的理解来要显得全面得多，也辩证得多。"②这种判断恐怕是很不周全的，甚至是没有根据的。第三，在理解、解释和应用三位一体构成的诠释学事件中，"《诗》无达诂"更多强调的是实践性应用，而这种应用又更多地突出政治伦理方面的教化作用，而忽视了对《诗》本身的本文理解和解释，即便宋明之后的诗学阐释也大多突出"各随所得"，而缺乏完整过程的诗学阐释过程。相反，无论施莱尔马赫、狄尔泰的方法论诠释学，还是海德格尔和伽达默尔的本体论诠释学，抑或耀斯等的接受美学，甚至德里达的解构理论，都有一套构成诠释学活动的完整"技艺"。

综上所论，"《诗》无达诂"或"诗无达诂"确实是中国传统中的一个重要诠释学现象或诠释学命题，从"《诗》无达诂"到"诗无达诂"也体现了从实践应用性经学阐释向文学审美性诗学阐释的转变，从而形成了具有中国传统特色的阐释方法和思考问题的方式，与西方现代诠释学却有

---

① Hans Robert Jauss, *Toward an Aesthetic of Reception*, Minneapolis: University of Minnesota Press, 1982, p.19.
② 邓新华：《比较视野中的中西方文学释义理论》，《国外文学（季刊）》2001年第2期。

某些"暗合之处",也有诸多可以相互阐释的维度,但西方诠释学有其自身的传统和逻辑,有非常不同的理解和阐释问题的概念体系。在进行相互比较和阐释时,我们既要深入理解"《诗》无达诂"的中国阐释传统,也应较为完整地把握西方诠释学的问题和逻辑,以避免盲目的对应比较,简单的优劣评价,随心所欲的挪用,缺乏学理的判断,从而能够让我们在差异性的中西比较阐释中实现某种诠释学的"视域融合"。

主要参考文献

一、中文文献

阿恩海姆：《艺术心理学新论》，郭小平、翟灿译，商务印书馆，1999年。

艾柯等：《诠释与过度诠释》，王宇根译，生活·读书·新知三联书店，1997年。

艾柯：《悠游小说林》，黄寤兰译，广西师范大学出版社，2017年。

艾略特：《艾略特文学论文集》，李赋宁译注，百花洲文艺出版社，1984年。

巴特：《批评与真实》，温晋仪译，上海人民出版社，2016年。

伯恩斯坦：《超越客观主义与相对主义》，郭小平等译，光明日报出版社，1991年。

勃兰兑斯：《十九世纪文学主流》，张道真译，人民文学出版社，1988年。

布斯：《小说修辞学》，华明、胡晓苏、周宪译，北京大学出版社，1987年。

丹纳：《艺术哲学》，傅雷译，安徽文艺出版社，1991年。

戴燕：《文学史的权力》，北京大学出版社，2002年。

德里达：《文学行动》，赵兴国等译，中国社会科学出版社，1998年。

德里达：《论文字学》，汪堂家译，上海译文出版社，1999年。

德里达：《书写与差异》，张宁译，生活·读书·新知三联书店，2001年。

狄尔泰：《历史中的意义》，艾彦译，译林出版社，2014年。

狄尔泰：《精神科学引论》（第一卷），艾彦译，译林出版社，2014年。

费什：《读者反应批评：理论与实践》，文楚安译，中国社会科学出版社，1998年。

冯黎明等编：《当代西方文艺批评主潮》，湖南人民出版社，1987年。

弗莱：《批评的剖析》，陈慧、袁宪军、吴伟仁译，百花文艺出版社，1998年。

佛克马、蚁布思：《文学研究与文化参与》，俞国强译，北京大学出版社，1996年。

伽达默尔：《真理与方法》，洪汉鼎译，上海译文出版社，1999年。

伽达默尔：《哲学解释学》，夏镇平、宋建平译，上海译文出版社，1994年。

伽达默尔：《伽达默尔集》，严平编选，邓安庆等译，上海远东出版社，1997年。

伽达默尔：《伽达默尔论柏拉图》，余纪元译，光明日报出版社，1992年。

伽达默尔：《伽达默尔论黑格尔》，张志伟译，光明日报出版社，1992年。

伽达默尔：《赞美理论》，夏镇平译，上海三联书店，1988年。

伽达默尔：《美的现实性》，张志扬等译，生活·读书·新知三联书店，1991年。

伽达默尔：《美学与诗学：诠释学的实施》，北京大学出版社，2013年。

葛红兵、温潘亚：《文学史形态学》，上海大学出版社，2001年。

格龙丹：《哲学诠释学导论》，何卫平译，商务印书馆，2009年。

格龙丹：《诠释学真理？——论伽达默尔的真理概念》，洪汉鼎译，商务印书馆，2015年。

贡布里希：《艺术与错觉：图画再现的心理学研究》，林夕等译，浙江摄影出版社，1987年。

豪塞尔：《艺术史的哲学》，陈超南、刘天华译，中国社会科学出版社，1992年。

洪汉鼎主编：《理解与解释——诠释学经典文选》，东方出版社，2001年。

洪汉鼎：《实践哲学 修辞学 想象力》，中国人民大学出版社，2014年。

海德格尔：《存在与时间》，陈嘉映、王节庆译，生活·读书·新知三联书店，1987年。

海德格尔：《林中路》，孙周兴译，上海译文出版社，1997年。

海德格尔：《在通向语言的途中》，孙周兴译，商务印书馆，1997年。

海德格尔：《荷尔德林诗的阐释》，孙周兴译，商务印书馆，2000年。

何卫平：《解释学之维：问题与研究》，人民出版社，2009年。

霍克斯：《结构主义与符号学》，瞿铁鹏译，上海译文出版社，1987年。

建钢等编译：《诺贝尔文学奖颁奖获奖演说全集》，中国广播电视出版社，1993年。

卡普托：《激进诠释学：重复、解构与诠释学筹划》，李建盛译，北京大学出版社，2021年。

卡勒：《结构主义诗学》，盛宁译，中国社会科学出版社，1991年。

卡西尔：《人文科学的逻辑》，沉晖等译，中国人民大学出版社，

2004年。

科恩主编：《文学理论的未来》，程锡麟等译，中国社会科学出版社，1993年。

利科：《解释学与人文科学》，陶远华等译，河北人民出版社，1987年。

利科主编：《哲学的主要趋向》，李幼蒸、徐奕春译，商务印书馆，1988年。

利科：《解释的冲突——解释学文集》，莫伟民译，商务印书馆，2008年。

里瑟尔：《诠释学与他者的声音——重读伽达默尔的哲学诠释学》，李建盛译，北京大学出版社，2021年。

莱恩：《文学作品的多重解读》，赵炎秋译，北京大学出版社，2006年。

罗蒂：《后哲学文化》，黄勇编译，上海译文出版社，1992年。

马尔罗：《无墙的博物馆：艺术史》，袁楠、李瑞华译，广西师范大学出版社，2001年。

马克瑞尔：《诠释学的定位与判断》，李建盛译，商务印书馆，2021年。

瑙曼等：《作品、文学史与读者》，范大灿等译，文化艺术出版社，1997年。

帕尔默：《诠释学》，潘德荣译，商务印书馆，2012年。

潘德荣：《西方诠释学史》，北京大学出版社，2013年。

祁雅理：《二十世纪法国思潮》，吴永泉等译，商务印书馆，1987年。

热奈特：《叙事话语 新叙事话语》，王文融译，中国社会科学出版社，1990年。

热奈特：《热奈特论文集》，史忠义译，百花文艺出版社，2001年。

萨特：《萨特文论选》，施康强选译，人民文学出版社，1991年。

斯特龙伯格：《西方现代思想史》，刘北成、赵国新译，中央编译出版社，2005年。

什克洛夫斯基等：《俄国形式主义文论选》，方珊等译，生活·读书·新知三联书店，1989年。

什克洛夫斯基：《散文理论》，刘宗次译，百花洲文艺出版社，1994年。

斯特罗克编：《结构主义以来：从列维·斯特劳斯到德里达》，渠东等译，辽宁教育出版社，1998年。

斯通普夫、菲泽：《西方哲学史——从苏格拉底到萨特及其后》，匡宏、邓晓芒等译，世界图书出版公司，2009年。

塔迪埃：《20世纪的文学批评》，史忠义译，百花文艺出版社，1998年。

陶东风：《文学史哲学》，河南人民出版社，1994年。

托多罗夫：《俄国形式主义文论选》，蔡鸿滨译，中国社会科学出版社，1989年。

梯利：《西方哲学史》，葛力译，商务印书馆，1995年。

童庆炳主编：《文学理论教程》，高等教育出版社，1998年。

瓦蒂莫：《现代性的终结》，李建盛译，商务印书馆，2013年。

韦勒克、沃伦：《文学理论》，刘象愚等译，生活·读书·新知三联书店，1984年。

魏因斯海默：《哲学诠释学与文学理论》，郑鹏译，中国人民大学出版社，2011年。

沃恩克：《加达默尔——诠释学、传统与理性》，洪汉鼎译，商务印书馆，2009年。

沃尔什：《历史哲学导论》，何兆武、张文杰译，社会科学文献出版社，1991年。

伍蠡甫、胡经之主编：《西方文艺理论名著选编》，北京大学出版社，1987年。

耀斯：《审美经验与文学解释学》，顾建光等译，上海译文出版社，1997年。

耀斯、霍拉勃：《接受美学与接受理论》，周宁、金元浦译，辽宁人民出版社，1987年。

伊瑟尔：《阅读行为》，金惠敏等译，湖南文艺出版社，1991年。

伊瑟尔：《怎样做理论》，朱刚等译，南京大学出版社，2008年。

伊格尔顿：《二十世纪西方文学理论》，伍晓明译，陕西师范大学出版社，1987年。

英加登：《文学的艺术作品的认识》，陈燕谷译，中国文联出版社，1988年。

英加登：《对文学的艺术作品的认识》，陈燕谷、晓未译，中国社会科学出版社，1988年。

詹姆逊：《语言的牢笼》，钱佼汝译，百花洲文艺出版社，1997年。

詹姆逊：《快感：文化与政治》，王逢振等译，中国社会科学出版社，1998年。

詹姆逊：《政治无意识》，王逢振、陈永国译，中国社会科学出版社，1999年。

张　江：《作者能不能死：当代西方文论考》，中国社会科学出版社，2017年。

张炯等主编：《中华文学通史》，华艺出版社，1997年。

朱德发：《主体思维与文学史观》，山东教育出版社，1997年。

二、英文文献

Adorno, Theodor W. *Aesthetic Theory*, translated by C. Lenhardt, London: Routledge & Kegan Paul Plc., 1984.

Andrew Bowie, *From Romanticism to Critical Theory:The Philosophy of German Literary Theory*, London: Routledge, 1997.

Bertens, Hans. *Literary Theory: The Basics,* 2nd Edition, New York: Routledge, 2008.

Bleicher, Josef, *Contemporary Hermeneutics: Hermeneutics as Method,*

Philosophy and Critique, Boston: Routledge & Kegan Paul, 1980.

Bressler, Charles E. *Literary Criticism: An Introduction to Theory and Practice*, New Jersey: Prentice-Hall Inc., 1994.

Bruns, Gerald L. Hermeneutics, *Encyclopedia of Aesthetics*, vol.2, M.Kelly, Editor in chief, Oxford University Press, 1998.

Caputo, John D. *Radical Hermeneutics: Repetition, Deconstruction, and the Hermeneutics Project*, Indianapolis:Indiana University Press, 1987.

Caputo, John D. *More Radical Hermeneutics*, Bloomington and Indianapolis: Indiana University Press, 2000.

Christopher Bulter. *Interpretation, Deconstruction and Ideology*, Oxford University Press, 1984.

Culler, Jonathan. *Structuralist Poetics: Structuralism, Linguistics, and the Study of Literature,* Ithaca: Cornell University press,1975.

Collini, Stefan. *Interpretation and Overinterpretation*, Cambridge:Cambridge University Press, 1990.

Dan, Alatiner. *Contemporary Critical Theory*, New York: Harcourt Brace Jovanovich, 1989.

Davis,Todd F. and Womack, Kenneth. *Formalist Criticism and Reader-Response Theory*, New York: Palgrave, 2002.

Derrida, Jacques. *The Truth in Painting*, Chicago: The University of Chicago Press, 1987.

Derrida, Jacques. *Act of Literature*, New York and London: Routledge, 1992.

Dilthey, Wilhelm. *Hermeneutics and the Study of History*, New Jersey: Princeton University Press, 1996.

Eagleton, Terry. *Literary Theory: An Introduction*, Second edition, Oxford: Blackwell Publishing, 1996.

Eco, Umberto. *The Limits of Interpretation*, Bloomington: Indiana University

Press, 1990.

Erlich, Victor. *Russian Fomalism: History- Doctrine*, Netherlands:Mouton Publishers, Fourth edition, 1980.

Fish, Stanley E. *Is There a Text in This Class? The Authority of Interpretive Communities*, Massachusetts: Harvard University Press, 1980.

Forster, Michael N. and Gjesdal,Kristin (eds). *The Cambridge Companion to Hermeneutics*, London: Cambridge University Press, 2019.

Frye, Northrop. *Anatomy of Criticism: Four Essays,* Princeton: Princeton University Press, 1971.

Gadamer, Hans-Georg. *Philosophical Hermeneutics*, Berkeley: The University of California Press, 1976.

Gadamer, Hans-Georg. *The Relevance of Beautiful and Other Essays*, edited., Robert Bernasconi, London: Cambridge University Press, 1986.

Gadamer, Hans-Georg. *Truth and Method*, London: Continuum Publishing Group, 2004.

Gadamer, Hans-Georg. *The Gadamer Reader: A Bouquet of the Later Writings*, Illinois: Northwestern University Press, 2007.

Garrett, J. *Hans—Georg Gadamer's theory of Preunderstanding*, Dissertation: University of Minesota, 1978.

Gaut, Berys and McIver Lopes, Dominic. *The Routledge Companion to Aesthetics*, London: Routledge, 2001.

Graubard, Stephen R(eds), A*rt and Science*, Washington: University Press of America Inc, 1986.

Grondin, Jean. *Introduction to Philosophical Hermeneutics*, New Haven: Yale university Press, 1994.

Habib, A. R. *A History of Literary Criticism :From Plato to the Present*, Oxford: Blackwell Publishing Ltd, 2005.

Hirsch, E.D. *Validity in Interpretation*, New Haven: Yale University Press, 1976.

Holub, Robert C. *Reception Theory: A Critical Introduction*, New York: Methuen & Co. Ltd , 1984.

Hoy, David C. *The Critical Circle: Literature, History, and Philosophical Hermeneutics*, California: University of California Press, 1982.

Iseminger, Gary (eds). *Intention and Interpretation*, Philadelphia: Temple University Press, 1992.

Iser, Wolfgan. *The Act of Reading: A Theory of Aesthetic Response*, The John Hopkins University Press, 1978.

Jauss, Hans Robert. *Toward an Aesthetic of Reception*, Minneapolis: University of Minnesota Press, 1982.

Juhl, P. D. *Interpretation: An Essay in the Philosophy of Literary Criticism*, New Jersey: Princeton University Press, 1980.

Kalaga, Tomasz. *Literary Hermeneutics: From Methodology to Ontology*, Newcastle: Cambridge Scholars Publishing, 2015.

Keane, Niall and Lawn, Chris (eds)., *The Blackwell Companion to Hermeneutics*, New Jersey: John Wiley & Sons, Inc 2016.

Kearney, Richard and Rasmussen, David (eds). *Continental Aesthetics: Romanticism to Postmodernism: An Anthology*, Oxford: Blackwell Publishers, 2001.

Makkreel, Rudolf A. *Orientation and Judgment in Hermeneutics*, Chicago: The University of Chicago Press, 2015.

Morrow, Laura (eds). *Contemporary Literary Theory*, Macmillant:The University of Massachusetts Press, 1989.

Mueller-Vollmer,Kurt. *The Hermeneutics Reader: Texts of the German Tradition from the Enlightenment to the Present*, New York:The Continuum International Publishing Group Inc.1985.

Palmer, Richard. *Hermeneutics Interpretation Theory in Schleiermacher, Dilthey, Heidegger, and Gadamer*, Evanston: Northwestern University Press, 1969.

Porter, Stanley E. & Robinson, Jason C. *Hermeneutics: An Introduction to Interpretive Theory*, Michigan: Wm. B. Eerdmans Publishing Co., 2001.

Risser, James. *Hermeneutics and the Voice of the Other: Re-reading Gadamer's Philosophical Hermeneutics*, New York: State University of New York Press, 1997.

Rice, Phillip and Waugh, Patricia (eds), *Modern Literary Theory*, London: Blackwell Publishing Ltd, 1989.

Ricoeur, Paul. *Hermeneutics and the Human Sciences: Essays on Language, Action and Interpretation*, Cambridge: Cambridge University Press, 1987.

Rivkin, Julie and Ryan, Michael. *Literary Theory, an Anthology*, Oxford: Blackwell Publishing Ltd, 2004.

Ryan, Michael (eds). *The Encyclopedia of Literary and Cultural Theory,* Oxford: Blackwell Publishing Ltd, 2011.

Schleiermacher, Friedrich. *Hermeneutics and Criticism*, Translated by Andrew Bowie, Cambridge: Cambridge University Press, 1998.

Schmidt, Lawrence K. *Understanding Hermeneutics*, Durham: Acumen Publishing Limited, 2010.

Selden, Raman. Widdowson, Peter. Brooker, Peter (eds). *A Reader's Guide to Contemporary Literary Theory* (Fifth edition), London: Pearson Education Limited, 2005.

Siverman, Hugh J (eds). *Gadamer and Hermeneutics,* London: Routledge, 1991.

Smith, Nicholas H. *Strong Hermeneutics Contingency and Moral Identity*, London: Routledge, 1997.

Szondi, Peter. *Introduction to Literary Hermeneutics*, Cambridge: Cambridge University Press, 1995.

Tata, Burhaneitin. *Interpretation and the Problem of the Intention of the Author: H.-G. Gadamervs E.D. Hirsch,* Washington: Library or Congress Cataloging-in-Publication, 1991.

Tamem, Miguel. *Manners of Interpretation: the Ends of Argument in Literary Study*, New York: State university of New York Press,1993.

Teigas, Dematrius. *Knowledge and Hermeneutics Understanding: A Study of the Habermas-Gadamer Debate*, Lewisburg: Bucknell University Press, 1995.

Tompkins, Jane P (eds).*Reading-Response Criticism: From Formalist to Post-Structuralism*, Baltimore: The John Hopkins University Press, 1980.

Wachterhauser Brice R(eds). *Hermeneutics and Modern Philosophy*, New York:State University of New York Press, 1986.

Weinsheimer, Joel. *Philosophical Hermeneutics and Literary Theory*, New Haven:Yale University Press, 1991.

Wellek, Rene. Warren, Austin. *Theory of Literature*, London: Lowe and Brydone LTD,1954.

后　记

　　本书是对文学诠释学基本问题的探讨，力图在现代西方诠释学综合视野中思考和探讨文学诠释学的问题，其中所借鉴和利用的主要是西方现代诠释学和西方文论的话语资源，而涉及中国传统的诠释学问题和文论话语资源较少。中国有丰富深厚的诠释学思想和文学阐释传统，近些年来，国内在这方面有相当多深入的研究和阐释，本人也打算就中国诗学的诠释学问题做些探讨，并已开始这方面的思考和研究。为弥补本书的缺憾，特加上一个附录《"〈诗〉无达诂"与"诗无达诂"的诠释学探讨》。本书的部分内容曾在《清华大学学报》（哲学社会科学版）、《中国文学研究》《人文杂志》《山东师范大学学报》（人文社会科学版）、《河北师范大学学报》（哲学社会科学版）等学术期刊发表，在此谨致诚挚谢意。

　　对诠释学的兴趣由来已久，从未放弃过，但这些年因为忙于他务而有所冷落，除翻译《现代性的终结——虚无主义与后现代文学诠释学》（商务印书馆，2012）《诠释学的定位与判断》（商务印书馆，2022）、《激进诠释学——重复、解构与诠释学筹划》（北京大学出版社，2021）《诠释学与他者的声音——重读伽达默尔的哲学诠释学》（北京大学出版社，2022）等著作外，没有写出像样的诠释学方面的著作。2020年1月，应詹福瑞先生之邀调入北京外国语大学中文学院从事教学科研工作，我才有了重拾旧业的机会。在此特别感谢詹福瑞先生，感谢北京外国语大学和中文学院在各方面给予的支持。

因学识所限，拙著不当和疏漏之处在所难免，恳望方家和读者不吝赐教。

李建盛
2021年11月